OVID

Metamorphosen

Rund 250 Verwandlungssagen aus der griechischen und italischen Mythologie hat der römische Dichter Ovid (43 v. Chr. – 17 n. Chr.) in seinen »Metamorphosen«, einem Meisterwerk der europäischen Erzählkunst, frei bearbeitet. Dem Motiv der Verwandlung folgt das Epos nicht nur in den einzelnen Sagen, sondern auch im großen und allgemeinen; denn hinter den Einzelverwandlungen spielt sich die größte aller Verwandlungen ab, die Entwicklung der Welt vom Chaos ihres Anfangs zur imperialen Ordnung der augusteischen Epoche. Ovid ist der Dichter dieser Friedenszeit und ihrer hauptstädtischen Gesellschaft, deren geistigen Bedürfnissen sein witziger, spielerisch-anmutiger und klarer Stil, seine unerschöpfliche Phantasie, seine von warmherzigem Verstehen geprägte Haltung gegen alles Menschliche entgegenkommen. Auch die Nachwelt hat solche Vorzüge zu würdigen gewußt: Im Mittelalter gehörten die »Metamorphosen« zu den meistgelesenen Werken der Antike; ihre Nachwirkung hat sich in Renaissance und Barock noch gesteigert, als die bildende Kunst in ihnen eine wahre Fundgrube an darstellenswerten Themen entdeckte.

Dr. phil. Michael von Albrecht, der die »Metamorphosen« für die vorliegende Ausgabe übersetzt und seiner Übertragung einen ausführlichen Anhang beigegeben hat, ist Professor für Klassische Philologie an der Universität Heidelberg. Buchveröffentlichungen u. a.: »Die Parenthese in Ovids Metamorphosen« (1963); »Silius Italicus. Freiheit und Gebundenheit römischer Epik« (1964); »Meister römischer Prosa von Cato bis Apuleius. Texte und Interpretationen« (1971, 2. Auflage 1982); »Römische Poesie. Texte und Interpretationen« (1977); »Rom: Spiegel Europas« (1987); »Geschichte der römischen Literatur. 2 Bände« (1992). Herausgeber u. a. von »P. Ovidius Naso: Metamorphosen. Erklärt von Moriz Haupt, Rudolf Ehwald und Otto Korn. 2 Bände. 10. bzw. 5. Auflage« (1966) und (mit Ernst Zinn) von »Ovid. Wege der Forschung 92« (1968). Daneben zahlreiche Beiträge zu wissenschaftlichen Zeitschriften und Sammelwerken.

OVID

METAMORPHOSEN

In deutsche Prosa übertragen
sowie mit einem Nachwort,
einer Zeittafel zu Ovid, Anmerkungen,
einem Verzeichnis der Eigennamen
und bibliographischen Hinweisen
versehen von Michael von Albrecht

GOLDMANN

Vollständige Übersetzung der »Metamorphosen«

Umschlagbild: Apollo und Daphne. Ölgemälde von Jean Baptiste van Loo (Ausschnitt). Budapest, Museum der bildenden Künste

Alle bedruckten Materialien dieses Taschenbuches sind chlorfrei und umweltschonend.

Der Goldmann Verlag
ist ein Unternehmen der Verlagsgruppe Bertelsmann

Made in Germany · 8. Auflage · 1/98

Umschlagentwurf: Design Team München
Umschlagfoto: Schiller/Artothek, Peißenberg
Satz: IBV Lichtsatz KG, Berlin
Druck: Presse-Druck Augsburg
Verlagsnummer: 7513
Lektorat: Martin Vosseler
Herstellung: Sebastian Strohmaier
ISBN 3-442-07513-0

Inhalt

Erstes Buch

Inhalt des ersten Buches

Vorwort des Dichters

Von Gestalten zu künden, die in neue Körper verwandelt wurden, treibt mich der Geist. Ihr Götter – habt ihr doch jene Verwandlungen bewirkt –, beflügelt mein Beginnen mit eurem göttlichen Atem und führt meine Dichtung ununterbrochen vom allerersten Ursprung der Welt bis zu meiner eigenen Zeit!

Entstehung der Welt und des Menschen

Ehe es Meer, Land und den Himmel gab, der alles umschließt, hatte die ganze Natur ringsum einerlei Aussehen; man nannte es Chaos: eine rohe, ungeordnete Masse, nichts als träges Gewicht und auf einen Haufen zusammengeworfene, im Widerstreit befindliche Samen von Dingen, die keinen rechten Zusammenhang hatten. Noch kein Titan spendete der Welt Licht, keine Phoebe ließ ihr Mondhorn immer wieder aufs neue nachwachsen. Keine Tellus schwebte in der Luft, die sich um sie ergießt, und hielt sich durch ihre eigene Schwerkraft im Gleichgewicht; keine Amphitrite hatte die Arme weit um den Rand der Länder gespannt. Zwar gab es da Erde, Wasser und Luft; doch konnte man auf der Erde nicht stehen, die Woge ließ sich nicht durchschwimmen, und die Luft war ohne Licht. Keinem Ding blieb die eigene Gestalt, im Wege stand eines dem anderen, weil in ein und demselben Körper Kaltes kämpfte mit Heißem, Feuchtes mit Trockenem, Weiches mit Hartem, Schwereloses mit Schwerem.

Diesen Streit schlichtete Gott und die bessere Natur. Er schied nämlich vom Himmel die Erde und von der Erde die Gewässer, und er sonderte von der dichten Luft den klaren Himmel. Nachdem er diese vier herausgeschält und aus dem unübersichtlichen Haufen genommen hatte, trennte er sie räumlich und verband sie so in einträchtigem Frieden. Die feurige Kraft des schwerelosen Himmelsgewölbes sprühte empor und schuf sich ganz oben in der höchsten Höhe einen Platz. Am nächsten steht ihr die Luft, was die Leichtigkeit und auch was den Standort betrifft. Dichter als beide ist die Erde; sie zog die wuchtigen Elemente an sich und wurde durch die eigene Schwere nach unten gedrückt. Ringsum strömte das Feuchte, nahm den Rand in Besitz und umschloß das feste Erdenrund.

Kaum hatte er – welcher der Götter es auch sein mochte – das Durcheinander so geordnet, zerschnitten und gegliedert, da ballte er zuerst die Erde zusammen, damit sie auf allen Seiten gleich sei, und gab ihr die Gestalt einer großen Kugel. Dann gebot er den Meeren, sich weithin zu ergießen, von stürmischen Winden gepeitscht anzuschwellen und die Küsten der Erde rings zu umfließen. Dazu schuf er noch Quellen, unermeßliche Seen und Teiche. Mit kreuz und quer sich hinschlängelnden Ufern umsäumte er die abschüssigen Ströme, die, an verschiedenen Orten, teils von der Erde selbst verschlungen werden, teils ins Meer gelangen und, von der freieren Wasserfläche aufgenommen, statt an Flußufer an Gestade branden. Er gebot auch den Feldern, sich auszubreiten, den Tälern, sich zu senken, den Wäldern, sich mit Laub zu bekleiden, und den steinigen Bergen, sich zu erheben. Und wie den Himmel zwei Zonen zur Rechten und ebenso viele zur Linken durchschneiden, wobei die fünfte heißer ist als die anderen, so teilte Gottes Vorsorge die vom Himmel umschlossene Erdmasse durch dieselbe Zahl, und gleich viele Zonen hat die schwere Erde. Die mittlere von ihnen ist wegen der Hitze unbewohnbar; zwei Zonen bedeckt tiefer Schnee; ebenso viele hat Gott dazwischengesetzt und ihnen ein gemäßigtes Klima gegeben, indem er Feuer mit Kälte mischte. Darüber schwebt Luft, die so viel schwerer ist als Feuer, wie Wasser leichter ist als Erde. Dort gebot er den Nebeln, dort den Wolken zu wohnen, den Donnerschlägen, welche die Menschenherzen erschrecken sollten, und den Winden, die Blitze und Wetterleuchten bewirken. Doch auch ihnen überließ der Schöpfer der Welt die Luft nicht uneingeschränkt; selbst heute kann man ihnen nur mit Mühe verwehren, daß sie die Welt in Stücke reißen, obwohl doch jeder von ihnen in einer ganz anderen Gegend herrscht; so groß ist die Uneinigkeit der Brüder. Der Ostwind entwich zur Morgenröte, zum Reich der Nabataeer, nach Persien und zu den Bergen, die unter den Strahlen der Morgensonne liegen; der Abend und die Küsten, welche die untergehende Sonne wärmt, sind dem Zephyr am nächsten; in Scythien und dem Norden fiel der Nordwind ein, der uns schaudern läßt; das entgegengesetzte Ende der Welt befeuchtet der Südwind beständig durch Regenwolken. Darüber stülpte der Schöpfer den klaren, schwerelosen Äther, dem gar kein irdischer Bodensatz anhaftet.

Kaum hatte er so alles durch klar umrissene Grenzen aufgegliedert, als plötzlich die Sterne, die lange von undurchdringlichem Dunkel bedeckt gewesen waren, am ganzen Himmel aufzuglühen begannen. Und damit kein Bereich ohne Lebewesen sei, die ihm angehören, haben Gestirne und Göttergestalten den

Himmelsboden inne, den schimmernden Fischen fielen die Wogen als Wohnstatt zu, die Erde nahm Tiere auf und Vögel die bewegliche Luft.

Noch fehlte ein Lebewesen, heiliger als diese, fähiger, den hohen Geist aufzunehmen, und imstande, die übrigen zu beherrschen. Es entstand der Mensch, sei es, daß ihn aus göttlichem Samen jener Weltschöpfer schuf, der Ursprung der besseren Welt, sei es, daß die junge Erde, erst kürzlich vom hohen Äther getrennt, noch Samen des verwandten Himmels zurückbehielt; diese mischte der Sproß des Iapetus mit Regenwasser und formte sie zum Ebenbild der alles lenkenden Götter. Und während die übrigen Lebewesen nach vorn geneigt zur Erde blicken, gab er dem Menschen ein nach oben schauendes Antlitz, gebot ihm, den Himmel zu sehen und das Gesicht aufrecht zu den Sternen zu erheben. So nahm die Erde, die eben noch roh und gestaltlos gewesen war, verwandelt die bisher unbekannten menschlichen Formen an.

Die vier Weltalter

Als erstes entstand das goldene Menschengeschlecht, das keinen Rächer kannte und freiwillig, ohne Gesetz, Treue und Redlichkeit übte. Strafe und Furcht waren fern, keine drohenden Worte las man auf öffentlich angeschlagenen Erztafeln, keine bittflehende Schar fürchtete den Spruch ihres Richters, sondern sie waren auch ohne Rächer geschützt. Noch nicht war die Fichte gefällt und noch nicht, um ferne Länder zu besuchen, von ihren Bergen in die klaren Fluten hinabgestiegen; und die Sterblichen kannten keine Küste außer ihrer eigenen. Noch umgaben keine steil abfallenden Gräben die Städte, es gab keine Tuba aus geradem, keine Hörner aus gekrümmtem Erz, keine Helme, kein Schwert: Ohne Soldaten zu brauchen, lebten die Völker sorglos in sanfter Ruhe dahin. Auch gab die Erde, frei von Pflichten und Lasten, von keiner Hacke berührt, von keiner Pflugschar verletzt, alles von selbst her. Und zufrieden mit den Speisen, die gewachsen waren, ohne daß jemand Zwang ausübte, sammelten sie Früchte vom Hagapfelbaum, Erdbeeren vom Berge, Kornelkirschen, Brombeeren, die an stachligen Sträuchern hingen, und Eicheln, die von Iuppiters weit ausladendem Baum gefallen waren.

Ewiger Frühling herrschte, und sanfte Westwinde streichelten mit lauen Lüften Blumen, die ungesät entsprossen waren. Bald trug ungepflügte Erde auch Getreide, und ohne nach einer Brache neu bearbeitet zu sein, war der Acker weiß und voll schwerer Ähren. Ja, Ströme von Milch, ja, Ströme von Nektar flossen, und gelb tropfte Honig von der grünenden Steineiche.

Als Saturn in den dunklen Tartarus verstoßen war und die Welt Iuppiter unterstand, folgte ein silbernes Menschengeschlecht, geringer als Gold, wertvoller als rötliches Erz. Iuppiter verkürzte die Dauer des ehemaligen Frühlings, und durch die Winter, die sommerlichen Gluten, die ungleichmäßigen Herbste und den kurzen Frühling gliederte er das Jahr in vier Zeiträume. Damals erglühte zum ersten Mal die Luft von dörrender Hitze und, im Winde erstarrt, hingen Eiszapfen. Damals suchte man zum ersten Mal Unterschlupf in Häusern; als Haus dienten Höhlen, dichtes Gebüsch und mit Rinde verflochtene Zweige. Damals versenkte man zum ersten Mal Samen der Ceres in langen Furchen, und die Pflugstiere stöhnten unter der Last des Joches.

Als drittes folgte darauf das eherne Geschlecht; es war grausamer veranlagt und schneller bereit, zu den schrecklichen Waffen zu greifen, doch nicht frevelhaft.

Das letzte ist von hartem Eisen. Alsbald brach in das Zeitalter des schlechteren Metalls alle Sünde ein, es flohen Scham, Wahrheitsliebe und Treue; an ihre Stelle rückten Betrug, Arglist, Heimtücke, Gewalt und die frevelhafte Habgier. Segel gab der Seemann den Winden – er war mit ihnen bisher nicht vertraut –, die Bäume, die lange auf hohen Bergen gestanden hatten, tanzten übermütig als Schiffe auf Fluten, die sie noch nicht kannten, und den Erdboden, der zuvor Gemeingut gewesen war wie das Sonnenlicht und die Lüfte, zeichnete der umsichtige Feldmesser mit einer langen Grenzlinie. Und man forderte vom ertragreichen Boden nicht nur Saaten und die Nahrung, die er uns schuldig war, sondern man wühlte sich in die Eingeweide der Erde. Und die Schätze, die sie nah bei den Schatten der Styx verborgen hatte, gräbt man aus – Anreiz zu allem Bösen. Schon war das gefährliche Eisen erschienen und das Gold, das noch gefährlicher ist als Eisen. Da erscheint der Krieg, der beides zum Kampf verwendet und mit blutiger Hand klirrende Waffen schüttelt. Man lebt vom Raub; kein Gastfreund ist vor dem Gastfreund sicher, kein Schwiegervater vor dem Schwiegersohn, auch zwischen Brüdern ist Eintracht selten. Der Mann trachtet der Frau nach dem Leben und sie dem Gemahl; schreckliche Stiefmütter mischen bleichmachendes Gift; der Sohn forscht vor der Zeit nach der Lebensfrist des Vaters. Besiegt liegt die fromme Scheu darnieder; und die Jungfrau Astraea hat als letzte der Himmlischen die blutgetränkte Erde verlassen.

Die Giganten

Und damit der hohe Äther nicht sorgloser sei als die Erde, sollen die Giganten, voll Gier nach der Herrschaft im Himmel, Berge zusammengetragen und bis zu den Sternen aufeinandergetürmt haben. Da zerschmetterte der allmächtige Vater mit einem Blitzschlag den Olymp und schlug den Pelion von dem darunterliegenden Ossa. Als die ungeschlachten Leiber von ihrem eigenen Bauwerk erdrückt dalagen, soll die Erde von dem reichlich strömenden Blut ihrer Söhne feucht geworden sein und das warme Blut beseelt und in Menschengestalt verwandelt haben, damit an ihre Nachkommenschaft eine Erinnerung bleibe. Aber auch diese Brut verachtete die Himmlischen, lechzte nach grausamem Mord und war gewalttätig: Sie war ja auch aus Blut geboren.

Die Götterversammlung (I)

Kaum hat der Vater Saturnius dies von der höchsten Himmelshöhe gesehen, seufzt er auf; und in Erinnerung an das gräßliche Mahl an Lycaons Tisch – die Tat war noch frisch und nicht allgemein bekannt – wird sein Herz von gewaltigem Zorn ergriffen, wie er Iuppiters würdig ist, und er beruft eine Versammlung ein; die Gerufenen kommen ohne Zaudern.

Hoch oben gibt es eine Straße; sie ist bei heiterem Himmel zu sehen. Milchstraße heißt sie, schon am weißen Lichtschimmer ist sie leicht zu erkennen; auf ihr führt der Weg die Himmlischen zum Hause des großen Donnerers und zum Königspalast. Rechts und links von ihr stehen die Hallen der vornehmen Götter; die Türflügel sind für die zahlreichen Besucher geöffnet. Das einfache Volk wohnt an einem ganz anderen Ort; hier haben die mächtigen und angesehenen Himmelsbewohner ihre Penaten aufgestellt. Dies ist die Stätte, die ich, wenn man mir den kühnen Ausdruck erlaubt, ohne Scheu das Palatium des Himmels nennen möchte.

Sobald also die Himmlischen im Marmorgemach saßen, schüttelte Iuppiter, auf seinem erhöhten Thron sitzend und auf das elfenbeinerne Szepter gestützt, drei-, viermal sein furchterregendes Haupthaar, mit dem er Erde, Meer und Sterne bewegte; dann tat er seinen Mund auf und sprach voll Entrüstung folgendermaßen:

»Um die Weltordnung habe ich mir nicht einmal damals größere Sorgen gemacht, als jeder der Schlangenfüßler sich anschickte, den Himmel mit hundert Armen zu ergreifen und gefangenzunehmen. Denn obwohl der Feind grimmig war, ging doch jener Krieg nur von *einer* Gruppe aus und hatte einen einzigen Ursprung; jetzt aber muß ich, so weit Nereus rings um den ganzen Erdkreis rauscht, das sterbliche Geschlecht vernichten. Ich schwör' es bei dem Strom in der Tiefe, der unter der Erde im stygischen Hain dahingleitet! Zwar muß man vorher alles versuchen; aber ein unheilbar kranker Körperteil muß mit dem Stahl abgeschnitten werden, damit das Gesunde nicht in Mitleidenschaft gezogen wird. Ich habe Halbgötter, ich habe ländliche Gottheiten: Nymphen, Faune, Satyrn und Silvane, die auf den Bergen hausen. Da wir ihnen ja noch nicht die Ehre zuerkennen, im Himmel zu weilen, müssen wir sie doch ganz gewiß die Erde bewohnen lassen, die wir ihnen gegeben haben! Glaubt ihr etwa, ihr Himmlischen, sie seien künftig hinreichend sicher, da doch selbst mir, der ich den Blitz, der ich sogar euch zu eigen habe und regiere, der wegen seiner Grausamkeit bekannte Lycaon einen Hinterhalt gelegt hat?«

Da murrten alle und forderten mit glühendem Eifer die Bestrafung dessen, der solches gewagt hatte. So ergriff, als die Rotte der Frevler grausam im Caesarenblut den römischen Namen auslöschen wollte, das Menschengeschlecht tiefes Entsetzen angesichts des plötzlichen Sturzes, und der ganze Erdkreis schauderte. Und dir, Augustus, ist die Anhänglichkeit der Deinen nicht weniger willkommen, als sie es damals Iuppiter war. Nachdem er durch Wort und Gebärde dem Murren Einhalt geboten hatte, schwiegen alle. [Als das Geschrei sich legte, unterdrückt von der Würde des Herrschers, brach Iuppiter zum zweiten Mal das Schweigen und sprach folgendes:]

Lycaon

»Er wenigstens hat die verdiente Strafe erlitten – macht euch darüber keine Sorgen! Was aber seine Schuld ist und was die Sühne, will ich euch mitteilen. Zu Ohren gekommen war mir der üble Ruf der Zeit. Im Wunsch, ihn widerlegt zu sehen, schwebe ich vom hohen Olymp hinab und ziehe in Menschengestalt durch die Lande, obwohl ich ein Gott bin. Es würde zu weit führen, aufzuzählen, wieviel Sünde überall zu finden war. Das Gerücht war sogar weniger schlimm als die Wirklichkeit. Ich hatte die Maenalushöhen überschritten; sie sind schaurig, weil dort wilde Tiere hausen; hinter mir lagen auch Cyllene und die Pinienwälder des eisigen Lycaeus. Hierauf betrete ich den Wohnsitz und das ungastliche Dach des arcadischen Tyrannen, als die späte Abenddämmerung die Nacht nach sich zog. Ich gab Zeichen, daß ein Gott gekommen sei, und das Volk hatte begonnen zu beten. Zuerst verspottet Lycaon die frommen Gelübde, dann sagt er: ›Ich will herausfinden, ob dies ein Gott oder ein Sterblicher ist, und zwar durch eine eindeutige Prüfung; an der Wahrheit wird man nicht mehr zweifeln können.‹ Bei Nacht versucht er, während der Schlaf auf mir lastet, mich meuchlings zu ermorden. Das ist seine Art, die Wahrheit herauszufinden. Und auch das genügt ihm noch nicht: Einer Geisel vom Molosserstamm öffnet er mit einem Dolch die Kehle; teils kocht er die erst halbtoten Glieder in siedendem Wasser, teils hat er sie auf dem Feuer geröstet.

Sobald er dies aufgetischt hatte, ließ ich mit rächender Flamme das Dach auf die Penaten stürzen, die ihres Herrn würdig waren; erschrocken flieht er selbst in die ländliche Stille, heult dort auf und versucht vergeblich zu sprechen. Von seinem Wesen bekommt sein Rachen alle rasende Wut; seine gewohnte Mordlust läßt er am Kleinvieh aus und freut sich auch jetzt noch am Blutvergießen. In Zotteln verwandeln sich die Kleider, in Schenkel die Arme. Er wird zum Wolf und behält dabei Spuren seiner früheren Gestalt: Die Grauhaarigkeit ist geblieben, geblieben die gewalttätige Miene, geblieben die leuchtenden Augen, geblieben das Bild der Wildheit.

Die Götterversammlung (II)

Untergegangen ist ein Haus, aber nicht nur *ein* Haus verdiente unterzugehen; soweit die Erde reicht, herrscht die wilde Erinys. Man möchte meinen, sie hätten sich verschworen, Verbrechen zu begehen. Schnell mögen alle die Strafe empfangen, die sie verdient haben. So ist's beschlossen.«

Ein Teil billigt Iuppiters Worte durch Zuruf und spornt den Wutschnaubenden noch an, andere bekunden ihren Pflichteifer durch Zustimmung. Dennoch schmerzt alle der Verlust des

Menschengeschlechtes, und sie fragen, welche Gestalt die Erde ohne Menschen haben werde, wer Weihrauch zu den Altären bringen werde und ob Iuppiter die Erde den wilden Tieren zur Verwüstung überlassen wolle. Während sie solches fragen, verbietet ihnen der König der Himmlischen, sich zu beunruhigen – denn er werde für alles übrige sorgen. Und er verspricht ihnen ein Menschengeschlecht, dem früheren Volk nicht ähnlich und von wunderbarem Ursprung.

Die Sintflut

Schon wollte er über alle Lande Blitze ausstreuen, doch befürchtete er, so viele Feuer könnten den heiligen Äther in Flammen setzen und die lange Himmelsachse entzünden. Auch erinnert er sich eines Schicksalsspruchs, es werde die Zeit kommen, da Meer, Erde und Himmelsburg in Brand geraten und das Weltgebäude in schwerer Bedrängnis ist. Er legt die Waffen beiseite, die von Cyclopenhand gemacht sind, und entscheidet sich für die entgegengesetzte Strafe, nämlich das sterbliche Geschlecht im Wasser zu ertränken und vom ganzen Himmel Regengüsse niedergehen zu lassen.

Alsbald verschließt er in den aeolischen Höhlen den Nordsturm und alle Winde, die heraufgezogene Wolken vertreiben, und läßt den Südwind los: Der Südwind fliegt auf feuchten Schwingen heraus, das furchterregende Gesicht mit pechschwarzem Nebel bedeckt. Der Bart ist schwer von Regen, vom grauen Haar fließt Wasser, an der Stirn ruhen Nebelschwaden, von Tau triefen die Federn und das Gewand. Und sobald er mit der Hand die weit und breit am Himmel hangenden Wolken gepreßt hat, platzen sie mit Getöse; dann gießt es vom Himmel in Strömen. Die Botin der Iuno, Iris im bunten Farbenkleide, zieht Wasser empor und bringt den Wolken Nahrung. Zu Boden gedrückt werden die Saaten; beweint liegt die Frucht darnieder, um welche die Bauern gebetet haben, und die Arbeit eines langen Jahres ist verloren und vertan.

Und Iuppiters Zorn beschränkt sich nicht auf den Himmel; ihn unterstützt sein wasserblauer Bruder mit helfenden Wellen. Er ruft die Flußgötter zusammen. Nachdem sie das Haus ihres Tyrannen betreten hatten, sprach er: »Es bedarf jetzt keiner langen Ermahnung. Laßt eure Kräfte sich austoben! So muß es sein. Öffnet eure Pforten, beseitigt die Dämme und laßt euren Strömen ganz und gar die Zügel schießen!« Soweit sein Befehl; sie kehren heim, öffnen die Schleusen der Quellen und wälzen sich in entfesseltem Lauf zum Meer. Der Meister selbst hat die Erde mit seinem Dreizack erschüttert; sie erzitterte, und ihr Beben bahnte dem Wasser neue Wege. Die Flüsse verlassen ihr Bett, stürzen durch das offene Feld und reißen zugleich mit den Saaten Büsche, Vieh und Menschen, Häuser und geweihte Räume samt den heiligen Götterbildern mit sich fort. Und wenn ein Haus erhalten blieb und noch widerstehen konnte, ohne von dem verheerenden Unglück in Trümmer gelegt zu sein, stehen doch die Fluten höher als sein First, und tief unter dem Strudel sind die Türme versteckt.

Schon gab es zwischen Wasser und Land keinen Unterschied mehr; alles war ein einziges Meer; und das Meer hatte sogar keine Küsten. Der eine besetzt einen Hügel, der andere sitzt im gebogenen Nachen und rudert dort, wo er neulich gepflügt hat; jener segelt über Saaten oder die Dächer eines versunkenen Landhauses dahin; dieser fängt im Ulmenwipfel einen Fisch. Der Anker senkt sich, wenn es der Zufall will, in eine grüne Wiese, oder die gebogenen Kiele streifen darunterliegende Weingärten; und wo eben noch magere Ziegen Grashalme rupften, legen sich jetzt häßliche Robben zur Ruhe. Die Nereïden bewundern unter dem Wasser Haine, Städte und Häuser, Delphine wohnen in Wäldern, stoßen an hohe Zweige und schlagen an Stämme, die nachschwingen. Es schwimmt der Wolf mitten unter Schafen, die Woge trägt gelbbraune Löwen, die Woge trägt Tiger; seine Kraft, die dem Blitze gleicht, hilft dem Eber nicht; die schnellen Schenkel nützen dem Hirsch nicht, der hinweggespült wird; und nachdem der flüchtige Vogel lange nach Land gesucht hat, auf dem er sich niederlassen könnte, fällt er schließlich mit ermatteten Schwingen ins Meer. Die See hatte in ihrer unermeßlichen Zügellosigkeit die Hügel bedeckt, und ungewohnte Fluten schlugen an Berggipfel. Die meisten Menschen werden von der Woge dahingerafft, und die wenigen, welche die Woge verschont hat, zermürbt endloser Hunger; denn sie finden keine Nahrung.

Deucalion und Pyrrha

Phocis trennt die Aonier von den oetaeischen Gefilden, ein fruchtbares Land, solange es Land war, aber damals war es ein Teil des Meeres und eine neu entstandene große Wasserfläche.

Dort strebt ein Berg mit zwei Gipfeln zu den Sternen empor, er heißt der Parnaß, und seine Spitzen überragen die Wolken. Sobald Deucalion hier – alles übrige hatte nämlich das weite Meer bedeckt – mit seiner Ehefrau auf dem kleinen Floß gestrandet ist, beten sie zu den corycischen Nymphen, zu den Berggottheiten und zur schicksalverkündenden Themis, die damals das Orakel innehatte. Es gab zu jener Zeit keinen Mann, der besser gewesen wäre, keinen, der Recht und Billigkeit mehr geliebt hätte, und keine gottesfürchtigere Frau.

Sobald Iuppiter sah, daß der Erdkreis ein Sumpf von stehenden Gewässern war und daß von so vielen Tausenden, die soeben noch lebten, nur ein Mann und von so vielen Tausenden nur eine Frau übrig war, beide schuldlos, beide Verehrer der Gottheit, zerstreute er die Wolken, vertrieb die Regengüsse durch den Nordwind und zeigte dem Himmel die Erde und der Erde den Himmel. Auch die Wut der See dauert nicht länger; der Meeresbeherrscher legt den Dreizack beiseite, glättet die Wogen und ruft den wasserblauen Triton, der über die Meerestiefe hinausragt – auf seinen Schultern wachsen Purpurschnecken –, und befiehlt ihm, in die tönende Muschel zu blasen und durch ein Zeichen die Fluten und Flüsse zurückzurufen. Er nimmt das hohle Horn, das schneckenförmig von der untersten Windung in die Weite wächst; sobald dieses Horn mitten auf dem Meer Luft aufgenommen hat, füllt seine Stimme die Küsten, die gen Sonnenaufgang und Sonnenuntergang liegen. So geschah es auch jetzt: Kaum hatte es den Mund des Gottes berührt, dessen nasser Bart von Wasser troff, und, wie befohlen, zum Rückzug geblasen, hörten es alle Wasser, die des Festlandes und die des Meeres, und alle, die es hörten, wies es in die Schranken. Schon hat das Meer eine Küste, jedes Flußbett nimmt seinen Strom voll auf, die Fluten fallen, und man sieht die Hügel auftauchen. Es hebt sich der Erdboden: Das Land wächst, indem das Wasser abnimmt. Und nach langer Zeit zeigen die Wälder ihre bloßgelegten Wipfel und tragen noch Reste von Schlamm auf dem Laub.

Neu geschenkt war die Erde. Kaum hat Deucalion gesehen, daß sie leer ist und daß in den trostlosen Landen tiefes Schweigen herrscht, treten ihm Tränen in die Augen, und er spricht folgendermaßen zu Pyrrha: »Schwester, Gattin, einzig überlebende Frau, dich hat mit mir zuerst unsere gemeinsame Herkunft – denn unsere Väter sind Brüder –, dann das Ehebett und jetzt auch noch die Gefahr verbunden. Von allen Ländern, welche die aufgehende und die untergehende Sonne sieht, sind wir beide die gesamte Bevölkerung; alles übrige hat das Meer in Besitz genommen. Auch jetzt sind wir unseres Lebens noch nicht ganz sicher. Die Wolken machen mir immer noch Angst. Wie wäre dir jetzt zumute, wenn du ohne mich dem Tode entrissen worden wärest, du Ärmste? Wie könntest du, ganz allein, die Furcht ertragen? Wer würde dich in deinem Schmerz trösten? Denn hätte das Meer auch dich verschlungen, würde ich dir folgen, Gattin, glaub mir! Dann hätte das Meer auch mich verschlungen. O könnte ich doch durch meines Vaters Künste die Völker neu erschaffen und dem geformten Lehm Leben einhauchen! Nun ist das Geschlecht der Sterblichen nur noch in uns beiden vorhanden – so hat es den Göttern gefallen –, und wir bleiben als einzige Vertreter der Menschheit übrig.«

Er war zu Ende, und sie weinten. Da beschlossen sie, zur himmlischen Gottheit zu beten und bei dem heiligen Orakel Hilfe zu suchen. Unverzüglich gehen sie zusammen zu den Wellen des Cephisus, die zwar noch nicht klar waren, sich aber wieder das gewohnte Flußbett bahnten. Dort schöpfen sie Wasser, besprengen Gewänder und Haupt und lenken ihre Schritte zum Tempel der heiligen Göttin; dessen Giebel war grau von häßlichem Moos, und der Altar stand ohne Feuer.

An den Tempelstufen angelangt, werfen sich beide vornüber zu Boden. In heiliger Scheu küßten sie den eiskalten Stein und sprachen: »Wenn Gottheiten sich durch berechtigte Bitten erweichen lassen, wenn sich der Zorn der Götter besänftigen läßt, dann sag uns, Themis, auf welche Weise der Verlust wieder ausgeglichen werden kann, den unser Geschlecht erlitten hat, und komm, du Gnadenreiche, der Welt in ihrem Schiffbruch zu Hilfe!« Die Göttin ließ sich rühren und gab ein Orakel: »Geht hinweg vom Tempel, verhüllt euer Haupt, entgürtet eure Gewänder und werft hinter euren Rücken die Gebeine der großen Mutter!«

Lange standen sie starr. Als erste bricht Pyrrha das Schweigen, weigert sich, dem Befehl der Göttin zu gehorchen, und bittet mit angstvoller Stimme um Vergebung; fürchtet sie doch durch das Werfen der Gebeine den Schatten der Mutter zu kränken. Inzwischen wiederholen sie still für sich die dunklen, geheimnisvollen Worte des Orakels und wenden sie im Gespräch hin und her. Da beruhigt der Sohn des Prometheus die Tochter des Epimetheus mit sanften Worten: »Entweder täuscht mich mein Scharfsinn, oder der Orakelspruch ist fromm und rät zu keinem Frevel: Die große Mutter ist die Erde. Ich vermute, daß die Steine im Leib der Erde als Gebeine bezeichnet werden; diese sollen wir hinter unseren Rücken werfen.«

Obwohl die Titanentochter von der Deutung, die ihr Mann dem Spruche gab, beeindruckt war, ist dennoch die Hoffnung ungewiß; so sehr mißtrauen die beiden dem himmlischen Gebot. Aber was kann ein Versuch schaden? Sie entfernen sich, verhüllen ihr Haupt, entgürten ihr Kleid und werfen, wie befohlen, die Steine hinter ihre Fußspuren. Wer möchte dies glauben, wenn nicht das Alter der Sage einen Zeugen ersetzen würde? Die Steine begannen ihre Härte und ihre Starre abzulegen, allmählich weich zu werden und, einmal weich geworden, Gestalt anzunehmen. Sobald sie dann gewachsen sind und ihnen eine sanftere Natur zuteil geworden ist, läßt sich die Andeutung einer Menschengestalt erkennen – freilich noch nicht offenkundig, sondern wie ein eben in Arbeit genommener Marmorblock, nicht ganz ausgeführt, unfertigen Bildwerken sehr ähnlich. Was an jedem Stein feucht und erdig war, kam den Muskeln zugute; was fest ist und sich nicht biegen läßt, verwandelt sich in Knochen; das Geäder aber blieb Geäder. Und in kurzer Zeit bekamen durch die Macht der Götter die von Männerhand geworfenen Steine das Aussehen von Männern; und aus den Steinen, welche die Frau warf, erstand das weibliche Geschlecht aufs neue. Daher sind wir ein harter, ausdauernder Menschenschlag und legen Zeugnis davon ab, woraus wir entstanden sind.

Die Urzeugung

Die übrigen Lebewesen in ihrer Vielgestaltigkeit brachte die Erde von selbst hervor, nachdem alte Feuchtigkeit vom Feuer der Sonne durchwärmt, Schlamm und nasse Sümpfe von der Hitze schwanger geworden und die fruchtbaren Samen der Wesen, im lebenskräftigen Boden genährt, wie im Mutterschoß gewachsen waren und mit der Zeit ein bestimmtes Aussehen bekommen hatten. So ist es, wenn der siebenarmige Nil die überschwemmten Äcker verlassen und seine Strömung ins alte Flußbett zurückgelenkt hat und der frische Schlamm vom ätherischen Gestirn erhitzt ist: Dann finden die Bauern beim Umhacken der Schollen sehr viele Lebewesen, darunter manche, noch kaum angedeutet, im Augenblick nach der Entstehung, manche unvollendet und ohne die artgemäßen Glieder; und in ein und demselben Körper lebt oft die eine Hälfte, während die andere noch ungeformte Erde ist. Denn sobald sich Feuchtigkeit und Wärme im rechten Verhältnis gemischt haben, vollzieht sich Empfängnis, und ausgehend von diesen beiden entsteht alles. Und obwohl Feuer dem Wasser feind ist, bringt feuchte Hitze alle Dinge hervor, und zwieträchtige Eintracht ist für die Zeugung angemessen.

Apollo tötet Python

Sobald also die Erde unmittelbar nach der Sintflut schlammig und wieder vom ätherischen Sonnenschein, der Glut aus der Höhe, erhitzt war, brachte sie unzählige Arten hervor und bildete dabei teils frühere Gestalten nach, teils schuf sie neue Ungeheuer. Zwar hätte sie es lieber nicht getan, aber sie gebar auch dich damals, riesiger Python, und du – eine Schlange, wie man sie noch nicht gekannt hatte – warst der Schrecken der neuentstandenen Völker. So viel Raum nahmst du am Berg ein! Der bogentragende Gott, der solche Waffen zuvor nur an Damhirschen und flüchtigen Rehen erprobt hatte, tötete diesen Drachen, der von tausend Pfeilen starrte – der Köcher war beinahe leer – und aus schwarzen Wunden sein Gift verströmte. Und damit die Zeit den Ruhm nicht auslösche, setzte er die heiligen Spiele mit ihren vielbesuchten Wettkämpfen ein, die nach der besiegten Schlange die pythischen heißen. Hier erhielt jeder junge Mann, der mit der Hand oder im Wettlauf oder im Wagenrennen gesiegt hatte, Eichenlaub als Ehrung. Noch gab es keinen Lorbeer, und Phoebus schmückte seine schönen langhaarigen Schläfen mit Kränzen von jedem beliebigen Baum.

Apollo und Daphne

Die erste Liebe des Phoebus war Daphne, die Tochter des Penëus; diese Leidenschaft gab ihm nicht der blinde Zufall ein, sondern der wilde Zorn des Liebesgottes. Der Gott von Delos, stolz auf seinen Sieg über die Schlange, hatte jüngst gesehen, wie Amor die Sehne anzog und die Hörner des Bogens spannte. Da hatte er gesagt: »Was willst du, loser Knabe, mit männlichen Waffen? Diese Zier steht meinen Schultern an; kann ich doch dem wilden Tier und auch dem Feind unfehlbar Wunden schlagen. Eben erst habe ich den aufgeblasenen Python, der mit seinem giftigen Bauche so viele Morgen weit das Land bedeckte, mit zahllosen

Pfeilen niedergestreckt. Gib du dich damit zufrieden, mit deiner Fackel irgendwelche Liebeshändel anzustiften, und maße dir nicht meinen Ruhm an!« Ihm antwortete der Sohn der Venus: »Mag dein Bogen alles treffen, o Phoebus – meiner trifft dich! Dein Ruhm ist um so viel geringer als der meine, wie alle Lebewesen einem Gotte nachstehen.« Sprach's, schlug mit den Flügeln, flatterte durch die Luft, und flink stellte er sich auf den schattigen Gipfel des Parnaß. Aus dem Köcher, der die Pfeile barg, nahm er zwei Geschosse von entgegengesetzter Wirkung: Das eine vertreibt, das andere erregt Liebe. Der Pfeil, der Liebe erregt, ist vergoldet und hat eine blinkende, scharfe Spitze; der sie vertreibt, ist stumpf und trägt Blei unter dem Schaft. Mit dem einen traf der Gott die Nymphe, die Penëustochter, mit dem andern schoß er Apollo durch die Knochen bis ins Mark. Sofort ist der eine verliebt; die andere flieht schon vor dem Wort »Geliebte«. Sie hat nur Freude an Schlupfwinkeln im Wald und an Fellen gefangener Tiere; so eifert sie der unverheirateten Phoebe nach. Eine Binde umschloß das ungeordnet herabwallende Haar. Viele warben um sie. Sie aber verschmäht alle Freier, hat keinen Mann und will von keinem wissen, streift durch unwegsames Gehölz und fragt nicht nach Hymen, Amor und Ehe. Oft sagte der Vater: »Tochter, du schuldest mir einen Schwiegersohn.« Oft sprach er: »Mein Kind, du schuldest mir Enkel!« Sie aber haßt die Hochzeitsfackeln wie ein Verbrechen; ihr schönes Gesicht war von schamhafter Röte übergossen, und indem sie mit schmeichelnden Armen am Halse ihres Vaters hing, sprach sie: »Laß mich, liebster Vater, ewig Jungfrau bleiben; dies hat auch Vater Iuppiter der Diana gewährt.« Zwar erfüllt er die Bitte; aber dir verbietet deine Schönheit, das zu sein, was du sein möchtest, und deine Erscheinung widersetzt sich deinem Wunsch. Phoebus liebt! Kaum hat er sie gesehen, begehrt er Daphne zu heiraten; und was er begehrt, erhofft er: Da täuscht ihn sein eigenes Orakel! Wie leichte Stoppeln in Brand gesteckt werden, nachdem die Ähren abgeerntet sind, wie Zäune sich an Fackeln entzünden, die zufällig ein Wanderer zu nahe an sie heranbrachte oder im Morgengrauen zurückließ, so ist der Gott in Liebe entbrannt, so glüht sein ganzes Herz und hegt hoffnungsvoll eine fruchtlose Liebe. Er sieht, wie das schmucklose Haar bis zum Hals herabhängt. »Ei«, sagt er, »wenn es erst noch frisiert würde!« Er sieht die sternengleichen Augen Funken sprühen; er schaut das Mündchen an und will sich mit dem bloßen Anschauen nicht begnügen; er lobt die Finger, die Hände, die Arme und die

Oberarme, die bis über die Mitte entblößt sind; und was verborgen ist, hält er für noch besser. Sie aber flieht schneller als der leichte Lufthauch, ohne auf seine Worte hin stehen zu bleiben, mit denen er sie zurückruft: »Nymphe, Penëustochter, bitte, bleib stehn! Ich folge dir nicht als Feind. Nymphe, bleib stehn! So flieht das Lamm vor dem Wolf, die Hirschkuh vor dem Löwen, so fliehen vor dem Adler die Tauben mit ängstlich schlagenden Flügeln – ein jedes vor seinem Feind; Liebe ist der Grund, warum *ich* dich verfolge. Weh mir! Stürz nicht vornüber und laß die Dornen nicht deine Schenkel ritzen, die keine Verwundung verdienen. Ich will dir keinen Schmerz zufügen. Die Gegend, durch die du dahineilst, ist rauh. Lauf, bitte, langsamer und zügle deine Flucht! Auch ich will dich langsamer verfolgen. Frag wenigstens, wessen Wohlgefallen du erregst! Kein Bergbewohner, kein Hirte bin ich, kein struppiger Wächter von Zug- und Herdentieren. Du weißt nicht, Unbesonnene, du weißt nicht, vor wem du fliehst. Und nur darum fliehst du. Mir dient das delphische Land, Claros, Tenedos und die patarëische Königsburg. Iuppiter ist mein Vater. Ich offenbare, was sein wird, was war und was ist; ich lasse Gesang und Saitenspiel harmonisch zusammenstimmen. Mein Pfeil trifft zwar ins Ziel, doch gibt es *einen* Pfeil, der noch genauer ins Ziel geht; der hat meinem noch freien Herzen eine Wunde geschlagen! Die Heilkunst ist meine Erfindung, die Welt nennt mich den Heilbringer, und die Kraft der Kräuter steht mir zu Gebote. Weh mir, daß gegen die Liebe kein Kraut gewachsen ist und daß die Künste, die allen nützen, ihrem Herrn und Meister keinen Nutzen bringen!«

Er wollte noch mehr sagen, doch die Tochter des Penëus entfloh ihm in angstvollem Lauf, ließ ihn hinter sich und mit ihm seine Rede, mit der er noch nicht zu Ende war. Auch in diesem Augenblick sah sie reizend aus. Windstöße entblößten ihren Körper, der entgegenkommende Luftzug ließ die Kleider, auf die er traf, flattern, ein leichtes Lüftchen ließ das Haar nach hinten wehen, und die Schönheit steigerte sich durch die Flucht. Doch der jugendliche Gott erträgt es nicht länger, Schmeichelworte zu verschwenden. Und wie Amor selbst es ihm eingab, folgt er mit beschleunigtem Schritt ihren Spuren. Wie wenn ein Jagdhund aus Gallien auf dem offenen Feld einen Hasen erspäht hat und der eine nach seiner Beute, der andere um sein Leben rennt – der eine sieht aus, als wolle er schon zubeißen, hofft von einem Augenblick zum andern zuzupacken und streift mit vorgestreckter Schnauze die Fersen der Beute; der andere ist sich im Zweifel,

ob er schon gefaßt ist, entzieht sich gerade noch den zuschnap-
penden Zähnen und läßt das Maul, das ihn schon berührt, hinter
sich –: So erging es dem Gott und der Jungfrau; den einen beflü-
540 gelt die Hoffnung, die andere die Furcht. Doch der Verfolger,
dem Amor Schwung verleiht, ist schneller und gönnt ihr keine
Rast. Die Fliehende spürt ihn schon unmittelbar im Rücken, und
sein Hauch streift ihr Haar, das ihr in den Nacken fällt. Schließ-
lich versagten ihr die Kräfte, sie erblaßte, von der Mühe der ra-
schen Flucht erschöpft, und blickte zu den Wassern des Penëus.
546 »Vater, komm mir zu Hilfe«, sprach sie, »sofern ihr Flüsse gött-
liche Macht besitzt! Zerstöre durch eine Verwandlung diese Ge-
stalt, durch die ich allzu sehr gefiel!« Kaum hat sie ihr Gebet be-
endet, da kommt über ihre Glieder eine lastende Starre. Um die
550 zarte Brust legt sich dünner Bast. Das Haar wächst sich zu Laub
aus, die Arme zu Ästen; der eben noch so flinke Fuß haftet an
zähen Wurzeln, das Gesicht hat der Wipfel verschlungen: Allein
der Glanz bleibt ihr. Auch so liebt Phoebus sie noch. Er legt die
rechte Hand an den Stamm und fühlt noch, wie die Brust unter
555 der frischen Rinde bebt, umschlingt mit den Armen die Äste, als
wären es Glieder, küßt das Holz – doch das Holz weicht den
Küssen aus. Zu ihr sprach der Gott: »Da du nicht meine Gemah-
lin sein kannst, wirst du wenigstens mein Baum sein. Stets wer-
den mein Haupthaar, mein Saitenspiel, mein Köcher dich tragen,
560 Lorbeer! Du wirst den latinischen Feldherrn nahe sein, wenn
frohe Stimmen das Triumphlied singen und das Capitol den lan-
gen Festzug sieht. Du wirst auch als treue Wächterin der Türpfo-
sten am Hause des Augustus vor dem Eingang stehen und den
Eichenkranz, der in der Mitte hängt, beschützen. Und wie mein
565 Haupt im ungeschorenen Haarschmuck stets jugendlich ist, so
trag auch du fortwährend als Ehrenschmuck dein Laub.« Paean
war zu Ende; der Lorbeer nickte mit den neuentstandenen Ästen
und schien den Wipfel wie ein Haupt zu bewegen.

Iuppiter und Io (I)

In Haemonien liegt ein Hain, rings von bewaldeten Steilhängen
umschlossen; er heißt Tempe. Durch dieses Tal wälzt der Pe-
570 nëus, der tief im Pindus entspringt, seine schäumenden Wellen,
und in wuchtigem Absturz ballt er Wolken zusammen, von de-
nen zarte Nebelschleier flattern; den Gischt läßt er auf die Wipfel
des Waldes regnen, und sein Getöse ermüdet nicht nur die Nach-
barschaft.

Dies ist das Haus, dies der Wohnsitz, dies sind die Gemächer des großen Stromes; hier thronte er in einer Felsengrotte und sprach Recht über Wellen und Nymphen, die sie bewohnten. Dort kommen zuerst die Flüsse der Gegend zusammen, ohne so recht zu wissen, ob sie den Vater beglückwünschen oder ihm Trostworte zusprechen sollen: Sperchios, von Pappeln umsäumt, der rastlose Enipeus, der altersgraue Apidanus, der sanfte Amphrysos und Aeas; bald kamen noch andere Flüsse, die, vom Schwung fortgetragen, ihre Wogen, die von den Irrwegen ermüdet sind, ins Meer münden lassen.

Nur Inachus fehlt. Tief unten in seiner Höhle versteckt, vermehrt er sein Wasser durch Tränen und trauert – der Ärmste! – um seine Tochter Io, als hätte er sie verloren. Er weiß nicht, ob sie noch am Leben ist oder schon unter den Toten weilt; doch, da er sie nirgends findet, glaubt er, sie sei nirgends, und befürchtet im Herzen das Schlimmste.

Iuppiter hatte sie vom väterlichen Strom heimkehren sehen und zu ihr gesagt: »Mädchen, du bist Iuppiters würdig, und doch wirst du durch dein Ehelager nur irgendeinen gewöhnlichen Sterblichen glücklich machen. Geh in den Schatten der tiefen Wälder«, und er hatte auf die schattige Stelle hingewiesen, »während es heiß ist und die Sonne in der Mitte ihrer Bahn am höchsten steht. Wenn du dich aber fürchtest, allein deinen Fuß in die Schlupfwinkel der wilden Tiere zu setzen, so wisse: Du wirst die Abgeschiedenheit des Waldes unter dem Schutze eines Gottes betreten, und zwar keines Plebejers unter den Göttern: Ich bin's, der das Himmelsszepter in der gewaltigen Hand hält, der die zuckenden Blitze schleudert. Flieh nicht vor mir!« Sie floh nämlich. Schon hatte sie die Triften von Lerna und das mit Bäumen bepflanzte lyrceïsche Gefilde verlassen, als der Gott die Lande weit und breit in Nebel hüllte, die Fliehende aufhielt und ihr die Ehre raubte.

Unterdessen schaute Iuno mitten auf die Felder hinab und wunderte sich, daß am hellichten Tage die flüchtigen Nebel den Eindruck erweckten, als wäre es Nacht, und bemerkte, daß sie weder vom Fluß kamen noch von der feuchten Erde aufstiegen. Dann schaut sie sich um, wo ihr Mann wohl sei; kannte sie doch die Schliche ihres Gemahls, den sie schon so oft ertappt hatte. Nachdem sie ihn im Himmel nicht gefunden hatte, sprach sie: »Täuscht mich nicht alles, so werde *ich* hier getäuscht.« Sie ließ sich von der Höhe des Äthers herab, stellte sich auf den Erdboden und gebot den Nebeln zu weichen. Iuppiter hatte das Kommen seiner Gattin vorausgeahnt und die Inachustochter in eine strahlend weiße Kuh verwandelt. Auch als Rind ist sie schön! Saturnia lobt das Aussehen der Kuh, obwohl es ihr schwer fällt, und fragt, wem sie gehöre, wo sie herkomme und aus welcher Herde sie sei – als wüßte sie nicht die Wahrheit. Iuppiter lügt, sie sei aus der Erde entstanden, um die Fragen nach der Herkunft abzuschneiden. Da erbittet Saturnia die Kuh als Geschenk. Was tun? Grausam ist's, die Geliebte zu verschenken; sie nicht herzugeben ist verdächtig; zu dem einen rät die Scham, von dem andern rät die Liebe ab. Über die Scham hätte die Liebe den Sieg davongetragen; aber würde der Schwester und Gattin ein so kleines Geschenk wie eine Kuh abgeschlagen, dann könnte es so aussehen, als wäre es keine Kuh. Nachdem sie die Nebenfrau zum Geschenk erhalten hatte, legte die Göttin dennoch nicht alle Furcht ab; sie hatte Angst vor Iuppiter und argwöhnte Untreue, bis sie Io dem Argus, dem Sohn Arestors, zur Bewachung übergab.

Am Haupt des Argus waren ringsum hundert Augen; je zwei davon ruhten sich abwechselnd aus, die übrigen wachten und blieben auf ihrem Posten. Wie er sich auch immer hinstellen mochte, er blickte auf Io. Vor Augen hatte er Io, auch wenn er sich abwandte. Bei Tageslicht läßt er sie weiden; ist die Sonne tief unter der Erde verschwunden, schließt er die Kuh ein und legt ihr eine Fessel um den Hals, der dies nicht verdient. Vom Laub der Bäume nährt sie sich und von bitteren Kräutern, und statt sich auf ein Polster zu legen, streckt sie sich auf dem Erdboden aus, der nicht einmal immer mit Gras bewachsen ist, die Unglückliche! Schlammiges Flußwasser trinkt sie. Als sie noch flehend die Arme zu Argus ausstrecken wollte, hatte sie keine Arme, um sie zu Argus auszustrecken, und beim Versuch zu klagen stieß sie ein Muhen aus, ängstigte sich vor dem Klang und erschrak über die eigene Stimme.

Sie kam auch an das Ufer, an dem sie oft zu spielen pflegte, ans Ufer des Inachus. Und kaum hatte sie im Wasser ihre neuen Hörner erblickt, wurde sie von Furcht ergriffen und floh in hellem Entsetzen vor sich selbst zurück. Die Naiaden wissen nicht, wer sie ist; selbst Inachus weiß es nicht. Sie aber folgt dem Vater, folgt den Schwestern, läßt sich von ihnen berühren und bietet sich ihren staunenden Blicken dar. Der bejahrte Inachus hatte Kräuter gepflückt und ihr gereicht; sie leckt ihm die Hände, bedeckt die Handflächen des Vaters mit Küssen und hält die Tränen nicht zurück. Gehorchten ihr nur die Worte, sie bäte gern um

Hilfe, würde gern ihren Namen nennen und von ihrem Unglück sprechen. Anstelle der Worte leisteten Buchstaben, die ihr Huf im Staube zog, den traurigen Dienst, ihre Verwandlung anzuzeigen. »Weh mir«, ruft der Vater Inachus und umklammert Hörner und Hals der stöhnenden schneeweißen Kuh. »Weh mir!« wiederholt er. »Bist du es, die Tochter, die ich in allen Ländern gesucht habe? Solang ich dich noch nicht entdeckt hatte, war die Trauer um dich erträglicher als jetzt, da du gefunden bist. Du schweigst und antwortest nicht auf unsere Worte; nur Seufzer läßt du aus tiefster Brust aufsteigen und tust das einzige, was du kannst: Du antwortest mir mit Muhen. Und ich bereitete nichts ahnend für dich ein Ehegemach und Hochzeitsfackeln vor und hoffte zuerst auf einen Schwiegersohn, dann auf Enkel. Jetzt mußt du einen Gatten aus der Herde und einen Sohn aus der Herde haben! Und ich darf meinem grenzenlosen Schmerz nicht durch Selbstmord ein Ende setzen: Daß ich ein Gott bin, schadet mir jetzt, und weil mir das Tor des Todes verschlossen ist, verlängert sich meine Trauer in alle Ewigkeit.« Während er mit solchen Worten klagt, drängt ihn der sternübersäte Argus hinweg, entreißt dem Vater die Tochter und zerrt sie auf einen entfernten Weideplatz. Er selbst bezieht in der Ferne Stellung auf einem hohen Berggipfel; dort sitzt er und hält nach allen Richtungen Ausschau.

Doch der Herrscher der Himmlischen kann die namenlosen Leiden der Phoronis nicht länger mitansehen. Er ruft seinen Sohn, den die strahlende Pleiade geboren hat, und befiehlt ihm, Argus zu töten. Es dauert nicht lange, und Mercur hat die Flügelsohlen angelegt, die einschläfernde Gerte in die zaubergewaltige Hand genommen und sich den Hut aufs Haar gesetzt; so ausgerüstet, springt Iuppiters Sohn von der väterlichen Burg auf die Erde hinab. Dort nimmt er die Kopfbedeckung ab und legt das Gefieder beiseite, nur die Gerte behält er. Mit ihr treibt er wie ein Hirte Ziegen, die er unterwegs aufgetrieben hat, quer durchs Gelände und bläst auf seiner selbstgebastelten Rohrflöte.

Der von Iuno bestellte Wächter war von dem neuen Ton und der Kunstfertigkeit wie gebannt. »Wer du auch sein magst, du könntest dich auf diesen Stein zu mir setzen«, sprach Argus. »Wächst doch nirgends reichlicher Gras für das Vieh, und du siehst auch, daß es hier für uns Hirten behaglichen Schatten gibt.« Da setzte sich der Enkel des Atlas, redete viel und ließ den lieben langen Tag unter Gesprächen verstreichen. Dabei versucht er, die wachsamen Augen durch sein Flötenspiel zu bezwingen

Argus freilich kämpft gegen den sanften Schlummer an, und obwohl sich ein Teil seiner Augen schon dem Schlaf ergeben hat, ist ein anderer Teil noch wach. Auch fragt er – die Hirtenflöte war nämlich erst vor kurzem erfunden worden –, wie es zu dieser Erfindung gekommen sei.

Pan und Syrinx

Darauf sagte der Gott: »In dem eisigen Bergland Arcadiens war unter den Hamadryaden von Nonacris eine Naiade besonders berühmt; die Nymphen nannten sie Syrinx. Mehr als einmal hatte sie Satyrn, die ihr nachstellten, zum besten gehabt und allerlei Götter, die im schattigen Wald und auf dem fruchtbaren Lande wohnen. Ihre Jagdleidenschaft und ihre Keuschheit machten sie zur Dienerin der ortygischen Göttin; und da sie ihr Gewand nach Art der Diana hochschürzte, hätte sie das Auge täuschen und für Latonas Tochter gelten können, wenn nicht diese einen Bogen aus Horn, jene einen goldenen hätte. Auch so war sie ihr täuschend ähnlich. Während sie von der Höhe des Lycaeus heimkehrt, sieht Pan sie; und mit dem stachligen Fichtenkranz auf dem Haupte sprach er folgendermaßen –« Übrig blieb noch, die Worte anzuführen und zu berichten, wie die Nymphe seine Bitten zurückwies und durch unwegsames Gelände floh, bis sie zur sanften Strömung des sandigen Ladon gelangte; wie hier das Wasser ihren Lauf hemmte; wie sie die Schwestern der Wassertiefe bat, sie zu verwandeln, und Pan, als er glaubte, Syrinx schon ergriffen zu haben, anstelle der Nymphe Sumpfschilf im Arme hielt; wie, während er dort seufzte, die bewegte Luft im Rohr einen dünnen Ton erzeugte, der einer Klage glich; wie der Gott, von der neuen Kunstform und der Lieblichkeit des Klanges gebannt, sprach: »Diese Art der Zwiesprache mit dir wird mir bleiben«; und wie er schließlich Rohre ungleicher Länge mit Wachs zusammenklebte und so seine Syrinx wenigstens dem Namen nach in der Hand hielt.

Iuppiter und Io (II)

Während er solches erzählen wollte, sah der Gott von Cyllene, daß alle Augen überwältigt waren; der Schlaf hatte ihre Lider verschlossen. Sofort verstummt er und vertieft den Schlummer, indem er mit der Zauberrute über die müden Augen streicht. Unverzüglich verwundet er den Eingenickten, der immer noch nickt, mit dem Sichelschwert dort, wo der Kopf an den Hals grenzt, stößt den Blutenden vom Felsen hinab und befleckt die steil abfallenden Klippen mit Blut. Argus, da liegst du, und das Licht, das dir für so viele Augensterne ausreichte, ist erloschen, und über die hundert Augen kommt eine einzige Nacht. Saturnia nimmt die Augen, versetzt sie auf das Gefieder ihres Vogels und füllt den Pfauenschweif mit sternengleichen Juwelen.

Und sogleich entbrannte sie in Wut, verschob nicht die Stunde des Zornes, stellte der Nebenfrau aus Argolis die schauerliche Erinys vor das geistige Auge, senkte einen verborgenen Stachel in ihre Brust und scheuchte die Flüchtige durch die ganze Welt. Nil, du solltest die letzte Station ihrer unermeßlichen Leiden sein! Dort angelangt, kniete sie am Uferrand nieder, legte den Kopf in den Nacken und hob das Gesicht steil zu den Sternen empor – nur diese Gebärde blieb ihr –; so schien sie unter Seufzern, Tränen und trauervollem Muhen sich bei Iuppiter zu beklagen und ihn zu bitten, ihren Leiden ein Ende zu setzen. Schmeichelnd legt er seiner Gemahlin die Arme um den Hals, bittet sie, den Qualen endlich Einhalt zu gebieten, und spricht: »In Zukunft sei unbesorgt; diese Frau wird dir nie mehr Schmerz bereiten.« Und er ruft die Styx an, seinen Eid zu bezeugen. Kaum ist die Göttin besänftigt, nimmt Io ihre frühere Gestalt an und wird, was sie vorher war: Am Leibe verschwinden die Borsten, die Hörner schrumpfen, der Kreis des Auges wird enger, das Maul zieht sich zum Mund zusammen, Schultern und Hände kommen wieder, jeder Huf spaltet sich in fünf Nägel auf. Vom Rind ist nichts mehr übrig außer der weißen Schönheit; und die Nymphe, die sich jetzt damit begnügt, zwei Füße zu gebrauchen, richtet sich auf, hat Angst zu sprechen, um nicht nach Art der Kühe zu muhen, und versucht nach der langen Unterbrechung nur schüchtern, Worte zu formen.

Jetzt wird sie umschwärmt von einer Schar in Leinengewändern und als Göttin verehrt. Jetzt glaubt man endlich, daß Epaphus vom Samen des großen Iuppiter ist, und neben seiner Mutter besitzt er überall in den Städten Tempel.

Phaëthon (I)

Ebenso alt und ebenso stolz war Phaëthon, der Sohn des Sonnengottes. Als Phaëthon einmal prahlte, dem Sohn der Io nicht nachstehen wollte und auf seinen Vater Phoebus pochte, ertrug es der Inachusenkel nicht länger und sprach: »Du Narr glaubst deiner Mutter alles und brüstest dich mit dem Ahnenbild eines erlogenen Vaters.« Da errötete Phaëthon, und Scham betäubte seinen Zorn. Vor seine Mutter Clymene brachte er die Schmährede des Epaphus. »Und um das Maß deines Schmerzes voll zu machen, Mutter«, sprach er, »ich Freimütiger, ich Stolzer – habe geschwiegen. Ich schäme mich, daß diese Beschimpfung gegen uns laut werden konnte und daß sie sich nicht widerlegen ließ. Bin ich aber wirklich von himmlischem Stamme, so gib mir einen Beweis für diese hohe Herkunft und erkläre, daß der Himmel einen Anspruch auf mich hat.«

Sprach's, schlang die Arme um den Hals der Mutter und bat sie bei seinem Haupte, bei dem des Merops und bei den Hochzeitsfackeln der Schwestern, ihm Beweise dafür zu geben, daß Phoebus wirklich sein Vater war. Clymene aber – tat sie's, weil Phaëthon sie bat, oder vielmehr aus Zorn über das Vergehen, das man ihr nachsagte? – streckte beide Arme zum Himmel, blickte zur hellen Sonne und sprach: »Bei diesem Licht, das glänzende Strahlen schmücken, das uns hört und sieht, schwör' ich dir, mein Sohn, daß du von diesem Sonnengott gezeugt bist, den du schaust und der die Welt ordnet. Wenn ich Erfundenes rede, soll er selbst mir seinen Anblick verweigern, und dieser Tag sei für meine Augen der letzte! Und du brauchst auch nicht lange Mühsal auf dich zu nehmen, um das Heim deines Vaters kennenzulernen. Das Haus, aus dem er aufgeht, ist unserem Lande benachbart; wenn du Lust hast, geh; dann kannst du ihn selbst danach fragen.«

Kaum hat seine Mutter so gesprochen, stürmt Phaëthon sofort freudig hinaus; er lebt nur noch im Gedanken an den Himmel, durchwandert sein Aethiopenland, dann das Gebiet der sonnenverbrannten Inder und geht unverdrossen zum Aufgang seines Vaters.

Zweites Buch

Inhalt des zweiten Buches

Phaëthon (II)

Der Palast des Sonnengottes stand stolz mit hochragenden Säulen da und strahlte von gleißendem Gold und feuerrotem Pyropus. Oben deckte den Giebel schimmerndes Elfenbein, und silberhell glänzten die beiden Torflügel. Noch herrlicher als der Stoff war die Arbeit: Mulciber hatte nämlich dort in getriebenem Metall das Weltmeer dargestellt, wie es die Erde, die in der Mitte liegt, umgürtet; er hatte den Erdkreis gebildet und den Himmel, der sich darüber wölbt. Blaue Götter sind in den Wellen: Triton mit dem Muschelhorn, Proteus der Wandelbare, Aegaeon, der mit den Armen riesige Walfischrücken drückt, Doris und ihre Töchter; einige von ihnen sieht man schwimmen; andere sitzen auf Felsen und trocknen ihr grünes Haar, manch eine reitet gar auf einem Fisch! Jede hat ein anderes Gesicht, und doch gleichen sie einander, wie es sich für Schwestern ziemt. Die Erde trägt Männer und Städte, Wälder und wilde Tiere, Flüsse, Nymphen und andere Götter der Flur. Darüber steht das Bild des Himmels im Sternenglanz: sechs Tierkreiszeichen im rechten und ebenso viele im linken Türflügel.

Kaum ist der Sproß der Clymene auf ansteigendem Pfad hier angelangt und hat das Haus des Vaters, an dessen Vaterschaft er zweifelt, betreten, lenkt er alsbald seine Schritte vor das väterliche Angesicht; doch muß er weit entfernt stehen bleiben, denn aus größerer Nähe ertrug er das Licht nicht. In einem Purpurgewand saß Phoebus auf einem Thron, der von strahlenden Smaragden leuchtete. Zur Rechten und Linken standen der Tag, der Monat, das Jahr, die Jahrhunderte und in gleichmäßigen Abständen die Stunden. Da stand der junge Frühling im Blütenkranze, da stand der nackte Sommer und trug Ährengewinde, da stand auch der Herbst, bespritzt von den Trauben, die er gekeltert hatte, und der eisige Winter im struppigen grauen Haar. Darauf erblickte der Sonnengott, der den Platz in der Mitte innehatte, mit den Augen, mit denen er alles sieht, den Jüngling, den die ungewohnten Wunderdinge einschüchterten, und sprach: »Was ist der Grund deiner Reise? Was suchst du in dieser Burg, Phaëthon, mein Sohn? Dein Vater verleugnet dich nicht.« Er erwidert: »Gemeinsames Licht der unermeßlichen Welt, Phoebus, mein Vater, wenn du mir erlaubst, dich so zu nennen, und Clymene nicht unter trügerischer Maske eine Schuld verheimlicht, gib mir ein Pfand, mein Vater, damit man glaubt, daß ich wirklich dein Kind bin, und nimm von meinem Herzen diese Ungewißheit.« Sprach's; da legte der Vater den Strahlenkranz ab, der rings um sein Haupt blitzte, hieß ihn nähertreten, umarmte ihn und sagte: »Du bist es wert, daß ich mich zu dir bekenne, und Clymene hat über deine Herkunft die Wahrheit gesagt. Und damit du nicht mehr zweifelst: Erbitte dir ein beliebiges Geschenk, um es aus meinen Händen zu empfangen. Als Zeugen für dieses Versprechen rufe ich den Sumpf an, bei dem die Götter schwören müssen und den meine Augen nicht kennen.« Kaum hatte er zu Ende gesprochen, da bittet der Knabe um den Wagen des Vaters und um das Recht, einen Tag die Rosse lenken zu dürfen, deren Füße geflügelt sind.

Da bereute der Vater seinen Schwur, schüttelte drei-, viermal sein lichtglänzendes Haupt und sprach: »Leichtfertig ist mein Wort durch das deine geworden. O wäre es mir erlaubt, mein Versprechen nicht zu erfüllen! Ich bekenne es: Nur dies würde ich dir, mein Sohn, verweigern. Doch abzuraten steht mir frei. Was du dir wünschest, ist gefährlich. Etwas Großes begehrst du, Phaëthon, eine Gabe, die diesen deinen Kräften und deinen so jungen Jahren nicht entspricht. Dein Los ist es, sterblich zu sein; nicht sterblich ist, was du begehrst. Sogar mehr, als Göttern zuteil werden kann, beanspruchst du in deiner Unwissenheit. Mag auch jeder Gott viel von sich halten, so kann sich doch keiner außer mir auf die feurige Achse stellen. Auch der Herrscher des großen Olymps, er, der mit furchtbarer Hand verheerende Blitze schleudert, wird diesen Wagen nicht lenken können; und was gibt es Größeres als Iuppiter? Steil ist die erste Strecke des Weges; kaum bewältigen sie die Pferde, obwohl sie am Morgen ausgeruht sind. In der Mitte des Himmels ist die Bahn sehr hoch; selbst ich fürchte mich oft, von dort auf Meer und Land hinabzublicken, und die Brust erbebt mir vor beklemmender Angst. Die letzte Strecke ist abschüssig und verlangt eine sichere Lenkung: Sogar Tethys, die mich dann im darunterliegenden Wasser auffängt, bangt oft, ich könnte in die Tiefe stürzen. Außerdem ist der Himmel von einem ständigen Wirbel erfaßt, zieht hoch oben die Sterne mit und dreht sie in raschem Umlauf. Ich stemme mich dagegen, mich überwältigt der Schwung nicht, der alles übrige mit sich fortreißt, und ich bringe meine hohe Fahrt ans Ziel, der heftigen Kreisbewegung des Alls entgegen. Nimm an, ich hätte dir den Wagen gegeben. Was wirst du tun? Wirst du gegen die kreisenden Pole ankommen, so daß dich die schnelle Himmelsachse nicht mit sich fortträgt? Vielleicht stellst du dir vor, daß dort Haine und Städte der Götter sind und Heiligtümer, reich an Weihegaben? Nein, die Fahrt geht mitten durch Orte, an denen Schreckbilder von Tieren lauern. Und auch wenn du auf dem rechten Weg bleibst und dich von nichts beirren läßt, wirst du doch zwischen den Hörnern des Stieres hindurchfahren, der sich dir entgegenstellt, vorbei am Bogen des haemonischen Schützen, am Rachen des reißenden Löwen, am Skorpion, der die unbarmherzigen Scheren in weitem Bogen krümmt, und am Krebs, der sie in anderer Richtung krümmt. Und du kannst nicht ohne weiteres die Rosse lenken; mit wildem Stolz beseelt sie das Feuer, das sie in der Brust tragen und aus Maul und Nüstern ausstoßen; selbst mich dulden sie kaum, wenn einmal ihr heftiger Mut entflammt ist; und ihr Nacken widerstrebt den Zügeln. Du aber, nimm dich in acht, mein Sohn, daß ich dir nicht ein verhängnisvolles Geschenk geben muß, und solange du noch darfst, berichtige deinen Wunsch. Natürlich, ein sicheres Unterpfand verlangst du, damit du glauben kannst, daß du Blut von meinem Blute bist. Ich gebe dir ein sicheres Unterpfand durch meine Furcht, und meine väterliche Angst um dich beweist, daß ich dein Vater bin. Hier: Sieh mein Gesicht! O könntest du in mein Herz blicken und darin die väterlichen Sorgen entdecken! Und schau dir schließlich ringsum alles an, was die reiche Welt besitzt, und verlange irgendeines der so zahlreichen und großen Güter im Himmel, auf der Erde und im Meer! Du wirst keine Zurückweisung erfahren. Nur dies eine nimm, bitte, aus, das eigentlich eine Strafe, keine Ehre ist; eine Strafe erflehst du dir, Phaëthon, als Geschenk. Was umschlingst du meinen Hals, Ahnungsloser, mit schmeichelnden Armen? Zweifle nicht, du wirst alles bekommen, was du dir wünschest (ich habe bei den stygischen Fluten geschworen) – aber wähle einen vernünftigeren Wunsch!«

Er hatte seine Warnung beendet, doch Phaëthon sträubt sich gegen die Worte, beharrt auf seinem Vorsatz und brennt vor Begierde nach dem Wagen. Solange er durfte, hat der Vater gezögert. Nun führt er den Jüngling also zu dem hohen Wagen, einem Geschenk Vulcans. Golden war die Achse, die Deichsel golden, golden die Felge außen am Rad; die Reihe der Speichen war silbern. Am Joch spiegelten Chrysolithe und aufgereihte Edelsteine den Phoebus und warfen sein strahlendes Licht zurück. Während der hochgemute Phaëthon dies bewundert und das Kunstwerk betrachtet – siehe, da hat die wachsame Aurora im hellen Osten die purpurnen Tore und die Hallen voller Rosen geöffnet: Die Sterne fliehen auseinander, ihren Zug beschließt Lucifer und verläßt als letzter seinen Posten am Himmel. Als er sah, daß dieser sich der Erde zuwandte, die Welt sich rötete und die Ränder der Mondhörner sich gleichsam verflüchtigten, gebietet Titan den flinken Horen, die Pferde anzuschirren. Rasch führen die Göttinnen den Befehl aus, holen die feuerspeienden Rosse, die sich an saftiger Ambrosia gesättigt haben, von den hohen Krippen herbei und legen ihnen das klirrende Zaumzeug an. Dann bestrich der Vater das Gesicht seines Sohnes mit einem heiligen Zaubermittel und feite es gegen die zehrenden Flammen, setzte ihm den Strahlenkranz aufs Haar und sprach, indem er wiederholt aus tief besorgter Brust aufseufzte – denn er ahnte Schmerzliches –: »Kannst du wenigstens diesen Ermahnungen deines Vaters gehorchen: Geh, Knabe, mit dem Stachel sparsam um und gebrauche kräftiger die Zügel! Aus eigenem Antrieb eilen die Rosse; die Arbeit besteht darin, ihren Eifer zu bändigen. Und wähle nicht den Weg, der geradlinig durch die fünf Zonen führt! Schräg geschnitten verläuft in weitem Bogen die Bahn; sie gibt sich mit dem Bereich dreier Zonen zufrieden und meidet den Südpol und den Großen Bären mit seinen Nordwinden. So sei dein Weg! Deutlich wirst du die Radspuren sehen. Und damit Himmel und Erde gleichmäßig erwärmt werden, drücke den Wagen nicht zu weit hinab und lenke ihn nicht durch den obersten Äther. Steigst du zu hoch empor, wirst du die himmlischen Hallen verbrennen, gehst du zu tief, die Erde; in der Mitte wirst du am sichersten fahren. Möge dich auch das Rad nicht zu weit nach rechts tragen zur Schlange, die sich ringelt, und auch nicht zu weit nach links zu dem tief am Himmel stehenden Altar! Halte dich zwischen beiden! Das weitere überlasse ich dem Schicksal. Es möge dir helfen und besser für dich sorgen als du selbst! Während ich rede, hat die feuchte Nacht die Wendemarken am Hesperischen Strand berührt. Wir dürfen nicht länger warten: Wir werden verlangt. Aurora glüht, und die Finsternis ist vertrieben. Nimm die Zügel in die Hand – oder, wenn dein Sinn sich noch ändern kann, dann mache dir meinen Rat, nicht meine Räder zu eigen, solange du noch kannst, solange du auf festem Boden und nicht unerfahren auf der Achse stehst, die du dir zu deinem Unheil gewünscht hast. Laß mich der Erde das Licht spenden, damit du es in Sicherheit schauen kannst.«

Phaëthon besteigt den leichten Wagen mit seinem jugendlich schlanken Körper. Schon steht er oben, freut sich, mit den Händen die leichten Zügel zu berühren, und dankt von dort aus dem widerstrebenden Vater. Inzwischen erfüllen die vier geflügelten Sonnenrosse Feurig, Morgenschein, Brand und Lohe die Lüfte mit flammendem Wiehern und schlagen mit den Hufen an die Schranken. Schon hatte Tethys diese aufgestoßen, ohne vom Schicksal ihres Enkels etwas zu ahnen, und den Rossen stand der unermeßliche Himmel offen: Da stürmen sie los, bewegen die Beine durch die Luft, zerreißen Nebelschleier, die ihnen im Wege stehen. Von den Flügeln emporgetragen, überholen sie die Ostwinde, die aus derselben Richtung kommen. Aber das Gewicht war leicht, so daß es die Sonnenrosse nicht wiedererkennen konnten, und dem Joch fehlte die vertraute Schwere. Wie gebogene Schiffe ohne den rechten Ballast hin und her schwanken und, weil sie zu leicht sind, unstet über das Meer fortgetragen werden, so macht der Wagen, frei von der gewohnten Last, Sprünge in der Luft und wird in die Höhe geschleudert, als wäre er leer. Sobald das Viergespann dies bemerkt hat, stürzt es los, verläßt die ausgefahrene Bahn und läuft nicht mehr geordnet wie sonst. Phaëthon ist erschrocken und weiß nicht, wohin er die ihm anvertrauten Zügel lenken soll, auch weiß er den Weg nicht, und selbst wenn er ihn wüßte, könnte er den Pferden seinen Willen nicht aufzwingen. Damals erwärmte sich zum erstenmal das eisige Gestirn der Sieben Dreschochsen am Strahl der Sonne, und sie versuchten vergebens, in dem verbotenen Meer zu baden; und die Schlange, die ganz nahe am eisigen Pol wohnt, vor der sich bisher niemand zu fürchten brauchte, weil sie durch den Frost träge geworden war, wurde warm und bekam durch die Hitze neue Angriffslust. Man sagt, sogar du, Bootes, seist verwirrt geflohen, wenn du auch noch so träge warst und dein Karren dich aufhielt. Doch als Phaëthon von der höchsten Höhe des Äthers hinabblickte, der Unglückliche, auf die Lande, die weit, weit unten hingebreitet waren, erbleichte er, in plötzlicher Angst erzitterten ihm die Knie, und ungeachtet all des hellen Lichtes senkte sich Finsternis über seine Augen. Schon hätte er lieber die Rosse des Vaters nie angerührt, schon reut es ihn, seine Herkunft erfahren und seine Bitte durchgesetzt zu haben, schon wünscht er sich sehnlich, ein Sohn des Merops zu heißen. Er wird fortgetragen wie vom rasenden Nordwind ein fichtenes Schiff, dessen Lenkung der verzweifelte Steuermann aufgegeben und das er Göttern und Gebeten überlassen hat. Was tun? Eine große Himmelsstrecke liegt bereits hinter ihm, eine größere vor ihm. Im Geiste schätzt er beides ab; bald blickt er voraus gen Sonnenuntergang – wohin zu gelangen ihm nicht beschieden ist –, bald zurück zum Sonnenaufgang. Wie betäubt weiß er nicht, was er tun soll. Weder läßt er die Zügel los, noch kann er sie anziehen, noch kennt er die Namen der Pferde. Auch sieht er, bunt über den weiten Himmel verstreut, Wunderwesen und die Bilder riesiger Tiere, die ihm Angst einjagen. Es gibt einen Ort, an dem der Skorpion seine Scheren in zwei Bögen krümmt und mit seinem Schwanz und den beiderseits gebogenen Armen seine Glieder über den Raum von zwei Tierkreiszeichen ausdehnt. Sobald ihn der Knabe sah, wie er von schwarzem Gift troff, das er ausschwitzte, und ihn mit seinem krummen Stachel zu verwunden drohte, verlor er die Besinnung, eisig packte ihn die Angst, und er ließ die Zügel los. Diese liegen schlaff auf dem Rücken der Pferde; durch die Berührung geraten die Rosse außer Rand und Band und jagen, ohne daß jemand sie zurückhält, durch unbekannte Luftregionen. Regellos rasen sie, wohin ihr Ungestüm sie treibt, stoßen an die Sterne, die am hohen Himmelsgewölbe befestigt sind, reißen den Wagen durchs Unwegsame, steigen bald zu den höchsten Höhen empor, bald stürzen sie abwärts auf halsbrecherischen Wegen in der Nähe der Erde dahin. Luna wundert sich, daß die Rosse ihres Bruders auf einer tiefer gelegenen Bahn laufen als die ihren, und versengt dampfen die Wolken. Überall dort, wo die Erde am höchsten ist, wird sie vom Feuer ergriffen, bekommt Spalten und Risse und dörrt aus, weil ihr die Säfte entzogen sind. Das Gras wird grau, samt seinen Blättern brennt der Baum, und das trockene Saatfeld liefert seinem eigenen Unheil Nahrung.

Doch was ich beklage, ist noch gering! Große Städte gehen mit ihren Mauern unter, und der Brand legt ganze Länder mit ihren Völkern in Asche. Es brennen die Wälder mit ihren Bergen. Es brennt der Athos, der cilicische Taurus, der Tmolus, der Oeta, der Ida, der damals trocken war, sonst überreich an Quellen, der Helicon, der Berg der jungfräulichen Musen, und der Haemus, der damals noch nicht dem Oeagrus gehörte. Es brennt der Aetna von zweierlei Feuern, die sich ins Unermeßliche steigern, es brennt der Parnaß mit seinen zwei Gipfeln, der Eryx, der Cynthus, der Othrys, Rhodope, die endlich einmal die Schneekappe verliert, Mimas, Dindyma, Mycale und der Cithaeron, der für heilige Orgien geschaffen ist. Scythien nützt die heimische Kälte nichts; der Caucasus brennt. Ebenso der Ossa, der Pindus, der Olymp, der größer ist als beide, die luftigen Höhen der Alpen und der wolkentragende Appennin.

Da sieht Phaëthon den Erdkreis von allen Seiten in Flammen stehen und hält die gewaltige Hitze nicht aus; glühend heiße Luft wie aus dem tiefen Schlund einer Esse atmet er mit dem Mund ein, spürt, daß sein Wagen sich bis zur Weißglut erhitzt, kann die aufgewirbelte Flugasche nicht mehr ertragen und ist ringsum in heißen Rauch gehüllt. Von pechschwarzem Dunkel bedeckt, weiß er nicht mehr, wohin er fährt oder wo er ist, und läßt sich von der Willkür der Flügelpferde fortreißen. Wie man glaubt, wurden damals Aethiopiens Völker schwarz, weil die Hitze das Blut an die Oberfläche ihres Körpers lockte. Damals ward Libyen trocken, weil die Glut dem Lande die Feuchtigkeit entzog. Damals weinten die Nymphen mit aufgelöstem Haar um ihre Quellen und Seen: Boeotien vermißt Dirce, Argos Amymone, Ephyra die Wellen der Pirene. Nicht einmal Flüsse, denen weit voneinander entfernte Ufer beschieden sind, bleiben verschont: Inmitten seiner Wellen dampfte der Tanaïs, ebenso der alte Penëus, der teuthrantische Caïcus, der schnelle Ismenus, der Erymanthus bei Phegia, der Xanthus, der später noch einmal brennen sollte, der gelbe Lycormas, der Maeander, der spielerisch seinen Lauf immer wieder zurückbiegt, der mygdonische Melas und der taenarische Eurotas. Es brannte auch der babylonische Euphrat, es brannte der Orontes, der schnelle Thermodon, der Ganges, der Phasis und die Donau. Es siedet der Alphëus, die Ufer des Sperchios brennen; das Gold, das der Tagus in seinem Strome mit sich führt, wird im Feuer flüssig; und den Flußvögeln, die das Ufer Maeoniens durch ihren Gesang belebten, wurde mitten im Caÿstros heiß. Der Nil flüchtete voll Entsetzen ans Ende der Welt und verbarg sein Haupt, das bis heute nicht wieder entdeckt ist. Seine sieben Mündungsarme sind staubig und leer, sieben Täler ohne Flußlauf. Dasselbe Geschick läßt den thracischen Hebrus zusammen mit dem Strymon austrocknen und die abendländischen Flüsse: den Rhein, den Rhodanus, den Padus und den Tiber, dem die Weltherrschaft verheißen war.

Der ganze Erdboden springt auf, durch die Ritzen dringt Licht in den Tartarus und erschreckt den König der Unterwelt und seine Gattin; das Meer schrumpft, und was eben noch Gewässer war, ist eine trockene Sandfläche; Berge, die das tiefe Meer bedeckt hatte, kommen zum Vorschein und vermehren die weitverstreuten Cycladen. In die tiefsten Tiefen tauchen die Fische, und die Delphine wagen es nicht, sich in gekrümmtem Sprung über die See in die vertraute Luft zu erheben. Leblose Robbenleiber schwimmen rücklings auf dem Meeresspiegel. Selbst Nereus, Doris und ihre Töchter sollen sich in lauwarmen Grotten versteckt gehalten haben. Dreimal hatte Neptun sich erkühnt, die Arme und sein finster blickendes Gesicht aus dem Wasser hervorzustrecken, dreimal ertrug er die glutheiße Luft nicht. Doch die Mutter Erde, vom Meer umgeben wie sie war, inmitten der Gewässer der See und der Quellen, die sich von allen Seiten um sie drängten und sich im Innern der schattenspendenden Mutter versteckt hatten, erhob – vertrocknet bis in die Kehle – ihr bedrücktes Gesicht, hielt sich die Hand vor die Stirn, erschütterte alles mit starkem Beben, sank etwas in sich zusammen, saß weiter unten als sonst und sprach mit heiserer Stimme folgendermaßen: »Ist dies dein Ratschluß und habe ich dies verdient, was lassen dann noch deine Blitze auf sich warten, oberster der Götter? Soll ich schon durch die Gewalt des Feuers vergehen, so laß mich wenigstens durch *dein* Feuer vergehen und mich in meinem Untergang damit trösten, daß du der Urheber bist. Kaum kann ich den Mund für diese wenigen Worte öffnen« – die Hitze schloß ihr die Lippen – »hier sieh nur mein ausgedörrtes Haar und so viel Asche in meinen Augen und auf meinem Gesicht! Zahlst du mir diesen Zins, erweisest du mir diese Ehre für meine Fruchtbarkeit, meinen treuen Dienst, dafür, daß ich mich vom krummen Pflug und der Hacke verwunden und das ganze Jahr schinden lasse, daß ich dem Vieh das Laub liefere, dem Menschengeschlecht das Getreide als unblutige Nahrung und auch euch Göttern den Weihrauch? Aber nimm an, ich hätte den Tod verdient – was hat das Wasser, was dein Bruder verbrochen? Warum schrumpft das Meer, das ihm durchs Los verliehen ist, warum muß es jetzt weiter vom Himmel entfernt sein? Läßt du dich aber weder deinem Bruder noch mir zuliebe rühren, so erbarme dich doch wenigstens deines Himmels! Sieh ihn dir an beiden Enden an! Beide Pole rauchen; wenn sie das Feuer versehrt, werden eure Hallen einstürzen. Schau, selbst Atlas leidet Qualen und kann die glühende Himmelsachse kaum auf den Schultern halten! Wenn Meer und Lande vergehen und die Burg des Himmels, dann werden wir wieder ins alte Chaos gewirbelt. Ist noch etwas übrig, so entreiß es den Flammen und sorge für das Wohl der Welt!« Die Erde hatte zu Ende gesprochen, denn sie konnte die Hitze nicht länger ertragen und nichts mehr sagen, zog ihr Antlitz in sich selbst zurück und verbarg es in Höhlen, die näher bei der Unterwelt lagen.

Doch der allmächtige Vater rief die Himmlischen und auch den Geber des Wagens dafür als Zeugen an, daß alles einem schweren Verhängnis zum Opfer fallen werde, wenn er nicht Abhilfe schaffe. Steil steigt er zur höchsten Zinne empor, von wo aus er die weiten Lande mit Wolken zu überziehen pflegt, von wo aus er die Donner erregt und mit Schwung die Blitze schleudert. Damals hatte er freilich keine Wolken, um die Erde zu überziehen, keinen Regen, um ihn vom Himmel herabzusenden. Also donnert er; dann holt er weit aus – bis zum rechten Ohr – und wirft den Blitz auf den Wagenlenker, raubt ihm zugleich den Stand und das Leben und bezähmt mit grausamem Feuer das Feuer. Scheu werden die Rosse, springen in verschiedene Richtungen, reißen den Hals aus dem Joch und hinterlassen zerfetzte Riemen. Hier liegt Zaumzeug, dort, von der Deichsel abgebrochen, die Achse, hier die Speichen geborstener Räder, und weit verstreut sind die Reste des zertrümmerten Wagens.

Aber Phaëthon, dessen Haar die verheerende Flamme rötet, wird kopfüber hinabgewirbelt und stürzt in weitem Bogen durch die Luft, wie zuweilen ein Stern von heiterem Himmel zwar nicht fällt, aber zu fallen scheint. Fern der Heimat, am anderen Ende der Welt, nimmt ihn der gewaltige Eridanus auf und wäscht sein dampfendes Gesicht. Hesperische Naiaden übergeben den Leib, der noch von dem dreizackigen Blitz raucht, dem Grabhügel, und sie ritzen in den Stein einen Spruch: »Hier ruht Phaëthon, der Lenker des väterlichen Wagens; zwar konnte er ihn nicht halten, doch fiel er als einer, der Großes gewagt.«

Der bejammernswerte Vater hatte in schmerzvoller Trauer sein Angesicht verhüllt, und wenn wir es glauben wollen, soll ein Tag ohne Sonne vergangen sein; die Feuersbrunst spendete Licht, und so war dieses Übel wenigstens zu etwas nütze. Clymene aber zerreißt, nachdem sie alles gesagt hat, was man in so schwerem Unglück sagen muß, in besinnungsloser Trauer ihr Kleid, schlägt sich an die Brust und durchforscht die ganze Welt, zuerst auf der Suche nach den entseelten Gliedern, dann nach den Gebeinen. Sie fand sie schließlich an fremdem Ufer bestattet, sank an der Stätte zu Boden, wusch den Namen, den sie im Marmor las, mit ihren Tränen und wärmte ihn mit der bloßen Brust.

Nicht weniger trauern die Sonnentöchter und bringen dem Tod als sinnlose Gaben ihre Tränen dar. Mit der flachen Hand schlagen sie sich an die Brust, rufen Tag und Nacht nach Phaëthon, der ihre unglücklichen Klagen nicht hören kann, und werfen sich am Grabe nieder. Viermal hatte Luna ihre Hörner zum Vollmond ergänzt: Die Mädchen hatten nach ihrem Brauch – einen Brauch hatte nämlich die Gewöhnung entstehen lassen – ihre Klage ausgestoßen; als eine von ihnen, Phaëthusa, die älteste der Schwestern, sich auf die Erde niederlassen wollte, klagte sie, ihre Füße seien erstarrt. Zu ihr versuchte die strahlende Lampetië zu kommen und wurde von einer plötzlich gewachsenen Wurzel festgehalten. Die dritte wollte sich mit den Händen die Haare raufen und riß Blätter ab. Diese empfindet Schmerz, weil ein Baumstamm ihre Beine umschließt, jene, weil ihre Arme zu langen Ästen werden; und während sie sich noch darüber verwundern, umfaßt Rinde ihre Weichen und legt sich Schritt für Schritt um den Leib, die Brust, die Schultern, die Hände. Nur noch die Gesichter blickten hervor und der Mund, der nach der Mutter rief.

Was sonst soll die Mutter tun als hierhin und dorthin gehen, wohin sie ihr Gefühl treibt, und Küsse geben, solange sie noch darf? Das genügt ihr nicht; sie versucht die Leiber aus den Stämmen zu reißen und bricht mit den Händen die zarten Zweige ab; doch da quellen blutige Tropfen wie aus einer Wunde hervor. »Bitte, schone mich, Mutter«, ruft eine jede, sobald sie verletzt ist, »schone mich, bitte! Im Baum verwundest du meinen Leib. Leb wohl!«, und Rinde wuchs über die letzten Worte. Daraus fließen Tränen; was von den neuentstandenen Zweigen herabtropft, wird an der Sonne hart: Bernstein, den der klare Strom aufnimmt und den Latinerfrauen als Schmuck schickt.

Bei diesem Wunder war Cygnus dabei, der Sohn des Sthenelus, der mit dir, Phaëthon, mütterlicherseits blutsverwandt war; doch noch enger war die Seelenverwandtschaft. Er hatte sein Reich verlassen – er herrschte nämlich über die Völker und die großen Städte der Ligurer. Eben hatte er die grünen Ufer und den Eridanus-Strom mit Klagen erfüllt und den Wald, den die Schwestern vermehrt hatten, als seine Stimme plötzlich dünn wurde. Weißgrauer Flaum überdeckt das Haar, von der Brust aus streckt sich der Hals weit nach vorn, Schwimmhäute verbinden die rot gewordenen Zehen, Federn verhüllen die Seite, und das Gesicht bekommt einen stumpfen Schnabel. Es entsteht ein neuer Vogel: der Schwan. Er vertraut sich dem Himmel und Iuppiter nicht an, als erinnere er sich seines ungerechten Blitzschlages. Sümpfe sucht er und weite Seen, und da er das Feuer verabscheut, hat er die Flüsse, die den Flammen feindlich sind, zur Wohnstätte erkoren.

Unterdessen ist Phaëthons Vater vor Gram entstellt, läßt die Schönheit vermissen, die ihm eigen ist, sieht aus wie bei einer Sonnenfinsternis, haßt das Licht, sich selbst und den Tag. Ganz gibt er sich der Trauer hin, läßt zur Trauer den Zorn hinzutreten und verweigert der Welt seinen Dienst. »Ruhelos genug«, so spricht er, »ist mein Leben seit Anbeginn der Welt gewesen, und mich verdrießt die Arbeit, die ich ebenso endlos wie ruhmlos verrichtet habe. Soll doch ein anderer den Wagen lenken, der das Licht trägt! Gibt es aber keinen und erklären sich alle Götter außerstande, dann soll der Herr doch selber den Lenker spielen, um doch einmal, wenigstens solange er meine Zügel erprobt, seine Blitze ruhen zu lassen, die andere Väter kinderlos machen. Hat er einmal die Kraft der feuerfüßigen Rosse zu spüren bekommen, wird er wissen, daß der den Tod nicht verdient hat, der sie nicht gut lenkte.« Während er solches spricht, umringen alle Götter den Sonnengott und bitten ihn mit flehender Stimme, die Welt nicht mit Finsternis zu überziehen; Iuppiter entschuldigt sich gar wegen des Blitzschlags und würzt nach Königsart die Bitten mit Drohungen. Da sammelt Phoebus seine besinnungslosen und immer noch völlig kopfscheuen Pferde und wütet in seiner Trauer mit Stachel und Peitsche. Ja, er wütet, macht ihnen Vorwürfe und gibt ihnen die Schuld am Tod des Sohnes.

Iuppiter und Callisto

Doch der allmächtige Vater macht einen Rundgang um die gewaltigen Mauern des Himmels und prüft nach, ob nichts, durch die Kraft des Feuers gelockert, von Einsturz bedroht sei. Nachdem er sich davon überzeugt hat, daß alles fest und haltbar ist, nimmt er die Erde und die Mühsal der Menschen in Augenschein; besonders eingehend kümmert er sich freilich um sein geliebtes Arcadien. Er stellt dort die Quellen wieder her, die Flüsse, die noch nicht zu strömen wagen, schenkt der Erde Gras, den Bäumen Laub und befiehlt den verwüsteten Wäldern, wieder zu grünen. Während er geschäftig hin- und herging, verweilte sein Auge auf einem arcadischen Mädchen; er fing Feuer und erglühte bis ins innerste Mark. Es war nicht ihre Sache, Wolle durch Ziehen gefügig zu machen oder ihr Haar immer wieder anders zu legen. Hatte nur die Spange das Kleid, die weiße Binde das lose Haar gebändigt, hielt sie nur bald den geglätteten Jagdspieß, bald den Bogen in der Hand, so war sie Phoebes Soldat. Und keine, die den Maenalus betrat, war der Trivia lieber; doch keine Macht ist von Dauer.

Die Sonne stand hoch und war schon über die Mitte vorgerückt, als das Mädchen einen Wald betrat, der noch zu keiner Zeit gefällt worden war. Hier nimmt sie den Köcher von der Schulter und spannt den geschmeidigen Bogen ab. Bald darauf lag sie auf dem mit Gras bewachsenen Boden, und ihr Nacken ruhte auf dem bemalten Köcher. Kaum sah Iuppiter die Erschöpfte unbewacht, sprach er: »Diesen Seitensprung wird meine Gattin bestimmt nicht erfahren, oder, wenn sie davon Wind bekommt – um diesen herrlichen Preis lohnt sich die Schelte.« Alsbald nimmt er Gestalt und Tracht der Diana an und spricht: »O Jungfrau aus meiner Schar, auf welchen Bergen hast du gejagt?« Sie erhebt sich vom Rasenteppich. »Sei gegrüßt«, sprach sie, »Gottheit, die nach meinem Urteil größer ist als Iuppiter – mag er es nur selbst hören!« Er hört es lächelnd, freut sich, daß er sich selbst vorgezogen wird, und gibt ihr Küsse, die weder maßvoll genug waren noch so recht zu seiner Jungfrauenrolle paßten. Sie will erzählen, in welchem Walde sie gejagt hat, doch er hindert sie daran durch seine Umarmung und verrät sich nicht ohne Vergehen. Sie wehrt sich zwar, soweit sie als Frau es vermag – hättest du es mitangesehen, Saturnia, du wärest milder! –, sie wehrt sich, doch wen könnte ein Mädchen und wer könnte Iuppiter besiegen? Siegreich schwingt sich Iuppiter zum hohen Äther empor. Ihr aber sind Wald und Hain als Mitwisser verhaßt. Als sie den Ort verließ, vergaß sie beinahe, Köcher und Pfeile mitzunehmen und den Bogen, den sie dort aufgehängt hatte.

Siehe, da schreitet Dictynna daher über den hohen Maenalus, von ihrem Gefolge begleitet und stolz auf die blutige Jagdbeute. Sie erblickt das Mädchen und ruft es herbei: Die Gerufene wich zurück und befürchtete zuerst, Iuppiter verberge sich in der Göttin. Doch nachdem sie gesehen hatte, daß die Nymphen mit ihr kamen, begriff sie, daß kein Trug im Spiele war, und gesellte sich zu der Schar. Ach, wie schwer ist es, die Schuld nicht durch die Miene zu verraten! Kaum hebt sie den Blick vom Boden; sie geht auch nicht mehr wie früher unzertrennlich an Dianas Seite und steht nicht mehr an der Spitze des ganzen Zuges, sondern sie schweigt und gibt durch Erröten zu erkennen, daß ihre Keuschheit verletzt ist. Wäre Diana keine Jungfrau, hätte sie an tausenderlei Anzeichen Callistos Verfehlung bemerken können – die Nymphen sollen es bemerkt haben. Die Hörner des Mondes begannen sich zum neunten Male zum Kreise zu runden, als die Jägerin unter den Göttinnen, erschöpft von den heißen Strahlen ihres Bruders, einen kühlen Hain betrat, aus dem murmelnd ein Bach entsprang und den Ufersand bespülte und hin- und herbewegte. Sie lobte den Platz und berührte die Oberfläche des Wassers mit der Zehenspitze; sie lobte auch das Wasser und sprach dann: »Fern ist jeder Augenzeuge. Laßt uns die nackten Leiber mit Wassergüssen benetzen!« Die Parrhasierin errötete; alle legen die Hüllen ab, eine nur sucht es hinauszuzögern; während sie noch zauderte, zog man ihr das Kleid aus. Nachdem es abgelegt war, trat zugleich mit dem entblößten Körper auch die Schuld ans Licht. Während Callisto wie vom Donner gerührt dasteht und mit den Händen den Leib verbergen will, spricht Cynthia: »Geh weit von hinnen und beflecke nicht den heiligen Quell.« Und sie verbannte sie aus ihrem Gefolge.

All dies hatte die hohe Frau des großen Donnerers schon lange bemerkt und die harte Bestrafung auf einen geeigneten Zeitpunkt verschoben. Jetzt gab es keinen Grund mehr zu warten; schon war Arcas, ein Junge – eben dies ärgerte Iuno ganz besonders –, von der Nebenfrau geboren; sie lenkte ihr Auge und ihr grausames Herz auf ihn und sprach: »Das hat gerade noch gefehlt, Ehebrecherin, daß du fruchtbar bist, daß dein Nachwuchs meine Schmach bekannt macht und meines Iuppiters Schandtat öffentlich bezeugt! Das sollst du mir büßen! Ich will dir nämlich die Gestalt nehmen, die dir selbst, du aufdringliches Weib, und meinem Eheliebsten so gut gefällt.« Sprach's, packte sie bei den Haaren vorn an der Stirn und warf sie vornüber zu Boden. Callisto wollte flehend die Arme ausstrecken – doch die Arme wurden allmählich rauh und bekamen schwarze Zotteln, die Hände krümmten sich, wuchsen sich zu gebogenen Krallen aus und übernahmen die Aufgabe von Füßen; das Gesicht, das einst Iuppiters Wohlgefallen erregt hatte, wurde häßlich und bekam ein breites Maul. Und damit keine Bitten und flehenden Worte die Herzen umstimmen können, wird ihr die Fähigkeit des Sprechens genommen: Eine zornige, drohende Stimme, die Schrekken verbreitet, kommt aus rauher Kehle. Doch das frühere Bewußtsein blieb ihr auch als Bärin. Sie bekundet ihren Schmerz durch beständiges Stöhnen, hebt die Hände, so entstellt sie auch sind, zu den Sternen am Himmel. »Undankbarer Iuppiter!« Sie kann es nicht sagen, aber sie denkt es. Ach, wie oft scheute sie sich, im einsamen Walde zu ruhen, und irrte vor ihrem Hause und auf ihrem früheren Grund und Boden umher! Ach, wie oft jagte Hundegebell sie durch die Felsen! Und die Jägerin floh voll Angst vor Jägern! Oft hielt sie sich versteckt, wenn sie wilde Tiere gesehen hatte, und vergaß, was sie war. Die Bärin schauderte, wenn sie im Gebirge Bären erblickte, und hatte Angst vor Wölfen, obwohl ihr Vater einer war.

Siehe, da kommt der Sohn Arcas, der seine von Lycaon stammende Mutter nicht kennt. Er ist jetzt etwa fünfzehn Jahre alt. Während er wilde Tiere jagt, während er passende Bergwälder aussucht und die erymanthischen Wälder mit geknüpftem Garn umstellt, stößt er auf seine Mutter. Sie blieb beim Anblick des Arcas stehen und schien ihn zu erkennen. Er wich zurück und erschrak, nichts ahnend, vor ihr, die fest den Blick auf ihn gerichtet hielt und sich nicht satt sehen konnte; und als sie Verlangen zeigte, sich ihm zu nähern, schickte er sich an, ihr die Brust mit der verletzenden Waffe zu durchbohren.

Doch der Allmächtige hielt ihn zurück und hob zugleich mit beiden auch den Frevel auf: Zusammen entrückte er sie in einem Sturmwind durch den leeren Raum, versetzte sie an den Himmel und machte sie zu benachbarten Sternbildern. Da schwoll in Iuno der Zorn, nachdem die Nebenfrau im Kreise der Gestirne glänzte, und sie stieg hinab ins Meer zur altersgrauen Tethys und zum greisen Oceanus, denen Götter oft Ehrerbietung zollen. Auf die Frage, was sie hierher führe, hebt sie an: »Wollt ihr wissen, warum ich, die Götterkönigin, von meinen Wohnsitzen im Äther hierher komme? An meiner Stelle beherrscht eine andere den Himmel! Nennt mich eine Lügnerin, wenn ihr nicht, sobald die Nacht die Welt verdunkelt hat, ganz oben am Himmel die neu geadelten Sterne seht, die mich kränken, dort, wo sich der letzte und engste Kreis um den obersten Pol der Himmelsachse legt! Gibt es überhaupt noch einen Grund für jemanden, Iuno nicht verletzen zu wollen, davor zu zittern, mich zu beleidigen, da ich doch, wenn ich schaden will, nur nütze? O wieviel habe ich ausgerichtet! Wie gewaltig ist meine Macht! Ich verbot ihr, ein Mensch zu sein, und sie wurde zur Göttin! So darf ich Schuldige bestrafen, so weit geht meine Befugnis! Soll er doch wenigstens nur das frühere Aussehen für sie beanspruchen und ihr die Tierfratze nehmen, wie er es einst bei der Phoronis aus Argolis tat! Warum heiratet er sie nicht auch noch, verstößt mich, seine Iuno, richtet ihr mein Ehegemach ein und nimmt Lycaon zum Schwiegervater? Doch wenn euch der Schimpf, der eurer gekränkten Pflegetochter angetan wurde, nicht gleichgültig läßt, dann haltet die Große Bärin, die Sieben Dreschochsen von der blauen Meerestiefe fern, verjagt das Sternbild, das zum Lohn für Hurerei in den Himmel aufgenommen wurde, und laßt die Nebenfrau nicht in eurem reinen Meer baden.«

Die Meeresgötter nickten zustimmend; in wendigem Wagen durchzieht Saturnia den klaren Äther mit ihrem bunten Pfauengespann.

Apollo und Coronis (I)

Wie die Pfauen erst vor kurzem, nach der Ermordung des Argus, bunt geworden waren, so waren deine Flügel, geschwätziger Rabe, früher strahlend weiß, erst kürzlich schwarz geworden. Dieser Vogel hatte nämlich einst schneeweiße Federn, so silberglänzend, daß er völlig fleckenlosen Tauben gleichkam und nicht den Gänsen nachstand, die später mit wachsamer Stimme das Capitol retten sollten, und nicht dem Schwan, der die Flüsse liebt. Die Zunge wurde ihm zum Verhängnis; sie, die geschwätzige Zunge, bewirkte, daß seine Farbe, die weiß war, jetzt ins Gegenteil verkehrt ist.

In ganz Haemonien gab es kein schöneres Mädchen als Coronis aus Larissa: Dir, Gott von Delphi, gefiel sie ganz gewiß, solange sie entweder treu oder unbeobachtet war; aber der Vogel des Phoebus bemerkte ihren Treubruch. Gerade war er unterwegs zu seinem Herrn, um ihm die heimliche Verfehlung als unerbittlicher Kläger zu enthüllen. Ihn holt, heftig mit den Flügeln schlagend, die geschwätzige Krähe ein, um alles auszukundschaften. Nachdem sie gehört hatte, was ihn zu seinem Fluge bewog, sprach sie:

Die Krähe – Nyctimene

»Deine Reise bringt dir keinen Nutzen. Verachte nicht, was meine Zunge dir voraussagt. Halte dir vor Augen, was ich war und was ich bin. Frage dich dann, ob ich's verdient habe. Du wirst finden, daß mir meine Gewissenhaftigkeit zum Verhängnis wurde. Denn einst hatte Pallas den Erichthonius, ein Kind, das ohne Mutter entstand, in ein Körbchen aus attischer Weide eingeschlossen und den drei Töchtern des doppelgestaltigen Cecrops mit dem strengen Gebot übergeben, keinen Blick auf ihr Geheimnis zu werfen. Versteckt unter dem leichten Blätterwerk einer dichtbelaubten Ulme, kundschaftete ich aus, was sie tun würden. Zwei von ihnen, Pandrosos und Herse, bewahren das Anvertraute ohne Falsch. Aglauros allein nennt ihre Schwestern feige, schiebt mit der Hand das Geflecht auseinander, und sie sehen darin ein Kind und eine Schlange, die sich emporreckt. Ich berichte der Göttin das Geschehene. Dafür ernte ich folgenden Dank: Ich werde ausdrücklich aus Minervas Gefolge verstoßen und muß hinter der Nachteule zurückstehen. Meine Bestrafung kann den Vögeln zur Warnung dienen, sich nicht durch Geplapper Gefahren einzuhandeln. Aber ist sie nicht etwa seinerzeit von sich aus auf mich zugekommen, ohne daß ich sie um irgend etwas Derartiges gebeten hätte? Du kannst Pallas selbst fragen: Zürnt sie mir auch noch so sehr – selbst im Zorn wird sie das nicht bestreiten können. Mein Vater war nämlich Coroneus, der in Phocis berühmt war – ich sage dir damit nichts Neues –, und ich war eine Prinzessin. Reiche Freier umwarben mich; denke nicht gering von mir! Meine Schönheit wurde mir zum Verhängnis. Denn als ich mit gemächlichen Schritten, wie gewohnt, ganz außen am Strand über den Sand hinschlenderte, sah mich der Meergott und fing Feuer. Und nachdem er mit Bitten viel Zeit und Schmeichelworte unnütz vertan hat, will er es mit Gewalt versuchen und folgt mir. Ich fliehe, verlasse den festen Strand, und vergebens mühe ich mich in dem lockeren Sande ab. Dann rufe ich Götter und Menschen zu Hilfe; doch meine Stimme erreicht keine Menschenseele. Aber die Jungfrau ließ sich bewegen, für die Jungfrau einzutreten, und sie kam mir zu Hilfe. Ich streckte die Arme zum Himmel; die Arme färbten sich schwarz von leichten Federn. Ich mühte mich, das Kleid von den Schultern abzuwerfen, doch es war schon zu Flaum geworden und hatte tief in der Haut Wurzel gefaßt. Ich versuchte, mit der flachen Hand an die entblößte Brust zu schlagen, doch ich hatte keine Hände mehr, und meine Brust war nicht mehr entblößt. Ich lief; und der Sand hemmte meine Füße nicht mehr, sondern ich erhob mich von der Erdoberfläche. Bald fliege ich im Schwung durch die Luft davon. So wurde ich Minervas unbescholtene Gefährtin. Doch was nützt mir das alles, wenn jetzt Nyctimene, die durch ein grausiges Verbrechen zum Vogel wurde, als Nachfolgerin meinen Ehrenplatz eingenommen hat? Oder hast du etwa noch nicht gehört, was auf ganz Lesbos die Spatzen von den Dächern pfeifen, daß Nyctimene das Ehebett ihres Vaters geschändet hat? Sie ist zwar jetzt ein Vogel, aber schuldbewußt entzieht sie sich den Blicken, meidet das Tageslicht, verbirgt ihre Schande im Dunkeln, und darum verjagen sie alle aus dem weiten Himmelsraum.«

Apollo und Coronis (II)

Während sie solches sprach, sagte zu ihr der Rabe: »Dein Versuch, mich zurückzurufen, möge dir selber Unheil bringen! Was scheren mich nichtige Vorzeichen!« Und er läßt sich nicht von der begonnenen Reise abbringen und erzählt seinem Herrn, daß er Coronis in den Armen eines jungen Mannes aus Thessalien sah. Als der Liebende von dem Vergehen hörte, entglitt ihm der Lorbeer; und der Gott verlor zugleich die Fassung, das Plectrum und die Gesichtsfarbe. Zornig aufbrausend, greift er zu den gewohnten Waffen, spannt den Bogen, dessen Hörner er zurückbiegt, und durchbohrt mit seinem unentrinnbaren Geschoß die Brust, die so oft an der seinen ruhte. Getroffen, stieß Coronis einen Seufzer aus, zog sich das Eisen aus der Wunde, benetzte dabei ihre weißen Glieder mit purpurrotem Blut und sprach: »Du hättest mich ja bestrafen können, Phoebus, aber erst nachdem ich Mutter geworden wäre. Jetzt wird mein Tod zweier Menschen Tod sein.« Sprach's, und zugleich mit dem Blute entschwand ihr das Leben. Und in den Leib, aus dem die Seele entflohen war, kroch die Kälte des Todes. Ach, zu spät bereut der Liebende die grausame Bestrafung, und er haßt sich selbst, weil er dem Ankläger Gehör schenkte und im Zorn so hitzig war; er haßt auch den Vogel, der ihn gezwungen hatte, das Vergehen und die Ursache seiner Kränkung zur Kenntnis zu nehmen; er haßt den Bogen, die eigene Hand und mit ihr die blindlings abgeschossenen Pfeile. Er wärmt die Zusammengesunkene, trachtet mit verspäteter Hilfe das Schicksal zu besiegen und übt erfolglos seine Heilkunst aus. Nachdem er bemerkt hatte, daß diese Versuche vergeblich waren, daß man bereits den Scheiterhaufen aufschichtete und daß die Glieder der Geliebten im letzten Feuer verbrennen sollten, seufzte er aus tiefster Brust – denn ein göttliches Antlitz dürfen keine Tränen benetzen – nicht anders, als wenn einer vor den Augen der Kuh mit dem Hammer weit bis zum rechten Ohr ausgeholt und dann mit deutlichem Schlag die gerundete Schläfe des saugenden Kalbes zerschmettert hat. Sobald Phoebus Balsam, der nichts nützte, auf ihre Brust gegossen, sie umarmt und ihr die rechten Ehren erwiesen hatte, die an dem Unrecht nichts änderten, ertrug er es nicht, daß sein Same zusammen mit der Mutter zu Asche werde. Er rettete den Sohn vor den Flammen und aus dem Leibe der Mutter und brachte ihn in die Höhle des doppelgestaltigen Chiron. Den Raben aber, der sich dafür eine Belohnung erhoffte, daß er die Wahrheit berichtet hatte, schloß er aus dem Kreise der weißen Vögel aus.

Ocyroë

Inzwischen hatte der Halbmensch seine Freude an dem Zögling aus göttlichem Stamme, und er freute sich über die Würde, die mit der Bürde verbunden war. Siehe, da kommt die Tochter des Centauren, rotes Haar wallt ihr auf die Schultern herab. Einst hatte die Nymphe Chariclo sie am Ufer eines reißenden Flusses geboren und Ocyroë genannt. Sie begnügte sich nicht damit, die Künste des Vaters zu erlernen; auch die Geheimnisse des Schicksals wußte sie zu verkünden. Als aber ihr Geist in prophetische Verzückung geriet und sie von dem Gott erglühte, den sie in der Brust trug, sprach sie, das Kindlein anblickend: »Wachse, Knabe, und bringe der ganzen Welt Heil! Oft werden sterbliche Leiber dir ihre Rettung verdanken. Du wirst sogar Macht haben, entflohene Seelen wieder ins Leben zurückzurufen. Einmal wirst du dies zum Zorn der Götter wagen und durch die Flamme des Großvaters daran gehindert werden, dieses Geschenk zum zweiten Mal zu verleihen. Und aus einem Gott wirst du zu einem Körper ohne Blut werden und aus einem Leichnam wieder zu einem Gott und zweimal ein neues Leben beginnen. Du auch, lieber Vater, jetzt unsterblich und durch deine Geburt dazu bestimmt, durch alle Äonen fortzuleben, wirst dir dann sehnlichst wünschen, sterben zu können, wenn der Geifer der gräßlichen Schlange quälend deine verwundeten Glieder durchdringt. Und die Götter werden dich aus einem Unsterblichen in einen Sterblichen verwandeln, und die drei Parzen werden deinen Lebensfaden lösen.« Es blieb noch etwas zu weissagen übrig. Doch da seufzt sie aus tiefster Brust, über ihre Wangen gleiten hervorquellende Tränen, und sie spricht: »Das Schicksal kommt mir zuvor, ich darf nicht weitersprechen, und es wird mir verwehrt, meine Stimme zu gebrauchen. So viel war mir die Kunst nicht wert, die den Zorn der Gottheit auf mich herabbeschwor. Lieber hätte ich die Zukunft nicht gewußt! Schon scheint mir das Menschenantlitz abhanden zu kommen, schon sagt mir Gras als Nahrung zu, schon drängt es mich, weit übers Feld zu stürmen. Ich verwandle mich in eine Stute, eine mir verwandte Gestalt. Doch warum ganz? Mein Vater ist doch doppelgestaltig.« Während sie solches sprach, verstand man das Ende der Klage nicht mehr so recht, wirr waren die Worte. Bald scheinen es nicht mehr Worte und noch keine Pferdestimme zu sein, sondern es war, als ahme jemand eine Stute nach. Doch nach kurzer Zeit stieß sie schon deutlich Gewieher aus und streckte die Arme ins Gras hinab. Da schließen sich die Finger zusammen, und die fünf Nägel verbinden sich zu einem leichten Huf, der ganz aus Horn besteht. Es wachsen Gesicht und Hals in die Länge, der größte Teil des wallenden Gewandes wird zum Schweif. Das Haar, das ihr flatternd um den Hals spielte, ist zur Mähne geworden, die nach rechts fällt. Stimme und Gestalt sind zugleich neu geworden. Das Wunder hat ihr auch den Namen gegeben.

Battus

Der Heros, Philyras Sohn, weinte und rief vergeblich deine Hilfe an, Gott von Delphi! Konntest du doch nicht aufheben, was der große Iuppiter angeordnet hatte; und hättest du es auch gekonnt, wärest du damals nicht zur Stelle gewesen. Du weiltest nämlich in Elis und in den messenischen Gefilden. Das war damals, als du ein Hirtenkleid aus Fell trugst; deine Linke hielt einen knorrigen Stock, und die andere Hand eine Hirtenflöte, deren sieben Rohre verschieden lang waren. Während du nur an Liebe denkst und deine Flöte dich tröstet, sollen die Rinder unbewacht in das Gebiet von Pylos vorgedrungen sein. Diese sieht der Sohn der Atlastochter Maia, treibt sie als Meisterdieb beiseite und versteckt sie im Gehölz. Den Diebstahl hatte keiner bemerkt außer einem Alten, der in jener ländlichen Gegend bekannt war; die ganze Nachbarschaft nannte ihn Battus. Er bewachte die Bergwälder des reichen Neleus, seine Viehweiden, auf denen fettes Gras wuchs, und sein edles Gestüt. Dieser Mann war dem Gott nicht geheuer; so zog er ihn freundlich mit der Hand beiseite und sprach zu ihm: »Wer du auch sein magst, Fremder, wenn jemand nach diesen Zugtieren fragt, sag ihm, du hättest keine gesehen, und nimm, damit deine Gefälligkeit nicht unbelohnt bleibe, eine prächtige Kuh zum Lohn!« Und er gab sie ihm. Der andere nahm sie an und versetzte: »Fremder, geh ganz unbesorgt! Eher soll dieser Stein deinen Diebstahl ausplaudern«, und er zeigte auf einen Stein. Zum Schein entfernt sich Iuppiters Sohn; bald kehrt er in verwandelter Gestalt zurück. Mit veränderter Stimme sprach er: »Landmann, hast du auf diesem Weg irgendwelche Rinder vorbeiziehen sehen, so hilf mir und verschweige den Diebstahl nicht. Du bekommst dafür eine Kuh zusammen mit dem zugehörigen Stier.« Der Alte aber sprach, nachdem der Lohn sich verdoppelt hatte: »Am Fuße der Berge dort drüben werden sie sein.« Und sie waren am Fuße der Berge dort drüben.

Da lachte der Sohn der Atlastochter und sagte: »Mich verrätst du an mich, Wortbrüchiger, mich verrätst du an mich?« und verwandelte das meineidige Herz in einen harten Stein, der auch jetzt noch Anzeiger heißt. So steht der Stein, der nichts dafür kann, seit alters in Verruf.

Aglauros, Mercur und Herse

Von hier hatte sich auf seinem Flügelpaar der stabtragende Gott emporgeschwungen, und im Fluge blickte er auf die Felder von Munychia hinab, auf das Land, das der Minerva lieb ist, und auf die Büsche des gepflegten Lyceum. An jenem Tage trugen gerade, wie es dort Brauch ist, keusche Jungfrauen die heiligen Geräte in bekränzten Körben auf dem Scheitel zur festlich geschmückten Burg der Pallas. Während sie von dort zurückkommen, erblickt sie der geflügelte Gott und fliegt nicht mehr geradeaus weiter, sondern zieht einen Kreis am Himmel. Wie wenn der räuberische Vogel, der Weih, geopferte Eingeweide erspäht hat und, solange er noch scheu ist und die Opferdiener sich dicht um das Heilige drängen, rundherum schwebt und es nicht über sich bringt, sich weiter zu entfernen, und gierig das Erhoffte auf flatternden Schwingen umfliegt, so krümmt der Cyllener über der Burg von Athen begehrlich seine Flugbahn und kreist unablässig an Ort und Stelle. Wie der Morgenstern die übrigen Sterne und wie die goldene Phoebe den Morgenstern überstrahlt, so viel herrlicher als alle übrigen Jungfrauen schritt Herse einher. Sie war der Stolz des Festzugs und ihrer Gefährtinnen. Von ihrer Schönheit war Iuppiters Sohn gebannt, und während er im Äther schwebte, entbrannte er in Liebe: nicht anders, als wenn eine balearische Schleuder eine Bleikugel wirft; sie fliegt, erglüht im Fluge und findet das Feuer, das sie nicht hatte, unter den Wolken. Er kehrt um, verläßt den Himmel und trachtet nach Irdischem. Nicht verleugnet er seine Gestalt; so stolz ist er auf sie. Zwar ist sie in Ordnung, doch hilft er ihr noch durch Pflege auf, streicht sich das Haar zurecht, legt den Mantel richtig in Falten, daß er falle, wie es sich gehört, daß der Besatz und die ganze Goldstickerei zur Geltung komme, daß der Zauberstab in seiner rechten Hand, mit dem er den Schlaf herbeizwingt und fernhält, schön blank sei und daß die Flügelschuhe an sauberen Füßen glänzen.

Der verborgene Teil des Hauses hatte drei Gemächer, die Elfenbein und Schildpatt schmückten. Davon gehörte dir, Pandrosos, das rechte, Aglauros das linke, das mittlere besaß Herse. Die Bewohnerin der linken Kammer bemerkte als erste Mercurs Kommen und wagte den Gott zu fragen, wie er heiße und warum er komme. Er entgegnete ihr: »Ich bin der Enkel des Atlas und der Pleïone und trage Worte, die mein Vater mir aufträgt, durch die Lüfte; mein Vater ist Iuppiter selbst. Und ich will keine Ausreden ersinnen: Sei du nur bitte deiner Schwester treu ergeben und sei bereit, die Tante meiner Nachkommenschaft zu heißen! Herse ist das Ziel meiner Fahrt; ich bitte dich, steh mir in meiner Liebe bei!«

Ihn blickt Aglauros mit denselben Augen an, mit denen sie vor kurzem das Geheimnis der blonden Minerva gesehen hatte. Und sie verlangt schweres Gold als Lohn für ihren Dienst; vorerst nötigt sie ihn, das Haus zu verlassen. Ihr wendet die kriegerische Göttin das Auge mit finsterem Blick zu. Dabei seufzte sie so tief und heftig, daß sie zugleich die Brust und die Ägide erschütterte, die ihr die tapfere Brust umschloß. Es fällt ihr ein, daß Aglauros ihr Geheimnis mit unheiliger Hand aufdeckte, als sie entgegen der Vereinbarung das ohne Mutter entstandene Kind des Gottes von Lemnos sah; jetzt würde sie obendrein einem Gotte und zugleich ihrer Schwester lieb sein und auch noch reich, wenn sie das Gold empfing, das sie in ihrer Habgier gefordert hatte.

Alsbald macht sie sich auf zum Hause der Mißgunst, das von schwarzem Geifer starrt. Ihr Heim ist an der tiefsten Stelle eines Tales versteckt. Kein Sonnenstrahl findet dorthin den Weg, kein Wind bläst hindurch. Finster ist's und voll lähmenden Frostes, nie brennt dort ein Feuer, doch Nebelschwaden brauen stets in reicher Fülle. Hier angekommen, bleibt die Heldenjungfrau, die sonst im Kriege Furcht verbreitet, vor dem Hause stehen – denn die Weltordnung verbietet ihr, unter das Dach zu treten –, und sie stößt mit der Lanzenspitze an die Türpfosten. Von dem Schlag sprangen die Türflügel auf. Drinnen sieht sie die Mißgunst Vipernfleisch essen – das gibt ihrem Laster Nahrung. Von dem Anblick muß Minerva die Augen abwenden. Jene aber erhebt sich schwerfällig vom Boden, läßt die halbverzehrten Schlangenleiber liegen und geht mit trägem Schritt einher. Kaum hatte sie die Göttin im Schmuck ihrer Schönheit und ihrer Waffen gesehen, seufzte sie auf und verzog mit tiefem Stöhnen die Miene. Bleich ist ihr Gesicht, mager der ganze Leib, der Blick in keiner Richtung gerade, die Zähne sind dunkel vor Fäulnis, die Brust ist grünlich von Galle, die Zunge von Gift unterlaufen. Lachen liegt ihr fern, außer schadenfrohem Gelächter beim Anblick von Schmerzen. Nie kommt sie in den Genuß des Schlafes, da aufregende Sorgen sie wachhalten; vielmehr sieht sie nur die ihr unwillkommenen Erfolge der Menschen und verzehrt sich bei deren Anblick. So zerfleischt sie zugleich andere und sich selbst und ist ihre eigene Strafe. Trotz allem Abscheu redet Tritonia sie kurz mit solchen Worten an: »Vergifte mit deinem Geifer eine der Töchter des Cecrops. So muß es sein. Es ist Aglauros.« Ohne ein weiteres Wort zu verlieren, flüchtete sie und stieß sich mit der Lanze von der Erde ab.

Jene sah der forteilenden Göttin mit schiefem Blick nach, murrte ein wenig, und es tat ihr weh, daß Minerva Erfolg haben würde. Dann nimmt sie den Stab, den dichte Dornenranken umgaben. Von schwarzen Wolken bedeckt, verwüstet sie auf ihrem Wege überall die blühenden Lande, verbrennt das Gras, rupft die Mohnköpfe ab und vergiftet Völker, Städte und Häuser durch ihren Anhauch. Endlich erblickt sie die Burg der Tritonia, reich gesegnet mit Begabungen und mit Schätzen und erfüllt von festlichem Frieden. Kaum kann sie die Tränen zurückhalten, weil sie nichts Beweinenswertes sieht. Doch nachdem sie die Kammer der Cecropstochter betreten hat, führt sie den Befehl aus, berührt ihr die Brust mit ihrer rostgefärbten Hand, erfüllt ihr das Herz mit hakigen Dornen, haucht ihr schädlichen Geifer ein und verstreut in ihrem Gebein und mitten in der Lunge pechschwarzes Gift. Um sie die Ursachen des Übels nicht weit suchen zu lassen, stellt sie ihr die Schwester vor Augen, ihre glückliche Ehe und den Gott in all seiner Schönheit. Alles läßt sie groß erscheinen. Das erregt die Cecropstochter; darum nagt verborgener Kummer an ihr, darum seufzt sie voll Sorge Tag und Nacht. So schwindet die Ärmste in langsamem Siechtum dahin, wie Eis, an dem die noch unbeständige Sonne zehrt. Nicht sanfter versengt Herses Glück ihr Herz, als wenn man an dorniges Gras Feuer gelegt hat; keine Flammen schlagen hervor, doch leise schwelende Glut verbrennt es. Oft wollte sie sterben, um nichts Derartiges sehen zu müssen, oft wollte sie es wie ein Verbrechen dem strengen Vater erzählen; schließlich setzte sie sich auf die Schwelle, dem ankommenden Gott entgegen, um ihn auszusperren. Als er ihr mit schmeichelnden Bitten und gar sanften Worten zuredete, sprach sie: »Hör auf; ich will mich von hier erst fortbewegen, wenn du vertrieben bist.« – »Bei diesem Vertrag soll es bleiben«, sprach der flinke Cyllener. Er öffnete die Türflügel mit seinem himmlischen Stab. Aglauros versucht aufzustehen, kann aber die Körperteile, die man beim Sitzen abbiegt, vor lauter träger Schwere nicht mehr bewegen. Sie ringt zwar darum, sich mit aufgerichtetem Rumpf zu erheben, aber das Kniegelenk ist steif, Kälte schleicht durch die Zehennägel, die Adern verlieren ihr Blut und erbleichen. Und wie der Krebs, das unheilbare Übel, im Körper immer weiter kriecht und bisher unangegriffene Teile in die Zerstörung einbezieht, so kam tödlicher Winter allmählich in die Brust, verschloß die lebenswichtigen Bahnen und die Atemwege. Sie versuchte nicht zu sprechen, und hätte sie es versucht, so hätte ihre Stimme keinen Weg mehr gefunden. Schon hatte der Stein den Hals erreicht, der Mund war hart geworden, und sie saß als lebloses Denkmal da. Der Stein war nicht weiß; die Seele hatte auf ihn abgefärbt.

Iuppiter und Europa

Sobald der Sohn der Atlastochter sie so für ihre Worte und für ihre unheilige Gesinnung bestraft hat, verläßt er das nach Pallas benannte Land, schlägt mit den Flügeln und gelangt in den Himmel. Ihn ruft sein Vater beiseite und spricht zu ihm, ohne ihm den wahren Grund seines Auftrags, nämlich die Liebe, zu nennen: »Mein Sohn, du treuer Bote meiner Befehle, spute dich und gleite mit gewohnter Schnelligkeit vom Himmel hinab in das Land, das zum Gestirn deiner Mutter emporblickt und links von dir liegt. Die Eingeborenen nennen es Sidonis. Dorthin eile, und die königliche Rinderherde, die du dort in der Ferne Gebirgskräuter fressen siehst, lenke zur Küste!« Sprach's, und schon sind die Jungstiere vom Berg vertrieben und ziehen, wie befohlen, zum Strand, wo die Tochter des großen Königs in Begleitung junger Mädchen aus Tyros zu spielen pflegte. Schlecht vertragen sich Würde und Liebe; selten wohnen sie beisammen! Es trennt sich von seinem majestätischen Szepter der Vater und Herrscher der Götter, dessen rechte Hand mit dem dreizackigen Blitz bewaffnet ist. Der Gott, der durch sein Nicken die Welt erschüttert, nimmt die Gestalt eines Stieres an, mischt sich unter die Jungstiere, muht und spaziert anmutig durch die zarten Gräser. Ist er doch weiß wie Schnee, in den noch keine harte Sohle ihre Spuren getreten hat und den kein regennasser Südwind schmelzen ließ. Der Hals strotzt vor Muskeln, am Bug hängen die Wammen, die Hörner sind zwar klein, doch könnte man sie für kunstvolle Handarbeit halten, auch sind sie durchscheinender als reine Edelsteine. Die Stirn hat nichts Drohendes, das Auge nichts Furchterregendes, die Miene strahlt Frieden aus. Es staunt Agenors Tochter, daß er so schön ist, daß er nicht angriffslustig und bedrohlich wirkt. Aber trotz seiner Sanftmut fürchtet sie sich zunächst, ihn anzurühren. Bald nähert sie sich ihm und hält ihm Blumen ans schneeweiße Maul. Da freut sich der Liebende, und in der Vorfreude auf die erhofften Wonnen küßt er ihr die Hände. Kaum, ja kaum kann er das Weitere noch aufschieben. Bald kommt er spielerisch auf sie zu, bald springt er im grünen Grase umher, bald legt er seine schneeweiße Flanke in den gelben Sand. Und indem er ihr allmählich die Furcht nimmt, läßt er sich bald die Brust von der Mädchenhand tätscheln, bald die Hörner mit frischen Girlanden umwinden. Es wagte die Königstochter sogar, ohne zu wissen, auf wem sie ritt, sich auf den Rücken des Stieres zu setzen. Da strebt der Gott allmählich vom Festland und dem trockenen Strand hinweg und setzt seine Füße trügerisch ein wenig ins Wasser; dann entfernt er sich weiter und trägt seine Beute mitten über die Meeresfläche. Sie ängstigt sich und blickt, die Entführte, zum Strand zurück, den sie verlassen hat. Mit der Rechten hält sie ein Horn fest, die andere Hand ruht auf dem Rücken. Das flatternde Kleid bauscht sich im Winde.

Drittes Buch

Inhalt des dritten Buches

Schon hatte der Gott die trügerische Stiergestalt abgelegt, sich zu erkennen gegeben und bewohnte wieder sein ländliches Kreta, als der Vater, der von nichts wußte, dem Cadmus befiehlt, die Geraubte überall zu suchen. Für den Fall, daß er sie nicht finde, droht er ihm obendrein die Verbannung als Strafe an. So zeigt er sich in ein und derselben Tat liebevoll und grausam. Nachdem er den Erdkreis durchirrt hat – denn wer könnte Iuppiters Schlichen auf die Spur kommen? –, meidet Agenors Sohn, der Verbannte, das Vaterland und den Zorn des Vaters; als Schutzflehender sucht er Rat beim Orakel des Phoebus und fragt, in welchem Land er wohnen solle. »Ein Rind wird dir«, sprach Phoebus, »auf einsamen Feldern begegnen; es hat noch kein Joch zu spüren bekommen und noch nie den krummen Pflug gezogen. Laß dich von ihm führen. Wo es dann im Grase ausruht, sollst du Mauern bauen und sie nach dem Rinde benennen.« Kaum ist Cadmus von der castalischen Grotte herabgestiegen, da sieht er eine Kuh ohne Hirten langsam daherkommen, die kein Zeichen der Dienstbarkeit auf dem Nacken trägt; er folgt ihr nach, setzt mit verhaltenem Schritt die Füße in ihre Spuren und betet in der Stille zu Phoebus, der ihm diesen Weg gewiesen hat. Schon lagen das Bett des Cephisus und die Felder von Panope hinter ihm, da blieb das Rind stehen, hob die mit hohen Hörnern geschmückte Stirn zum Himmel und ließ die Luft durch sein Gebrüll erzittern; dann blickte es sich nach den Begleitern um, die ihm nachfolgten, ließ sich nieder und legte die Flanke ins zarte Gras. Cadmus spricht ein Dankgebet, küßt die fremde Erde und grüßt die unbekannten Berge und Fluren. Er wollte dem Iuppiter opfern; so schickt er Diener, aus einer lebendigen Quelle Wasser für ein Trankopfer zu holen.

Dort war ein uralter Wald, den noch keine Axt verletzt hatte, und mitten darin eine Höhle hinter dichten Weidenruten. Sie bildete ein niedriges Gewölbe aus fest gefügten Steinen und war reich an Quellwasser. Hier verbarg sich in der Grotte eine Schlange, die dem Mars heilig war. Ein goldener Kamm schmückt sie, Feuer sprühen die Augen, der Leib ist ganz von Gift geschwollen, drei Zungen blitzen hervor, in drei Reihen stehen die Zähne da. Als die Männer aus Tyros diesen Hain mit unglückseligen Schritten betreten hatten und der Krug klirrte, den man ins Wasser senkte, reckte aus der tiefen Höhle die blaue Schlange ihren Kopf und ließ ein schreckliches Zischen ertönen.

Schon sind die Krüge den Händen entglitten, das Blut weicht aus den Gliedern, und ein plötzliches Zittern ergreift sie, als wären sie vom Donner gerührt. Der Drache aber schlingt sich in rollenden Windungen, bildet schuppige Ringe, im Sprung krümmt er sich zu unermeßlichen Bögen, und weit über die Mitte seines Körpers hinaus reckt er sich in die leichten Lüfte empor, blickt auf den ganzen Wald herab und ist so groß wie die Schlange am Himmel zwischen den beiden Bären in ihrer ganzen Länge. Und sofort packt er die Phoenizier, gleichgültig, ob sie die Waffen oder die Flucht ergriffen oder ob gerade die Furcht beides verhinderte. Die einen tötet er durch seinen Biß, die anderen durch langewährende Umstrickung, wieder andere durch den Pesthauch des tödlichen Giftes.

Schon stand die Sonne am höchsten, und die Schatten waren klein geworden. Da wundert sich Agenors Sohn, warum seine Gefährten so lange nicht kommen, und geht ihren Spuren nach. Ihn schirmte ein Löwenfell, seine Waffen waren eine Lanze mit blinkender Eisenspitze, ein Wurfspieß und Mut, der besser ist als jede Waffe. Kaum hat er den Wald betreten, die Leichen der Ermordeten erblickt und darüber den siegreichen Feind mit seinem Riesenleib, wie er mit blutiger Zunge traurige Wunden beleckt, spricht er: »Entweder will ich euch, meine Getreuesten, rächen oder mit euch sterben.« Sprach's, hob mit der Rechten einen Felsen, groß wie ein Mühlstein, auf und schleuderte den mächtigen Block mit mächtigem Schwung. Durch seinen Aufprall wären steile Mauern mit hohen Türmen ins Wanken geraten, doch die Schlange blieb unverletzt. Wie ein Panzer schützten sie die Schuppen und die harte schwarze Haut. So prallte der kräftige Schlag an ihr ab. Aber dem Wurfspieß widerstand sie nicht mit der gleichen Härte; er blieb mitten in einer Krümmung des geschmeidigen Rückgrats stecken, und die eiserne Spitze drang ganz in ihre Eingeweide. Wild vor Schmerz drehte sie den Kopf dem eigenen Rücken zu, blickte die Wunde an und biß in den Speerschaft, der fest darin stak, lockerte ihn mit großer Anstrengung nach allen Richtungen und riß ihn mit Mühe aus dem Rükken. Die Spitze freilich blieb in den Knochen stecken. Doch jetzt, nachdem zu ihrer üblichen Wut ein neuer Anlaß hinzugekommen war, schwoll ihr der Hals, und die Adern füllten sich. Weißlicher Schaum trieft rings vom verderbenbringenden Rachen, die Erde dröhnt unter den Schuppen, die über sie hinscheuern, und der schwarze Atem aus dem Höllenrachen schwängert die Luft mit Gift. Bald schließt sie ihre Windungen zu einem ungeheuren

Kreis, bald reckt sie sich empor, aufrecht wie der Stamm eines hohen Baumes, bald stürmt sie mit wilder Wucht dahin wie ein von Regen angeschwollener Strom und wälzt mit der Brust Wälder nieder, die ihr im Wege stehen. Da weicht Agenors Sohn etwas zurück, hält in seinem Löwenfell den Angriffen stand und hemmt mit vorgestreckter Lanze den Rachen, der ihn bedrängt. Der Lindwurm ist wütend, versucht vergeblich, das harte Eisen zu verwunden, und will die Zähne in die Speerspitze schlagen. Schon hatte vom giftigen Gaumen Blut zu fließen begonnen und das grüne Gras mit Rot besprengt. Doch die Verwundung war nur leicht, weil sich die Schlange aus der Reichweite der Stöße zurückzog, den verwundeten Hals nach hinten bog, durch Ausweichen verhinderte, daß ein Hieb richtig saß, und die Waffe nicht tiefer eindringen ließ. Endlich stieß Agenors Sohn ihr das Eisen in die Kehle, drängte und schob sie immer weiter vor sich her, bis der Zurückweichenden eine Eiche im Wege stand und ihr Nacken am Holz aufgespießt wurde. Unter der Last der Schlange bog sich der Baum, und er ächzte, weil das Ende des Schwanzes sein Holz peitschte. Während der Sieger die besiegte Feindin in ihrer ganzen Länge betrachtete, ließ sich plötzlich eine Stimme vernehmen – man konnte nicht erkennen, woher sie kam, aber sie ließ sich vernehmen –: »Was siehst du, Sohn Agenors, die getötete Schlange an? Auch dich wird man als Schlange sehen.«

Für lange Zeit verlor er vor Schrecken Farbe und Fassung zugleich, und es sträubte sich ihm das Haar in kaltem Entsetzen. Doch siehe, da kommt seine Schutzgöttin Pallas durch die Luft herab aus der Höhe und gebietet ihm, die Erde umzupflügen und die Drachenzähne zu säen, den Keim eines künftigen Volkes. Er gehorcht, drückt den Pflug nach unten, zieht eine Furche und streut, wie befohlen, die Zähne als Menschensaat auf den Boden. Da begannen – o Wunder! – die Erdschollen sich zu bewegen, und zuerst zeigte sich in den Furchen eine Lanzenspitze, dann Helme, auf denen ein bunter Helmbusch nickte; dann erschienen Schultern, Brust und Arme, die mit Waffen beladen sind, und es wächst eine Saat von Helden heran, die Schilde tragen. So geschieht es im festlichen Theater, wenn der Vorhang heraufgezogen wird: Die darauf abgebildeten Figuren tauchen auf und zeigen zuerst die Gesichter und allmählich das übrige, bis die ganzen Gestalten sanft aufsteigend hervorkommen, schließlich vollständig zu sehen sind und unten die Füße auf den Rand setzen. Erschrocken über den neuen Feind schickte sich Cadmus an, zu den Waffen zu greifen. »Tu's nicht«, ruft einer aus dem Volk, das die Erde hervorgebracht hatte, »und misch dich nicht in unseren Bürgerkrieg.« Dabei erschlägt er einen seiner erdgeborenen Brüder aus der Nähe mit dem erbarmungslosen Schwert. Ihn selbst tötet ein Wurfspieß aus der Ferne. Auch derjenige, der ihm den Tod gegeben hat, lebt nicht länger als er und haucht das Leben aus, das er gerade erst empfangen hat. In gleicher Weise wütet die ganze Schar, und im Bruderkrieg fallen die soeben aus der Erde Aufgestiegenen, indem sie sich gegenseitig Wunden zufügen. Schon schlug die Jungmannschaft, der nur eine kurze Lebenszeit beschieden war, mit warmer Brust die blutige Mutter Erde. Nur fünf überlebten; einer von ihnen war Echion. Er warf seine Waffen auf Befehl der Tritonis zu Boden, verlangte einen brüderlichen Friedenspakt und willigte auch selbst ein. Diese fünf nun hatte der Fremdling aus Sidon als Helfer bei seinem Werk, als er auf Geheiß des Phoebusorakels die Stadt gründete.

Schon stand Theben. Es konnte schon so aussehen, als hättest du, Cadmus, durch deine Verbannung dein Glück gemacht. Als Schwiegereltern hattest du Mars und Venus gewonnen; hinzu kam die Nachkommenschaft von einer so edlen Gattin: so viele Töchter und Söhne und geliebte Enkel, auch diese schon erwachsen. Doch man muß immer den letzten Tag eines Menschen abwarten, und keinen darf man vor seinem Tode und dem Leichenbegängnis glücklich nennen.

Actaeon

Den ersten Anlaß zur Trauer inmitten von so viel Glück bot dir, Cadmus, dein Enkel, das fremdartige Geweih, das ihm auf der Stirn wuchs, und ihr Hunde, die das Blut eures Herrn sättigte. Doch bei genauerem Zusehen wird man an ihm keine Sünde finden, sondern Fortuna die Schuld geben müssen. Denn was für eine Sünde lag in seinem Irrtum?

Es gab daselbst einen Berg; der war gefärbt vom Blut verschiedener Tiere. Schon hatte der Mittag die Schatten verkürzt, und die Sonne war von Morgen und Abend gleich weit entfernt; da redet der junge Hyanter seine Jagdgenossen, die abseits vom Wege die Schlupfwinkel durchstreiften, mit sanfter Stimme an: »Netze und Eisen sind feucht, ihr Gefährten, vom Blut der Tiere, und der Tag hat uns genügend Glück gebracht. Wenn das nächste

Morgenrot auf krokusfarbenen Rädern das Tageslicht heraufführt, werden wir wieder an das Werk gehen, das wir uns vorgenommen haben. Jetzt aber ist der Sonnengott von Ost und West gleich weit entfernt und läßt die Felder vor Hitze aufspringen. Stellt euer gegenwärtiges Geschäft ein und nehmt die geknüpften Netze weg.« Die Männer führen den Befehl aus und unterbrechen ihre Arbeit.

Dort war ein Tal, dicht bewachsen mit Kiefern und spitzen Zypressen; es hieß Gargaphië und war der hochgeschürzten Diana heilig. In seinem hintersten Winkel liegt, von Wald umgeben, eine Grotte, die nicht künstlich ausgestaltet ist. Die Natur hatte in freier Schöpferlaune ein Kunstwerk vorgetäuscht, denn aus lebendem Bimsstein und leichtem Tuff hatte sie einen gewachsenen Bogen gespannt. Rechts plätschert ein Quell, dessen seichtes Wasser durchsichtig ist. Ein grasbewachsenes Ufer umsäumt sein breites Becken. Hier pflegte die Göttin der Wälder, vom Jagen ermattet, ihre jungfräulichen Glieder mit klarem Tau zu übergießen. Dort eingetreten, übergab sie einer der Nymphen, ihrer Waffenträgerin, den Wurfspieß, den Köcher und den entspannten Bogen; eine andere fing mit den Armen das abgestreifte Kleid auf; zwei andere lösen ihr die Schuhriemen. Crocale, die Tochter des Ismenus, ist geschickter als die übrigen und schürzt das Haar, das der Göttin lose in den Nacken fällt, zu einem Knoten auf, obwohl sie ihr eigenes Haar offen herunterhängen läßt. Es schöpfen das Naß Nephele, Hyale, Ranis, Psecas und Phiale, und sie gießen es aus bauchigen Gefäßen über sie. Während sich dort Titania im vertrauten Gewässer baden läßt, siehe, da kommt der Enkel des Cadmus, der einen Teil seines Tagewerks aufgeschoben hat, durch den unbekannten Wald, den er mit zögernden Schritten durchstreift, in jenes Gehölz. So führte ihn das Verhängnis. Kaum hatte er die Grotte mit der taufrischen Quelle betreten, als die Nymphen beim Anblick des Mannes sich nackt, wie sie waren, an die Brust schlugen, mit plötzlichem Heulen den ganzen Wald erfüllten, sich um Diana drängten und sich schützend vor sie stellten. Doch größer als sie ist die Göttin selbst und überragt alle um Haupteslänge. Wie Wolken sich färben, wenn die Sonne sie von vorn anstrahlt, oder wie die purpurne Morgenröte glüht, so war die Farbe von Dianas Antlitz, als sie ohne Gewand gesehen wurde. Obwohl ihr Nymphenschwarm sie umdrängte, drehte sie sich schräg zur Seite und wandte das Antlitz rückwärts. Zwar hätte sie gerne Pfeile zur Hand gehabt; doch da sie nur Wasser hatte, schöpfte sie einfach davon und überschüttete damit das Gesicht des Mannes. Und während sie ihm das Haar mit dem rächenden Naß besprühte, fügte sie folgende Worte hinzu, die kommendes Unheil verkündeten: »Jetzt darfst du gern erzählen, daß du mich unverhüllt gesehen hast – wenn du es noch erzählen kannst!« Das war ihre ganze Drohung, und sie läßt auf dem besprengten Haupt das Geweih des langlebigen Hirsches wachsen und den Hals sich ausdehnen, versieht die Ohren oben mit Spitzen, gibt ihm Füße statt der Hände, lange Schenkel statt der Arme und hüllt ihm den Leib in ein gefledktes Fell. Furcht gab sie ihm auch noch ein. Es flüchtet der Held, Autonoës Sohn, und mitten im Lauf wundert er sich über die eigene Schnelligkeit. Doch sobald er Gesicht und Geweih im Wasserspiegel erblickte, wollte er sagen: »Wehe mir!«, doch die Stimme gehorchte ihm nicht. Er stöhnte auf: Das war jetzt seine Stimme, und Tränen strömten ihm übers Gesicht, das nicht mehr das seine war. Nur das Bewußtsein blieb das alte. Was tun? Nach Hause ins Königsschloß zurückkehren oder sich im Wald verstecken? An dem einen hindert ihn die Furcht, an dem andern die Scham. Während er noch zaudert, haben ihn die Hunde erspäht. Als erster gab Schwarzfuß Laut und Spurengänger mit der feinen Nase – Spurengänger war von kretischer, Schwarzfuß von spartanischer Rasse; dann stürmen andere nach, schneller als ein Windstoß: Allesfresser, Späher, Berggänger, alle drei Arcader, der starke Hirschmörder und, zusammen mit Sturmwind, der trotzige Waidmann, die fußschnelle Schwungfeder und die witternde Jägerin, der wilde Waldmann, den kürzlich ein Eber verletzt hatte, die von einem Wolf gezeugte Schluchtengängerin, Paßauf, die das Vieh hütete, Faßan mit zwei Welpen, Haltefest, der Sicyonier mit den schlanken Weichen, Läuferin, Raßlerin, Schecke, Tigerin, Starkmut, Schneeweiß mit hellen, Schornsteinfeger mit pechschwarzen Zotteln, der bärenstarke Spartaner und Windsbraut, die schnelle Läuferin, Sputedich und, zusammen mit dem cyprischen Bruder, das flinke Wölflein und, die schwarze Stirn in der Mitte mit einem weißen Fleck gezeichnet, der Räuber, Mohrchen und mit struppigem Leibe das Zotelchen und, eine Kreuzung eines kretischen Vaters mit einer spartanischen Mutter, Ungestüm, Wildzahn und Belferer mit durchdringender Stimme. Ich habe keine Zeit, auch noch die zu nennen, die ferner liefen. Der Schwarm folgt ihm voll Beutegier über Felsen und Klippen und unzugängliche Zacken, durchs Unwegsame, ja durchs Weglose. Als Gejagter flüchtet er durch die Gegend, in der er oft als Jäger seinen Hunden gefolgt war, wehe, er flieht vor den eigenen Dienern! Er wollte rufen: »Actaeon bin ich, erkennt euren Herrn!« Doch die Worte gehorchen seinem Willen nicht, der Äther hallt wider von Gebell. Als erster verwundete ihn Schwarzmähne am Rücken, als zweiter Wildfänger, Bergsohn biß sich in seinem Bug fest – sie waren später losgezogen, aber auf Schleichwegen über den Berg den anderen zuvorgekommen. Während sie ihren Herrn festhalten, sammelt sich die übrige Meute und schlägt gemeinsam die Zähne in seinen Leib. Schon fehlt es an Platz für weitere Wunden; Actaeon stöhnt und gibt einen Laut von sich, der zwar kein Menschenlaut ist, doch ein Laut, wie ihn kein Hirsch ausstoßen könnte; er füllt die vertraute Bergwelt mit trauervollen Klagen, sinkt auf die Knie wie ein Schutzflehender und schaut bittend in die Runde, als wären seine stummen Blicke flehend erhobene Arme. Doch seine Gefährten treiben ahnungslos die wilde Schar mit den gewohnten Zurufen an; ihre Augen suchen Actaeon, und als wäre er abwesend, rufen sie um die Wette: »Actaeon!« Als er seinen Namen hört, wendet er den Kopf zurück. Sie klagen darüber, daß er nicht da sei, daß er zu spät komme, um das Schauspiel des Fanges zu genießen. O wie gern wäre er wirklich abwesend; doch er ist ja dabei! Wie gern wollte er das Wüten seiner Hunde nur mitansehen, statt es selbst zu spüren! Von allen Seiten umstellen sie ihn, vergraben die Schnauzen in seinem Leibe und zerfleischen ihren Herrn in der Truggestalt des Hirsches. Und erst nachdem seinem Leben durch tausend Wunden ein Ende bereitet war, soll der Zorn der köchertragenden Diana befriedigt gewesen sein.

Iuppiter und Semele

Das Echo ist zwiespältig: Den einen schien die Göttin über Gebühr grausam; andere loben sie und nennen sie eine würdige Vertreterin der strengen Jungfräulichkeit. Beide Parteien finden Gründe. Nur Iuppiters Gattin äußert sich nicht zustimmend oder ablehnend; vielmehr freut sie sich über das Unheil, das Agenors Haus getroffen hat. Den Haß, der sich in ihr wegen der Nebenfrau aus Tyros angesammelt hat, überträgt sie auf deren Stammesgenossen. Doch siehe da: Zu dem früheren Grund kommt ein neuer hinzu. Es tut ihr weh, daß Semele vom Samen des großen Iuppiter schwanger ist. Da lösen Schmähworte ihr die Zunge. »Und was hab' ich denn so oft durch Schimpfen erreicht?« sprach sie. »Sie selbst muß ich angreifen; sie selbst werde ich, so wahr ich die großmächtige Iuno heiße, vernichten, so wahr es mir ziemt, das mit Edelsteinen besetzte Szepter in der Rechten zu halten, so wahr ich Königin und Iuppiters Schwester und Gattin bin – Schwester ganz gewiß! Und da denk' ich noch: Sie gibt sich mit einem Seitensprung zufrieden, und der Schimpf ist kurz, den sie meinem Ehegemach antut! Nein, sie wird schwanger! Das fehlte gerade noch! Und offen trägt sie ihren vollen Leib und damit ihr Vergehen zur Schau. Ausgerechnet durch Iuppiter will sie Mutter werden, was selbst mir kaum gelang! So viel bildet sie sich auf ihre Schönheit ein! Ich werde ihr einen Strich durch die Rechnung machen, und ich will nicht Saturnia heißen, wenn sie nicht von ihrem geliebten Iuppiter selbst zu den Wellen der Styx hinabgeschleudert wird.« Nach diesen Worten steht sie vom Thron auf und geht, in eine gelbrote Wolke gehüllt, zu Semeles Schwelle.

Sie zerstreute die Wolken erst, als sie die Gestalt einer Alten angenommen hatte: Um die Schläfen ließ sie sich graues Haar wachsen und Runzeln die Haut durchfurchen. Mit zitterndem Gang bewegte sie die gekrümmten Glieder; sie nahm auch die Stimme einer Greisin an. So war sie Beroë, Semeles Amme aus Epidaurus. Sie knüpfte ein Gespräch an, und nach langer Unterhaltung fällt Iuppiters Name. Da seufzt sie und sagt: »Ich möchte wünschen, daß es wirklich Iuppiter sei! Doch bin ich auf alles gefaßt: Schon viele sind unter dem Namen von Göttern in keusche Gemächer eingedrungen. Und es genügt nicht, daß es Iuppiter ist; laß ihn dir einen greifbaren Beweis seiner Liebe geben, wenn er wirklich der Rechte ist! Du sollst ihn bitten, er möge dir seine Umarmung in all seiner Größe und Kraft schenken, so wie die hohe Iuno ihn empfängt, und vorher seine Hoheitszeichen anlegen.« Mit solchen Worten hatte Iuno die ahnungslose Cadmustochter unterwiesen. Sie bittet Iuppiter um ein Geschenk, ohne es zu benennen. Der Gott spricht zu ihr: »Wähle nur! Du wirst keine Zurückweisung erfahren. Und damit du mir noch mehr glaubst, soll auch die Gottheit des stygischen Sturzbachs meinen Eid hören. Sie ist der Schrecken sogar der Götter und ihr Gott.« Froh ihres Unheils, allzu mächtig und todgeweiht durch die Ergebenheit des Geliebten, sprach Semele: »Wie Saturnia dich zu umarmen pflegt, wenn ihr den Bund der Liebe schließt, so schenke du dich mir!« Der Gott wollte ihr die Lippen verschließen, während sie noch sprach; doch schon war das übereilte Wort in die Lüfte entflogen. Er seufzte auf; denn es war weder möglich, ihren Wunsch noch seinen Schwur ungeschehen zu machen. Also stieg er todtraurig zur Höhe des Äthers empor und zog durch ein Nicken die folgsamen Wolken zusammen, nahm Platzregen hinzu und, mit Winden vermischt, Wetterleuchten, Donnerschläge und den Blitz, vor dem es kein Entrinnen gibt. Doch so gut es irgend geht, versucht er seine Kraft zu verringern. Und er bewaffnet sich nicht mit dem Feuerstrahl, mit dem er den hundertarmigen Typhoeus niedergeworfen hatte – zu gewaltig ist diese Waffe. Es gibt noch einen anderen, leichteren Blitz, dem die Hand der Cyclopen weniger Grausamkeit, Feuer und Wut mitgegeben hat: »Zweites Kaliber« nennen's die Götter. Er nimmt diese Waffe und betritt Agenors Haus. Der sterbliche Leib ertrug nicht den ätherischen Sturm und verbrannte an den hochzeitlichen Gaben. Das noch nicht ausgetragene Kind wird aus dem Leibe der Mutter gerettet und, zart wie es ist, in den Schenkel des Vaters eingenäht – wenn man es glauben darf –, bis seine Zeit erfüllt ist. Ino, die Schwester seiner Mutter, zieht es heimlich auf, solang es noch klein in der Wiege liegt; später übergibt sie es den Nymphen vom Nysa. Sie versteckten es in ihren Grotten und nährten es mit Milch.

Tiresias

Während dies auf Erden nach dem Willen des Schicksals geschah und die Wiege des zweimal geborenen Bacchus in sicherer Hut war, soll Iuppiter einmal, vom Nektar erheitert, die ernsten Sorgen beiseite geschoben haben. Mit Iuno, die für ihn Zeit hatte, scherzte er entspannt und sprach: »Größer ist in der Tat die Lust, die ihr empfindet, als diejenige, die den Männern zuteil wird.« Sie streitet es ab. Man beschloß, den erfahrenen Tiresias um seinen Schiedsspruch zu bitten; kannte er doch die Liebe von beiden Seiten. Er hatte nämlich im grünen Walde zwei große Schlangen, die sich paarten, mit einem Stock geschlagen und verletzt. Aus einem Manne, o Wunder, zur Frau geworden, hatte er sieben Herbste erlebt; im achten sah er wieder dieselben Schlangen und sprach: »Wenn ein Hieb auf euch so große Macht besitzt, das Geschlecht des Schlagenden ins Gegenteil zu verkehren, will ich euch jetzt wieder schlagen.« Er versetzte den Schlangen, die in der Tat dieselben waren, einen Hieb; seine frühere Gestalt und seine angeborene Erscheinung kamen zurück. Ihn wählt man also zum Schiedsrichter für den scherzhaften

Streit. Er bestätigt Iuppiters Spruch. Saturnia soll sich dies mehr als billig zu Herzen genommen haben und nicht, wie es der Sache entsprochen hätte. So verurteilte sie die Augen ihres Richters zu ewiger Nacht. Doch der allmächtige Vater – darf doch kein Gott die Handlungen eines Gottes rückgängig machen – gab ihm anstelle des verlorenen Augenlichtes das Wissen um die Zukunft und milderte die Strafe durch diese Ehre.

Narcissus und Echo

In Aoniens Städten hochberühmt, gab Tiresias dem Volk, das ihn aufsuchte, unfehlbare Orakelsprüche. Die erste Probe seiner Zuverlässigkeit und der Erfüllung seiner Weissagungen machte die wasserblaue Nymphe Liriope, die einst der Cephisus mit den Windungen seines Stromes umschloß; der so in seinen Wellen Gefangenen tat er Gewalt an. Aus ihrem schwangeren Schoß gebar die wunderschöne Nymphe ein Kind, das schon damals voller Liebreiz war; sie nennt es Narcissus. Befragt, ob diesem Knaben ein langes, reifes Alter beschieden sei, sprach der schicksalverkündende Seher: »Wenn er sich nicht selbst kennenlernt.« Lange schien das Wort des Wahrsagers bedeutungslos. Doch der tatsächliche Ausgang, die Todesart und die Neuheit seines Wahnsinns bringen die Bestätigung. Denn der Sohn des Cephisus war schon sechzehn Jahre alt geworden und konnte noch als Knabe und schon als junger Mann gelten. Viele Männer, viele Mädchen begehrten ihn. Aber solch hartherziger Hochmut wohnte in der zarten Gestalt! Kein Mann, kein Mädchen konnte ihn rühren. Ihn erblickt, während er aufgescheuchte Hirsche in die Netze jagt, die stimmbegabte Nymphe, die nie eine Antwort schuldig bleibt und nie als erste sprechen kann, Echo, die Stimme des Widerhalls. Echo war noch ein Wesen, kein leerer Schall; doch hatte die Schwätzerin schon damals keine andere Möglichkeit zu sprechen als jetzt. Sie konnte nämlich von vielen Worten nur die letzten wiederholen. Das hatte Iuno so angeordnet, weil Echo oft, wenn Iuno auf den Bergen Nymphen in ihres Iuppiters Armen hätte ertappen können, die Göttin wohlweislich durch lange Gespräche hinhielt, damit die Nymphen unterdessen entwischen konnten. Nachdem Saturnia dies durchschaut hatte, sprach sie: »Über diese Zunge, die mich genarrt hat, sollst du von nun an nur wenig Macht haben und deine Stimme nur noch ganz kurz gebrauchen dürfen.« Ihre Drohung macht sie wahr. Immerhin kann Echo die Laute am Ende einer Rede wiederholen und Worte erwidern, die sie gehört hat.

Kaum hat sie also Narcissus erblickt, der abseits vom Wege durchs Gelände streifte, entbrannte ihr Herz in Liebe. Sie folgt verstohlen seinen Spuren, und je länger sie ihm folgt, desto mehr läßt seine Nähe sie erglühen, nicht anders, als wenn der leicht entzündliche Schwefel, mit dem die Fackeln an der Spitze bestrichen sind, eine Flamme an sich reißt, die man in die Nähe bringt. O wie oft wollte sie ihm mit liebevollen Worten nahen und ihn durch Bitten erweichen! Ihr Wesen verbietet's! Es erlaubt ihr nicht, den Anfang zu machen. Doch eines steht ihr frei: Sie ist bereit, Laute abzuwarten, auf die sie antworten kann. Zufällig hatte der Knabe, vom treuen Gefolge entfernt, gerufen: »Ist jemand hier?«, und »hier« hatte Echo erwidert. Er staunt, läßt den Blick überallhin schweifen und ruft mit lauter Stimme: »Komm!« Sie ruft ihn, wie er sie ruft. Er blickt zurück und spricht, da wieder niemand kommt: »Was fliehst du vor mir?« Und ebenso viele Worte, wie er gesprochen hatte, erhielt er zurück. Er beharrt; getäuscht durch den Widerhall der antwortenden Stimme, spricht er: »Laß uns hier zusammenkommen«, und keinen Laut gab es, auf den sie jemals lieber geantwortet hätte. »Zusammenkommen«, wiederholt Echo, vertraut auf ihre eigenen Worte, verläßt den Wald. Schon ging sie auf ihn zu, um den ersehnten Hals mit den Armen zu umschlingen – er aber flieht; und während er flüchtet, ruft er: »Hände weg, laß die Umarmungen! Eher will ich sterben als dir gehören.« Sie antwortet nichts als »dir gehören«. Die Verschmähte hält sich im Walde versteckt, verbirgt schamhaft das Gesicht im Laub und lebt von nun an in einsamen Höhlen. Doch die Liebe bleibt und wächst noch aus Schmerz über die Zurückweisung. Sorgen gönnen ihr keinen Schlaf und zehren den Leib jämmerlich aus; Magerkeit läßt die Haut schrumpfen, in die Luft entschwindet aller Saft des Körpers, nur Stimme und Gebein sind übrig. Die Stimme bleibt, das Gebein soll sich in Stein verwandelt haben. Seitdem ist sie im Walde verborgen und läßt sich auf keinem Berg blicken. Alle können sie hören. In ihr lebt nur der Klang.

So hatte Narcissus diese enttäuscht, so auch andere Wasser- und Bergnymphen, so vorher den Umgang mit Männern gemieden. Daher hatte einer von ihnen, der verschmäht worden war, die Hände zum Äther erhoben und gesagt: »So soll es auch ihm in der Liebe ergehen, so soll auch er, was er liebt, nicht bekommen.« Sprach's, und Rhamnusia gewährte die gerechte Bitte.

Es gab einen klaren Quell mit silberglänzendem Wasser, den keine Hirten berührt hatten, keine Ziegen, die auf Bergen weiden, und auch sonst kein Vieh. Kein Vogel, kein wildes Tier hatte ihn getrübt, nicht einmal ein Ast, der vom Baume gefallen war. Ringsum wuchs Gras, dem das nahe Gewässer Nahrung gab, und Gehölz, das keinem Sonnenstrahl erlaubte, den Platz zu erwärmen. Hier ließ sich der Knabe nieder, vom eifrigen Jagen und von der Hitze erschöpft; denn die Anmut des Ortes und die Quelle zogen ihn an. Und während er den Durst zu stillen trachtete, wuchs in ihm ein anderer Durst. Während er trinkt, erblickt er das Spiegelbild seiner Schönheit, wird von ihr hingerissen, liebt eine körperlose Hoffnung, hält das für einen Körper, was nur Welle ist. Er bestaunt sich selbst und verharrt unbeweglich mit unveränderter Miene wie ein Standbild aus parischem Marmor. Am Boden liegend, betrachtet er seine Augen – sie gleichen einem Sternenpaar –, das Haar, das eines Bacchus oder eines Apollo würdig wäre, die bartlosen Wangen, den Marmorhals, die Anmut des Gesichts, die Mischung von Schneeweiß und Rot – und alles bewundert er, was ihn selbst bewundernswert macht. Nichts ahnend begehrt er sich selbst, empfindet und erregt Wohlgefallen, wirbt und wird umworben, entzündet Liebesglut und wird zugleich von ihr verzehrt. Wie oft gab er dem trügerischen Quell vergebliche Küsse! Wie oft tauchte er, um den Hals, den er sah, zu erhaschen, die Arme mitten ins Wasser und konnte sich nicht darin ergreifen! Er weiß nicht, was er sieht; doch was er sieht, setzt ihn in Flammen. Und seine Augen reizt dasselbe Trugbild, das sie täuscht. Leichtgläubiger! Was greifst du vergeblich nach dem flüchtigen Bild! Was du erstrebst, ist nirgends; was du liebst, wirst du verlieren, sobald du dich abwendest. Was du siehst, ist nur Schatten, nur Spiegelbild. Es hat kein eigenes Wesen: Mit dir kam es, mit dir bleibt es, mit dir wird es fortgehen – wenn du nur fortgehen könntest! Kein Gedanke an Nahrung, kein Gedanke an Schlaf kann ihn von dort losreißen. Doch im schattigen Grase gelagert, schaut er mit unersättlichem Blick die trügerische Schönheit an und geht an seinen eigenen Augen zugrunde. Dann erhebt er sich etwas, streckt die Arme zu den Wäldern aus, die ringsum stehen, und spricht: »O ihr Wälder! Hat je einer grausamere Liebesqual gelitten? Wißt ihr doch Bescheid und habt ihr doch vielen als willkommener Schlupfwinkel gedient! Könnt ihr euch in eurem langen, so viel hundert Jahre alten Leben an jemanden erinnern, der so hingeschmolzen wäre? Er gefällt mir, und ich sehe ihn; doch was ich sehe und was mir gefällt, kann ich nicht finden; so gewaltig ist der Trug, der den Liebenden gefangen hält! Und, was meinen Schmerz noch vertieft: Kein weites Meer, kein Weg, keine Berge, keine Mauern mit verschlossenen Toren, nur ein wenig Wasser hält uns voneinander fern! Er selbst will umarmt werden! Denn sooft ich dem klaren Wasser einen Kuß geben will, strebt er mir, auf dem Rücken liegend, mit dem Munde entgegen. Man möchte meinen, ich könnte ihn berühren. Fast ein Nichts ist es, was den Liebenden im Wege steht. Wer du auch sein magst, komm zu mir heraus; was täuschest du mich, einzig schöner Knabe, und wohin gehst du, Ersehnter? Gewiß bieten meine Erscheinung und mein Alter keinen Anlaß, davor zu fliehen, und sogar Nymphen waren in mich verliebt. Du versprichst mir mit freundlichem Gesicht etwas Hoffnungsvolles; strecke ich die Arme nach dir aus, streckst auch du sie mir freiwillig entgegen. Lächle ich, lächelst du mir zu; auch Tränen habe ich oft bei dir beobachtet, während ich weinte. Durch Nicken erwiderst du meine Zeichen, und soweit ich aus der Bewegung deines schönen Mundes schließen kann, antwortest du mir auch mit Worten, die nicht an mein Ohr dringen. – Ich bin es selbst! Ich habe es begriffen, und mein Bild täuscht mich nicht mehr. Liebe zu mir selbst verbrennt mich, ich selbst entzünde die Liebesflammen, die ich erleide. Was tun? Bitten oder mich erbitten lassen? Worum soll ich denn bitten? Was ich begehre, ist bei mir. Der Reichtum hat mich arm gemacht. Könnte ich mich doch von meinem Körper lösen! Ein neuartiger Wunsch bei einem Liebenden: Ich wollte, der Gegenstand meiner Liebe wäre nicht bei mir! Schon nimmt mir der Schmerz die Kräfte, mir bleibt keine lange Frist mehr, und ich erlösche im Lenz meines Lebens. Doch der Tod ist mir keine Last; denn der Tod wird mir die Schmerzen nehmen. Nur wünschte ich, der Geliebte lebte länger! Jetzt werden wir zu zweit als ein Herz und eine Seele sterben.« Sprach's und kehrte in rasender Leidenschaft zu demselben Spiegelbild zurück, trübte das Wasser mit Tränen, und durch die Bewegung im See wurden die Umrisse unscharf. Als er sah, daß das Bild verschwand, schrie er: »Wohin fliehst du? Bleib und laß mich, du Grausamer, in meiner Liebe nicht allein! Laß mich, was ich schon nicht berühren darf, wenigstens anschauen und so dem unglückseligen Wahn Nahrung geben!« Und trauernd zerriß er das Gewand vom oberen Saum her und schlug sich mit den marmorweißen Händen an die nackte Brust. Von den Schlägen wurde die Brust rosig, wie Äpfel, die teils weiß, teils rot sind, oder wie eine noch unreife Traube, deren gesprenkelte Beeren sich allmählich purpurn färben. Sobald er dies alles in dem wieder klar gewordenen Wasser erblickt hatte, ertrug er es nicht länger. Wie gelbes Wachs an einem schwachen Feuer und wie der morgendliche Rauhreif an der warmen Sonne schmilzt, so schwindet er dahin, von Liebe ausgezehrt, und langsam nagt an ihm ein verborgenes Feuer.

Schon hat er nicht mehr die Farbe, die aus Weiß und Rot gemischt ist, keinen Schwung, keine Kraft, nichts mehr von dem, was eben noch das Auge erfreute; auch der Leib besteht nicht mehr, den Echo einst geliebt hatte. Echo wurde bei diesem Anblick von Schmerz ergriffen, obwohl sie ihm grollte und nichts vergessen hatte. Sooft der bejammernswerte Knabe »Wehe!« rief, wiederholte sie mit nachhallender Stimme: »Wehe!« Hatte er sich mit den Händen an Schultern und Arme geschlagen, ließ Echo das Klatschen widerhallen. Während er ins vertraute Wasser blickte, waren seine letzten Worte: »Ach, vergeblich geliebter Knabe!« Ebenso viele Worte hallten vom Walde wider. Und auf sein »Lebe wohl!« gab Echo ein »Lebe wohl!« zurück. Er bettete sein müdes Haupt aufs grüne Gras. Und der Tod schloß die Augen, welche die Schönheit ihres Eigentümers bewunderten. Auch nachdem er in die Unterwelt aufgenommen war, betrachtete er sich im Wasser der Styx. Es klagten um ihn seine Schwestern, die Naiaden, schnitten sich Haarlocken ab und weihten sie ihrem Bruder; es klagten auch die Dryaden. In die Totenklage stimmt Echo ein. Schon bereiteten sie den Scheiterhaufen vor, Fackeln, um sie zu schwingen, und die Totenbahre: Da war der Leib nirgends mehr. An seiner Stelle finden sie eine Blume, in der Mitte safrangelb und umsäumt mit weißen Blütenblättern.

Pentheus (I)

Das Ereignis wurde bekannt, und schon hatte es dem Seher überall in Achaias Städten den verdienten Ruhm eingetragen, und der Wahrsager hatte einen sehr großen Namen. Doch als einziger von allen verschmäht ihn Echions Sohn Pentheus, der Verächter der Götter. Er verspottet die prophetischen Worte des Alten und macht ihm seine Blindheit, den schmerzlichen Verlust seines Augenlichtes, zum Vorwurf. Jener aber schüttelt die grauen Schläfen und versetzt: »Wie glücklich wärest du, wenn auch dir dieses Augenlicht genommen würde, so daß du die Mysterien des

Bacchus nicht sehen könntest! Denn der Tag wird kommen – und ich ahne, daß er nicht fern ist –, an dem ein neuer Gott, Bacchus, Semeles Sohn, hier erscheinen wird. Wenn du ihn nicht für würdig hältst, von dir durch Tempel geehrt zu werden, wirst du, zerfleischt und verstreut, an tausend Stellen den Wald mit deinem Blut besudeln und auch deine Mutter und die Schwestern deiner Mutter. Ja, es wird geschehen; denn du wirst der Gottheit nicht die Ehre geben. Beklagen wirst du dich noch, daß ich in all meiner Blindheit nur allzu viel gesehen habe.« Während er solches spricht, jagt ihn Echions Sohn hinaus.

Auf die Worte folgt die Erfüllung; und was der Seher verkündet hat, spielt sich ab. Bacchus ist da, und die Felder brausen vor festlichem Frohlocken, ein Schwarm stürmt daher; unter die Männer mischen sich Mütter und Schwiegertöchter, und Hoch und Niedrig eilt zu den neuartigen Mysterien. »Welch ein Wahn hat euern Sinn betört, ihr Schlangengeborenen, du Volk des Mars!« ruft Pentheus. »Kann denn Erz, das an Erz schlägt, so viel ausrichten, ein Blasinstrument mit gekrümmtem Horn und magischer Betrug? Männer, die kein Kriegsschwert, keine Feldtrompete erschrecken konnte und kein Heer mit gezückten Waffen, sollen von Frauenstimmen, weinseligem Wahnsinn, zuchtlosen Horden und nichtigen Tamburinen besiegt werden? Soll ich mich mehr über euch wundern, ihr Alten? Nach langer Seefahrt habt ihr hier ein neues Tyros, hier eine Flüchtlingsheimat gegründet; und jetzt laßt ihr euch kampflos erobern? Oder mehr über euch, ihr jungen Männer, die ihr besser zum Krieg taugt und meinem Lebensalter näher steht? Euch ziemte es, Waffen zu tragen, keine Thyrsusstäbe, einen Helm, keinen Kranz aufzusetzen. Denkt bitte daran, woher ihr stammt, und erfüllt euch mit dem Mut der Schlange, die allein war und doch viele getötet hat. Sie ist für die Quelle und den See gefallen; ihr aber, siegt um eurer Ehre willen! Sie hat Tapferen den Tod gegeben; verjagt ihr jetzt die Weichlinge und wahrt den ererbten Ruhm! Hat schon das Schicksal Theben keinen langen Bestand vergönnt – o wären es dann doch wenigstens Geschütze und Männer, die unsere Mauern zerstörten! O klirrten doch Klingen und knisterten Brände! Dann wären wir unglücklich, aber ohne Tadel, man müßte unser Los beklagen, nicht verheimlichen, und wir brauchten uns unserer Tränen nicht zu schämen. Nun aber wird Theben von einem waffenlosen Knaben erobert werden, den kein Krieg, keine Speere, keine Rosse erfreuen, sondern nur Haar, das von Myrrhe trieft, weichliche Kränze, Purpur und

Gold, das in bunte Gewänder eingewoben ist. Ihn werde ich – haltet ihr euch nur zurück! – auf der Stelle zwingen zu gestehen, daß er sich seinen Vater selbst zugelegt und seine Mysterien erlogen hat. Soll etwa Acrisius Mut genug haben, einen falschen Gott zu verachten und vor seiner Ankunft die Tore von Argos zu verschließen – den Pentheus aber und mit ihm ganz Theben soll ein Hergelaufener einschüchtern? Geht eilends«, so befiehlt er seinen Dienern, »geht und schleppt mir den Anführer gefesselt hierher. Führt meinen Befehl aus, ohne lange zu zögern.«

Ihn weisen der Großvater, ihn Athamas, ihn die übrige Schar der Seinen mit strafenden Worten zurecht. Doch vergeblich mühen sie sich, ihn zurückzuhalten; heftiger noch wird seine Wut durch die Ermahnungen; was sie zügeln soll, reizt sie noch mehr; sie wächst, und das lenkende Eingreifen schadet nur. So sah ich einen Bergbach dort, wo seinem Lauf nichts im Wege stand, sanfter und mit leisem Rauschen herabströmen; aber überall dort, wo Balken und im Wege liegende Felsen ihn aufhielten, floß er schäumend und brausend daher, und die Schranke steigerte nur seine Wildheit.

Seht, blutbefleckt kommen die Schergen zurück. Auf die Frage ihres Herrn, wo denn Bacchus sei, sagten sie, Bacchus hätten sie nicht gesehen. »Doch diesen Anhänger und Diener seiner Mysterien haben wir gefangen.« Und sie übergeben ihm einen Mann aus tyrrhenischem Stamm, der sich einst den Bacchusmysterien angeschlossen hatte; die Hände sind ihm hinter dem Rücken gefesselt. Pentheus blickt den Gefangenen mit Augen an, die der Zorn furchterregend machte, und obwohl es ihm schwer fällt, den Augenblick der Bestrafung noch aufzuschieben, spricht er: »Todgeweihter, der du anderen durch deinen Untergang bald als warnendes Beispiel dienen wirst! Nenne deinen Namen, den Namen deiner Eltern, dein Vaterland und den Grund, warum du an den neuartigen Mysterien teilnimmst!«

Die tyrrhenischen Schiffer

Jener versetzte furchtlos:

»Mein Name ist Acoetes, meine Heimat Maeonien, meine Eltern stammen aus dem einfachen Volk. Mein Vater hat mir kein Land hinterlassen, um es mit kräftigen Ochsen zu beackern, keine Herden, die Wolle tragen, keine Rinder. Er war ja selbst arm und pflegte mit Garn und Angelhaken die Fische zu überlisten und die Zappelnden mit der Angelrute aus dem Wasser zu ziehen. Seine Kunst war sein ganzer Reichtum. Als er sie mir weitergab, sprach er: ›Nimm, du Nachfolger und Erbe meines Berufes, die Schätze, die ich habe.‹ Und sterbend hinterließ er mir nichts als Gewässer. Das allein kann ich als mein väterliches Gut bezeichnen. Dazu lernte ich bald, um nicht immer an dieselben Klippen gebannt zu sein, mit der Rechten das Schiff zu lenken, und ich merkte mir mit den Augen das regenbringende Gestirn der olenischen Ziege, die Taÿgete, die Hyaden, die Bärin, die Häuser der Winde und die Häfen, die für Schiffe geeignet sind. Unterwegs nach Delos laufe ich einmal den Strand von Chios an, wende mich mit den Rudern nach rechts, mache einen leichten Sprung und lande im feuchten Sand. Sobald die Nacht vorüber ist – gerade hat Aurora begonnen, sich zu röten –, steh' ich auf, gebe Weisung, frisches Trinkwasser zu holen, und zeige meinen Leuten den Weg zur Quelle. Ich selbst halte auf einem hohen Hügel Ausschau, was der Wind mir verspricht, rufe meine Begleiter und kehre zum Schiff zurück. ›Hier sind wir!‹ antwortet als erster der Gefährten Opheltes und führt am Strand entlang einen Jungen von mädchenhafter Schönheit, den er, wie er glaubt, als Beute auf einsamem Felde gefangen hat. Jener scheint, von Schlaf und Wein beschwert, zu taumeln und nur mit Mühe zu folgen. Ich betrachte seine Kleidung, sein Aussehen und seine Gangart: Nichts habe ich an ihm gesehen, was man für sterblich hätte halten können. Ich bemerkte es und sagte es auch den Gefährten: ›Ich weiß nicht, welche Gottheit in diesem Körper wohnt, aber in diesem Körper wohnt eine Gottheit. Wer du auch sein magst, sei uns gnädig und steh uns in unserer Arbeit bei. Verzeih auch diesen Männern.‹ – ›Spar dir die Mühe, für uns zu beten‹, spricht Dictys – es gab keinen, der schneller bis zur obersten Segelstange emporsteigen, ein Tau ergreifen und daran hinabgleiten konnte. Diesen Worten pflichtet Libys bei und der blonde Melanthus, dem das Vorderdeck anvertraut war, und auch Alcimedon und Epopeus, der durch seine Stimme den Takt und die Pausen beim Rudern bestimmte, der Mann, der die Gemüter anfeuerte. Auch alle andern stimmen zu. So blind macht sie die Gier nach Beute. ›Ich werde es dennoch nicht zulassen, daß dieses Schiff durch eine so heilige Fracht mit Fluch beladen wird‹, sprach ich, ›hier habe ich am meisten zu sagen.‹ Am Eingang trete ich ihnen entgegen.

Es tobt der verwegenste von allen, Lycabas, der aus einer tuskischen Stadt vertrieben und für einen gräßlichen Mord mit Verbannung bestraft worden war. Mit seiner männlichen Faust zerschlug mir dieser beinahe die Kehle, während ich Widerstand leistete. Und er hätte mich mit einem Schlag ins Meer hinausgeschleudert, wäre ich nicht trotz meiner Besinnungslosigkeit im Tauwerk hängengeblieben. Die gottlose Schar heißt die Untat gut; da endlich sprach Bacchus – Bacchus war es nämlich –, als wäre er durch das Geschrei aus dem Schlaf gerissen worden und käme nach einem Rausch wieder zur Besinnung: ›Was tut ihr? Was ist das für ein Geschrei? Und sagt, ihr Seeleute: Wie bin ich hierher geraten? Wohin wollt ihr mich bringen?‹ – ›Hab keine Angst‹, versetzte Proreus. ›Sag, welchen Hafen du erreichen willst! Wir werden dich in dem Land absetzen, das du dir wünschest.‹

Liber sprach: ›Nehmt Kurs auf Naxos! Das ist meine Heimat; euch wird das Land gastlich aufnehmen.‹ Die Betrüger schwören bei dem Meer und bei allen Göttern, so werde es geschehen, und befehlen mir, am bunten Schiff die Segel schwellen zu lassen. Naxos lag rechts. Als ich nach Steuerbord segelte, flüstert jeder um die Wette: ›Was tust du, Rasender? Welcher Wahnsinn hat dich gepackt, Acoetes?‹ – ›Fahr nach links‹, geben die meisten mir durch Winken zu verstehen, andere zischeln mir ins Ohr, was sie wünschen. Ich erstarrte und sprach: ›Ein anderer soll das Steuer übernehmen!‹ Und ich gab mein Handwerk auf, um nicht am Frevel mitzuwirken. Alle schelten mich, die ganze Mannschaft murrt. Einer von ihnen, Aethalion, spricht: ›Auf dir allein beruht offenbar unser ganzes Heil.‹ Er löst mich ab und erfüllt meine Aufgabe, läßt Naxos hinter sich liegen und schlägt den entgegengesetzten Kurs ein.

Da treibt der Gott mit ihnen sein Spiel; als habe er eben erst den Betrug bemerkt, blickt er vom gekrümmten Heck in die Ferne übers Meer und spricht, als weine er: ›Schiffsleute, nicht diese Küste habt ihr mir versprochen, nicht dieses Land habe ich mir gewünscht. Wodurch habe ich mir diese Strafe verdient? Welchen Ruhm bringt es euch, wenn ihr als Männer einen Knaben, wenn ihr zu mehreren einen einzelnen hintergeht?‹ Ich weinte schon lange. Die gottlose Schar lacht über unsere Tränen und peitscht mit hastigen Ruderschlägen das Meer. Bei ihm selbst schwöre ich dir nun – denn kein Gott ist so nahe wie er –, daß meine Erzählung ebenso wahr ist, wie sie unwahrscheinlich klingt: Es blieb das Schiff im Meer stehen, nicht anders, als befände es sich auf einer trockenen Werft. Sie staunen; doch unbeirrt lassen sie die Ruder auf die See niedersausen, setzen volle Segel und versuchen so, mit zweifachem Antrieb zu fahren. Doch da behindert Efeu die Ruder; mit biegsamen Ranken kriecht er weiter und schmückt die Segel mit schwellenden Dolden. Der Gott selbst, die Stirn mit beerenreichen Trauben umkränzt, schwingt den Stab, der mit Weinlaub umschlungen ist. Rings um ihn ruhen Tiger, Trugbilder von Luchsen und die wilden Gestalten gefleckter Panther.

Da sprangen die Männer auf; trieb sie Raserei oder der Schrekken dazu an? Und als erster begann Medon am Körper schwarz zu werden; sein Rückgrat drückte sich nach außen und schwang sich zu einem Bogen. Lycabas beginnt, zu ihm zu sprechen: ›In was für ein Wundertier verwandelst du dich?‹ Und indem er noch redete, war sein Maul breit und seine Nase eingedrückt; die Haut war hart geworden und bekam Schuppen. Doch während Libys die Ruder, die sich sträubten, zum Schiffsrumpf drehen wollte, sah er, daß seine Hände plötzlich auf ein kleineres Maß zusammenschrumpften und daß es keine Hände mehr waren, daß man sie schon Flossen nennen konnte. Ein anderer, der seine Arme zu den gedrehten Tauen strecken wollte, hatte keine Arme mehr und sprang gebogen und mit armlosem Körper in die Wellen; die Schwanzspitze ist sichelförmig, wie sich die Hörner des Halbmondes krümmen. Von allen Seiten machen sie Sprünge, triefen vom reichlichen Sprühregen, tauchen wieder auf, kehren unters Wasser zurück, tummeln sich wie in einem Reigentanz, schnellen spielerisch empor, ziehen Meerwasser ein und blasen es aus den weiten Nasenlöchern. Von eben noch zwanzig – denn so viele konnte das Schiff tragen – war ich allein übrig. In kaltem Entsetzen zitterte ich am ganzen Leibe und war kaum mehr meiner Sinne mächtig. Da stärkt mich der Gott und spricht: ›Verbanne die Furcht aus deinem Herzen und halte Kurs auf Dia.‹ Nachdem der Wind mich dorthin getragen hatte, bin ich den Bacchusmysterien beigetreten und besuche sie regelmäßig.«

Pentheus (II)

»Wir haben«, sprach Pentheus, »lange Umschweife angehört, so daß der Zorn durch die lange Zeit hätte verrauchen können. Ihr Diener, packt ihn schleunigst, foltert ihn gräßlich und schickt ihn dann hinab in die stygische Nacht!« Alsbald wird der Tyrrhener Acoetes hinweggeschleppt und in festen Gewahrsam genommen. Während man Eisen und Feuer als grausame Marterwerkzeuge vorbereitet, um ihn damit, wie befohlen, zu Tode zu quälen, sollen sich die Tore von selbst geöffnet haben und ihm die Ketten, ohne daß jemand sie löste, von den Schultern geglitten sein.

Doch Echions Sohn bleibt verstockt. Er schickt nicht mehr andere, sondern er geht selbst dorthin, wo der Cithaeron, den man zum Ort der Mysterienfeier erkoren hatte, von Gesängen und den hellen Stimmen der Bacchantinnen widerhallte. Wie ein feuriges Pferd schnaubt und Lust bekommt, in die Schlacht zu ziehen, wenn der Kriegstrompeter mit dem klangvollen Erz das Signal gegeben hat, so wurde Pentheus erregt, weil langgezogenes Geheul den Äther erschütterte, und beim Anhören des Geschreis flammte sein Zorn wieder auf. Etwa auf halber Höhe des Berges liegt, rings von Wald umschlossen, ein Feld ohne Bäume, das von allen Seiten sichtbar ist. Hier sieht Pentheus das Heilige mit unheiligen Augen. Als erste erblickt ihn dabei die Mutter. Als erste ist sie, vom Wahnsinn getrieben, auf ihn zugestürzt, als erste hat sie ihren Pentheus mit dem Thyrsus verwundet und gerufen: »Ihr zwei Schwestern, kommt herbei! Den Eber, der in Riesengestalt auf unseren Feldern umherstreift, den Eber muß ich erlegen.« Die ganze Schar wirft sich rasend auf den einen Mann. Alle schließen sich zusammen und folgen dem Ängstlichen. Ja, schon hat er Angst, schon spricht er weniger gewalttätige Worte, schon verurteilt er sich selbst, schon bekennt er, daß er sich versündigt hat. Er war verwundet, doch rief er noch: »Hilf mir, Autonoë, Schwester meiner Mutter! Laß dich in deinem Zorn erweichen durch Actaeons Schatten!« Sie weiß nicht mehr, wer Actaeon ist, und reißt dem Bittenden den rechten Arm ab, den anderen zerfetzt Ino mit heftigem Ruck. Der Unselige hat keine Arme mehr, um sie seiner Mutter entgegenzustrecken, doch zeigt er ihr die verstümmelten Wunden ohne die am Boden liegenden Glieder. »Sieh mich an, Mutter.« Bei dem Anblick heulte Agaue auf, warf den Kopf in den Nacken und ließ das Haar im Winde flattern. Das abgerissene Haupt mit blutigen Fingern umklammernd, ruft sie: »Hurra, meine Gefährtinnen, dieses Werk habe ich siegreich vollbracht.« Der Wind reißt das Laub, das, vom herbstlichen Frost angegriffen, kaum noch an den Zweigen haftet, nicht schneller vom hohen Baume herab, als die Glieder des Mannes von frevlerischen Händen zerrissen wurden.

Mit diesem abschreckenden Beispiel vor Augen besuchen die Frauen vom Ismenus eifrig die neuen Mysterien und opfern Weihrauch an heiligen Altären.

Viertes Buch

Inhalt des vierten Buches

Doch Minyas' Tochter Alcithoë weigert sich, die Weihen des Gottes anzunehmen; verwegen leugnet sie immer noch, daß Bacchus Iuppiters Sohn ist. Ihre Schwestern teilen ihre gottlose Gesinnung. Der Priester hatte geboten, das Fest zu feiern. Die Arbeit ruhen lassen sollten Dienerinnen und Herrinnen, sollten sich die Brust mit Fellen bedecken, die Binden am Haar lösen, Kränze aufs Haupt setzen und belaubte Thyrsusstäbe in die Hand nehmen. Er hatte auch prophezeit, wenn man die Gottheit beleidige, werde ihr Zorn furchtbar sein. Mütter und Schwiegertöchter gehorchen, legen Gewebe, Wollkörbchen und Spinnarbeit unfertig beiseite, opfern Weihrauch und rufen ihn als Bacchus an, als Bromius, Lyaeus, den Feuererzeugten, zweimal Entstandenen, allein von zwei Müttern Geborenen, dazu Nyseus, Thyoneus mit langem Haar, Lenaeus, Stifter der herzerquickenden Traube, Nyctelius, Vater Eleleus, Iacchus, Euhan und mit den zahlreichen Namen, die du sonst noch bei den griechischen Stämmen trägst, Liber! Hast du doch unerschöpfliche Jugend, bleibst ewig ein Knabe, oben im Himmel bist du als der Schönste angesehen. Stehst du ohne Hörner da, hast du den Kopf eines Mädchens. Du hast den Orient erobert, bis dorthin, wo das Land der fahlhäutigen Inder vom fernen Ganges umströmt wird. Den Pentheus schlachtest du, Verehrungswürdiger, den beiltragenden Lycurgus, die Tempelschänder! Du läßt die Tyrrhener ins Meer springen, du beugst die Hälse des Luchsgespannes, die buntes Zaumzeug schmückt. Dir folgen Bacchantinnen, Satyrn und der trunkene Alte, der seine taumelnden Glieder mit der Gerte im Gleichgewicht hält und unsicher auf dem durchhängenden Eselsrücken sitzt. Wohin man auch geht, erschallt das Geschrei junger Männer, dazu Frauenstimmen und der Schlag flacher Hände auf Pauken, es erklingen hohle Erzbecken und Schalmeien aus Buchsbaum mit langer Bohrung.

»Steh uns versöhnt und gnädig bei«, beten die Frauen vom Ismenus. Sie vollziehen die heiligen Handlungen wie befohlen. Nur die Töchter des Minyas stören das Fest, indem sie im Hause zur Unzeit das Werk der Minerva verrichten: Sie ziehen Wolle oder drehen Fäden mit dem Daumen oder verharren am Webstuhl und treiben die Mägde zur Arbeit an.

Pyramus und Thisbe

Eine von ihnen spinnt mit flinkem Daumen einen Faden und spricht: »Während andere faulenzen und erlogene Mysterien besuchen, hält uns Pallas, die bessere Göttin, fest; so wollen wir uns die nützliche Handarbeit mit mancherlei Reden versüßen und im Wechsel, um uns die Zeit nicht lang werden zu lassen, unseren unbeschäftigten Ohren etwas berichten.« Die Schwestern stimmen ihren Worten zu und fordern sie auf, den Anfang zu machen. Sie überlegt, was sie aus ihrem reichen Schatz hervorholen soll – sie wußte nämlich sehr viele Geschichten –, und schwankt noch: Soll sie von dir, babylonische Dercetis, erzählen, von der Palästinas Bewohner sagen, sie sei verwandelt worden, habe ein Schuppenkleid erhalten und im Teich Wellen geschlagen? Oder soll sie lieber davon berichten, wie Dercetis' Tochter Flügel bekam und ihre letzten Lebensjahre auf hohen Türmen zubrachte? Oder wie die Naiade durch Gesang und allzu zauberkräftige Kräuter junge Männer in stumme Fische verwandelte, bis ihr dasselbe widerfuhr? Oder wie der Baum, der einst weiße Früchte trug, jetzt schwarze trägt, da er mit Blut bespritzt wurde? Dafür entscheidet sie sich, weil diese Geschichte unbekannt ist. Und sie begann folgendermaßen, während die Wolle gehorsam zum Faden wurde:

»Pyramus und Thisbe, er der schönste der jungen Männer, sie herrlicher als alle Mädchen im Orient, bewohnten benachbarte Häuser in der hochgebauten Stadt, die Semiramis mit Mauern aus Lehmziegeln umgeben haben soll. Nachbarschaft machte sie miteinander bekannt und erlaubte ihnen die ersten Schritte der Annäherung. Mit der Zeit wuchs die Liebe; sie hätten auch Hochzeit gefeiert, aber die Väter verboten es. Eines aber konnten sie nicht verbieten: Beide waren gleichermaßen in Liebe entbrannt, die ihnen den Verstand raubte. Keinen Mitwisser gibt es; sie sprechen durch Winke und Zeichen, und je mehr die Liebesglut versteckt wird, desto heftiger ist ihr Feuer. Ein feiner Riß durchzog die gemeinsame Wand beider Häuser. Den hatte sie einst bekommen, als sie gebaut wurde. Diesen Fehler, den viele hundert Jahre lang niemand bemerkt hatte, saht ihr zuerst, ihr Liebenden – was merkt Liebe nicht? –, und machtet ihn zum Weg für eure Stimme. Ungestört wanderten durch jene Ritze leise geflüsterte Koseworte ständig hin und her. Kaum hatte sich hier Thisbe, dort Pyramus aufgestellt und der eine den Hauch vom Munde des anderen zu erhaschen versucht, sagten sie oft: ›Neidische Wand, was stehst du den Liebenden im Wege? Wie wenig würde es dir ausmachen zu erlauben, daß wir uns mit dem ganzen Körper vereinigen oder, wenn dies zu viel verlangt ist, wenigstens so weit offenzustehen, daß wir uns küssen könnten! Doch sind wir nicht undankbar; wir bekennen: Dir verdanken wir es, daß die Worte den Weg zum Ohr des Geliebten finden.‹ Solches redeten sie vergeblich, jeder auf seiner Seite, sagten sich am Abend Lebwohl, und jeder gab seiner Seite der Wand Küsse, die nicht hinübergelangten.

Das nächste Morgenrot hatte die Sterne vertrieben, und Sonnenstrahlen hatten den Tau auf den Gräsern getrocknet. Sie trafen sich am gewohnten Platz. Lange klagen sie kaum hörbar murmelnd und fassen dann einen Beschluß: Sie wollen versuchen, in stiller Nacht die Wächter zu überlisten, zur Haustür hinauszugehen und danach auch die Häuser der Stadt hinter sich zu lassen. Um nicht auf ihrer Wanderung im freien Feld umherirren zu müssen, wollten sie einander am Grab des Ninus treffen und sich im Schatten eines Baumes verstecken. Dort stand nämlich ein Baum, überreich an schneeweißen Früchten, ein hoher Maulbeerbaum, dicht neben einer kühlen Quelle. Die Abmachung ist getroffen. Das Tagesgestirn, das ihnen allzu langsam fortzugehen scheint, versinkt im Meer, und aus demselben Meer steigt die Nacht herauf. Listig dreht Thisbe in der Dunkelheit die Tür in den Angeln, geht hinaus, ohne daß die Ihren es bemerken. Mit verschleiertem Gesicht gelangt sie zum Grabhügel. Schon hat sie sich unter dem verabredeten Baum niedergelassen – die Liebe machte sie kühn! –, siehe, da kommt eine Löwin, deren schäumender Rachen mit frischem Blut besudelt ist, um ihren Durst am Wasser der benachbarten Quelle zu löschen. Von fern sah Thisbe sie im Mondschein und floh mit ängstlichem Fuß in eine dunkle Höhle. Auf der Flucht glitt ihr der Mantel von den Schultern, und sie ließ ihn zurück. Sobald die wilde Löwin ihren Durst mit viel Wasser gestillt hatte, fand sie zufällig auf dem Rückweg zum Wald den feinen Umhang ohne das Mädchen und zerfetzte ihn mit ihrem blutigen Maul. Später verließ Pyramus das Haus. Er sah im tiefen Staub ganz deutlich die Spuren des wilden Tieres. Da erbleichte er übers ganze Gesicht. Doch als er auch noch das blutbefleckte Kleidungsstück fand, sprach er: ›Eine Nacht wird zwei Liebende vernichten. Thisbe hätte es wahrhaftig verdient, lange zu leben; doch meine Seele ist voller Schuld. Ich habe dich, Bejammernswerte, getötet, da ich dich bei Nacht in eine gefährliche Gegend kommen ließ und nicht als erster hierher kam. Zerfleischt meinen Leib und verzehrt mit wildem Biß meine fluchbeladenen Eingeweide, all ihr Löwen, die ihr unter diesem Felsen haust! Aber es zeugt von Ängstlichkeit, den Tod nur zu wünschen!‹ Er nimmt Thisbes Umhang, trägt ihn zum Schatten des Baumes, an dem sie sich verabredet hatten. Und nachdem er das vertraute Gewand mit Tränen benetzt und mit Küssen bedeckt hatte, sprach er: ›Trinke du jetzt auch *mein* Blut!‹ Und das Schwert, mit dem er umgürtet war, stieß er sich in den Leib. Sogleich zog er es sterbend aus der heißen Wunde und lag rücklings am Boden. Da springt das Blut hoch empor, wie wenn lange Wasserstrahlen aus einem schadhaften Bleirohr durch einen feinen Riß zischend hervorschießen und stoßweise die Luft durchbrechen. Vom Mordblut besprengt, werden die Früchte des Maulbeerbaumes schwarz, und von Blut gerötet, färbt die Wurzel die am Baum hängenden Maulbeeren purpurn.

Siehe, der Schrecken sitzt Thisbe noch in den Gliedern; aber sie kehrt zurück, um den Geliebten nicht zu enttäuschen. Ihr Auge, ihr Herz sucht den jungen Mann. Und sie brennt darauf, von der großen Gefahr zu erzählen, der sie entgangen ist. Zwar erkennt sie den Ort und die Umrisse des Baumes, den sie erblickt; doch die Farbe der Früchte läßt sie zögern. Sie ist unsicher, ob es der richtige ist. Während sie noch zweifelt, sieht sie zuckende Glieder den blutigen Boden schlagen. Da trat sie etwas zurück. Ihr Gesicht wird bleicher als Buchsbaumholz, und sie erschauert wie ein Meer, das zittert, wenn ein schwaches Lüftchen darüber hinstreicht. Sie hält inne. Schon hat sie ihren Liebsten erkannt und schlägt sich laut klatschend die Arme, die keine Schläge verdienen. Und indem sie sich das Haar raufte und den Leib des Geliebten umarmte, füllte sie die Wunde mit Tränen, die sie mit dem Blut vermischte, drückte Küsse auf das eiskalte Gesicht und schrie: ›Pyramus, welches Unglück hat dich mir geraubt? Pyramus, antworte! Deine Thisbe ruft dich beim Namen, Liebster! Höre mich und hebe dein Gesicht vom Boden!‹ Als er Thisbes Namen hörte, hob Pyramus die schon vom Tode beschwerten Augen zu ihr auf und schloß sie wieder, als er die Geliebte gesehen hatte. Kaum hatte sie ihr Gewand erkannt und die elfenbeinerne Scheide ohne Schwert gesehen, sprach sie: ›Deine eigene Hand und die Liebe haben dich, Unglücklicher, vernichtet! Auch ich habe eine Hand, und für dies eine wird sie tapfer genug sein. Auch in mir ist Liebe, und sie wird mir Kraft geben, mich zu verwunden. Ich werde dir folgen und die Ursache deines Sterbens und deine Gefährtin im Tode heißen, ich Unglückselige! Dich konnte, ach, nur der Tod von mir trennen; aber nicht einmal der Tod soll dich von mir trennen können. Um dies eine freilich laßt euch bitten, ihr vom Unglück geschlagenen Väter – der deine und der meine! Da uns treue Liebe, da uns die letzte Stunde verband – mißgönnt es uns nicht, im selben Grab bestattet zu werden! Du aber, Baum, der du jetzt den bejammernswerten Leib eines Menschen und bald deren zwei mit deinen Zweigen beschirmst – behalte du die Zeichen des Mordes, trage stets dunkle, trauerfarbene Früchte als Denkmal für unser beider Blut!‹ Sprach's, hielt sich die Klinge unter die Brust und stürzte sich ins Schwert, das noch vom Mordblut warm war. Doch die Wünsche rührten die Götter und rührten die Eltern. Denn die Frucht hat, nachdem sie ganz gereift ist, eine schwarze Farbe, und was die zwei Scheiterhaufen übrig ließen, ruht in einer einzigen Urne.«

Mars und Venus – Leucothoë – Clytië

Sie war zu Ende. Es gab eine kurze Pause, dann begann Leuconoë zu sprechen, und die Schwestern schwiegen.

»Auch den Sonnengott, der alles mit seinem himmlischen Licht beherrscht, hat die Liebe ergriffen. Von seinen Liebesabenteuern will ich berichten. Als erster soll dieser Gott den Ehebruch der Venus mit Mars gesehen haben – sieht doch dieser Gott alles als erster. Die Tat schmerzte ihn, und er zeigte dem Ehemann, Iunos Sohn, das Schäferstündchen an und den Ort, an dem es stattfand. Der aber verlor den Verstand und das Werkstück, das er in der schmiedekundigen Hand hielt. Alsbald feilt er Ketten aus Erz zurecht, Netze und Schlingen, so fein, daß sie das Auge täuschen können – diese Arbeit übertreffen nicht einmal hauchdünne Gewebe, ja, nicht einmal die Spinnwebe, die ganz oben am Balken hängt. Er bewirkt auch, daß sie leichten Berührungen und kleinen Bewegungen nachgeben, und legt sie kunstvoll rings um das Bett aus. Sobald nun die Ehefrau und der Ehebrecher auf ein und demselben Lager zusammengekommen waren, werden sie durch die Kunst des Mannes und durch die neuartigen Fesseln mitten in den Umarmungen ertappt und sind gefangen. Im Nu hat der Lemnier die elfenbeinernen Türflügel geöffnet und die Götter eingelassen. Jene aber lagen schimpflich verstrickt – und einer der gutgelaunten Götter möchte gern auf solche Weise in Schimpf und Schande geraten! Die Götter lachten, und lange war diese Geschichte im ganzen Himmel die bekannteste.

Cytherea, die nicht vergessen kann, verlangt nach Sühne für die Anzeige des Sonnengottes. So macht sie den, der sie in ihrer heimlichen Liebe kränkte, ebenso liebeskrank. Was nützen dir jetzt, du Sohn Hyperions, Schönheit, Farbe und das Licht, das du ausstrahlst? In dir, der du alle Lande mit deinem Feuer verbrennst, brennt nämlich jetzt ein neues Feuer, und du, der du alles sehen mußt, schaust nur Leucothoë an und heftest den Blick, den du der Welt schuldig bist, auf ein einziges Mädchen. Bald gehst du zu früh am Morgenhimmel auf, bald sinkst du zu spät in die Wellen, und weil du dich nicht satt sehen kannst, verlängerst du die Winterstunden. Zuweilen bleibst du ganz aus, der Fehler deines Geistes greift auf dein Licht über: Du verfinsterst dich und erschreckst die Menschenherzen. Bleich wirst du nicht etwa, weil die Gestalt des Mondes, der näher bei der Erde ist, dazwischensteht; nein, deine Liebe bewirkt diese Farbe. Du liebst nur dieses Mädchen; und dich fesselt weder Clymene noch Rhodos, noch die wunderschöne Mutter der aeaeischen Circe, noch Clytië, die zu deinem Lager strebte, obwohl du sie verachtetest – gerade damals hatte die Liebe ihr Herz tief verwundet –: Leucothoë ließ dich die vielen anderen vergessen. Sie war die Tochter der Eurynome, der schönsten Frau in dem Volk, das den Weihrauch erzeugt. Aber nachdem ihre Tochter herangewachsen war, übertraf die Tochter die Mutter so weit an Schönheit wie die Mutter alle anderen. Die achaemenischen Städte regierte ihr Vater Orchamus. Man zählt ihn in seinem Stammbaum als siebten nach dem alten Belus.

Unter Hesperiens Himmel liegen die Weideplätze der Sonnenrosse. Statt Gras fressen sie Ambrosia; das nährt ihre Glieder, wenn sie vom Dienst des Tages erschöpft sind, und kräftigt sie wieder für die Arbeit. Während die Vierbeiner dort himmlische Kräuter rupfen und die Nacht den Tag ablöst, betritt der Gott in Gestalt der Mutter Eurynome die ersehnte Kammer. Da sieht er Leucothoë inmitten von zweimal sechs Dienerinnen bei Lampenlicht den Rocken drehen und glatte Fäden spinnen. Kaum hat er mütterlich der lieben Tochter einen Kuß gegeben, spricht er: ›Mein Anliegen ist geheim; geht hinaus, ihr Dienerinnen, und nehmt der Mutter nicht die Freiheit, mit der Tochter im Vertrauen zu sprechen!‹ Schon hatten sie gehorcht, und als keine Zeugen mehr in der Kammer waren, sprach der Gott: ›Ich bin's, der dem langen Jahr das Maß gibt, der alles sieht, durch den die

Erde alles sieht, das Auge der Welt. Glaub es nur: Du gefällst mir.‹ Sie ist erschrocken. Vor Angst lockerten sich ihre Finger, und Spindel und Rocken fielen zu Boden. Gerade die Furcht stand ihr gut zu Gesichte. Und er zögerte nicht länger und nahm wieder seine wahre Gestalt an, strahlend wie immer. Und obwohl der unerwartete Anblick die Jungfrau erschreckte, überwältigte sie der Glanz des Gottes, und ohne zu klagen, duldete sie seine Gewalttat.

Da wurde Clytië von Neid ergriffen; denn maßlos hatte der Sonnengott sie geliebt. Aus Wut über die Nebenbuhlerin macht sie den Treubruch bekannt. Dem Vater zeigt sie an, daß seine Tochter entehrt sei. Während Leucothoë bittet, die Arme zum Licht der Sonne ausstreckt und beteuert: ›Er hat mir gegen meinen Willen Gewalt angetan!‹, vergräbt sie der Vater unerbittlich, erbarmungslos und grausam im Erdboden und schüttet darüber einen Hügel aus schwerem Sand auf. Den zerstreut Hyperions Sohn mit seinen Strahlen und öffnet dir, Leucothoë, einen Weg, so daß du dein Antlitz aus dem Grab hervorstrecken kannst. Doch du konntest das Haupt, das die Last der Erde erstickt hatte, nicht mehr heben, Nymphe, und lagst da als blutleerer Leichnam. Nichts soll nach Phaëthons Flammentod den Lenker der Flügelrosse tiefer geschmerzt haben. Er versucht zwar, mit der Kraft seiner Strahlen die erkalteten Glieder wieder zu warmem Leben zu erwecken. Da aber das Schicksal einem so großen Unterfangen entgegensteht, hat er den Leichnam und seine Stätte mit duftendem Nektar besprengt. Nach vielen Klagen sprach er: ›Du wirst dennoch ans Licht treten.‹ Alsbald zerfloß der Leib, der vom himmlischen Nektar durchtränkt war, und schwängerte die Erde mit seinem Duft. Und ein Weihrauchsproß durchzog allmählich die Scholle mit Wurzeln, wuchs auf und durchstieß den Hügel mit seiner Spitze.

Doch zu Clytië – mochte die Liebe ihren Schmerz und der Schmerz ihre Anzeige auch noch so sehr entschuldigen – kam der Herr des Lichtes nicht mehr und nahte ihr nie wieder in Liebe. Seitdem verzehrte sie sich in wahnsinniger Leidenschaft, ertrug die Gesellschaft der Nymphen nicht und saß Tag und Nacht unter freiem Himmel auf dem bloßen Erdboden mit bloßem Haupt und ungepflegtem Haar. Neun Tage aß und trank sie nichts, nur Tau und Tränen waren ihre Speise, und sie rührte sich nicht von der Stelle. Sie blickte nur auf das Antlitz des Gottes, der seine Bahn am Himmel zog, und kehrte ihm stets ihr Gesicht zu. Ihre Glieder sollen am Boden festgewachsen sein. Ihr blühendes Aussehen verwandelte fahle Blässe zum Teil in blutleeres Kraut, zum Teil bleibt die Röte bestehen, und eine Blume, die dem Veilchen sehr ähnlich ist, bedeckt ihr Gesicht. Obwohl die Wurzel sie festhält, wendet sie sich ihrem Sonnengott zu und bleibt ihrer Liebe trotz der Verwandlung treu.«

Salmacis und Hermaphroditus

↳ kümmert sich nur um Schönheit

Die Erzählerin war zu Ende, und das wundersame Geschehen hatte die Lauschenden in seinen Bann gezwungen. Einige bestreiten, daß so etwas geschehen konnte; andere sagen, wahre Götter seien allmächtig, Bacchus aber gehöre nicht dazu. Nachdem die Schwestern verstummt sind, wird Alcithoë verlangt. Sie ließ das Schiffchen durch die Kette am aufgerichteten Webstuhl sausen und sprach: »Ich schweige von der allgemein bekannten Liebesgeschichte des Hirten Daphnis vom Idagebirge, den eine Nymphe aus Wut über eine Nebenbuhlerin in Stein verwandelt hat – so heftiger Schmerz verzehrt die Liebenden! Ich spreche auch nicht davon, wie einst Sithon die Naturgesetze umstürzte und abwechselnd bald Mann, bald Frau war. Auch dich, Celmis, jetzt Stahl, einst für den kleinen Iuppiter der Treuste der Getreuen, auch die Cureten, die aus reichlichem Regen entstanden, und Crocus und Smilax, die in kleine Blumen verwandelt wurden, übergehe ich und will euch durch eine liebliche neue Geschichte fesseln.

Erfahrt, warum der See Salmacis verrufen ist, wieso er mit seinen weibischen Wellen entkräftend wirkt und die Glieder, die er berührt, der Männlichkeit beraubt. Die Ursache ist verborgen, die Wirkung der Quelle wohlbekannt. Einen Knaben, den Cytherea dem Mercur geboren hatte, zogen die Naiaden in den Höhlen des Ida auf. Sein Gesicht trug die Züge von Vater und Mutter, so daß man beide darin erkennen konnte; auch den Namen bekam er von beiden. Sobald er dreimal fünf Jahre alt war, verließ er die heimischen Berge, den Ida, der ihn ernährt hatte, freute sich daran, in unbekannten Gegenden umherzuschweifen und unbekannte Ströme zu sehen, und der Eifer ließ ihn die Mühe gering achten. Er geht auch in Lyciens Städte und zu Lyciens Nachbarn, den Carern. Da sieht er einen Teich, dessen Wasser klar ist bis zum tiefsten Grund. Dort wächst kein Schilfrohr, keine tauben Rohrkolben und keine Binsen mit scharfen Spitzen. Durchsichtig ist das Wasser; die Ufer des Sees umschließt frischer Rasen mit stets grünendem Gras. Eine Nymphe wohnt dort, doch sie ist keine Jägerin und nicht gewohnt, den Bogen zu spannen oder um die Wette zu laufen; als einzige der Naiaden ist sie der flinken Diana unbekannt. Oft sollen die Schwestern zu ihr gesagt haben: ›Salmacis, nimm einen Wurfspieß oder einen bunten Köcher und bringe durch die rauhe Jagd etwas Abwechslung in deine Muße.‹ Doch sie nimmt keinen Wurfspieß zur Hand, keinen bunten Köcher und bringt nicht durch die rauhe Jagd Abwechslung in ihre Muße. Vielmehr badet sie bald ihre schönen Glieder in ihrer Quelle; bald kämmt sie sich das Haar mit einem Kamm aus Buchsbaumholz, blickt in den Wasserspiegel und befragt ihn, was ihr stehe; bald legt sie sich, in einen durchscheinenden Überwurf gehüllt, auf weiches Laub oder ins weiche Gras; bald pflückt sie Blumen. Auch damals pflückte sie gerade Blumen, als sie den Knaben sah und auf den ersten Blick zu besitzen wünschte. Doch sie trat erst vor ihn – obwohl sie es damit eilig hatte –, nachdem sie sich zurechtgemacht, den Faltenwurf überprüft, ihr strahlendstes Lächeln aufgesetzt hatte und für schön gelten konnte. Dann begann sie folgendermaßen: ›O Knabe, wahrhaft wert, für einen Gott gehalten zu werden! Bist du ein Gott, so könntest du Cupido sein; bist du ein Sterblicher, so sind deine Eltern glückselig, dein Bruder glücklich und wahrhaft beglückt deine Schwester, wenn du eine hast, und die Amme, die dir die Brust gab; aber die aller-, allerglückseligste ist deine Braut, wenn es eine gibt, die du der Hochzeitsfackel würdigst. Hast du eine Braut, so bleibe meine Wonne geheim; hast du keine, laß mich die Deine sein und uns ins Brautgemach gehen!‹ Hier verstummte die Naiade; dem Knaben schoß die Röte ins Gesicht – denn er weiß nicht, was Liebe ist –, aber auch das Erröten stand ihm gut. Diese Farbe haben Äpfel, die an einem sonnenbeschienenen Baum hängen, oder gefärbtes Elfenbein oder der Mond, dessen weißes Licht sich rot färbt, wenn bei der Verfinsterung vergeblich das helfende Erz erdröhnt. Da die Nymphe unablässig wenigstens einen schwesterlichen Kuß verlangte und schon die Hände um seinen Hals legen wollte, der wie Elfenbein schimmerte, sprach er: ›Hörst du auf, oder muß ich fliehen und dich und diesen Ort verlassen?‹ Salmacis erschrak und versetzte: ›Ich überlasse ihn dir zur freien Verfügung, Fremdling.‹ Sie kehrt um und tut, als ginge sie fort – auch jetzt noch blickt sie sich um. In einem buschigen Gehölz hat sie sich versteckt und sich mit gebeugtem Knie hingekauert. Er aber glaubt sich auf der menschenleeren Wiese unbeobachtet, geht auf und ab und netzt in den heranplätschernden Wellen erst die Zehenspitzen und dann den Fuß bis zum Knöchel; sogleich reizt ihn die Wärme des schmeichelnden Wassers, und er legt die feinen Hüllen von seinem zarten Körper ab. Da gefiel er Salmacis erst recht, und sie entbrannte in Begierde nach der nackten Gestalt. Und die Augen der Nymphe sprühen Feuer, nicht anders, als wenn die Sonne am hellsten strahlt, weil keine Wolken ihre Scheibe trüben, und ihr Bild vom Spiegel zurückgeworfen wird. Sie kann es kaum mehr erwarten, ihre Liebesfreuden kaum noch aufschieben, schon begehrt sie, ihn zu umarmen, sie ist hingerissen, kann sich fast nicht mehr beherrschen. Jener klopft sich rasch mit den hohlen Händen den Körper ab, springt in die Fluten, bewegt die Arme im Wechsel und schimmert durch das klare Wasser hindurch wie ein elfenbeinernes Standbild oder eine weiße Lilie, die jemand hinter durchsichtiges Glas stellt. ›Sieg! Er ist mein!‹ ruft die Naiade, wirft alle Kleider weit fort und stürzt sich mitten in die Wellen. Er wehrt sich; sie aber hält ihn fest, raubt ihm trotz seines Widerstandes Küsse, legt die Hände von unten an ihn, berührt seine widerstrebende Brust und umfängt den jungen Mann bald von dieser, bald von jener Seite. Während er sich sträubt und ihr entschlüpfen will, umschlingt sie ihn endlich wie eine Schlange, die der König der Vögel festhält und emporträgt – während sie hängt, fesselt sie ihm Kopf und Füße und umschnürt ihm mit dem Schwanz die Flügel, die sich ausbreiten wollen –, oder wie Efeuranken lange Baumstämme zu umspinnen pflegen und wie der Polyp seinen Feind, den er in der Wassertiefe gepackt hat, umklammert, indem er von allen Seiten Fangarme nach ihm ausstreckt. Der Urenkel des Atlas bleibt fest und verweigert der Nymphe die erhofften Freuden; sie aber bedrängt ihn. Mit dem ganzen Körper eng an ihn geschmiegt, sprach sie: ›Magst du dich auch wehren, Böser, trotzdem wirst du mir nicht entrinnen. Ihr Götter, laßt es so geschehen: Kein Tag soll ihn von mir und mich von ihm trennen.‹ Der Wunsch fand gnädige Götter; denn die ineinander verschlungenen Körper der beiden werden eins, und sie bekommen eine einzige Gestalt. Wie wenn einer, der Zweige unter die Rinde pfropft, sie miteinander verschmelzen und gemeinsam heranwachsen sieht, so sind die Glieder durch die feste Umarmung eins geworden, keine zwei Leiber, sondern eine Zwittergestalt, die man weder Frau noch Mann nennen kann; sie erscheint als keines von beiden und doch als beides. Sobald er also bemerkt hatte, daß ihn die klaren Wellen, in die er als Mann hinabgestiegen war, zum Zwitter gemacht hatten und daß seine Glieder darin weibisch geworden waren, streckte er die Hände aus und sprach mit einer Stimme, die nicht mehr männlich war: ›Vater und Mutter, macht eurem Sohn, der nach euch beiden benannt ist, ein Geschenk: Jeder, der diese Quelle als Mann betritt, möge sie als Halbmann verlassen und, sobald er die Wellen berührt, weibisch werden.‹ Beide Eltern ließen sich rühren, erfüllten den Wunsch ihres zwitterhaften Sohnes und tränkten die Quelle mit einem Zaubermittel, das auf das Geschlecht wirkt.«

Die Minyastöchter (II)

Die Erzählung war zu Ende, doch immer noch arbeiten die Minyastöchter fieberhaft, mißachten den Gott und entweihen den Feiertag, als plötzlich unsichtbare Pauken mit dumpfen Tönen störend erklangen. Die Oboe mit gebogenem Horn und klirrende Erzbecken erschallen, Myrrhen- und Krokusduft steigt auf. Da – o Wunder! – begannen die Webstühle zu grünen, und zu Efeulaub wurde das herabhängende Gewebe. Manches davon wird zu Reben, und was eben noch ein Faden war, verwandelt sich in eine Weinranke; aus den Kettfäden sprießt Weinlaub, und der Purpur färbt die Trauben und verleiht ihnen Glanz. Schon war der Tag erloschen, und die Stunde nahte, die man weder Finsternis noch Licht nennen kann, sondern die Grenze zwischen dem Tag und der zögernden Nacht; da war es plötzlich, als bebe das Haus und als loderten darin harzige Fackeln, als erstrahle die Halle in rötlichem Feuer und als heulten Trugbilder wilder Tiere. Schon lange halten sich die Schwestern in ihrem rauchgeschwängerten Hause versteckt und flüchten vor dem Feuer und dem Licht in verschiedene Winkel; und während sie ins Dunkel streben, spannt sich zwischen ihren feinen Gelenken eine Flughaut, und ihren Arm umschließt ein dünner Flügel. Und das Dunkel erlaubt nicht zu wissen, auf welche Weise sie ihre frühere Gestalt verloren. Kein Federkleid hob sie empor, sie hielten sich dennoch mit durchscheinenden Schwingen in der Schwebe. Sie versuchen zu sprechen, doch stoßen sie nur einen ganz schwachen Ton aus, der ihrer kleinen Gestalt entspricht, klagen leise zirpend und halten sich in Häusern, nicht im Walde auf. Da sie das Tageslicht hassen, fliegen sie bei Nacht aus und sind nach dem späten Abend benannt.

Ino und Melicertes

Daraufhin war die göttliche Macht des Bacchus zu Theben in aller Munde. Und Ino, die Schwester seiner Mutter, erzählt überall die großen Wundertaten des neuen Gottes. Sie war als einzige von so vielen Schwestern von Leid verschont geblieben – abgesehen von dem Leid, das sie um ihrer Schwestern willen litt. Stolz ist sie auf ihre Kinder, auf ihre Ehe mit Athamas und auf ihren Zögling, der ein Gott ist. So sieht Iuno sie, erträgt es nicht und spricht zu sich selbst: »Hat es der Sohn der Nebenfrau nicht fertiggebracht, die maeonischen Schiffer zu verwandeln und ins Meer zu versenken, die Mutter Agaue den Leib des eigenen Sohnes zerfleischen zu lassen und die drei Minyastöchter mit neuartigen Flügeln zu umhüllen? Iuno aber soll über unvergoltene Kränkungen nur weinen können? Ist mir das genug? Ist das meine ganze Macht? Er selbst kann mich lehren, was ich zu tun habe – man darf ja auch vom Feind etwas lernen! Was Wahnsinn vermag, hat er durch die Ermordung des Pentheus genügend bewiesen – ja, mehr als genügend. Warum soll man nicht Ino aufstacheln und sie ihrerseits im Wahnsinn dem Beispiel ihrer Verwandten folgen lassen?«

Es gibt einen abschüssigen Weg, von traurigem Taxus umschattet; er führt durch Totenstille in die Unterwelt. Die träge Styx haucht Nebelschwaden aus; soeben Verstorbene steigen dort hinab, Schatten, welche die Bestattung hinter sich haben. Bleicher Winter herrscht weithin in der Einöde, und die neuangekommenen Geister wissen nicht, wo der Weg ist, wo es zur stygischen Stadt geht und wo sich die grauenerregende Königsburg des finsteren Pluto befindet. Zur Aufnahme bereit, hat die Stadt tausend Eingänge und auf allen Seiten offene Tore. Wie das Meer die Flüsse von der ganzen Erde, so nimmt jener Ort alle Seelen auf, ist für kein Volk zu klein und fühlt nichts vom Zuwachs der Menge. Blutlos, ohne Fleisch und Bein, irren die Schatten umher. Die einen bevölkern das Forum, die andern den Palast des Herrschers der Tiefe, andere treiben irgendein Handwerk – ein Abbild ihres früheren Lebens –, wieder andere büßen für ihre Sünden.

Saturns Tochter Iuno bringt es über sich, dorthin zu gehen und ihren himmlischen Wohnsitz zu verlassen – so wichtig nahm sie ihren Haß und ihren Zorn. Als sie eintrat und die Schwelle unter dem Gewicht des göttlichen Leibes ächzte, streckte Cerberus seine drei Köpfe hervor und bellte dreistimmig. Sie ruft die

Schwestern, die Töchter der Nacht, deren Gottheit streng und unerbittlich ist. Sie saßen vor den mit Stahl verriegelten Kerkertüren und kämmten die schwarzen Schlangen in ihrem Haar herab. Sobald sie Iuno im nebligen Schatten erkannt hatten, erhoben sich die Göttinnen. Der Ort heißt Stätte der Frevler: Da ließ Tityos seine Eingeweide zerfleischen und war über neun Morgen Landes ausgestreckt; du, Tantalus, bekommst kein Wasser zu fassen, und der Baum, der zum Greifen nahe ist, entflieht. Sisyphus, du holst den Felsblock, oder du schiebst ihn bergauf, bis er wieder hinabrollt; Ixion dreht sich, verfolgt sich selbst und flieht vor sich, und die Beliden, die es wagten, ihre Vettern zu ermorden, schöpfen beharrlich Wasser, um es zu verlieren.

Nachdem Iuno sie alle mit finsteren Blicken gemessen hatte – ganz besonders Ixion –, wandte sie sich von diesem wieder Sisyphus zu und sprach: »Warum leidet gerade dieser hier vor allen Brüdern eine ewige Strafe, während Athamas, der zusammen mit seiner Gattin mich stets verachtet hat, stolz in seinem reichen Königspalast thront?« Und sie erklärt die Gründe ihres Hasses und ihres Kommens und sagt, was ihr Wunsch und Wille sei. Ihr Wunsch war, der Palast des Cadmus solle stürzen, und der Wahnsinn solle Athamas zum Verbrechen treiben. Befehle, Versprechungen, Bitten bringt sie in einem Atemzuge vor und hetzt die Göttinnen auf. Nachdem Iuno so gesprochen hatte, schüttelte Tisiphone ihr graues Haar, wirr, wie es war, warf die Schlangen, die ihr ins Gesicht hingen, zurück und sprach: »Es bedarf keiner langen Umschweife. Halte alles, was du befiehlst, für schon getan. Verlaß das unfreundliche Reich und begib dich zurück zu den Lüften des schöneren Himmels.« Froh kehrt Iuno zurück. Iris, die Tochter des Thaumas, besprengte sie mit Wasser, um sie zu entsühnen, bevor sie den Himmel betrat.

Unverzüglich ergreift die unheilbringende Tisiphone ihre in Blut getauchte Fackel, zieht den Mantel an, der von strömendem Mordblut gerötet ist, bindet sich eine Schlange als Gürtel um und verläßt ihr Haus. Auf dem Wege begleiten sie die Trauer, die Angst, der Schrecken und der Wahnsinn mit unstetem Blick. Schon stand sie auf der Schwelle, da zitterten die Pfosten am Hause des Aeolus – so geht die Sage –, die Türflügel aus Ahorn erblaßten, und die Sonne floh jenen Ort. Über die bösen Zeichen erschrak die Königin, auch Athamas erschrak, und sie wollten das Haus verlassen. Da trat ihnen die unheilbringende Rachegöttin entgegen und belagerte den Eingang; sie breitete die mit

Schlangenknoten umschlungenen Arme aus und schüttelte ihr Haar; die aufgestörten Nattern gaben einen Laut von sich; teils auf ihren Schultern ruhend, teil um die Brust kriechend zischen sie, speien Gift und züngeln. Dann reißt Tisiphone mitten aus ihrem Haar zwei Schlangen, packt sie, und schon hat sie beide mit verderbenbringender Hand ins Haus geschleudert. Sie aber kriechen auf Inos und Athamas' Brust umher und blasen ihnen ihren Gifthauch ein. Dabei verwunden sie die Glieder nicht, der Geist ist's, der ihre entsetzlichen Bisse zu spüren bekommt. Mitgebracht hatte die Furie auch grauenhaftes flüssiges Gift: Schaum vom Maul des Höllenhundes, Geifer der Echidna, schweifendes Irren, Vergessen, das den Verstand mit Blindheit schlägt, Frevel, Tränen, Raserei und Mordlust – alles ineinander gerieben; das hatte sie mit frischem Blut vermischt, im Bauch eines ehernen Kessels gekocht und mit grünem Schierling umgerührt. Während jene noch voll Angst waren, schüttete sie beiden das höllische Gift in die Brust und wiegelte sie im Innersten auf. Dann schwingt sie die Fackel immer wieder im Kreise herum, so daß durch die schnelle Bewegung ein Feuer das andere einholt. So ist sie Siegerin, kehrt nach erfülltem Auftrag ins Schattenreich des großen Pluto zurück und löst die Schlange, die sie als Gürtel mitgenommen hat.

Sofort wird der Sohn des Aeolus vom Wahnsinn ergriffen und ruft mitten im Palast: »Heda, Gefährten, spannt in diesem Wald die Netze aus! Hier habe ich soeben eine Löwin mit zwei Jungen gesehen.« Und besinnungslos folgt er den Spuren seiner Gattin, als wäre sie ein wildes Tier, reißt von der Mutterbrust den Learchus, der lacht und die Ärmchen nach ihm ausstreckt, wirbelt ihn zwei-, dreimal wie in einer Schleuder durch die Luft und zerschmettert grausam den Mund des Unmündigen am starren Stein. Da erst gerät auch die Mutter außer sich – war der Schmerz oder das versprühte Gift die Ursache? –, sie heult auf und flieht besinnungslos mit offenem Haar, trägt dich, kleiner Melicertes, auf den bloßen Armen und ruft: »Euhoe, Bacchus!« Als der Name Bacchus fiel, lachte Iuno und bemerkte: »Diesen Nutzen möge dir dein Zögling bringen!« Über der Meeresfläche erhebt sich ein Fels; sein Fuß wird von den Fluten unterhöhlt und schützt die verborgenen Wellen vor dem Regen; seine Spitze ragt hoch empor und streckt die Stirn ins offene Meer hinaus. Diese Anhöhe besteigt Ino – der Wahnsinn hat ihr Kraft gegeben –, und von keiner Furcht gehemmt, stürzt sie sich und ihre Last ins Meer. Vom Aufprall schäumte die Woge weiß auf. Aber Venus empfand Mitleid mit den unverdienten Leiden ihrer Enkelin und sprach schmeichelnd zu ihrem Oheim: »O Gebieter der Wasser, Neptun, dem das Reich zugeteilt worden ist, das gleich nach dem Himmel kommt! Groß ist zwar meine Bitte, doch erbarme du dich der Meinen, die, wie du siehst, hin- und hergeworfen werden im unermeßlichen Ionischen Meer, und nimm sie unter deine Götter auf! Auch das Meer ist mir ein wenig gewogen, bin ich doch einst mitten in der Meerestiefe Schaum gewesen und trage daher meinen griechischen Namen.« Auf ihr Bitten nickte Neptun zustimmend, nahm beiden die Sterblichkeit und verlieh ihnen ehrwürdige Hoheit. Er gab ihnen zugleich mit der neuen Gestalt einen neuen Namen, nannte den Gott Palaemon und seine Mutter Leucothea.

Inos Gefährtinnen

Die aus Sidon stammenden Begleiterinnen folgten ihr, so schnell sie konnten, und sahen die letzten Fußspuren ganz vorn auf dem Felsen. Ohne an Inos Tod zu zweifeln, beklagten sie das Haus des Cadmus, indem sie sich mit den Händen an die Brust schlugen, das Gewand zerrissen und das Haar rauften; sie warfen der Göttin vor, nicht gerecht genug und allzu streng zur Nebenbuhlerin gewesen zu sein. Iuno ertrug ihre Schmähungen nicht und sprach: »Ich werde euch selbst zu den größten Denkmälern meiner Grausamkeit machen.« Auf diese Worte folgte sogleich die Tat. Denn die Anhänglichste von allen sagte: »Ich werde meiner Königin ins Meer folgen.« Doch als sie springen wollte, konnte sie sich nirgendwohin bewegen und haftete wie angenagelt am Felsen. Eine zweite wollte sich gerade trauernd an die Brust schlagen, wie sie es gewohnt war; da spürte sie, daß ihre Oberarme sich hart anfühlten. Eine dritte hatte gerade die Hände zu den Meereswogen gestreckt – da hält sie, zu Stein geworden, die Hände nach wie vor auf die Wogen gerichtet. Diese hier griff sich gerade am Scheitel ins Haar; im Haar erstarrten ihr plötzlich die Finger – man hätte es sehen können. Jede verharrte in der Haltung, in der sie überrascht wurde. Einige von ihnen wurden zu Vögeln; sie streifen auch heute noch jene Meeresfläche mit den Flügelspitzen, die Mädchen vom Ismenus.

Cadmus und Harmonia

Agenors Sohn weiß nicht, daß seine Tochter und sein kleiner Enkel Meeresgötter sind. Angesichts der Trauer, der Kette von Schicksalsschlägen und der Vorzeichen, die er in großer Zahl gesehen hat, gibt sich Cadmus geschlagen. So verläßt der Gründer seine eigene Stadt, als wäre das ihn bedrängende Verhängnis an den Ort und nicht an seine Person gebunden. Nach langer Pilgerschaft mit seiner Gattin, die sein Flüchtlingslos teilt, ist er endlich ins Gebiet Illyriens gelangt. Und während beide, von Kummer und Alter gebeugt, sich die ersten Heimsuchungen ihres Geschlechts vergegenwärtigen und im Gespräch ihre Leiden der Reihe nach erzählen, fragt Cadmus: »War etwa jene Schlange, die mein Speer durchbohrte, heilig, damals, als ich, aus Sidon kommend, die Drachenzähne als neuartige Saat auf den Boden streute? Rächt die Vorsehung der Götter diese Schlange mit so unerbittlichem Zorn, so bitte ich darum, selbst zur Schlange mit langgestrecktem Bauch zu werden.« Sprach's, und wie eine Schlange streckt er sich in die Länge, fühlt, wie auf seiner hart gewordenen Haut Schuppen wachsen und seinen Leib, der sich schwarz färbt, blaue Tupfen beleben. Vornüber fällt er auf die Brust, die Schenkel schließen sich zusammen und verjüngen sich allmählich zur Schwanzspitze. Noch bleiben ihm die Arme. Die Arme, die ihm noch bleiben, streckt er aus, und während ihm Tränen übers Gesicht strömen, das noch menschliche Züge trägt, spricht er: »Komm zu mir, liebe Frau, komm, Unglückliche, und solange von mir noch etwas übrig ist, berühre mich, nimm meine Hand, solang es noch eine Hand ist, solange die Schlangengestalt noch nicht ganz von mir Besitz ergriffen hat.« Er will noch weiter reden; doch plötzlich ist seine Zunge in zwei Hälften gespalten, beim Sprechen gehorchen ihm die Worte nicht mehr, und sooft er eine Klage äußern will, zischt er. Diese Stimme hat ihm die Natur belassen. Da schlägt sich die Gattin an die bloße Brust und ruft: »Cadmus, bleib hier und befreie dich, Unglücklicher, aus diesem Ungeheuer! Cadmus, was soll das bedeuten? Wo ist der Fuß, wo sind die Schultern, die Hände, die Farbe, das Gesicht und, während ich spreche, alles übrige? Warum verwandelt ihr Himmlischen mich nicht auch in solch eine Schlange?« Sprach's; er aber leckte seiner Gattin das Gesicht, schmiegte sich an die geliebte Brust, als erkenne er sie, umschlang sie und suchte den vertrauten Hals. Alle, die dabei waren – dabei war das Gefolge –, sind von Schrecken erfüllt, sie aber streichelt den schlüpfrigen Hals des kammbewehrten Drachen; und plötzlich sind es zwei, und sie kriechen, gemeinsam sich windend, davon, bis sie im Schlupfwinkel des nahegelegenen Hains verschwunden sind. Heute noch fliehen sie nicht vor Menschen, tun ihnen nichts zuleide und erinnern sich als zahme Drachen daran, was sie früher gewesen sind.

Perseus und Atlas

→ Entstehung des Atlasgebirges

Freilich war beiden ihr Enkel ein großer Trost für ihre Verwandlung. Ihn verehrte das eroberte Indien, Achaia erbaute ihm Tempel und feierte ihn. Als einziger hält noch Acrisius, der Sohn des Abas, obwohl er von demselben Stamme ist, den Gott von den Mauern der Stadt Argos fern und führt gegen ihn Krieg; er glaubt nicht, daß er von Göttern stammt; hielt er doch auch Perseus, den Danaë im goldenen Regen empfangen hatte, nicht für Iuppiters Sohn. Bald bereut Acrisius freilich – so wirksam setzt sich die Wahrheit durch! –, daß er den Gott beleidigt und seinen Enkel nicht anerkannt hat. Der eine ist nämlich bereits zum Himmel aufgestiegen, der andere aber trägt schon das berühmte schlangenhaarige Haupt als Beute mit sich fort und durchmißt die zarten Lüfte mit schwirrenden Flügeln. Und als der Sieger über Libyens Sand schwebte, fielen blutige Tropfen vom Gorgonenhaupt, der Boden nahm sie auf und belebte sie zu schillernden Schlangen. Daher ist jenes Land mit vielen Nattern verseucht.

Von dort tragen ihn die feindlichen Brüder, die Winde, durch den unermeßlichen Raum, bald hierhin, bald dorthin, wie eine wasserführende Wolke. Vom hohen Himmel blickt er auf die weit entfernten Länder hinab und fliegt über die ganze Welt. Dreimal hat er die eisigen Bären, dreimal die Scheren des Krebses gesehen, oft wurde er nach Westen, oft nach Osten getragen. Und als der Tag zur Neige ging, fürchtete Perseus, sich der Nacht anzuvertrauen. So machte er am westlichen Ende der Welt im Reich des Atlas halt und suchte eine kurze Ruhepause, bis der Morgenstern die Glut der Morgenröte heraufführen würde und die Morgenröte den Wagen des Tagesgestirns. Hier wohnte der Sohn des Iapetus, Atlas, der alle Menschen an gewaltiger Körpergröße übertraf. Der Rand der Welt stand unter seinem Szepter und das Meer, das mit seiner Fläche die keuchenden Sonnenrosse auffängt und die heißgelaufenen Achsen aufnimmt.

Tausend Schafherden und ebenso viele Rinder streiften auf seinen Wiesen umher, und sein Grund und Boden wurde durch keine Nachbarschaft beengt. Auf den Bäumen bedeckte von gleißendem Golde schimmerndes Laub goldene Zweige und goldene Äpfel. »Fremdling«, sprach Perseus zu ihm, »wenn dir der Ruhm eines großen Geschlechtes etwas bedeutet, so wisse: Iuppiter ist mein Stammvater. Bist du aber ein Bewunderer von Heldentaten, wirst du die meinen bewundern. Ich bitte um Gastfreundschaft und ein Nachtlager.« Atlas aber hatte einen alten Orakelspruch im Gedächtnis. Am Parnaß hatte Themis ihm folgenden Bescheid gegeben: »Es wird die Zeit kommen, Atlas, da dein Baum des Goldes beraubt wird, und Iuppiters Sohn wird sich dieser Beute rühmen dürfen.« Aus Angst davor hatte Atlas seinen Obstgarten mit einer lückenlosen Bergkette umschlossen und von einem riesigen Drachen bewachen lassen und hielt alle Fremden von seinem Gebiet fern. So sprach er auch zu diesem: »Geh weit fort, damit der Taten Ruhm, von dem du faselst, und Iuppiter dich nicht im Stiche lassen.« Auf die Drohungen läßt er Gewalt folgen und versucht, Perseus mit den Händen zu vertreiben, während dieser noch zögert und sanfte Worte mit kräftigen mischt. Da er ihm an Stärke unterlegen ist – denn wer könnte dem starken Atlas gewachsen sein? –, spricht er: »Weil dir nichts an meiner Freundschaft liegt, empfange ein Geschenk.« Und von links holte er das von Schlangen starrende Haupt der Meduse hervor, während er selbst sich zurückwandte. Groß, wie er war, wurde Atlas zum Berg: Bart und Haare wachsen sich zu Wäldern aus; Schultern und Arme bilden Bergjoche; was vorher das Haupt war, ist jetzt der Gipfel; die Knochen werden zu Stein. Dann wuchs er nach allen Richtungen ins Unermeßliche – so habt ihr, Götter, es bestimmt –, und der ganze Himmel mit all seinen Sternbildern ruhte auf ihm.

Perseus und Andromeda

Verschlossen hatte Hippotes' Sohn die Winde im ewigen Kerker, und der Morgenstern, der zum Tagewerk mahnt, war hoch am Himmel herrlich leuchtend aufgegangen. Da greift Perseus wieder zu den Federn, bindet sie rechts und links an die Füße, schnallt sein gebogenes Schwert um und eilt auf hurtigen Flügelsohlen durch die klare Luft dahin. Nachdem er zahllose Völker, die ringsum in der Tiefe wohnen, hinter sich gelassen hat, erblickt er die aethiopischen Stämme und das Gebiet des Cepheus. Dort hatte der ungerechte Ammon Andromeda unverdient für die Reden ihrer Mutter büßen lassen. Sobald der Urenkel des Abas ihre Arme an die harten Felsen gefesselt sah – hätte nicht ein leichtes Lüftchen ihr Haar bewegt und ihr Auge heiße Tränen vergossen, hätte er sie für ein Marmorbild gehalten –, ergreift ihn unbemerkt die Liebesglut. Er staunt. Hingerissen vom Anblick der schönen Gestalt, hätte er beinahe vergessen, in der Luft mit den Flügeln zu schlagen. Kaum stand er auf festem Boden, sprach er: »Du verdienst nicht diese Ketten, sondern diejenigen, mit denen sich sehnsüchtig Liebende verbinden. Verrate mir auf meine Frage den Namen deines Landes und den deinen und warum du gefesselt bist.« Zuerst schweigt sie und wagt als Jungfrau nicht, mit einem Mann zu sprechen. Die Hände hätte sie sich schamhaft vors Gesicht gehalten, wäre sie nicht gefesselt gewesen; doch die Augen ließ sie von hervorstürzenden Tränen überfließen – denn das war ihr noch möglich. Da er immer inständiger in sie dringt, will sie nicht den Eindruck erwecken, sie habe ein eigenes Vergehen zu verbergen, nennt ihm den Namen ihres Landes und den ihren und berichtet, wie stolz ihre Mutter auf ihre Schönheit war. Doch noch ehe alles erzählt war, rauschte das Wasser auf. Vom unermeßlichen Meer kommt ein drohendes Untier und nimmt mit seiner Brust die weite Meeresfläche ein. Das Mädchen schreit auf, der trauernde Vater und die Mutter stehen dabei, beide unglücklich, doch sie hat es mehr verdient; keine Hilfe bringen sie mit, nur Tränen und Klagerufe, wie sie dem Augenblick entsprechen, und klammern sich an die Gefesselte. Da spricht der Fremde: »Zum Weinen werdet ihr noch lange Zeit haben; doch kurz ist die Frist, um Hilfe zu bringen. Würbe ich um sie, ich, Perseus, der Sohn Iuppiters und der Danaë, die er in ihrem Verlies mit fruchtbarem Golde schwängerte, Perseus, der Überwinder der schlangenhaarigen Gorgo, der auf flatternden Flügeln durch die ätherischen Lüfte zu wandern wagte – würbe ich um sie, so würde ich gewiß allen anderen als Schwiegersohn vorgezogen werden. Ich versuche zu so vielen Gaben auch noch ein Verdienst hinzuzufügen, sofern mir nur die Götter hold sind. Dafür bedinge ich mir aus, daß sie, wenn meine Tapferkeit sie rettet, die Meine werde.« Sie nehmen die Bedingung an – wer hätte da gezögert? –, ja, sie flehen ihn an und versprechen ihm obendrein das Königreich als Mitgift. Und siehe, wie ein schnelles Schiff mit dem Schnabel am Bug die Wasser durchfurcht, von den Armen in Schweiß gebadeter Männer vorangetrieben, so zerteilte das Untier die Wogen durch den Aufprall seiner Brust. Schon war es von den Felsen nur noch so weit entfernt, wie eine balearische Schleuder ihr Blei durch den Himmel schießen kann, als sich plötzlich der Jüngling mit den Füßen vom Boden abstieß und hoch zu den Wolken emporstieg. Kaum ist auf dem Spiegel des Meeres der Schatten des Mannes sichtbar geworden, stürzte das wilde Tier sich wütend auf den Schatten; und wie wenn Iuppiters Adler eine Schlange, die ihren blauen Rücken sonnt, auf freiem Felde gesehen hat, sie von hinten überrumpelt und, damit sie ihr mörderisches Maul nicht rückwärts wende, die gierigen Krallen in den schuppigen Nacken schlägt, so stürzte sich Perseus kopfüber in schnellem Flug durchs Leere, landete auf dem Rücken des Tieres und stieß dem Schnaubenden das Schwert bis zum gekrümmten Haken in den rechten Bug. Schwer verwundet erhebt es sich bald in die Luft, bald verbirgt es sich unter Wasser, bald dreht es sich wie ein wilder Eber, den eine bellende Hundemeute umringt und in Schrecken versetzt. Perseus aber entflieht den gierigen Bissen auf schnellen Flügeln und verwundet das Ungeheuer mit dem Sichelschwert, wo es sich eine Blöße gibt, bald am Rücken, der mit hohlen Muscheln bewachsen ist, bald seitlich zwischen den Rippen, bald dort, wo der sich verjüngende Schwanz in einer Fischflosse endet. Das Ungeheuer speit Meerwasser, vermischt mit purpurnem Blut. Von dem Sprühregen wurde das Gefieder naß und schwer. Perseus wagte es nicht länger, sich den durchnäßten Flügelschuhen anzuvertrauen. Da erspähte er eine Klippe, deren Spitze bei Meeresstille hervorragt, bei bewegter See bedeckt ist. Darauf gestützt und mit der Linken den obersten Grat umklammernd, stieß er drei-, viermal zuschlagend dem Tier den Stahl in die Weichen. Beifallklatschen und Jubel erfüllten den Strand und drangen bis hinauf in die Hallen der Götter. Cassiope und der Vater Cepheus freuen sich, begrüßen ihn als Schwiegersohn und bekennen, er sei der Helfer und Retter ihres Hauses. Von den Ketten befreit, schreitet die Jungfrau einher. Sie ist der Lohn und die Ursache der Mühen. Er selbst schöpft Wasser und wäscht sich die siegreichen Hände. Um das schlangenhaarige Haupt nicht durch den harten Sand zu beschädigen, polstert er den Boden mit Blättern, macht aus Wasserpflanzen eine Streu und legt darauf das Haupt der Phorcystochter, der Meduse. Die frischen Seepflanzen, deren saugkräftiges Mark noch lebte, rissen die Kraft des Wunderwesens an sich, wurden durch seine Berührung hart und erfuhren an Stengeln und Blättern eine neuartige Versteinerung. Die Meernymphen aber erproben die wunderbare Erscheinung an weiteren Zweigen, freuen sich darüber, daß ihnen dasselbe gelingt, und werfen immer wieder Samen davon auf die Wellen. Auch heute noch haben die Korallen dieselbe Eigenschaft, bei der Berührung mit Luft zu erstarren, so daß, was im Meer eine Pflanze war, über dem Wasserspiegel zu Stein wird.

Drei Göttern errichtet Perseus ebenso viele Altäre aus Rasenstücken: links einen für Mercur, rechts für dich, streitbare Jungfrau, in der Mitte steht Iuppiters Opferstätte. Für Minerva wird eine Kuh geschlachtet, für den Gott mit den Flügelschuhen ein Kalb, für dich, oberster der Götter, ein Stier. Eilends reißt er Andromeda an sich, den Lohn für seine herrliche Heldentat – ohne Mitgift. Die Hochzeitsfackeln schwingen Hymenaeus und Amor voran, die Flammen werden reichlich mit Duftstoffen gespeist, Girlanden hängen von den Dächern herab, überall erklingen Leiern, Schalmeien und Gesänge: glückbringende Zeichen des Frohsinns. Mit entriegelten Türflügeln stehen die goldenen Hallen weit offen, und die Vornehmen Aethiopiens kommen herein zum prächtig gerichteten Festmahl des Königs.

Nachdem sie geschmaust und ihr Herz durch die Gabe des edlen Bacchus erheitert hatten, fragt der Nachkomme des Lynceus nach der Eigenart und der Bebauung des Landes, nach Sitten und Denkart seiner Bewohner. Als er ihn darüber belehrt hatte, sprach Cepheus: »Jetzt, tapferster Perseus, verrate bitte, wie mutig und schlau du es angestellt hast, das schlangenhaarige Haupt zu rauben.«

Die Meduse

Da erzählt Agenors Sproß, am Fuße des eisigen Atlasgebirges liege ein Ort, geschützt durch eine wuchtige Befestigung; am Eingang hätten zwei Schwestern gewohnt, Töchter des Phorcys, die ein einziges Auge gemeinsam benützten. Dieses habe er, während eine es der anderen übergab, mit List und Tücke ergattert, indem er die Hand dazwischenschob. Dann sei er auf ganz versteckten und entlegenen Pfaden, über von Waldgestrüpp starrende Felsen zum Hause der Gorgonen gelangt. Weit und breit auf Feldern und Wegen habe er Standbilder von Menschen und Tieren gesehen – der Anblick der Meduse hatte sie in Stein verwandelt. Er selbst aber habe die Gestalt der furchtbaren Meduse im Erz des Schildes, den er in der Linken trug, gespiegelt gesehen. Während der lastende Schlummer sie und die Schlangen gefesselt hielt, habe er ihr das Haupt vom Halse getrennt. Dann seien Pegasus, der auf Flügeln entfloh, und dessen Bruder aus dem Blut der Mutter entstanden. Er berichtete auch noch wahrheitsgetreu von den Gefahren seiner langen Reise, von den Meeren und Ländern, die er von oben gesehen, und von den Sternbildern, die er flügelschlagend besucht hatte. Doch ehe man es erwartet hätte, verstummte er. Einer der Vornehmen nahm den Gesprächsfaden auf und fragte, warum die Meduse als einzige der Schwestern auf dem Haupte Schlangen trug, die sich jeweils im Wechsel zwischen die Haare mischten. Der Fremde antwortete: »Da du etwas wissen willst, was wert ist, berichtet zu werden, vernimm, wie es dazu kam. Sie war wegen ihrer Schönheit hochberühmt und die Hoffnung vieler eifersüchtiger Freier. Doch nichts an ihr war schöner als ihr Haar. Ich habe jemand getroffen, der behauptete, er habe sie selbst gesehen. Der Beherrscher des Meeres soll sie im Tempel der Minerva geschändet haben. Iuppiters Tochter wandte sich ab und bedeckte ihr keusches Antlitz mit der Ägide. Um dies nicht ungestraft zu lassen, verwandelte sie das Haar der Gorgo in häßliche Schlangen. Auch heute noch trägt sie, um ihren Feinden lähmendes Entsetzen einzuflößen, vorn auf der Brust die Schlangen, die sie schuf.«

Fünftes Buch

Inhalt des fünften Buches

Perseus' Kampf gegen Phineus

Während der Held, Danaës Sohn, solches im Kreise der Cephener berichtet, füllen sich die königlichen Hallen mit einer lärmenden Schar. Ihr Geschrei klingt nicht nach Hochzeitsgesängen, sondern es kündigt wilde Waffengänge an. Das Gastmahl, das sich plötzlich in einen Aufruhr verwandelt hat, könnte man einem Meer vergleichen, das die wilde Wut der Winde aus seiner Ruhe aufstört, indem sie die Wellen in Bewegung setzt. Als erster sprach unter ihnen Phineus, der unbesonnene Urheber des Krieges, und schüttelte seine eschene Lanze mit der ehernen Spitze: »Seht, da bin ich, um Rache dafür zu üben, daß man mir vor meinen Augen die Gattin geraubt hat. Weder deine Schwungfedern noch dein Vater Iuppiter, der sich in trügerisches Gold verwandelt hat, sollen dich mir entreißen.« Während er versucht, die Lanze zu schleudern, ruft Cepheus: »Was tust du? Welche Verblendung treibt dich, Bruder, in deiner Raserei zur Freveltat? Ist das der Dank für so große Verdienste? Zahlst du der Geretteten diese Mitgift dafür, daß sie am Leben geblieben ist? Nicht Perseus hat sie dir genommen, wenn du die Wahrheit wissen willst, sondern der göttliche Zorn der Nereïden, der gehörnte Ammon und das Meerungeheuer, das kam, um sich an meinem Fleisch und Blut zu sättigen. Damals wurde sie dir entrissen, als sie zum Tode bestimmt war; es sei denn, du forderst, Grausamer, gerade ihren Tod und willst dich an unserer Trauer laben. Offenbar genügt es dir noch nicht, daß du als Zuschauer dabei standest, als sie gefesselt wurde, und daß du ihr weder als Oheim noch als Bräutigam irgendwie geholfen hast. Willst du jetzt auch noch darüber Schmerz empfinden, daß jemand sie gerettet hat, und ihm seinen Lohn entreißen? Hältst du diesen Lohn für bedeutend – hättest du ihn dir doch von den Felsen, an die deine Braut gefesselt war, geholt! Jetzt laß zu, daß derjenige, der sie sich geholt hat, dem ich verdanke, daß mein Alter nicht kinderlos ist, das davonträgt, was er sich durch das Wort ausbedungen und durch sein Verdienst erworben hat. Versteh doch, daß man ihn nicht dir vorgezogen hat, sondern dem sicheren Tode.« Er erwidert nichts, sondern blickt abwechselnd Cepheus und Perseus an. Noch ist er unschlüssig, ob er den einen oder den andern angreifen soll. Nach kurzem Zögern schleudert er die Lanze mit aller Kraft, die der Zorn ihm verlieh, vergeblich auf Perseus. Als sie im Polster steckte, sprang Perseus – erst jetzt! – vom Lager auf; und er hätte mit der Waffe, die er trotzig zurückschickte, die feindliche Brust durchbohrt, wäre nicht Phineus hinter den Altar getreten, und – o Schmach! – dem Frevler war der Altar von Nutzen! Doch war der Wurf nicht vergeblich, die Lanze blieb in der Stirn des Rhoetus stecken. Er stürzt, das Eisen wird ihm aus dem Schädel gezogen, er schlägt mit den Fersen aus und besprengt die gedeckte Tafel mit Blut. Da aber entbrennt das Volk in hemmungsloser Wut, alle schleudern ihre Waffen, und manche sagen, Cepheus müsse mit seinem Schwiegersohn sterben; doch Cepheus hatte die Schwelle seines Hauses verlassen, indem er Recht, Treue und die Götter der Gastfreundschaft als Zeugen dafür anrief, daß dieser Aufruhr gegen sein Verbot verstieß.

Die kriegerische Pallas ist zur Stelle, schützt ihren Bruder mit der Ägide und flößt ihm Mut ein. Es gab dort einen Inder namens Athis, den Limnaea, die Tochter des Gangesflusses, in der gläsernen Wassertiefe geboren haben soll; er zeichnete sich durch Schönheit aus, die er, jung, wie er mit seinen sechzehn Jahren noch war, durch reichen Schmuck steigerte. Er trug einen Purpurmantel, den eine goldene Borte säumte. Seinen Hals zierte ein vergoldetes Geschmeide, sein mit Myrrhe durchtränktes Haar hielt ein gebogener Stirnreif zusammen. Er war ein Meister darin, mit dem Wurfspieß auch weit entfernte Ziele zu treffen, und ein noch größerer Meister im Bogenschießen. Auch damals spannte er gerade mit der Hand die nachgiebigen Hörner des Bogens. Da schmetterte Perseus auf ihn den Baumstamm, der mitten auf dem Altar schwelte, und machte seine Gesichtszüge unkenntlich, indem er die Knochen zerbrach. Während er sein vielbewundertes Antlitz im Blut hin- und herwarf, sah ihn der Assyrer Lycabas, sein allernächster Begleiter, der ihm in aufrichtiger Liebe zugetan war. Er beweinte den Athis, der schwer verwundet sein Leben aushauchte. Dann reißt er den Bogen, den jener gespannt hatte, mit folgenden Worten an sich: »Mit mir sollst du kämpfen, und nicht lange wirst du dich über den Tod des Knaben freuen, der dir mehr Haß als Ruhm einbringt.« Noch hatte er nicht zu Ende gesprochen, da flitzte der durchdringende Pfeil von der Sehne, doch blieb er, da Perseus auswich, im bauschigen Gewand hängen. Da wendet der Acrisiusenkel gegen ihn das Sichelschwert, das sich bei der Tötung der Meduse bewährt hat, und stößt es ihm in die Brust. Er aber, schon dem Tode nah, suchte seinen Athis mit Augen, vor denen alles in schwarzer Nacht verschwamm, lehnte sich an ihn und nahm ins Totenreich den Trost mit, daß sie beide vereint starben.

Sieh, da waren Phorbas, Metions Sohn, aus Syene und der Libyer Amphimedon voll Kampfeseifer im Blut ausgeglitten, von dem der Boden weithin feucht und warm war. Als sie sich erheben wollten, stand ihnen das Schwert im Wege, und es drang dem einen zwischen die Rippen, dem Phorbas aber in die Kehle. Doch dem Erytus, Actors Sohn, dient eine breite Doppelaxt als Waffe. Perseus greift ihn nicht mit dem Schwert an, sondern hebt mit beiden Händen einen riesigen Mischkrug, auf dem in erhabener Arbeit Figuren hervortraten und der aus schwerem Metall war, und schmettert ihn auf den Mann; der speit rotes Blut, liegt auf dem Rücken und schlägt sterbend mit dem Hinterkopf gegen den Boden. Darauf streckt er Polydegmon vom Stamme der Semiramis nieder, Abaris vom Caucasus, Lycetus, den Sohn des Sperchios, den noch ungeschorenen Helix, den Phlegyas und den Clytus. Und er geht über hoch aufgeschichtete Haufen von Sterbenden.

Phineus wagt nicht, mit dem Feind im Nahkampf zu fechten. So schleudert er den Wurfspeer. Der verirrt sich zu Idas, der sich vergebens vom Krieg fernhält und sich keiner Partei angeschlossen hat. Er schaut den grausamen Phineus mit finsteren Blicken an. »Da ich nun gezwungen werde, Partei zu ergreifen, so nimm mich als Feind an, Phineus – denn du hast mich dazu gemacht–, und empfange für diese Wunde eine Wunde zum Lohn.« Eben wollte er die Waffe, die er aus der Wunde gezogen hatte, zurückschicken, da brach er zusammen; denn das Blut war ihm aus den Gliedern entwichen.

Dann ist auch Hodites, der erste Mann nach dem Cephenerkönig, vom Schwert des Clymenus gefallen; den Prothoënor durchbohrt Hypseus, den Hypseus der Lyncide. Unter ihnen war auch der hochbetagte Emathion, ein rechtlich denkender und gottesfürchtiger Mann. Da ihm sein Alter zu kämpfen verbietet, kämpft er mit Worten, klagt an und verflucht die unselige Schlacht. Ihm, der mit zitternden Händen den Altar umklammert, schlägt Chromis mit dem Schwert das Haupt ab. Es stürzte sogleich auf den Altar, lallte dort mit noch halb lebender Zunge Worte des Fluches und hauchte die Seele mitten ins Feuer aus. Darauf fielen die Zwillingsbrüder Broteas und Ammon, unbesiegbar im Faustkampf – wenn man nur mit Boxhandschuhen Schwerter besiegen könnte! –, von der Hand des Phineus. Es fiel auch der Cerespriester Ampycus, dessen Schläfe eine weiße Binde umhüllte, und auch du, Lampetides, der nicht zum Kampf geschaffen war, sondern dafür, singend die Zither zu schlagen – ein Werk des Friedens. Man hatte dir befohlen, den Festschmaus durch Gesang zu verherrlichen. Während er mit dem unkriegerischen Plectrum in der Hand abseits stand, sprach Paetalus höhnisch: »Singe den Toten an der Styx den Rest« und stieß ihm die Klinge in die linke Schläfe. Er bricht zusammen und greift noch einmal mit sterbenden Fingern in die Saiten der Leier, und zufällig war die Melodie ein Klagelied. Doch der trotzige Lycormas läßt seinen Tod nicht ungestraft: Er riß vom rechten Türpfosten den mächtigen Querriegel und schmetterte ihn dem Feind mitten in die Nackenknochen – der stürzte vornüber zu Boden wie ein geschlachteter Stier. Der cinyphische Pelates versuchte, auch vom linken Türpfosten den Riegel zu entfernen: Während er es versuchte, wurde seine Rechte durch die Lanzenspitze des Corythus aus Marmarica durchbohrt und blieb am Holz haften. Dem Angenagelten schlitzt Abas die Seite auf; er bricht nicht zusammen, sondern hängt sterbend am Pfosten, der seine Hand festhält. Niedergestreckt wird auch Melaneus, der zum Lager des Perseus gehörte, und Dorylas, reich an Äckern im Nasamonerland, Dorylas, reich an Äckern – keiner hatte größere Besitzungen, und niemand stapelte so viele Berge von Räucherwerk. Schräg in den Leisten blieb ihm die eiserne Speerspitze stecken. Eine Wunde an dieser Stelle ist tödlich. Als ihn der Bactrer Halcyoneus, der ihn verwundet hatte, mit dem Atem ringen und die Augen verdrehen sah, sprach er: »Behalte von deinen vielen Äkkern das Stück Erde, auf dem du liegst.« Und er ließ den entseelten Leib liegen. Auf ihn schleudert Abas' Nachkomme als Rächer die aus der warmen Wunde gerissene Lanze; sie drang mitten in die Nase, kam im Nacken zum Vorschein und ragt nun nach zwei Seiten hervor. Und solange seiner Hand das Glück nachhalf, streckte er Clytius und Clanis, Söhne einer Mutter, durch ganz verschiedene Verwundungen nieder; drang doch der Eschenschaft, mit wuchtigem Arm geschwungen, dem Clytius durch beide Oberschenkel, während Clanis mit dem Munde auf den Wurfspeer biß. Es fiel auch Celadon von Mendes; es fiel Astreus, dessen Mutter aus Palaestina war – sein Vater war unbekannt –, es fiel Aethion, der sonst ahnungsvoll in die Zukunft blicken konnte, jetzt aber von einem trügerischen Vogelzeichen getäuscht worden war; es fiel Thoactes, der Waffenträger des Königs, und Agyrtes, der ehrlos war, weil er seinen Vater erschlagen hatte. Doch noch mehr als das Geleistete bleibt zu tun. Denn alle haben im Sinn, den einen zu überwältigen; von allen Seiten kämpfen Scharen, eingeschworen auf eine Sache, die gegen Verdienst und Treuwort streitet. Zu Perseus stehen vergebens der treue Schwiegervater, die jungverheiratete Frau und ihre Mutter. Ihr Heulen erfüllt die Hallen; doch das Klirren der Waffen und das Stöhnen der Fallenden übertönt sie; Bellona befleckt die Götter des Hauses, läßt den Palast im Blute schwimmen und das Handgemenge wieder aufleben. Den einen Mann umzingeln Phineus und tausend seiner Gefolgsleute; Wurfgeschosse sausen dichter als winterlicher Hagel rechts und links vorüber, vorbei an Augen und Ohren. Er lehnt sich mit den Schultern an eine mächtige steinerne Säule. So hat er den Rücken frei, sieht den Scharen seiner Feinde ins Auge und hält den Angreifern stand. Von links bedrängte ihn der Chaonier Molpeus, von rechts der Nabataeer Echemmon. Wie eine Tigerin, die der Hunger treibt, aus zwei entgegengesetzten Tälern das Muhen zweier Rinderherden gehört hat, nicht weiß, wohin sie lieber stürzen soll, und darauf brennt, in beide Richtungen zu springen, so war Perseus im Zweifel, ob er sich nach rechts oder nach links werfen sollte, und schaltete zuerst Molpeus aus, indem er ihm den Unterschenkel durchbohrte. Er gibt sich damit zufrieden, daß jener flieht; denn Echemmon läßt ihm keine Zeit, sondern rast. Während er heiß begehrte, Perseus oben am Halse zu verwunden, zerbrach er das Schwert, mit dem er unüberlegt heftig zugestoßen hatte. Ganz außen an der Säule, auf die sie traf, zersprang die Klinge und blieb in der Kehle ihres Eigentümers stecken. Doch reichte jene Verwundung nicht aus, ihn zu töten. Den Erschrockenen, der vergebens die waffenlosen Arme ausstreckt, stößt Perseus mit dem cyllenischen Sichelschwert nieder.

Doch als er sah, daß seine Tapferkeit der Übermacht unterlag, sprach Perseus: »Da ihr selbst mich dazu zwingt, will ich mir vom Feind Hilfe holen. Wendet euer Gesicht ab, ihr Freunde, wenn noch einer von euch da ist.« Und er enthüllte das Antlitz der Gorgo. »Such dir einen andern, um ihn mit deinen Rätselsprüchen zu beeindrucken«, sprach Thescelus; und so, wie er dastand, bereit, die tödliche Lanze zu werfen – in dieser Haltung blieb er als Marmorbild stehen. Dicht neben ihm geht Ampyx mit dem Schwert auf die Brust des Lynciden los, die von gewaltigem Mut geschwellt war, und mitten im Angriff erstarrte ihm die Rechte und bewegte sich weder vor- noch rückwärts. Da sprach Nileus, der erlogen hatte, er stamme vom siebenarmigen Nil – auf seinem Schild prangten sieben Flußarme, teils in getriebenem Silber, teils in Gold –: »Sieh, Perseus, den Ursprung meines Geschlechts! Du wirst es als großen Trost ins stille Schattenreich mitnehmen, daß du von der Hand eines so gewaltigen Helden gefallen bist« – der Rest seiner Rede blieb ihm im Halse stecken, und man könnte meinen, der halbgeöffnete Mund rede, doch läßt er keine Worte nach außen dringen. Eryx fährt diese Männer an und spricht: »Wenn ihr erstarrt seid, so liegt das an mangelndem Mut, nicht an der Kraft der Gorgo. Stürmt mit mir zusammen auf ihn ein und streckt den Mann zu Boden, der zu Zauberwaffen greift.« Er wollte losstürmen; doch seine Sohlen hielt die Erde fest. Stehen blieb er, ein unbeweglicher Stein, ein bewaffnetes Standbild. Diese traf die Strafe verdient, doch einer, Aconteus, ein Soldat des Perseus, gefror, während er für ihn kämpfte, beim Anblick der Gorgo plötzlich zu Stein. Astyages glaubt, er sei noch am Leben, und schlägt ihn mit dem langen Schwert; da klirrt die Klinge hell auf. Und während Astyages stutzt, hat seine Natur sich ebenso verändert, und dem Marmorantlitz bleibt der staunende Ausdruck. Es würde zu weit führen, die Namen der Männer aus dem einfachen Volke zu nennen; zweihundert Mann waren noch kampffähig, und alle zweihundert erstarrten beim Anblick der Gorgo.

Erst jetzt bereut Phineus seinen ungerechten Krieg. Doch was soll er tun? Er sieht Standbilder in verschiedenen Stellungen, erkennt die Seinen, ruft jeden beim Namen, bittet ihn um Hilfe, will seinen Augen nicht trauen und berührt die Männer, die unmittelbar neben ihm stehen. Sie waren Marmor; er wendet sich ab, streckt – als Bekenntnis seiner Schuld – Hände und Arme flehend zur Seite und spricht: »Der Sieg ist dein, Perseus! Entferne dein Zauberwerk, das versteinernde Gesicht deiner Meduse, was es auch sein mag! Nimm es, bitte, hinweg! Nicht Haß noch Herrschsucht haben mich zum Krieg getrieben; um der Gattin willen habe ich zu den Waffen gegriffen. Dir gab deine Leistung den Vorrang, mir meine älteren Rechte. Ich bereue, daß ich dir nicht nachgegeben habe. Gestehe mir nichts außer dem Leben zu, du Tapferster! Das Übrige soll dir gehören.« So sprach er und wagte nicht, sich nach dem Mann, den er bat, umzusehen. Der aber versetzte: »Was ich dir, du überängstlicher Phineus, verleihen kann und was ein großes Geschenk für eine Memme ist – keine Angst, ich will es dir verleihen: Kein Eisen soll dich verletzen! Ja, ich will dir sogar ein Denkmal setzen, das die Zeiten überdauert, und im Hause meines Schwiegervaters wirst du stets zu sehen sein, so daß meine Gemahlin sich am Bilde ihres Bräutigams trösten kann.« Sprach's und brachte die Meduse dorthin, wohin sich Phineus mit angsterfülltem Gesicht gewandt hatte. Als er auch jetzt noch versuchte, den Blick abzuwenden, versteifte sich sein Nacken; das Feuchte in den Augen wurde steinhart; doch das ängstliche Gesicht, die flehende Miene, die demütige Gebärde der Hände und das schuldbewußte Aussehen blieben auch dem Marmorbild.

Spätere Taten des Perseus

Als Sieger zieht der Nachkomme des Abas mit seiner Gattin in die Mauern seiner Vaterstadt ein und greift als Fürsprecher und Rächer seines Großvaters, der es nicht verdiente, den Proetus an: Hatte doch dieser den Bruder mit Waffengewalt verjagt und sich die Stammburg des Acrisius angeeignet. Doch weder mit Waffen noch mit der Burg, die er unrechtmäßig eingenommen hatte, konnte er den finsteren Blick des schlangentragenden Ungeheuers besiegen.

Dich freilich, Polydectes, Herrscher auf der kleinen Insel Seriphus, hatten weder das Heldentum des jungen Mannes, das in so viel Mühsal erprobt war, noch sein Unglück weich gestimmt. Hart verfolgst du ihn mit unerbittlichem Haß, und der ungerechte Zorn findet kein Ende. Ja, du schmälerst auch noch seinen Ruhm und behauptest, die Ermordung der Meduse sei reine Erfindung. »Ich will dir die Wahrheit beweisen. Schützt eure Augen!« So sprach Perseus und machte das Gesicht des Königs durch das der Meduse zu leblosem Stein.

Pegasus

So weit hat Tritonia ihrem vom goldenen Regen erzeugten Bruder ihr Geleit geschenkt; dann verläßt sie Seriphus, in eine bergende Wolke gehüllt, rechts läßt sie Cythnus und Gyarus liegen, und auf dem Weg, der ihr der kürzeste schien, eilt sie über das Meer nach Theben und zum Helicon, dem Berg der jungfräulichen Musen. Sie kam dort an, blieb stehen und redete die sangeskundigen Schwestern folgendermaßen an: »Zu Ohren kam mir die Kunde von der neuen Quelle, die der harte Hufschlag des aus dem Blut der Meduse entstandenen Flügelpferdes entspringen ließ. Sie ist der Grund meines Kommens; ich wollte das Wunder schauen; sah ich doch das Roß aus dem Blut seiner Mutter entstehen.« Uranië versetzt: »Welcher Grund auch dich, Göttin, in unser Heim führen mag, du bist uns hochwillkommen. Doch das

Gerücht spricht wahr: Pegasus hat in der Tat diese Quelle hervorgebracht.« Und schon hat sie Pallas zum heiligen Wasser geführt. Lange steht diese staunend an den Wellen, die aus dem Hufschlag entsprangen, sieht sich ringsum die Haine mit ihren altehrwürdigen Bäumen an, die Höhlen und die Kräuter, zwischen denen unzählige Blumen blühen, und glückselig nennt sie die Töchter der Erinnerung zugleich wegen ihres Berufes und ihrer Wohnstätte.

Pyreneus

Zu ihr sprach eine der Schwestern: »O Tritonia, hätte dich nicht deine Tüchtigkeit zu höheren Aufgaben berufen, so hättest du unserem Chor angehören können! Du sagst die Wahrheit, lobst mit Recht unsere Künste und diesen Ort, und wir haben wirklich ein liebliches Los – wenn wir nur in Sicherheit lebten! Doch – so viel darf sich der Frevelmut erlauben! – noch immer erschreckt alles und jedes unsere jungfräulichen Herzen, der grausame Pyreneus steht uns vor Augen, und ich habe mich immer noch nicht ganz gefaßt. Dieser Wüterich hatte die Ländereien von Daulis und Phocis mit seinem Thrakerheer an sich gebracht und herrschte dort zu Unrecht als König. Wir waren gerade unterwegs zum parnassischen Tempel; da sah er uns wandern, erwies unserer Gottheit mit heuchlerischer Miene seine Ehrerbietung und sprach: ›Ihr Töchter der Erinnerung‹ – er hatte uns nämlich erkannt –, ›bleibt stehen und zögert nicht, unter meinem Dache vor dem schlechten Wetter und dem Regen‹ – es regnete in der Tat – ›Schutz zu suchen. Oft haben himmlische Götter bescheidenere Hütten besucht.‹ Seine Worte und die Witterung bewogen uns, ja zu sagen, und wir betraten die Vorhalle seines Palastes. Der Regen hatte aufgehört, Nordwinde hatten den Südwind besiegt, und gelblich flüchteten die Wolken vom reingefegten Himmel. Wir wollten gehen – da schließt Pyreneus sein Haus ab und schickt sich an, uns Gewalt anzutun. Wir sind auf Flügeln entkommen. Als wolle er uns verfolgen, stand er hoch oben auf der Burg und sprach: ›Wo für euch ein Weg ist, wird auch für mich einer sein.‹ Rasend wirft er sich von der höchsten Turmspitze hinab und fällt auf sein Antlitz; zerschmettert sind die Knochen des Gesichtes, sterbend zappelt er am Boden, den das Blut des Ruchlosen färbt.«

Die Piëriden (I)

Noch redete die Muse – da rauschten Flügel durch die Lüfte, und hoch von den Zweigen herab kamen Grußworte. Iuppiters Tochter blickt empor und forscht, woher der Klang so deutlich sprechender Zungen komme; glaubt sie doch, ein Mensch habe gesprochen. Doch es war ein Vogel. Neun an der Zahl, hatten Elstern, die alles nachahmen können, auf den Ästen Stellung bezogen. So begann zur staunenden Göttin die Göttin: »Es ist auch noch nicht lange her, daß diese hier nach einer Niederlage im Wettkampf die Schar der Vögel vermehrt haben. Piërus ist ihr Vater, ein reicher Mann im Gebiet von Pella, ihre Mutter Euippe aus Paeonien. Sie hat, neunmal in Geburtswehen, neunmal die mächtige Lucina angerufen. Der törichten Schwesternschar stieg ihre große Zahl zu Kopf; sie ziehen durch viele haemonische und achaeische Städte, kommen schließlich hierher und eröffnen mit folgenden Worten den Kampf: ›Hört auf, das ungebildete Volk durch eitlen Wohlklang zu täuschen. Singt mit uns um die Wette, wenn ihr einen Funken Selbstvertrauen habt, ihr Göttinnen von Thespiae! Wir werden euch weder stimmlich noch künstlerisch unterlegen sein, und wir sind ebenso viele wie ihr. Verlaßt entweder ihr, wenn ihr besiegt werdet, euren Medusenquell und die hyantische Aganippe, oder wir wollen aus den emathischen Feldern bis ins schneereiche Paeonerland weichen. Nymphen mögen Schiedsrichter sein.‹ Es war zwar eine Schande, zu solch einem Wettkampf anzutreten. Aber die Schande schien uns noch größer, wenn wir nachgaben. Auserwählte Nymphen werden vereidigt, schwören bei ihren Flüssen, und schon haben sie auf Sitzen aus gewachsenem Fels Platz genommen.

Götterverwandlungen

Dann singt ohne Losentscheid diejenige als erste, die sich zum Wettkampf gemeldet hat. Sie singt vom Krieg der Himmlischen, rühmt zu Unrecht die Giganten, schmälert die Taten der großen Götter. Sie erzählt, wie Typhoeus der Erdentiefe entstieg und den Himmelsbewohnern Angst einjagte, so daß sich alle zur Flucht wandten, bis das Land Ägypten die Erschöpften aufnahm und der Nil, der sich in sieben Mündungsarme gabelt. Sie berichtet, wie der erdgeborene Typhoeus auch hierher kam und sich die Götter in Truggestalten verbargen. ›Zum Anführer einer

Schafherde wird Iuppiter‹, spricht sie, ›daher wird der libysche Ammon auch heute noch mit gewundenen Hörnern dargestellt; der Gott von Delos hat sich im Raben versteckt, Semeles Sohn im Bock, in der Katze die Schwester des Phoebus, Saturnia in einer schneeweißen Kuh, Venus in einem Fisch, der Cyllener im geflügelten Ibis.‹

Ceres und Proserpina

Soweit hatte sie zur Cithara den sangeskundigen Mund bewegt. Jetzt sind wir aonischen Schwestern an der Reihe – aber vielleicht hast du keine Zeit und Muße, unserem Gesang dein Ohr zu leihen?« – »Zögere nicht und laß mich euer Lied der Reihe nach hören«, sprach Pallas und setzte sich in den lichten Schatten des Haines. Die Muse berichtet: »Wir ließen eine für uns alle zum Wettkampf antreten: Calliope. Sie erhebt sich, ihr wallendes Haar hält Efeu zusammen. Dann zupft sie mit dem Daumen die klagenden Saiten prüfend an und läßt dieses Lied folgen, zu dem sie die Saiten schlägt:

›Als erste hat Ceres die Scholle mit krummem Pfluge geritzt, als erste hat sie den Landen Getreide und unblutige Nahrung geschenkt. Als erste hat sie Gesetze gegeben. Alle Dinge sind ihr Geschenk. Sie will ich besingen. O könnte ich ein Lied vortragen, das der Göttin würdig wäre! Aber gewiß ist die Göttin eines Liedes würdig.

Die große Insel Trinacris ist auf Gigantenglieder geworfen worden und bedrängt unter ihrer gewaltigen Masse den Typhoeus, der es gewagt hat, einen Sitz im Himmel zu erhoffen. Er stemmt sich zwar dagegen und ringt oft darum, sich wieder zu erheben, doch seine rechte Hand ist unter dem ausonischen Kap Pelorus eingezwängt, auf der linken lastet der Pachynus, auf den Schenkeln Lilybaeum. Der Aetna beschwert ihm das Haupt; darunter liegt er auf dem Rücken, schleudert Sand aus dem Mund und speit Feuer, der trotzige Typhoeus. Oft müht er sich ab, die schweren Erdmassen wegzuschieben, Städte und hohe Berge von seinem Leibe abzuwälzen. Dann bebt die Erde, und sogar der König der stummen Schatten fürchtet, daß sie aufspringe, daß ein breiter Riß die Tiefe enthülle und eindringendes Tageslicht die aufgeregten Schatten erschrecke. Aus Furcht vor diesem Unheil hatte der Tyrann seinen düsteren Wohnort verlassen und fuhr in einem Wagen mit schwarzen Rossen sorgfältig prüfend rings um Siziliens Grundfesten. Nachdem er sich hinreichend überzeugt hat, daß keine Stelle wankt, sieht ihn die Venus vom Eryx, wie er, von seiner Angst befreit, umherschweift. Auf ihrem Berge thronend, umarmte sie ihren geflügelten Sohn und sprach: ‚Du meine Wehr, meine rechte Hand, du meine Stärke, mein Sohn! Nimm, Cupido, die Waffen, mit denen du alle besiegst, und ziele mit den schnellen Pfeilen auf die Brust des Gottes, dem bei der Dreiteilung der Weltherrschaft das letzte Los zugefallen ist. Du überwältigst die Himmlischen, sogar Iuppiter, du besiegst und bezähmst die Meergottheiten und sogar den Beherrscher der Meergottheiten. Warum fehlt immer noch die Unterwelt? Wieso erweiterst du nicht das Reich deiner Mutter, dein Reich? Es geht um ein Drittel der Welt! Dabei werden wir im Himmel verschmäht – so geduldig sind wir schon geworden! –, und man beschneidet meine und Amors Macht! Siehst du nicht, daß Pallas und die Jägerin Diana sich mir entzogen haben? Auch die Tochter der Ceres wird Jungfrau bleiben, wenn wir uns das gefallen lassen; sie spielt nämlich auch schon mit solchen Gedanken. Ich beschwöre dich bei unserer gemeinsamen Weltherrschaft, wenn sie dir etwas bedeutet: Vereinige die Göttin mit deinem Oheim!‘ Soweit Venus. Er öffnete den Köcher, ließ die Mutter wählen und legte von den tausend Pfeilen einen beiseite. Es gibt keinen schärferen, keiner trifft genauer ins Ziel, keiner gehorcht besser dem Bogen. Dann krümmte er das biegsame Horn, indem er das Knie dagegen stemmte, und traf Dis mit dem hakigen Pfeil ins Herz.

Unweit von Hennas Mauern gibt es einen See mit tiefem Wasser; er heißt Pergus. Mehr Schwäne hört auch der Caÿstros in seinen gleitenden Wellen nicht singen als dieser See. Wald umkränzt das Gewässer rings von allen Seiten und hält mit seinem Laub wie mit einem Sonnensegel die Strahlen des Phoebus fern. Kühle spenden die Zweige, der feuchte Boden purpurrote Blumen; ewiger Frühling herrscht. Während Proserpina in diesem Hain spielte, Veilchen oder weiße Lilien pflückte, mit mädchenhaftem Eifer Körbchen und Kleid damit anfüllte und die gleichaltrigen Gespielinnen im Sammeln zu übertreffen suchte, sah, begehrte und raubte sie Pluto – alles fast gleichzeitig. So schnell wurde die Liebe zur Tat. Erschrocken ruft die Göttin mit trauriger Stimme die Mutter und die Begleiterinnen, doch öfter die Mutter. Da sie ihr Gewand vom obersten Saum an zerrissen hatte, fielen die gepflückten Blumen aus dem losgelassenen Kleid, das hinabglitt. Und so groß war die Einfalt ihres kindlichen Gemütes: Selbst dieser Verlust schmerzte das Mädchenherz. Der Räuber treibt das Gespann zur Eile, ermuntert die Rosse, ruft jedes beim Namen, schüttelt die dunklen, rostfarbenen Zügel über Hals und Mähne und stürmt durch den heiligen See, den Teich der Palicen, der nach Schwefel riecht und in einem Erdspalt brodelt. Dann fährt er durch die Gegend, in der die Bacchiaden zwischen ungleichen Häfen Mauern gegründet haben, ein Geschlecht, das aus Corinth, der Stadt zwischen zwei Meeren, stammt.

Mitten zwischen Cyane und der aus Pisa stammenden Arethusa liegt eine Bucht, von schmalen Landzungen umschlossen: Dort wohnte Cyane, nach der auch ihr Teich benannt ist – die berühmteste unter den sizilischen Nymphen. Sie erhob sich inmitten des Gewässers bis über die Hüften aus den Wellen und erkannte die Göttin. ‚Keinen Schritt weiter!' sprach sie. ‚Du kannst nicht gegen Ceres' Willen ihr Schwiegersohn werden; du hättest um Proserpina werben, nicht sie rauben sollen. Darf ich Kleines mit Großem vergleichen? So hat Anapis mich geliebt. Doch durch Bitten wurde ich seine Frau, nicht durch Einschüchterung wie diese hier.' Sprach's, breitete die Arme nach beiden Seiten aus und stellte sich ihm in den Weg. Da konnte der Sohn Saturns seinen Zorn nicht länger beherrschen, ermunterte seine schreckenerregenden Rosse und schleuderte mit starkem Arm das Königsszepter in die tiefe Flut. Auf diesen Stoß hin gab die Erde den Weg in die Unterwelt frei und nahm den steil abwärts fahrenden Wagen mitten in einem Krater auf.

Doch Cyane grämt sich über die Entführung der Göttin und über die Mißachtung der Rechte ihrer Quelle, trägt still im Herzen eine unheilbare Wunde, verzehrt sich ganz in Tränen und verflüchtigt sich zu dem Wasser, dessen große Gottheit sie eben noch gewesen war. Man hätte sehen können, wie ihre Glieder weich werden, Knochen sich biegen lassen, Nägel die Härte verloren haben. Zuerst löst sich von der ganzen Gestalt jeweils das Feinste auf: das bläuliche Haar, die Finger, die Beine, die Füße – denn schlanke Glieder können leicht in kühle Wellen übergehen –; danach zerschmelzen die Schultern, der Rücken, die Hüfte und die Brust zu feinen Rinnsalen; schließlich dringt in die durchlässig gewordenen Adern Wasser statt des lebendigen Blutes, und nichts Greifbares ist mehr übrig.

Inzwischen hat die Mutter, die sich ängstigt, ihre Tochter vergeblich in allen Ländern und auf allen Meeren gesucht. Weder die Morgenröte, die mit feuchtem Haar aus der Tiefe emporstieg, noch der Abendstern sah sie ruhen. Lichtspendende Fackeln aus

Fichtenholz entzündete sie mit beiden Händen am Aetna und trug sie rastlos durch den nächtlichen Rauhreif. Hatte dann wieder das liebe Tageslicht die Sterne erbleichen lassen, suchte sie ihre Tochter vom Land der sinkenden Sonne bis zum Ort ihres Aufgangs.

Von der Mühsal erschöpft, war sie durstig geworden; noch keine Quelle hatte ihr die Lippen genetzt, als sie zufällig eine mit Stroh gedeckte Hütte gewahrte und an die kleine Tür klopfte. Da tritt eine Alte heraus und erblickt die Göttin. Auf ihre Bitte um Wasser gab sie ihr ein süßes Getränk, das sie vorher mit gerösteten Gerstengraupen bestreut hatte. Während die Göttin trank, was man ihr gegeben hatte, pflanzte sich ein trotzig blickender, dreister Junge vor ihr auf, lachte und nannte sie gierig. Sie war gekränkt. Da sie einen Teil noch nicht ausgetrunken hatte, übergoß sie den Jungen, während er noch redete, mit den Gerstengraupen, die unter die Flüssigkeit gemischt waren. Sein Gesicht färbten Flecken, anstelle der Arme hat er jetzt Beine, der verwandelte Leib bekam einen Schwanz. Die Gestalt im ganzen schrumpft, um nicht viel Schlimmes anrichten zu können, und seine Größe ist geringer als die der kleinen Eidechse. Während die Alte staunt, weint und das Wundertier berühren will, flieht es vor ihr und verkriecht sich in einen Schlupfwinkel. Es trägt einen Namen, der zu seiner Färbung paßt; sein Leib ist mit mancherlei Tropfen wie mit Sternen übersät.

Es würde zu weit führen, zu berichten, welche Länder und welche Meere die Göttin durchirrt hat. Für ihre Suche war die Welt zu klein. Endlich kehrt sie nach Sizilien zurück. Während sie wandernd dort alles durchforschte, kam sie auch zu Cyane. Wäre diese nicht verwandelt gewesen, hätte sie alles erzählt; doch als sie sprechen wollte, standen ihr Mund und Zunge nicht zu Gebote, und sie hatte keine Möglichkeit zu reden. Dafür gab sie ein deutliches Zeichen: Den der Mutter wohlbekannten Gürtel, der Persephone gerade hier in der heiligen Quelle entglitten war, zeigte Cyane ganz oben auf dem Wasser. Kaum hatte Ceres ihn erkannt, zerzauste sich die Göttin das ungeordnete Haar, als hätte sie jetzt erst erfahren, daß ihr die Tochter geraubt worden war, und schlug sich wiederholt mit den Händen an die Brust. Noch weiß sie nicht, wo ihr Kind ist, doch macht sie allen Ländern Vorwürfe, nennt sie undankbar und nicht wert ihrer Gabe, des Ackerbaus, an erster Stelle Sizilien, wo sie die Spuren ihres Verlustes entdeckte. Darum zerbrach sie dort mit grausamer Hand die Pflüge, welche die Schollen umbrechen, und ließ die

Bauern sterben samt den Rindern, die das Feld bestellen, befahl den Äckern, das anvertraute Saatgut zu unterschlagen, und verdarb den Samen. Siziliens weltberühmte Fruchtbarkeit wird Lügen gestraft: Im ersten Keim sterben die Saaten; bald rafft sie allzu viel Sonne, bald allzu viel Regen dahin; Gestirne und Winde stiften Schaden, und gierig picken Vögel den ausgesäten Samen auf; Schwindelhafer, Burzeldorn und das unausrottbare Gras lassen die Weizenernte nicht gedeihen.

Da hob die Geliebte des Alphëus das Haupt aus ihrem Wasser, das aus Elis kam, strich sich das tropfende Haar aus der Stirn zu den Ohren und sprach: ‚O Mutter der Jungfrau, welche du auf dem ganzen Erdkreis suchst, und Mutter des Kornes, mache der unermeßlichen Mühsal ein Ende und zürne nicht grausam dem Lande, das dir treu ergeben ist! Hat sich doch das Land nichts zuschulden kommen lassen; ohne es zu wollen, war es der Ort für den Raub. Und ich flehe nicht etwa für meine Heimat; bin ich doch als Fremde hierher gekommen. Pisa ist meine Vaterstadt, und ich stamme aus Elis, wohne in Sizilien nur als Zugewanderte, doch ist mir dieser Boden lieber als jeder andere. Hier sind jetzt Arethusas Penaten, dies ist mein Wohnsitz: Rette ihn, du Gnadenreiche! Warum ich die Heimat verließ und so weit übers Meer nach Ortygia komme – dies zu erzählen, wird die rechte Stunde noch kommen, wenn du deiner Sorge enthoben bist und wieder froher aussiehst. Ich kann durch die Erdentiefe dringen; dort tut sich mir ein Weg auf, und wenn ich unten durch die untersten Höhlen hindurchgeschlüpft bin, erhebe ich hier wieder mein Haupt und sehe die mir fremd gewordenen Gestirne. Während ich also in stygischer Tiefe unter der Erde hinglitt, sahen dort meine Augen deine Proserpina. Wohl war sie noch traurig und trug Spuren der Angst im Gesicht, doch war sie Königin, die Mächtigste im Reich der Finsternis, die gewaltige Gemahlin des Königs der Unterwelt.‘

Sobald sie diese Worte hörte, erstarrte die Mutter, als wäre sie versteinert, und stand lange wie vom Donner gerührt. Kaum hat das schwere Leid die schwere Benommenheit vertrieben, schwingt sie sich mit dem Wagen in die ätherischen Lüfte auf. Dort trat sie vorwurfsvoll mit finster umwölktem Antlitz und offenem Haar vor Iuppiter hin und sprach: ‚Ich bin zu dir gekommen, Iuppiter, als Bittflehende für mein und dein Fleisch und Blut. Findet die Mutter keine Gnade, so mag die Tochter den Vater rühren! Und kümmere dich, bitte, nicht deswegen weniger um sie, weil *ich* sie geboren habe! Endlich habe ich nun meine lang gesuchte Tochter gefunden, wenn du das ‘finden’ nennst, was treffender ‘verlieren’ heißt, oder wenn du ‘wissen, wo sie ist’ schon ‘finden’ nennst. Daß sie geraubt worden ist, will ich hinnehmen, wenn er sie mir nur zurückgibt! Denn einen Räuber zum Gemahl verdient *deine* Tochter nicht – wenn sie schon nicht mehr *meine* Tochter ist.‘

Iuppiter versetzte: ‚Die Tochter ist eine Lust und eine Last, die ich mit dir gemeinsam trage. Aber will man die Dinge beim rechten Namen nennen, ist diese Tat kein Unrecht, sondern Liebe. Wir werden uns dieses Schwiegersohnes nicht schämen müssen, wenn du, Göttin, es nur willst. Gesetzt, alles andere fehle ihm – wieviel bedeutet es doch, daß er Iuppiters Bruder ist! Dabei fehlt es ihm ja gar nicht an anderen Dingen, und er steht mir nur nach, weil das Los so entschied. Doch wenn dein Wunsch nach Scheidung so heftig ist, wird Proserpina in den Himmel zurückkehren; freilich nur unter einer bestimmten Bedingung: wenn sie dort unten keine Speisen genossen hat. So ist es nämlich im Ratschluß der Parzen vorgesehen.‘

Sprach’s, doch Ceres ist fest entschlossen, ihre Tochter heraufzuführen. Aber das Schicksal erlaubt es nicht, weil die Jungfrau nicht gefastet hatte, sondern, während sie in ihrer Einfalt in den gepflegten Gärten umherstreifte, von einem Baum, der sich unter seiner Last beugte, einen purpurnen Granatapfel gepflückt und aus der bleichen Schale sieben Kerne genommen und zerkaut hatte. Das sah als einziger von allen Ascalaphus, den einst Orphne, nicht ganz unberühmt unter den Nymphen des Avernus, ihrem geliebten Acheron in schwarzen Wäldern geboren haben soll; er sah es, zeigte es an und raubte ihr grausam die Rückkehr. Da seufzte die Königin des Erebus, verwandelte den Zeugen in einen unheiligen Vogel, besprengte ihm das Haupt mit Wasser vom Phlegethon und versah es mit einem Schnabel, Flaumfedern und großen Augen. Er verliert sein Wesen, wird in gelbbraune Flügel gehüllt, schwillt am Kopf an, die Nägel wachsen in die Länge und biegen sich zurück; kaum kann er die Federn, die ihm an den untätigen Armen wuchsen, bewegen. So wird er ein häßlicher Vogel, der Vorbote künftiger Trauer, der scheue Uhu, ein böses Vorzeichen für die Sterblichen.

Er wenigstens scheint seine Strafe mit seiner verräterischen Zunge verdient zu haben; doch woher bekamt ihr, Töchter des Achelous, Flaum und Vogelkrallen, obwohl ihr die Gesichter von Mädchen habt? Etwa deswegen, weil ihr, sangeskundige Sirenen, unter den Gespielinnen wart, als Proserpina Frühlingsblumen pflückte? Nachdem ihr sie vergeblich auf der ganzen Welt gesucht hattet, wünschtet ihr alsbald, über den Wasserfluten auf dem Ruderwerk der Flügel schweben zu können, damit das Meer eure sorgende Liebe spüre. Die Götter waren euch geneigt, und ihr saht, wie eure Glieder von plötzlich gewachsenen Federn gelb wurden. Damit aber jener Wohlklang, der dazu geschaffen ist, dem Ohr zu schmeicheln, und damit solch hohe Sangesgaben nicht ihr Werkzeug, die Zunge, verlieren, blieb euch das mädchenhafte Antlitz und die menschliche Stimme.

Doch als Vermittler zwischen seinem Bruder und seiner betrübten Schwester teilt Iuppiter das rollende Jahr gleichmäßig auf; jetzt ist die Göttin als ein Wesen, das beiden Reichen gemeinsam angehört, ebenso viele Monate mit ihrer Mutter zusammen wie mit ihrem Gemahl. Unversehens wandelt sich ihre Stimmung und ihr Aussehen; ist doch die Stirn, die eben noch selbst dem Pluto traurig erscheinen konnte, jetzt heiter, wie die Sonne, die zuvor wasserreiche Wolken verdeckten, aus den besiegten Wolken hervortritt.

Arethusa

Jetzt fragt die gnadenreiche Ceres, ihrer Sorgen ledig, weil sie ihre Tochter wieder hat, nach dem Grund deiner Flucht, Arethusa, und warum du eine heilige Quelle bist. Da verstummten die Wellen, und ihre Göttin hob aus der Tiefe der Quelle ihr Haupt, trocknete mit der Hand ihr grünes Haar und erzählte die alte Liebesgeschichte vom Strom aus Elis.

‚Ich war eine der Nymphen in Achaia. Keine andere war eifriger als ich, das Waldgebirge zu durchstreifen, und keine andere stellte eifriger die Netze. Doch obwohl ich niemals nach dem Ruhm der Schönheit gestrebt habe, nannte man mich schön – trotz meiner Stärke. Ich hatte freilich keine Freude daran, daß mein Aussehen allzu sehr gelobt wurde, und diese körperliche Gabe, über die sich andere zu freuen pflegen, ließ mich in meiner Einfalt erröten, ja, ich hielt es für Sünde, jemandem zu gefallen. Müde kehrte ich einmal – ich kann mich noch erinnern – vom stymphalischen Wald zurück. Es war heiß, und die Anstrengung hatte die große Hitze verdoppelt. Ich finde ein Gewässer, das ohne Wirbel, ohne Murmeln dahinfließt, durchsichtig bis auf den Grund, so daß man in der Tiefe jedes Steinchen zählen konnte. Man hätte kaum geglaubt, daß es sich fortbewege. Graues Salweidengebüsch und die Pappel, die am Wasser gedeiht, spendeten den abschüssigen Ufern natürlichen Schatten. Ich trat herzu und benetzte zuerst die Fußsohlen, dann das Bein bis zur Kniekehle. Nicht genug damit: Ich löse meinen Gürtel, lege die weichen Gewänder auf eine Salweide, die sich biegt, und tauche nackt ins Wasser. Während ich darin planschte, Züge machte, auf tausenderlei Arten dahinglitt und die Arme hochschwang und schleuderte, hörte ich unten in der Tiefe mitten im Wasser irgendein Murmeln. Erschrocken springe ich auf den Rand des nähergelegenen Ufers. ‘Wohin so schnell, Arethusa?’ hatte Alpheus mir aus seinen Wellen zugerufen. ‘Wohin so schnell?’ hatte er mir noch einmal mit rauher Stimme gesagt. Ich fliehe ohne Kleider, wie ich bin – meine Kleider lagen am andern Ufer. Desto mehr drängt er nach in heftiger Liebesglut; und weil ich nackt war, schien ich ihm leichter erreichbar. So lief ich, so bedrängte mich der Ungestüme, wie Tauben mit zitterndem Gefieder vor dem Habicht fliehen und wie der Habicht den zitternden Tauben hart zusetzt. Bis in die Gegend von Orchomenus, bis Psophis, bis Cyllene, zu den Tälern des Maenalus, dem eisigen Erymanthus und bis nach Elis hielt ich den Lauf aus, und der Verfolger war nicht schneller als ich. Doch da ich ihm an Kraft unterlegen war, konnte ich das Rennen auf die Dauer nicht ertragen; er aber war langen Strapazen gewachsen. Dennoch lief ich weiter über Felder, über bewaldete Berge, über Stock und Stein und wo kein Weg mehr war. Die Sonne stand mir im Rücken, ich sah vor meinen Füßen seinen langen Schatten vorauseilen – oder war es die Angst, die mich das sehen ließ? –; aber ganz gewiß erschreckte mich das Stampfen seiner Füße, und das gewaltige Keuchen seines Mundes streifte mein Haarband. Erschöpft von der Mühsal der Flucht rufe ich: ‘Gleich hat er mich eingeholt! Hilf, Diana, deiner Waffenträgerin, welcher du oft deinen Bogen und deine Pfeile im Köcher zu tragen gabst!’ Die Göttin ließ sich rühren, nahm eine von den dichten Wolken und warf sie über mich. Der Flußgott aber belauert mich in meinem Nebelversteck, sucht ahnungslos den Umkreis der bergenden Wolke ab, macht zweimal, ohne es zu merken, um den Ort, an dem mich die Göttin verborgen hat, die Runde. Zweimal hat er ‘Hallo, Arethusa, hallo, Arethusa!’ gerufen. Ich Ärmste! Wie war mir damals zumute? Wie einem Lamm, wenn es Wölfe rings um den hochgebauten Stall knurren hört, oder wie einem Hasen, der, im Dornbusch versteckt, die feindseligen Schnauzen der Hunde sieht und sich nicht zu rühren wagt! Er aber weicht nicht von der Stelle, sieht er doch weiter keine Fußspuren; er bewacht die Wolke und den Ort. Belagert, wie ich mich fühle, bricht mir an allen Gliedern der kalte Schweiß aus. Wasserblaue Tropfen fallen mir vom ganzen Körper. Wohin ich meinen Fuß gesetzt habe, schwimmt der Boden, vom Haar tropft Tau herab, und schneller, als ich es dir jetzt erzählen kann, werde ich in Wasser verwandelt. Doch da erkennt der Fluß die geliebten Fluten, legt die Menschengestalt ab, die er angenommen hatte, und verwandelt sich in sein eigenes feuchtes Element, um sich mit mir zu vermischen. Da hat die Göttin von Delos die Erde gespalten. Ich tauche in verborgene Höhlen unter und gelange nach Ortygia, das mir lieb ist, weil es den Beinamen meiner Göttin trägt, und mich endlich wieder ans Tageslicht gebracht hat.‘

Triptolemus

Soweit Arethusa; die Göttin der Fruchtbarkeit aber spannte zwei Schlangen vor ihren Wagen, legte ihnen Zaumzeug ums Maul, fuhr durch die Luft, die zwischen Himmel und Erde ist, schickte den leichten Wagen in die Stadt der Tritonis zu Triptolemus und gebot ihm, Samen, den sie ihm gab, teils auf bisher unbebautes Land zu streuen, teils auf Land, das nach langer Zeit wieder bebaut wurde. Schon war der Jüngling hoch über Europa und Asien geflogen; da wendet er sich Scythiens Küsten zu. Dort herrschte Lyncus als König. Seinen Palast betritt Triptolemus. Auf die Frage, wie er hergekommen sei und was ihn herführe, wie er heiße und wo seine Heimat sei, sprach er: ‚Meine Heimat ist das berühmte Athen, ich heiße Triptolemus. Ich kam weder zu Schiff übers Meer noch zu Fuß über Land. Mir stand als Weg der Himmel offen. Ich bringe Gaben der Ceres, die, auf die weiten Felder gestreut, ertragreiche Ernten und unblutige Nahrung bringen sollen.‘ Den Barbaren packte der Neid. Um selbst der Stifter dieser großen Gabe zu sein, nimmt er Triptolemus gastlich auf und überfällt ihn im Schlafe mit dem Schwert. Während er ausholte, um ihm die Brust zu durchbohren, machte ihn Ceres zum Luchs und gebot dem athenischen Jüngling, sein heiliges Gespann durch die Lüfte heimwärts zu jagen.‹

Die Piëriden (II)

Die älteste von uns war mit ihrem kunstreichen Lied zu Ende; die Nymphen erklärten einstimmig, die Göttinnen vom Helicon hätten gesiegt. Als die Besiegten Schmähungen ausstießen, sprach Calliope: ›Da es euch noch nicht genügt, daß ihr wegen des Wettstreits eine Strafe verdient habt, da ihr zu eurem Frevel noch Beschimpfungen hinzufügt und da unserer Langmut Grenzen gesetzt sind, wollen wir zur Bestrafung schreiten und der Stimme des Zornes folgen.‹ Da lachen die Emathiden und verachten die drohenden Worte. Doch während sie versuchten, zu sprechen und mit lautem Geschrei die frechen Hände gegen uns zu erheben, beobachteten sie, wie Federn aus ihren Nägeln wuchsen und die Arme sich mit Flaum bedeckten. Jede sieht, wie der Mund der andern sich zum starren Schnabel verhärtet und daß der Wald von neuen Vögeln bevölkert wird. Während sie sich klagend an die Brust schlagen wollten, schwebten sie, durch die Armbewegung emporgetragen, in der Luft, die Lästermäuler des Waldes, die Elstern. Auch jetzt noch haben sie als Vögel ihre alte Redegabe behalten, ihre heisere Geschwätzigkeit und ihren maßlosen Mitteilungsdrang.«

Sechstes Buch

Inhalt des sechsten Buches

Arachne

Solchen Reden hatte Tritonia ihr Ohr geliehen und den Gesang der Aoniden und ihren gerechten Zorn gutgeheißen. Darauf sprach sie zu sich selbst: »Loben ist zu wenig, ich will auch selbst gelobt werden und nicht zulassen, daß man meine Gottheit ungestraft verachte.« Und sie richtete ihren Sinn auf den Untergang der Maeonerin Arachne, von der sie gehört hatte, sie stehe ihr an Ruhm in der Webkunst nicht nach. Nicht ihr Stand oder die Herkunft ihres Geschlechtes machte sie berühmt, sondern ihre Kunst. Ihr Vater war Idmon von Colophon; er färbte saugfähige Wolle mit Purpurschnecken aus Phocaea; ihre Mutter war gestorben, aber auch sie war aus dem einfachen Volk und ihrem Manne ebenbürtig gewesen. Dennoch hatte sich Arachne durch ihre Kunst überall in den lydischen Städten einen Namen gemacht, wenn sie auch aus bescheidenem Hause stammte und im bescheidenen Hypaepa wohnte. Um ihr bewunderungswürdiges Werk anzuschauen, verließen oft die Nymphen die Rebenhänge ihres Tmolusberges, verließen oft die Nymphen des Pactolus ihre Wellen. Und es freute sie, die Gewebe nicht nur im fertigen Zustand anzuschauen, sondern auch im Entstehen – mit so viel Anmut übte Arachne ihre Kunst aus –, mochte sie nun die rohe Wolle erst zu Kugeln ballen oder sie mit den Fingern bearbeiten und die Schurwolle, die Nebelschleiern glich, immer wieder durch langes Ziehen geschmeidig machen oder mit behendem Daumen die glatte Spindel drehen oder mit der Nadel Bilder stikken. Man hätte schließen müssen, Pallas selbst sei ihre Lehrmeisterin gewesen. Doch eben dies bestreitet Arachne, nimmt daran Anstoß, eine so bedeutende Lehrerin zu haben, und ruft: »Sie soll mit mir wetteifern! Werde ich besiegt, will ich mir alles gefallen lassen.«

Pallas nimmt die Gestalt einer Greisin an, legt sich falsches graues Haar um die Schläfen und stützt ihre gebrechlichen Glieder auf einen Stock. Dann beginnt sie folgendermaßen: »Nicht alles, was das höhere Alter bringt, müssen wir fliehen; mit den Jahren kommt die nützliche Erfahrung. Verschmähe meinen Rat nicht! Strebe du nur unter Sterblichen nach dem höchsten Ruhm in der Wollarbeit, der Göttin aber gib nach, du Vermessene, und bitte mit unterwürfiger Stimme für deine Worte um Verzeihung. Verzeihung wird sie dir gewähren, wenn du sie bittest.« Arachne blickt sie finster an, legt den begonnenen Faden beiseite und kann kaum ihre Hand zurückhalten. Durch die Miene verrät sie ihren

Zorn und antwortet der verborgenen Pallas folgendermaßen: »Des Verstandes nicht mehr mächtig und vom langen Alter verbraucht kommst du daher; daß du zu lange gelebt hast, ist dein Schaden. Hast du eine Schwiegertochter, hast du eine Tochter, so mag sie auf dein Schwatzen hören. Ich habe selbst genug Verstand; und damit du dir nicht einbildest, durch deine Mahnung etwas ausgerichtet zu haben, so höre: Meine Meinung ist und bleibt dieselbe. Warum kommt sie nicht selbst? Warum geht sie dem Wettkampf mit mir aus dem Wege?« Da sprach die Göttin: »Gekommen ist sie.« Die Gestalt der Alten legte sie ab und zeigte sich als Pallas. Der Gottheit erweisen die Nymphen und die mygdonischen Frauen ihre Ehrerbietung. Als einzige ist die Jungfrau unerschrocken. Immerhin errötete sie; wider Willen schoß ihr plötzlich die Röte ins Gesicht und wich wieder der Blässe – wie sich die Luft purpurn färbt, sobald das Morgenrot erscheint, und nach kurzer Zeit weiß wird, wenn die Sonne aufgegangen ist. Sie beharrt auf ihrem Vorhaben und rennt aus Begierde nach einer unsinnigen Siegespalme in ihr Verderben; denn Iuppiters Tochter weigert sich nicht, ermahnt sie nicht mehr und verschiebt den Wettkampf nicht länger.

Unverzüglich stellen beide auf verschiedenen Seiten zwei Webstühle auf und bespannen sie mit den feinen Kettfäden. Die Seitenpfosten des Webstuhls sind durch den Querbaum verbunden; den Aufzug trennt ein Rohrstab. Der Einschlag, den die Finger abwickeln, wird mit spitzen Schiffchen dazwischengeschoben; ist er dann zwischen die Kette gezogen, drücken ihn die Zähne des Kammes zurecht, den man schlägt. Beide beeilen sich; das Gewand an der Brust gegürtet, bewegen sie die kunstfertigen Arme, und ihr Eifer läßt sie die Mühe vergessen. Da wird Purpur verwoben, der den tyrischen Färbekessel zu spüren bekommen hat, und feine Schattierungen, die man kaum unterscheiden kann, wie der Regenbogen, wenn Sonnenstrahlen vom Regen getroffen werden, in gewaltiger Krümmung den weiten Himmel färbt; obwohl in ihm tausend verschiedene Farben schimmern, täuscht doch gerade der Übergang das betrachtende Auge: So sehr ist das, was sich berührt, gleich; doch die äußersten Enden sind verschieden. Da wird auch geschmeidiges Gold zwischen die Fäden gezogen, und im Gewebe wird eine alte Geschichte dargestellt.

Pallas bildet den Felsen des Mars ab auf der Höhe des Cecrops und den alten Streit um den Namen des Landes. Zweimal sechs himmlische Götter thronen in erhabener Würde auf hohen Sitzen und Iuppiter in der Mitte. Jeden der Götter kann man an der ihm eigenen Gestalt erkennen. Iuppiters Erscheinung ist königlich. Den Meergott stellt sie dar, wie er stehend den langen Dreizack auf die rauhen Felsen stößt und wie mitten aus der Wunde im Stein ein Gewässer entspringt, ein Unterpfand, um die Stadt für sich zu beanspruchen. Sich selbst gibt sie einen Schild sowie eine Lanze mit scharfer Spitze und setzt sich einen Helm aufs Haupt; ihre Brust schirmt die Ägide; und sie schildert, wie die Erde, von ihrer Lanze erschüttert, den Sproß der graugrünen Olive mit seinen Beeren hervorbringt und wie die Götter staunen. Die Siegesgöttin bildet den Abschluß des Werkes. Damit aber die Rivalin ihres Ruhmes an Beispielen erkenne, welchen Lohn sie für solch ein wahnwitziges Wagnis zu gewärtigen habe, setzt sie noch in die vier Ecken vier Wettkämpfe, die sich durch ihre besondere Farbe und die Kleinheit der Figuren auszeichnen. In einer Ecke sieht man die thracische Rhodope und Haemus, jetzt eiskalte Gebirge, einst Menschen, die sich die Namen der obersten Götter zulegten. Auf der anderen Seite steht das unglückselige Schicksal der pygmaeischen Mutter: Iuno besiegte sie im Streit, machte sie zum Kranich und ließ sie ihren Landsleuten den Krieg erklären. Minerva bildete auch Antigone ab, die es einst gewagt hatte, mit der Gemahlin des großen Iuppiter zu wetteifern; die königliche Iuno verwandelte sie in einen Vogel, und ihr Troianertum und ihr Vater Laomedon nützten ihr nichts; sie mußte doch ein Federkleid anlegen und als schneeweiße Störchin mit klapperndem Schnabel sich selbst Beifall spenden. Die einzige Ecke, die noch übrig ist, zeigt Cinyras, der seine Kinder verloren hat; er umarmt Tempelstufen – die Glieder seiner Töchter! –, liegt auf dem Stein und scheint zu weinen. Die Göttin umsäumt den äußersten Rand mit friedenbringenden Ölzweigen. Damit läßt sie es genug sein, und mit ihrem eigenen Baum schließt sie ihr Werk ab.

Die Maeonerin schildert Europa, wie sie vom Trugbild des Stieres getäuscht wurde. Man könnte den Stier, man könnte das Meer für wirklich halten! Man sah Europa zum Land, das sie verlassen hatte, zurückblicken, nach ihren Gefährtinnen rufen, die Berührung der heranhüpfenden Wellen fürchten und ängstlich die Fußsohlen zurückziehen. Arachne ließ auch Asterie vom Adler, der mit ihr rang, festgehalten werden und Leda unter Schwanenfittichen ruhen; sie fügte hinzu, wie Iuppiter, in der Gestalt eines Satyrs verborgen, die schöne Tochter des Nycteus mit Zwillingen schwängerte, wie er Amphitryon war, als er dich,

Tiryntherin, nahm, wie er Danaë als goldener Regen, die Asopustochter als Feuer täuschte, Mnemosyne als Hirte, die Tochter der Deo als schillernde Schlange. Dich auch, Neptun, legte sie, in einen finster blickenden Stier verwandelt, auf die Tochter des Aeolus. Du erscheinst als Enipeus und erzeugst so die Aloïden, als Widder verführst du die Tochter des Bisaltes. Die blonde, gnadenreiche Mutter des Getreides bekam dich als Hengst zu spüren, als Vogel erlebte dich die schlangenhaarige Mutter des Flügelpferdes, als Delphin Melantho. Diesen allen gab die Künstlerin ihre besondere Erscheinung und die passende Landschaft. Da sieht man Phoebus, wie er den Landmann spielte und wie er bald das Gefieder des Habichts, bald das Fell eines Löwen trug, bald als Hirte die Macareustochter Isse überlistete; wie Liber die Erigone in einer falschen Traube irreführte, wie Saturnus als Hengst den doppelgestaltigen Chiron zeugte. Der Rand des Gewebes ist mit einer feinen Borte umsäumt und trägt Blumen, die zwischen Efeuranken eingewebt sind. Nicht einmal Pallas, nicht einmal der Neid selbst könnte dieses Werk tadeln.

Dieser Erfolg schmerzte die blonde Heldenjungfrau, und sie zerriß das bunte Gewebe, das Sündenregister der Himmlischen. Mit dem Weberschiffchen vom Berg Cytorus, das sie gerade in der Hand hielt, schlug sie drei-, viermal Idmons Tochter Arachne an die Stirn. Die Unglückliche ertrug es nicht und schnürte sich stolz mit einer Schlinge die Kehle zu. Mitleidig stützte Pallas die Hängende und sprach: »Bleib zwar am Leben, aber hänge, Vermessene! Und damit du dich für die Zukunft nicht in Sicherheit wiegst: Dieselbe Strafe soll als Gesetz für dein Geschlecht und für die späten Enkel gelten.«

Sie besprengte sie dann schon im Weggehen mit Säften von Hecates Kraut. Kaum hat das unheilvolle Zaubermittel ihr Haar berührt, ist es schon dahingeschwunden und mit ihm Nase und Ohren. Winzig wird der Kopf, und auch der ganze Körper ist geschrumpft; an ihren Seiten hangen dürre Finger statt der Beine; alles übrige beherrscht der Bauch; doch aus ihm entläßt sie einen Faden und übt ihre frühere Webkunst jetzt als Spinne aus.

Niobe

Ganz Lydien ist erregt; durch Phrygiens Städte wandert das Gerücht von dem Ereignis, geht von Mund zu Mund und erfüllt den weiten Erdkreis. Niobe hatte schon vor ihrer Heirat Arachne kennengelernt, solange sie als Mädchen in Maeonien und am Sipylus wohnte; trotzdem ließ sie sich die Bestrafung ihrer Landsmännin nicht zur Mahnung dienen, den Himmlischen nachzugeben und eine bescheidenere Sprache zu führen. Vieles erfüllte sie mit Stolz, doch weder die Künste ihres Gemahls noch beider vornehme Herkunft, noch die Macht ihres großen Reiches gefielen ihr so gut – so gut ihr dies alles auch gefiel! – wie ihre Kinder. Und Niobe hätte die glücklichste aller Mütter geheißen, wenn sie sich nicht selbst dafür gehalten hätte. Denn die Tochter des Tiresias, Manto, die das Künftige vorauswußte, hatte, bewegt vom göttlichen Geist, öffentlich auf den Straßen geweissagt: »Ihr Frauen vom Ismenus, geht hin in Scharen, bringt der Latona und Latonas beiden Kindern unter frommem Gebet Weihrauch dar und flechtet euch Lorbeer ins Haar! Durch meinen Mund gebietet's Latona!« Man gehorcht, und alle Thebanerinnen schmükken sich, wie befohlen, die Schläfen mit Laub, streuen Weihrauch in die heiligen Flammen und sprechen Gebete. Siehe, da kommt Niobe, dicht umdrängt vom Schwarm ihres Gefolges, herrlich anzusehen: Gold ist in ihre phrygischen Gewänder eingewebt. Sie ist schön, soweit es ihr Zorn erlaubt. Ihr edles Haupt mit dem über beide Schultern herabwallenden Haar schüttelnd, ist sie stehengeblieben, blickt stolz mit hochmütigen Augen in die Runde und spricht: »Welch ein Wahnsinn ist es, Götter, von denen man nur gehört hat, solchen vorzuziehen, die man sieht! Oder warum wird Latona an Altären verehrt, und ich erhalte immer noch keinen Weihrauch als Gottheit? Mein Vater ist Tantalus, der als einziger an den Tisch der Götter kommen durfte. Eine Schwester der Pleiaden ist meine Mutter. Der gewaltige Atlas ist mein Großvater, der das Himmelsgewölbe auf dem Nacken trägt. Iuppiter ist der andere Großvater; außerdem bin ich stolz darauf, daß er mein Schwiegervater ist. Mich fürchten Phrygiens Völker, meiner Herrschaft untersteht die Burg des Cadmus, und durch meines Gemahls Saitenspiel erbaut, sind die Mauern samt den Bürgern mir und meinem Manne untertan. Wohin ich in meinem Hause blicke, überall sehe ich unermeßliche Schätze. Hinzu kommt meine Erscheinung, die einer Göttin würdig ist. Bedenkt auch, daß ich sieben Töchter habe, ebenso viele Söhne und bald auch Schwiegersöhne und Schwiegertöchter. Fragt jetzt noch, worauf mein Stolz sich gründet, und wagt es, die Titanide Latona, die Tochter irgendeines Coeus, mir vorzuziehen! Dabei hat ihr einst, als sie Geburtswehen hatte, die große, weite Erde selbst den geringsten Platz vorenthalten. Weder Himmel noch Land noch Wasser nahmen eure Göttin auf. Sie war aus der Welt ausgestoßen, bis sich Delos der Unsteten erbarmte und sprach: ›Du irrst als Fremde auf dem Festland umher wie ich im Wasser‹ und ihr eine schwankende Stätte bot. Sie wurde Mutter zweier Kinder; das ist der siebte Teil meiner Leibesfrucht. Ich bin glücklich – wer möchte dies bestreiten? –, und ich werde glücklich bleiben – wer möchte auch dies bezweifeln? –: Die Fülle hat mir Sicherheit verliehen. Ich bin zu groß, als daß mir Fortuna noch schaden könnte; mag sie mir auch vieles rauben, viel mehr wird sie mir übrig lassen. Mein Besitz ist schon über die Furcht erhaben. Gesetzt, es könnte von dieser meiner Kinderschar etwas weggenommen werden; trotzdem werde ich nicht so weit entblößt sein, daß ich nur noch zwei habe, Latonas Völkchen, durch das sie sich von einer Kinderlosen kaum unterscheidet. Geht, es ist genug der Opfer! Geht schnell und nehmt den Lorbeer aus dem Haar!« Sie tun's und lassen die Opfer unvollendet; doch sie verehren die Gottheit, was ihnen niemand verwehren kann, mit stillem Gebet.

Empört war die Göttin und sprach ganz oben auf dem Gipfel des Cynthus folgendermaßen zu ihren Zwillingen: »Seht nur: Ich, eure Mutter, bin stolz darauf, daß ich euch geboren habe, und bereit, keiner Göttin außer Iuno den Platz zu räumen – ich werde in meiner Gottheit angezweifelt und von den Altären, die durch alle Jahrhunderte verehrt wurden, ferngehalten, sofern ihr, meine Kinder, mir nicht zu Hilfe kommt. Und das ist nicht mein einziger Schmerz. Zu ihrer gotteslästerlichen Tat hat die Tantalustochter noch Beschimpfungen hinzugefügt und gewagt, euch zugunsten ihrer Kinder herabzusetzen. Mich hat sie – und das möge auf sie selbst zurückfallen! – eine Kinderlose genannt und hat, die Frevlerin, eine Sprache geführt, wie wir sie von ihrem Vater kennen.« Latona wollte zu diesem Bericht noch Bitten hinzufügen; doch da sprach Phoebus: »Halt ein! Eine lange Klage zögert nur die Bestrafung hinaus.« Dasselbe sagte Phoebe, und in schnellem Fluge durch die Luft hatten sie unter dem Schutze von Wolken bald die Burg des Cadmus erreicht.

Nahe bei der Stadtmauer war ein ebenes Feld, das sich weithin erstreckte. Unablässig stampften Rosse darüber; die ständig rollenden Räder und die harten Hufe hatten die Erdschollen aufgelockert. Dort steigen einige von Amphions sieben Söhnen auf die mutigen Rosse, sitzen auf den mit tyrischem Purpur belegten Rücken und lenken die Zügel, die von Gold schwer sind. Einer von ihnen, Ismenus, der einst die erste Bürde seiner Mutter gewesen war, lenkt den Lauf seines Vierbeiners sicher in eine Kreisbahn und bändigt das schäumende Maul. »Weh mir!« ruft er, und mitten in der Brust steckt ihm der Pfeil, der ihn traf; da läßt er mit sterbender Hand die Zügel los und sinkt allmählich zur Seite am rechten Bug hinab. Der unmittelbar neben ihm stehende Sipylus hatte in der leeren Luft das Rasseln des Köchers gehört und ließ die Zügel schießen, wie ein Steuermann, der den Regen vorausahnt, beim Anblick der Wolke flieht und die hangenden Segel auf allen Seiten entrollt, damit ihm ja kein leichtes Lüftchen entgehe; aber während er noch die Zügel schießen läßt, erreicht ihn das unausweichliche Geschoß; ganz oben im Nacken blieb der Pfeil zitternd stecken, und aus der Kehle ragte das nackte Eisen hervor. Vorgeneigt, wie er ist, rollt er über die jagenden Schenkel und die Mähne hinab und besudelt die Erde mit seinem warmen Blut. Der unglückliche Phaedimus und Tantalus, der Erbe des großväterlichen Namens, hatten die gewohnte Tätigkeit beendet und waren zu jugendlichen Übungen in der ölglänzenden Palaestra übergegangen. Schon hatten sie im Ringkampf, fest ineinander verschlungen, Brust an Brust gedrückt. Von der gespannten Sehne abgeschossen, durchbohrte beide ein Pfeil, eng umschlungen, wie sie waren. Zugleich seufzten sie auf, zugleich legten sie die schmerzgekrümmten Glieder auf den Erdboden, zugleich brachen den Daliegenden die Augen, zugleich hauchten sie die Seele aus. Alphenor sieht dies mit an, zerkratzt und schlägt sich die Brust und eilt im Fluge herbei, um die eiskalten Glieder zu umarmen und hochzuheben, und er fällt, während er diese fromme Pflicht erfüllt; denn der Gott von Delos durchschoß ihm mit dem todbringenden Eisen tief innen das Zwerchfell. Beim Herausziehen des Eisens wurde ein Teil der Lunge am Haken herausgerissen, und mit der Seele verströmte das Blut in die Lüfte. Doch den ungeschorenen Damasichthon versehrt mehr als eine Wunde; er war an der Stelle getroffen worden, an der die Wade beginnt und die sehnige Kniekehle eine biegsame Vertiefung zwischen den Gelenkknoten bildet. Und während er versucht, das verderbliche Geschoß mit der Hand herauszuziehen, ist ihm ein zweiter Pfeil bis an die Befiederung durch die Kehle gedrungen. Das Blut hat ihn herausgetrieben; im Strahl hervorgeschleudert, schießt es hoch empor, durchstößt die Luft und spritzt weithin. Der letzte, Ilioneus, hatte die Arme erhoben, doch sein Flehen sollte nichts ausrichten. »Ihr Götter alle zusammen«, so hatte er gerufen, ohne zu wissen, daß er nicht *alle* zu bitten brauchte, »schont mich!« Der Bogenschütze war gerührt, als das Geschoß schon nicht mehr zurückgerufen werden konnte; doch starb dieser Knabe an der kleinsten Wunde, und der Pfeil drang ihm nicht tief ins Herz.

Das Gerücht von dem Unglück, die Trauer des Volkes und die Tränen der Angehörigen teilten der Mutter das so plötzliche Unheil mit. Sie wunderte sich, daß Götter dazu imstande waren, und war zornig darüber, daß sie sich so viel erlaubt hatten und daß sie so viele Rechte besaßen. Der Vater, Amphion, hatte sich nämlich den Stahl durch die Brust gestoßen und durch den Tod zugleich seiner Trauer und seinem Leben ein Ende gemacht. Ach, wie verschieden war diese Niobe von jener anderen Niobe, die eben noch das Volk von Latonas Altären vertrieben hatte und hoch erhobenen Hauptes mitten durch die Stadt geschritten war, beneidenswert selbst für die Ihren, jetzt aber sogar für einen Feind bemitleidenswert! Sie wirft sich über die eiskalten Leichen, und wahllos verteilt sie an all ihre Söhne letzte Küsse; von ihnen erhebt sie gegen den Himmel die Arme, die sie sich blau geschlagen hat: »Weide dich, grausame Latona, an meinem Schmerz, weide dich und sättige an meiner Trauer deine Seele und dein wildes Herz! Siebenfach werde ich zu Grabe getragen. Frohlocke, Feindin! Triumphiere als Siegerin! Aber warum Siegerin? In all meinem Unglück bleibt mir noch mehr als dir in deinem Glück. Selbst nach so vielen Begräbnissen ist der Sieg mein.« Sprach's, da erklang die Sehne am gespannten Bogen; und der Ton erschreckte alle – außer Niobe. Ihr Unglück macht sie kühn. Es standen in schwarzen Gewändern an den Katafalken der Brüder mit aufgelöstem Haar die Schwestern. Während eine von ihnen das Geschoß herauszog, das ihr im Leibe stak, erschlaffte sie und legte das Gesicht sterbend auf den Bruder. Eine zweite, die versuchte, die unglückliche Mutter zu trösten, verstummte plötzlich und brach an einer unsichtbaren Wunde zusammen. Die eine versucht vergebens zu fliehen und sinkt zu Boden, die andere stirbt, während sie sich über ihre Schwester neigt. Diese versteckt sich; jene könnte man ängstlich hin- und hereilen sehen. Sechs waren tot, verschiedenartigen Wunden erlegen; nur die letzte Tochter war noch übrig. Die Mutter bedeckte sie mit ihrem ganzen Körper, mit ihrem ganzen Kleid und schrie: »Laß mir eine, laß mir die Kleinste! Von so vielen verlange ich nur die Kleinste und nur eine.« Und während sie bittet, fällt diejenige, für die sie bittet. Kinderlos saß sie mitten unter ihren Toten: den Söhnen, den Töchtern und dem Gemahl, und ihr Unglück ließ sie erstarren. Kein Haar bewegt der Wind, bleich und blutleer ist das Gesicht, die Augen stehen starr in düsteren Höhlen; an dem ganzen Bild ist nichts Lebendiges. Auch friert innen die Zunge am harten Gaumen fest, und in den Adern hört der Pulsschlag auf. Weder kann sich der Nacken beugen, noch können sich die Arme bewegen, noch kann der Fuß gehen. Auch im Innern des Leibes ist alles Stein. Dennoch weint sie. Vom Wirbel eines gewaltigen Sturmes ergriffen, ist sie in ihr Vaterland entführt worden. Dort auf einen Berggipfel versetzt, zerfließt sie, und noch heute verströmt der Marmor Tränen.

Die lycischen Bauern

Daraufhin fürchten alle, Frauen und Männer, den Zorn der Gottheit, der sich so offenbart hat. Alle verehren mit größerem Eifer die gewaltige Macht der Göttin, der Zwillingsmutter. Und wie es zu geschehen pflegt, kommen sie von dem näherliegenden Ereignis auf frühere zu sprechen. Einer von ihnen sagt: »Auch auf den Feldern des fruchtbaren Lycien haben die Bauern der Vorzeit die Göttin nicht ungestraft verachtet. Die Geschichte ist zwar nicht berühmt, weil die Helden nicht vornehm sind, aber sie ist wundersam. Ich habe mit eigenen Augen den Teich gesehen und die Stätte, die durch das Wunder bekannt wurde. Mir hatte nämlich mein Vater, als er schon älter und nicht mehr gut zu Fuße war, befohlen, auserlesene Rinder von dort nach Hause zu treiben; selbst hatte er mir einen einheimischen Führer mitgegeben. Während ich mit diesem die Viehweiden durchmusterte, sah ich plötzlich mitten in einem See einen verwitterten Altar, schwarz von der Opferasche, von zitterndem Röhricht umgeben. Da blieb mein Führer stehen und sprach mit ängstlichem Murmeln: ›Sei mir gnädig!‹, und ich murmelte ebenso: ›Sei gnädig!‹ Ich wollte ihn gerade fragen, ob der Altar den Naiaden oder dem Faunus oder einem einheimischen Gott geweiht sei, als der Fremde folgendes erzählte: ›In diesem Altar, junger Mann, lebt keine Berggottheit. Die Göttin nennt ihn ihr eigen, der einst die Gemahlin des Himmelskönigs den Zutritt zum Erdkreis untersagte. Die unstete Insel Delos, die damals noch haltlos auf dem Meere schwamm, nahm mit knapper Not die Bittende auf. Dort stützte sich Latona auf eine Palme und auf den Ölbaum der Pallas und gebar so ihre Zwillinge gegen den Willen der Stiefmutter. Auch von hier aus soll die Wöchnerin noch vor Iuno geflohen sein und an der Brust ihre Kinder, zwei Gottheiten, getragen haben. In Lyciens Gefilden, der Heimat der Chimaera, brannte die Sonne unbarmherzig auf die Felder herab. Hier hatte Latona, von den langen Mühen erschöpft, in der Sonnenhitze Durst bekommen, und gierig hatten die Kinder ihre milchspendenden Brüste leergetrunken. Da erblickte sie zufällig einen See mit niedrigem Wasserspiegel ganz unten im Tal. Dort sammelten Bauern Ruten vom Weidengebüsch, Binsen und Schilfrohr, das gern im Sumpf wächst. Die Titanide trat herzu, drückte das Knie auf die Erde, um das kühle Naß zu schöpfen und zu trinken. Doch die Bauernschar verbietet es ihr. Da sprach die Göttin folgendermaßen zu ihnen: ‚Was haltet ihr mich vom Wasser fern? Die Nutzung des Wassers ist eines jeden Recht. Die Natur hat weder die Sonne noch die Luft noch die klaren Wellen jemandem als Eigentum gegeben. Ich bin gekommen, etwas zu empfangen, das allen zusteht. Dennoch bitte ich euch kniefällig, es mir zu geben. Ich hatte nicht etwa vor, unsere müden Glieder hier zu waschen, sondern nur den Durst zu löschen. Während ich spreche, ist mein Mund trocken, die Kehle ist ausgedörrt, und die Stimme findet darin kaum mehr einen Weg. Eine Handvoll Wasser wird für mich Nektar sein, und ich werde bekennen, daß mir damit zugleich das Leben geschenkt worden ist; ja, im Wasser werdet ihr mir das Leben geschenkt haben. Auch mögen euch diese Kinder rühren, die von meiner Brust ihre kleinen Ärmchen nach euch ausstrecken.‘ Und wirklich streckten die Kinder gerade die Ärmchen aus. Wen hätten nicht die schmeichelnden Worte der Göttin rühren können? Diese Männer aber beharren darauf, die Flehende fernzuhalten, und fügen obendrein Drohungen und Schmähungen hinzu, falls sie nicht weit fortgehe. Und auch damit noch nicht genug: Mit Händen und Füßen trübten sie den See und rührten aus der Wassertiefe weichen Schlamm auf, indem sie boshaft hin- und hersprangen. Der Zorn ließ Latona den Durst vergessen – denn die Tochter des Coeus fleht nicht mehr die Unwürdigen an und erträgt es nicht länger, Worte zu gebrauchen, die ihrem göttlichen Rang nicht entsprechen. Sie hob die Hände zu den Sternen und sprach: ‚Ewig möget ihr in diesem Pfuhl leben!‘ Der Wunsch der Göttin geht in Erfüllung. Es macht ihnen Freude, im Wasser unterzutauchen und bald den ganzen Körper in der Tiefe des Sumpfes versinken zu lassen, bald den Kopf hervorzustrecken, bald an der Oberfläche des Gewässers zu schwimmen, bald sich am Ufer des Teiches niederzulassen, bald wieder in den kühlen See zu springen. Doch auch jetzt noch führen sie im Streit garstige Reden, und ohne Scham versuchen sie, obwohl sie unter Wasser leben, unter Wasser zu lästern. Schon ist ihre Stimme rauh, der Hals bläht sich auf und schwillt an; gerade die Schimpfworte verbreitern das große Maul. Der Rumpf stößt unmittelbar an den Kopf, der Hals scheint herausgenommen zu sein, der Rücken ist grün, der Bauch, der größte Teil des Körpers, weiß, und in der schlammigen Tiefe springen die neuentstandenen Frösche umher.‹«

Marsyas

Als ein Unbekannter so vom Ende der Männer aus dem lycischen Volk berichtet hatte, erinnerte sich ein zweiter an den Satyr, den Latonas Sohn bestrafte, nachdem er ihn im Spiel auf Tritonias Rohrflöte besiegt hatte. Marsyas rief: »Was ziehst du mich von mir ab? Ach! Ich bereue, ach, das Flötenspiel ist mir nicht so viel wert!« Während er noch schrie, wurde ihm die Haut oben über die Glieder abgezogen, und alles war eine einzige große Wunde: Überall strömt Blut hervor, offen liegen die Sehnen da, und ohne Haut pulsieren die bebenden Adern. Man könnte im Innern die zuckenden Organe und an der Brust die durchscheinenden Fibern zählen. Um ihn weinten die Faune, die Waldgötter, die auf dem Lande wohnen, seine Brüder, die Satyrn, Olympus, der ihm auch jetzt noch lieb war, die Nymphen und alle, die auf jenen Bergen wolletragende Herden und gehörntes Vieh weideten. Die fruchtbare Erde wurde feucht; feucht geworden, nahm sie die fallenden Tränen auf und sog sie bis in die tiefsten Adern ein. Sie verwandelte sie in Wasser und entließ sie in die freien Lüfte. Daher hat der Marsyas seinen Namen, der zwischen abschüssigen Ufern zur wilden See hinstrebt, Phrygiens klarster Strom.

Pelops

Nach solchen Erzählungen kehrt das Volk sogleich zum gegenwärtigen Geschehen zurück und trauert um den Tod Amphions und seines Stammes. Die Mutter aber ist verhaßt. Man sagt, schon damals habe nur Pelops um sie geweint, sein Kleid an der Brust aufgerissen und seine elfenbeinerne linke Schulter gezeigt. Bei seiner Geburt hatte diese Schulter dieselbe Farbe wie die rechte und war aus Fleisch und Blut. Bald aber sollen die Götter seine von Vaterhand geschlachteten Glieder wieder zusammengesetzt haben. Alle übrigen hatte man gefunden: Es fehlte nur die Stelle zwischen der Kehle und dem Oberarm. Anstatt des nicht mehr vorhandenen Teils wurde ein Stück Elfenbein eingesetzt. So war Pelops wieder heil.

Tereus, Procne und Philomela

Die Vornehmen aus der Nachbarschaft kommen zusammen, und die benachbarten Städte haben ihre Könige gebeten zu gehen, um ihr Beileid auszusprechen: Argos, Sparta, das pelopeïsche Mycene, Calydon, das der finster blickenden Diana noch nicht verhaßt war, das fruchtbare Orchomenos, Corinth, berühmt durch Erzarbeiten, das unbeugsame Messene, Patrae und das niedrig gelegene Cleonae, Pylos, die Stadt des Neleus, Troezen, das noch nicht dem Pittheus gehörte, und die übrigen Städte auf der Landenge zwischen den zwei Meeren sowie die Städte, die außerhalb liegen und vom Isthmus aus zu sehen sind. Wer hätte es glauben können? Nur Athen blieb aus. Der Höflichkeit stand der Krieg entgegen. Barbarenheere, die übers Meer gefahren waren, schreckten die mopsopischen Mauern.

Der Thraker Tereus hatte Waffenhilfe geleistet und die Barbaren in die Flucht geschlagen. Durch seinen Sieg war sein Name in aller Munde. Diesen Mann, der viele Reichtümer und Soldaten besaß und sein tapferes Geschlecht auf den großen Gradivus zurückführte, verband sich Pandion, indem er ihm Procne zur Frau gab. Doch bei jenem Beilager fehlt die Beschützerin der Ehe, Iuno, es fehlt Hymenaeus, es fehlen die Grazien. Furien hielten die Fackeln, die sie von einem Leichenbegängnis geraubt hatten, Furien bereiteten das Bett; auf dem Dach saß schwer der unheilige Uhu und hockte auf dem First des Ehegemachs. Unter diesem Vorzeichen wurden Procne und Tereus zusammengegeben, unter diesem Vorzeichen wurden sie Eltern. Glück wünschte ihnen freilich ganz Thracien, man dankte sogar den Göttern und erklärte den Tag, an dem die Tochter des berühmten Pandion dem Tyrannen vermählt wurde, und auch den Geburtstag des Itys zu Feiertagen – so wenig wissen sie, was gut für sie ist! – Schon hatte Titan im Wandel der Jahreszeiten fünf Herbste durchschritten, als Procne schmeichelnd zu ihrem Manne sprach: »Wenn ich dir etwas bedeute, so schicke mich zu meiner Schwester, damit sie mich sehen kann, oder laß die Schwester hierher kommen! Du wirst deinem Schwiegervater versprechen, daß sie nach kurzer Zeit zurückkehrt. Das Wiedersehen mit der Schwester wird für mich ein großes Geschenk von dir sein.« Er befiehlt, die Schiffe ins Meer zu ziehen, fährt mit Segel und Ruder in den cecropischen Hafen ein und legt am Strand von Piraeus an. Sobald er bei seinem Schwiegervater vorsprechen darf, drückt eine Hand die andere, und unter glücklichem Vorzeichen beginnt das Gespräch. Eben hatte er angefangen zu berichten, was ihn herführte, was seine Gattin ihm aufgetragen hatte, und zu versprechen, falls er die Tochter mit ihm ziehen lasse, werde sie bald zurückkehren – siehe, da kommt Philomela, reich an prächtigem Schmuck, reicher noch an Schönheit, wie man es uns erzählt von Naiaden und Dryaden, die mitten durch den Wald einherschreiten – vorausgesetzt, daß man sie ebenso herausputzt und entsprechend schmückt. Nicht anders entbrannte Tereus beim Anblick der Jungfrau, als wenn jemand Feuer an ein weißliches Ährenfeld legt oder Laub oder Heu verbrennt, das auf Schobern gelagert war. Zwar macht allein schon ihre Schönheit sie liebenswert; aber ihn stachelt auch noch angeborene Lüsternheit auf – in jenen Gegenden ist der Menschenschlag zum Venusdienst geneigt –: Die Leidenschaft, die seinem Volk und ihm selbst eigen ist, läßt ihn lichterloh brennen. Es treibt ihn, die sorgenden Begleiterinnen und die getreue Amme zu bestechen und das Mädchen selbst mit ungeheuren Geschenken zu versuchen, ja, sein ganzes Königreich daran zu geben oder sie zu rauben und die Geraubte in einem grausamen Krieg zu verteidigen. Und es gibt nichts, was er nicht in seiner unbändigen Liebe wagen möchte, und seine Brust faßt nicht die Flammen, die sie einschließt. Schon erträgt er kaum mehr den Aufschub, kommt mit gierigen Lippen wieder auf Procnes Auftrag zu sprechen und betreibt unter ihrem Namen die Erfüllung seiner eigenen Wünsche. Beredt machte ihn die Liebe; und sooft er inständiger bat als billig, brachte er vor, Procne wolle es so. Er fügte auch Tränen hinzu, als hätte sie ihm diese gleichfalls aufgetragen. Götter! Wieviel finstre Nacht wohnt in Menschenherzen! Gerade, weil er seinen Frevel ins Werk setzt, hält man Tereus für fromm und treu, und er erntet noch Lob für sein Verbrechen. Ja, sogar Philomela begehrt dasselbe und hält die Schultern des Vaters schmeichelnd im Arm. Die Schwester besuchen zu dürfen, darum bittet sie – bei ihrem Glück – ach, gegen ihr Glück! Tereus schaut sie an und betastet sie schon mit den Blicken – und während er ihre küssenden Lippen und die Arme sieht, die den Hals umschlingen, faßt er alles als Anreiz, als Zündstoff, als Nahrung für seine rasende Leidenschaft auf – und sooft sie den Vater umarmt, wäre er gerne der Vater, denn selbst dann wäre er ebenso hemmungslos. Durch die Bitten beider Töchter läßt sich der Vater erweichen; Philomela freut sich, dankt ihm und hält – die Unselige! – das für einen Erfolg beider Schwestern, was in Wahrheit beiden zum Verhängnis wird. Schon hatte der Sonnengott sein Tagewerk beinahe vollbracht, und seine Rosse stampften mit den Hufen die abschüssige Himmelsbahn hinab, da wird ein königlicher Festschmaus und Bacchus in goldenen Pokalen aufgetischt. Darauf überläßt man die matten Glieder dem sanften Schlummer. Doch der odrysische König, mag er sich auch zurückgezogen haben, verzehrt sich in Begierde nach ihr, ruft sich ihr Aussehen, ihre Bewegungen, ihre Hände ins Gedächtnis, stellt sich alles, was er noch nicht gesehen hat, so vor, wie er es sich wünscht, gibt selbst seiner leidenschaftlichen Glut Nahrung, und die Liebesqual vertreibt den Schlaf. Schon war es Tag, da umfaßt Pandion die Rechte des scheidenden Eidams, befiehlt ihm die Begleiterin an, und Tränen stürzen ihm aus den Augen: »Diese übergebe ich dir, lieber Schwiegersohn, da mich dein liebevolles Anliegen dazu zwang, sie beide es wollten und auch du es wolltest, Tereus. Ich flehe dich kniefällig bei deiner Treue an, bei deinem Herzen, das mit mir verwandt ist, auch bei den Himmlischen bitte ich dich, sie mit väterlicher Liebe zu beschützen und mir, dem besorgten Vater, als süßen Trost für mein Alter so bald wie möglich zurückzuschicken; jede Verzögerung wird mir lang erscheinen. Und du, Philomela, kehre möglichst bald zu mir zurück – genug, daß deine Schwester in der Ferne weilt! –, wenn noch ein Funken Kindesliebe in dir ist!« Solche Worte gab er seiner Tochter mit auf den Weg, zugleich küßte er sie, und Tränen der Rührung fielen herab, während er zu ihr sprach. Zum Unterpfand des Treuwortes verlangte er von beiden die rechte Hand; er verband die Hände, die sie sich gegenseitig gaben. Dann bittet er sie, Tochter und Enkel in seinem Namen mit Worten, die sie sich gut merken sollten, zu grüßen. Das letzte Lebewohl brachte er, da Schluchzen ihm die Kehle zuschnürte, kaum über die Lippen, und ihm bangte vor dem, was er im Geiste vorausahnte.

Sobald Philomela das bemalte Schiff bestiegen hat und durch Rudern das Meer nähergekommen und das Land zurückgewichen ist, ruft Tereus: »Der Sieg ist mein! Mit mir fährt mein Wunschtraum!« Es frohlockt der Barbar, kaum kann er im Herzen noch seine Freuden aufschieben. Nirgends wendet er die Augen von ihr ab, nicht anders, als wenn der Raubvogel mit den gekrümmten Krallen, Iuppiters Adler, einen Hasen in den hohen Horst gelegt hat: Der Gefangene hat keine Möglichkeit zu fliehen, und der Räuber schaut seine Beute an. Schon ist die Reise vollendet. Schon waren sie aus den ermüdeten Schiffen an das heimische Gestade gestiegen, als der König die Tochter Pandions in einen hohen Stall zerrt, verborgen in Urwäldern. Dort schließt er sie ein. Sie ist bleich, zittert, befürchtet das Schlimmste und fragt schon unter Tränen, wo ihre Schwester sei. Er bekennt sein ruchloses Begehren, bezwingt mit Gewalt Philomela, die nur ein Mädchen und allein ist und immer wieder vergebens nach dem Vater, immer wieder nach der Schwester ruft. Vor allem gilt ihr Rufen den großen Göttern. Sie zittert wie ein ängstliches Lamm, das, verwundet dem Maul des grauen Wolfes entrissen, sich immer noch nicht in Sicherheit glaubt, und wie eine Taube, deren Flaumfedern von ihrem eigenen Blute benetzt sind, immer noch schaudert und sich vor den gierigen Krallen fürchtet, die sie festgehalten hatten. Als sie dann wieder zur Besinnung gekommen war, raufte sie ihr offenes Haar wie eine Trauernde, schlug sich klagend die Arme wund, streckte die Hände aus und sprach: »O Barbar, Übeltäter, Grausamer! Weder hat dich rühren können, was mein Vater dir unter liebevollen Tränen auftrug, noch die Rücksicht auf meine Schwester, noch meine Jungfräulichkeit, noch das Gesetz der Ehe. Alles hast du verwirrt! Ich bin die Nebenbuhlerin meiner Schwester geworden und du ein doppelter Ehemann. Solche Strafe habe ich nicht verdient. Warum entreißt du mir nicht dieses Leben, Wortbrüchiger – um keine Untat ungetan zu lassen? Und hättest du es doch vor dem frevlerischen Beilager getan! Dann wäre mein Schatten frei von Schuld gewesen. Wenn aber die Himmlischen dies sehen, wenn die Götter noch irgendeine Macht haben und wenn nicht alles mit mir zugrunde gegangen ist, irgendwann wirst du mir das büßen! Ich selbst will die Scham ablegen und deine Taten verkünden. Bekomme ich Gelegenheit, werde ich vors Volk treten; bleibe ich aber in den Wäldern eingesperrt, so werde ich die Wälder mit meiner Klage erfüllen und die Felsen rühren, die unsere Mitwisser sind. Dies wird der Himmel hören und Gott, wenn es dort einen Gott gibt.« Solche Worte erregen die Wut des wilden Tyrannen und – nicht geringer als diese – seine Furcht; beides stachelt ihn auf; so zieht er aus der Scheide das Schwert, mit dem er umgürtet ist, schleppt sie an den Haaren fort, verdreht ihr die Arme hinter dem Rücken und zwingt sie in Fesseln. Schon bot Philomela ihm die Kehle dar – sie hatte beim Anblick des

Schwertes bereits gehofft, er werde sie töten –, er aber packte mit einer Zange ihre Zunge, die sich sträubte, immerfort den Namen des Vaters rief und darum rang zu sprechen, und schnitt sie mit dem wilden Stahl ab: Der Rest der Zungenwurzel zuckt noch, die Zunge liegt am Boden, und zitternd murmelt sie etwas in die blutgeschwärzte Erde. Und wie der Schwanz einer verstümmelten Schlange zu springen pflegt, bäumt sie sich auf und sucht sterbend die Füße ihrer Herrin. Auch nach dieser Freveltat – kaum wage ich es zu glauben – soll er in seiner Gier den verstümmelten Leib noch oft mißbraucht haben. Nach solchen Untaten vermag er noch, zu Procne zurückzukehren, die, sobald sie den Gatten erblickt, nach der Schwester fragt; er aber seufzt heuchlerisch und erzählt eine Lügengeschichte von ihrer Bestattung. Tränen unterstrichen die Glaubwürdigkeit. Procne reißt sich das glänzende Gewand mit dem breiten Goldstreifen von den Schultern, legt schwarze Kleider an, errichtet ein leeres Grabmal, bringt dem Totengeist, der keiner ist, Sühnopfer dar und trauert um das Los der Schwester, um die sie anders hätte trauern müssen.

Ein Jahr war vergangen, und der Sonnengott hatte zwölf Tierkreiszeichen durchlaufen. Was soll Philomela tun? Wächter schneiden ihr die Flucht ab; die Mauer des Stalles ist starr, aus festem Stein errichtet. Ihrem stummen Mund fehlt die Zunge, um die Tat anzuzeigen. Doch einfallsreich ist der Schmerz, und Not macht erfinderisch. Listig befestigte sie am barbarischen Webstuhl Kettfäden und wob zwischen das weiße Garn purpurne Schriftzeichen ein, die den Frevel anzeigten. Das fertige Werk übergab sie einer Magd; sie bittet sie durch Gebärden, es der Herrin zu bringen. Auf ihre Bitte hin brachte es jene zu Procne, ohne zu wissen, was sie ihr damit übergab. Die Gemahlin des grausamen Tyrannen rollte das Gewebe auf, las darin die traurige Geschichte ihres eigenen Unglücks, und – ein Wunder, daß sie es über sich brachte! – sie schweigt; der Schmerz hat ihr den Mund verschlossen, die Zunge für die Empörung nicht die passenden Worte gefunden. Zum Weinen fehlt die Zeit; Procne stürzt los, um Recht und Unrecht zu vermengen, und lebt ganz in dem Gedanken an Rache.

Es war die Zeit, zu der die sithonischen Frauen das alle drei Jahre stattfindende heilige Fest des Bacchus zu feiern pflegen. Die Nacht ist die Mitwisserin der Mysterien. Bei Nacht hallt Rhodope vom Dröhnen der helltönenden Erzbecken wider. Bei Nacht hat die Königin ihren Palast verlassen; sie läßt sich in die

Riten des Gottes einweihen und empfängt das Rüstzeug des dionysischen Wahnsinns: Weinlaub bedeckt ihr Haupt, zur Linken hängt ihr ein Hirschfell herab, auf der Schulter ruht ein leichter Thyrsusstab. Rasend eilt sie durch die Wälder, vom Schwarm ihrer Gefährtinnen begleitet, Procne, die Entsetzliche! Und während es der Schmerz ist, der sie zum Wahnsinn treibt, gibt sie vor, es sei Bacchus. Endlich ist sie an dem entlegenen Stall angelangt. Sie heult auf, ruft »Euhoe!«, bricht das Tor auf, raubt ihre Schwester, legt der Geraubten die Tracht der Bacchantinnen an, versteckt ihr Gesicht hinter Efeublättern, schleppt die wie vom Donner Gerührte mit sich fort und führt sie in ihren Palast.

Kaum war Philomela inne geworden, daß sie das gottlose Haus betreten hatte, schauderte die Unglückliche und erbleichte über das ganze Gesicht. An passender Stelle nimmt ihr Procne die Zeichen der Feier ab, enthüllt das von Scham erfüllte Antlitz ihrer unglücklichen Schwester und will sie umarmen. Doch jene wagt nicht, ihr in die Augen zu sehen, hält sie sich doch für die Nebenbuhlerin der Schwester. (Während sie mit gesenktem Haupte die Götter dafür als Zeugen anrufen wollte, daß jene Schmach ihr mit Gewalt angetan worden war, ersetzte ihr die Hand die Stimme.) Wutentbrannt kann Procne ihren Zorn nicht mehr für sich behalten, und sie tadelt die Tränen der Schwester. »Tränen sind hier nicht die rechte Waffe, sondern das Schwert oder wenn du etwas weißt, was stärker ist als das Schwert. Schwester, ich bin bereit, jeden Frevel zu begehen: Entweder werde ich, wenn ich den Königspalast mit Fackeln verbrenne, den tückischen Tereus mitten in die Flammen werfen oder ihm mit dem Schwert die Zunge oder die Augen und die Glieder rauben, die dir die Ehre nahmen, oder ihn aus tausend Wunden seine sündige Seele verströmen lassen. Großes habe ich vor, was es auch sein mag; was es ist, darüber bin ich mir vorerst im Zweifel.« Während Procne noch zu Ende sprach, lief Itys auf seine Mutter zu. Sein Anblick erinnerte sie daran, wie weit ihre Macht ging. Sie blickte ihn erbarmungslos an und sprach: »Ach, wie ähnlich bist du deinem Vater.« Sie verliert keine Worte mehr, rüstet sich zu einer traurigen Tat, und in verschwiegener Wut wallt ihr das Herz. Freilich, als der Sohn vor ihr stand, die Mutter begrüßt, ihren Hals mit den kleinen Ärmchen an sich gezogen und ihr unter kindlichen Koseworten Küsse gegeben hatte, wurde die Mutter gerührt. Gebrochen kam ihr Zorn zum Stillstand, und wider Willen wurden ihr die Augen von übermächtig hervorquellenden Tränen feucht. Doch sobald sie bemerkte, daß allzu große Mutterliebe sie in ihrem Entschluß wankend machte, wandte sie sich von dem Knaben wieder dem Gesicht der Schwester zu, blickte beide abwechselnd an und sprach: »Warum kann der eine Schmeichelworte sprechen, die andere aber schweigt und hat keine Zunge mehr? Er ruft mich ›Mutter‹; warum ruft sie mich nicht ›Schwester‹? Halte dir vor Augen, Tochter Pandions, mit was für einem Manne du verheiratet bist! Du wirst schwach! Rücksicht auf einen Gatten wie Tereus ist ein Verbrechen.« Unverzüglich zerrte sie Itys mit sich fort, wie eine Tigerin vom Ganges das saugende Kalb der Hirschkuh durch finstere Wälder schleppt. Kaum ist ein entfernter Winkel des hohen Palastes erreicht, da – während der Knabe noch die Arme ausstreckt, schon erkennt, was über ihn verhängt ist, »Mutter, Mutter!« ruft und sich ihr an den Hals wirft – stößt Procne ihm das Schwert zwischen Brust und Seite, ohne den Blick abzuwenden. Schon diese eine Wunde hätte genügt, um ihn zu töten. Doch Philomela schnitt ihm mit dem Eisen die Kehle auf; die noch lebenden Glieder, in denen ein Rest der Seele zurückgeblieben ist, zerfleischen sie. Bald brodelt ein Teil davon in bauchigen Kesseln, einen anderen Teil braten sie am Spieß; die Hallen schwimmen im Blut. Zu solchen Tafelfreuden ruft die Gattin den ahnungslosen Tereus, gibt vor, sie vollziehe ein Opfer nach der Sitte ihres Landes, zu dem nur ihr Gemahl Zutritt habe, und entfernt so das Gefolge und die Diener. Tereus selbst sitzt hoch auf dem Thron seiner Ahnen, er ißt und begräbt sein eigen Fleisch und Blut in seinem Leibe. Und so tief ist sein Verstand umnachtet, daß er spricht: »Ruft Itys hierher!« Da kann Procne ihre grausame Freude nicht länger verhehlen. Schon begehrt sie zur Botin ihres eigenen Unglücks zu werden und spricht: »Drinnen bei dir ist der, nach dem du verlangst.« Er sieht sich um und fragt, wo der Knabe sei. Während er noch fragte und immer wieder rief, sprang Philomela hervor – ihr Haar war noch vom rasenden Morden mit Blut besprengt – und warf das blutige Haupt des Itys dem Vater ins Gesicht. Nie hatte sie sich sehnlicher gewünscht, sprechen zu können und ihre Freude in Worte zu fassen, wie er sie verdiente. Der Thraker brüllt auf wie ein Stier, stößt Tisch und Speisen von sich und beschwört die schlangenhaarigen Schwestern aus dem stygischen Tal. Bald lechzt er danach – o wenn er es doch könnte! –, sich die Brust zu öffnen und die gräßliche Speise, das darin versenkte Fleisch, herauszuholen, bald weint er und nennt sich das bejammernswerte Grab seines Sohnes. Jetzt aber verfolgt er Pandions Töchter mit gezücktem Schwert. Man hätte meinen können, die Cecropiden schwebten auf Flügeln – und in der Tat schwebten sie auf Flügeln. Eine von ihnen fliegt in den Wald, die andere schlüpft unter ein Dach. Von ihrer Brust sind immer noch nicht die Spuren des Mordes verschwunden: Der Flaum ist blutrot gezeichnet. Er aber, von Trauer und Rachedurst beflügelt, verwandelt sich in einen Vogel: Auf dem Scheitel trägt er einen Kamm, und anstelle der langen Schwertspitze ragt der Schnabel übermäßig weit vor; Wiedehopf heißt der Vogel, und sein Aussehen ist wehrhaft.

Boreas und Orithyia

Die Trauer hierüber ließ Pandion vor der Zeit zu den Schatten des Tartarus hinabsteigen, bevor er das höchste Alter erreichte; das athenische Szepter und die Herrschaft übernimmt Erechtheus. Es ist ungewiß, ob Gerechtigkeit oder Kriegsmacht ihm größere Stärke verlieh. Er hatte vier Söhne und ebenso viele Töchter, von denen zwei gleich schön waren; von ihnen beglücktest du, Procris, den Aeoliden Cephalus als Gattin; dem Boreas aber standen Tereus und die Thraker im Wege, und lange mußte dieser Gott seine geliebte Orithyia entbehren, während er warb und lieber Bitten als Gewalt anwenden wollte. Doch nachdem er mit Schmeichelworten nichts ausgerichtet hatte, sprach er rauh und ungehobelt – denn Wut ist bei diesem Wind das Übliche und ihm nur allzu vertraut –: »Ja, es geschieht mir recht! Warum habe ich meine Waffen beiseite gelassen: Wildheit, Gewalt, Zorn und stolze Drohungen? Habe mich aufs Bitten verlegt, das mir schlecht zu Gesichte steht? Zu mir paßt Gewalt: Mit Gewalt verjage ich die finsteren Wolken, mit Gewalt peitsche ich das Meer auf, entwurzle knorrige Eichen, lasse Schnee verharschen und Hagel auf die Erde prasseln. Und habe ich einmal unter freiem Himmel – denn das ist mein Tummelplatz – meine Brüder getroffen, ringe ich mit solcher Anstrengung, daß der Äther in unserer Mitte von unseren Zusammenstößen dröhnt und daß aus dem Innern der gepreßten Wolken Blitze hervorspringen. Bin ich aber einmal in die gewölbten Höhlen der Erde gekrochen und habe meinen Rücken ungestüm bis in die untersten Gänge gezwängt, dann störe ich die Totengeister und die ganze Welt durch Erdbeben auf. In dieser Form hätte ich meine Brautwerbung vorbringen müssen, und ich hätte Erechtheus besser nicht lange gebeten, mein Schwiegervater zu werden, sondern einfach dazu gemacht.« So – oder jedenfalls nicht gelinder – waren die Worte des Boreas. Dann schüttelte er sein Gefieder. Von seinem Flügelschlag bekam die ganze Erde einen Luftzug zu spüren, und fröstelnd kräuselte sich das weite Meer. Er schleift einen Mantel aus Staub hoch über die Gipfel hin, fegt über den Boden, und im Schutze der Finsternis umarmt er liebend die zu Tode erschrockene Orithyia mit seinen sandfarbenen Flügeln. Während er flog, brannte seine Liebesglut durch die Bewegung nur noch heftiger, und der Räuber bremste seinen Flug erst, als er das Land und die Stadt der Ciconen erreicht hatte. Dort wurde die Actaeerin des frostigen Tyrannen Frau und Mutter von Zwillingen, die ihr in allem glichen, nur die Schwungfedern vom Vater hatten. Diese Federn sollen freilich nicht schon bei der Geburt gewachsen sein; und solange unter dem rötlichen Haarschopf der Bart noch fehlte, waren die Knaben, Calaïs und Zetes, ungefiedert. Erst danach begannen ihnen gleichzeitig rings um beide Hüften Federn nach Vogelart und auf den Wangen blonder Flaum zu wachsen. Sobald dann die Kindheit dem Jünglingsalter gewichen war, fuhren sie mit den Minyern auf dem ersten Schiff durch das unbekannte Meer, um das Vlies zu holen, dessen Zotteln golden schimmern.

Siebtes Buch

Inhalt des siebten Buches

Iason und Medea

Schon durchquerten die Minyer das Meer auf dem Schiff aus Pagasae; schon hatten sie Phineus besucht, der in ewiger Nacht hilflos sein Alter hinschleppte, und die Jünglinge, die vom Nordwind stammten, hatten die jungfräulichen Vögel vom Munde des unglücklichen Greises verjagt. Nach vielen Abenteuern waren sie endlich unter dem berühmten Iason zu den reißenden Wellen des schlammigen Phasis gelangt. Während sie vor den König treten, das goldene Vlies des Phrixus fordern und ihnen als schreckliche Bedingung schwere Arbeiten aufgebürdet werden, entbrennt unterdessen die Tochter des Aeëtes in heftiger Liebe. Nachdem sie lange mit sich gerungen hat und die rasende Leidenschaft durch Vernunft nicht überwinden konnte, sprach sie: »Vergeblich, Medea, leistest du Widerstand: Irgendein Gott stellt sich dir entgegen, und es sollte mich wundern, wenn es nicht dies ist – oder doch etwas Ähnliches –, was man Liebe nennt. Denn warum scheinen mir die Befehle des Vaters allzu hart? Sie sind auch wirklich allzu hart! Warum habe ich Angst, er, den ich eben erst gesehen habe, könnte umkommen? Warum ist meine Furcht so groß? Schüttle die Flammen ab, die deine jungfräuliche Brust ergriffen haben, wenn du kannst, Unselige! Könnte ich's, wäre ich gesünder; aber mich reißt wider Willen eine unbekannte Macht mit sich fort. Zu dem einen rät die Begierde, die Vernunft zu dem andern: Ich sehe das Bessere und heiße es gut; dem Schlechteren folge ich. Was verzehrst du dich in Liebe zu einem Ausländer, Königstochter, und denkst an eine Hochzeit in einem fremden Weltteil? Auch unser Land kann dir einen Gegenstand für deine Liebe bieten. – Ob er leben oder sterben soll, liegt bei den Göttern; und doch: Möge er leben! Und das darf man wünschen, auch ohne verliebt zu sein. Denn was hat Iason verbrochen? Wen – er sei denn grausam – rührt nicht Iasons Jugend, seine vornehme Herkunft und sein Heldentum? Wen kann er nicht, selbst wenn ihm alles andere fehlte, durch sein Aussehen rühren? Mein Herz hat er ganz gewiß gerührt. Doch wenn ich nicht helfe, wird er, vom Anhauch der Stiere getroffen, mit den erdentsprossenen Feinden, die er gesät hat, kämpfen müssen, oder er fällt grausam dem gierigen Drachen zur Beute. Lasse ich dies zu, dann werde ich auch zugeben müssen, ich sei von einer Tigerin geboren und trüge ein Herz von Stahl und Stein in der Brust. Warum sehe ich nicht auch noch zu, wie er stirbt, und mache die Augen, die solches schauen, zu

Mitschuldigen? Warum hetze ich nicht die Stiere auf ihn, die wilden Erdgeborenen und den niemals schlummernden Drachen? Das mögen die Götter verhüten! Doch hier gilt es nicht zu beten, sondern zu handeln! – Soll ich also das Reich des Vaters verraten? Soll mit meiner Hilfe irgendein Hergelaufener gerettet werden, um dann, obwohl er mir sein Leben verdankt, ohne mich abzusegeln und eine andere zu heiraten, während ich, Medea, hier bleibe, um bestraft zu werden? Ist er dazu fähig, vermag er mir eine andere vorzuziehen, dann soll er sterben, der Undankbare! Aber seine Miene, sein edler Sinn und seine anmutige Gestalt sprechen nicht dafür, daß ich fürchten müßte, er könnte mich verraten, er könnte vergessen, was ich für ihn getan habe. Vorher wird er mir sein Treuwort geben, und ich werde ihn zwingen, die Götter unseren Bund bezeugen zu lassen. Was fürchtest du, wo nichts zu fürchten ist? Rüste dich und verbanne alles Zaudern! Dir wird Iason stets sein Leben verdanken. Dich wird er durch die festliche Hochzeitsfackel mit sich vereinen, und überall in den pelasgischen Städten wirst du von der Schar der Mütter als Retterin gefeiert werden. – Soll ich also die Schwester, den Bruder, den Vater, die Götter und die Heimaterde verlassen und mich von den Winden forttragen lassen? Freilich: Der Vater ist grausam, mein Land ist barbarisch, der Bruder noch ein Kind. Die Schwester ist mit ihren Wünschen auf meiner Seite, und der größte Gott ist in mir. Klein ist, was ich aufgebe, groß, wonach ich trachte: der Ruhm, die Achivermannschaft gerettet zu haben, die Kenntnis einer besseren Gegend, Städte, deren Ansehen auch hier etwas gilt, Landbau und kunstreiches Handwerk – und *er*, den ich gegen alle Dinge, welche die weite Welt besitzt, eintauschen möchte, Aesons Sohn! Ist er mein Gemahl, wird man sagen, ich sei glückselig und den Göttern lieb, und ich werde mein Haupt bis an die Sterne erheben. Doch sollen nicht mitten im Meer irgendwelche Felsen aufeinanderprallen? Soll nicht Charybdis, den Schiffen feind, die Fluten bald einschlürfen, bald ausspeien? Soll nicht die räuberische Scylla, von grausamen Hunden umgürtet, am sizilischen Meer ihr Gebell ertönen lassen? Aber an den Geliebten geschmiegt und auf seinem Schoß werde ich übers weite Meer fahren: Nichts werde ich in Iasons Arm fürchten. Oder, wenn ich mich schon ängstige, dann nur um den Ehegemahl. Hältst du das aber für eine Ehe, Medea? Gibst du deiner Schuld einen so wohlklingenden Namen? Halte dir doch lieber vor Augen, welch einen schweren Frevel du begehen willst, und fliehe vor dem Verbrechen, solang es noch geht.«

Sprach's, und vor ihre Augen waren Rechtschaffenheit, Kindesliebe und Ehrgefühl getreten; und besiegt wandte sich der Liebesgott schon zur Flucht.

Sie ging zum altehrwürdigen Altar der Hecate, der Tochter der Perse; ihn barg ein schattiger Hain und die Abgeschiedenheit des Waldes. Schon war sie tapfer, die Liebesglut war vertrieben und niedergebrannt – da erblickt sie den Sohn Aesons. Und es loderte die erloschene Flamme wieder auf, die Wangen röteten sich, das Antlitz erglühte aufs neue über und über. Und wie ein Funke, der klein unter einer Aschendecke versteckt war, wächst, wenn Winde ihm Nahrung geben, und durch die Bewegung in alter Frische aufflammt – so entzündete sich die schon lau gewordene Liebe, die bereits erstorben schien, am lebendigen Anblick, sobald Medea den jungen Mann gewahrte. Und in der Tat war Aesons Sohn an jenem Tag schöner als sonst – man hätte der Liebenden verzeihen können. Sie schaut ihn an, heftet den Blick auf sein Gesicht, als sähe sie es jetzt zum erstenmal, glaubt in ihrem Wahn, nicht das Antlitz eines Sterblichen zu sehen, und kann sich nicht von ihm abwenden. Doch sobald der Fremde zu reden begonnen, ihre rechte Hand ergriffen, mit demütiger Stimme um Hilfe gebeten und ihr die Ehe versprochen hatte, sprach sie unter Tränen: »Ich sehe, was ich zu tun habe. Unkenntnis der Wahrheit wird mich nicht täuschen, sehr wohl aber die Liebe. Du wirst durch meine Hilfe gerettet werden; bist du dann gerettet, sollst du dein Versprechen erfüllen!« Er schwört bei den Weihen der dreigestaltigen Göttin, der Gottheit des Hains, bei dem alles sehenden Vater seines zukünftigen Schwiegervaters, bei dem gewünschten Erfolg und bei den so großen Gefahren. Und er fand Glauben; sofort bekam er besprochene Kräuter, lernte ihren Gebrauch und kehrte froh ins Haus zurück.

Das nächste Morgenrot hatte die blinkenden Sterne vertrieben, da strömen die Völker auf dem heiligen Marsfeld zusammen und stellen sich auf den Höhen auf. Inmitten seines Gefolges thronte der König in Purpur mit einem elfenbeinernen Szepter. Siehe, da blasen erzhufige Stiere das Feuer Vulcans aus stählernen Nüstern, und von der Hitze versengt, brennt das Gras. Wie volle Essen dröhnen oder wie wenn Kiesel, die im Kalkofen mürbe gemacht und dann mit klarem Wasser besprengt wurden, sich erhitzen, so dröhnt es in ihrer Brust, in der sich die eingeschlossenen Flammen hin und her wälzen, und so keucht es in den verbrannten Kehlen. Dennoch geht ihnen Aesons Sohn entgegen. Trotzig wandten sie dem Ankömmling ihre schrecklichen

Gesichter und die mit Eisen beschlagenen Hörner zu, stampften mit gespaltenem Huf den staubigen Boden und erfüllten den Ort mit dampfendem Gebrüll. Die Minyer sind vor Angst erstarrt. Er tritt näher heran, ohne den Feuerhauch zu spüren – so mächtig wirken die Zaubermittel –, streichelt die hangenden Wammen mit kühner Hand, schirrt die Stiere unters Joch und zwingt sie, das schwere Gewicht des Pfluges zu ziehen und das ungewohnte Feld mit der eisernen Pflugschar aufzureißen. Es staunen die Colcher, die Minyer ermuntern ihn durch Zurufe und machen ihm Mut. Dann nimmt er aus einem ehernen Helm Drachenzähne und sät sie auf den gepflügten Acker. Die Samen macht der Boden weich, der vorher mit einem wirksamen Zaubermittel behandelt worden war, und die gesäten Zähne wachsen und werden zu neuen Körpern. Wie im Mutterleibe das Kind Menschengestalt annimmt, im Inneren Glied um Glied aufgebaut wird und erst, wenn es reif ist, an die allen gemeinsamen Lüfte hervortritt, so wuchsen Menschengestalten, die sich in der Tiefe der schwangeren Erde gebildet hatten, auf dem trächtigen Acker empor. Und – ein noch größeres Wunder! – sie schütteln Waffen, die zugleich mit ihnen entstanden sind. Als die Pelasger sahen, daß diese Männer Lanzen mit scharfen Spitzen auf das Haupt des jungen Haemoniers schleudern wollten, ließen sie voll Furcht den Kopf hängen und den Mut sinken. Sogar sie, die ihn gefeit hatte, bekam Angst. Sobald sie sah, daß er allein von so vielen Feinden angegriffen wurde, erbleichte sie und saß plötzlich eiskalt und blutleer da. Damit die Kräuter, die sie ihm gegeben hat, nicht zu schwach wirken, singt sie ein Zauberlied zur Unterstützung und ruft ihre geheimen Künste zu Hilfe. Er aber wirft einen schweren Felsblock mitten unter die Feinde und lenkt den Krieg von sich auf die Männer selbst. So fallen die erdgeborenen Brüder durch Wunden, die sie sich gegenseitig schlagen, in einem Bürgerkrieg. Da beglückwünschen die Achiver den Sieger, halten ihn umschlungen und umdrängen ihn eifrig, um ihn zu umarmen. Auch du, Barbarin, hättest gern den Sieger umarmt. Doch dem Beginnen stand die fromme Scheu im Wege. Dennoch hättest du ihn umarmt – aber dich hielt die Rücksicht auf das Gerede der Leute zurück. Eins aber darfst du: Du freust dich in stiller Liebe, sagst den Zauberliedern Dank und den Göttern, die sie dir eingaben.

Es bleibt die Aufgabe, den nimmermüden Drachen durch Kräuter einzuschläfern, der, bewehrt mit einem Kamm, drei Zungen und gebogenen Zähnen, der furchterregende Hüter des goldtragenden Baumes war. Sie besprengt den Lindwurm mit Saft vom Kraut des Vergessens, spricht dreimal Worte, die sanften Schlummer erzeugen, die ein stürmisches Meer und schnelle Ströme zum Stehen bringen können. Kaum hat der Schlaf die Augen übermannt, die er nicht kannte, bemächtigt sich der Held, Aesons Sohn, des goldenen Vlieses. Stolz auf seine Beute trägt er seine Helferin – die zweite Beute! – mit sich fort und kehrt als Sieger mit seiner Gattin in den Hafen von Iolcus zurück.

Aeson – Die Ammen des Bacchus

Die thessalischen Mütter und die hochbetagten Väter bringen zum Dank für die glückliche Heimkehr ihrer Söhne Opfergaben dar, spenden Weihrauchkörner zuhauf und lassen sie vom Feuer verzehren. Es fällt das versprochene Opfertier mit vergoldeten Hörnern. Doch unter den Dankenden fehlt Aeson, der altersschwach und dem Tode schon recht nahe ist. Da sprach Aesons Sohn: »Liebe Frau, ich bekenne, daß ich dir meine Rettung verdanke. Ich bitte dich, obwohl du mir alles gegeben hast und die Fülle deiner Verdienste um mich schon allen Glauben übersteigt – wenn aber deine Zauberlieder das vermögen (und was vermögen Zauberlieder nicht?), so nimm von meinen Lebensjahren einige weg und gib sie meinem Vater!« Und er konnte die Tränen nicht zurückhalten. Die Sohnesliebe des Bittenden rührte sie, und ihr, ach, so ganz anders geartetes Herz entsann sich des Aeëtes, den sie verlassen hatte. Doch sie ließ sich diese Regung nicht anmerken und sprach: »Welch ein Frevel, lieber Mann, ist über deine Lippen gekommen! Traust du mir zu, daß ich irgendeinem deine Lebenszeit überschreibe? Das dürfte weder Hecate zulassen, noch ist deine Bitte gerecht. Aber ich will zusehen und dir, Iason, ein Geschenk machen, größer als das, worum du bittest. Durch meine Kunst, nicht durch deine Jahre will ich versuchen, den hochbetagten Schwiegervater zu verjüngen, sofern nur die dreigestaltige Göttin mir beisteht und dem gewaltigen Unterfangen durch ihre Gegenwart Gewährung zunickt.«

Drei Nächte fehlten noch, ehe sich die Hörner des Mondes zum Kreis schlossen. Als er in vollem Glanze strahlte und mit seinem ganzen Rund zur Erde hinabblickte, verläßt Medea in gürtellosen Gewändern barfuß das Haus; unbedeckt wallt ihr Haar auf die Schultern herab. Ohne Gefolge geht sie mit schweifenden Schritten durch die Stille der Mitternacht. Menschen,

Vögel, wilde Tiere lagen gelöst in tiefem Schlummer, der ohne das leiseste Murmeln heranschleicht. Unbewegt schweigt das Laub, es schweigt die feuchte Luft, nur die Sterne blinken; zu ihnen hat sie die Arme ausgestreckt. Dreimal wandte sie sich um, dreimal betaute sie sich das Haar mit Wasser aus dem Fluß, zu dreimaligem Heulen öffnete sie den Mund und sprach, indem sie die Knie zur harten Erde beugte: »Nacht, treue Hüterin der Geheimnisse! Ihr goldenen Sterne samt dem Mond – ihr Nachfolger des feurigen Tagesgestirns! Du, dreihäuptige Hecate, die du kommst als Mitwisserin meines Tuns, als Helferin im Gesang und der Kunst der Magier, und du, Erde, die du für Zauberer kräftige Kräuter sprießen läßt! Ihr Lüfte und Winde, ihr Berge, Flüsse und Seen, all ihr Götter der Haine und all ihr Götter der Nacht! Steht mir bei! Mit eurer Hilfe sind, wenn ich es wollte, die Flüsse – zum Erstaunen ihrer Ufer! – zu ihren Quellen zurückgekehrt. Mit eurer Hilfe bringe ich durch Gesang die bewegte See zum Stehen und peitsche das stille Meer auf, vertreibe Wolken und ziehe sie herbei, verjage und rufe Winde, breche die Macht von Schlangenrachen durch Spruch und Zauber, bewege gewachsenen Fels, reiße Eichen aus ihrem Grund und ganze Wälder, lasse Berge erzittern, den Boden dröhnen und die Toten ihre Gräber verlassen. Dich auch, Luna, ziehe ich herab, ob auch das temesaeische Erz dein Leiden mildert. Auch der Wagen meines Großvaters erbleicht durch mein Lied, es erbleicht durch mein Gift die Morgenröte. Ihr habt mir die Flammen der Stiere wirkungslos gemacht, ihr habt ihren Hals, der sich keine Bürde gefallen läßt, mit dem krummen Pflug belastet, ihr habt den Schlangenerzeugten den wilden Bruderkrieg beschert, ihr habt den Wächter, der keinen Schlaf kannte, eingeschläfert, den Beschützer getäuscht und das goldene Vlies nach den Griechenstädten gelangen lassen. Jetzt tun Säfte not, durch die das Greisenalter erfrischt zur Jugendblüte zurückkehrt und die ersten Jahre wiederfindet. Ja, ihr werdet es gewähren! Blinkten doch die Sterne nicht vergeblich, und nicht umsonst ist, von fliegenden Drachen gezogen, der Wagen da!« Da stand, vom Himmel herabgekommen, der Wagen. Kaum hat sie ihn bestiegen, die aufgezäumten Drachenhälse gestreichelt und die leichten Zügel mit den Händen geschwungen, wird sie in die Höhe entführt, blickt hinab auf das thessalische Tempetal, das unter ihren Füßen liegt, und lenkt die Schlangen nach bestimmten Gegenden. Sie mustert die Kräuter, die der Ossa hervorbrachte, der hohe Pelion, der Othrys, der Pindus und – höher als der Pindus – der Olymp. Die

Kräuter, die ihr gefallen, reißt sie teils mit der Wurzel aus, teils schneidet sie sie mit ihrer gebogenen Sichel aus Erz ab. Viele Gräser an den Ufern des Apidanus fanden auch ihr Wohlgefallen, viele vom Amphrysus; auch du, Enipeus, bliebst nicht verschont. Der Penëus und die Wellen des Sperchios steuerten etwas bei und die mit Binsen bewachsenen Gestade des Sees Boebe. Sie pflückte auch in Anthedon bei Euboea lebenspendendes Gras, das noch nicht durch die Verwandlung des Glaucus bekannt geworden war. Und schon hatten der neunte Tag und die neunte Nacht sie auf dem Wagen mit den geflügelten Drachen alle Felder durchmustern sehen, als sie zurückkehrte; und die Drachen hatten nur den Duft eingeatmet und streiften doch schon ihre greisenhafte Haut ab.

Draußen vor der Schwelle, vor der Tür hat sie bei ihrer Ankunft Halt gemacht, duldet nur den Himmel als Dach über sich, meidet männliche Berührung und errichtet je zwei Altäre aus Rasenstücken, rechts für Hecate, links für die Jugendkraft. Kaum hat sie diese mit heiligen Zweigen und ländlichem Grün umwunden, vollzieht sie in zwei Gruben, die sie in der Nähe ausgehoben hat, das Opfer, stößt einem schwarzen Schaf das Messer in die Kehle und läßt das Blut in die breiten Gräben fließen. Dann gießt sie darüber einen Becher klaren Weins und einen Becher lauwarmer Milch; zugleich läßt sie ihre Zauberworte strömen, besänftigt die Gottheiten der Erdentiefe und bittet den König der Schatten und seine geraubte Gemahlin, die Seele des Alten nicht zu bald aus den Gliedern entfliehen zu lassen. Nachdem sie diese Götter durch Beten und langes Gemurmel beschwichtigt hatte, ließ sie Aesons altersschwachen Leib ins Freie hinaustragen, versenkte ihn durch ein Zauberlied in den tiefsten Schlaf und legte ihn, der einem Toten glich, auf eine Streu aus Kräutern. Darauf heißt sie Aesons Sohn und die Diener sich entfernen und alle Uneingeweihten die Augen von dem Geheimnis fernhalten. Sie verziehen sich, wie befohlen. Mit offenem Haar, wie eine Bacchantin, umkreist Medea die brennenden Altäre, taucht die fein gespaltenen Fackeln in die schwarze Blutgrube, entzündet sie dann auf den zwei Altären und reinigt den Greis dreimal mit Feuer, dreimal mit Wasser und dreimal mit Schwefel. Inzwischen siedet das starke Zaubermittel im aufgesetzten Kessel, brodelt und wird weiß von aufquellendem Schaum. Dort läßt sie Wurzeln, die sie im haemonischen Tal geschnitten hat, Samen, Blüten und schwarze Säfte kochen. Sie gibt noch Steine aus dem fernen Osten hinzu und Sand, über den das zurückströmende

Wasser des Ozeans hinspülte. Dazu Rauhreif, gesammelt in einer Nacht, in welcher der Mond nicht unterging, die verrufenen Flügel und das Fleisch der Vampireule und die Eingeweide des Werwolfs, der seine Tiergestalt in die eines Mannes zu verwandeln pflegt; auch fehlte nicht die dünne, schuppige Haut der Schildkrötenschlange vom Syrtenfluß Cinyps, nicht die Leber des langlebigen Hirsches; dazu tat sie noch zum Überfluß Schnabel und Kopf einer Krähe, die neunhundert Jahre erlebt hatte. Nachdem die Barbarin mit diesen und tausend anderen Dingen, die keinen Namen haben, ihr übermenschliches Unterfangen vorbereitet hatte, rührte sie alles mit einem schon längst verdorrten Ast des friedlichen Ölbaums um und mischte das Unterste mit dem Obersten. Siehe, da wird der alte Stock, der sich im heißen Kessel im Kreise bewegt, zuerst grün, bald darauf belaubt er sich und wird plötzlich schwer von schwellenden Oliven; wo immer das Feuer aus dem hohlen Kessel Schaum hervorspritzen ließ und glutheiße Tropfen auf die Erde fielen, wird es am Boden Frühling, Blumen und weicher Rasen sprießen auf. Kaum hat sie dies gesehen, schneidet Medea mit gezücktem Schwert dem Greis die Kehle auf, läßt das alte Blut entweichen und füllt Säfte nach. Nachdem Aeson diese teils durch den Mund, teils durch die Wunde aufgenommen und in sich eingesogen hatte, verloren Bart und Haare die weiße Farbe und wurden im Nu schwarz. Weit entflieht die Magerkeit; Blässe und Altersschwäche verschwinden; was eingefallen und runzelig ist, füllt sich mit nachwachsendem Fleisch, und die Glieder strotzen vor Kraft: Aeson staunt und fühlt sich wieder wie vor vierzig Jahren.

Von der Höhe des Himmels hatte Liber das erstaunliche Wunder gesehen; da fällt ihm ein, man könne seinen Ammen die Jahre der Jugend zurückgeben, und die Colcherin tut ihm den Gefallen.

Pelias

Und damit des Ränkespinnens kein Ende sei, täuscht die Zauberin vom Phasis vor, sie habe sich mit ihrem Mann zerstritten, und flüchtet als Schutzflehende zur Schwelle des Pelias. Da er selbst vom Alter gebeugt ist, nehmen seine Töchter sie auf; und schon nach kurzer Zeit hat die verschlagene Colcherin ihnen Freundschaft vorgespiegelt und sie für sich eingenommen. Während sie erzählte, die Verjüngung Aesons gehöre zu ihren größten Verdiensten, und dabei ausführlich verweilte, wurde den Peliastöchtern die Hoffnung eingegeben, durch einen entsprechenden Kunstgriff könnte auch ihr Vater wieder jung werden. Darum bitten sie Medea und fordern sie auf, sich einen Preis, und sei er noch so hoch, auszubedingen. Sie schweigt einen Augenblick, und es sieht aus, als zögere sie; sie spannt die Bittenden auf die Folter, indem sie eine bedeutungsvolle Miene aufsetzt. Nachdem sie es endlich versprochen hat, sagt sie: »Damit ihr noch mehr Vertrauen zu dieser Gabe gewinnt, wohlan: Der älteste Widder in eurer Schafherde wird durch mein Zaubermittel zum Lamm werden.« Sofort wird ein Schafbock herbeigeschleppt, den unzählige Jahre entkräftet haben, das Gehörn krümmt sich ihm um die eingefallenen Schläfen. Sobald sie ihm mit ihrem thessalischen Messer die schlaffe Kehle durchbohrt und die Klinge mit dem spärlich fließenden Blut befleckt hat, versenkt die Giftmischerin die Glieder des Tieres zusammen mit zauberkräftigen Säften im Bauch des Kessels; diese verkleinern den Leib und die Gelenke, ätzen die Hörner hinweg und zusammen mit ihnen die Jahre. Da läßt sich mitten im Kessel ein zarten Blöken vernehmen; und während sie noch über das Blöken staunen, springt unversehens ein Lamm heraus, hüpft mutwillig davon und sucht ein Euter, das ihm Milch spendet. Starr vor Staunen stehen die Töchter des Pelias, und nachdem das Versprochene sich als glaubwürdig erwiesen hat, bedrängen sie Medea noch inständiger. Dreimal hatte der Sonnengott seinen Rossen, die in die iberische Flut getaucht waren, das Joch abgenommen, und in der vierten Nacht strahlten die Sterne blinkend am Himmel: Da stellt die Tochter des Aeëtes betrügerisch klares Wasser und kraftlose Kräuter auf das fressende Feuer. Und schon hatte totenähnlicher Schlaf dem König die Glieder gelöst und hielt ihn und seine Wächter gefangen – ein Schlaf, der von Beschwörung und der Macht der zaubernden Zunge herrührte! Wie befohlen waren die Töchter mit der Colcherin ins Gemach getreten und hatten sich um sein Lager gestellt. Da sprach sie: »Was zögert ihr jetzt feige? Zückt die Messer und holt das alte Blut heraus, damit ich die leeren Adern mit jugendlichem auffülle! In eurer Hand liegt das Leben des Vaters und sein Alter: Wenn ihr einen Funken kindlicher Liebe habt und keine nichtigen Hoffnungen hegt, dann erweist eurem Vater diesen Dienst; verjagt das Alter mit Waffen und laßt die verdorbenen Säfte abfließen, indem ihr den Stahl auf ihn zückt.« Je mehr eine jede von ihnen ihren Vater liebt, desto schneller verleugnet sie ihre Kindesliebe nach solchen Ermahnungen und frevelt, um nicht zu freveln. Doch keine von ihnen kann zuschauen, während sie zusticht; sie wenden den Blick ab und schlagen mit grausamer Hand Wunden, die sie nicht sehen. Blutüberströmt, stützt er sich doch mit dem Ellbogen auf, versucht, todeswund vom Bett aufzustehen, streckt mitten unter so vielen Messern die bleichen Arme aus und spricht: »Was tut ihr, Töchter, wer gibt euch Waffen, um euren Vater zu töten?« Sie lassen den Mut und die Arme sinken. Während er noch mehr sagen wollte, schnitt ihm die Colcherin das Wort und den Hals ab und warf den Zerfleischten ins heiße Wasser. Wäre sie nicht auf ihren geflügelten Schlangen in die Lüfte entschwebt, wäre sie der Strafe nicht entgangen.

Medeas Flug über Griechenland

Doch sie flieht hoch über den schattigen Pelion, die Behausung der Philyra, über den Othrys und über die Stelle, die durch das Schicksal des alten Cerambus bekannt geworden ist: Mit Hilfe der Nymphen schwang er sich auf Flügeln in die Luft, als die Erde von dem Meer überschwemmt war, das auf ihr lastete, und entrann so der deucalionischen Flut, ohne zu ertrinken.

Sie ließ das aeolische Pitane links liegen, das steinerne Bild der langen Schlange, den Hain am Ida, wo Liber einen Stier, den sein Sohn gestohlen hatte, in der Truggestalt eines Hirsches versteckte, und den Ort, an dem der Vater des Corythus unter einem bescheidenen Sandhügel begraben ist; weiter die Äcker, die Maera durch überraschendes Bellen erschreckte, die Stadt des Eurypylus, wo die Frauen von Cos Hörner trugen, als die Schar des Hercules abzog, Rhodos, das dem Phoebus heilig ist, und die ialysischen Telchinen, deren Augen allein durch ihren Blick alles vergifteten, so daß Iuppiter sie haßte und in den Wellen seines Bruders versenkte.

Sie fliegt auch vorbei an den alten Mauern von Cartheia auf Ceos, wo der Vater Alcidamas darüber staunen sollte, daß aus dem Leibe seiner Tochter eine sanfte Taube hatte entstehen können. Darauf sieht sie den See der Hyriē und das Tempetal, das Cygnus als neuentstandener Schwan bewohnt; Phyllius hatte nämlich dort Vögel und einen wilden Löwen, die er bezähmt hatte, in die Gewalt des Knaben übergeben. Auch einen Stier, den er bezwingen sollte, hatte er, wie befohlen, besiegt; in seiner Liebe so oft gekränkt, hatte er dem Cygnus die letzte Gabe verweigert, den Stier, als er ihn verlangte. Cygnus aber sprach empört: »Du wirst dir noch sehr wünschen, ihn mir zu geben« und sprang vom hohen Felsen herab. Alle glaubten, er sei gestürzt, er aber schwebte, zum Schwan geworden, auf schneeweißen Fittichen durch die Luft. Doch seine Mutter Hyrië wußte nicht, daß er gerettet war, zerfloß in Tränen und wurde zum gleichnamigen See. Daneben liegt Pleuron, wo mit flatternden Flügeln die Ophierin Combe den Wunden entrann, die ihr von ihren Söhnen drohten.

Darauf sieht Medea Latonas Insel Calaurea, deren König und Königin in Vögel verwandelt wurden. Rechts liegt Cyllene, wo Menephron nach Art der wilden Tiere seiner Mutter beiwohnen sollte. Von hier blickt sie zurück zum Cephisus; dieser beweint das Schicksal seines Enkels, den Apollo in eine fette Robbe verwandelt hatte. Sie erblickt das Haus des Eumelus, der um sein zum Vogel gewordenes Kind trauert. Schließlich ist sie auf ihren Schlangenflügeln nach Ephyra mit seiner Musenquelle Pirene gelangt: Hier sollen nach alter Sage in der Urzeit Menschenleiber aus Pilzen entstanden sein, die im Regen gewachsen waren.

Medeas Kindermord und ihr Anschlag auf Theseus

Doch nachdem die Jungvermählte am colchischen Gift verbrannt ist und beide Meere den Königspalast in Flammen schauten, wird das ruchlose Schwert vom Blut der Söhne feucht. Nach so unglückseliger Rache entfloh die Mutter vor Iasons Waffen. Von den titanischen Drachen entführt, betritt sie hierauf die Burg der Pallas, die dich, gerechte Phene, und dich, alter Periphas, zusammen davonfliegen und auch Polypemons Enkelin auf neuen Flügeln schweben sah. Aegeus nimmt Medea auf – das war sein einziger Fehler –, und nicht genug damit, daß er sie gastlich aufnimmt, er macht sie auch zu seiner Gemahlin.

Schon war Theseus angekommen, ein Sohn, den sein Vater nicht kannte, und hatte an dem zwischen beiden Meeren liegenden Isthmus durch Heldentaten Ruhe geschaffen. Ihm zum Tode mischt Medea das Gift Akonit, das sie einst von Scythiens Küsten gebracht hat; es soll aus den Zähnen des Höllenhundes entstanden sein. Eine Höhle mit finsterem Rachen gibt es und einen abschüssigen Weg, auf dem der Held von Tiryns den Cerberus an aus Stahl geflochtenen Ketten fortzerrte; der sträubte sich, verdrehte angesichts des Tageslichts und der blitzenden Strahlen die Augen, erfüllte in rasender Wut die Lüfte mit Gebell, das gleichzeitig aus drei Kehlen erklang, und besprengte die grünen Felder mit weißem Schaum. Dieser soll sich verdichtet und im fruchtbaren Boden Nahrung gefunden haben und Kraft zu schaden. Weil dieses zähe Gewächs auf hartem Felsen entsteht, nennen es die Bauern Steinkraut. Das reichte auf den listigen Rat seiner Frau der Vater Aegeus selbst seinem Sohn, als wäre er ein Feind. Schon hatte Theseus mit ahnungsloser Hand den Becher, den man ihm gab, genommen, als der Vater am elfenbeinernen Schwertgriff das Zeichen seines Geschlechtes erkannte und ihm den mörderischen Trank von den Lippen stieß. Sie aber entrann dem Tode, indem sie durch Zauberlieder Nebel aufsteigen ließ.

Freut sich der Vater auch über die Rettung des Sohnes, ist er doch entsetzt, welch ungeheuerliches Verbrechen um Haaresbreite hätte geschehen können. Er hält die Altäre mit Opferfeuern warm und überhäuft die Götter mit Gaben; Beile fällen kraftstrotzende Nacken von Stieren, deren Schläfen Opferbinden umkränzen. Kein Tag soll je heraufgekommen sein, den das Volk des Erechtheus festlicher beging. Da feiern Patrizier und einfaches Volk ihre Gastmähler und singen Lieder, zu denen der Wein sie begeistert: »Dich, großer Theseus, hat Marathon bewundert, weil du dort den kretischen Stier erschlugst. Daß der Landmann von Cromyon pflügen kann, ohne das Wildschwein fürchten zu müssen, ist dein Werk und dein Geschenk. Das Land von Epidaurus hat den keulentragenden Sohn Vulcans von deiner Hand fallen sehen, und das Ufer des Cephisus sah den unmenschlichen Procrustes untergehen. Eleusis, die Stadt der Ceres, erlebte den Tod Cercyons. Gefallen ist der berüchtigte Sinis, der seine Kraft mißbrauchte; er konnte Baumstämme biegen und zog Fichtenwipfel zur Erde herab, um Menschenleiber zu zerreißen und weithin zu zerstreuen. Sicher und frei ist der Weg nach Alcathoë, den Mauern der Leleger, seit Sciron beseitigt ist; den verstreuten Gebeinen dieses Räubers verweigern Land und Wasser einen Platz, und nachdem sie lange hin- und hergeschleudert worden waren, sollen sie sich im Laufe der Zeit zu Felsen verhärtet haben. Auch als Felsen tragen sie noch den Namen Sciron. Wollten wir deine Ruhmestitel und deine Lebensjahre zählen, so dürften die Taten zahlreicher sein als die Jahre. Für dich, Tapferster, legen wir öffentliche Gelübde ab, für dich trinken wir den Trank des Bacchus.« Der Palast hallt wider vom Beifall des Volkes und von den Gebeten der Andächtigen, und in der ganzen Stadt herrscht nirgends Trübsinn.

Minos und Cephalus auf Aegina (I)

Dennoch hat sich Aegeus über das Wiedersehen mit seinem Sohn nicht ungestört freuen dürfen – so wenig kann es eine ungetrübte Wonne geben, und irgendeine Störung kommt mitten im Frohsinn dazwischen. Minos rüstet zum Krieg. Stark macht ihn sein Heer, stark seine Flotte, am stärksten aber sein Zorn als Vater. Und mit gerechten Waffen will er den Tod des Androgeos rächen. Vorher aber sucht er befreundete Streitkräfte für den Krieg zu gewinnen und durchkreuzt das Meer mit seiner pfeilschnellen Flotte, auf der das Ansehen seiner Kriegsmacht beruht. Als Verbündete gewinnt er Anaphe und das Königreich von Astypalaea, Anaphe durch Versprechungen, das Reich Astypalaea durch Krieg; dann das niedriggelegene Myconos und die Kreidefelsenlandschaft von Cimolus, Cythnos mit seinen Thymianblüten und das flache Seriphos, Paros mit seinem Marmor und die Insel, welche die gottlose Arne, die Sithonerin, verriet; nachdem sie das Gold, das sie gierig forderte, empfangen hatte, wurde sie in einen Vogel verwandelt, der auch jetzt noch das Gold liebt, die schwarzfüßige Dohle im schwarzen Federkleid. Aber Oliaros, Didyme, Tenos, Andros, Gyaros und Peparethos, reich an glänzenden Oliven, unterstützten die kretischen Schiffe nicht. Darauf wendet sich Minos nach links, nach Oenopia, dem Reich des Aeacusstammes. Oenopia nannten die Alten die Insel, Aeacus selbst aber Aegina, nach dem Namen seiner Mutter.

Es strömt das Volk in Scharen herbei und bemüht sich eifrig, einen so berühmten Mann kennenzulernen; ihm eilen Telamon entgegen und Peleus, der jünger ist als Telamon, und der dritte Sohn, Phocus. Auch Aeacus selbst tritt hervor, langsam, mit der Schwerfälligkeit des Alters, und fragt, was der Grund seines Kommens sei. An seine väterliche Trauer erinnert, seufzt Minos, der Herrscher über hundert Völker, und antwortet ihm: »Ich bitte dich, mir im Krieg, den ich zur Rache für meinen Sohn begonnen habe, Waffenhilfe zu leisten; kämpfe mit in dem heiligen Kampf; mich verlangt nach Genugtuung für den Grabhügel.« Ihm entgegnet der Enkel des Asopus: »Du bittest um Unerfüllbares, das meine Stadt nicht tun darf. Denn kein Land ist enger mit den Cecropiden verbunden als wir; das ist unser Bündnis.« Finster zieht er ab. »Teuer wird dich dein Bündnis zu stehen kommen.« Sprach's; doch er hält es für nützlicher, mit Krieg zu drohen als ihn zu führen und dort seine Kräfte im voraus zu verbrauchen.

Die Flotte von Lyctus konnte man noch von Oenopias Mauern aus sehen, als mit vollen Segeln ein Athenerschiff herbeieilt und in den befreundeten Hafen einläuft; es trug Cephalus und mit ihm einen Auftrag seiner Vaterstadt. Die Söhne des Aeacus hatten zwar Cephalus lange nicht gesehen, doch erkannten sie ihn, gaben ihm die Hand und führten ihn in den Palast ihres Vaters. Stattlich – immer noch sieht man ihm an, wie schön er einst war – schreitet der Held einher, in der Hand einen Olivenzweig, das Zeichen seiner Vaterstadt. Rechts und links von ihm, dem Älteren, gehen zwei jüngere Männer, Clytus und Butes, die Söhne des Pallas.

Nachdem man Worte der Begrüßung ausgetauscht hat, richtet Cephalus den Auftrag des Cecropiden aus, bittet um Hilfe, erinnert an das Bündnis und an die von den Vätern ererbte Verpflichtung; er fügt hinzu, Minos strebe danach, über ganz Achaia zu herrschen. So kam Beredsamkeit dem Auftrag zu Hilfe. Darauf sprach Aeacus, die Linke auf den Knauf des Szepters gestützt: »Bitte nicht um Hilfe, sondern nimm sie, mein Athen! Nenne ohne Zögern die Kräfte, über die diese Insel verfügt, dein Eigentum und alles, was mir hier gehört. An Kriegsmacht fehlt es mir nicht: Es bleiben mir noch Soldaten genug, auch für einen feindlichen Angriff. Den Göttern sei's gedankt! Im Augenblick sind wir reich gesegnet. So habe ich keine Ausrede.« – »Ja, so möge es bleiben«, sprach Cephalus. »Mein Wunsch ist, deine Stadt möge stets Zuwachs an Bürgern bekommen; vorhin bei meiner Ankunft war es mir eine Freude, als mir eine so prächtige Jugend, alle gleich alt, entgegenkam. Viele freilich vermisse ich von denen, die ich einst gesehen habe, als ich voriges Mal in eurer Stadt gastlich aufgenommen wurde.«

Die Pest auf Aegina

Aeacus seufzte und sprach mit trauriger Stimme: »Auf einen beweinenswerten Anfang folgte ein besseres Schicksal. O könnte ich euch nur von dem einen berichten, nicht auch von dem anderen! Jetzt will ich alles der Reihe nach in Erinnerung rufen. Um euch nicht durch lange Umschweife hinzuhalten: Sie liegen da, Gebein und Asche, nach denen du in treuem Gedenken fragst; und sie waren nur ein kleiner Teil der vielen, die ich verlor.

Eine verheerende Pest überfiel meine Völker, weil die feindselige Iuno zürnte; haßte sie doch das Land, das nach der Nebenbuhlerin benannt war. Solange das Übel natürlich schien und die böse Ursache des so gewaltigen Unheils verborgen war, kämpfte man mit der Heilkunst dagegen an. Doch das Verderben war stärker als die Hilfe; besiegt lag diese am Boden. Zuerst bedrängte der Himmel die Erde mit dichtem Nebel, schloß trägemachende Schwüle in Wolken ein, und während der Mond viermal seine Hörner zum vollen Kreis zusammenschloß und viermal die volle Scheibe hinschwinden ließ, wehten heiße Südwinde mit tödlicher Hitze. Es steht fest, daß die Seuche auch in Quellen und Seen drang und daß viele tausend Schlangen auf den vernachlässigten Feldern umherkrochen und die Flüsse mit ihrem Gift verdarben. Zuerst zeigte sich die Macht der plötzlich aufgetretenen Krankheit am Sterben von Hunden, Vögeln, Schafen und Rindern: Der unglückliche Pflüger staunt, daß starke Stiere während der Arbeit zusammenbrechen und mitten in der Furche niedersinken; ganzen Herden wolliger Schafe, die jämmerlich blöken, fällt die Wolle von selbst ab, und ihr Körper siecht hin; das Roß, das vorher schwungvoll gewesen war und hochberühmt im Zirkusstaub, bleibt hinter seinen früheren Siegespalmen zurück, vergißt die alten Ehrungen und stöhnt an der Krippe, durch lähmende Krankheit zum Tode verurteilt. Der Eber hat verlernt zu zürnen, die Hirschkuh, auf ihre schnellen Läufe zu vertrauen, die Bären, kräftige Zugtiere anzugreifen. Siechtum hat alles ergriffen: In Wäldern, auf Feldern und Wegen liegen entstellte Kadaver, und die Luft ist von üblem Geruch verpestet. Doch, o Wunder, keine Hunde, keine gierigen Vögel, keine grauen Wölfe haben sie angerührt! Sie verfallen und verwesen, stiften durch ihre Ausdünstung Schaden und breiten die Ansteckung weit aus. So gelangt die Pest zu den unglücklichen Landleuten, richtet noch größere Verheerungen an und herrscht schließlich auch in den Mauern der großen Stadt. Zuerst werden die Eingeweide ausgedörrt, und Anzeichen der verborgenen Flamme sind Rötung und keuchender Atem, von der Hitze ist die Zunge rauh und geschwollen; den lauen Winden steht der trockene Mund offen, und der Rachen zieht die verpestete Luft ein. Sie können kein Lager und keine Hüllen ertragen, betten die Brust hart auf die Erde, und ihr Leib kühlt sich am Boden nicht ab, sondern der Boden erhitzt sich von der Körperwärme. Da ist keiner, der Linderung schaffen könnte; das entsetzliche Unheil greift sogar auf die Ärzte über, und den Kundigen schadet ihre Kunst. Je näher einer bei dem Kranken ist, je treuer er ihm dient, desto schneller teilt er dessen Todeslos. Und da die Hoffnung auf

Rettung dahin ist und sie sehen, daß die Krankheit nur mit der Bestattung endet, lassen sie sich gehen und fragen nicht mehr danach, was nützen könnte; denn nichts kann mehr nützen. Sie legen die Scham ab, hängen überall an Quellen, Flüssen und großen Brunnen, trinken, und ihr Durst ist nicht eher gelöscht als ihr Lebenslicht. Vom Trinken beschwert, können viele nicht aufstehen und sterben mitten im Wasser; ja irgendeiner schöpft sogar noch davon. Und solch einen Widerwillen empfinden die Unglücklichen gegen ihr verhaßtes Lager, daß sie hinausspringen oder, wenn ihnen ihre Kräfte nicht erlauben zu stehen, den Leib zu Boden rollen lassen. So flieht ein jeder aus seinem Heim; jedem scheint sein Haus todbringend, und weil der wahre Grund verborgen ist, schiebt man die Schuld auf den engen Raum. Man hätte sehen können, wie die einen halb lebend durch die Straßen irrten, solange sie noch zu stehen vermochten, andere weinend am Boden lagen und in einem letzten Zucken die erschöpften Augen verdrehten. Und allenthalben, wo sie der Tod gerade überrascht hat, strecken sie verröchelnd die Arme zu den Sternen des lastenden Himmels.

Wie war mir damals zumute? Doch wohl so, wie es sein mußte: Ich haßte das Leben und begehrte, mit den Meinen tot zu sein. Wohin auch mein Blick sich wenden mochte, lag das Volk niedergemäht, wie wenn faule Äpfel von Zweigen fallen, die man bewegt, oder Eicheln von der Steineiche, die man geschüttelt hat. Gegenüber siehst du den Tempel hoch auf lang ansteigenden Stufen. Iuppiter wohnt dort. Wer hat nicht jenem Altar vergeblich Weihrauch gespendet! Wie oft starb ein Ehegatte, während er für den andern, ein Vater, während er für den Sohn betete, an dem unerbittlichen Altar; und in der Hand fand man noch ein unverbranntes Weihrauchkorn! Wie oft brachen die Opferstiere, die man vor den Tempel brachte, während der Priester das Gelübde aussprach und den reinen Wein zwischen die Hörner goß, unerwartet zusammen! Während ich selbst für mich, mein Vaterland und die drei Söhne Iuppiter ein Opfer darbrachte, stieß das Opfertier ein entsetzliches Brüllen aus, sank plötzlich ohne einen Messerstich zusammen und färbte mit ein wenig Blut das darunter gehaltene Messer. Und in den kranken Eingeweiden fanden sich keine Zeichen der Wahrheit, keine Mahnungen der Götter mehr: Bis ins Innerste dringt die traurige Krankheit. Vor den Türpfosten heiliger Hallen sah ich leblose Körper liegen. Ja, um den Tod zu einem schwereren Vorwurf zu machen: Im Angesicht der Altäre selbst schnüren sich manche mit der Schlinge den Atem ab, vertreiben die Todesfurcht durch den Tod und rufen freiwillig das Schicksal, das ohnehin kommt, herbei. Die Leichen werden nicht, wie es Brauch ist, bestattet – die Stadttore konnten nämlich die Leichenzüge nicht mehr fassen. Entweder ruhen sie unbestattet am Boden, oder man legt sie ohne Totengaben auf hohe Scheiterhaufen. Dahin ist alle fromme Scheu, um Scheiterhaufen kämpft man, und man verbrennt in fremdem Feuer. Es fehlt an Hinterbliebenen, die weinen könnten, und unbeweint irren die Seelen von Knaben, Männern, Jünglingen, Greisen umher; der Raum reicht nicht aus für die Grabhügel und die Bäume nicht für die Feuer.

Erschüttert von dem mächtigen Wirbelsturm des Unglücks sprach ich: ›Iuppiter! Ist es keine Lüge, daß du die Asopustochter Aegina umarmt hast, und schämst du, großer Vater, dich nicht, auch mein Vater zu sein, o so gib mir die Meinen zurück oder lege auch mich ins Grab!‹

Durch Wetterleuchten und glückverheißendes Donnern gab er ein Zeichen, und ich sprach: ›Ich nehme deine Antwort an und bitte, dies möge ein glückliches Zeichen deines Willens sein. Das Omen, das du mir gibst, gelte mir als Unterpfand.‹ Zufällig stand in der Nähe eine seltene Eiche mit weitausladenden Ästen; sie war Iuppiter heilig und stammte aus dem Samen von Dodona. Hier sahen wir körnersammelnde Ameisen in langem Zuge schwere Lasten im kleinen Maule tragen und in der rissigen Rinde ihren Pfad verfolgen. Erstaunt über ihre Zahl sprach ich: ›Gib du mir, bester Vater, ebenso viele Bürger und fülle meine leeren Mauern wieder mit Menschen!‹ Da erzitterte die hohe Eiche, und es knarrte in den Ästen, die sich bewegten, ohne daß sich ein Lüftchen geregt hätte. Vor lähmendem Entsetzen überlief ein Schauder meine Glieder, und mir sträubte sich das Haar. Doch küßte ich die Erde und die Eiche. Ohne mir meine Hoffnung einzugestehen, war ich voll Hoffnung und hegte meinen Wunsch im Herzen. Darauf wird es Nacht, und die von Sorgen gequälten Leiber umfängt der Schlaf. Da war mir, als stehe mir dieselbe Eiche vor Augen, raune mir dieselben Verheißungen zu, trage ebenso viele Lebewesen auf ihren Zweigen, schüttle sich und streue das körnertragende Gewimmel auf das darunterliegende Feld aus; als wachse die Schar plötzlich, scheine immer größer zu werden, erhebe sich vom Boden, stehe aufrecht da, verliere die Magerkeit, die Zahl der Beine und die schwarze Farbe und nehme am ganzen Leibe Menschengestalt an.

Der Schlaf verläßt mich. Wachen Sinnes strafe ich mein

Traumgesicht Lügen und klage darüber, daß uns die Götter nicht helfen. Aber mein Haus erfüllte ein mächtiges Murmeln, und ich vermeinte, Menschenstimmen zu hören, an die ich nicht mehr gewöhnt war. Während ich vermute, daß auch sie noch zum Traum gehören, kommt Telamon eilends und öffnet die Tür mit den Worten: ›Vater, du wirst etwas sehen, was unser Hoffen und Glauben übersteigt. Tritt heraus!‹ Ich trete vor die Tür, und Männer, wie ich sie im Traum zu sehen geglaubt hatte, sehe und erkenne ich der Reihe nach. Sie nähern sich mir und begrüßen mich als ihren König. Ich löse mein Gelübde bei Iuppiter ein, verteile auf das neue Volk meine Stadt und die von den früheren Bebauern verlassenen Äcker. Ich nenne die Männer Myrmidonen und halte so ihren Ursprung im Namen fest. Du hast ihre Leiber gesehen; das Wesen, das ihnen vorher eigen war, haben sie auch jetzt: Sie sind ein sparsames Geschlecht, arbeitsam, am Erworbenen festhaltend und bereit, das Erworbene aufzubewahren. Diese werden dir in den Krieg folgen, gleich an Jahren und Mut, sobald der Ostwind, der dich glücklich hierhergebracht hat« – es war in der Tat der Ostwind gewesen –, »sich zum Südwind gewandelt hat.«

Cephalus auf Aegina (II)

Mit solchen und anderen Gesprächen füllten sie den langen Tag; dessen bester Teil diente den Tafelfreuden, die Nacht dem Schlaf. Wieder hatte die goldene Sonne ihr Licht aufgehen lassen, doch immer noch wehte der Ostwind und hielt die Segel von der Rückkehr ab. Da kommen die Söhne des Pallas zu Cephalus als dem Älteren, dann Cephalus zusammen mit den Pallassöhnen zum König – doch den König hielt noch tiefer Schlaf gefesselt. Aeacus' Sohn Phocus empfängt sie an der Schwelle – Telamon nämlich und sein Bruder musterten schon Männer für den Krieg. Phocus führt die Athener ins Innere, in die schönen Gemächer. Dort hat er sich zusammen mit ihnen niedergelassen. Da sieht er, daß der Enkel des Aeolus in der Hand einen Jagdspieß aus unbekanntem Holz trägt – die Spitze war aus Gold. Nachdem er dazwischen ein wenig geplaudert hatte, sagte er: »Meine Leidenschaft ist der Wald und die Jagd auf Wild; doch schon eine ganze Weile überlege ich mir, aus welchem Holz dein Lanzenschaft geschnitten ist; wäre es Esche, so wäre er gelblich, wäre es Kornelkirsche, hätte er Äste. Ich weiß nicht, wo er herkommt; aber meine Augen haben noch nie einen schöneren Wurfspieß gesehen.« Einer der attischen Brüder versetzt: »Über seinen Nutzen wirst du noch mehr staunen als über seine Schönheit. Er trifft jedes Ziel, kein Zufall lenkt ihn auf seiner Bahn, und er fliegt blutig zurück ohne fremdes Zutun.« Da aber fragt der jugendliche Enkel des Nereus nach allem: Warum und woher er ihn bekommen habe, wer ihm ein so großes Geschenk gemacht habe.

Cephalus und Procris

Cephalus berichtet das Gewünschte; doch er verschweigt schamhaft, um welchen Preis er ihn bekam. Und voll Schmerz über den Verlust seiner Gattin spricht er unter Tränen: »Diese Waffe, du Sohn einer Göttin, bringt mich – wer könnte das glauben? – zum Weinen und wird es noch lange tun, wenn mir das Schicksal ein langes Leben schenkt. Dieser Speer hat mich zusammen mit meiner teuren Gattin zugrunde gerichtet. O hätte ich doch dieses Geschenk nie bekommen! Procris war – falls du schon einmal etwas von Orithyia gehört hast – eine Schwester der geraubten Orithyia, und will man Schönheit und Wesen der beiden vergleichen, hätte Procris eher verdient, geraubt zu werden. Ihr Vater Erechtheus verband mich mit ihr; mit ihr verband mich die Liebe. Ich galt für glücklich und war es auch. Die Götter haben es anders gewollt; sonst wäre ich es vielleicht noch heute. Die Hochzeitsfeier lag schon zwei Monate zurück, und während ich für die geweihtragenden Hirsche Netze spanne, erblickt mich frühmorgens, nachdem die Finsternis gewichen ist, die goldgelbe Aurora vom Gipfel des stets blühenden Hymettus und raubt mich gegen meinen Willen. Laßt mich die Wahrheit berichten, ohne der Göttin zu nahe zu treten: Mag sie sich mit ihrem rosigen Gesicht auch sehen lassen können, mag sie die Grenzen von Tag und Nacht beherrschen, mag sie sich von flüssigem Nektar nähren – ich liebte Procris. Procris trug ich im Herzen, Procris führte ich stets im Munde. An mein heiliges Hochzeitsfest, die frischen Liebesbande, die junge Ehe und die älteren Rechte des verlassenen Lagers erinnerte ich sie. Die Göttin ließ sich erweichen und sprach: ›Halt ein mit deinen Klagen, Undankbarer! Procris sei dein! Wenn aber mein Geist die Zukunft ahnt, so wisse: Du wirst dir wünschen, sie wäre nicht dein gewesen.‹ Und zornig schickte sie mich zu ihr zurück. Während ich mir auf dem Rückweg die Worte der Göttin durch den Sinn gehen ließ, beschlich mich die

Furcht, meine Gattin könnte es mit der ehelichen Treue nicht genau genommen haben. Ihre Schönheit, ihre Jugend forderten dazu heraus, an Ehebruch zu glauben; ihr Wesen aber verbot es mir. Doch immerhin war ich fern geblieben: Aurora, von der ich gerade kam, war ein Beispiel für Untreue, und überhaupt befürchten wir Liebenden immer das Schlimmste. So beschließe ich, auszuforschen, was mich schmerzen soll, und ihre Keuschheit und Treue durch Geschenke zu versuchen. Aurora bestärkt mich in dieser Angst und verwandelt meine Gestalt – ich glaube, ich habe es bemerkt. So komme ich unkenntlich nach Athen, der Stadt der Pallas, und betrete mein Haus. Das Haus war wirklich frei von Frevel; alles zeugte von Zucht und von Sorge um den geraubten Herrn. Nur mit Mühe und tausend Listen konnte ich mir Zugang zur Tochter des Erechtheus verschaffen. Sobald ich sie erblickt hatte, war ich erschüttert und hätte beinahe meinen Plan aufgegeben, ihre Treue auf die Probe zu stellen. Kaum konnte ich mich beherrschen, ihr die Wahrheit zu gestehen, kaum, ihr einen Kuß zu geben, wie es sich gehört hätte. Sie war traurig, aber keine kann schöner sein als sie, wenn sie traurig ist. Und sie verzehrte sich in schmerzlicher Sehnsucht nach dem geraubten Gemahl. Ermiß selbst, mein Phocus, wie schön sie gewesen sein muß, wenn ihr sogar der Schmerz so gut stand. Was soll ich davon berichten, wie oft ihre Keuschheit meine Verlokkungen zurückstieß, wie oft sie sagte: ›Ich bewahre mich für den Einzigen, wo er auch sein mag, für den Einzigen spare ich meine Gunst auf.‹ Welchem Vernünftigen hätte nicht diese Probe ihrer Treue genügt? Doch ich gebe mich nicht zufrieden und kämpfe darum, mir selbst weh zu tun. Ich rede davon, ich würde ihr für eine einzige Nacht ein Vermögen schenken. Und ich erhöhte die Gabe, bis ich sie endlich so weit gebracht hatte, daß sie schwankend wurde. Da rufe ich als schlechter Sieger: ›Vor dir, du Schlechte, steht ein gespielter Ehebrecher; ich war ja dein wirklicher Mann. Ungetreue, du bist ertappt, und ich bin Zeuge.‹ Sie sprach kein Wort; von stummer Scham überwältigt, floh sie die heimtückische Schwelle und ihren arglistigen Gemahl. Weil sie sich von mir gekränkt fühlte, haßte sie das ganze Geschlecht der Männer und schweifte in den Bergen umher, indem sie sich dem Werk der Diana weihte. In meiner Verlassenheit wird die Liebesglut heftiger und dringt mir bis ins Mark. Da bat ich um Verzeihung, bekannte, daß ich schuldig war und durch Geschenke, wären sie so groß gewesen, auch selbst einer ähnlichen Versuchung hätte erliegen können. Nach diesem Geständnis schenkt sie sich mir neu, nicht ohne sich zuvor für die Kränkung ihrer Keuschheit zu rächen, und lebt mit mir jahrelang in süßer Eintracht. Außerdem schenkt sie mir, als wäre sie selbst eine zu geringe Gabe, einen Jagdhund, den ihre Cynthia ihr mit den Worten überreicht hatte: ›Im Laufen wird er alle besiegen.‹ Sie schenkt mir zugleich auch den Wurfspieß, den ich, wie du siehst, noch habe.

Der teumessische Fuchs

Fragst du nach dem Schicksal des anderen Geschenks? Vernimm das Erstaunliche! Das neuartige Ereignis wird dich bewegen. Der Sohn des Laïus hatte das Rätsel gelöst, das der Scharfsinn früherer Menschen nicht begriffen hatte, und gestürzt lag die dunkle Wahrsagerin darnieder und hatte all ihre Umschweife vergessen; doch alsbald wird in das aonische Theben eine weitere Plage geschickt: Viele Landleute ernährten das wilde Tier, indem ihr Vieh und sie selbst dahingerafft wurden; als benachbarte Jungmannschaft kamen wir und umspannten die weiten Felder mit Garn. Das Tier aber überwand mit leichten Sprüngen die Netze und setzte sich über die obersten Schlingen hinweg. Jetzt bindet man die Hunde los, sie verfolgen es, doch es entflieht und narrt die Meute, nicht langsamer als ein Vogel. Man verlangt auch einstimmig von mir meinen Laelaps – das ist der Name des Geschenks. Schon lang kämpft er darum, die Fesseln selbst abzustreifen, und zieht mit dem Hals an der Leine, die ihn aufhält. Kaum war er so recht losgelassen, da konnten wir schon nicht mehr wissen, wo er war. Noch heiß war die Spur seiner Pfoten im Staub; er selbst war unseren Blicken entschwunden. Schneller fliegt keine Lanze davon, kein Blei, das vom geschwungenen Riemen geschleudert wird, kein leichter Pfeil, der den gortynischen Bogen verläßt. Der Gipfel eines Hügels überragt in der Mitte die Felder, die unter ihm liegen; dort hinauf steige ich und bekomme ein Schauspiel zu sehen: einen neuartigen Wettlauf. Dabei schien das wilde Tier bald eingeholt zu werden, bald sich gerade noch dem Biß zu entziehen. Schlau, wie es ist, flieht es nicht geradeaus, nicht ins freie Feld, sondern führt den Verfolger an der Nase herum und schlägt einen Bogen, um dem Feind seinen Schwung zu nehmen. Der aber bleibt ihm auf den Fersen, folgt ihm ebenso schnell, und es sieht aus, als habe er es gefaßt – doch nein, erfolglos gehen die Bisse ins Leere. Ich wollte schon meinen Jagdspieß zu Hilfe nehmen, doch während meine Rechte ihn schwang und während ich versuchte, die Finger in den Schwungriemen zu legen, wandte ich den Blick ab; kaum hatte ich die Augen wieder dorthin gerichtet – o Wunder, da sehe ich mitten auf dem Feld zwei Marmorbilder. Das eine scheint zu fliehen, das andere zuzuschnappen. Offenbar wollte ein Gott, daß beide im Wettlauf unbesiegt blieben – wenn es ein Gott war, der ihnen beistand.«

Procris' Tod

Sprach's und verstummte. »Doch was hat der Speer nun eigentlich verbrochen?« fragt Phocus. Was der Speer verbrach, erzählt Cephalus mit folgenden Worten:

»Freude, mein Phocus, ist der Anfang meines Leids gewesen. Von ihr will ich zuerst berichten. O wie gern erinnere ich mich an die glückliche Zeit, Sohn des Aeacus, als ich in den ersten Jahren, wie es sein soll, mit meiner Gattin glücklich war und sie mit mir! Wechselseitiges Sorgen und herzliche Zuneigung erfüllte beide; sie hätte nicht einmal Iuppiters Ehegemach meiner Liebe vorgezogen, und für mich gab es keine, die mich hätte erobern können, und wäre auch Venus in eigener Person gekommen. Gleiche Liebesglut brannte in unseren Herzen. Oft, wenn die ersten Sonnenstrahlen die Bergspitzen trafen, pflegte ich, wie es junge Männer tun, in den Wald auf die Jagd zu gehen; keine Diener, keine Rosse, keine Hunde mit feiner Spürnase gingen mit, und man trug mir kein knotiges Garn nach. Der Speer genügte zu meinem Schutz. War aber meine Hand des Mordens müde, suchte ich die schattige Kühle und das Lüftchen, das kalt von den Tälern herwehte. Mitten in der Hitze suchte ich die linde Luft, auf sie wartete ich, sie war die Erholung nach meinen Mühen. ›Aura‹ – ich kann mich noch gut daran erinnern –, ›komm herbei‹, pflegte ich zu singen. ›Erfreue mich, komm, Ersehnte, an meine Brust, lindere, wie stets, die Glut, die mich verbrennt.‹ Vielleicht habe ich noch mehr Schmeichelworte hinzugefügt – so trieb mich mein Unstern –, und ich sagte noch: ›Du meine ganze Wonne! Du pflegst und erquickst mich. Um deinetwillen liebe ich die Wälder und die Einsamkeit. Möge mein Mund stets deinen Hauch erhaschen.‹ Den doppeldeutigen Worten lieh jemand sein Ohr und ließ sich täuschen: Er glaubt, das Wort Aura, das ich so oft ausrief, sei der Name einer Nymphe, und ist überzeugt, daß ich diese Nymphe liebe. Auf der Stelle geht er zu Procris, zeigt ihr unbesonnen den Fehltritt an, den er sich einbildet, und flüstert ihr ins Ohr, was er gehört hat. Liebe ist leichtgläubig: Von plötzlichem Schmerz überwältigt, fiel Procris, wie man mir erzählt, in Ohnmacht, kam erst nach langer Zeit wieder zu sich, rief, sie sei unselig, ein ungerechtes Schicksal verfolge sie, und beklagte sich über meine Untreue. Durch einen gegenstandslosen Vorwurf erregt, fürchtet sie ein Nichts, fürchtet einen wesenlosen Namen und empfindet Schmerz, die Unglückliche, als habe sie wirklich eine Nebenbuhlerin. Oft zweifelt sie freilich und hofft, die Ärmste, daß sie sich täusche, erklärt die Anzeige für unglaubwürdig und will das Vergehen ihres Mannes nicht verurteilen, bevor sie es selbst gesehen hat.

Kaum hat am nächsten Morgen Auroras Licht die Nacht vertrieben, gehe ich hinaus und mache mich auf in die Wälder. Nach siegreicher Jagd streckte ich mich im Grase aus und sprach: ›Aura, komm, lindere meine Qual!‹ Und plötzlich glaubte ich, während ich redete, ein Stöhnen zu vernehmen. Ich sagte noch: ›Komm doch, meine Beste!‹, da raschelte es wieder leise im gefallenen Laub. Ich glaubte, es sei ein Tier, und schleuderte mein schnelles Geschoß. Procris war es. Mitten in die Brust getroffen, schreit sie: ›Weh mir!‹ Kaum hatte ich die Stimme meiner getreuen Gattin erkannt, eilte ich in besinnungsloser Hast der Stimme nach. Ich finde sie halbtot, blutbesudelt ihre Kleider; und sie versucht – o Jammer! – ihr eigenes Geschenk aus der Wunde zu ziehen. Ich richte den Leib, der mir teurer ist als der meine, sanft mit den Armen auf, zerreiße das Gewand an der Brust, verbinde die grausame Wunde, versuche das Blut zu stillen und bitte sie, mich nicht als ihren fluchbeladenen Mörder zurückzulassen. Die Kräfte waren ihr schon entschwunden, und sie lag bereits im Sterben, doch rang sie sich noch diese wenigen Worte ab: ›Bei unserem Ehebund und bei den Göttern des Himmels und den Göttern der Tiefe, die jetzt die meinen sind! Ich flehe dich an! Bei allem, was ich dir je zuliebe getan habe, und bei der Liebe, die mir auch jetzt im Tode noch bleibt und mir den Tod gebracht hat: Laß nicht zu, daß Aura als Braut in unser Ehegemach einziehe.‹ Sprach's, und erst jetzt begriff ich, daß es sich um eine Namensverwechslung handelte, und erklärte es ihr. Doch was nützten Erklärungen noch? Sie schwindet hin. Die schwachen Kräfte verlassen sie zusammen mit dem Blut. Solange sie den Blick noch auf etwas heften kann, blickt sie mich an und haucht ihre unglückliche Seele bei mir, an meinen Lippen aus. Doch von der Sorge befreit, scheint ihre Miene im Sterben gelöster.«

Cephalus auf Aegina (III)

Seinen weinenden Zuhörern erzählte dies der Held unter Tränen,
da kommt Aeacus mit beiden Söhnen und den neuen Kriegern,
und Cephalus nimmt sie samt Wehr und Waffen in Empfang.

Achtes Buch

Inhalt des achten Buches

Cephalus auf Aegina (IV)

Der Morgenstern eröffnet den strahlenden Tag und verjagt die Nacht. Da läßt bereits der Ostwind nach, und feucht ziehen Wolken herauf; sanfte Südwinde geben den Leuten des Aeacus und dem Cephalus zur Heimkehr gute Fahrt. Glücklich von ihnen fortgetragen, haben sie, ehe sie sich's versahen, den gewünschten Hafen erreicht.

Scylla, die Tochter des Nisus

Inzwischen verwüstet Minos die Küsten der Leleger und erprobt die Kräfte seiner Streitmacht an der Stadt Alcathoë. Dort herrschte Nisus, dem unter den ehrwürdigen grauen Locken, mitten auf dem Scheitel versteckt, ein purpurglänzendes Haar wuchs, die Zuversicht seines großen Reiches. Schon zum sechsten Male ergänzte sich wieder das Horn des aufgehenden Mondes, und immer noch war das Kriegsglück in der Schwebe: Lange flattert die Siegesgöttin mit unsicheren Schwingen zwischen beiden hin und her. Ein königlicher Turm stand da, an die tönenden Mauern angebaut, auf denen Latonas Sohn die mit Gold verzierte Leier abgelegt haben soll; im Stein blieb ihr Klang haften. Häufig stieg Nisus' Tochter dort hinauf und schlug mit einem Steinchen an die widerklingenden Steine. So war es in Friedenszeiten; doch auch im Kriege schaute sie oft von hier aus den Kämpfen des rauhen Mars zu. Schon kannte sie, da der Krieg so lange dauerte, sogar die Namen der Edlen, ihre Waffen und Pferde, ihre Kriegstracht und die cydoneïschen Köcher.

Besser als alle anderen kannte sie das Gesicht des Heerführers, des Sohnes der Europa, ja sogar besser als nötig. In ihren Augen war Minos schön: Mochte er nun sein Haupt unter einem Helm mit Federkamm verborgen haben, so stand ihm die Sturmhaube – oder hatte er einen von Erz funkelnden Rundschild genommen, stand ihm der Rundschild gut. Hatte er den geschmeidigen Speerschaft mit straff angezogenen Armen geschleudert, lobte das Mädchen die Kunst, die sich mit Kraft paarte. Hatte er den Pfeil angelegt und den Bogen weit gespannt, schwor sie, so stehe Phoebus mit seinen Pfeilen da. Hatte er aber das Visier geöffnet, das Gesicht entblößt und ritt, ganz in Purpur, auf weißem Pferderücken, den eine bunte Decke schmückte, und lenkte das schäumende Maul, so war die Tochter des Nisus kaum mehr bei sich, kaum mehr ihrer Sinne mächtig. Glücklich pries sie den Speer, den er berührte, glücklich die Zügel, die er in der Hand hielt. Es drängt sie – dürfte sie's nur! –, ihre Mädchenschritte durchs feindliche Heer zu lenken. Es drängt sie, sich von der Zinne des Turmes ins gnosische Lager hinabzustürzen oder dem Feind die erzbeschlagenen Tore aufzuschließen oder zu tun, was Minos sich sonst noch wünschen könnte. Und wie sie so dasaß und auf die strahlend weißen Zelte des dictaeischen Königs blickte, sprach sie: »Ich weiß nicht: Soll ich mich über den beweinenswerten Krieg freuen, oder soll ich traurig sein? Traurig macht es mich, daß Minos für mich, die ihn liebt, ein Feind ist: Doch wenn dieser Krieg nicht wäre, hätte ich Minos nie kennengelernt. Er könnte mich ja als Geisel annehmen und den Krieg aufgeben. Dann hätte er mich als Begleiterin und als Unterpfand des Friedens. Wenn deine Mutter dir glich, du Allerschönster, so war zu Recht der Gott in sie verliebt. O dreimal glücklich wäre ich, könnte ich auf Flügeln durch die Luft fliegen, meinen Fuß ins Lager des gnosischen Königs setzen, mich und meine Liebesglut offenbaren und ihn fragen, durch welche Mitgift er sich kaufen lassen wolle. Wenn er nur nicht die Burg des Vaters fordert! Eher mag das erhoffte Ehelager hinfahren, als daß ich durch Verrat ans Ziel meiner Wünsche gelange. Doch schon oft und für viele ist eine Niederlage dank der Milde des gütigen Siegers zum Segen geworden. Zweifellos führt er einen gerechten Krieg für seinen erschlagenen Sohn. Die Sache, für die er kämpft, ist gut und die Waffen, die seine Sache beschützen, ebenfalls: Ich glaube, wir werden unterliegen. Welches Ende erwartet dann die Stadt? Warum sollen ihm die eigenen Waffen und nicht meine Liebe unsere Mauern aufschließen? Besser wird er siegen, ohne Blut zu vergießen, ohne Zeit zu verlieren und ohne sein eigenes Leben aufs Spiel zu setzen. Dann werde ich nicht mehr fürchten müssen, daß einer deine Brust, Minos, aus Versehen verwunde. Denn wer ist so grausam, daß er mit vollem Bewußtsein die erbarmungslose Lanze auf dich zu richten wagt? Der Plan ist gefaßt; mein Entschluß steht fest, mich auszuliefern und mit mir die Vaterstadt als Mitgift. So will ich dem Krieg ein Ende setzen. Aber wollen ist nicht genug: Die Zugänge beschützt die Wache, und die Riegel der Tore hat mein Vater in Obhut. Ihn allein muß ich Unselige fürchten, er allein steht meinen Wünschen im Wege. Wollten die Götter, ich wäre ohne Vater! – Jeder ist wahrhaftig sein eigener Gott; tatenlosen Bitten widersteht Fortuna. Jede andere, die in so heftiger Begierde glühte, hätte schon lange mit

Freuden alles vernichtet, was ihrer Liebe im Wege steht. Und warum sollte irgendeine beherzter sein als ich? Durch Feuer und Schwerter zu gehen, traue ich mir zu. Und hier bedarf es ja keiner Feuersflammen und Schwerter. Ich brauche nur das Haar des Vaters. Dieses ist mir kostbarer als Gold – das ist der Purpur, der mich beglücken und meinen Wunsch erfüllen wird.«

Über solchen Worten brach die Nacht herein, die gewaltige Nährmutter der Sorgen. Und mit der Finsternis wuchs der Wagemut. Die Zeit des ersten Schlafes war gekommen, da der Schlummer die von des Tages Sorgen ermattete Brust umfängt. In aller Stille tritt Scylla ins väterliche Schlafgemach, und – weh, welche Untat! – die Tochter raubt dem eigenen Vater das schicksalsträchtige Haar! Mit der unseligen Beute in der Hand schleicht sie mitten durch die Feinde – so fest glaubt sie an ihr Verdienst – und gelangt zum König. Er erschrak; doch sie redete ihn an: »Die Liebe gab mir die Tat ein. Ich bin Scylla, die Tochter des Königs Nisus, und übergebe dir meine eigenen Hausgötter und die des Vaterlandes. Ich will keine Belohnung, nur dich. Nimm als Pfand der Liebe das purpurne Haar und sei gewiß, daß ich dir jetzt nicht bloß ein Haar übergebe, sondern das Haupt meines Vaters.« Und in der Rechten hielt sie ihm die fluchbeladene Gabe hin. Minos fuhr vor dem Dargebotenen zurück und sprach, fassungslos angesichts der unerhörten Tat: »Mögen die Götter dich von ihrem Erdkreis vertilgen, du Schandfleck unseres Jahrhunderts, und mögen Land und Wasser dir versagt bleiben! Ich jedenfalls werde niemals dulden, daß Kreta, Iuppiters Wiege und meine Welt, mit solch einem Ungeheuer in Berührung kommt.« Sprach's. Und nach der Eroberung erlegte er als gerechter Gesetzgeber den Feinden seine Gebote auf. Dann ließ er die Haltetaue der Flotte lösen und die erzbeschlagenen Schiffe durch Ruderer fortbewegen. Kaum hat Scylla die Schiffe auslaufen und auf dem Meer hinwegschwimmen sehen, ohne daß der Feldherr sie für ihren Frevel belohnt hätte, ist sie mit ihren Bitten am Ende; sie gerät in rasende Wut, löst ihr Haar, streckt die Arme aus und schreit wie von Sinnen: »Wohin fliehst du und läßt die wahre Täterin deiner Heldentaten zurück – du, den ich meiner Vaterstadt, ja sogar meinem Vater vorgezogen habe? Wohin fliehst du, Grausamer? Dein Sieg ist mein Verbrechen und mein Verdienst. Dich hat nicht mein Geschenk, nicht meine Liebe bewegen können. Auch nicht, daß du meine einzige Hoffnung bist! Wohin soll ich denn in meiner Verlassenheit heimkehren? In die Vaterstadt? Sie liegt besiegt darnieder. Aber nimm an, sie wäre unzerstört: Durch meinen Verrat ist sie mir verschlossen. Oder soll ich etwa dem Vater vor die Augen treten? Den ich dir geopfert habe? Die Mitbürger hassen mich, wie ich es verdiene. Die Nachbarstaaten fürchten dieses Beispiel. Verlassen bin ich und ausgesetzt, so daß mir als einziges Land Kreta offenstünde. Hältst du mich auch hiervon fern und läßt mich, Undankbarer, im Stich, so ist nicht Europa deine Mutter, sondern die unwirtliche Syrte, armenische Tigerinnen oder die vom Südwind gepeitschte Charybdis. Nein! Du bist nicht Iuppiters Sohn, und deine Mutter ist nicht vom Trugbild eines Stieres geehelicht worden; diese Sage von deiner Abstammung ist unwahr; ein wirklicher, wilder Stier, den noch keine Kuh zur Liebe bewegen konnte, hat dich erzeugt. Vollziehe die Strafe, Nisus, mein Vater! Freut euch meines Unglücks, ihr Mauern, die ich soeben verriet! Denn, ich gebe es zu: Ich habe es verdient und bin wert, daß ich zugrunde gehe. Doch soll wenigstens einer von denen mich töten, die ich pflichtvergessen gekränkt habe. Warum aber verfolgst du, obwohl du durch mein Verbrechen gesiegt hast, dieses Verbrechen? Ein Vergehen soll es in den Augen der Vaterstadt und des Vaters sein, in den deinen ein Dienst. Dich hat sie wirklich als Ehemann verdient, die Ehebrecherin, die den fürchterlichen Stier durch ein Holzbild getäuscht und die doppelgestaltige Frucht im Leibe getragen hat. Dringen denn meine Reden noch bis an dein Ohr? Oder tragen dieselben Winde zugleich mit deinen Schiffen meine Worte wirkungslos mit sich fort, Undankbarer? Jetzt wundert es mich nicht mehr, daß Pasiphaë dir einen Stier vorgezogen hat: Du hattest ein wilderes Wesen. Weh mir! Er treibt zur Eile, und von den Rudern zerteilt, rauscht die Welle. Mit mir zugleich entfernt sich, ach, auch mein Land von ihm. Nichts kannst du ausrichten; umsonst hast du meine Verdienste vergessen: Ich werde dir folgen, auch wenn du es nicht willst, das gebogene Schiffsheck umfassen und mich durchs weite Meer schleppen lassen.« Kaum hat sie es gesagt, springt sie in die Wogen, holt die Schiffe ein – die Begierde läßt ihr Kräfte zuwachsen – und klammert sich als verhaßte Mitfahrerin an den gnosischen Kiel. Da sah sie ihr Vater – schon schwebte er nämlich in der Luft und war soeben zum Fischadler mit gelbbraunen Flügeln geworden – und flog auf sie zu, um sie, die sich anklammerte, mit krummem Schnabel zu zerfleischen. In ihrer Furcht ließ sie das Schiffsheck los, und es war, als finge ein leichtes Lüftchen die Stürzende auf, damit sie die Meeresfläche nicht berühre. Doch war es Flaum; durch Flaum zum Vogel geworden, heißt sie Ciris. Dieser Name kommt vom Scheren des Haares. Sein Gelübde – Iuppiter hundert Stiere zu opfern – löste Minos ein, sobald er die Schiffe verlassen und das curetische Land betreten hatte; und die Hofburg wurde mit den erbeuteten Rüstungen geschmückt.

Das Labyrinth – Ariadne

Schon war der Schandfleck seines Geschlechtes herangewachsen, und der schimpfliche Ehebruch der Mutter war offenbar geworden durch die neuartige Doppelgestalt des Ungeheuers. Minos beschließt, diese Schmach aus seinen Gemächern zu entfernen und in einem weitverzweigten Bauwerk, einem unübersichtlichen Gemäuer, einzuschließen. Daedalus, weitberühmt durch seinen handwerklichen Erfindergeist, erstellt das Werk. Er verwirrt die Erkennungszeichen und führt die Augen durch die verschiedensten gewundenen Umwege in die Irre. Wie der phrygische Maeander mit seinen klaren Wellen spielt und in zweideutigem Lauf hin- und herfließt, sich selbst begegnend die kommenden Wellen erblickt und bald zur Quelle, bald zum offenen Meer hin seinen unsteten Wasserlauf lenkt, so füllt Daedalus unzählige Wege mit Irrsal – kaum konnte er selbst zur Schwelle zurückfinden; so trügerisch ist das Bauwerk!

Hier schloß er das Doppelwesen aus Mann und Stier ein. Zweimal sättigte Athenerblut das Ungeheuer; doch die Opfer des dritten Loses erlegten es nach abermals neun Jahren. Als nun Aegeus' Sohn mit Hilfe des Mädchens Ariadne das schwer zu findende Tor, aus dem noch nie einer zurückgekehrt war, gefunden hatte, indem er einen Faden aufrollte, entführte er sofort Minos' Tochter, segelte nach Dia und ließ seine Gefährtin grausam an jenem Strand zurück. Die Verstoßene und unablässig Klagende rettete Liber mit seiner Umarmung; um sie durch ein ewig sichtbares Gestirn berühmt zu machen, nahm er ihr die Krone vom Haupte und warf sie an den Himmel. Sie fliegt durch die zarten Lüfte, und im Fluge verwandeln sich die Edelsteine in strahlende Feuer und stehen an dem Orte still, der in der Mitte zwischen dem »Knienden« und dem »Schlangenträger« ist. Die Gestalt der Krone blieb bestehen.

Daedalus und Icarus

Inzwischen war Daedalus Kretas und der langen Verbannung überdrüssig, und Liebe zu seiner Heimat ergriff ihn; doch war er vom Meer umschlossen. »Mag Minos auch Land und Wasser versperren, steht uns doch der Himmel offen. Wir werden diesen Weg gehen. Mag er auch alles besitzen, die Luft besitzt Minos nicht.« Sprach's, und in unbekannte Künste versenkt er seinen Geist und schafft die Natur neu. Er legt nämlich Federn der Größe nach nebeneinander, angefangen mit der kleinsten, immer die längere neben die kürzere, so daß man glauben könnte, sie bildeten eine Böschung: So steigt die ländliche Panflöte aus ungleichen Schilfrohren allmählich an. Dann bindet er die Kiele in der Mitte mit Leinen und unten mit Wachs zusammen; und nachdem er sie so zusammengefügt hat, verleiht er ihnen eine leichte Krümmung, um die wirklichen Vögel nachzuahmen. Der Knabe Icarus stand dabei, und ohne zu ahnen, daß er mit seiner eigenen Gefahr spiele, strahlte er übers ganze Gesicht und haschte bald nach den Flaumfedern, die ein vorüberziehendes Lüftchen bewegt hatte, bald knetete er mit dem Daumen das gelbe Wachs und behinderte durch sein Spiel das wundersame Werk seines Vaters. Als an das Begonnene letzte Hand gelegt war, schwang sich der Meister in das Flügelpaar und schwebte in der Luft, die er bewegte.

Er belehrt auch seinen Sohn und spricht: »Halte dich auf mittlerer Bahn, Icarus – laß dich ermahnen! –, damit nicht, wenn du zu tief fliegst, die Woge die Federn schwer mache oder, wenn du zu hoch emporsteigst, das Feuer sie versenge. Fliege zwischen beiden! Und du darfst auch nicht Bootes oder Helice und das gezückte Schwert des Orion ansehen. Ziehe deine Bahn unter meiner Führung.« Zugleich unterweist er ihn im Fliegen und paßt den Schultern die neuartigen Flügel an. Über der Arbeit und den Ermahnungen wurden die Greisenwangen feucht, und die Vaterhände zitterten. Er gab dem Sohn einen Kuß, den er nicht mehr wiederholen sollte; und von den Federn emporgetragen, fliegt er voraus und fürchtet für den Gefährten, wie ein Vogel, der die zarte Brut aus dem hohen Nest in die Luft hinausgeführt hat; er ermuntert ihn nachzufolgen, lehrt ihn die verhängnisvollen Künste, bewegt die eigenen Flügel und schaut zurück auf die des Sohnes.

Die beiden erblickte einer, der mit zitternder Angelrute Fische fing, oder ein Hirte, der sich auf seinen Stab, oder ein Ackersmann, der sich auf den Pflug stützte, und war erstaunt; da sie den Äther durchmessen konnten, hielt er sie für Götter. Schon war Iunos Insel Samos zur Linken – Delos und Paros lagen weit zurück –, zur Rechten befand sich Lebinthos und die honigreiche Calymne, als der Knabe an dem kühnen Flug Freude bekam, seinen Führer verließ und, vom Drang nach dem Himmel ergriffen, seinen Weg höher nahm. Die Nähe der zehrenden Sonne machte das duftende Wachs, die Fessel der Federn, weich. Hingeschmolzen war das Wachs; er rudert mit den nackten Armen, bekommt ohne sein Flugwerk keine Luft mehr zu fassen, und der Mund, der noch den Namen des Vaters hinausschreit, wird vom blauen Wasser verschlungen; es bekam von Icarus den Namen. Doch der unglückliche Vater, nun kein Vater mehr, rief: »Icarus! – Icarus«, rief er, »wo bist du, unter welchem Himmelsstrich soll ich dich suchen? Icarus«, rief er noch, da erblickte er die Federn in den Wogen, verfluchte seine Künste und legte den Leib in ein Grab. Auch das Land ist nach dem Bestatteten benannt.

Perdix

Während er den Leichnam seines unglücklichen Sohnes im Grabhügel beisetzte, eräugte ihn vom lehmigen Erdgraben aus ein geschwätziges Rebhuhn, schlug mit den Flügeln und äußerte seine Freude in Tönen – damals ein einzigartiges Geschöpf, das man nie zuvor gesehen hatte, ein jüngst entstandener Vogel, für dich, Daedalus, ein dauernder Vorwurf. Hatte ihm doch die Schwester, ohne das Verhängnis zu ahnen, ihr Kind in die Lehre gegeben, einen zwölfjährigen Knaben von guter Auffassungsgabe. Ja, der Junge nahm sich die Wirbelsäule, die er im Inneren des Fisches bemerkt hatte, zum Vorbild, kerbte in ein scharfes Eisen aneinandergereihte Zähne und erfand so die nützliche Säge. Er hat auch als erster zwei eiserne Arme mit einem Knoten so verbunden, daß bei gleichem Abstand der beiden Enden der eine Teil feststand und der andere einen Kreis beschrieb. Daedalus wurde neidisch, stürzte ihn kopfüber von Minervas heiliger Burg hinab und gab vor, er sei gefallen. Doch Pallas, die begabten Menschen gewogen ist, fing ihn auf, machte ihn zum Vogel und gab ihm mitten in der Luft ein Federkleid. Aber die Kraft seines einst so beweglichen Geistes ging in die Flügel und Füße über. Der Name blieb derselbe wie vorher. Freilich erhebt sich dieser Vogel nicht hoch in die Luft und baut auch nicht auf Zweigen im hohen Wipfel sein Nest, sondern fliegt nah am Boden hin und legt seine Eier in Hecken. Eingedenk des früheren Sturzes fürchtet er die Höhe.

Die calydonische Eberjagd

Schon beherbergte den erschöpften Daedalus die Insel des Aetna, und Cocalus galt als menschenfreundlich, weil er für den Hilfeflehenden zu den Waffen griff. Schon hatte durch Theseus' Ruhmestat Athen aufgehört, den bejammernswerten Tribut zu zahlen. Der Tempel wird bekränzt, und man ruft die kriegerische Minerva samt Iuppiter und anderen Göttern an und ehrt sie mit dem Opferblut, das man ihnen gelobt hat, mit Weihegaben und Räucherwerk in edlen Gefäßen. In den Städten von Argolis hatte das umherschweifende Gerücht den Namen des Theseus verbreitet, und die Völker, die das reiche Achaea umfaßte, baten ihn um Hilfe in großen Gefahren. Um Hilfe bat Calydon mit besorgtem Flehen, obwohl es den gewaltigen Meleager hatte. Die Ursache der Bitte war ein Eber, der Diener und Rächer der feindseligen Diana. Soll doch Oeneus aus den üppigen Erträgen des Jahres die Erstlingsgaben des Getreides der Ceres, den Wein seinem Spender Lyaeus und das palladische Öl der blonden Minerva geopfert haben. Angefangen mit den ländlichen Göttern gelangte die Ehrung schließlich zu allen Himmlischen, die eifersüchtig über sie wachten: Ohne Weihrauch sollen nur die Altäre der übergangenen Tochter Letos verlassen und leer dagestanden haben. Zorn kann auch Götter ergreifen. »Doch Wir werden es nicht ungestraft hinnehmen, und bleibt schon Unsere Ehrung aus, so soll doch wenigstens Unsere Rache nicht ausbleiben!« Sprach's und schickte, die Mißachtete, als Rächer einen Eber auf die Felder des Oeneus – größere Stiere kennt selbst das grasreiche Epirus nicht, und die sizilischen sind kleiner. Von Blut und Feuer blitzen die Augen, steil sträubt sich der Nacken, und die Borsten starren wie ragende Speerschäfte. Siedend mit rauhem Zischen trieft der Schaum über den breiten Vorderbug. Die Stoßzähne gleichen Elfenbein. Blitze schlagen aus seinem Maul, das Laub fängt vom Anhauch Feuer. Bald stampft er die wachsenden Saaten im ersten Sprießen nieder, bald erntet er die Hoffnung des Landmannes, der weinen soll, und rafft Ceres' Gabe in den reifen Ähren hinweg. Vergebens wartet die Tenne, vergebens warten die Speicher auf die versprochene Ernte. Niedergerannt werden die fruchtschweren Trauben samt den langen Weinranken und die Beeren samt den Ästen des immer grünenden Ölbaums. Er wütet auch unter den Schafen. Hirt und Hund können sie nicht verteidigen, ebenso wenig wie die trotzigen Stiere die Rinder. Das Volk flieht nach allen Seiten und glaubt sich nur noch hinter Stadtmauern sicher – bis sich Meleager mit einer auserwählten Schar junger Männer voll Ruhmbegier zusammentat: die beiden Tyndariden, der eine ein bewährter Faustkämpfer, der andere ein Reiter, Iason, der Erbauer des ersten Schiffes, das glückliche Freundespaar Pirithous und Theseus, die zwei Thestiaden, die Söhne des Aphareus – Lynceus und der rasche Idas –, Caeneus, der aus einer Frau in einen Mann verwandelt worden war, der wilde Leucippus, Acastus, der berühmte Jäger mit dem Wurfspieß, Hippothous, Dryas und Amyntors Sohn Phoenix, die Zwillingssöhne Actors und, von Elis hergesandt, Phyleus. Auch Telamon fehlte nicht und der Vater des großen Achilles und, vereint mit dem Sohn des Pheres und dem hyantischen Iolaus, der unverdrossene Eurytion und der unbesiegte Läufer Echion, Lelex von Naryx, Panopeus, Hyleus, der grimme Hippasus, der damals noch ganz junge Nestor und die Söhne, die Hippocoon vom altehrwürdigen Amyclae hergeschickt hatte, Penelopes Schwiegervater mit dem parrhasischen Ancaeus, der weise Ampycide und der Oeclide, dem seine Gattin damals noch kein Leid angetan hatte, und das Mädchen von Tegea, die Zierde des lycaeischen Waldes. Eine geglättete Spange hielt ihr ganz oben das Kleid zusammen, das Haar war schlicht und in einen Knoten gefaßt, von der linken Schulter hing rasselnd der elfenbeinerne Köcher herab, der die Pfeile barg; den Bogen hielt die Linke. So war ihre Tracht; ihr Antlitz hätte man bei einem Knaben mädchenhaft, bei einem Mädchen knabenhaft nennen können. Sie erblickte der calydonische Held und begehrte sie zugleich – obwohl der Gott es ihm verweigerte –; er sog die heimliche Liebesglut in sich hinein und sprach: »O glücklich der Mann, den sie für würdig hält!« Mehr erlaubt ihm die Zeit und die Scheu nicht zu sagen: Eine höhere Aufgabe, der große Wettkampf, drängt.

Dort ist ein Wald, Baum an Baum, noch nie von Menschenhand verletzt. Er beginnt schon in der Ebene und blickt auf das abfallende Gelände hinunter. Daselbst angelangt, spannen die einen die Jagdnetze aus, andere nehmen den Hunden die Leinen ab, wieder andere heften sich dicht an die Fährten – so begierig sind sie, das zu finden, was ihnen doch nur Gefahr bringen soll.

Eine Talmulde gab es, wohin bei Regen alle Gießbäche hinabstürzten. Ganz unten ist die Senke mit geschmeidigen Salweiden bestanden, mit leichtem Röhricht, Sumpfbinsen, Weidengebüsch, und unter langen Rohrkolben wächst kleineres Schilf. Hier wird der Eber aufgestört und stürzt sich ungestüm mitten unter die Feinde, wie ein Blitz aus hart aufeinanderprallenden Wolken. Niedergerannt wird der Wald durch seinen Ansturm; es kracht das Holz, das er vor sich herschiebt. Die Männer schreien auf, halten in der starken Rechten die Wurfspieße vorgestreckt, deren breite Eisenspitzen blinken.

Der Eber prescht vor, zerstreut die Hunde, sobald sich einer dem Rasenden in den Weg stellt, und wirbelt die Kläffer mit seitlichem Stoß auseinander. Die erste Lanze, von Echions Arm geschwungen, verfehlte ihr Ziel und kerbte nur leicht einen Ahornstamm. Es hatte den Anschein, als wäre die nächste im Rücken stecken geblieben, hätte nicht der Schütze allzu viel Kraft aufgewandt. Doch sie fliegt zu weit. Iason von Pagasae hatte sie geworfen. Da sprach der Sohn des Ampyx: »Habe ich dich je verehrt, Phoebus, und verehre ich dich noch, so schenke mir, daß ich mit treffsicherer Waffe das Ziel erreiche!« Soweit er konnte, gewährte der Gott die Bitte. Getroffen wurde von ihm der Eber, doch ohne Wunde: Diana hatte dem Spieß im Fluge das Eisen abgebrochen, der Schaft kam ohne Spitze an. Da wurde der Zorn des wilden Tieres erregt und flammte so heftig auf wie ein Blitz: Feuer sprühen die Augen, Feuer atmet die Brust. Und wie ein Feldstein, von straff gespannter Sehne geschleudert, daherfliegt, wenn er auf Stadtmauern oder auf Türme losgeht, die mit Kriegern besetzt sind, so stürzte sich mit weitausholendem Schwung der mörderische Eber auf die Männer und streckte Hippalmus und Pelagon nieder, die den rechten Flügel deckten. Die Gefährten rissen die Daliegenden zur Seite. Doch Enaesimus, Hippocoons Sohn, entrann nicht dem tödlichen Stoß. Während er sich verängstigt zur Flucht wenden wollte, versagten ihm die Sehnen, denn seine Kniekehlen waren zerschnitten. Vielleicht wäre auch der pylische Nestor vor Troias Zeiten umgekommen; doch er sprang, indem er sich auf die Lanze stützte und emporschwang, auf die Zweige des nächsten Baumes und schaute aus sicherem Versteck verächtlich auf den Feind hinab, vor dem er geflohen war. Der wetzt seine Hauer wütend am Eichenstamm und droht, ihn zu töten. Im Vertrauen auf seine frisch geschliffenen Waffen schlitzte er mit seinem krummen Rüssel dem großen Eurytiden den Oberschenkel auf. Doch die Zwillingsbrüder – noch nicht zum Himmelsgestirn geworden – ritten beide, herrlich von Gestalt, auf Rossen, die weißer als Schnee waren, und schüttelten beide die Spieße in der Luft, indem sie die Schäfte erzittern ließen. Sie hätten den Eber verwundet, wäre das Borstentier nicht ins finstre Gehölz entronnen, das kein Speer und kein Pferd durchdringen konnte. Telamon setzt ihm nach. In der Eile verfing er sich unvorsichtig in einer Baumwurzel und stürzte vornüber. Während Peleus ihm aufhalf, legte das Mädchen von Tegea den flinken Pfeil auf die Sehne, spannte den Bogen und schoß. Unter dem Ohr des Tieres blieb das Rohr hängen, streifte den Körper ganz oben und rötete die Borsten mit wenigen Blutstropfen. Doch fast noch mehr als sie selbst freute sich Meleager über ihren erfolgreichen Schuß. Als erster soll er das Blut entdeckt, als erster diese Entdeckung den Gefährten gezeigt und dabei gesagt haben: »Du wirst die verdiente Ehrung für deine Tapferkeit davontragen.« Schamrot geworden, muntern die Männer einander auf, machen sich Mut mit Geschrei und schleudern ihre Spieße wild durcheinander. Die Menge schadet den Würfen und verhindert gerade den gewünschten Treffer. Da sprach der Arcader Ancaeus, der mit einer Doppelaxt bewaffnet war, rasend vor Wut und blind für sein Schicksal: »Lernt, wieviel besser männliche Waffen als weibliche sind, ihr Männer, und laßt mich einmal heran! Mag ihn Latonas Tochter selbst mit ihren Waffen decken, meine Rechte wird ihn trotzdem auch gegen Dianas Willen erlegen!« So hatte sich der Aufgeblasene großsprecherisch vernehmen lassen; mit beiden Armen sein zweischneidiges Beil emporschwingend, stand er auf den Zehen und hielt sich auf den Fußspitzen in der Schwebe. Den Kühnen überrumpelt das Tier und stößt – dies ist der schnellste Weg zum Tode – ihm beide Hauer oben in die Weichen. Ancaeus bricht zusammen; als blutiges Knäuel springt das Gedärm hervor; Blut befeuchtet die Erde. Geradewegs auf den Feind losschreiten wollte Ixions Sohn Pirithous; er schüttelte den Jagdspieß in der starken Rechten. Ihm rief Aegeus' Sohn zu: »Halte dich fern, bleib stehen, der du mir teurer bist als ich selbst, du Hälfte meiner Seele! Man kann auch aus der Ferne tapfer kämpfen. Ancaeus mußte seine Tollkühnheit büßen.« Sprach's und schleuderte den Speer aus Kornelholz, den eine eherne Spitze schwer machte. Der war gut geschwungen und hätte bestimmt sein Ziel erreicht, doch stand ihm der belaubte Ast einer Wintereiche im Wege.

Auch Aesons Sohn warf den Speer; doch der Zufall lenkte ihn von dem Keiler ab und machte ihn einem unschuldigen Hunde zum Verhängnis. Das Geschoß drang ihm mitten in die Weichen und bohrte sich durch sie hindurch in die Erde. Doch die Hand des Oeneussohnes hat unterschiedlichen Erfolg: Von zwei Lanzen, die er warf, blieb die erste im Boden, die zweite mitten im Rücken des Ebers stecken. Während dieser wütet, sich im Kreise dreht und mit frischem Blut vermengten, zischenden Schaum versprüht, ist der Held, der die Wunde schlug, sofort zur Stelle, reizt den Gegner zur Wut und stößt den blitzenden Jagdspeer von vorn tief in den Vorderbug, der auf ihn zustürmt.

Die Gefährten bezeugen ihre Freude durch Beifallsrufe und drängen sich danach, die siegreiche Hand zu drücken. Staunend betrachten sie das ungeheure Tier, das den Boden weithin bedeckt; noch halten sie eine Berührung nicht für gefahrlos, doch immerhin färbt jeder seine Waffe mit Blut. Meleager aber setzte den Fuß auf das mörderische Haupt und sprach: »Nimm, Nonacrierin, die Trophäe, die mir zusteht, und mein Ruhm sei zwischen dir und mir geteilt.« Alsbald gibt er ihr als Jagdbeute den Rücken, der von harten Borsten starrt, und das Haupt mit den mächtigen Hauern. Sie freut sich nicht nur über die Gabe, sondern auch über den Geber. Da packte die andern der Neid, ein Murren ging durch die ganze Schar. Unter ihnen rufen mit Donnerstimme und ausgebreiteten Armen die Thestiaden: »Lege die uns gebührenden Ehrenzeichen weg und raube sie uns nicht, Weib! Laß dich vom Vertrauen auf deine Schönheit nicht verführen, nimm dich in acht, dein großzügiger Spender, der vor Liebe den Verstand verloren hat, wird dir nichts nützen!« Und sie rauben ihr die Gabe und ihm das Recht des Gebens. Er ertrug es nicht, der Marsgeborne, brauste zornig auf und stieß knirschend hervor: »Lernt, ihr Räuber fremder Ehre, den gewaltigen Unterschied zwischen Taten und Drohungen!« Und er bohrte dem Plexippus, der nichts Derartiges befürchtete, das unheilige Schwert in die Brust. Auch den Toxeus, der noch nicht weiß, was er tun soll, zugleich den Bruder rächen will und befürchtet, des Bruders Schicksal zu erleiden, läßt er nicht lange im unklaren, und schon hat er seine Waffe, die vom ersten Mord noch warm war, aufs neue mit Verwandtenblut erwärmt.

Meleagers Tod

Althaea trug soeben Opfergaben zu den Göttertempeln, um für den Sieg ihres Sohnes zu danken, da sieht sie plötzlich, wie ihre Brüder entseelt heimgetragen werden. Sie schlägt sich an die Brust, erfüllt die Stadt mit Trauergeschrei und vertauscht ihre goldenen Gewänder mit schwarzen. Doch kaum war ihr der Mörder genannt worden, war alle Trauer wie weggefegt, und die Tränen schlugen um in heißen Durst nach Rache.

Es gab ein Scheit, das hatten die drei Parzen ins Feuer gelegt, als die Tochter des Thestius kurz nach Meleagers Geburt im Kindbett lag. Mit dem Druck ihres Daumens spannen sie den Schicksalsfaden und sprachen: »Wir geben dir, du Neugeborener, dieselbe Lebenszeit wie diesem Holz.« Nach diesem Spruch gingen die Göttinnen hinaus; doch die Mutter riß das brennende Scheit aus dem Feuer und besprengte es mit fließendem Wasser. Das Stück Holz war lang im innersten Gemache verborgen gehalten worden; und solange man es hütete, hatte es dein Leben, Meleager, behütet. Jetzt hat es die Mutter hervorgezogen, läßt Kienspäne und dürre Reiser aufschichten und legt an den Holzstoß feindseliges Feuer. Viermal hat sie versucht, das Scheit in die Flammen zu legen, und viermal dabei innegehalten. Die Mutter in ihr ringt mit der Schwester, und zwei entgegengesetzte Namen reißen ein und dasselbe Herz hin und her. Oft erblaßte ihr Antlitz aus Furcht vor der bevorstehenden Untat, oft jagte ihr der aufwallende Zorn seine Röte in die Augen, und bald schien ihr Gesicht etwas Grausames anzudrohen, bald hätte man glauben können, es zeige Erbarmen. Und obschon die wilde Glut ihrer Seele die Tränen getrocknet hatte, fanden sich dennoch immer wieder Tränen. Wie ein Schiff, das der Wind und die dem Wind entgegengesetzte Brandung mit sich fortreißen, zwei Kräfte zu spüren bekommt und, unsicher, beiden gehorchen muß: So schwankt die Tochter des Thestius zwischen zwei Herzensregungen hin und her; abwechselnd läßt sie den Zorn verebben und, wenn er verebbt ist, wieder aufbrausen. Dennoch gewinnt in ihr die Schwester allmählich die Oberhand über die Mutter, und um die blutsverwandten Schatten durch Blut zu versöhnen, übt sie frommen Frevel. Nachdem das verhängnisvolle Feuer erstarkt war, sprach sie nämlich: »Dieser Scheiterhaufen soll mein Fleisch und Blut einäschern.« Das schicksalsträchtige Holz in der mörderischen Hand, stellte sich die Unselige vor den Altar, der zum Grabe werden sollte, und sprach: »Ihr drei Göttinnen der Sühne, Eumeniden, wendet euer Antlitz dem euch geweihten Racheopfer zu. Ich räche und begehe zugleich eine Untat. Tod soll Tod sühnen, und es häufe sich Frevel auf Frevel, Bestattung auf Bestattung. Unter einem Berg von Trauer werde das gottlose Haus begraben. Soll denn Oeneus sich glücklich des siegreichen Sohnes freuen, während Thestius kinderlos ist? Besser wird es sein, ihr trauert beide. Ihr Schatten der Brüder, ihr jüngst verstorbenen Seelen, fühlt doch wenigstens ihr den Dienst, den ich euch leiste, und nehmt das teuer bezahlte Totenopfer entgegen, die unselige Frucht meines Leibes! – Weh mir! Wozu lasse ich mich hinreißen? Ihr Brüder, verzeiht der Mutter! Die Hände versagen mir den Dienst. Ich gebe zu: Er hat den Tod verdient; doch mir mißfällt, daß gerade ich das Urteil vollstrecken muß. Soll er also straflos ausgehen, leben, sich als Sieger fühlen und, stolzgeschwellt von eben diesem Erfolg, den Thron von Calydon innehaben, während ihr als ein Häuflein Asche und als kalte Schatten daliegt? Nein, das lasse ich nicht zu! Er sterbe, der Frevler, und nehme die Hoffnung des Vaters, das Reich und die Trümmer der Heimat mit ins Grab. – Wo bleibt die Mutterliebe? Wo sind die heiligen Rechtsbindungen der Eltern? Und die zehn Monde langen Mühen, die ich aushielt? O wärest du doch als Neugeborener im ersten Feuer verbrannt – o hätte ich das geschehen lassen! Mir verdankst du dein Leben, dir selbst wirst du jetzt den Tod verdanken! Empfange den Lohn für deine Tat und gib das Leben zurück, das ich dir zweimal geschenkt habe: erst bei der Geburt und dann, als ich das Scheit aus den Flammen riß; gib es zurück! Oder lege auch mich zu den Brüdern ins Grab! – Ich will, aber ich kann nicht. Was soll ich tun? Bald stehen mir die Wunden der Brüder vor Augen und das Bild des furchtbaren Blutbades; bald nehmen Mutterliebe und Muttername mir den Mut. Weh mir! Unheilvoll wird euer Sieg; doch siegt, ihr Brüder! Wenn ich nur ihm, den ich euch zum Trost opfere, und euch selbst nachfolge!«

Sprach's und warf, indem sie sich abwandte, mit zitternder Hand das todbringende Scheit mitten ins Feuer. Das Holz ächzte – oder kam es der Mutter nur so vor? Dann ging es in Flammen auf, die es nur widerstrebend verschlangen.

Meleager, der nichtsahnend in der Ferne weilt, verbrennt an diesem Feuer und fühlt, wie unsichtbare Gluten sein Inneres ausdörren; aber er unterdrückt mannhaft die heftigen Schmerzen. Doch ist er traurig, daß er eines feigen und unblutigen Todes sterben muß, preist Ancaeus um seiner Wunden willen glücklich und ruft seinen hochbetagten Vater, die Brüder und treuen Schwestern und mit letzter Kraft stöhnend seine Gattin – vielleicht auch die Mutter. Feuer und Schmerz nehmen zu und lassen wieder nach: Zugleich sind beide erloschen; allmählich entwich der Lebenshauch in die leichten Lüfte, allmählich hüllte graue Asche die glühende Kohle ein.

Meleagers Schwestern

Darnieder liegt das hohe Calydon. Es trauert jung und alt. Hoch und niedrig klagt, und die calydonischen Mütter vom Euenus raufen sich das Haar und schlagen sich an die Brust. Am Boden liegend, entstellt der Vater sein weißes Haar und sein greises Antlitz mit Staub und verflucht sein langes Leben. Denn die Mutter hatte mit eigener Hand, im Bewußtsein der grauenvollen Tat, die Strafe vollzogen und sich den Stahl in den Leib gestoßen.

Selbst wenn mir ein Gott einen Mund mit hundert Zungen gegeben hätte und dazu einen allumfassenden Geist und den ganzen Helicon, könnte ich doch den Jammer der unglücklichen Schwestern nicht zu Ende singen. Ohne an ihre Schönheit zu denken, schlagen sie sich die Brüste blau, und solange der Leichnam noch daliegt, wärmen sie ihn immer wieder, küssen den Toten und küssen die Bahre. Nach der Einäscherung nehmen sie Asche und drücken sie an die Brust, schmiegen sich an den Grabhügel, umarmen den Namen, der in den Stein gemeißelt ist, und lassen Tränen in die Buchstaben rinnen. Endlich hat Diana das Unheil im Hause Parthaons bis zur Neige genossen, läßt den Schwestern, außer Gorge und der Schwiegertochter der edlen Alcmene, am Leibe Federn sprießen, trägt sie empor, spannt weite Flügel über ihre Arme, gibt ihnen Schnäbel aus Horn und läßt sie verwandelt durch die Luft fliegen.

Theseus bei Achelous (I)

Theseus hatte sein Teil zur gemeinsamen Arbeit beigetragen und war inzwischen unterwegs zur erechtheïschen Burg der Tritonis. Doch der Fluß Achelous, der vom Regen angeschwollen war, versperrte ihm den Weg, hielt ihn auf und sprach: »Tritt unter mein Dach, ruhmvoller Sproß des Cecrops, und vertraue dich nicht den reißenden Wellen an. Sie tragen gern ganze Baumstämme mit sich fort und wälzen querliegende Felsblöcke mit lautem Tosen vor sich her. Ich habe gesehen, wie ein hochgebauter Stall, der am Ufer stand, samt den Viehherden fortgerissen wurde. Und nichts nützte den Rindern ihre Stärke und den Rossen ihre Schnelligkeit. Auch die Leiber vieler Männer hat mein wilder Sturzbach, wenn auf den Bergen der Schnee schmolz, im wirbelnden Strudel ertränkt. Sicherer ist es auszuruhen, bis der Strom sich wieder in den gewohnten Grenzen hält und bis das eigene Flußbett den schmalen Wasserlauf wieder fassen kann.« Aegeus' Sohn willigte ein und erwiderte: »Ich will Herberge und Rat von dir gerne annehmen.« Und er nahm beides an. Er trat in die Halle, die aus löcherigem Bimsstein und rauhem Tuff gebaut war. Der Boden war feucht von weichem Moos, die Decke schmückten abwechselnd Muscheln und Purpurschnecken.

Und als Hyperion schon zwei Drittel des Tages durchmessen hatte, verteilten sich Theseus und die Gefährten seiner Mühen auf die Ruhepolster: auf der einen Seite Ixions Sohn, auf der anderen Lelex, der Held aus Troezen mit leicht ergrauten Schläfen, und andere, die der Strom der Acarnanen, hocherfreut über den berühmten Gast, gleicher Ehre gewürdigt hatte. Sogleich trugen barfüßige Nymphen Tische herein und deckten sie mit köstlichen Speisen, und als das Essen abgetragen war, tischten sie in Gefäßen aus Edelstein reinen Wein auf.

Die Echinaden – Perimele

Da sprach der gewaltige Held und blickte auf das Meer hinaus, das sich vor seinen Augen ausbreitete: »Was ist das für ein Ort?« Er wies mit dem Finger in die Richtung. »Und sage mir den Namen der Insel dort; allerdings scheint es nicht nur eine zu sein.« Hierauf erwiderte der Strom: »In der Tat ist, was ihr seht, nicht nur *eine* Insel. Fünf liegen da, nur die Entfernung läßt die Zwischenräume verschwinden. Und damit dich das Verhalten der mißachteten Diana weniger wundert, so vernimm: Diese Inseln waren einmal Naiaden. Als sie zehn Stiere geschlachtet und die Landgottheiten zum Opfer gerufen hatten, führten sie den Festreigen auf, ohne an mich zu denken. Da schwoll ich an vor Zorn, wurde so groß wie beim schlimmsten Hochwasser, und meine Wellen waren so übermächtig wie meine Wut. Ich riß Wald von Wald und Feld von Feld und wälzte die Nymphen, die sich erst jetzt an mich erinnerten, samt ihrem Grund und Boden

vor mir her ins Meer hinaus. Meine und des Meeres Strömung
teilte das zusammenhängende Stück Land und löste es in so viele
Teile auf, wie du jetzt Echinaden im Wasser erblickst.

Doch wie du selbst siehst, hat sich dort ganz fern eine Insel 590
abgesondert, die mir lieb ist. Perimele nennt sie der Seemann. Ich
liebte sie und nahm ihr die Jungfernschaft. Darüber ergrimmt,
stieß ihr Vater Hippodamas die Tochter vom Felsen hinab, um
sie zu töten. Ich fing sie auf, trug die Schwimmende und sprach: 595
›O Träger des Dreizacks, dem das zweite Weltreich, das flie-
ßende Wasser, zuteil geworden ist, hilf und gib, o Neptun, dem 601
Mädchen, das der grausame Vater ertränkt hat, ein Land oder laß
sie selbst zu Land werden.‹ Als ich noch redete, umfing die
schwimmenden Gelenke junges Land, die Glieder verwandelten 610
sich, und es wuchs eine gewichtige Insel.«

Philemon und Baucis

Hier verstummte der Strom. Die wundersame Begebenheit hatte
alle bewegt. Nur Ixions Sohn verspottet die Gläubigen, und als
Verächter der Götter sprach er trotzigen Sinnes: »Du erzählst
Märlein und hältst allzu viel von der Macht der Götter, wenn du 615
sagst, daß sie Gestalten geben und nehmen.« Alle entsetzten sich
und hießen solche Reden nicht gut. Und allen voran sprach
Lelex, dessen Geist durch das Alter gereift war:

»Unermeßlich ist die Macht des Himmels, sie hat keine
Grenze; und alles, was die Götter je gewollt haben, hat sich voll-
endet. Um deinen Zweifel zu widerlegen: Linde und Eiche ste- 620
hen nebeneinander auf Phrygiens Hügeln, umgeben von einem
bescheidenen Mäuerchen. Ich selbst habe die Stätte gesehen;
mich schickte nämlich Pittheus in die Gegend, die einst sein Va-
ter Pelops beherrscht hatte. Nicht weit von dort liegt ein See,
früher bewohnbares Land, jetzt ein Gewässer, bevölkert von 625
Tauchervögeln und Wasserhühnern, wie sie im Sumpf heimisch
sind.

Dorthin kam Iuppiter in Menschengestalt; den Vater beglei-
tete der Atlasenkel Mercur mit seinem Stab, aber ohne die Flü-
gelsohlen. An tausend Türen pochten sie und baten um Unter-
kunft und Nachtlager; tausend Türen blieben verriegelt. Ein
Haus nahm sie dennoch auf. Es war zwar nur klein und mit Stroh 630
und Sumpfrohr gedeckt. Aber die fromme Greisin Baucis und
der gleichaltrige Philemon hatten sich, als sie noch ganz jung wa-

ren, in dieser Hütte vermählt und waren darin alt geworden. Aus ihrer Armut machten sie kein Hehl und ertrugen sie ohne Murren: So ward sie ihnen leicht. Es ist einerlei, ob man dort nach der Herrschaft oder nach den Dienern fragt: Die beiden sind der ganze Haushalt, sie gehorchen und befehlen zugleich. Als nun die Himmelsbewohner das kleine Haus betraten und mit gesenktem Scheitel die niedrige Tür durchschritten, lud der Alte sie ein, den müden Gliedern Erholung zu gönnen, und bot ihnen einen Sitz an; die geschäftige Baucis warf ein grobes Gewebe darüber. Im Herd schob sie dann die warme Asche zur Seite: Sie rüttelt das Feuer von gestern wieder auf, nährt es mit Laub und trockener Rinde und bringt es mit ihrem greisenhaften Atem zum Aufflammen. Dann hat sie gespaltenes Brennholz und dürres Reisig vom Dachboden heruntergetragen, es zerkleinert und unter das eherne Kesselchen gelegt. Den Kohl, den ihr Mann im bewässerten Garten geholt hatte, entblättert sie. Mit einer zweizinkigen Gabel nimmt Philemon den geräucherten Schweinsrücken, der am rußgeschwärzten Dachbalken hängt, schneidet von dem lang aufgesparten Stück ein schmales Scheibchen ab und kocht es im siedenden Wasser weich.

Inzwischen vertreiben sie den Gästen die Wartezeit durch Gespräche und täuschen sie über die Verzögerung hinweg. Dort war ein Kübel aus Buchenholz; mit dem kräftigen Henkel hatte man ihn an einem Pflock aufgehängt. Dieses Gefäß wird mit lauem Wasser gefüllt, so daß die Gäste sich darin die Glieder wärmen können. In der Mitte liegt ein Polster aus weichem Flußschilf auf einem Sofa, dessen Gestell und Füße aus Salweidenholz sind. Tücher decken sie darüber, die sie sonst nur an Festtagen ausbreiteten. Doch auch die waren ärmlich und alt, und das Speisesofa aus Weidenholz brauchte sich ihrer nicht zu schämen. Die Götter legten sich zum Mahle nieder. Den Tisch deckte die Alte im hochgeschürzten Gewand mit zitternden Händen. Doch das dritte der Tischbeine war zu kurz: Eine Scherbe glich es aus. Kaum hat diese Unterlage die Schräge beseitigt, wischt grünende Minze die jetzt ebene Tafel ab. Da werden zweifarbige Oliven aufgetischt – die Beeren der keuschen Minerva –, herbstliche Kornelkirschen, in flüssiger Hefe eingemacht, Endivien, Radieschen, weißer Käse und Eier, leicht umgedreht in schwacher Glut, alles in Gefäßen aus Ton. Danach wird ein aus demselben Edelmetall ziselierter Mischkrug aufgestellt und Becher aus Buchenholz, die innen mit Wachs ausgestrichen sind. Es dauerte nicht mehr lange, da gab der Herd die heißen Speisen her. Nochmals wird der junge Wein aufgetragen. Dann macht er, etwas beiseite gestellt, dem Nachtisch Platz: Nüsse gibt es, getrocknete Feigen mit runzligen Datteln vermischt, Pflaumen, duftende Äpfel in ausladenden Körben, Trauben von purpurnen Reben. Schimmernd liegt in der Mitte eine Honigwabe. Zu alledem kamen die freundlichen Gesichter hinzu und ein guter Wille, der weder träge noch ärmlich war. Unterdessen sehen sie, wie sich der Mischkrug, aus dem man schon so oft geschöpft hat, von selbst wieder füllt und wie sich der Wein von selbst ergänzt. Das Unerhörte erschüttert sie. Verstört heben sie die Hände und beginnen beide zu beten, Baucis und der verzagte Philemon. Sie bitten um Vergebung für das Mahl und für den fehlenden Aufwand.

Eine einzige Gans hatten sie, die Hüterin des winzigen Häuschens. Die wollten die Besitzer für die himmlischen Gäste schlachten; aber das flinke Federvieh macht die langsamen Alten müde und hat sie lange zum besten. Schließlich sah man die Gans bei den Göttern selbst Zuflucht suchen. Die Himmlischen verboten, sie zu töten, und sprachen: ›Götter sind wir, und eure gottlose Nachbarschaft wird die verdiente Strafe empfangen. Ihr aber sollt von diesem Unheil verschont bleiben. Verlaßt nur euer Haus und begleitet uns hinauf auf die Bergeshöhe.‹ Die beiden gehorchen, und auf ihre Stöcke gestützt, gehen sie mühsam Schritt für Schritt den langen Weg hinan.

Einen Pfeilschuß weit waren sie noch vom Gipfel entfernt, da wandten sie den Blick: Sie sehen, daß alles im Sumpfe versunken ist und nur ihr Haus noch steht. Während sie staunen und das Geschick ihrer Nächsten beweinen, verwandelt sich die alte Hütte, die sogar schon für zwei Eigentümer zu eng gewesen war, in einen Tempel: An die Stelle der Stützgabeln sind Säulen getreten, das Stroh wird gelb, das Dach erscheint mit Gold gedeckt, die Türflügel mit erhabener Arbeit verziert und der Boden mit Marmor belegt.

Da sprach Saturnius mit gütigen Lippen: ›Sagt, gerechter Greis, und du, Frau, die des gerechten Gatten würdig ist, sagt, was ihr euch wünscht.‹ Mit Baucis wechselt Philemon einige Worte und eröffnet dann den Göttern den gemeinsamen Beschluß: ›Eure Priester zu sein und euren Tempel zu hüten, darum bitten wir. Und da wir all unsere Jahre in Eintracht gelebt haben, möge beide dieselbe Stunde hinraffen. Nie möge ich meiner Gattin Grab sehen und auch selbst nicht von ihr bestattet werden müssen.‹

Auf den Wunsch folgt die Erfüllung: Sie waren die Hüter des Tempels, solange ihnen noch Leben geschenkt war. Als sie einmal, vom hohen Alter entkräftet, vor den heiligen Stufen standen und sich die Geschichte des Ortes erzählten, sah Baucis, wie Philemon, und der alte Philemon, wie Baucis sich belaubte. Und als schon über beider Gesicht der Wipfel hinwuchs, sprachen sie miteinander, solang es ihnen noch vergönnt war. ›Leb wohl, mein Gemahl!‹ sagten sie zugleich, und zugleich verschwanden die Lippen beider im Geäst. Bis heute zeigt der einheimische Thyner die nebeneinanderstehenden Baumstämme, die aus zwei Leibern entstanden sind.

Das haben mir ernste alte Männer erzählt – sie hatten auch keinen Grund, mich anzulügen. Ich selbst habe Blumengewinde an den Ästen hängen sehen, und als ich ein frisches dazutat, sagte ich: ›Es sorgten für sie die Götter. Darum sollen sie selbst Götter sein. Wer Ehre erwies, soll Ehre empfangen.‹«

Erysichthon und seine Tochter

Er hatte geendet, und alle waren von der Geschichte und dem Erzähler ergriffen, vor allem Theseus. Zu ihm, der gerne Wundertaten der Götter hören wollte, sprach der calydonische Strom, auf seinen Ellenbogen gestützt, folgendermaßen:

»Es gibt Menschen, tapferer Held, deren Gestalt einmal verändert worden ist und die dann diese neue Erscheinung behielten. Andere haben das Recht, mehrere Gestalten anzunehmen, wie du, Proteus, Bewohner des Meeres, das die Erde umschließt. Denn bald hat man dich als Mann, bald als Löwen gesehen, bald warst du ein grimmiger Eber, bald – entsetzlich anzufassen! – eine Schlange; bald machten Hörner dich zum Stier; oft konntest du wie ein Stein, oft auch wie ein Baum aussehen. Zuweilen ahmtest du fließendes Wasser nach und warst ein Strom, zuweilen das Gegenteil des Wassers, Feuer. Kein geringeres Recht hat auch die Gattin des Autolycus, Erysichthons Tochter. Ihr Vater verachtete die Macht der Götter und verbrannte nie Weihrauch auf den Altären. Er soll sogar die Bäume der Ceres mit dem Beil verletzt und den altehrwürdigen Hain mit dem Eisen entweiht haben. Dort stand eine gewaltige Eiche, ihr Kernholz war reich an Jahresringen, sie allein war schon ein Wald. Ihre Mitte umgaben Priesterbinden, Gedenktafeln und Blumengewinde, die von erfüllten Gelübden kündeten. Oft tanzten unter ihr die Dryaden

den festlichen Reigen, oft faßten sich alle nebeneinander an den Händen und maßen so den Umfang des Stammes, und das Holz war volle fünfzehn Ellen mächtig. Ja, der übrige Wald lag so tief unter dieser Eiche wie das Gras unter dem Walde.

Trotz alledem verschonte sie der Sohn des Triopas nicht mit seinem Eisen. Er heißt seine Diener das heilige Holz fällen. Als er sie trotz seines Befehls zögern sah, entriß er einem die Axt und sprach – der Frevler! – folgende Worte: ›Mag der Baum nicht nur von Göttern geliebt, sondern sogar selbst eine Göttin sein, gleich wird er mit dem belaubten Wipfel die Erde berühren.‹ Sprach's, und während er mit der Waffe zum seitlichen Schlage ausholte, erzitterte die Eiche der Ceres und ließ einen Seufzer vernehmen; zugleich begannen die Blätter, zugleich die Eicheln zu erblassen, und Blässe überzog die langen Äste.

Doch kaum hatte die gottlose Hand dem Stamm eine Wunde geschlagen, da strömte aus der Rinde Blut, nicht anders, als wenn vor dem Altar ein gewaltiges Opfertier, ein Stier, zusammenbricht und Blut aus dem gefällten Nacken strömt. Starr war alles vor Entsetzen. Nur einer von allen wagt den Frevel abzuwehren und die wütende Doppelaxt aufzuhalten. Ihn blickt der Thessalerfürst an und spricht: ›Empfange den Lohn für deinen frommen Sinn!‹ Er kehrt vom Baum das Eisen gegen den Mann und trennt ihm das Haupt vom Rumpfe. Abermals greift er das Holz an und schlägt es. Da tönte es folgendermaßen mitten aus der Eiche: ›Unter diesem Holz lebe ich, Ceres' liebste Nymphe. Sterbend weissage ich dir, daß dir die Strafe für deine Taten bevorsteht – mir ein Trost im Tode.‹

Er aber setzt seinen Frevel fort. Von unzähligen Schlägen zum Wanken gebracht und mit Seilen schräg hinabgezogen, brach der Baum schließlich zusammen und warf durch sein Gewicht viel Wald zu Boden. Entsetzt über den Schaden, den der Hain und sie selbst erlitten hatten, treten die Dryaden, alle Schwestern, in schwarzen Gewändern trauernd vor Ceres und bitten sie, Erysichthon zu bestrafen.

Sie nickte zustimmend, und als die Herrliche ihr Haupt bewegte, ließ sie die Äcker, die schwer von lastender Frucht waren, erzittern. Sie verhängt über ihn eine mitleiderregende Strafe – doch dieser Frevler verdient keinerlei Mitleid! –, nämlich: daß er an verzehrendem Hunger hinsieche.

Da nun die Göttin des Hungers von Ceres selbst nicht besucht werden darf – denn Fülle und Hunger dürfen nach dem Spruche des Schicksals nie zusammenkommen –, redet sie eine ländliche

Oreade, die auf Bergen ihr Wesen treibt, mit folgenden Worten an: ›Am fernsten Rande des eisigen Scythien liegt ein Ort, ein trauriger Boden, wüste Erde, unfruchtbar, ohne Korn und ohne Baum! Dort wohnen der starre Frost, die Blässe, das Zittern und die magere Hungersnot. Befiehl du dieser, sich in der verworfenen Brust des Gotteslästerers einzunisten. Keine Fülle soll sie überwinden können; sie möge nur im Kampf meine Kräfte besiegen. Und damit der weite Weg dich nicht schreckt, nimm den Wagen; nimm auch die Drachen, um sie mit Zügeln hoch durch die Luft zu lenken.‹

Und sie gab ihr alles. Der geliehene Wagen trägt die Oreade durch die Lüfte. Sie gelangt nach Scythien. Auf einem hochragenden Berggipfel – man nennt ihn Kaukasus – hat sie den Schlangenhälsen das Joch abgenommen: Da sah sie auch schon die gesuchte Hungersnot auf steiniger Flur mit Nägeln und Zähnen die spärlichen Grashalme ausrupfen. Struppig war das Haar, hohl die Augen, Blässe im Gesicht, die Lippen grau vor Verfall, rauh vor Rost die Kehle, hart die Haut, so daß die Eingeweide hindurchschienen: Die Knochen standen dürr unter den eingefallenen Lenden hervor. Statt des Bauches war nur eine leere Stelle da; man hätte meinen können, die Brust hänge und werde nur vom Brustkorb am Rückgrat festgehalten. Hagerkeit hatte die Gelenke groß erscheinen lassen, dick war die Kniescheibe geschwollen, und als maßloser Buckel sprangen die Knöchel vor.

Sobald die Nymphe sie von fern erblickt hat – sie wagte nämlich nicht, nahe heranzutreten –, richtet sie den Auftrag der Göttin aus. Und nach kurzem Aufenthalt – obwohl sie weit entfernt stand und eben erst angekommen war – glaubte sie doch Hunger zu verspüren, ließ das Drachengespann wenden und lenkte es hoch am Himmel zurück nach Haemonien.

Die Hungersnot erfüllt Ceres' Gebot – obwohl sie doch sonst immer im Widerspruch zu Ceres' Werk steht. Schon hat sie sich vom Winde durch die Luft zum vorgeschriebenen Hause tragen lassen. Alsbald betritt sie das Schlafgemach des Frevlers, und während er in tiefem Schlummer gelöst daliegt – es war Nacht –, umschlingt sie ihn mit beiden Armen, flößt sich dem Mann ein, haucht ihm den Schlund, die Brust und das Gesicht an und erzeugt in den leeren Adern Hungergefühl. Nachdem ihr Auftrag erfüllt ist, verläßt sie den fruchtbaren Erdkreis und kehrt in ihr armseliges Haus und ihre vertrauten Höhlen zurück.

Noch streichelt der sanfte Schlaf Erysichthon mit freundlichem Flügel, doch schon im Traum greift er nach Speisen, bewegt umsonst den Mund, läßt Zahn auf Zahn bis zur Erschöpfung mahlen, den betrogenen Schlund wesenlose Speise schlucken und schlingt statt eines Festmahls vergeblich dünne Luft in sich hinein. Doch sobald der Schlaf abgeschüttelt ist, rast der Hunger in ihm wie Feuersglut, herrscht im gierigen Schlund und in den bodenlosen Eingeweiden. Ohne Verzug fordert er, was das Meer, die Erde, die Luft hervorbringt; am gedeckten Tisch klagt er über Hunger und sucht inmitten von Speisen nach Speise. Und was für Städte, ja für ein ganzes Volk ausreichen könnte, genügt dem einen nicht. Immer mehr begehrt er, je mehr er in seinen gierigen Bauch hinabschlingt. Und wie das Meer von der ganzen Erde die Flüsse aufnimmt und nie des Wassers satt wird, sondern fremde Ströme leer trinkt, wie raffendes Feuer niemals Nahrung verschmäht und unzählige Scheite zu Asche verbrennt und, je mehr Stoff es bekommt, desto mehr angreift und gerade durch die Menge noch gefräßiger wird, so nimmt der Mund des unheiligen Erysichthon alle Speisen auf und verlangt zugleich nach weiteren. Jeder Schmaus ist ihm nur Grund zum Schmausen, und durch das Essen wächst nur die Leere im Magen. Schon hatte er durch seinen Hunger und den bodenlosen Abgrund seines Bauches den väterlichen Reichtum geschmälert; doch ungeschmälert blieb auch jetzt noch der gräßliche Hunger; und die brennende Gier des Schlundes, der sich nicht beschwichtigen ließ, war stark wie zuvor. Nachdem er all sein Vermögen verschlungen hatte, blieb ihm zuletzt nur noch eine Tochter, die einen besseren Vater verdient hätte. Auch sie verkauft der mittellos Gewordene. Das edle Mädchen will keinem Herrn dienen und ruft, die Arme übers nahe Meer streckend: ›Entreiß mich dem Herrn, o du, dem ich meine Jungfernschaft als Preis bezahlen mußte!‹ Dies war Neptun gewesen. Er verwarf das Gebet nicht; und obgleich der Besitzer, der ihr nachfolgt, sie eben noch gesehen hat, schenkt der Gott ihr eine neue Gestalt. Er leiht ihr ein männliches Gesicht und eine Tracht, wie Fischer sie tragen. Der Herr schaut sie an und spricht: ›Der du den baumelnden Haken aus Erz in einem kleinen Köder verbirgst, Beherrscher der Angelrute, so wahr du ein friedliches Meer und leichtgläubige Fische im Wasser haben magst, die den Haken erst bemerken, wenn er sie aufspießt – sag mir, wo das Mädchen ist, das eben noch in einem billigen Kleid mit verwirrten Haaren hier am Strande stand – ich habe sie nämlich am Strand stehen sehen –, sag mir, wo sie ist! Denn weiter führen keine Spuren.‹ Das Mädchen bemerkte, daß die Gabe des Gottes sich bewährte, freute sich, daß man sich bei ihr selbst nach ihr erkundigte, und gab dem Frager folgenden Bescheid: ›Entschuldige mich, wie du auch heißen magst. Ich habe die Augen von dieser Wassertiefe nirgendwohin schweifen lassen und war ganz in meine Arbeit vertieft. Und um dir jeden Zweifel zu nehmen: So wahr der Meeresgott dieser meiner Kunst beistehen möge, ist außer mir schon lange niemand und vollends keine Frau an diesem Ufer gestanden.‹ Der Herr glaubte es, wandte seine Schritte zurück durch den Sand und ging geprellt von dannen. Das Mädchen erhielt seine frühere Gestalt zurück. Doch als der Vater bemerkte, daß seine Tochter einen wandlungsfähigen Körper hatte, verkaufte er sie oft an Sklavenhalter, die Enkelin des Königs Triopas. Sie aber ging bald als Stute, bald als Vogel, bald als Rind, bald als Hirsch hinweg und verschaffte so dem gierigen Vater unrechtmäßige Nahrung.

Als die Gewalt des Unheils jedoch alle Vorräte verbraucht und der schweren Krankheit nur immer neue Nahrung gegeben hatte, begann er die eigenen Glieder mit blutigem Biß zu zerfleischen. So ernährte der Unselige seinen Leib, indem er ihn verzehrte.

Doch was halte ich mich bei fremden Schicksalen auf? Auch ich habe die Möglichkeit – die freilich durch die Zahl begrenzt ist –, meine Gestalt mehrfach zu wandeln, junger Mann. Denn bald erscheine ich, wie ich jetzt bin, bald winde ich mich als Schlange, bald nehme ich als Anführer der Rinderherde alle Kraft in den Hörnern zusammen. Ja, die Hörner – solange ich es noch konnte! Jetzt fehlt meiner Stirn auf der einen Seite die Waffe, wie du selbst siehst.« Und ein Seufzer folgte den Worten.

Neuntes Buch

Inhalt des neunten Buches

Theseus bei Achelous (II)

Warum der Gott seufze und weshalb seiner Stirn ein Horn fehle, fragte der Held aus Neptuns Stamm. Da begann der calydonische Strom folgendermaßen – sein ungeschmücktes Haar war mit Schilfrohr umkränzt:

Achelous und Hercules

»Traurig macht mich der Dienst, um den du mich bittest. Denn wer wollte als Besiegter die eigenen Kämpfe in Erinnerung rufen? Trotzdem will ich alles der Reihe nach berichten. Auch war der Schimpf der Niederlage nicht so groß wie die Ehre, diesen Kampf aufgenommen zu haben. Es ist mir ein starker Trost, daß mich ein so großer Held besiegt hat. Vielleicht ist dir der Name Deïanira schon einmal zu Ohren gekommen? Einst war sie eine wunderschöne Jungfrau, die eifersüchtig umworbene Hoffnung vieler Freier. Als ich zusammen mit ihnen das Haus des begehrten Schwiegervaters betreten hatte, sprach ich: ›Nimm mich als Schwiegersohn an, du Sohn des Parthaon!‹ Das Gleiche sagte der Alcide. Die anderen ließen uns beiden den Vortritt.

Er brachte vor, daß er ihr Iuppiter als Schwiegervater schenke, auch führte er seine ruhmreichen Arbeiten an und daß er die Aufträge seiner Stiefmutter Iuno ausgeführt habe. Ich entgegnete: ›Schimpflich ist es für einen Gott, einem Sterblichen zu weichen‹ – noch war Hercules kein Gott –; ›erkenne in mir den König der Wasser, die in seitwärts gerichtetem Lauf mitten durch dein Reich fließen! Als Schwiegersohn werde ich für dich kein Fremder von fernen Gestaden sein, sondern ein Landsmann, ja ein Teil deines Reiches. Nur möge nicht gegen mich sprechen, daß die königliche Iuno mich nicht haßt und daß ich keinerlei befohlene Arbeiten abzubüßen habe. Denn jener Iuppiter, von dem abzustammen du, Sohn der Alcmene, dich rühmst, ist entweder nicht dein wirklicher Vater, oder er ist es durch ein Vergehen. Begehrst du ihn zum Vater, so machst du deine Mutter zur Ehebrecherin. Wähle, was dir lieber ist: Entweder ist dein Iuppiter ein Märchen, oder du bist in Schande erzeugt.‹

Während ich so rede, mißt er mich schon lange mit finsteren Blicken. Seinen Zorn bemeistert er dabei keineswegs heldenhaft, sondern entgegnet nur so viel: ›Mehr taugt meine Rechte als meine Zunge. Behalte ich nur im Kampf die Oberhand, so siege du immerhin im Reden!‹ Und grimmig geht er auf mich los. Da ich eben noch große Worte gemacht hatte, schämte ich mich zurückzuweichen. Ich warf das grüne Gewand ab, hielt ihm die Arme entgegen – die Hände waren seitlich vor der Brust in Bereitschaft – und machte mich zum Kampf fertig.

Er bestreut mich mit Staub, den er mit der hohlen Hand geschöpft hat, und wird seinerseits mit gelbem Sand eingestäubt. Bald packt er meinen Nacken, bald meine blitzschnellen Schenkel – oder ist nahe daran, sie zu packen – und setzt mir von allen Seiten zu. Mein Gewicht war meine Rettung: Vergeblich wurde ich angegriffen, gleich einem Damm, gegen den mit mächtigem Rauschen die Fluten anstürmen: Stehen bleibt er, und seine Schwere gibt ihm Sicherheit. Ein wenig rücken wir voneinander ab und kommen dann wieder zum Kampf zusammen. Mit gespreizten Beinen standen wir da, fest entschlossen, nicht zu weichen. Da drängte sich Fuß an Fuß; mit der ganzen Brust vorgeneigt, drückte ich Finger an Finger und Stirn an Stirn. Nicht anders sah ich starke Stiere gegeneinander anrennen, wenn als Kampfpreis die prächtigste Kuh im ganzen Bergwald lockt: Die Herde schaut zu und bangt, ungewiß, wen der Sieg und die hohe Herrscherwürde erwarte.

Dreimal wollte der Alcide ohne Erfolg meine Brust, die sich ihm entgegenstemmte, zurückwerfen. Erst beim vierten Mal schüttelte er die Umklammerung ab und löste meine angewinkelten Arme. Dann stieß er mich mit der Hand – ich bin entschlossen, die Wahrheit zu bekennen –, drehte mich mit einem Ruck von sich weg und hing lastend auf meinem Rücken. Glaube mir nur – ich suche ja keinen Ruhm mit erdichteten Reden –: Ich kam mir vor, als läge ein Berg auf mir, der mich niederdrückte. Mit Mühe schob ich dennoch meine schweißüberströmten Arme dazwischen; mit Mühe löste ich die feste Umschlingung von meiner Brust. Ich atme schwer, doch er setzt mir weiter zu, hindert mich, wieder Kräfte zu sammeln, und bekommt schließlich meinen Nacken zu fassen. Erst da drückte mein Knie die Erde, und ich biß mit dem Mund in den Sand.

Da ich ihm an Körperkraft unterlegen bin, nehme ich Zuflucht zu meinen Künsten und entgleite ihm in Gestalt einer langen Schlange. Als ich meinen Leib in Bogen und Windungen krümmte und mit wildem Zischen die gespaltene Zunge spielen ließ, lachte der tirynthische Held und spottete meiner Künste:

›Mit Schlangen bin ich schon in der Wiege fertig geworden. Magst du auch andere Drachen übertreffen, mein Achelous – der wievielte Teil der lernaeischen Natter wirst du als einzelner Wurm sein? Sie zeugte sich in ihren Wunden fort, und keines ihrer hundert Häupter schlug man ungestraft ab, ohne daß zwei Nachfolger dem Hals noch größere Kraft gaben. Obwohl sie weit verästelt war, da jeder Schwertstreich neue Nattern erzeugte, und obwohl sie mit jedem Verlust nur wuchs, bezwang ich sie und schlitzte die Bezwungene auf. Was erwartest du dir, der du in einer falschen Schlangenhaut fremde Waffen erhebst? Den eine geborgte Gestalt vermummt?‹

Sprach's und legt mir seine Finger wie Fesseln ganz oben um den Hals: Ich war beengt, als drücke eine Zange mir die Kehle zu, und kämpfte darum, meine Gurgel dem Griff seiner Daumen zu entwinden.

Nachdem ich auch so besiegt war, blieb mir als Drittes noch die Gestalt eines trotzigen Stieres. In einen Stier verwandelt, nehme ich den Kampf wieder auf. Er legt von links her die Arme um meine Wamme. Ich will fortstürmen, er aber geht, kräftig ziehend, mit, drückt mir die Hörner nieder, bohrt sie in den harten Boden und streckt mich in den tiefen Sand. Und auch das war ihm nicht genug: Während seine bärenstarke Rechte das starre Horn hielt, brach sie es ab und riß es von der verstümmelten Stirn. Naiaden füllten es mit Obst und duftenden Blumen und weihten es. Und die Göttin der Fülle ist durch mein Horn reich.«

Theseus bei Achelous (III)

Sprach's, da trat eine Nymphe ein, geschürzt wie Diana, mit beiderseits herabwallendem Haar, eine der Dienerinnen, und trug in dem reichen Horn die Fülle des Herbstes, die üppigen Früchte, als Nachtisch.

Das Licht steigt empor. Und sobald der erste Sonnenstrahl die Gipfel trifft, brechen die jungen Männer auf. Denn sie warten nicht ab, bis der Strom friedlich wird, wieder sanft dahingleitet und das Wasser sich ganz und gar senkt. Achelous aber verbarg sein ländliches Antlitz und sein Haupt, dem ein Horn fehlte, mitten in den Wogen.

Nessus

Achelous hat bei seiner Niederlage nur seinen Schmuck verloren, im übrigen ist er noch unversehrt. Zudem läßt sich die Einbuße, die sein Haupt erlitten hat, mit Weidenlaub oder einem Kopfputz aus Schilfrohr verbergen. Dich aber, trotziger Nessus, hatte die heiße Liebe zu demselben Mädchen getötet; denn deinen Rücken hatte ein gefiederter Pfeil durchbohrt. Iuppiters Sohn war nämlich mit der Neuvermählten auf dem Rückweg zu den Mauern seiner Vaterstadt an die reißenden Wellen des Euenus gelangt. Reicher an Wasser als sonst, durch Winterregen angeschwollen, war der Strom von Strudeln durchsetzt und nicht zu durchqueren. Was ihn selbst angeht, ist Hercules unverzagt, doch sorgt er sich um die Gattin. Da tritt zu ihm der starke Nessus, der die Furten kennt, und spricht: »Durch meine Hilfsbereitschaft soll diese Frau am andern Ufer abgesetzt werden, Alcide. Du benütze deine Kraft zum Schwimmen.« Und der aonische Held übergab dem Nessus die erschrockene Calydonerin. Sie war bleich vor Furcht; der Fluß und ihr Träger schreckten sie. Hercules aber, beschwert von Köcher und Löwenhaut, wie er war – die Keule und den geschweiften Bogen hatte er nämlich hinüber ans andere Ufer geworfen –, sprach sogleich: »Da ich schon damit angefangen habe, mögen denn die Flüsse der Reihe nach besiegt werden.« Er zögert nicht lang, fragt nicht, wo die Strömung am sanftesten sei, und verschmäht es, sich von der Willfährigkeit der Wasser hinübertragen zu lassen. Schon war er am anderen Ufer, schon hob er den Bogen auf, da erkannte er die Stimme seiner Gattin. Und er rief Nessus zu, der sich anschickte, das Anvertraute zu veruntreuen: »Wozu reißt dich dein nichtiges Vertrauen auf deine schnellen Füße hin, du Gewalttäter? Du bist gemeint, doppelgestaltiger Nessus! Höre auf mich und raube mir nicht das Meine! Hast du schon keine Ehrfurcht vor mir, könnte dich doch die Erinnerung daran, daß dein Vater Ixion gerädert ist, von verbotener Lust zurückhalten. Doch wirst du mir nicht entrinnen, obwohl du dich auf deine Pferdestärke verläßt. Mit dem verwundenden Pfeil, nicht mit den eilenden Füßen werde ich dich einholen!« Die letzten Worte bestätigt er durch die Tat, schickt dem Fliehenden einen Pfeil nach und durchbohrt ihm den Rücken. Aus der Brust ragte die hakige Eisenspitze hervor. Als diese herausgezogen war, spritzte aus beiden Öffnungen Blut, vermischt mit dem Gift der lernaeischen Schlange. Nessus fängt es auf. »So wird mein Tod nicht ungesühnt bleiben«, spricht er für sich, durchtränkt ein Gewand mit dem warmen Blut und schenkt es der Geraubten als angeblichen Liebeszauber.

Hercules' Tod

Inzwischen verging viel Zeit. Schon hatten die Taten des großen Hercules alle Welt – und auch den Haß der Stiefmutter – befriedigt. Von Oechalia kam er als Sieger und bereitete ein Opfer vor, das er dem cenaeischen Iuppiter gelobt hatte. Da eilte ihm – zu deinen Ohren, Deïanira! – das geschwätzige Gerücht voraus, das so gern Unwahres zum Wahren hinzufügt und aus unbedeutenden Anfängen durch seine eigenen Lügen wächst. Es weiß zu sagen, Amphitryons Sohn sei von heißer Liebe zu Iole ergriffen. Die Liebende glaubt es. Erschreckt durch das Gerücht von der neuen Leidenschaft, weinte sie sich zunächst einmal aus und verströmte ihren Schmerz in Tränen, die Ärmste. Darauf sprach sie: »Doch was weine ich? Die Nebenbuhlerin wird sich über diese Tränen nur freuen. Aber da sie schon naht, muß man rasch etwas Neues ersinnen, solang es noch möglich ist und die andere mein Schlafgemach noch nicht inne hat. Soll ich klagen oder schweigen? Nach Calydon zurückkehren oder hier bleiben? Das Haus verlassen? Oder mich ihr wenigstens entgegenstellen? Was, wenn ich mich erinnere, daß ich deine Schwester bin, Meleager, ein Verbrechen begehe, die Nebenbuhlerin erwürge und so beweise, wieviel der Schmerz einer gekränkten Frau vermag?«

Sie sann hin und her. Allem andern zog sie vor, Hercules das Gewand zu schicken, das mit dem Blut des Nessus getränkt war, um dadurch der erkalteten Liebe neue Kraft zu verleihen. Und ohne zu wissen, was sie ihm damit gibt, überreicht sie mit eigener Hand dem ahnungslosen Lichas die Gabe, die ihr Trauer bringen soll. Und die Unglückselige trägt ihm mit schmeichelnden Worten auf, dieses Geschenk ihrem Gemahl zu geben. Arglos empfängt es der Heros und umkleidet seine Schultern mit dem Gift der lernaeischen Natter. Weihrauch warf er betend in die frisch entfachten Flammen und goß Wein aus der Schale auf den marmornen Altar: Da erhitzte sich jene zersetzende Kraft; durch die Wärme frei geworden, wanderte sie und breitete sich weit über Hercules' Glieder aus.

Solang er konnte, unterdrückte er das Seufzen mit gewohnter Mannhaftigkeit. Doch als die Qualen seine Geduld zermürbt hatten, stieß er den Altar von sich, und seine Weherufe erfüllten den waldigen Oeta. Sofort versucht er, das todbringende Kleid zu zerreißen; wo es gezogen wird, zieht es die Haut mit ab, und – man schaudert, es auszusprechen – entweder bleibt es an den Gliedern haften – vergeblich ist der Versuch, es hinwegzuzerren! –, oder es deckt die zerfleischten Gelenke und die gewaltigen Knochen auf. Das Blut aber zischt wie eine weißglühende Klinge, wenn sie ins eisige Wasser des Löschtrogs getaucht wird, und siedet vom brennenden Gift. Und nicht genug damit: Gierig zehren die Flammen an seiner Brust, dunkel strömt vom ganzen Körper der Schweiß, versengt knistern die Sehnen. So läßt das schleichende Gift sein Mark hinschwinden. Da hebt er die Arme zu den Sternen und ruft: »Weide dich, Saturnia, an meinem Unglück, weide dich! Sieh dir diese Pest, du Grausame, von dort oben an und sättige dein erbarmungsloses Herz! Bin ich aber sogar für den Feind bejammernswert – das heißt: für dich –, so raube mir die Seele, die unter entsetzlichen Qualen hinsiecht, dir verhaßt und zur Mühsal geboren! Der Tod wird für mich ein Geschenk sein. Solche Geschenke zu geben ziemt der Stiefmutter! Habe ich den Busiris bezwungen, der den Tempel mit Fremdenblut schändete? Habe ich dem grausigen Antaeus die mütterliche Kraft entzogen? Hat mich weder des iberischen Hirten Geryoneus dreifacher Leib noch dein dreifacher Leib, Cerberus, erschüttern können? Habt ihr, meine Hände, die Hörner des gewaltigen Stieres gedrückt? Habt ihr in Elis, in den stymphalischen Wassern, im parthenischen Walde Taten vollbracht? Ward durch eure Stärke der aus thermodontischem Gold getriebene Gürtel gewonnen? Wurden's die Äpfel, die der schlaflose Drache bewacht? Und mir konnten die Centauren nicht widerstehen und mir der Eber nicht, der Verwüster Arcadiens? Und der Hydra nützte es nichts, mit jedem Verlust zu wachsen und verdoppelte Kraft zu gewinnen? Was hältst du davon, daß ich die mit Menschenblut gemästeten Rosse des Thrakerkönigs und die Krippen voll zerfleischter Körper sah und, kaum gesehen, zu Boden warf und die Rosse samt ihrem Meister niederstreckte? Von diesen Armen erwürgt, liegt der nemeïsche Riesenlöwe da. Auf diesem Nacken habe ich den Himmel getragen. Des Befehlens müde ist Iuppiters grausame Gattin; ich bin der Taten noch nicht müde. Doch eine neue Plage ist da, der man weder mit Tapferkeit noch mit Geschossen und Waffen beikommen kann. Tief in den Lungen irrt ein verzehrendes Feuer umher und weidet sich an all meinen Gliedern. Doch Eurystheus ist gesund! Und da gibt es noch Menschen, die an Götter glauben können?«

Sprach's und schreitet todeswund auf dem hohen Oeta umher, wie ein Stier, dem der Jagdspieß im Leibe steckt, während der Jäger geflohen ist. Man hätte sehen können, wie er bald Seufzer ausstieß, bald brüllte und immer wieder versuchte, das Gewand ganz aufzureißen, bald Baumstämme niederwarf, gegen Berge wütete oder die Arme zum Himmel seines Vaters streckte. Da erblickt er Lichas, der sich zitternd in einer Felsenhöhle verborgen hielt. Durch den Schmerz kam die angestaute Wut zum Ausbruch, und er sprach: »Hast nicht du, Lichas, mir das todbringende Geschenk gegeben? Wirst nicht du meinen Tod auf dem Gewissen haben?« Der zittert, ist bleich vor Entsetzen und versucht schüchtern, sich zu entschuldigen. Während er noch redet und die Hände an Hercules' Knie legen will, packt ihn der Alcide, wirbelt ihn drei-, viermal im Kreise herum, und mit größerer Kraft, als ein Geschütz sie hat, schleudert er ihn ins Euboeische Meer. Doch solange Lichas noch in der Luft schwebte, erstarrte er: Wie sich Regentropfen bei eisigem Wind zu Schneeflocken verdichten und wie im Schneegestöber weiche Flocken gefrieren und sich zur festen Hagelschloße ballen, so soll dem Lichas, als er von starken Armen durchs Leere geworfen wurde, vor Schreck das Blut aus den Adern gewichen sein. Aller Flüssigkeit beraubt, wurde er, wie die Frühzeit berichtet, in harten Stein verwandelt. Heute noch ragt aus dem tiefen Schlund des Euboeischen Meeres ein kleiner Felsen hervor und bewahrt die Umrisse einer menschlichen Gestalt. Ihn zu betreten, scheuen sich die Schiffer, als könnte er es spüren, und nennen ihn Lichas.

Doch du, Iuppiters ruhmreicher Sproß, läßt Bäume fällen, die der steile Oeta getragen hat, und zum Scheiterhaufen schichten. Dann vererbst du dem Sohn des Poeas den Bogen, den geräumigen Köcher und die Pfeile, die Troias Reich wiedersehen sollen. Philoctet half auch, Feuer anzulegen. Und während das Aufgetürmte von gierigen Flammen ergriffen wird, breitest du auf dem Holzstoß die nemeïsche Löwenhaut aus, bettest den Nacken auf die Keule und legst dich nieder – mit einer Miene, als lägest du als Gast vor gefüllten Kelchen reinen Weines, das Haupt mit Blumengewinden umkränzt.

Schon war die Flamme mächtig geworden und hatte sich nach allen Seiten ausgebreitet; brausend griff sie nach den sorglosen Gliedern und dem Mann, der das Feuer verachtete. Da bangten die Götter um den Erretter der Erde. Zu ihnen sprach – denn er ahnte es – mit heiterem Antlitz Iuppiter, der Sohn Saturns: »Diese eure Furcht ist mir eine Freude, ihr Himmlischen, und von ganzem Herzen wünsche ich mir Glück, weil ich Lenker und Vater eines Volkes heiße, das treu zu gedenken weiß, und weil auch eure Gunst meinen Sohn beschirmt. Denn obwohl er dies seinen übermenschlichen Taten verdankt, fühle ich mich deswegen doch auch selbst in eurer Schuld. So mögen denn eure treuen Herzen nicht in grundloser Furcht bangen: Verachtet die Flammen auf dem Oeta! Er, der alles besiegt hat, wird auch die Feuersglut besiegen, die ihr seht. Er wird spüren, daß Vulcan nur über sein mütterliches Teil Macht hat. Ewig ist, was er von mir erhalten hat, frei vom Tode, diesem nicht verfallen und durch keine Flamme zu bezwingen. Dieses will ich, nachdem er sein Erdendasein vollendet hat, an den Gestaden des Himmels empfangen, und ich glaube fest, daß meine Tat allen Göttern eine Freude sein wird. Sollte aber jemand an Hercules, sollte jemand an Hercules als Gott Ägernis nehmen, der wird zwar die Belohnung ungeschehen wünschen, aber sehr wohl wissen, daß sie verdient ist, und so wider Willen zustimmen.«

Die Götter pflichteten ihm bei. Sogar die Königin ertrug, wie man sehen konnte, alle Worte Iuppiters mit sanfter Miene; nur bei den letzten verhärteten sich ihre Züge, und die Rüge schmerzte sie. Inzwischen hatte Mulciber alles, was Flammen verbrennen konnten, zerstört. Nicht wiederzuerkennen war die Erscheinung des Hercules; nichts mehr hat sie vom Aussehen der Mutter und bewahrt nur noch Iuppiters Züge. Und wie eine verjüngte Schlange frohlockt, die mit der Haut das Alter abgelegt hat und im neuen Schuppenkleide glänzt, so der tirynthische Held: Kaum hat er die sterblichen Glieder abgestreift, erstarkt der bessere Teil seines Wesens. Größer begann er zu erscheinen und in erhabener Würde heilige Scheu zu erwecken. Ihn entführte der allmächtige Vater in einer Wolkenhülle und trug ihn im vierspännigen Wagen mitten unter die strahlenden Sterne.

Galanthis

Atlas bekam das Gewicht zu spüren! Und noch immer hatte Sthenelus' Sohn Eurystheus seinen Zorn nicht aufgegeben und ließ feindselig seinen Haß auf den Vater an der Nachkommenschaft aus. Doch, gequält von endlosen Sorgen, konnte die Argiverin Alcmene bei Iole die Klagen ihres Alters ausschütten und ihr von den Arbeiten ihres Sohnes, deren Zeuge der Erdkreis war, und dem eigenen Unglück erzählen. Nach Hercules' Willen hatte Hyllus Iole als Gattin in sein Herz und sein Haus aufgenommen und ihren Schoß mit edlem Samen erfüllt. Jetzt beginnt Alcmene folgendermaßen: »Mögen wenigstens dir die Götter gnädig sein und die Zeit abkürzen, wenn deine Stunde gekommen ist und du Ilithyia anrufen wirst, die Schutzgöttin der angstvollen Gebärenden! Denn in meinem Falle hatte Iuno sie für sich gewonnen, und so war sie mir abhold. Als nämlich die Geburtsstunde des zu Mühsalen bestimmten Hercules gekommen war und die Sonne im zehnten Tierkreiszeichen stand, dehnte die Last mir den Leib, und was ich trug, war so groß, daß man schon daran erkennen konnte, daß Iuppiter der Vater der verborgenen Bürde war. Schon konnte ich die Mühen nicht länger ertragen; sogar jetzt noch, während ich spreche, überläuft mich eiskalt ein Schauder, und allein schon die Erinnerung bereitet mir Schmerzen. Nach sieben Nächten und ebenso vielen qualvollen Tagen war ich vom Leiden erschöpft, streckte die Arme zum Himmel und rief mit lautem Geschrei Lucina und die Gottheiten der Entbindung. Sie kam zwar, aber bestochen und in der Absicht, mein Haupt der feindseligen Iuno zu schenken. Und da sie mein Stöhnen hörte, hockte sie sich dort vor der Tür auf den Altar, schlug die rechte Kniekehle über ihr linkes Knie, verschränkte die Finger wie zwei Kämme und hielt so die Geburt auf. Still vor sich hin sprach sie Zaubersprüche, und die Sprüche brachten die Geburt schon am Anfang zum Stillstand. Ich strenge mich an; in rasender Verzweiflung mache ich dem undankbaren Iuppiter vergebliche Vorwürfe, wünsche den Tod herbei und stoße Klageworte aus, die selbst harte Steine hätten erweichen können. Cadmeïsche Mütter stehen mir bei, legen alle möglichen Gelübde ab und muntern mich in meinen Wehen auf. Eine der Dienerinnen aus dem einfachen Volk, Galanthis, mit blondem Haar, stand dabei; sie war flink im Ausführen der Aufträge und mir durch ihre Dienstfertigkeit besonders lieb. Sie erriet, daß Iunos böser Wille etwas angezettelt hatte. Während sie mehrmals durch die Tür aus- und einging, sah sie die Göttin auf dem Altar thronen und mit beiden Armen und verschränkten Fingern die Knie umklammern. Da sprach sie: ›Wer du auch bist, wünsche der Herrin Glück! Die Argiverin Alcmene hat entbunden und erlangt als Knabenmutter die Erfüllung ihres Wunsches.‹ Die Göttin, die über die Geburt gebietet, sprang auf und ließ erschrocken die gefalteten Hände sinken: Da ist der Bann gebrochen, und ich werde entbunden. Darüber, daß sie die Gottheit getäuscht hatte, soll Galanthis gelacht haben. Während sie noch lachte, packte die

Göttin sie wütend an ihrem schönen Haar, schleppte sie fort, hinderte sie, sich von der Erde aufzurichten, und verwandelte ihre Arme in Vorderbeine. Die Behendigkeit blieb die alte; auch der Rücken verlor seine Farbe nicht; nur die Gestalt ist ganz anders als vorher. Weil sie der Gebärenden mit lügenhaftem Munde geholfen hatte, gebiert sie durch den Mund und geht nach wie vor in unseren Häusern aus und ein.«

Dryope

Sprach's und seufzte gerührt im Andenken an ihre alte Dienerin. Während sie sich ihrem Schmerz hingab, sprach die Schwiegertochter zu ihr:

»Dich bewegt, Mutter, daß eine Fremde ihre Gestalt verlor – was, wenn ich dir das erstaunliche Schicksal meiner eigenen Schwester erzähle? Doch Tränen und Schmerz hindern mich und verbieten mir zu reden. Die einzige Tochter ihrer Mutter – mich hat der Vater mit einer anderen gezeugt – und eine berühmte Schönheit unter den Oechalierinnen war Dryope. Die jungfräuliche Ehre hatte ihr mit Gewalt der Gott von Delphi und Delos geraubt; danach nimmt Andraemon sie auf und wird bald um seiner Gattin willen glücklich gepriesen.

Einen See gibt es, dessen sanft abfallendes Ufer einem leicht ansteigenden Meeresstrand gleicht; die Höhe krönt ein Myrtenwäldchen. Hierher war Dryope gekommen, ohne ihr Schicksal zu ahnen und – was das Empörendste ist – eigens, um den Nymphen Kränze darzubringen. An der Brust trug sie ihren Knaben, der noch kein Jahr alt war, als süße Last und nährte ihn mit ihrer warmen Milch. Nicht weit von dem See blühte purpurfarben der wasserliebende Lotosbaum, Beeren verheißend. Davon hatte Dryope, um dem Söhnlein eine Freude zu machen, Blüten gepflückt, und gerade wollte ich dasselbe tun – ich stand nämlich dabei –, da sah ich aus der Blüte Blutstropfen herabfallen und zitternd vor Schauder die Zweige sich regen. Hatte doch, wie die Bauern erst jetzt – ach, zu spät! – erzählen, die Nymphe Lotis auf der Flucht vor dem unzüchtigen Priapus sich in diesen Baum verwandelt; der Name blieb erhalten. Meine Schwester hatte dies nicht gewußt. Entsetzt wollte sie zurücktreten und sich entfernen, nachdem sie zu den Nymphen gebetet hatte. Doch da blieben ihre Füße angewurzelt am Boden haften. Sie kämpft darum, sie loszureißen, doch kann sie sie nur noch oben bewegen. Von unten herauf wächst zähe Rinde und umschließt allmählich die Hüften ganz. Als sie es sah, versuchte sie, sich mit der Hand das Haar zu raufen – ihre Hand füllte sich mit Laub: Laub bedeckte ihr Haupt über und über. Doch der Knabe Amphissos – diesen Namen hatte ihm nämlich der Großvater Eurytus gegeben – spürte, wie die mütterliche Brust hart wurde; und wenn er sog, folgte keine Flüssigkeit mehr. Als Zuschauerin mußte ich deinen grausamen Untergang miterleben, Schwester, und war außerstande, dir zu helfen. So gut ich konnte, hielt ich durch meine Umarmungen das Wachstum des Stammes und der Zweige auf, und, ich will's gestehen, von derselben Rinde wünschte ich eingeschlossen zu werden.

Da kommen ihr Gemahl Andraemon und ihr unglücklicher Vater und fragen nach Dryope. Auf ihre Frage zeigte ich ihnen den Lotosbaum. Dem noch warmen Holz geben sie Küsse, schmiegen sich an die Wurzeln des geliebten Baumes und umklammern sie. Alles von dir, liebe Schwester, bis auf das Antlitz, ist schon zum Baum geworden: Tränen tauen herab auf die Blätter, die aus dem unglückseligen Leib entsprossen sind; und solange sie noch darf und die Stimme noch durch die Lippen dringt, verströmt sie solche Klagen in die Lüfte: ›Wenn Unglückliche noch Glauben und Götter finden, so schwöre ich bei den Göttern: Solchen Greuel habe ich nicht verdient. Ich werde gestraft ohne Vergehen. Schuldlos habe ich gelebt. Wenn ich lüge, will ich verdorren, all mein Laub, das ich habe, verlieren und mit Beilen abgehauen und verbrannt werden. Doch nehmt diesen Knaben von den mütterlichen Ästen, gebt ihm eine Amme, laßt ihn oft unter meinem Baum seine Milch trinken, oft unter meinem Baume spielen. Wenn er dann sprechen kann, laßt ihn seine Mutter begrüßen und traurig sagen: ‚In diesem Stamm ist die Mutter verborgen.‘ Und vor dem See soll er sich in acht nehmen, keine Blüten vom Baum pflücken und alle Sträucher für den Leib von Göttinnen halten. Leb wohl, lieber Mann, lebt wohl, Schwester und Vater! Schützt – bei eurer Liebe! – mein Laub vor Verwundung durch das scharfe Gartenmesser und vor den Bissen des Viehs. Und weil ich mich zu euch nicht herabneigen kann, streckt euch hier herauf, kommt, mich zu küssen, solange man meine Lippen noch berühren kann, und hebt den kleinen Sohn herauf! Weiter kann ich nicht sprechen; denn schon kriecht über den weißen Hals weicher Bast, und oben bedeckt mich der Wipfel. Nehmt die Hände von meinen Augen; ohne eure Hilfe soll Rinde mir die sterbenden Augen überziehen und sie mir schließen.‹ Der Mund war verstummt und verschwunden zugleich. Und noch lange nach der Verwandlung des Leibes fühlten die frischen Äste sich warm an.«

Verjüngungen

Während Iole noch das wundersame Ereignis erzählt und während Alcmene der Tochter des Eurytus mit dem Daumen die Tränen trocknet – doch weint sie auch selbst –, hat ein neues Ereignis alle Traurigkeit verjagt; denn auf der hohen Schwelle erschien, fast als Knabe, die Wangen mit kaum merklichem Flaum bedeckt, Iolaus, dessen Antlitz die Jugendfrische zurückerhalten hatte. Dieses Geschenk hatte ihm Iunos Tochter Hebe gegeben, bezwungen durch die Bitten ihres Gemahls. Als sie sich anschickte zu schwören, nach diesem keinem mehr solch eine Gabe zu gewähren, litt Themis es nicht. »Denn schon fängt Theben den feindseligen Krieg an. Capaneus wird nur von Iuppiter besiegt werden können; und es werden die Brüder durch wechselseitige Verwundung gleiches Schicksal erleiden. Der Seher wird als Lebender den eigenen Totengeist schauen, da ihm der Erdboden unter den Füßen weggezogen wird. Indem er an der Mutter den Vater rächt, wird der Sohn in ein und derselben Handlung zugleich fromm und frevelhaft sein. Vom Unglück gebrochen, der Heimat und des Verstandes beraubt, wird er von den Gesichtern der Eumeniden und dem Schatten der Mutter gejagt werden, bis die Gattin das verhängnisvolle Gold von ihm fordert und das Schwert des Phegeus dem Blutsverwandten die Seite durchbohrt. Jetzt endlich wird Achelous' Tochter Callirhoë für ihre unmündigen Söhne die Mannesjahre erflehen. Und um die Ermordung des Siegers nicht lange ungerächt zu lassen, wird Iuppiter, durch diese Bitten gerührt, seiner Stieftochter und Schwiegertochter dieses Geschenk im voraus geben und sie schon in der Kindheit zu Männern machen.«

Als Themis dies mit weissagendem Munde, die Zukunft vorausahnend, sagte, redeten die Götter lärmend durcheinander, und es gab ein Murren, warum man nicht auch anderen dieselbe Gabe verleihen dürfe: Da klagt Aurora, die Nachfahrin des Pallas, ihr Mann sei hochbetagt; da klagt die milde Ceres, Iasion werde grau; Mulciber verlangt, das Leben des Erichthonius solle neu anfangen; selbst Venus sorgt sich um die Zukunft und bedingt sich aus, daß Anchises verjüngt werde. Jeder Gott hat einen, für den er sich einsetzen will, und durch Parteilichkeit wächst stürmischer Aufruhr, bis Iuppiter den Mund auftut und spricht: »O wenn ihr die geringste Achtung vor mir habt – wozu laßt ihr euch hinreißen? Glaubt denn hier jemand so mächtig zu sein, daß er sogar das Schicksal überwinden kann? Durch das Schicksal hat Iolaus sein früheres Alter wiederbekommen, durch das Schicksal müssen Callirhoës Söhne zu Männern werden, nicht durch Gunst oder Gewalt. Auch euch und – zu eurer Beruhigung! – selbst mich beherrscht das Schicksal. Könnte ich es ändern, so beugte meinen Aeacus nicht die Last der Jahre, und Rhadamanthus stünde dauernd in der Blüte seines Lebens samt meinem Minos, der wegen der bitteren Beschwerden seines Greisenalters verachtet wird und nicht mehr mit der früheren Zucht regiert.«

Iuppiters Worte taten ihre Wirkung auf die Götter. Und keiner wagt mehr, sich zu beklagen, da er Rhadamanthus, Aeacus und Minos vom Alter erschöpft sieht. Hatte doch Minos in seinen besten Jahren große Völker durch den bloßen Klang seines Namens erschreckt, jetzt aber war er schwach und zitterte vor Miletus, dem Sohn der Deïone, der auf seine Jugendkraft und seine Abstammung von Phoebus stolz war. Und obwohl Minos glaubte, Miletus erhebe sich gegen seine Herrschaft, wagte er doch nicht, ihn vom heimischen Herd zu verbannen. Du aber, Miletus, fliehst freiwillig, fährst auf schnellem Kiel durch die aegaeischen Gewässer und baust in Asien Mauern, die den Namen ihres Gründers tragen.

Byblis

Hier lerntest du Cyaneë kennen, während sie den Krümmungen des väterlichen Ufers folgte, die Tochter des Maeanderstromes, der so oft an dieselbe Stelle zurückkehrt. Sie gebar zwei ausnehmend schöne Kinder, die Zwillinge Byblis und Caunus. Byblis ist ein warnendes Beispiel dafür, daß Mädchen sich nur erlaubter Liebe hingeben sollen; war sie doch hingerissen von Begierde nach ihrem Bruder, Apollons Enkel. Aber sie liebte ihn nicht wie die Schwester den Bruder und nicht, wie es sich gehört hätte. Freilich begreift sie zunächst nichts von ihrer Liebesglut und glaubt nicht zu freveln, wenn sie ihn öfter küßt, wenn sie die Arme um den Hals des Bruders legt; und lange läßt sie sich von dem trügerischen Schattenbild reiner Geschwisterliebe täuschen.

Allmählich geht die Liebe vom geraden Weg ab: Den Bruder zu sehen, kommt Byblis geschmückt und wünscht nur allzu sehr, schön zu erscheinen; ist eine Schönere anwesend, beneidet sie diese. Doch noch durchschaut sie sich selbst nicht und äußert keinen Wunsch im Banne dieser Leidenschaft; aber in ihrem Innern wogt es. Schon nennt sie ihn »Geliebter«, schon verabscheut sie die Verwandtschaftsbezeichnungen, schon will sie von ihm lieber mit »Byblis« als mit »Schwester« angeredet werden. Freilich wagte sie nicht, unreine Hoffnungen in ihr Herz dringen zu lassen – wenigstens solange sie wach war. Aber wenn sanfter Schlummer ihr die Glieder gelöst hat, sieht sie oft, was sie liebt. Es war ihr auch, als vereine sie ihren Leib mit dem des Bruders – und sie errötete, obwohl sie schlummernd lag. Der Schlaf entflieht, sie bleibt lange stumm, ruft sich ihr Traumbild zurück und spricht, Zweifel im Herzen:

»Weh mir! Was will das Bild der stillen Nacht – das niemals in Erfüllung gehen möge! Warum mußte ich diesen Traum sehen? Caunus ist freilich sogar in den Augen desBöswilligsten schön, und er gefällt mir. Wäre er nicht mein Bruder, könnte ich ihn lieben, und er wäre meiner würdig. Mein Unglück ist, daß ich seine Schwester bin. Wenn ich nur im Wachen nicht versuche, solches zu begehen, mag der Schlaf oft und gern mit einem ähnlichen Traumbild wiederkommen! Im Schlaf fehlen Zeugen, und doch fehlt nicht der Schein des Genusses. O Venus und du, geflügelter Cupido mit deiner zärtlichen Mutter! Welch süße Freuden habe ich erlebt, wie greifbar nah berührte mich die Wonne! Wie lag ich da, im Innersten erlöst! Wie beglückt mich die Erinnerung, war die Seligkeit auch noch so kurz, und verging auch die Nacht wie im Fluge und gönnte uns kein längeres Glück. O dürfte ich mich mit dir unter anderem Namen verbinden, wie gut könnte ich, Caunus, deines Vaters Schwiegertochter, wie gut könntest du, Caunus, meines Vaters Schwiegersohn werden! Alles – wollten es doch die Götter! – sollte uns gemeinsam sein außer den Ahnen. Ich wünschte, du wärest aus edlerem Stamme als ich. Irgendeine wirst du nun, Schönster, zur Mutter machen; doch für mich, die ich durch ein unglückliches Los dieselben Eltern habe wie du, wirst du nichts als ein Bruder sein. Was uns im Wege steht, das allein wird uns gehören. Was gibt mir also mein Traumgesicht zu verstehen? Doch was haben Träume schon für ein Gewicht! Oder haben auch Träume Gewicht? Das mögen die Götter verhüten! Freilich: Götter haben ihre Schwestern besessen. So heiratete Saturnus die Ops, die ihm blutsverwandt war, Oceanus die Tethys und der Herr des Olymps die Iuno. Götter haben ihre Vorrechte; was unterfange ich mich, menschliche Sitten an den himmlischen Verbindungen zu messen, die so ganz anders sind? Entweder will ich aus meinem Herzen die verbotene Glut verjagen oder, wenn ich dies nicht kann, lieber vorher sterben und tot auf das Lager gebettet werden – und dann soll der Bruder mich küssen!

Und doch muß diese Frage von zweien entschieden werden: Angenommen, es sei mir recht, wird es doch ihm als Frevel erscheinen. Freilich: Die Söhne des Aeolus scheuten sich nicht, ihre Schwestern zu heiraten. Aber woher weiß ich von diesen? Warum habe ich diese Beispiele gesammelt? Wozu lasse ich mich hinreißen? Unheilige Flammen, hebt euch von hinnen – und der Bruder soll von der Schwester nur geliebt werden, wie es das ewige Recht erlaubt. Wäre er freilich zuerst von Liebe zu mir ergriffen, könnte ich vielleicht seinem Wahnsinn nachgeben. Als Bittenden hätte ich ihn nicht abgewiesen; soll ich ihn also selbst bitten? Wirst du reden können, es bekennen können? Die Liebe wird mich dazu zwingen, ich werde die Kraft dazu haben. Verschließt mir aber die Scham den Mund, soll ein heimlicher Brief die verborgenen Gluten bekennen.«

Dies scheint ihr gut, dieser Entschluß hat ihren schwankenden Sinn besiegt. Sie richtet sich seitlich auf und spricht, auf den linken Ellbogen gestützt: »Mag *er* nun zusehen: Ich will meine wahnsinnige Liebe bekennen. Weh mir! Wohin lasse ich mich treiben? Welches Feuer erfaßt mein Herz?« Und mit zitternder Hand stellt sie langüberlegte Worte zusammen. Die Rechte hält den Griffel, die Linke das leere Wachstäfelchen. Sie setzt an und zögert wieder, schreibt und verurteilt das Geschriebene, ritzt ein und löscht aus, ändert, bemängelt und billigt. Abwechselnd legt sie die Täfelchen, die sie genommen hat, wieder weg und nimmt sie, kaum beiseite gelegt, wieder zur Hand. Sie weiß nicht, was sie will. Alles, was sie zu tun beginnt, verwirft sie im nächsten Augenblick. Aus ihren Zügen sprechen Kühnheit und Scham zugleich. Sie hatte geschrieben: »Die Schwester«; doch beschloß sie, das Wort »Schwester« auszulöschen und folgendes ins zurechtgestrichene Wachs zu ritzen: »Heil, das nur du ihr schenken kannst, wünscht dir eine Liebende. O ich schäme mich, meinen Namen zu verraten. Falls du fragst, was ich begehre: Ich wünschte, mein Anliegen könnte ohne meinen Namen vorgebracht werden, und du erführest erst, daß ich Byblis bin, wenn ich sicher auf Erfüllung meiner Wünsche hoffen kann. Freilich hätte manches dir verraten können, daß mein Herz verwundet ist: die bleiche Farbe, die Magerkeit, mein Mienenspiel, die häufigen Tränen in den Augen, die Seufzer ohne ersichtlichen Grund, die zahlreichen Umarmungen und die Küsse – falls du es wahrgenommen hast: Man hätte ihnen anmerken können, daß sie nicht schwesterlich waren! Indes habe ich selbst, trotz der schweren Wunde in meinem Herzen, trotz des wütenden Feuers in meinem Innern, alles getan – die Götter sind meine Zeugen! –, um endlich vernünftiger zu sein: Lange habe ich darum gekämpft, Cupidos grausamen Waffen zu entrinnen, ich Unglückliche! Mehr, als du einem Mädchen zutrauen würdest, habe ich standhaft erduldet. Ich muß meine Niederlage eingestehen und mit schüchternen Wünschen um deine Hilfe bitten. Du allein kannst mich retten, du allein die Liebende vernichten. Wähle, was du tun willst. Darum fleht keine Feindin, sondern eine, die schon eng mit dir verbunden ist, sich aber danach sehnt, noch enger mit dir verbunden zu sein und sich mit festeren Banden an dich zu ketten. In Rechtsfragen mögen sich Greise auskennen, nachforschen, was erlaubt, was vor den Göttern unrecht und recht sei, sorgsam die Gesetze prüfen und sich daran halten. Unüberlegte Liebe paßt zu unseren Jahren. Wir wissen noch nicht, was erlaubt ist, glauben, alles sei gestattet, und folgen darin dem Vorbild der großen Götter. Kein harter Vater, keine Scheu vor dem Gerede und keine Furcht wird uns im Wege stehen: Ach, gäbe es nur einen Grund zum Fürchten! Süße heimliche Liebe werden wir unter dem Namen der Geschwisterliebe verbergen. Ich habe die Freiheit, mit dir allein zu reden, und wir dürfen uns öffentlich umarmen und küssen. Wie wenig fehlt noch! Erbarme dich des Mädchens, das dir seine Liebe gesteht und sie nicht gestanden hätte, wenn Liebesglut sie nicht zum Äußersten zwänge; und erwirb dir nicht den traurigen Ruhm, als Todesursache auf mein Grab geschrieben zu werden.«

Als sie solches vergeblich ins Wachs ritzte, verweigerte das vollgeschriebene Täfelchen ihrer Hand den Dienst – die letzte Zeile hing am Rande. Alsbald drückte sie auf ihre eigene Anklageschrift das Siegel, das sie mit Tränen netzte – die Zunge klebte ihr trocken am Gaumen –; verlegen rief sie einen ihrer Diener und schmeichelte ihm schüchtern: »Bring dies, mein Zuverlässigster, meinem –«, und erst nach einer langen Pause fügte sie hinzu: »Bruder.« Als sie ihm das Täfelchen übergeben wollte, glitt es ihr aus der Hand und fiel zu Boden. Das Vorzeichen verwirrte sie; trotzdem schickte sie den Brief ab. Der Diener wartet auf einen günstigen Augenblick, spricht den Herrn an und überreicht ihm die verborgenen Worte. Von plötzlichem Zorn ergriffen, schleudert der junge Enkel des Maeander das soeben erhaltene Täfelchen, das er erst zum Teil gelesen hat, zu Boden und hält mit Mühe die Hände vom Gesicht des zitternden Dieners zurück. »Solange es noch geht, flieh, verworfener Kuppler verbotener Lust!« rief er. »Risse dein Untergang nicht meinen guten Namen mit sich in die Tiefe, hättest du mir dies mit dem Tode gebüßt.« Der Diener flieht erschrocken und wiederholt der Herrin den trotzigen Bescheid des Bruders. Kaum hast du die Zurückweisung vernommen, erbleichst du, Byblis, und fällst in Ohnmacht, von Eiseskälte gepackt.

Doch mit der Besinnung ist zugleich die rasende Leidenschaft zurückgekehrt; fast tonlos redete die Zunge: »Und verdient habe ich's! Warum habe ich leichtsinnig meine Wunde angezeigt? Warum habe ich Worte, die man hätte verbergen sollen, so schnell dem Täfelchen anvertraut? Es übereilt abgeschickt? Vorher hätte ich mit doppeldeutigen Reden seine Herzensmeinung erforschen sollen. Damit er sich nicht gegen mich sträube, wäre es das einzig Richtige gewesen, erst mit einem Teil der Segel festzustellen, woher der Wind weht, und nur bei sicherem Meer auszulaufen – statt, wie jetzt, die vollen Segel unerkundeten Winden auszusetzen. Ich werde also zu den Klippen abgetrieben, bin gekentert, der ganze Ozean begräbt mich, und für meine Segel gibt es kein Zurück mehr. Dabei wollte mich sogar ein untrügliches Vorzeichen davon abhalten, meiner Liebe nachzugeben, als mir das Wachstäfelchen, während ich es abschicken wollte, entglitt und damit meine Hoffnungen hinfällig machte! Hätte wohl der Zeitpunkt oder das ganze Ansinnen – aber doch wohl eher der Zeitpunkt – geändert werden sollen? Mich warnte sogar ein Gott und gab ein klares Zeichen – wenn ich nicht von Sinnen gewesen wäre. Ich hätte doch selbst reden und mich nicht dem Wachstäfelchen anvertrauen, sondern dem Bruder Auge in Auge meine rasende Leidenschaft offenbaren sollen. Er hätte die Tränen, das Angesicht der Liebenden gesehen: Mehr hätte ich sagen können, als was das Täfelchen aufnahm. Gegen seinen Willen hätte ich ihm die Arme um den Hals legen und ihm einreden können, ich müsse sterben, falls er mich zurückweise. Seine Füße umarmen, mich an sie schmiegen und um mein Leben flehen: Alles hätte ich getan! Und wenn nicht das einzelne, wäre doch alles zusammen stark genug gewesen, sein hartes Herz zu erweichen! Vielleicht hat auch der abgesandte Diener einen Fehler gemacht: Er belästigte ihn ungeschickt, wählte, glaube ich, keinen günstigen Zeitpunkt, suchte sich keine freie Stunde aus und traf seinen Geist nicht unbeschäftigt an. Das hat mir geschadet. Ist doch Caunus von keiner Tigerin geboren, trägt in der Brust keinen starren Stein, kein hartes Eisen, keinen Stahl und hat nicht die Milch einer Löwin getrunken. Er wird besiegt werden. Man wird ihn wieder angreifen müssen, und ich werde nimmer meines Beginnens überdrüssig, solange diese Brust noch atmet. Dürfte ich Geschehenes rückgängig machen, so wäre es das Beste gewesen, nicht zu beginnen; das Zweitbeste ist, das einmal Begonnene durchzufechten. Kann doch auch er, selbst wenn ich meinen Wunsch aufgäbe, nimmermehr mein Wagnis vergessen. Sollte ich aufhören, wird es zudem so aussehen, als hätte ich nicht ernstlich gewollt oder ihn gar nur versucht und ihm einen Fallstrick gelegt. Oder man wird jedenfalls denken, nicht dieser Gott, der übermächtig mein Herz mit Feuer versengt und bedrängt, sondern die Wollust habe mich besiegt. Schließlich kann ich ja doch nicht mehr alles Ungeheuerliche ungeschehen machen. Ich hab's geschrieben und erbeten. Ich habe meinen Willen kundgetan. Selbst wenn ich nicht weitergehe, kann ich doch nicht mehr unschuldig heißen. Was übrig ist, fügt meinen Wünschen viel, meinem Vergehen wenig hinzu.«

Sprach's, und so zwiespältig ist ihr schwankender Sinn: Während der erste Versuch sie reut, reizt sie der nächste. Sie verliert das Maß und läßt es, die Unselige, soweit kommen, daß sie wiederholt abgewiesen wird. Da kein Ende abzusehen ist, flüchtet Caunus bald darauf aus dem Vaterland und vor dem Frevel und gründet in fremdem Land eine neue Stadt.

Da soll die Tochter des Miletus vor Trauer vollends die Fassung verloren haben. Sie riß sich das Kleid in Fetzen von der Brust und schlug sich rasend die Arme; ja, schon trägt sie ihren Wahnsinn offen zur Schau: Sie bekennt ihr Hoffen auf unerlaubte Liebe, ohne die ihr das Vaterland und das Vaterhaus verhaßt sind; sie verläßt beides und folgt den Spuren des flüchtigen Bruders. Und nicht anders, als deine ismarischen Bacchantinnen, o Sohn der Semele, von deinem Thyrsus in Taumel versetzt die Wiederkehr des Dreijahresfestes feiern, sahen die jungen Frauen von Bubasus Byblis heulend durch die weiten Felder schweifen. Sie verläßt diese Gegend und irrt durch Carien, das Land der wehrhaften Leleger und Lycien.

Schon lagen Cragus, Limyra und die Fluten des Xanthus hinter ihr und der Bergrücken, der Wohnsitz der Chimaera, die im

Innern aus Feuer bestand, Brust und Antlitz einer Löwin und den Schwanz einer Schlange hatte. Zu Ende ist der Wald, und des Verfolgens müde brichst du zusammen. Dein Haar fällt zum harten Erdreich; so liegst du, Byblis, und preßt dein Gesicht ins abgefallene Laub. Oft versuchen die lelegeïschen Nymphen mit ihren zarten Armen ihr aufzuhelfen, oft reden sie ihr zu, um sie von ihrer Liebe zu heilen, wollen sie trösten; doch taub bleibt Byblis' Ohr. Stumm liegt sie da, krallt sich mit den Nägeln in den grünen Kräutern fest und betaut das Gras mit einem Tränenbach. Man sagt, die Naiaden hätten unter diesen Tränen eine unversiegliche Wasserader entspringen lassen – was hatten sie Besseres zu geben? Wie Harztropfen von angeschnittener Rinde oder wie zähes Erdpech aus der schwangeren Erde fließt oder wie beim Nahen des sanft wehenden Westwinds die Welle, die bei Frost erstarrte, an der Sonne wieder auftaut, so verströmt sich Byblis, die Enkelin des Phoebus, in ihren eigenen Tränen und wird zu einer Quelle, die heute noch in jenen Tälern den Namen Byblis trägt und unter einer dunklen Steineiche fließt.

Iphis

Die Kunde von dem unerhörten Wunder hätte vielleicht Kretas hundert Städte erfüllt, wäre nicht auf Kreta selbst kürzlich ein näherliegendes Wunder geschehen: die Verwandlung der Iphis. Brachte doch das Land von Phaestus, das dem Reich von Cnossus eng benachbart ist, einst einen gewissen Ligdus hervor. Er hatte keinen großen Namen und war ein freigeborener Mann aus dem einfachen Volk. Um sein Vermögen stand es nicht besser als um seinen Adel; doch sein Lebenswandel und sein Leumund waren makellos. Als sein Weib schwanger war und die Geburt schon nahe bevorstand, mahnte er sie mit folgenden Worten: »Ich wünsche dir zwei Dinge: eine leichte Entbindung ohne große Schmerzen und die Geburt eines Knäbleins. Zu belastend ist der andere Fall, und mein geringes Vermögen gibt mir nicht den nötigen Rückhalt. Falls du also, was die Götter verhüten mögen, ein Mädchen zur Welt bringst – ich gebiete es wider Willen; fromme Scheu, vergib mir! –, so muß es sterben.«

Sprach's, und beiden strömten Tränen über das Gesicht: ihm, der das Gebot gab, und ihr, die es empfing. Trotzdem läßt Telethusa Tag für Tag ihrem Mann keine Ruhe und bittet ihn immer wieder vergeblich, ihre frohe Erwartung nicht einzuengen. Ligdus bleibt fest bei seinem Entschluß. Und schon konnte sie kaum mehr den schweren Leib tragen, dessen Last ausgereift war; da trat mitten in der Nacht als Traumbild Inachus' Tochter mit ihrem gewohnten Gefolge vor sie hin, oder es schien ihr so. Die Stirn trug die Hörner des Mondes mit Ähren, die gelb in strahlendem Golde glänzten, und ein königliches Diadem. Es begleiteten sie der bellende Anubis, die heilige Bubastis, der bunte Apis und der Gott, der die Stimme unterdrückt und mit dem Finger zum Schweigen mahnt. Klappern waren mit dabei, Osiris, den die Göttin unaufhörlich sucht, und die fremde Schlange voll einschläfernder Gifte. Zu ihr, die wie aus dem Schlaf aufgeschreckt war und klar sah, sprach darauf die Göttin: »O Telethusa, meine Dienerin, laß die schweren Sorgen fahren und umgehe das Gebot des Gatten! Wenn Lucina dich entbindet, so nimm ohne Bedenken auf, was es auch sein mag! Ich bin eine helfende Göttin, habe dich erhört und stehe dir bei. Du wirst dich nicht beklagen müssen, du habest eine undankbare Gottheit verehrt.«

Nach diesen mahnenden Worten verließ sie das Schlafgemach. Froh steht die Kreterin vom Lager auf, hebt flehend ihre reinen Hände zu den Sternen und bittet, ihr Traumgesicht möge in Erfüllung gehen. Der Schmerz nahm zu, die Last drängte von selbst ans Licht, und ohne Wissen des Vaters kam ein Mädchen zur Welt. Da log die Mutter, es sei ein Knabe, und ließ es aufziehen. Sie fand Glauben; die einzige Mitwisserin war die Amme. Der Vater erfüllte sein Gelübde und gab dem Kind den Namen des Großvaters: Der hatte Iphis geheißen. Über den Namen freute sich die Mutter, da er auf beide Geschlechter paßte und sie wenigstens in dieser Beziehung niemanden täuschte.

Auch weiterhin blieb die Lüge unbemerkt, die mit frommem Betrug begonnen hatte. Die Tracht war die eines Knaben; das Gesicht, mochte man es nun einem Mädchen oder einem Knaben zusprechen, wäre bei beiden schön zu nennen gewesen. Inzwischen waren dreizehn Jahre vergangen: Da verlobte der Vater mit dir, Iphis, die blonde Ianthe, unter den Mädchen von Phaestus eine vielgerühmte Schönheit, die Tochter des dictaeischen Telestes. Gleich alt waren beide, beide gleich schön; bei denselben Lehrern lernten sie die Anfangsgründe der Wissenschaften, wie es ihrem Alter entsprach. Hier berührte die Liebe die unerfahrene Brust der beiden und schlug beiden die gleiche Wunde. Doch die Zuversicht war ungleich: Ianthe sehnt die Ehe und die Zeit der vereinbarten Hochzeitsfackel herbei und glaubt, der vermeintliche Mann werde bald der ihre sein. Iphis dagegen liebt ohne Hoffnung auf Erfüllung – die Liebesglut wird dadurch nur noch heißer: So liebt das Mädchen ein Mädchen. Kaum kann sie die Tränen zurückhalten und spricht: »Welch ein Ende erwartet mich, da mich eine noch keinem bekannte, ungeheuerliche, neuartige Liebesqual ergriffen hat? Wollten die Götter mich schonen, hätten sie mich ganz verschonen sollen; wollten sie mich aber zugrunde richten, hätten sie mir wenigstens eine natürliche Leidenschaft geben können, wie sie allgemein üblich ist. Treibt doch die Liebe nicht Kuh zu Kuh und Stute zu Stute. Schafe reizt der Widder, und die Hirschkuh folgt dem Hirsch. So verbinden sich auch Vögel, und unter allen Tieren ist kein Weibchen von Begierde nach einem Weibchen ergriffen. Ich wollte, ich wäre tot! Auf Kreta freilich ist alles Ungeheuerliche möglich: Einen Stier hat die Tochter des Sonnengottes geliebt – doch wenigstens als Frau ein männliches Wesen. Meine Liebe ist, um die Wahrheit zu sagen, rasender als jene. Immerhin konnte jene Frau auf Liebesfreuden hoffen, immerhin vereinigte sie sich listig dank der Nachbildung einer Kuh mit dem Stier, und der Ehebrecher ließ sich wirklich täuschen. Strömte hier hingegen alle Schlauheit der Welt zusammen, ja flöge selbst Daedalus auf seinen Wachsflügeln zurück – was wird er tun können? Wird er mich etwa durch seine klugen Künste aus einem Mädchen zum Knaben machen können? Wird er etwa dich verwandeln können, Ianthe? – Was verhärtest du nicht dein Herz, erinnerst dich an dein Wesen, Iphis, und schüttelst die törichten Liebesflammen ab, für die es keinen Rat gibt? Halte dir vor Augen, als was du geboren bist, sofern du nicht auch dich selbst täuschen willst, strebe nach dem, was vor den Göttern recht ist, und liebe, was sich für eine Frau zu lieben ziemt. Hoffnung läßt Liebe entstehen, Hoffnung nährt Liebe. Doch die Wirklichkeit läßt dir keine Hoffnung. Keine Bewachung hält dich von liebender Umarmung ab, kein ängstlich besorgter Ehemann, kein strenger Vater; sogar Ianthe verschließt sich deiner Werbung nicht – und doch ist sie unerreichbar für dich. Und selbst wenn alles Erdenkliche geschähe, kannst du doch nicht glücklich sein, selbst wenn Götter und Menschen sich für dich bemühten! Jetzt schon ist kein Teil meiner Wünsche vergeblich: Entgegenkommend gaben mir die Götter alles, was sie konnten; und was ich wünsche, wünscht der Vater, wünscht sie selbst und der künftige Schwiegervater. Doch die Natur, die mächtiger ist als sie alle, will es nicht; sie allein schadet mir. Siehe, es kommt die ersehnte Zeit, der Hochzeitstag ist da, schon wird Ianthe mein – und wird mir doch nicht zuteil: Mitten im Wasser werden wir dürsten. Was kommst du, Ehegöttin Iuno, was kommst du, Hymenaeus, zu dieser Feier, bei der es keinen Bräutigam gibt, nur zwei Bräute?«

Sie schwieg. Und nicht weniger heftig glüht das andere Mädchen und betet, du mögest schnell kommen, Hymenaeus! Worauf Ianthe brennt, das fürchtet Telethusa und verschiebt bald den Zeitpunkt, bald schützt sie Krankheit vor, um Zeit zu gewinnen, bald Vorzeichen und Traumgesichte. Doch schon hatte sie alle Möglichkeiten der Erfindung erschöpft, die lang aufgeschobene Hochzeit stand bevor, und nur noch ein einziger Tag war übrig. Da reißt sie der Tochter und sich die Binde vom Haupt, umfaßt mit aufgelöstem Haar den Altar und spricht: »Isis, die du Paraetonium, die mareotischen Gefilde und Pharos bewohnst und den Nil, der sich in sieben Mündungen verästelt – komm mir, ich bitte dich, zu Hilfe und heile uns von unserer Furcht! Dich, Göttin, dich und diese deine Kennzeichen habe ich einst gesehen; erkannt habe ich alles, den Klang und das begleitende Erz der Sistren, und deinen Auftrag treu im Gedächtnis bewahrt. Daß diese das Licht der Welt sehen darf, daß ich nicht büßen muß, siehe, das ist dein Rat und dein Geschenk. Erbarme dich unser beider und rette uns durch deine Hilfe!«

Tränen folgten den Worten. Da war es, als bewege die Göttin ihren Altar – und sie hatte es wirklich getan –, die Tempelpforten zitterten, die dem Monde nachgebildeten Hörner blitzten, und es klapperte das klangreiche Sistrum. Zwar nicht sorglos, aber doch froh über das glückliche Vorzeichen, verließ die Mutter den Tempel. Iphis folgte ihr als Begleiterin mit größeren Schritten als sonst. Auch bleibt ihr nicht die weiße Gesichtsfarbe, die Kraft wird vermehrt, munterer und schärfer geschnitten erscheinen ihre Züge, und das schmucklose Haar wird kürzer; da ist mehr Kraft und Schwung, als das Mädchen gehabt hatte. Denn, eben noch eine Frau, bist du zum Knaben geworden. Schenkt dem Tempel eine Weihegabe und freut euch in furchtloser Zuversicht! Sie schenken dem Tempel eine Weihegabe und fügen eine Inschrift hinzu, einen kurzen Vers: »Als Knabe hat Iphis seine Weihegabe dargebracht, die er als Mädchen gelobt hatte.« Der folgende Tag hatte mit seinen Strahlen den Erdkreis weithin erleuchtet. Da kommen Venus, Iuno und Hymenaeus zu den hochzeitlichen Opferflammen, und Iphis gewinnt als Knabe seine Ianthe.

Zehntes Buch

Inhalt des zehnten Buches

Orpheus und Euridice (1–85)
Katalog der Bäume – Cyparissus (86–147)
Gesang des Orpheus:
  Vorrede (148–154)
  Ganymed (155–161)
  Hyacinthus (162–219)
  Die Cerasten – Die Propoetiden (220–242)
  Pygmalion (243–297)
  Myrrha (298–502)
  Adonis (I) (503–559)
    Hippomenes und Atalanta (560–707)
  Adonis (II) (708–739)

Orpheus und Eurydice

Von dort schreitet Hymenaeus in seinem krokusgelben Gewand durch den unermeßlichen Äther; er eilt zu den Gestaden der Ciconen; dorthin ruft ihn Orpheus' Stimme, doch vergebens. Anwesend war er zwar, doch brachte er nicht die gewohnten Segensworte, keine fröhlichen Gesichter, kein glückliches Omen; auch die Fackel in seiner Hand zischte immerfort; nur tränenerregender Rauch, keine Flamme entstieg ihr, mochte man sie noch so sehr schwingen. Der Ausgang war schlimmer als das Vorzeichen; denn während die Neuvermählte, von der Schar der Naiaden begleitet, durch die Wiesen streifte, starb sie, weil eine Schlange sie in die Ferse gebissen hatte.

Nachdem sie der Seher vom Rhodopegebirge an den Lüften des Himmels zur Genüge beweint hatte, wollte er es auch noch mit dem Schattenreich versuchen. So wagte er durch die taenarische Pforte zur Styx hinabzusteigen. Mitten durch die schwerelosen Völker und die Schattenbilder der Bestatteten kam er bittend zu Persephone und zu dem König im unwirtlichen Reich, dem Herrn der Schatten. Dann schlug er zum Liede die Saiten und sang: »O ihr Gottheiten der unterirdischen Welt, in die wir zurückfallen, wir, alles Sterbliche, was entsteht! Ist es erlaubt und gestattet ihr mir, ohne Trug und Umschweife die Wahrheit zu sagen, so wißt: Ich bin nicht hier herabgestiegen, um den finsteren Tartarus zu sehen, nicht, um die drei Hälse des medusischen Höllenhundes zu fesseln, an denen Schlangen als Zotteln hängen. Der Grund meiner Fahrt ist meine Gattin; eine Viper, auf die sie trat, hat Gift in ihr Blut gespritzt und ihr die jungen Jahre geraubt. Ich wollte es ertragen und bekenne: Ich hab's versucht; doch Amor hat gesiegt. In der oberen Welt ist dieser Gott wohlbekannt; ob er es auch hier ist, weiß ich nicht. Doch ich vermute, daß er es auch hier ist; denn, sofern die alte Sage von dem Raub nicht erlogen ist, hat auch euch Amor vereint. Bei diesen Gefilden voller Angst, bei diesem riesigen Chaos und dem Schweigen des öden Reiches bitte ich euch: Macht Eurydices übereilten Tod rückgängig! Alles ist euch verfallen, und nach kurzem Aufenthalt eilen wir früher oder später zu ein und demselben Wohnsitz. Wir alle streben hierher; dies ist unser letztes Heim, und ihr herrscht am längsten über das Menschengeschlecht. Auch Eurydice wird euch gehören, wenn sie die Jahre, die ihr zustehen, vollendet hat und reif ist. Ich bitte euch nicht, sie mir zu schenken, nur zu leihen. Verweigert aber das Geschick meiner Gattin die Gnade, bin ich fest entschlossen, nicht zurückzukehren: Freut euch dann über den Tod zweier Menschen!«

Während er so sang und zu seinen Worten die Saiten schlug, weinten die blutlosen Seelen, Tantalus griff nicht nach der fliehenden Welle, staunend stand Ixions Rad still, die Vögel zerfleischten nicht die Leber des Tityos, die Beliden ließen ihre Krüge stehen, und du, Sisyphus, saßest auf deinem Stein. Damals sollen zum ersten Mal die Wangen der Eumeniden von Tränen feucht geworden sein, weil der Gesang sie überwältigte. Weder die Königin noch der Herrscher der Unterwelt bringen es über sich, die Bitte abzuschlagen, und sie lassen Eurydice rufen. Sie befand sich unter den neuangekommenen Schatten, kam heran, und die Wunde erlaubte ihr nur langsam zu schreiten. Orpheus vom Rhodopegebirge erhält sie unter der Bedingung, nicht zurückzublicken, bevor er die Täler des Avernus verlassen habe – sonst werde das Geschenk zunichte.

Der Pfad führt sie durch die Totenstille bergan; steil ist er, dunkel und in dichten Nebel gehüllt. Schon waren sie nicht weit vom Rand der Erdoberfläche entfernt – besorgt, sie könne ermatten, und begierig, sie zu sehen, wandte Orpheus voll Liebe den Blick, und alsbald glitt sie zurück. Sie streckt die Arme aus, will sich ergreifen lassen, will ergreifen und erhascht doch nichts, die Unselige, als flüchtige Lüfte. Schon starb sie zum zweiten Mal, doch mit keinem Wort klagte sie über ihren Gatten – denn worüber hätte sie klagen sollen als darüber, daß sie geliebt wurde? –, sprach ein letztes Lebewohl, das er kaum noch hören konnte, und sank wieder an denselben Ort zurück. Über den zweifachen Tod seiner Gattin war Orpheus so entsetzt wie der Mann, der voll Grauen die drei Hälse des Höllenhundes – den mittleren in Ketten – erblickte und den die Angst nicht eher verließ als seine bisherige Natur, da sein Leib zu Stein wurde, oder wie Olenus, der den Vorwurf auf sich selbst lenkte und als der Schuldige gelten wollte, und du, unglückliche Lethaea – allzu viel hast du dir auf deine Schönheit eingebildet –; einst wart ihr zwei engverbundene Herzen, jetzt seid ihr Steine auf dem quellenreichen Ida.

Den Bittenden, der vergeblich noch einmal ans andere Ufer wollte, hatte der Fährmann abgewiesen; dennoch saß Orpheus von Trauer entstellt sieben Tage lang am Ufer, ohne Ceres' Gaben zu genießen. Sorge, Seelenschmerz und Tränen waren seine Speise. Er klagt über die Grausamkeit der Götter des Erebus und zieht sich auf die hohe Rhodope und den sturmgepeitschten Haemus zurück.

Schon hatte Titan zum dritten Mal den Jahreskreis durchlaufen, den das Sternbild der Fische beschließt. Orpheus hatte alle Frauenliebe gemieden, sei es, weil er kein Glück gehabt oder weil er sein Wort gegeben hatte; viele Frauen aber brannten darauf, sich dem Sänger zu verbinden, und ebenso viele erlitten eine Zurückweisung. Er lehrte auch die Thrakervölker, die Liebe auf zarte Knaben zu übertragen, vor der Reifezeit den kurzen Frühling zu genießen und die ersten Blüten zu pflücken.

Katalog der Bäume – Cyparissus

Es gab da einen Hügel und auf ihm eine vollkommen ebene Fläche; Gras grünte hier. An Schatten fehlte es dem Ort. Doch als der von Göttern erzeugte Sänger sich dort niedergelassen hatte und die klingenden Saiten schlug, kam der Schatten herbei: Nicht blieb die chaonische Eiche aus, nicht der Pappelhain der Heliaden, nicht die Wintereiche mit hoher Krone, die Linden mit ihrem weichen Holz, die Buche, der jungfräuliche Lorbeer, leicht zu brechende Haselstauden, die Esche, die als Speerschaft dient, die Tanne mit astfreiem Holz und, unter der Last der Eicheln gebeugt, die Steineiche, die festliche Platane, der Ahorn mit ungleicher Färbung, Salweiden, die am Strome wachsen, Lotos, der das Wasser liebt, immergrüner Buchsbaum, feine Tamarisken, die zweifarbige Myrte und mit dunklen Beeren der Schneeball. Auch du, Efeu mit biegsamen Wurzeln, bist gekommen und mit dir Weinreben und von Reben umrankte Ulmen, Bergeschen, Föhren und, mit roten Früchten behangen, der Hagapfelbaum, die biegsamen Palmen – die Auszeichnung des Siegers – und die Pinie mit hochgebundenem Haar und struppigem Wipfel; sie ist der Göttermutter lieb, denn Cybeles Geliebter Attis hat in der Pinie die Menschengestalt abgelegt und sich zu jenem Stamm verfestigt.

Zu dieser Schar gehörte auch die kegelförmige Zypresse, jetzt ein Baum, einst ein Knabe, geliebt von dem Gott, der auf der Cithara und am Bogen die Saiten spannt. Es gab nämlich einen riesigen Hirsch, der den Nymphen im Gebiet von Carthaea heilig war; mit seinem weitausladenden Geweih spendete er seinem Kopf von oben Schatten. Das Geweih glänzte von Gold, und auf den Bug herab hing ihm um den runden Hals ein Schmuck mit

Edelsteinen. Über seiner Stirn baumelte, mit kleinen Riemen befestigt, eine silberne Kapsel, die er seit seiner Geburt trug, und an beiden Ohren, rechts und links von den gerundeten Schläfen, glänzten zwei Perlen. Frei von Furcht, ohne die angeborene Scheu, pflegte er Häuser zu besuchen und sich sogar von unbekannten Händen den Hals streicheln zu lassen. Doch vor allen anderen lieb war er dir, Cyparissus, Schönster im Volk von Ceos! Du führtest den Hirsch zur frischen Weide, du führtest ihn zum Wasser der klaren Quelle; bald flochtest du ihm bunte Blumen ins Geweih, bald saßest du als Reiter auf seinem Rücken und lenktest ihm vergnügt das weiche Maul am purpurnen Halfter hierhin und dorthin.

Heiß war es und Mittag. Von der Sonnenhitze glühten dem Strandkrebs am Himmel die Scheren: Müde legte sich der Hirsch auf dem Rasenteppich nieder und kühlte sich im Schatten der Bäume. Da traf ihn der Knabe Cyparissus nichts ahnend mit dem spitzen Jagdspeer. Als er ihn an der bösen Wunde sterben sah, beschloß auch er zu sterben. Was für Trostworte sagte ihm Phoebus nicht, wie ermahnte er ihn, sich dem Anlaß entsprechend in seiner Trauer zu mäßigen! Cyparissus aber seufzt und erbittet von den Himmlischen als letzte Gabe, allezeit trauern zu dürfen. Schon hatte sein Blut sich in grenzenlosem Weinen verströmt; da wurden seine Glieder allmählich grün, und das Haar, das ihm eben noch in die schneeweiße Stirn hing, begann ein struppiger Schopf zu werden, sich starr aufzurichten und mit schlankem Wipfel zum gestirnten Himmel aufzublicken. Da seufzte der Gott auf und sprach betrübt: »Du wirst von mir betrauert werden, andere betrauern und den Trauernden beistehen.«

Solch einen Hain hatte der Sänger herbeigezogen und saß inmitten der versammelten Tier- und Vogelschar. Als er die Saiten mit dem Daumen zur Genüge angezupft und geprüft hatte und hörte, daß die verschiedenen Töne, obwohl sie nicht gleich klangen, zusammenpaßten, stimmte er folgenden Gesang an:

Gesang des Orpheus:

Vorrede

»Mit Iuppiter – seiner Königswürde muß alles andere weichen – laß meinen Gesang beginnen, o Muse, meine Mutter! Iuppiters Macht habe ich schon oft verkündet: Mit gewichtigerem Plectrum habe ich von den Giganten gesungen und von den Blitzen, die siegreich die phlegraeischen Felder übersäten. Jetzt bedarf es leichterer Leierklänge: Laßt uns Knaben besingen, die von Göttern geliebt wurden, und Mädchen, die, von verbotener Leidenschaft ergriffen, Strafe verdienten!

Ganymed

Einst entbrannte der König der Himmlischen in Liebe zu Ganymed, dem Phryger, und es fand sich etwas, was Iuppiter lieber sein wollte als er selbst. Doch geruht er sich in keinen anderen Vogel zu verwandeln als den, der seine Blitze tragen kann. Sofort schlägt er die Luft mit den trügerischen Flügeln und entführt den Knaben von Ilion, der noch heute für Iuppiter den Becher mischt und ihm gegen Iunos Willen den Nektar reicht.

Hyacinthus

Auch dich, Sohn des Amyclas, hätte Phoebus in den Himmel versetzt, wenn dein trauriges Schicksal ihm dazu Zeit gelassen hätte. Soweit es möglich ist, bist du dennoch ewig; und sooft das Frühjahr den Winter vertreibt und auf die wasserliebenden Fische der Widder folgt, so oft erstehst du neu und blühst auf der grünen Wiese. Dich hat mein Vater vor allen andern geliebt; damals mußte Delphi, der Mittelpunkt der Welt, auf seinen Herrn verzichten, während der Gott ständig den Eurotas und das unbefestigte Sparta besuchte. Weder das Saitenspiel noch die Pfeile finden vor ihm Gnade; er vergißt, wer er ist, und weigert sich nicht, Jagdnetze zu tragen, Hunde zurückzuhalten, auf unbequemen Bergeshöhen als Begleiter mitzugehen, und nährt die Liebesglut durch lange Gewöhnung. Schon stand Titan etwa in der Mitte zwischen der kommenden und der vergangenen Nacht und war von beiden gleich weit entfernt: Da legen sie die Kleider ab, erglänzen vom Saft des fetten Öls und beginnen den Wettkampf mit dem breiten Diskus. Zuerst holte Phoebus aus, warf die Scheibe hoch in die Lüfte und zerstreute mit Wucht die im Wege stehenden Wolken; erst nach langer Zeit fiel die Last auf den festen Erdboden zurück und bewies, wie sich Kraft mit Geschicklichkeit paarte. Unbedacht und begierig mitzuspielen, eilt sofort der Spartaner herzu, um die Scheibe aufzuheben; die aber ließ der harte Boden zurückprallen und schleuderte sie dir, Hyacinthus, ins Gesicht. Da erblaßte der Gott ebenso wie der Knabe. Den Leib des Zusammengesunkenen fängt er auf; bald wärmt er dich, bald trocknet er die traurige Wunde, bald hält er durch Heilkräuter die fliehende Seele auf. Doch seine Kunst ist machtlos. Unheilbar war die Wunde! Wie wenn im bewässerten Garten Levkojen, Mohn oder Lilien mit steilen feurigen Zungen, von achtloser Hand geknickt, plötzlich erschlaffen, das schwere Haupt sinken lassen, sich nicht mehr aufrecht halten können und mit ihrer Spitze zur Erde blicken, so liegt das sterbende Antlitz darnieder, und von seiner Kraft verlassen, ist der Nacken sich selbst zur Last und ruht auf der Schulter. ›Du sinkst hin, Oebalus' Sohn, um deine frühe Jugend betrogen‹, sprach Phoebus, ›und ich sehe deine Wunde, meine Untat. Du bist mein Schmerz und mein Verbrechen; daß meine Hand dich getötet hat, muß man auf dein Grab schreiben. Ich bin die Ursache deines Todes. Doch was ist meine Schuld? Es sei denn, man könnte Spielen als Schuld bezeichnen; es sei denn, man könnte Lieben als Schuld bezeichnen. Dürfte ich nur für dich und mit dir mein Leben hingeben! Da aber das Gesetz des Schicksals mir dies verwehrt, sollst du wenigstens immer bei mir sein, und ich werde dich nicht vergessen, dich stets im Munde führen. Von dir wird die Lyra, wenn meine Hand sie schlägt, von dir werden meine Lieder künden, auf dir, der neuen Blume, werden meine Seufzer geschrieben stehen. Es wird auch der Tag kommen, da der tapferste Held sich ebenfalls in diese Blume verwandelt; sein Name wird auf demselben Blatt zu lesen sein.‹ Während Apollons untrüglicher Mund noch solches redet – siehe, da ist das Blut, das zu Boden geströmt war und die Gräser befleckt hatte, kein Blut mehr; und leuchtender als Purpur aus Tyros sprießt eine Blume auf. Sie nimmt die Gestalt an, die Lilien eigen ist; nur ist sie pupurfarben, jene aber silberweiß. Und auch dies genügt Phoebus nicht – von ihm kam nämlich diese Auszeichnung –: Selbst schreibt er sein Seufzen auf die Blätter, die Blume trägt die Inschrift »Aiai«, und es trauert der Schriftzug. Sparta schämt sich nicht, Hyacinthus geboren zu haben; seine Ehre dauert bis heute fort, und alle Jahre kehren die Hyacinthien mit ihrem Festzug wieder, um nach dem Brauch der Väter gefeiert zu werden.

Die Cerasten – Die Propoetiden

Fragt man freilich, ob das metallreiche Amathus sich gern dazu bekennt, die Propoetiden hervorgebracht zu haben, würde es dies bestreiten; Gleiches gilt von jenen, deren Stirn zwei Hörner rauh machten und die daher Cerasten hießen. Vor ihrer Tür stand ein Altar des gastlichen Iuppiter, von frevelhaftem Mord befleckt; hätte ihn ein Neuankömmling von Blut gefärbt gesehen, so hätte er geglaubt, dort seien saugende Kälber und Schafe aus Amathus geschlachtet worden: Dabei war es ein Fremder, den man ermordet hatte! Durch diesen ruchlosen Opferbrauch beleidigt, wollte die gnadenvolle Venus sogar schon ihre eigenen Städte und die Gefilde von Ophiusa verlassen. ›Doch was hat mein liebes Land verbrochen, was seine Städte?‹ sprach sie. ›Was kann man ihnen vorwerfen? Lieber soll das gottlose Geschlecht mit Verbannung oder Tod bestraft werden oder mit etwas, das zwischen Verbannung und Tod liegt, wenn es das gibt. Und was sonst könnte dies sein als die Strafe der Verwandlung?‹

Während sie noch unschlüssig war, welche Gestalt sie ihnen verleihen sollte, wandte sie ihr Gesicht den Hörnern zu, und es fiel ihr ein, diese könne man ihnen belassen. So vergrößert sie ihre Glieder und verwandelt sie in finsterblickende Stiere. Dennoch wagten es die schamlosen Propoetiden, die Gottheit der Venus zu leugnen. Zur Strafe dafür sollen sie, weil ihnen die Göttin zürnte, als erste ihren Leib und ihre Schönheit öffentlich preisgegeben haben. Und sobald die Scham gewichen und ihnen das Blut im Gesicht erstarrt war, wurden sie – nur noch klein war der Schritt – in harten Kiesel verwandelt.

Pygmalion

Weil Pygmalion sah, wie diese Frauen ihr Leben verbrecherisch zubrachten, blieb er einsam und ehelos, abgestoßen von den Fehlern, mit denen die Natur das Frauenherz so freigebig beschenkt hat, und schon lange teilte kein Weib mehr sein Lager. Inzwischen bearbeitete er mit glücklicher Hand und wundersamer Geschicklichkeit schneeweißes Elfenbein, gab ihm eine Gestalt, wie keine Frau auf Erden sie haben kann, und verliebte sich in sein eigenes Geschöpf. Es sieht aus wie ein wirkliches Mädchen! Du möchtest glauben, sie lebe, wolle sich bewegen – nur die Sittsamkeit halte sie zurück. So vollkommen verbirgt sich im Kunstwerk die Kunst! Pygmalion steht bewundernd davor, und gierig trinkt seine Brust das Feuer in sich hinein, das von dem Scheinbild ausgeht. Oft legt er prüfend die Hände an das Geschöpf, ob es Fleisch und Blut sei oder Elfenbein, und will immer noch nicht wahrhaben, daß es nur Elfenbein ist. Küsse gibt er und glaubt sie erwidert; er redet mit dem Bild, er hält es im Arm. Rührt er es an, so ist ihm, als drückten sich seine Finger in den Körper ein; ja, er fürchtet, an den Gliedern, die er preßt, möchten blaue Male entstehen. Bald schmeichelt er, bald bringt er Gaben, wie sie ein Mädchenherz erfreuen: Muscheln, geschliffene Steinchen, kleine Vögel, Blumen in tausenderlei Farben, Lilien, bunte Bälle und Bernstein, vom Baum getropfte Tränen der Sonnentöchter. Er schmückt ihr die Glieder mit Gewändern, die Finger mit Edelsteinen, den Hals mit langen Ketten. Am Ohr hängt eine zierliche Perle, an der Brust ein Geschmeide. Alles steht ihr, aber auch nackt erscheint sie nicht weniger schön. Er legt sie auf Decken, die mit sidonischem Purpur gefärbt sind, nennt sie seine Gemahlin, die sein Lager teilt, und bettet den geneigten Nacken, als müsse es dieser spüren, auf weichen Flaum.

Der Feiertag der Venus, den ganz Cypern festlich begeht, war gekommen. Schon waren die Opferkühe, deren krumme Hörner Gold überzog, in den schneeweißen Nacken getroffen, niedergestürzt, und Weihrauch stieg empor: Da trat Pygmalion, nachdem er der heiligen Pflicht genügt hatte, zum Altar und sprach zaghaft: ›Ihr Götter, könnt ihr alles gewähren, so soll meine Gattin‹ – er wagte nicht zu sagen: ›das elfenbeinerne Mädchen sein‹; darum sprach er nur: ›dem Mädchen aus Elfenbein gleichen!‹ Venus, die Goldene, erriet – war sie doch selbst bei ihrem Fest zugegen –, was mit diesem Wunsch gemeint war. Und zum Zeichen, daß die Gottheit ihm hold sei, stieg dreimal die Flamme züngelnd in die Luft empor.

Als er nach Hause kam, zog es ihn zu seinem Mädchenbild. Er warf sich auf das Lager und küßte sie. Da war ihm, als sei sie warm. Wieder legt er Mund an Mund und tastet mit der Hand nach der Brust. Er tastet noch, da wird das Elfenbein weich, verliert seine Starrheit, weicht zurück und gibt den Fingern nach, so wie Wachs vom Hymettus an der Sonne geschmeidig wird, sich unter dem Druck des Daumens zu tausenderlei Gestalten formen läßt und in der Hand des Bildners immer bildsamer wird. Pygmalion staunt. Er traut seiner Freude noch nicht und fürchtet, er täusche sich. Wieder und wieder prüft der Liebende mit der Hand sein Wunschbild. Fleisch und Blut ist's; mit dem Daumen prüft er, wie es in den Adern pocht. Da dankt der Held von Paphos der Venus mit Worten, die aus vollstem Herzen strömen, und preßt den Mund endlich auf wirkliche Lippen.

Das Mädchen hat den Kuß empfunden, sie ist errötet! Jetzt hebt sie scheu zu seinem Auge ihr Auge empor – und zugleich mit dem Himmel erblickt sie den Mann, der sie liebt. Der Ehe, die sie gestiftet, steht die Göttin bei. Schon haben sich die Hörner des Mondes neunmal zur vollen Scheibe gerundet, da gebiert sie Paphos, nach der die Insel benannt ist.

Myrrha

Paphos' Sohn war Cinyras. Wäre er ohne Nachkommenschaft geblieben, hätte er für glücklich gelten können. Von Grauenhaftem will ich singen: Hinweg, ihr Töchter, hinweg, ihr Väter, oder – wenn meine Lieder euer Herz bezaubern – verweigert mir hierin den Glauben, o glaubt nicht, daß solches geschah! Glaubt ihr es aber, dann glaubt auch an die Strafe für die Tat! Läßt die Natur jedoch zu, daß dieses Vergehen uns vor Augen tritt, so wünsche ich den ismarischen Völkern Glück und unserem Erdteil, unserem Land, daß es fern von jenen Gegenden liegt, die solchen Frevel hervorgebracht haben. Mag das Land Panchaia reich an Amomum sein, mag es Zimt, Kostwurz, vom Holz ausgeschwitzten Weihrauch und andere Blüten tragen – wenn es nur auch Myrrha für sich behält: So viel war ein neuer Baum nicht wert! Cupido selbst bestreitet, daß sein Pfeil dich verwundet habe, und hält seine Fackeln von diesem Vorwurf rein. Dich hat mit einem stygischen Feuerbrand und mit aufgeblähten Nattern eine der drei Schwestern angehaucht. Frevel ist's, den Vater zu hassen; *diese* Liebe ist frevelhafter als Haß. Von überall werben um dich auserwählte Adlige, aus dem ganzen Orient stellt die Jugend sich ein und wetteifert darum, dich heimzuführen. Wähle dir einen von allen; unter allen darf nur der eine nicht sein! Myrrha spürt es, wehrt sich gegen ihre schimpfliche Liebe und spricht zu sich selbst: ›Wohin treibt mich mein Herz? Was hab' ich im Sinn? Ihr Götter, du, frommer Kindessinn, und ihr geheiligten Rechte der Eltern! Ich bitte euch: Verhütet diese Untat, widersteht meinem Frevel – wenn dies überhaupt ein Frevel ist. Sagt man doch, die Kindesliebe verdamme diese Leidenschaft nicht. Die übrigen Lebewesen vereinigen sich wahllos, und für eine junge Kuh gilt es nicht als Schande, den Vater auf dem Rücken zu tragen; der Hengst begattet seine Tochter, der Bock bespringt die Ziegen, die er gezeugt hat, und das Vogelweibchen empfängt von dem, aus dessen Samen sie empfangen ist. Glücklich, denen solches erlaubt ist! Menschliche Kleinlichkeit hat mißgünstige Gesetze erlassen, und was die Natur zuläßt, verwehrt das neidische Recht. Doch man sagt, es gebe Völker, in denen sich die Mutter mit dem Sohn und die Tochter mit dem Vater verbindet und das Band zwischen Eltern und Kindern durch doppelte Liebe verstärkt wird. Weh mir, daß ich nicht das Glück hatte, dort zur Welt zu kommen, und daß mich der Unstern des Ortes schädigt! Doch wie verfalle ich auf solche Gedanken? Hoffnungen, verbotene, hinweg mit euch! Liebe verdient er – doch als Vater. Wäre ich also nicht die Tochter des großen Cinyras, könnte ich mit Cinyras schlafen. Jetzt aber gehört er mir nicht, weil er mir schon gehört, und gerade die nahe Verwandtschaft bringt mir Schaden. Als Fremde hätte ich mehr Gewalt über ihn. Weit möchte ich von hinnen fliehen, das Gebiet des Vaterlandes verlassen, nur um dem Frevel zu entrinnen. Doch hält ein verzehrendes Feuer die Liebende zurück, das Verlangen, Cinyras leibhaftig vor mir zu sehen, ihn zu berühren, mit ihm zu sprechen, ihm Küsse zu geben, wenn darüber hinaus nichts erlaubt ist. Kannst du darüber hinaus überhaupt etwas hoffen, pflichtvergessene Tochter, und merkst du, wie viele Rechte, wie viele Begriffe du vermengst? Willst du Nebenbuhlerin deiner Mutter, Nebenfrau deines Vaters sein? Schwester deines Sohnes, Mutter deines Bruders heißen? Fürchtest du nicht die Schwestern mit dem schwarzen Schlangenhaar? Sie zeigen sich schuldbeladenen Herzen und greifen mit grausamen Fackeln Augen und Gesicht an! Du aber, solange du den Frevel noch nicht mit dem Leibe begangen hast, plane ihn nicht im Geiste und beflecke nicht durch verbotenes Beilager die Ordnung der allgewaltigen Natur! Gesetzt, du wolltest – es verbietet sich von selbst. Denn dein Vater ist fromm und treu und hat das Sittengesetz nicht vergessen. – O wie wünschte ich, gleicher Wahnsinn wohnte in ihm!‹

Sprach's, doch Cinyras, den die reiche Auswahl an würdigen Freiern unschlüssig macht, fragt sie selbst, wem sie als Gattin gehören wolle, und er nennt Namen. Sie schweigt zuerst, hält den Blick auf das Gesicht des Vaters geheftet; es wogt in ihrem Herzen, und von heißen Tränen werden ihr die Augen feucht. Cinyras nimmt dies als Zeichen jungfräulicher Scheu, verbietet ihr zu weinen, trocknet ihr die Wangen und gibt ihr Küsse. An den Küssen freut sich Myrrha allzu sehr. Auf die Frage, was für einen Mann sie sich wünsche, sprach sie: ›Einen wie dich.‹ Er versteht das Gesagte nicht und sagt lobend: ›Sei immer ein so frommes Kind.‹ Als von frommer Scheu die Rede war, senkte das Mädchen schuldbewußt das Haupt.

Es war Mitternacht, und der Schlaf hatte Leiber und sorgenvolle Seelen gelöst. Doch die Tochter des Cinyras findet keinen Schlaf. Unbezähmbares Feuer verzehrt sie; immer wieder überdenkt sie ihren rasenden Wunsch. Bald verzweifelt sie, bald will sie's versuchen, schämt sich – und begehrt es doch. Was sie tun soll, findet sie nicht heraus. Wie wenn ein riesiger Baumstamm von der Axt getroffen ist, der letzte Schlag aber noch aussteht, so daß man nicht weiß, wohin er fallen wird, und ihn von allen Seiten fürchtet, so schwankt ihr Herz, von wechselnden Gefühlen zerrissen, hin und her und schlägt bald die eine, bald die andere Richtung ein. Kein Maß, keine Ruhe findet sich für ihre Liebe, es sei denn der Tod. Den Tod wählt sie. Sie richtet sich auf, beschließt, sich den Strang um die Kehle zu schlingen, und bindet ihren Gürtel ganz oben an den Pfosten. ›Lieber Cinyras, lebe wohl und errate, warum ich sterbe!‹ Sprach's und legte sich die Schlinge um den bleichen Hals.

Von ihren Worten soll ein Murmeln zum Ohr der treuen Amme gedrungen sein, die an der Schwelle ihres Pflegekindes wachte. Die Alte steht auf, entriegelt die Tür, erblickt das vorbereitete Mordwerkzeug: Schreien, sich an die Brust schlagen, sich das Gewand zerreißen und Myrrha die Schlinge vom Hals zerren und zerfetzen war das Werk eines Augenblicks. Dann erst war Zeit, zu weinen, sie zu umarmen und zu fragen: ›Warum der Strick?‹ Stumm bleibt das Mädchen, starrt unbeweglich zu Boden, und es schmerzt die Ertappte, daß sie den Selbstmord zu spät versucht hat. Die Alte beharrt, zeigt ihr graues Haar, entblößt die welke Brust, und bei der Wiege, bei der ersten Nahrung, die das Mädchen von ihr empfing, fleht sie, ihr doch ihren Schmerz anzuvertrauen, was es auch sei. Myrrha wendet sich von der Bittenden ab und seufzt. Die Amme ist fest entschlossen, der Sache auf den Grund zu gehen und nicht nur Verschwiegenheit zu geloben. Sie spricht: ›Sag es mir und erlaube mir, dir zu helfen.

Das Alter macht mich nicht träge. Ist es Wahnsinn, so weiß ich eine, die ihn mit Sprüchen und Kräutern heilen kann; hat dich jemand behext, wird dich ein Zauberritus reinigen; zürnen dir die Götter, läßt sich ihr Zorn durch Opfer besänftigen. Was kann ich sonst noch vermuten? Um Haus und Habe ist alles wohlbestellt. Alles geht seinen geregelten Gang; am Leben sind Mutter und Vater.‹ Als Myrrha das Wort ›Vater‹ hörte, seufzte sie aus tiefster Brust. Doch auch jetzt noch denkt die Amme an nichts Böses; immerhin ahnt sie irgendeine Liebesgeschichte. Und sie bittet Myrrha hartnäckig, ihr alles zu verraten, was es auch sei; die Alte nimmt die Weinende auf den Schoß, umschlingt sie mit ihren schwachen Armen und spricht: ›Ich hab's: Du bist verliebt. Auch hierin wird meine Beflissenheit – sei nur nicht so ängstlich – dir zu Diensten stehen, und der Vater wird nie etwas davon merken.‹ Rasend sprang Myrrha vom Schoß der Amme auf, preßte das Gesicht in die Kissen und sprach: ›Geh, bitte, fort, schone mich Arme und erspare mir die Beschämung!‹ Und als jene weiter in sie drang, sprach sie: ›Geh oder laß ab zu fragen, was mich schmerzt. Was du so gern wissen willst, ist ein Verbrechen.‹ Die Greisin schaudert, streckt die Hände aus, die vor Alter und Angst zittern, und wirft sich flehend ihrem Pflegekind zu Füßen. Bald schmeichelt sie ihr, bald schüchtert sie Myrrha ein und droht, falls sie nicht eingeweiht werde, anderen von der Schlinge zu erzählen und den versuchten Selbstmord anzuzeigen. Wenn sie sich ihr aber anvertraue, verspricht sie, ihr in der Liebe beizustehen. Myrrha hob das Haupt und weinte sich an der Brust der Amme aus. Oft hat sie versucht, es zu bekennen. Oft stockt ihr die Stimme. Endlich verhüllte sie ihr schamrotes Gesicht mit ihrem Gewand und sprach: ›Glücklich die Mutter, daß sie diesen Gemahl hat!‹ Soweit Myrrha, und sie seufzt. Zittern ergreift die eiskalten Glieder der Alten und dringt ihr bis ins Mark – denn sie hat verstanden –, und auf dem ganzen Kopf stand ihr das zerzauste schlohweiße Haar zu Berge. Sie sprach noch viele Worte, Myrrha möge die verbrecherische Liebe, sofern sie es vermöchte, abschütteln. Das Mädchen weiß zwar, daß sie zu Recht ermahnt wird, doch ist sie fest entschlossen zu sterben, wenn ihre Liebe keine Erfüllung findet. ›Bleib am Leben‹, sprach die Amme, ›bekommen sollst du deinen –‹ Da sie das Wort ›Vater‹ nicht auszusprechen wagte, verstummte sie. Ihr Versprechen bekräftigt sie durch einen Eid.

Es feierten die frommen Mütter das jährliche Ceresfest, an dem sie, in weiße Kleider gehüllt, Ährengewinde als Erstlingsopfer ihrer Ernte darbringen und neun Nächte lang Venus und männliche Berührung für verboten halten. In jener Schar ist die Gemahlin des Königs, Cenchreïs, und sie nimmt eifrig an den geheimen Weihehandlungen teil. Während also die gesetzliche Ehefrau dem Lager fern bleibt, trifft die allzu beflissene Amme Cinyras vom Wein beschwert an, berichtet ihm unter falschem Namen von einer wirklichen Liebe und lobt die Schönheit des Mädchens. Auf die Frage nach ihrem Alter sagt sie: ›Sie ist so alt wie Myrrha.‹ Heimgekehrt mit dem Auftrag, sie ihm zuzuführen, sprach sie: ›Freue dich, mein Töchterchen, der Sieg ist unser.‹ Das unselige Mädchen empfindet die Freude nur mit halbem Herzen. Ahnungsvolle Trauer herrscht in ihrer Brust, aber auch Freude; so zerrissen ist ihr Gemüt.

Es war die Stunde, da alles schweigt. Bootes hatte zwischen den Sternen der sieben Dreschochsen seinen Wagen so gelenkt, daß die Deichsel schräg stand. Da schreitet Myrrha zu ihrer Untat. Vom Himmel flieht der goldene Mond. Schwarze Wolken bedecken die Sterne, die sich verbergen. So fehlt der Nacht all ihr Licht. Als erster verhülltest du, Icarus, dein Angesicht und Erigone, geheiligt durch ehrfürchtige Liebe zum Vater. Dreimal stieß Myrrha mit dem Fuß an und wurde durch dieses Zeichen gewarnt, dreimal ließ der Grabesvogel Uhu seine Todesstimme unheilverkündend erschallen. Sie geht dennoch; die Finsternis und die pechschwarze Nacht nehmen ihr die Scheu. Mit der Linken umklammert sie die Hand der Amme; die Rechte tastet sich durch die Finsternis voran. Schon kommt sie an die Schwelle der Kammer, schon öffnet sie die Tür, schon wird sie hineingeführt. Da wankten und zitterten ihr die Knie. Mit dem Blut entflieht die Farbe aus ihrem Gesicht, und während sie weitergeht, verläßt sie der Mut; je näher sie ihrem Verbrechen ist, desto mehr schaudert sie. Sie bereut ihr Wagnis und würde gern unerkannt umkehren. Während sie noch zaudert, führt die Alte sie an der Hand weiter bis an das hohe Bett und übergibt sie ihm: ›Nimm sie, Cinyras, sie ist dein.‹ Sprach's und vereinte die Unseligen.

Der Vater empfängt sein eigen Fleisch und Blut auf entweihtem Lager, versucht ihr die mädchenhafte Scheu zu nehmen und muntert die Ängstliche auf. Vielleicht hat er auch, ihrem Alter entsprechend, ›Mein Kind!‹ zu ihr gesagt und sie zu ihm ›Vater‹, damit bei dem Verbrechen die rechten Namen nicht fehlen. Vom Vater geschwängert, verläßt sie die Kammer und trägt den Samen der Blutschande in ihrem fluchbeladenen Leibe, die Saat ihrer Sünde. In der nächsten Nacht wiederholt sich das Verbrechen, und es bleibt nicht dabei – bis schließlich Cinyras, der darauf brannte, die Geliebte nach so vielen Nächten kennenzulernen, Licht bringen ließ und zugleich den Frevel und die Tochter erkannte. Vor Schmerz verschlägt es ihm die Sprache, und er reißt das blitzende Schwert aus der aufgehängten Scheide; Myrrha flieht, und dank dem Dunkel und der undurchdringlichen Nacht entrinnt sie dem Tode. Sie irrte auf dem weiten Feld umher und verließ das palmentragende Arabien und das panchaeische Land. Neun Monde währte ihre Pilgerschaft, bis sie endlich erschöpft auf Sabas Boden ausruhte; kaum konnte sie die Last ihres Leibes noch tragen. Ungewiß, worum sie flehen sollte, sprach sie zwischen Todesfurcht und Lebensüberdruß folgendes Gebet: ›Ihr Götter! Hat *einer* von euch ein Herz für Menschen, die ihre Schuld bekennen, so hört: Ich habe schwere Strafe verdient und nehme sie auf mich. Aber damit ich nicht, wenn ich überlebe, die Lebenden und, wenn ich sterbe, die Toten kränke, so vertreibt mich aus beiden Reichen, verwandelt mich und verweigert mir so Leben und Tod.‹ Es gibt eine Gottheit für Menschen, die sich schuldig bekennen; die letzten Worte des Gebetes fanden jedenfalls gnädige Götter. Während sie noch sprach, stieg Erde an ihren Waden empor; die Nägel springen auf, und schräg streckt sich eine Wurzel aus, der Halt des langen Stammes. Die Knochen bilden kerniges Holz, in der Mitte bleibt das Mark bestehen, das Blut wird zu Säften, die Arme zu großen Ästen, die Finger zu kleinen Zweigen. Die Haut verhärtet sich zu Rinde. Und schon hatte der aufsprießende Baum den schwangeren Leib umschlossen, die Brust überwuchert und schickte sich an, den Hals zu bedecken. Myrrha ertrug das Warten nicht länger; dem emporwachsenden Holz entgegen ließ sie sich nach unten sinken und vergrub ihr Gesicht in der Rinde. Obwohl sie mit ihrer Gestalt auch die frühere Empfindung verloren hat, weint sie, und aus dem Baum fließen heiße Tränen. Auch die Tränen haben ihre Würde: Die Myrrhe, die aus dem Holz tropft, trägt den Namen der Herrin, und zu keiner Zeit wird man von ihr schweigen.

Adonis (I) → Sohn von Myrrha

Doch das in Frevel empfangene Kind war unter der Rinde gewachsen und suchte einen Weg, die Mutter zu verlassen und ans Licht zu treten. Mitten im Baume schwillt der schwangere Leib. Die Last bedrängt die Mutter, doch die Schmerzen finden keine

Worte, und die Gebärende kann Lucina nicht anrufen. Doch ist es, als krümme sich der Baum in Geburtswehen; oft ächzt er und wird von fallenden Tränen feucht. Gnadenvoll trat Lucina zu den schmerzgepeinigten Ästen, legte die Hände an das Holz und sprach einen Geburtssegen: Da bekommt der Baum Risse, und durch einen Spalt in der Rinde entläßt er seine lebende Last; es wimmert ein Knabe. Naiaden haben ihn auf weiches Gras gebettet und mit den Tränen der Mutter gesalbt. Sogar der Neid hätte seine Schönheit loben müssen: Wie man auf Bildern die nackten Amoretten malt, so sah er aus. Nur müßte man, damit sie sich auch in der Ausstattung nicht unterscheiden, dem einen einen leichten Köcher geben oder ihn dem anderen nehmen.

Unmerklich eilt die flüchtige Zeit dahin, und nichts vergeht schneller als die Jahre. Er, der Sohn seiner Schwester und seines Großvaters, erst vor kurzem unter der Baumrinde verborgen, erst vor kurzem geboren, ist schon bald das schönste Kind, schon Jüngling, schon Mann; schon übertrifft er sich selbst an Schönheit; schon gefällt er sogar Venus und rächt sich an ihr für die Liebesqualen seiner Mutter. Denn während der köcherbewehrte Knabe seine Mutter Venus küßte, streifte er ihr versehentlich mit einem hervorstehenden Pfeil die Brust. Verwundet, stieß die Göttin den Sohn mit der Hand zurück; die Wunde war tiefer, als es den Anschein hatte – zuerst hatte sich auch Venus darüber getäuscht.

Gebannt von der Schönheit des Mannes, kümmert sie sich nicht mehr um die Küsten von Cythera, vernachlässigt das meerumschlossene Paphos, das fischreiche Cnidos und Amathus mit seinen reichen Erzgruben; ja, auch vom Himmel hält sie sich fern: Sogar dem Himmel zieht sie Adonis vor. Ihn hält sie im Arm, ihn begleitet sie; und sonst gewohnt, sich im Schatten zu erholen und ihre Schönheit zu pflegen, schweift sie in Berg und Wald zwischen Felsen umher, auf denen Gestrüpp wächst. Das Kleid hat sie nach Dianas Art bis zum Knie hochgeschürzt. Sie treibt Hunde an und jagt Tiere, die man ohne Gefahr fangen kann: vorgeneigt flüchtende Hasen, einen Hirsch mit hohem Geweih oder Damwild; fern hält sie sich von den tapferen Keilern, meidet räuberische Wölfe, krallenbewehrte Bären und Löwen, die sich an Rinderblut sättigen. Auch dich, Adonis, ermahnt sie, diese zu fürchten – wenn ihre Ermahnungen nur etwas fruchteten! –, und spricht: ›Sei tapfer gegen flüchtiges Wild; gegen Mutige Mut zu beweisen ist gefährlich. Sei, junger Mann, nicht tollkühn auf meine Kosten, reize keine wilden Tiere, denen die Natur Waffen verliehen hat, damit mich dein Ruhm nicht teuer zu stehen komme. Deine Jugend, dein Aussehen, und was sonst Venus gerührt hat, rührt nicht Löwen oder borstige Schweine, nicht das Auge und Herz wilder Tiere. Der Blitz wohnt in hitzigen Ebern mit ihren krummen Hauern; schnell im Zupacken und maßlos in der Wut sind gelbbraune Löwen – und ihre Gattung ist mir verhaßt.‹ Als er nach dem Grund fragte, antwortete sie: ›Ich will es dir sagen, und du wirst über die Ungeheuerlichkeit des alten Vergehens staunen. Doch schon hat mich die ungewohnte Anstrengung ermüdet – schau: Hier lädt uns im rechten Augenblick eine Pappel in ihren Schatten ein, und der Rasen schenkt uns ein weiches Lager; hier möchte ich mit dir rasten‹, und sie rastete auf dem Boden, schmiegte sich ins Gras und an Adonis, lehnte sich zurück, bettete den Nacken an seine Brust und sprach, indem sie Küsse unter die Worte mischte:

Hippomenes und Atalanta

›Vielleicht hast du schon von einer gehört, die im Wettlauf selbst die schnellsten Männer besiegte; das Gerücht war kein Märchen – sie besiegte sie in der Tat –, und man hätte nicht sagen können, ob ihr Ruhm als Wettläuferin oder der Reiz ihrer Schönheit sie mehr schmückte. Auf ihre Frage nach einem Gemahl hatte ihr der Gott verkündet: ‚Einen Gemahl brauchst du, Atalanta, keineswegs. Meide die Ehe. Freilich wirst du ihr nicht entrinnen und bei lebendigem Leibe dein Wesen verlieren.‘ Erschrocken über den Orakelspruch, lebt sie ehelos im finsteren Walde und vertreibt grausam die aufdringliche Freierschar, indem sie folgende Bedingung stellt: ‚Ich bin nur zu erobern, wenn man mich vorher im Wettlauf besiegt hat. Lauft mit mir um die Wette: Dem Schnellen werde ich als Gattin zuteil, die Langsamen erhalten als Lohn den Tod. Das soll die Regel des Wettkampfes sein.‘ Zwar ist die Bedingung grausam, aber so groß ist die Macht der Schönheit: Selbst auf diese Bedingung ging eine Schar tollkühner Freier ein. Hippomenes hatte als Zuschauer des gnadenlosen Wettrennens Platz genommen und gesagt: ‚Sucht sich denn einer unter so großen Gefahren eine Frau zur Ehe?‘ Verurteilt hatte er die übergroße Liebe der jungen Männer; sobald er aber Atalantas Gesicht und ihren Leib ohne Hüllen erblickte – ein Leib wie der meine oder wie der deine, wenn du zur Frau würdest –, war er überwältigt, hob die Arme empor und sprach: ‚Ihr Freier, die ich soeben beschuldigte, vergebt mir! Noch war mir der Kampfpreis nicht bekannt, den ihr erstrebtet.‘ Indem er sie lobt, fängt er Feuer, wünscht, keiner der jungen Männer möge schneller laufen, und fürchtet es voll Eifersucht. ‚Doch warum lasse ich das Glück in diesem Wettkampf unversucht?‘ spricht er. ‚Mutigen hilft die Gottheit.‘ Während Hippomenes dies erwägt, fliegt das Mädchen mit beflügeltem Schritt dahin. Zwar schien sie dem jungen Aonier nicht langsamer als ein scythischer Pfeil; aber noch mehr bewundert er ihre Anmut, und auch der Lauf trägt zur Anmut bei. Die Luft läßt die Riemen von den schnellen Sohlen nach hinten wehen; auf den Rücken, der wie Elfenbein schimmert, flattert das Haar herab; es flattern auch die buntgesäumten Bänder unter den Kniegelenken. Das mädchenhafte Weiß ihres Leibes hatte sich gerötet, nicht anders, als wenn über einer weißen Halle ein purpurnes Sonnensegel die künstlichen Schatten färbt. Während der Fremde dies bemerkt, ist die letzte Strecke durchlaufen, und man setzt der siegreichen Atalanta den festlichen Kranz auf. Die Besiegten seufzen und werden bestraft, wie vereinbart.

Trotzdem ließ sich der junge Mann von ihrem Ende nicht abschrecken, trat in die Mitte, richtete den Blick fest auf das Mädchen und sprach: ‚Was strebst du nach wohlfeilem Lorbeer, indem du Träge besiegst? Miß dich mit mir! Schenkt das Glück mir Erfolg, wirst du nicht unwillig darüber sein, von einem so edlen Mann besiegt zu werden; mein Vater ist nämlich Megareus aus Onchestus, sein Großvater ist Neptun; ich bin ein Urenkel des Königs der Gewässer, und meine Tapferkeit bleibt nicht hinter meiner Herkunft zurück. Werde ich aber besiegt, schenkt der Sieg über Hippomenes dir einen großen, ruhmreichen Namen.‘ Während er so spricht, blickt ihn die Tochter des Schoeneus mit sanfter Miene an, schwankt, ob sie lieber unterliegen oder siegen will, und spricht: ‚Welcher Gott, der die Schönen haßt, will diesen hier verderben und heißt ihn sein kostbares Leben aufs Spiel setzen und um mich werben? Ich bin in meinen Augen nicht so viel wert. Und nicht seine Schönheit rührt mich – obwohl auch sie mich rühren könnte –, sondern die Tatsache, daß er noch ein Knabe ist. Nein, nicht er rührt mich, sondern seine Jugend. Ist er nicht außerdem tapfer und todesmutig? Steht er nicht im Stammbaum als vierter nach dem Meeresgott? Liebt er mich nicht, und ist ihm nicht die Vermählung mit mir so viel wert, daß er sogar bereit ist zu sterben, wenn ein hartes Los mich ihm verweigert? Solang du noch darfst, Fremder, geh fort und laß ab von dem mörderischen Brautbett – die Ehe mit mir ist ein grausames Spiel; keine wird sich weigern, deine Frau zu werden, und wenn ein Mädchen Verstand hat, hält es dich für begehrenswert. Doch warum sorge ich mich um dich, nachdem schon so viele getötet sind? Mag er doch selbst zusehen und untergehen, da er sich durch den blutigen Tod so vieler Freier nicht hat warnen lassen und seines Lebens überdrüssig ist! Soll er also sterben, weil er mit mir leben wollte, und als Lohn für seine Liebe einen unverdienten Tod erleiden? Ein Sieg wird mir unerträgliche Anfeindungen einbringen. Aber das ist nicht meine Schuld. Wolltest du nur aufgeben! Oder, da du einmal den Verstand verloren hast: Wärest du doch schneller! Ach, wie mädchenhaft ist der Ausdruck im Gesicht des Knaben! Ach, armer Hippomenes, hättest du mich nie gesehen! Du hättest verdient zu leben; wäre ich aber glücklicher und verböte mir nicht der leidige Schicksalsspruch die Ehe, wärest du der einzige, mit dem ich das Lager teilen wollte.‘

Sprach’s. Und unerfahren, wie sie ist, zum ersten Mal von Verlangen ergriffen, weiß sie nicht, was sie tut: Sie liebt und ist sich ihrer Liebe nicht bewußt. Schon fordern Volk und Vater das gewohnte Rennen, da betet zu mir Neptuns Nachkomme Hippomenes mit aufgeregter Stimme und spricht: ‚Es stehe mir Cytherea, so bitte ich, in meinem Wagnis bei und unterstütze die Liebesglut, die sie in mir entzündet hat.‘ Ein Lufthauch, der nicht neidisch war, trug mir die liebenswürdige Bitte zu, und ich wurde gerührt – ich gebe es zu –; doch tat rasche Hilfe not.

Ein Feld gibt es, die Einheimischen nennen es das tamasenische, es ist der beste Teil Cyperns. Die Väter der Vorzeit haben es mir geweiht und als Gabe meinem Tempel zugeschlagen; mitten im Gelände schimmert ein Baum, rötlich belaubt; rötliches Gold raschelt an den Ästen. Von da kam ich gerade, in der Hand trug ich drei goldene Äpfel, die ich dort gepflückt hatte; für keinen anderen sichtbar, trat ich zu Hippomenes und sagte ihm, was er mit den Äpfeln tun sollte. Trompeten hatten das Zeichen gegeben, da stürzen beide vorwärts aus den Schranken. Kaum berührt ihr schneller Schritt die Oberfläche des Sandes: Man möchte meinen, sie könnten trockenen Fußes übers Meer hineilen oder über ein weißliches Kornfeld, ohne die Ähren zu knicken. Den jungen Mann ermuntern Zurufe, Beifall und Worte wie: ‚Jetzt, jetzt ist es an der Zeit, sich anzustrengen! Hippomenes, beeile dich! Setze nun deine ganze Kraft ein! Laß das Zaudern; du wirst siegen!‘ Man weiß nicht, wer sich über diese Worte mehr freut: der Held vom Stamme des Megareus oder die Tochter des Schoeneus. O wie oft zögerte sie, wenn sie ihn schon überholen konnte, blickte ihm lange ins Gesicht und ließ ihn nur ungern hinter sich! Trocken kam das Keuchen aus dem erschöpften Mund, und das Ziel war noch fern; da endlich warf Neptuns Nachkomme eine der drei Früchte des Baumes. Erstaunt und voll Begierde nach dem glänzenden Apfel geht das Mädchen von der Bahn ab und hebt das rollende Gold auf. Hippomenes überholt sie: Tosender Beifall bei den Zuschauern. Sie aber gleicht den Aufenthalt und die versäumte Zeit aus, indem sie ihre Schritte beschleunigt. Schon hat sie den jungen Mann aufs neue hinter sich gelassen; da hält sie der Wurf des zweiten Apfels auf, doch abermals holt sie den Mann ein und läuft an ihm vorbei. Die letzte Wegstrecke blieb noch. ‚Jetzt', sprach er, ‚steh mir bei, Göttin, Spenderin der Gabe!' und warf mit jugendlicher Kraft das gleißende Gold schräg nach der Seite hin ins Feld, damit Atalanta möglichst spät zurückkehre. Das Mädchen schien zu schwanken, ob sie den Apfel holen solle; ich, die Göttin Venus, habe sie gezwungen, ihn aufzulesen, und machte den Apfel, nachdem sie ihn aufgehoben hatte, schwerer. So behinderte ich sie zugleich durch die Last und den Zeitverlust – doch, um meine Erzählung nicht länger auszudehnen als den Wettlauf: Das Mädchen blieb zurück, und der Sieger bekam seinen Lohn.

Verdiente ich nicht, daß er mir dankte, mich mit Weihrauch ehrte, mein Adonis? Der Pflichtvergessene hat mir weder gedankt noch Weihrauch gespendet. Da wandle ich mich plötzlich zur zürnenden Gottheit; voll Schmerz über die Mißachtung will ich die Nachwelt durch ein Beispiel davor warnen, mich geringzuschätzen, und stachle mich selbst gegen die beiden auf.

Sie kamen an einem Tempel vorbei, der in dichten Wäldern verborgen war. Einst hatte ihn der berühmte Echion der Göttermutter auf Grund eines Gelübdes erbaut. Der lange Weg mahnte zur Rast. Dort ergreift Hippomenes zur Unzeit die Begierde nach dem Beilager – meine Gottheit erregte ihn. Nah am Tempel war ein Schlupfwinkel, in den nur wenig Licht fiel, einer Höhle ähnlich, von gewachsenem Bimsstein bedeckt, eine uralt heilige Stätte; dorthin hatte der Priester viele hölzerne Bilder altehrwürdiger Götter gebracht. Hier dringt Hippomenes ein und besudelt das Heiligtum mit verbotener Lust. Die heiligen Bilder wandten den Blick ab, und die Mutter mit der Mauerkrone überlegte, ob sie die Schuldigen in den Wellen der Styx versenken sollte; doch diese Strafe schien zu gering. Also umhüllen bald rostfarbene Mähnen die glatten Hälse, die Finger krümmen sich zu Krallen, aus den Schultern wird ein Bug, das ganze Gewicht verlagert sich in die Brust, ein Schwanz fegt über den Sand hin. Zorn spricht aus ihrer Miene, anstelle von Worten stoßen sie ein Knurren aus, statt des Ehegemaches bewohnen sie den Wald. Während alle anderen sie fürchten müssen, beißen sie mit gezähmtem Zahn Cybeles Zügel, die Löwen. Meide du diese, mein Teurer, und mit ihnen wilde Tiere aller Art, die dir nicht fliehend den Rücken kehren, sondern sich mit der Brust zum Kampfe stellen, daß deine Tapferkeit nicht uns beiden zum Verhängnis werde!‹

Adonis (II)

Zwar hat sie ihn gewarnt und enteilt auf ihrem Schwanengespann durch die Lüfte; doch ihren Warnungen widersteht seine Tapferkeit. Zufällig scheuchten die Hunde, die einer sicheren Spur nachgegangen waren, einen Eber aus seinem Versteck auf. Während dieser sich anschickte, das Gehölz zu verlassen, hatte Cinyras' Sohn ihn mit einem Speerwurf von der Seite getroffen; doch im Nu hat der trotzige Eber mit seinem schaufelförmigen Rüssel den Jagdspieß hinweggestoßen, den sein Blut färbte; dann verfolgt er Adonis, der sich angstvoll in Sicherheit bringen will, stößt ihm die Hauer tief in die Weichen, und schon hat er den Sterbenden im rötlichen Sande niedergestreckt. Cytherea, die in ihrem leichten Wagen auf Schwanenflügeln geradewegs durch die Lüfte flog, war noch nicht in Cypern angekommen, da erkannte sie von fern das Stöhnen des Sterbenden und lenkte ihre weißen Vögel dorthin zurück. Sobald sie vom hohen Himmel sah, wie er entseelt dalag und sich in seinem Blute wälzte, sprang sie hinab, zerriß ihr Gewand, raufte sich das Haar, schlug sich mit den Händen, die es nicht verdienten, an die Brust, haderte mit den Schicksalsmächten und sprach: ›Dennoch wird euch nicht alles anheimfallen: Das Andenken meiner Trauer wird ewig währen, Adonis; und die festliche Begehung deines Todes wird alljährlich ein Abbild meiner Klage um dich sein. Dein Blut aber wird zur Blume werden. Es stand einst dir, Persephone, frei, die Glieder einer Frau in duftende Minze zu verwandeln – sollte dann etwa mir die Verwandlung des Adonis mißgönnt sein?‹ Nach solchen Worten besprengte sie das Blut mit duftendem Nektar; davon berührt, quoll es auf, wie sich im braunen Schlamm eine durchsichtige Luftblase erhebt. Und es dauerte nicht länger als eine volle Stunde, da war aus dem Blut eine Blume gleicher Farbe entsprossen, rot wie Granatäpfel, die unter zäher Rinde ihre Kerne verstecken. Doch nur kurz kann man den Anblick der Blume genießen; denn sie haftet nur schwach, fällt ab, weil sie allzu leicht ist, und die Winde, die ihr den Namen geben, wehen sie fort.«

=> Anemone!

Elftes Buch

Inhalt des elften Buches

Der Tod des Orpheus (1–84)
Midas (85–145)
Phoebus und Pan (146–193)
Laomedon (194–220)
Peleus und Thetis (221–265)
Daedalion und Chione (266–345)
Der Wolf und die Rinder des Peleus (346–409)
Ceÿx und Alcyone (410–748)
Aesacus (749–795)

Der Tod des Orpheus

Während der thracische Sänger mit solchem Gesang die Wälder, die Herzen der wilden Tiere und die Steine, die ihm folgen, in seinen Bann zieht – siehe, da erspähen junge ciconische Frauen, deren besessene Brust Tierfelle bedecken, von der Höhe eines Hügels Orpheus, wie er die Saiten schlägt und dazu singt. Da spricht eine von ihnen und schüttelt im leichten Lufthauch ihr Haar: »Seht, seht, da ist unser Verächter!« Und schon hat sie den Thyrsusstab gegen den stimmbegabten Mund des apollinischen Sängers geschleudert; aber die mit Blättern umwundene Spitze schlug nur ein unblutiges Mal. Der zweiten dient ein Stein als Waffe. Er wird geworfen; mitten in der Luft hat ihn der Einklang von Stimme und Leier bezwungen, und als bitte er demütig um Vergebung für sein rasendes Unterfangen, blieb er zu Orpheus' Füßen liegen. Doch der unbedachte Krieg nimmt zu, das Maß ist verloren, und es herrscht die Erinys in all ihrem Wahnsinn. Dennoch hätte der Gesang alle Geschosse besänftigt, aber das ungeheure Geschrei, die berecyntische Pfeife mit ihrem gebogenen Horn, die Pauken, das Klatschen und das bacchantische Heulen übertönten den Klang der Cithara. Jetzt erst wurden die Steine rot vom Blut des Sängers, den sie nicht hörten. Und zuerst zerrissen die Maenaden die unzähligen Vögel, die auch jetzt noch von der Stimme des Sängers bezaubert waren, die Schlangen und die Schar der Tiere. So raubten sie ihm seinen Ruhm: seine Zuhörerschaft. Dann wenden sie sich mit blutüberströmten Händen gegen Orpheus selbst und scharen sich zusammen wie Vögel, wenn sie einmal bei Tage eine Nachteule umherflattern sehen. Und wie im Amphitheater ein Hirsch, der im morgenkühlen Sande sterben muß, den Hunden zur Beute wird, so gehen sie auf den Sänger los und werfen alle zumal auf ihn ihre grün belaubten Thyrsusstäbe, die nicht zu diesem Zweck gemacht sind. Die einen schleudern Erdschollen, die andern vom Baum gerissene Äste, andere werfen Steine. Und damit es dem Wahnsinn nicht an Waffen fehle, pflügten gerade Rinder mit tiefgehender Pflugschar die Erde, und nicht weit davon gruben Bauern, um mit saurem Schweiß einen Ertrag zu erzielen, mit starken Armen das harte Feld um. Kaum haben sie den Schwarm erblickt, ergreifen sie die Flucht und lassen ihr Arbeitsgerät zurück. Weit auf den verlassenen Feldern verstreut liegen Harken, schwere Hacken und lange Karste. Dies alles packen die Rasenden, zerfleischen die Rinder, die ihnen mit den Hörnern drohen, und rennen zurück, dem Sänger zum Verhängnis. Und ihn, der bittend die Hände ausstreckt, dessen Worte jetzt zum ersten Mal keinen Erfolg haben und dessen Stimme alles ungerührt läßt, töten die Frevlerinnen. Der Mund – o Iuppiter! –, den Steine erhört, den wilde Tiere verstanden hatten, hauchte die Seele aus, und sie entwich in die Winde. Dich beklagten voll Trauer die Vögel, dich, Orpheus, der Schwarm der Tiere, dich die harten Steine, dich die Wälder, die oft deinen Liedern gefolgt waren. Entlaubt, als hätte er sein Haar geschoren, trauerte um dich der Baum. Ja, von ihren eigenen Tränen sollen die Flüsse angeschwollen sein; Naiaden und Dryaden trugen das Gewand schwarz gesäumt und das Haar offen. Die Glieder liegen allerorten verstreut. Das Haupt und die Leier nimmst du, Hebrus, auf, und – o Wunder! – während sie mitten im Fluß dahingleitet, läßt die Leier Klagetöne erklingen; Klagelaute murmelt die entseelte Zunge, und klagend antworten die Ufer. Schon verlassen Haupt und Saitenspiel den vertrauten Strom, treiben aufs Meer hinaus und erreichen den Strand der Insel Lesbos, auf der Methymna liegt. Hier bedroht eine wilde Schlange das Antlitz, das verlassen am fremden Strande ruht, und das Haar, auf dem die Wassertropfen wie Tau schimmern. Endlich greift Phoebus ein und wehrt die Schlange ab, als sie zum Biß ansetzt. Er versteinert ihren offenen Rachen und läßt das Maul weit aufgesperrt, wie es ist, erstarren. Orpheus' Schatten aber steigt zur Unterwelt hinab und erkennt all die Orte wieder, die er schon einmal gesehen hat. In den Gefilden der Seligen sucht und findet er Eurydice; voll Sehnsucht schließt er sie in die Arme. Hier wandeln beide bald mit vereinten Schritten nebeneinander, bald geht sie voraus, und er folgt ihr, bald schreitet Orpheus voran und blickt sich – jetzt ohne Gefahr – nach seiner Eurydice um.

Indessen läßt Lyaeus diese Freveltat nicht ungestraft. Voll Schmerz darüber, daß er den Verkünder seiner Geheimnisse verloren hatte, fesselte er sogleich in den Wäldern alle edonischen Mütter, die das Ungeheuerliche gesehen hatten, mit Wurzelsträngen an den Boden. Zog er doch die Zehen, so weit sie sich ziehen ließen, in die Länge und stieß sie mit den Spitzen hinab in den festen Boden. Wie ein Vogel, der mit dem Bein in die schlau versteckte Schlinge des Vogelstellers geraten ist, bemerkt, daß er gefangen ist, mit den Flügeln schlägt und durch seine zappelnden Bewegungen die Fessel nur noch enger zieht, so versuchte eine jede von ihnen, kaum daß sie fest am Boden haftete, verzweifelt zu entrinnen; doch umsonst! Zäh hält die Wurzel sie fest und fesselt sie, auch wenn sie sich aufbäumt. Und während sie noch sucht, wo ihre Zehen, wo der Fuß und wo die Nägel sind, sieht sie schon, wie emporwachsendes Holz an die Stelle der schlanken Waden tritt. Beim Versuch, sich mit trauernder Hand an die Schenkel zu schlagen, traf sie auf Holz. Auch die Brust wird zu Holz, Holz sind die Schultern, und die ausgestreckten Arme könnte man für wirkliche Äste halten – und wird sich nicht darin täuschen.

Midas

Und selbst dies genügt Bacchus nicht: Er verläßt sogar die Gegend und zieht mit würdigeren Anhängern zu den Weinbergen des Tmolus und zum Pactolus, obwohl dieser Fluß damals noch kein Gold führte und durch seinen kostbaren Sand noch keinen Neid erregte. Ihn umschwärmt sein gewohntes Gefolge, die Satyrn und Bacchantinnen, doch es fehlt Silen! Wie er altersschwach und weinselig dahertaumelte, haben ihn phrygische Bauern gefangen und mit Kränzen gefesselt vor den König Midas geführt, dem der thracische Orpheus zusammen mit dem Athener Eumolpus die Weihen vermittelt hatte. Als dieser in dem Gefangenen den Gefährten und Anhänger der Mysterien erkannte, feierte er der Ankunft des Gastes zu Ehren ein fröhliches Fest – ganze zehn Tage und ebenso viele Nächte lang. Schon hat zum elften Mal der Morgenstern das himmlische Sternenheer heimgetrieben, da kommt der König heiteren Sinnes in Lydiens Gefilde und bringt Silen zu seinem jugendlichen Zögling zurück. Froh, seinen Erzieher wiederzuhaben, gab der Gott dem König zur Freude – aber nicht zum Guten! – einen Wunsch frei. Wie schlecht sollte er das Geschenk nützen! Sprach er doch: »Laß alles, was mein Leib berührt, sich in rötliches Gold verwandeln!« Liber nickte und gewährte den Wunsch. Er bescherte ihm die schadenbringende Gabe, und es schmerzte ihn, daß Midas sich nichts Besseres gewünscht hatte. Froh zieht der berecyntische Held von dannen, freut sich über sein Unglück und erprobt die Zuverlässigkeit des Verheißenen, indem er einzelne Dinge anrührt. Noch ohne so recht an seine Macht zu glauben, zog er von einer niedrigen Steineiche einen grünenden Zweig herab: Der Zweig wurde golden. Er hebt einen Stein vom Boden auf: Auch der Stein erglänzt in blaßgelbem Gold. Eine Erdscholle hat er berührt: Durch die machtvolle Berührung wird die Scholle zu gediegenem Metall. Reife Ähren der Ceres brach er ab: Golden war das Geerntete. Er pflückt vom Baum einen Apfel und hält ihn fest: Man könnte meinen, er wäre ein Geschenk der Hesperiden. Hat er die Finger an die hohen Pfeiler gelegt, sieht man die Pfeiler erstrahlen. Hatte er die Hände in fließendem Wasser gewaschen, so hätte das von den Händen rinnende Wasser Danaë täuschen können. Kaum kann sein Sinn die eigenen Hoffnungen fassen: Alles stellt er sich golden vor. Während er sich noch freute, setzten ihm die Diener Tische vor, mit Leckerbissen beladen und reich gedeckt mit Röstkornbrot. Aber berührte er nun Ceres' Gaben mit der Hand, so wurden die Gaben der Ceres hart. Wollte er Speisen mit gierigem Biß zerkleinern, überzog rötliches Metall die Speisen, kaum daß der Zahn sie berührte. Hatte er den Spender der Gabe, den Weingott, mit reinem Wasser vermischt, so hätte man flüssiges Gold durch seine Kehle rinnen sehen können. Entsetzt über das neuartige Unheil, wünscht der arme Reiche seinen Schätzen zu entfliehen. Was er eben noch erfleht hat, haßt er. Selbst die größte Fülle kann seinen Hunger nicht stillen; brennender Durst dörrt ihm die Kehle aus, und wie er es verdient, quält ihn das verhaßte Gold. Da hebt er die Hände und die goldglänzenden Arme zum Himmel und ruft: »Vergib mir, Vater Lenaeus! Ich habe gesündigt. Doch ich bitte: Erbarme dich und entreiße mich dem gleißenden Verderben.« Gnädig sind die Götter: Weil er seine Sünde bekannte, gab ihm Bacchus sein früheres Wesen zurück, machte das Geschenk und den Vertrag rückgängig und sprach: »Damit du nicht mit dem Golde behaftet bleibst, das du dir zum eigenen Unheil gewünscht hast, geh zu dem Fluß nah bei der großen Stadt Sardes und schreite unverdrossen auf der Höhe des Ufers den gleitenden Wellen entgegen, bis du zum Ursprung des Flusses kommst. Halte das Haupt unter die schäumende Quelle, dort, wo sie am stärksten sprudelt, und wasche, indem du deinen Leib wäschst, zugleich die Sünde ab.« Der König trat, wie befohlen, unter das Wasser: Die Kraft des Goldes färbte den Fluß und ging vom menschlichen Körper auf den Strom über. Die Felder, die den Samen der nun schon alten Erzader empfangen haben, starren auch heute noch von Gold, bleich glänzend mit feuchten Schollen.

Phoebus und Pan

Midas war der Schätze überdrüssig, lebte im Wald und auf dem Lande und verehrte den Pan, der stets in Berggrotten wohnt. Doch blieb sein Geist träge, und nach wie vor sollte der törichte Sinn seinem Eigentümer Schaden bringen. Denn weithin blickt der Tmolus übers Meer und ragt steil mit jähem Anstieg empor. Seine Hänge breiten sich nach beiden Seiten aus. Auf der einen wird er von Sardes, auf der andern von dem kleinen Städtchen Hypaepa begrenzt. Während Pan dort vor den zarten Nymphen mit seinen Liedern prahlte und auf der mit Wachs verbundenen Rohrflöte ein leichtes Liedchen trällerte, wagte er Apollons Gesang geringer als seinen eigenen zu achten und kam zum ungleichen Wettkampf; dabei sollte Tmolus Schiedsrichter sein. Der bejahrte Richter hat sich auf seinem Berge niedergelassen. Er macht die Ohren frei von Bäumen; nur mit Eichengrün ist sein bläuliches Haar umkränzt, und um die gewölbten Schläfen baumeln Eicheln. Dann blickte er den Gott der Herden an und sprach: »Der Schiedsrichter ist bereit.« Pan läßt seine ländlichen Schilfrohre erklingen, und mit seinem barbarischen Lied bezaubert er Midas – der war gerade dabei, als er spielte. Danach kehrte der heilige Tmolus sein Gesicht Phoebus zu, und dem Gesicht folgte sein Wald. Phoebus' blondes Haupt war mit Lorbeer vom Parnaß bekränzt, und den Boden streifte sein Gewand, mit Purpur von Tyros gesättigt. Die Linke hielt das Saitenspiel, das mit Edelsteinen und indischem Elfenbein besetzt war. Die andere Hand hielt das Plectrum. Schon die Haltung verriet den Künstler. Dann schlug er die Saiten mit Meisterhand. Die Süße der Töne nahm Tmolus gefangen, und er befahl Pan, sich mit seinen Schilfrohren der Cithara zu unterwerfen. Das Urteil des heiligen Berges überzeugt alle. Einzig Midas ficht es an und nennt es ungerecht. Da kann der Gott von Delos nicht länger dulden, daß die törichten Ohren menschliche Form behalten. Er zieht sie in die Länge, besetzt sie mit weißen Zotteln, macht sie am Ansatz nicht starr und gibt ihnen Beweglichkeit. Die übrige Gestalt bleibt diejenige eines Menschen; nur an einem Körperteil wird er verurteilt und mit den Ohren des träge daherschreitenden Esels ausgestattet. Er will dies freilich verheimlichen und versucht aus Scham, seine Schläfen mit einer purpurnen Tiara zu umhüllen; doch der Diener, der ihm die langen Haare zu schneiden pflegte, hatte es gesehen. Einerseits wagt er nicht, die Schande, die er gesehen hat, zu verraten, andererseits brennt er darauf, sie laut auszusprechen, und kann es nicht verschweigen; so geht er in die Einsamkeit, hebt Erde aus und sagt mit leiser Stimme, was für Ohren er bei seinem Herrn gesehen habe. Das murmelt er in das Erdloch hinein und schüttet dann seine Anzeige zu, indem er das Erdreich wieder an seinen Platz zurückschaufelt; nachdem die Grube bedeckt ist, geht er schweigend von dannen. Dort begann ein dichtes Gebüsch von zitterndem Röhricht aufzusprießen. Sobald ein Jahr vollendet ist und die Binsen reif sind, verraten sie den Gräber; denn vom sanften Südwind bewegt, flüstern sie die vergrabenen Worte und bringen die Eselsohren seines Herrn an den Tag.

Laomedon

Nachdem er Midas bestraft hat, verläßt Letos Sohn den Tmolus. Er fuhr durch die klare Luft und machte in Laomedons Gefilden halt, diesseits der Meerenge, die nach Helle, Nepheles Tochter, benannt ist. Rechts vom sigeïschen und links vom rhoeteïschen Meer steht ein uralter Altar, dem alles verkündenden Donnerer geweiht. Apollo sieht von hier aus, wie Laomedon die Mauern des neuen Troia zu errichten strebt und wie das große Unternehmen nur mit harter Mühe vorankommt und gewaltige Mittel verschlingt. Da tut er sich mit dem Vater der brausenden Meerestiefen zusammen, der den Dreizack schwingt, nimmt Menschengestalt an und baut dem Herrscher Phrygiens die Mauern, nachdem er sich dafür Gold als Lohn ausbedungen hat. Schon stand das Werk, da verweigert der König die Bezahlung; um das Maß der Treulosigkeit voll zu machen, fügt er zu seinen Lügen einen Meineid hinzu. »Du sollst nicht unbestraft bleiben«, sprach der Meeresfürst, ließ das gesamte Meer sich zur Küste des geizigen Troia neigen, verwandelte Land in Meer, raubte den Bauern ihre Güter und begrub die Fluren unter den Fluten. Und auch diese Strafe genügt ihm nicht: Die Tochter des Königs soll einem Meerungeheuer ausgesetzt werden. Schon ist sie an den harten Felsen gefesselt, da befreit sie der Alcide und fordert, wie vereinbart, die Pferde, das versprochene Geschenk. Und da ihm der Preis für dieses gewaltige Werk verweigert wird, besiegt er Troia und erobert die doppelt eidbrüchigen Mauern. Und sein Kampfgenosse Telamon ging auch nicht ungeehrt von dannen, sondern gewann Hesione als Ehrengabe. Peleus indessen genoß den Ruhm, mit einer Göttin vermählt zu sein: Er ist mindestens ebenso stolz auf seinen Schwiegervater Nereus wie darauf, daß Iuppiter sein Großvater ist. Denn Iuppiters Enkel zu sein ward mehr als einem zuteil, doch nur einer gewann eine Göttin zur Frau.

Peleus und Thetis

Hatte doch der greise Proteus der Thetis geweissagt: »Göttin der Wogen, empfange! Du wirst eines Jünglings Mutter werden, der in den Mannesjahren die Taten des Vaters übertreffen und von dem es heißen soll, er sei größer als jener.« Damit also die Welt keinen Gewaltigeren als Iuppiter trage, floh Iuppiter die Ehe mit der Meeresgöttin Thetis, obwohl die Gluten, die er in der Brust empfunden hatte, keineswegs nur lauwarm gewesen waren. Und er ließ seinen Enkel, den Sohn des Aeacus, seinen ersehnten Platz einnehmen und die Meerjungfrau liebend umfangen.

Es gibt eine Bucht in Thessalien, die sich in sichelartigem Bogen krümmt; zwei Landzungen springen vor – wäre das Wasser tiefer, wäre es ein Hafen. Doch zieht sich der Meeresspiegel nur flach über den Sand hin. Die Bucht hat einen festen Strand, der keine Fußspuren bewahrt, den Wanderer nicht aufhält und mit keinem Teppich von Algen behangen ist. Ein Myrtenwäldchen ist ganz in der Nähe, dicht besetzt mit zweifarbigen Beeren, und mitten darin eine Höhle; man weiß nicht, ob sie natürlich oder künstlich ist – doch eher künstlich. Dorthin kamst du oft, Thetis, und rittest nackt auf einem aufgezäumten Delphin. Peleus überrascht dich dort, während du, vom Schlaf gefesselt, daliegst; da du seinen Bitten widerstehst, will er dir Gewalt antun und umschlingt deinen Hals mit beiden Armen. Hättest du jetzt nicht Zuflucht zu deinen Künsten genommen und oft die Gestalt gewechselt, so hätte er sein Ziel erreicht. Aber bald warst du ein Vogel – doch den Vogel hielt er fest; bald ein mächtiger Baum – und an den Baum klammerte sich Peleus; die dritte Gestalt war die einer gestreiften Tigerin: Vor ihr erschrak Aeacus' Sohn und ließ ihren Körper los.

Da betet er zu den Göttern des Meeres, gießt Wein auf die Wasserfläche und opfert Tiereingeweide und Weihrauch, bis der Prophet von Carpathus mitten aus der Tiefe sprach: »Aeacus' Sohn, du wirst das gewünschte Ehelager gewinnen. Binde sie nur, wenn sie in der Felsengrotte schlafend ruht, heimlich mit Schlingen und haltbaren Fesseln. Und sie soll dich nicht täuschen, mag sie dir auch hundert Gestalten vorgaukeln. Drücke sie fest, was sie auch sein mag, bis sie wieder zu dem wird, was sie vorher war.« Proteus war zu Ende, verbarg das Gesicht unter der Meeresfläche und ließ sein feuchtes Element die letzten Worte ertränken.

Der Sonnengott stand schräg am Himmel, und seine abwärts geneigte Deichsel berührte schon das westliche Meer, da verläßt die schöne Nereïde die Fluten und begibt sich auf ihr gewohntes Lager. Kaum hat Peleus so recht die jungfräulichen Glieder umfangen, wechselt sie ihre Gestalt, bis sie merkt, daß ihre Glieder festgehalten und die Arme in verschiedene Richtungen auseinandergezogen werden. Da endlich seufzte sie und sprach: »Du siegst nicht ohne göttlichen Beistand!«, und Thetis zeigte sich in ihrer wahren Gestalt. Nachdem sie sich so offenbart hat, umfaßt sie der Held, gelangt ans Ziel seiner Wünsche und schenkt ihr den gewaltigen Achilles.

Daedalion und Chione

Um Sohn und Gattin war Peleus zu beneiden, in allem war das Glück ihm hold – abgesehen von der Schuld, die er durch den Mord an Phocus auf sich geladen hatte. Mit Bruderblut befleckt und aus dem Hause seiner Väter vertrieben, fand er im Trachinierlande gastliche Aufnahme. Dort regierte ohne Gewalt und ohne Blutvergießen der Sohn des Morgensterns, Ceÿx, der den Glanz seines Vaters im Antlitz trug. Damals allerdings trauerte er, vor Leid seinem strahlenden Wesen entfremdet, um den verlorenen Bruder. Dorthin kam der Aeacussohn, erschöpft von der Sorge und vom weiten Weg, und betrat mit seinem kleinen Gefolge die Stadt. Die Schafherden und Rinder, die er mit sich führte, ließ er unweit der Mauern im Schatten eines Tales zurück. Sobald er das Schloß des Königs besuchen darf, streckt er mit Binden umwundene Ölzweige flehend vor sich hin und berichtet, wer und wessen Sohn er ist; einzig seine Schuld verheimlicht er und schützt einen anderen Verbannungsgrund vor. Er bittet, ihm zu helfen und eine Stadt oder ein Stück Land anzuweisen. Ihm antwortet der Trachinier mit freundlichen Lippen folgendermaßen: »Ich habe auch für das einfache Volk eine offene Hand, Peleus, und mein Reich ist nicht ungastlich. In dieser Gesinnung bestärkst du mich noch durch zwei gewichtige Gründe: deinen berühmten Namen und deinen Großvater Iuppiter. Verliere keine Zeit mit Bitten! Alles, was du verlangst, wirst du bekommen und es als Teilhaber dein eigen nennen, so traurig du es hier auch vorfindest. Hättest du's doch besser getroffen!« Und er weinte. Warum er so betrübt sei, fragen Peleus und seine Begleiter. Zu ihnen spricht Ceÿx: »Vielleicht meint ihr, dieser Vogel, der vom Raube lebt und alle Gefiederten erschreckt, habe schon immer Federn getragen: Doch er war ein Mensch, und – so treu bleiben wir unserem Wesen – schon damals war er heftig, ein grimmiger Krieger und rasch mit der Faust: Er hieß Daedalion. Wir sind Söhne des Morgensterns, der die Morgendämmerung weckt und seinen Posten am Himmel als letzter verläßt. Mir lag und liegt auch heute noch der Friede und die eheliche Treue, dem Bruder aber der wilde Krieg am Herzen. Voll Heldenmut hat er Könige und Völker unterworfen; jetzt muß er in verwandelter Gestalt wilde Tauben jagen, wie sie in Thisbe heimisch sind. Mein Bruder hatte eine Tochter, Chione, die um ihrer bezaubernden Schönheit willen von tausend Freiern umworben wurde, kaum daß sie mit vierzehn Jahren heiratsfähig geworden war. Zufällig kamen Phoebus und der Sohn der Maia, der eine von seiner Stadt Delphi, der andere von der Höhe von Cyllene, zurück, sahen sie zugleich und fingen zugleich Feuer. Sein Liebeshoffen verschiebt Apollo auf die Nacht; doch Mercur kann nicht so lange warten, sondern berührt mit seiner einschläfernden Gerte das Antlitz des Mädchens – sie aber liegt im Banne der mächtigen Zauberwirkung und erleidet Gewalt von dem Gott. Kaum hat die Nacht den Himmel mit Sternen übersät, da erscheint Phoebus als altes Weib und genießt Freuden, die ein anderer vorwegnahm. Und sobald die Zeit erfüllt und die Leibesfrucht reif ist, wird vom Stamme des Gottes mit den Flügelsohlen ein schlauer Sproß, Autolycus, geboren, der, in allem Trug ein Meister, Weiß aus Schwarz und Schwarz aus Weiß machen konnte, der Künste seines listenreichen Vaters würdig! Doch dem Phoebus schenkte sie – denn sie gebar Zwillinge – Philammon, der im wohlklingenden Gesang und auf der Cithara Herrliches leistete. Was nützt es schon, Zwillinge geboren, zwei Göttern gefallen zu haben und von einem tapferen Vater und dem Donnerer als Ahn abzustammen? Kann selbst Ruhm schaden? Vielen hat er geschadet, und ihr ganz gewiß! Sie brachte es fertig, sich über Diana zu stellen, und schmähte das Aussehen der Göttin. Da stieg wilder Zorn in Diana auf, und sie sprach: ›Meine Taten werden dir besser gefallen.‹ Und alsbald krümmte sie das Horn ihres Bogens, schoß mit der Sehne den Pfeil ab und durchbohrte die Zunge, die es verdiente, mit dem Schaft. Die Zunge schweigt, die Stimme gehorcht ihr nicht; und die Worte, die sie sprechen will, bleiben aus. Während sie zu reden versucht, hat mit dem Blut auch das Leben sie verlassen! Ich umarmte sie verzweifelt, nahm teil an des Vaters Schmerz und sagte dem lieben Bruder Trostworte. Was ich sprach, nahm der Vater nicht anders auf als eine Klippe das Tosen des Meeres. Er klagt unaufhörlich um die Tochter, die er verloren hat. Doch als er sie brennen sah, wollte er sich viermal mitten in den Scheiterhaufen stürzen, und viermal stieß man ihn davon zurück. Da flieht er eilenden Fußes; wie ein Stier, der im gesenkten Nacken Hornissenstacheln trägt, stürzt er dahin, wo kein Weg mehr ist. Schon damals schien er mir rascher zu laufen als ein Mensch, und man hätte meinen können, seine Füße hätten Flügel bekommen. Also entrinnt er uns allen, und vom Todeswunsch beschwingt, erreicht er den Gipfel des Parnaß. Doch Apollo empfand Mitleid: Als Daedalion sich vom hohen Felsen hinabstürzte, machte er ihn zum Vogel und hielt seinen Fall durch plötzlich hervorsprießende Flügel auf, gab ihm einen krummen Schnabel und seinen Nägeln gebogene Haken; dazu kam der alte Kampfesmut und Kräfte, die größer als sein kleiner Körper waren. Auch jetzt ist der Habicht keinem so recht gewogen, wütet gegen alle Vögel, und in seinem Schmerz bereitet er anderen Schmerz.«

Der Wolf und die Rinder des Peleus

Während der Sohn des Morgensterns dieses Wunder erzählt, das an seinem Bruder geschah, stürzt der phocische Rinderhirt Onetor eilends in atemlosem Lauf herbei und ruft: »Peleus, Peleus, ich komme, dir ein großes Unglück zu melden!« Peleus heißt ihn aussprechen, was er auch bringe. Auch der trachinische König ist besorgt und sieht ängstlich aus. Der Hirt berichtet: »Ich hatte die erschöpften Jungstiere an den Strand der Bucht getrieben, als die Sonne in der Mitte ihrer Bahn am höchsten stand und der Weg, auf den sie zurückblicken konnte, ebenso weit war wie der, den sie noch vor sich sah. Teils hatten die Rinder auf dem gelben Sande die Knie gebeugt und blickten liegend auf die weite Wasserfläche hinaus, teils schweiften sie mit trägen Schritten hierhin und dorthin. Andere schwimmen, und ihr Hals ragt hoch aus der See empor. – Nah am Meer steht ein Tempel, nicht von Marmor noch von Gold schimmernd, sondern von dichten Stämmen und einem alten Hain beschattet; die Nereïden und Nereus wohnen dort. Das sind die Götter dieses Tempels, wie uns ein Seemann sagte, der gerade am Strand seine Netze trocknete. Daneben liegt ein Sumpf, mit dichtem Weidengebüsch bewachsen; über die Ufer getretenes Meerwasser war hier stehengeblieben. Von dort kommend, erschreckt mit lautem Getöse ein riesiges Tier die benachbarte Gegend: ein Wolf. Er tritt aus den Sümpfen hervor, mit Schleim und Schaum beschmiert und den Rachen mit geronnenem Blut befleckt, wie ein Blitzstrahl, die Augen von flammendem Rot unterlaufen. Zwar stachelten ihn zugleich Hunger und Mordlust auf, aber die Mordlust noch mehr. Denn er denkt nicht daran, nur seinen Hunger und die gräßliche Freßgier durch Rindermord zu stillen, sondern verwundet alles Vieh und streckt es voll Ingrimm nieder. Ja, auch einige von uns sind, während wir ihn abwehrten, von seinem tödlichen Biß verletzt und getötet worden. Gestade und Meeressaum sind rot vom Blut, ebenso die vom Brüllen der Rinder widerhallenden Sümpfe. Doch Abwarten wäre verhängnisvoll, und die Lage erlaubt kein Zaudern. Solange noch etwas übrig ist, müssen wir alle uns zusammenscharen und zu den Waffen, ja, zu den Waffen greifen und gemeinsam gegen ihn kämpfen!«

Der Landmann hatte geendet. Doch nicht der Verlust bewegt Peleus; eingedenk seiner Untat, begreift er vielmehr, daß die durch ihn kinderlos gewordene Nereïde die Tiere, die er verlor, dem ermordeten Phocus als Totenopfer darbrachte. Der oetaeische König heißt seine Leute sich wappnen und zu den mörderischen Waffen greifen. Gerade wollte er sich mit ihnen auf den Weg machen, da springt seine Gattin Alcyone hervor – der Lärm hat sie aufgeschreckt –; ihr Haar, das gerade erst zur Hälfte geordnet war, löst sie wieder auf, schmiegt sich an den Hals ihres Gemahls und bittet ihn mit tränenreichen Worten, Hilfe zu schicken, ohne selbst mitzugehen, und mit seinem Leben auch das ihre zu erhalten. Zu ihr sprach der Sohn des Aeacus: »Lege, o Königin, deine schöne Furcht ab, die treuer Sorge entspringt! Schon euer Anerbieten erfüllt mich mit Dankbarkeit. Ich bin nicht gesonnen, gegen das neue Ungeheuer die Waffen zu erheben. Die Gottheit des Meeres muß man anbeten!«

Es stand dort ein hoher Turm, und ganz oben an der Spitze war ein Leuchtfeuer, den müden Seefahrern ein willkommenes Zeichen. Dort hinauf steigen sie und betrachten mit Seufzen die Stiere, die niedergestreckt am Strande liegen, und den wilden Verwüster; sein Maul ist blutig, und die langen Zotteln sind mit Blut durchtränkt. Da streckt Peleus die Arme zum Strand des offenen Meeres und betet zur bläulichen Psamathe, sie möge von ihrem Zorn ablassen und Abhilfe schaffen. Doch nicht durch die Worte des bittenden Aeacussohnes läßt sie sich umstimmen; vielmehr hat Thetis durch kniefälliges Flehen für ihren Gemahl diese Gnade erwirkt. Obwohl der Wolf von seinem wütenden Morden zurückgerufen worden ist, beharrt er, weil die Lust am Töten ihn trotzig gemacht hat, so lange, bis die Göttin ihn, während er am Halse einer zerfleischten Jungkuh hing, in Marmor verwandelte. Den Leib und alles, außer der Farbe, ließ sie bestehen; die Farbe des Steines zeigt an, daß er kein Wolf mehr ist und nicht mehr gefürchtet zu werden braucht. Dennoch erlaubt das Schicksal dem flüchtigen Peleus nicht, sich in diesem Lande niederzulassen: Der Verbannte kommt auf seiner Irrfahrt zu den Magnesiern, und dort entsühnt ihn der Haemonier Acastus von seinem Mord.

Ceÿx und Alcyone

Die schrecklichen Wunderzeichen, die an seinem Bruder und auch danach geschehen waren, verwirrten unterdessen die sorgenvolle Brust des Ceÿx. So rüstet er sich, zu dem Gott von Claros zu gehen, um das heilige Orakel, den Seelentrost der Menschen, zu befragen. Den Tempel von Delphi machte nämlich der gotteslästerliche Phorbas mit seinen Phlegyern unzugänglich. Doch vorher teilt er dir, treue Alcyone, seinen Entschluß mit. In diesem Augenblick durchschauerte es dich eisig bis ins innerste Mark, dein Antlitz erbleichte wie Buchsbaum, und die Wangen wurden naß von hervorstürzenden Tränen. Dreimal versuchte sie zu sprechen, dreimal tauten Tränen auf ihr Gesicht herab; dann erst sprach sie, und Schluchzen unterbrach die liebevollen Klagen: »Was habe ich verschuldet, daß du, Liebster, deinen Sinn von mir abgewandt hast? Wo ist die Rücksicht auf mich, die du früher immer übtest? Kannst du schon sorglos in der Ferne weilen und Alcyone zurücklassen? Lockt dich bereits der weite Weg? Bin ich dir schon lieber, wenn ich abwesend bin? Es gibt doch, meine ich, auch einen Landweg, und dann werde ich nur Sehnsucht verspüren, nicht aber auch Angst, und meine Sorgen werden frei von Furcht sein. Die See schreckt mich und das düstere Bild des Meeres. Erst neulich habe ich zerschmetterte Planken an der Küste gesehen und schon oft Namen auf Grabhügeln gelesen, in denen kein Toter war. Und damit deinen Sinn keine trügerische Zuversicht beschleiche, weil Aeolus dein Schwiegervater ist, der im Kerker die starken Winde zusammenhält und, wenn er will, das Meer besänftigt, so wisse: Sind die Winde einmal losgelassen und haben sie das Meer erreicht, ist ihnen nichts verboten, und alles Land, alles Wasser ist ihnen preisgegeben. Ja, sie plagen sogar die Wolken des Himmels und schlagen, wild aufeinanderprallend, rote Blitze aus ihnen heraus. Je besser ich sie kenne – und ich kenne sie und habe sie oft als Kind im Hause des Vaters gesehen –, desto mehr glaube ich, daß man sie fürchten muß. Doch wenn du dich durch keine Bitten umstimmen läßt, lieber Gemahl, und nur allzu fest entschlossen bist zu reisen, so nimm mich mit! Wenigstens werden wir gemeinsam umhergetrieben werden, und ich werde nur zu fürchten brauchen, was ich miterlebe; gemeinsam werden wir tragen, was immer geschehen mag, gemeinsam uns übers weite Meer tragen lassen.«

Solche Reden und die Tränen der Aeolustochter bewegen den sternentsprossenen Gatten; denn er liebt sie nicht weniger feurig. Doch will er weder die Seereise, die er sich vorgenommen hat, aufgeben noch Alcyone der gleichen Gefahr aussetzen, und er antwortet ihr vieles, das ihr angsterfülltes Herz trösten soll. Dennoch überzeugt er sie damit nicht. Endlich gab er ihr noch diesen Trost, und nur dadurch stimmte er die Liebende um: »Zwar wird das Warten uns in jedem Fall zu lang; doch schwöre ich dir beim Feuerschein meines Vaters: Sofern mir das Schicksal die Heimkehr gönnt, will ich vor dem zweiten Vollmond wieder bei dir sein.« Nachdem ihr durch dieses Versprechen seine erhoffte Heimkehr nähergerückt war, ließ er alsbald das fichtene Schiff ins Wasser schieben und mit dem nötigen Takelwerk ausrüsten. Beim Anblick des Schiffes schauderte Alcyone wieder, als ahne sie die Zukunft; Tränen traten ihr in die Augen und strömten herab, sie umarmte ihn; schließlich sagte die Ärmste mit trauriger Stimme Lebewohl und brach ohnmächtig zusammen. Doch während Ceyx den Aufbruch immer wieder hinauszuzögern sucht, ziehen seine Männer in doppelter Reihe die Ruder an die kräftige Brust und zerteilen mit gleichmäßigem Schlag die Fluten. Sie hob die feuchten Augen: Da sieht sie ihren Mann an dem gebogenen Heck stehen und ihr mit der Hand zuwinken, und sie erwidert seine Zeichen. Sobald das Land ihm ferner gerückt ist und die Augen das Gesicht nicht mehr erkennen können, folgt sie dem entschwebenden Fichtenschiff mit den Blicken. Nachdem auch dieses in der Ferne verschwunden und nicht mehr zu sehen ist, schaut sie doch nach den Segeln, die ganz oben am Mast flattern. Als sie auch die Segel nicht mehr sieht, sucht sie sorgenvoll ihr vereinsamtes Lager auf und läßt sich auf dem Polster nieder. Die Stätte des gemeinsamen Lagers rührt sie erneut zu Tränen und erinnert sie daran, wieviel ihr fehlt.

Jene aber haben den Hafen verlassen, und ein Lüftchen hat die Taue bewegt: Da legt der Seemann die niederhängenden Ruder an die Wand des Schiffes und setzt oben am Mastbaum die Segelstangen, entrollt die Segel am Mast vollständig und fängt so die heranwehende Brise auf. Das Schiff war beinahe bis zur Mitte des Meeres gelangt – oder doch gewiß nicht weiter –, und beide Küsten waren fern, als gegen Abend die Meeresfluten anschwollen, weiße Kämme bildeten und der wilde Nordostwind stärker zu blasen begann. »Laßt endlich die hohen Segelstangen herunter«, ruft der Steuermann, »und wickelt alle Segel um die Rahen!« Er befiehlt es, aber dem Befehl stehen feindselig Sturmböen im Wege, und das Tosen des Meeres macht jede Stimme unhörbar; doch von sich aus eilen die einen, die Ruder einzuziehen, andere, die seitlichen Luken dichtzumachen, wieder andere, die Segel den Winden zu entziehen. Der eine schöpft Wasser und gießt Meeresfluten zurück ins Meer, der andere reißt an den Rahen; und während dies regellos geschieht, nimmt der rauhe Sturm zu. Wilde Winde aus allen Himmelsrichtungen liegen miteinander im Kampfe und wühlen die wütende See auf. Selbst der Steuermann ist verängstigt, selbst er muß bekennen, daß er nicht mehr weiß, wie es steht, was er befehlen soll, ja, nicht einmal mehr, was er will. So gewaltig drängt das Unheil heran, so viel mächtiger ist es als alle Kunst. Da erdröhnen die Planken vom Geschrei der Männer, die Taue vom kreischenden Pfeifen, die schwere Woge vom Anprall der Wogen und der Äther vom Donner. Mit seinen Fluten richtet sich das Meer empor und scheint bis an den Himmel zu schlagen, die Wolken, die das Meer überzogen haben, mit Gischt zu besprühen und ist bald von derselben Farbe wie diese, wenn es gelblichen Sand aus der Tiefe heraufwirbelt, bald schwärzer als das Wasser der Styx, zuweilen breitet es sich wieder aus, weiß und voll zischenden Schaumes. Auch das trachinische Schiff ist diesem Auf und Ab ausgeliefert: Bald scheint es hoch wie von einem Bergesgipfel in Schluchten und in die tiefste Tiefe des Acheron hinabzuschauen, bald im Wellental, während rings sich die Flut emporwölbt, vom Höllenstrudel zur Höhe des Himmels emporzublicken. Oft läßt das Schiff, an der Seite von der Flut getroffen, ein gewaltiges Dröhnen vernehmen, und unter den Stößen hallt es wider, nicht anders als sonst eine Festung, angeschlagen und erschüttert vom Sturmbock oder vom schweren Geschütz. Und wie wilde Löwen zum Anlauf alle Kraft zusammennehmen und mit der Brust auf Waffen und Speere losgehen, die ihnen entgegenstarren, so stürzte die Woge, unter dem gemeinsamen Ansturm der Winde daherschießend, auf die Schutzwehr des Schiffes und schlug hoch über sie hinaus. Schon sind die Pflöcke gelockert, und der schützenden Wachsschicht beraubt, klaffen die Ritzen und lassen die tödlichen Wellen eindringen. Siehe, da fällt reichlich Regen aus den Wolken, deren Schleusen sich weit geöffnet haben, und man könnte glauben, der ganze Himmel steige ins Meer hinab und das Meer schwelle an und steige in die Himmelsgefilde empor. Die Segel sind durchnäßt von den Güssen, und mit den himmlischen Wassern mischen sich die Wogen des Meeres. Ohne Sternenlicht ist der Äther, und auf der undurchdringlichen Nacht lastet die Finsternis des Sturmes und ihr eigenes Dunkel. Nur Blitze zerreißen das Schwarz und geben ein zuckendes Licht. Und im Feuer der Blitze leuchten auch die Wogen auf. Ja, schon springt die Flut in das hohle Gefüge des Schiffes; und wie ein Krieger, der sich vor allen andern auszeichnet, wenn er oft genug die Mauern der verteidigten Stadt bestürmt hat, schließlich das Erhoffte gewinnt und in glühendem Verlangen nach Ruhm als einziger von tausend Mann die Mauer ersteigt, so hatten die Fluten neunmal die hochragende Seite geschlagen; doch mächtiger sich erhebend, stürmt und stürzt die zehnte Welle heran und läßt nicht ab, gegen den müden Kiel anzurennen, bis sie gleichsam in den Mauerring des eroberten Schiffes hinabsteigt. Ein Teil des Meeres versuchte also immer noch, in den Fichtenbau einzudringen, ein anderer war schon im Inneren. Erregt laufen alle hin und her wie in einer Stadt, deren Mauern die einen von außen zu untergraben, die andern von innen zu halten versuchen.

Die Kunst versagt, der Mut sinkt, und sooft eine Welle herankommt, so oft scheint der Tod daherzustürzen und einzubrechen. Der eine kann die Tränen nicht zurückhalten, der andere ist betäubt; dieser preist die glückselig, die eine Feuerbestattung erwartet; jener betet zu einer Gottheit, legt ein Gelübde ab, hebt die Arme vergeblich zum Himmel, den er nicht sieht, und fleht um Hilfe. Diesem treten Bruder und Vater, jenem das Haus mit den teuren Häuptern und alles, was er zurückließ, vor die Seele. Alcyone bewegt das Herz des Ceÿx, nur Alcyone ist auf seinen Lippen, und obwohl er einzig sie herbeisehnt, ist er doch froh, daß sie fern ist. Er hätte auch gerne zur Küste des Vaterlandes zurückgeschaut und den letzten Blick auf sein Haus gelenkt;

doch er weiß nicht, wo es ist; so sehr wirbelt und wallt das Meer; vom Schatten pechschwarzer Wolken überzogen, verbirgt sich der ganze Himmel, und verdoppelt ist die Schwärze der Nacht. Da bricht im Ansturm des regennassen Wirbelwinds der Mastbaum, da bricht auch das Steuerruder. Und hochgemut und über die Beute triumphierend steht die Woge, die alles überlebt, wie eine Siegerin und blickt emporgewölbt auf die anderen Wogen hinab; und ebenso wuchtig, als habe einer den Athos und den Pindus entwurzelt und sie ins offene Meer geschleudert, stürzt sie von oben herein und versenkt zugleich durch ihr Gewicht und durch den Aufprall das Schiff in die tiefste Tiefe. Mit ihm wurde ein großer Teil der Besatzung in den gähnenden Schlund hinabgerissen, ohne wieder an die Luft zurückzukehren, und fand den Tod. Andere umklammern Teile und abgebrochene Planken des Kiels, und selbst Ceÿx hält in derselben Hand, in der er sonst das Szepter hielt, die Trümmer seines Schiffes und ruft – ach vergebens! – zu seinem Schwiegervater und seinem Vater. Doch am häufigsten ruft der Schwimmende seine Gattin Alcyone: An sie denkt er, stellt sie sich immer wieder vor und wünscht, die Fluten mögen seinen Leib vor ihre Augen tragen und den Entseelten mögen die lieben Hände bestatten; während er schwimmt, nennt er, sooft die Flut ihm erlaubt, den Mund zu öffnen, den Namen der fernen Alcyone und murmelt ihn sogar in die Wellen. Siehe, mitten über den Fluten birst ein schwarzer Torbogen aus Wasser, versenkt das Haupt und bedeckt es mit der niederstürzenden Woge. Der Morgenstern war an jenem Morgen finster und nicht zu erkennen. Und da er den Himmel nicht verlassen durfte, bedeckte er sein Antlitz mit dichten Wolken.

Aeolus' Tochter, die nichts von dem schrecklichen Unglück weiß, zählt indessen die Nächte und sorgt bald voll Ungeduld für Kleider, die er anziehen soll, bald für solche, die sie selbst tragen will, wenn er wieder da ist, und verspricht sich – vergebens! – seine Heimkehr. Fromm brachte sie freilich allen Göttern Weihrauch dar, vor allen aber ehrte sie den Tempel Iunos, trat für ihren Mann, der nicht mehr war, vor den Altar und wünschte, ihr Gemahl möge wohlbehalten bleiben, heimkehren und ihr keine andere vorziehen; doch ihr konnte von so vielen Wünschen nur dieser eine in Erfüllung gehen.

Aber die Göttin erträgt es nicht länger, für einen Verstorbenen gebeten zu werden. Um die vom Tode berührten Hände vom Altar fernzuhalten, sprach sie: »Iris, du zuverlässigste Botin meiner Befehle, besuche rasch den schlummerspendenden Hof des Schlafes und heiße ihn einen Traum in Gestalt des toten Ceÿx zu Alcyone schicken, der ihr sein wahres Schicksal erzählt!« Sie hatte gesprochen. Iris zieht ihr tausendfarbiges Kleid an, beschreibt am Himmel einen gerundeten Bogen und eilt zum wolkenverhüllten Hause des Königs, zu dem sie gesandt ist.

Nah beim cimmerischen Lande liegt eine tiefe Grotte, ein ganzer Berg, der innen hohl ist, des trägen Schlafes Haus und Gemach. Dorthin kann nie der Sonnengott mit seinen Strahlen dringen, weder beim Aufgang noch mittags, noch beim Untergang; denn Nebel mit Dampf gemischt dünstet der Boden aus und zwielichtige Dämmerung. Dort ruft kein wachsamer Hahn mit dem Schrei seines vom Kamm überragten Schnabels die Morgenröte herauf; nicht durchbrechen erregbare Hunde oder die noch feinhörigere Gans mit ihrem Ruf die Stille. Kein Wild, kein Vieh, kein Zweig im Winde, kein Schelten einer Menschenzunge ist zu hören: Tiefe Ruhe herrscht, nur ganz unten am Felsen sprudelt ein Bach mit dem Wasser der Vergessenheit hervor; murmelnd gleitet seine Welle dahin und lädt mit leise knirschenden Kieseln zum Schlummer ein. Vor den Pforten der Grotte blühen üppige Mohnblumen und unzählige Kräuter, aus deren milchigem Saft die Nacht, die feuchte, sich den Schlummer holt und damit dann die finsteren Lande besprengt. Keine Tür knarrt, wenn man sie in den Angeln dreht; denn es gibt keine Tür im ganzen Hause und keinen Wächter an der Schwelle. In der Mitte ist ein hoher Pfühl auf einem schwarzen Gestell aus Ebenholz, daunenweich, von einerlei Farbe und mit dunklem Tuch bedeckt. Dort ruht der Gott selbst, und seine Glieder hat Schlaffheit gelöst. Rings um ihn liegen allenthalben wesenlose Träume, die allerlei Gestalten nachbilden: Träume, soviel die Ernte Ähren, soviel der Wald Blätter und soviel angespülten Sand die Küste hat. Sobald Iris hier eingetreten war und sich mit den Händen eine Gasse durch die im Wege liegenden Träume gebahnt hatte, erstrahlte das heilige Haus vom Glanz ihres Gewandes; mühsam hob der Gott seine in träger Schwere darniederliegenden Lider und sank wieder und wieder zurück; dabei schlug das einnikkende Kinn oben an die Brust, und so schüttelte der Schlaf schließlich sich selbst von sich ab. Dann stützt er sich auf den Ellbogen und fragt, weshalb sie komme – er hat sie nämlich erkannt –; sie aber spricht: »Schlaf, du Ruhe der Welt, Schlaf, du sanftester der Götter, Friede der Seele, den die Sorge flieht, der du streichelst die Leiber, die vom harten Dienst erschöpft sind, und sie wieder zur Arbeit fähig machst: Sende einen Traum, der die wahre Gestalt treffend nachbildet, nach Trachis, der Stadt des Hercules. Laß ihn in der Maske des Königs vor Alcyone treten und ihr den Schiffbrüchigen vor Augen stellen. Dies befiehlt Iuno.« Nachdem sie den Auftrag ausgerichtet hat, geht Iris davon – sie konnte nämlich nicht länger der Macht des Schlummers widerstehen –, und sobald sie bemerkt hat, daß der Schlaf ihre Glieder beschleicht, flüchtet sie und fährt wieder zurück, wie sie hergekommen war: auf dem Regenbogen.

Doch Vater Schlaf weckte aus dem Volke seiner tausend Söhne den kunstreichen Nachbildner der Gestalten, Morpheus. Kein anderer kann so geschickt wie er Gang, Miene und Stimmklang nachahmen. Er fügt auch die Kleider und die jeweils bezeichnenden Redensarten hinzu – doch ahmt er nur Menschen nach. Ein zweiter wird zum wilden Tier, zum Vogel oder zur Schlange mit langem Leib; ihn nennen die Himmlischen Icelos, das Volk der Sterblichen aber Phobetor. Es gibt noch einen dritten, dessen Kunst wieder ganz anders ist: Phantasos. Er wird trügerisch zu Erde, Stein, Welle, Balken und allem, was keine Seele hat. Königen und Feldherrn zeigen diese zur Nacht ihr Antlitz; andere geistern unter dem einfachen Volk umher. Sie übergeht der Schlaf, der alte, und wählt von allen Brüdern den einen, Morpheus, damit er den Auftrag der Thaumastochter erfülle. Dann legte er, in sanftem Erschlaffen gelöst, wieder das Haupt nieder und ließ es tief ins Kissen sinken.

Doch Morpheus fliegt auf lautlosen Schwingen durch das Dunkel, und in kurzer Zeit gelangt er in die haemonische Stadt, streift die Flügel vom Leibe und nimmt die Gestalt des Ceÿx an. So trat er bleich, einem Entseelten ähnlich, ganz ohne Gewand vor das Lager der armen Gattin. Es ist, als wäre der Bart des Mannes feucht und als rinne Wasser in schweren Tropfen vom nassen Haar herab. Dann neigt er sich über das Bett, Tränen strömen ihm übers Gesicht, und er spricht: »Erkennst du Ceÿx, meine arme Gattin? Oder hat der Tod mein Aussehen verändert? Sieh mich an, und du wirst mich erkennen, aber statt deines Gemahls nur seinen Schatten finden. Nichts geholfen haben mir deine Gelübde, Alcyone: Ich bin untergegangen! Versprich dir nicht fälschlich, mich wiederzusehen! Der wolkenbringende Südwind erfaßte im Ägäischen Meer mein Schiff, blies heftig, warf es hin und her und löste es in seine Teile auf, und meinen Mund, der vergebens deinen Namen rief, füllten die Fluten. Dies verkündet dir kein fragwürdiger Zeuge, du hörst es nicht durch unbestimmte Gerüchte: Ich selbst bin hier und melde dir als

Schiffbrüchiger meinen Untergang. Wohlan, steh auf, spende mir Tränen, zieh Trauergewänder an und laß mich nicht unbeweint in die Leere des Tartarus hinabgehen!« Diesen Worten gibt Morpheus einen Stimmklang, den sie für denjenigen ihres Gemahls halten konnte; ja, sie hatte ihn auch wirklich weinen sehen, und seine Handbewegungen waren die des Ceÿx.

Alcyone seufzt; ihr kommen im Schlaf die Tränen, sie streckt die Arme nach ihm aus, doch sie umarmt nur Luft und schreit auf: »Bleib! Wohin entfliehst du? Ich gehe mit!« Von der eigenen Stimme und der Erscheinung des Mannes aufgeschreckt, schüttelt sie den Schlaf ab und blickt sich erst um, ob er, den sie eben noch gesehen hat, wirklich dasteht. Diener hatten nämlich die Stimme gehört und Licht gebracht. Da sie ihn nirgends finden kann, schlägt sie sich mit der Hand ins Gesicht, zerreißt ihre Gewänder an der Brust, die sie geißelt. Und sie denkt nicht daran, ihr Haar zu lösen, sie zerrauft es und spricht zu ihrer Amme, die sie nach dem Grund ihrer Trauer fragt: »Aus ist es mit Alcyone, aus und vorbei, untergegangen ist sie, zusammen mit ihrem Ceÿx. Hinweg mit tröstenden Worten! Er ist durch Schiffbruch umgekommen. Ich habe ihn gesehen und erkannt; als er entwich, streckte ich die Hände nach ihm aus mit dem heißen Wunsch, ihn zurückzuhalten. Da war es nur ein Schatten und doch wie mit Händen zu greifen und wirklich der Schatten meines Mannes. Er hatte freilich, falls du danach fragst, nicht den gewohnten Gesichtsausdruck, und sein Antlitz strahlte nicht wie früher: Bleich war er und entblößt, und sein Haar war noch naß. So habe ich Unselige ihn gesehen. Der Bejammernswerte stand hier, genau an dieser Stelle!« Und sie sucht, ob vielleicht noch Spuren zu finden sind. »Das war es, das war es, was mein ahnungsvolles Herz befürchtete! Deshalb bat ich dich, du mögest mich nicht verlassen, dich nicht den Winden anvertrauen. Aber da du nun einmal in den Tod gingst, wollte ich wenigstens, du hättest auch mich mitgenommen: Es wäre für mich gut gewesen mitzugehen. Denn dann hätte ich keine Stunde meines Lebens ohne dich zugebracht, und wir wären auch im Tod vereint gewesen. Nun ist mein anderes Ich ohne mich untergegangen; ohne daß ich dabei wäre, wird mein Ich nun von den Fluten hin- und hergeworfen, und ohne mich hat mich das Meer verschlungen. Grausamer als selbst die See wäre mein Sinn, wollte ich danach trachten, mein Leben noch länger hinzuziehen, und darum kämpfen, einen so tiefen Schmerz zu überleben. Nein! Ich will nicht darum kämpfen, will dich, Bejammernswerter, nicht verlassen! Wenigstens jetzt will ich dich begleiten, und im Grabmal soll uns, wenn nicht die Urne, so doch die Inschrift vereinen. Ruht auch nicht Gebein bei Gebein, soll doch der Name beim Namen stehen.« Mehr kann sie vor Schmerz nicht sprechen, nach jedem Wort schlägt sie sich an die Brust, und dem tiefgetroffenen Herzen entringen sich Seufzer.

Es war Morgen. Da geht sie vom Hause hinaus an den Strand und sucht traurig die Stelle auf, von der sie Ceÿx hat fortfahren sehen. Während sie dort verweilt, während sie noch spricht: »Hier löste er die Haltetaue, an diesem Gestade gab er mir den Abschiedskuß«, während sie sich die Ereignisse, die sich mit den verschiedenen Orten verbinden, wieder ins Gedächtnis ruft und während sie aufs Meer hinausschaut, wird in der Ferne im klaren Wasser etwas sichtbar, das einem Körper gleicht. Zunächst war noch ungewiß, was es sei. Doch als die Woge es ein wenig näher herangespült hatte, als trotz der Entfernung deutlich zu erkennen war, daß es ein Leichnam sein mußte, wurde sie, ohne zu wissen, um wen es sich handelte, durch das böse Vorzeichen erschüttert, weil es ein Schiffbrüchiger war, und sprach, als spende sie ihre Träne einem Unbekannten: »Ach, du Unglücklicher, wer du auch sein magst! Unglücklich ist auch deine Frau, wenn du eine hast.« Von den Fluten getrieben, kommt der Körper näher, und je länger sie dorthin schaut, desto weniger ist sie bei Sinnen. Schon war er nahe an den Strand gespült worden, schon konnte sie ihn gut erkennen – da sieht sie es! Es war ihr Mann. »Er ist's!« schreit sie, zerfetzt zugleich Gesicht, Haare und Gewand, streckt die zitternden Arme Ceÿx entgegen und ruft: »*So* kehrst du, liebster Mann, so kehrst du, Bejammernswerter, zu mir zurück?«

Am Meer liegt eine von Menschenhand geschaffene Mole, an der sich die ankommenden Wellen brechen; sie nimmt dem Ansturm der Wasser den ersten Schwung. Hier sprang Alcyone in die Tiefe, und – ein Wunder, daß sie es konnte! – sie flog! Mit soeben gewachsenen Federn flatterte sie durch die leichte Luft und streifte als Vogel – die Unglückselige – über die Oberfläche der Wellen hin; und während des Fluges ließ sie aus dem dünnen Schnabel ein Zwitschern ertönen, das traurig klang und voller Klage war. Bei dem stummen und erkalteten Leib angekommen, umfing sie die geliebten Glieder mit ihren neuen Flügeln und gab ihm vergebens mit dem harten Schnabel kalte Küsse. Ob Ceÿx es spürte oder ob er, von einer Welle bewegt, nur den Blick zu heben schien, war dem Volk nicht klar. Doch er hatte es wirklich gespürt. So erbarmen sich endlich die Götter, und beide werden in Vögel verwandelt. Gleichem Schicksal blieb ihre Liebe auch jetzt noch unterworfen, und der Ehebund wurde auch zwischen den Vögeln nicht gelöst: Sie vereinigen sich und werden Eltern. Sieben freundliche Tage zur Winterszeit brütet Alcyone im Nest, das über dem Wasser hängt. Dann ruht die Welle des Meeres, die Winde bewacht Aeolus, läßt sie nicht ins Freie hinaus und überläßt seinen Enkeln das Meer.

Aesacus

Die beiden sieht ein älterer Mann vereint über das weite Meer hinfliegen und lobt die Liebe, die sie treu bis zum Ende bewahrt haben. Der nächste oder derselbe, wenn es der Zufall so wollte, sprach: »Auch dieser, den du mit schmächtigen Beinen übers Meer hinfliegen siehst« – dabei zeigte er auf einen langhalsigen Taucher – »ist ein Königssohn. Seine Ahnen sind, wenn du der Reihe nach bis zu ihm hinuntersteigen willst, Ilus und Assaracus und der von Iuppiter geraubte Ganymedes, der alte Laomedon und Priamus, der die letzten Zeiten Troias erleben sollte. Dieser Vogel war ein Bruder Hectors; wäre ihm nicht schon in der Jugend ein ungewöhnliches Schicksal widerfahren, wäre er vielleicht nicht weniger berühmt als Hector, obwohl diesen die Tochter des Dymas gebar, den Aesacus aber heimlich am Fuße des schattigen Ida Alexirhoë, die Tochter des zweihörnigen Granicus, zur Welt gebracht haben soll. Er haßte die Städte, und fern vom glänzenden Hofstaat bewohnte er die einsamen Berge und das anspruchslose Land und verkehrte nur selten in Ilion. Doch da er kein bäurisches Gemüt und eine Brust hat, die der Liebesgott leicht erobern kann, sieht er, wie Hesperië, die er oft in allen Wäldern suchte, die Tochter des Flusses Cebren, am väterlichen Ufer ihr Haar an der Sonne trocknet, das ihr auf die Schultern herabwallt. Kaum hat er sie erblickt, flieht die Nymphe wie eine eingeschüchterte Hindin vor dem bräunlichen Wolf und wie die Flußente vor dem Habicht, der sie fern von ihrem Teich überrascht hat. Doch ihr folgt der troische Held und setzt ihr nach; sie ist von Furcht, er von Liebe beschwingt. Siehe, da ritzte eine im Gras versteckte Schlange mit gebogenem Zahn den Fuß der Fliehenden und ließ das Gift in ihrem Leibe zurück; zugleich mit dem Leben brach die Flucht ab. Fassungslos umarmt er die Entseelte und schreit: ›Ich bereue, ich bereue, daß ich dich verfolgt habe. Doch das habe ich nicht geahnt; so viel war mir der Sieg nicht wert. Wir beide haben dich Unselige vernichtet: Die Wunde kam von der Schlange, die Ursache von mir. Ich bin schuldiger als die Schlange! Doch soll mein Tod dich über den deinen trösten.‹ Sprach's und stürzte sich vom Felsen, den die tosende Welle unterhöhlt hatte, in die See. Doch Tethys erbarmte sich; sie fing den Stürzenden sanft auf; und während er über die Meeresfläche hinschwamm, gab sie ihm ein Federkleid. So blieb ihm der gewünschte Tod vorenthalten. Empört ist der Liebende, weil er wider Willen zu leben gezwungen wird und weil die Seele, die ihren unglückseligen Sitz verlassen will, dabei auf Widerstand stößt. Und kaum hat er die neuen Flügel an den Schultern empfangen, fliegt er empor und wirft sich abermals auf die Wasserfläche. Der Flaum fängt den Fall ab. Aesacus rast, stürzt kopfüber in die Tiefe und sucht ohne Ende immer wieder den Weg zum Tode. Die Liebe ließ ihn abmagern: Lang sind die Schenkel zwischen den Gelenken, ihm bleibt ein langer Hals, weit entfernt vom Körper ist der Kopf, das Meer liebt er, und vom Tauchen hat er immer noch den Namen.«

Zwölftes Buch

Inhalt des zwölften Buches

Ohne zu wissen, daß Aesacus Flügel bekommen hatte und am Leben war, trauerte sein Vater Priamus um ihn; einem Grabhügel, der seinen Namen trug, hatten Hector und seine Brüder vergeblich Totenopfer dargebracht. Bei der Erfüllung der traurigen Pflicht fehlte Paris, der bald darauf mit der geraubten Gattin einen langen Krieg ins Vaterland brachte. Ihm folgen tausend verschworene Schiffe mit der gemeinsamen Streitmacht der Pelasger.

Und der Rachezug wäre nicht aufgeschoben worden, hätten nicht heftige Stürme den Weg übers Meer versperrt und hätte nicht das boeotische Land die zur Abfahrt bereiten Schiffe im fischreichen Aulis zurückgehalten. Als sie hier nach der Sitte der Väter Iuppiter ein Opfer zugerüstet hatten und der ehrwürdige Altar vom Feuer erglühte, sahen die Danaer eine dunkelblaue Schlange auf die Platane kriechen, die dicht bei der Opferstätte stand.

Im Wipfel des Baumes war ein Nest mit acht Vögelchen. Sie alle und auch die Mutter, die rings um ihre verlorenen Jungen flatterte, packte die Natter und verschlang sie mit gierigem Maul. Alle erstarrten; Thestors Sohn aber, der Seher, der die Wahrheit vorausahnte, sprach: »Wir werden siegen; freut euch, Pelasger! Troia wird fallen, doch wird unsre Mühsal lange dauern.« Und er deutet die neun Vögel als neun Kriegsjahre. Die Schlange aber wird versteinert, so wie sie die grünen Zweige am Baum umschlungen hält; übrig ist ein Stein in Gestalt einer Schlange.

Doch in den boeotischen Gewässern bleibt Nereus stürmisch und trägt den Krieg nicht hinüber; manche glauben, Neptun schone Troia, weil er die Mauern der Stadt gebaut hat. Nicht so der Sohn des Thestor: Er weiß es und spricht es auch aus, daß der Zorn der jungfräulichen Göttin durch das Blut einer Jungfrau besänftigt werden muß. Nachdem im Herzen Agamemnons das Staatswohl die Stimme des Blutes und der König den Vater besiegt hatte, stand Iphigenie, bereit, ihr reines Blut hinzugeben, vor dem Altar, während die Opferdiener weinten; da gab sich die Göttin geschlagen und senkte einen Wolkenschleier vor die Augen der Danaer. Im Gedränge der Opferhandlung und unter dem Murmeln der Beter soll sie die Mycenerin mit einer Hirschkuh vertauscht haben. Sobald Diana auf diese Weise durch ein angemessenes Schlachtopfer versöhnt ist und sich ihre Wut zugleich mit der des Meeres gelegt hat, bekommen die tausend Schiffe den ersehnten Wind im Rücken zu spüren und erreichen nach vielen Mühen den phrygischen Strand.

Fama

Es gibt einen Ort in der Mitte des Erdkreises, zwischen Erde, Meer und Himmelszonen, die Grenzscheide der dreigeteilten Welt; von dort kann man alles, was irgendwo geschieht, sehen, sei es auch noch so weit entfernt, und jede Stimme dringt an das lauschende Ohr. Fama wohnt dort und hat sich an der höchsten Stelle ein Haus gebaut, ihm zahllose Eingänge und tausend Öffnungen verliehen und die Schwellen nicht mit Türen verschlossen. Tag und Nacht steht es offen; es ist ganz aus tönendem Erz; überall hallt es, wirft die Klänge zurück und wiederholt, was es hört. Drinnen herrscht keine Ruhe, nirgends Stille, doch auch kein Lärm, nur leises Murmeln wie von Meereswellen, wenn man sie von ferne hört, oder wie das letzte Grollen von Iuppiters Donner in schwarzen Wolken. In der Halle sind viele Leute; sie kommen, sie gehen, ein leichtes Völkchen; wahre und erlogene Gerüchte wirbeln zu Tausenden durcheinander, und es herrscht ein Gewirr von Stimmen. Die einen füllen unbeschäftigte Ohren mit Gerede, die anderen tragen das Erzählte weiter, und das Maß des Erfundenen wächst; jeder neue Berichterstatter fügt zu dem Gehörten etwas hinzu. Dort wohnt die Leichtgläubigkeit, dort der leichtfertige Irrtum, die eitle Freude und die fassungslosen Ängste, der jähe Aufruhr und das Geflüster, dessen Vater niemand kennt. Fama selbst sieht, was am Himmel, auf dem Meer und auf Erden geschieht, und blickt forschend in die weite Welt.

Cygnus

Sie hatte es bekannt gemacht, daß griechische Schiffe mit tapferer Mannschaft herannahten; so kommt der bewaffnete Feind nicht unerwartet. Die Troianer versperren die Zufahrt und schützen die Küste. Nach dem Spruch des Schicksals fällst du, Protesilaus, als erster von Hectors Lanze. So kommt der Angriff die Griechen teuer zu stehen; und durch den Tod eines tapferen Helden haben sie Hector kennengelernt. Doch auch die Phryger bekamen durch blutige Verluste zu spüren, wie stark die Schwerthand der Griechen war. Schon war der sigeïsche Strand gerötet, schon hatte Neptuns Sohn Cygnus tausend Helden erschlagen, schon drängte Achilles mit dem Wagen voran und streckte mit der Lanze vom Pelion ganze Scharen nieder. Während er im Kampfgetümmel entweder Cygnus oder Hector sucht, trifft er auf Cygnus – denn Hector sollte erst im zehnten Kriegsjahr sterben. Da feuerte er seine Rosse an, auf deren weißglänzendem Hals das Joch lastete, lenkte den Wagen dem Feind entgegen und sprach, während er die federnde Lanze mit dem Arm schüttelte: »Wer du auch sein magst, junger Mann, du sollst im Tode den Trost haben, daß Achilles, der Haemonier, dich erschlug.« Soweit der Sproß des Aeacus; den Worten ließ er den schweren Speer folgen. Doch obwohl die treffsichere Lanze nicht fehlging, richtete er mit der eisernen Spitze nichts aus; als wäre sie stumpf, prallte sie an der Brust ab. Da sprach Cygnus: »Sohn der Göttin – ich habe nämlich durch Fama schon von dir gehört –, was wunderst du dich, daß ich unverwundet bin?« Achilles wunderte sich in der Tat. »Dieser Helm, den du siehst, mit dem rostroten Pferdeschweif, und der hohle Rundschild in meiner Linken dienen mir nicht als Schutz: Ich trage sie nur als Schmuck. Auch Mars pflegt nur deshalb Waffen anzulegen. Läßt man auch alle Bedeckung beiseite, werde ich doch ohne die kleinste Schürfung davonkommen. Es will etwas heißen, nicht nur von einer Nereïde geboren, sondern der Sohn des Gottes zu sein, der Nereus, dessen Töchter und das ganze Meer beherrscht.« Sprach's und warf auf den Aeaciden den Speer, der freilich in der Krümmung des Schildes hängen bleiben sollte: Er durchschlug das Erz und die folgenden neun Stierhäute; die zehnte aber hielt ihn auf. Der Held schüttelt ihn ab. Wieder hat er die federnde Lanze mit starker Hand geschleudert, und wieder war der Leib heil und unverwundet. Und auch der dritte Speerwurf konnte Cygnus, der ohne Deckung dastand und sich darbot, nicht einmal ritzen. In Wut entbrannte Achilles, wie ein Stier im offenen Circus, wenn er das purpurne Tuch, das ihn reizt, mit den furchtbaren Hörnern angreift und merkt, daß man der Verwundung ausgewichen ist. Er überlegt, ob vielleicht die Eisenspitze von der Lanze abgefallen sein könnte; doch sie saß fest am Schaft. »Ist also meine Hand schwach? Hat sie ihre frühere Kraft bei einem einzigen Gegner verloren? Denn zweifellos war sie stark, als ich die Mauern von Lyrnesus schleifte oder als ich Tenedos und Eëtions Stadt Theben mit dem Blut ihrer Bürger überschwemmte oder als der Caïcus vom Blut seiner Landsleute purpurn dahinströmte und Telephus zweimal die Kraft meiner Lanze verspürte! Auch hier, wo ich so viele erschlagen habe, die ich zuhauf am Strand liegen ließ und noch liegen sehe, war meine Rechte stark – und sie ist es noch.« Sprach's und warf, als mißtraue er den früheren Taten, die Lanze auf den ihm gegenüberstehenden Menoetes aus dem lycischen Fußvolk; ihm durchbohrte er den Panzer samt der darunterliegenden Brust. Als dieser sterbend mit dem Scheitel schwer auf den Boden schlägt, zieht er eben diese Waffe aus der warmen Wunde und sagt: »Das ist die Hand, das die Lanze, mit der ich soeben gesiegt habe. Dieselben will ich gegen diesen Mann gebrauchen. Möge mir hier, darum bitte ich, der gleiche Erfolg beschieden sein!« So spricht er, greift Cygnus an, und der eschene Speer geht nicht fehl: Klirrend traf er die linke Schulter, die nicht auswich; doch prallte er ab wie von einer Mauer oder einem harten Felsen. Aber an der Stelle, an der Cygnus getroffen war, hatte Achilles einen Blutfleck gesehen und sich gefreut. Umsonst! Keine Wunde war es; das Blut stammte von Menoetes. Da aber springt er wutschnaubend Hals über Kopf vom hohen Wagen und greift den sorglosen Feind aus der Nähe mit dem blitzenden Schwert an. Er sieht, daß Schild und Helm vom Schwert eingedrückt werden, daß sich aber an dem harten Leib sogar die Klinge schartig schlägt. Da hielt es ihn nicht länger! Er holt mit dem Schild aus, schmettert ihn drei-, viermal dem Helden vorn aufs Gesicht und schlägt mit dem Schwertgriff auf seine gewölbten Schläfen ein. Cygnus weicht zurück; Achilles drängt nach, verwirrt ihn, stürmt auf ihn ein und gönnt dem Bestürzten keine Ruhe: Entsetzen ergreift Cygnus; alles verschwimmt ihm schwarz vor den Augen. Während er, ohne sich umzusehen, rückwärts ging, stand ihm mitten auf dem Feld ein Stein im Wege. Über diesen stieß ihn Achilles, warf ihn mit Gewalt um, so daß er nach hinten fiel, und schmetterte ihn auf die Erde. Darauf preßt er ihm den Rundschild und die Knie hart auf die Brust und zieht an den Helmriemen, die von unten sein Kinn drücken, ihm die Kehle zuschnüren und dem Lebensodem den Weg versperren. Eben wollte er den Besiegten entwaffnen, da sieht er, daß nur noch die Waffen übrig sind. Den Leib hat der Gott des Meeres in den weißen Vogel verwandelt, dessen Namen Cygnus bisher getragen hatte.

Diese Heldentat, dieser Kampf brachte eine Atempause von mehreren Tagen; beide Parteien legten die Waffen beiseite und hielten Ruhe. Und während wachsame Posten die phrygischen Mauern und ebenso wachsame Posten die griechischen Gräben hüteten, war schon der Festtag gekommen, an dem Achilles als

Überwinder des Cygnus die Göttin Pallas durch das Blut einer geschlachteten Kuh versöhnte. Als das Opferfleisch auf den heißen Altar gelegt und der Duft, von den Göttern angenommen, zum Äther emporgestiegen war, bekam das Opfer sein Teil und die Tafel das ihre. Schon haben sich die Vornehmen rings auf den Speisesofas ausgestreckt, füllen sich den Magen mit gebratenem Fleisch und vertreiben mit Wein die Sorgen und den Durst. Kein Saitenspiel, kein Gesang, keine lange Oboe aus Buchsbaumholz mit vielen Löchern erfreut sie – vielmehr zieht sich die Nacht mit Gesprächen hin, und Heldentaten sind ihr Gegenstand. Sie rufen sich ins Gedächtnis, wie der Feind und wie sie selbst kämpften, und es macht ihnen Freude, im Wechsel immer wieder von Gefahren zu erzählen, in die man sich stürzte und die man überstand. Wovon sonst sollte Achilles auch reden und wovon sonst hätte man bei dem großen Achilles reden sollen? Vor allem war der jüngst errungene Sieg über Cygnus im Gespräch: Allen schien es wundersam, daß der Körper des jungen Mannes für jede Waffe undurchdringlich war, keiner Wunde erlag und Eisen stumpf machte.

Caeneus (I)

Darüber wundert sich der Aeacussproß, darüber die Achiver; Nestor aber beginnt folgendermaßen: »Zu eurer Zeit war Cygnus der einzige, der des Eisens spottete und gegen Hieb und Stoß gefeit war; ich selbst aber habe einst den Perrhaeber Caeneus gesehen, der tausend Verwundungen mit unverletztem Leibe überstand, ja, Caeneus, den Perrhaeber, der als berühmter Held auf dem Othrys wohnte. Und was die Sache noch erstaunlicher macht: Er war als Mädchen geboren.« Die Neuheit des Wunders erregt alle Anwesenden, und sie bitten ihn zu erzählen. Unter ihnen sagt Achilles: »So rede doch! Wir alle haben nämlich nur den einen Wunsch: zu hören. Beredter Greis, du Weisheit unserer Tage! Wer war Caeneus? Warum wurde er in sein Gegenteil verwandelt? In welchem Feldzug, in welcher Schlacht hast du ihn kennengelernt? Wer hat ihn besiegt? Wenn ihn überhaupt einer besiegt hat.«

Darauf der Alte: »Zwar behindert mich das träge Greisenalter, und vieles ist mir entfallen, was ich in jungen Jahren gesehen habe; doch es gibt noch mehr Dinge, an die ich mich erinnern kann. Von so vielen Ereignissen in Krieg und Frieden hat sich mir keines tiefer ins Herz geprägt. Konnte je ein hohes Alter jemanden zum Zuschauer vieler Taten machen, dann mich: Zweihundert Jahre habe ich gelebt, jetzt stehe ich im dritten Menschenalter. Berühmt durch ihre Wohlgestalt war Caenis, die Tochter des Elatus, das schönste Mädchen in Thessalien. Überall in den benachbarten Städten und auch in den deinen – denn sie war deine Landsmännin, Achilles! – war sie der Wunschtraum vieler Freier, doch vergebens. Vielleicht hätte auch Peleus versucht, sie heimzuführen; aber entweder war ihm damals die Hand deiner Mutter schon zuteil geworden, oder sie war ihm versprochen. Caenis freilich wurde keines Mannes Ehefrau; vielmehr tat ihr, während sie am verlassenen Strande wanderte, der Meeresgott Gewalt an – so berichtete Fama. Und nachdem Neptun die neue Liebe genossen hatte, sprach er: ›Du kannst sicher sein, daß ich dir keinen Wunsch abschlage. Wähle, was du dir wünschen willst.‹ Auch davon wußte die gleiche Fama zu berichten. ›Einen großen Wunsch‹, versetzte Caenis, ›weckt in mir diese Gewalttat: daß mir solches nicht mehr widerfahren kann. Gib, daß ich keine Frau mehr bin! Damit schenkst du mir alles.‹ Mit tieferem Ton sprach sie die letzten Worte; man konnte ihre Stimme für die eines Mannes halten, und so war es auch. Denn schon hatte der Gott der Meerestiefe mit einem Kopfnicken den Wunsch gewährt und noch die Gabe hinzugefügt, von keiner Wunde verletzt und von keinem Eisen getötet zu werden. Glücklich über das Geschenk zieht der Mann aus Atrax von dannen, geht fortan männlichen Tätigkeiten nach und durchstreift die Gefilde am Penëus.

Der Kampf der Centauren und Lapithen

Der Sohn des kühnen Ixion hatte Hippodame geheiratet und die wilden Wolkensöhne in einer durch Bäume geschützten Grotte an gereihten Tischen Platz nehmen lassen. Die Edlen Haemoniens waren zur Stelle, auch wir, und der festliche Königssaal hallte wider vom Stimmengewirr. Jetzt singt man den Hochzeitsgesang, vom Feuer ist die Halle voll Rauch; da erscheint die Braut, umringt von der Schar der Mütter und Schwiegertöchter, herrlich anzusehen. Wir priesen Pirithous glücklich um dieser Gattin willen; doch hätten wir dieses Vorzeichen beinahe selbst Lügen gestraft. Denn dir, du wildester der wilden Centauren, Eurytus, erglüht das Herz vom Wein wie vom Anblick des Mädchens, und dich leitet Trunkenheit, durch Begierde verdoppelt. Alsbald stö-

ren umgeworfene Tische das Gelage, und die Jungvermählte
wird an den Haaren gepackt und fortgeschleift. So raubt Eurytus
Hippodame und sonst ein jeder diejenige, die ihm gefällt oder die 225
erreichbar ist. Es ging zu wie in einer eroberten Stadt. Das Haus
hallt wider vom Kreischen der Frauen. Schnell springen wir alle
auf, und als erster spricht Theseus: ›Von welchem Wahnsinn bist
du, Eurytus, geschlagen, daß du, solange ich noch am Leben bin,
Pirithous herausforderst und ahnungslos zwei Freunde in einem
kränkst?‹ Eurytus antwortet keine Silbe – denn mit Worten kann 232
er eine solche Tat nicht verteidigen –, sondern setzt dem Gesicht
des Rächers mit frechen Händen zu und schlägt seine edle Brust.
Zufällig stand in der Nähe ein altehrwürdiger Mischkrug, der 235
sich mit seinem erhabenen Figurenschmuck rauh anfühlte. Den
gewaltigen hob, selbst noch gewaltiger, der Sohn des Aegeus und
warf ihn dem Feind geradewegs ins Gesicht. Dieser speit zu-
gleich Blutklumpen, Gehirn und Wein aus der Wunde und aus
dem Mund; auf dem Rücken liegend, tritt er mit den Fersen den
blutbenetzten Sand. Da erhitzen sich die Gemüter der Doppel- 240
wesen über die Ermordung ihres Bruders, und alle rufen einmü-
tig um die Wette: ›Zu den Waffen, zu den Waffen!‹ Der Wein
machte ihnen Mut. Und am Anfang der Schlacht fliegen gewor-
fene Becher, zerbrechliche Krüge und bauchige Kessel, bisher
Tafelgerät, jetzt Kriegs- und Mordwerkzeug.

Als erster scheute sich Ophions Sohn Amycus nicht, den 245
Hausaltar seiner Weihegaben zu berauben, als erster riß er vom
Heiligtum den Kandelaber, der dicht mit strahlenden Lichtern
besetzt war, hob ihn hoch empor, wie der Priester, der mit dem
Opferbeil einem Stier den schneeweißen Hals brechen will, und
schmetterte ihn dem Lapithen Celadon gegen die Stirn. Eine 250
wirre Masse zerquetschter Knochen bleibt in dem unkenntlichen
Gesicht zurück. Herausgesprungen sind die Augen, zersprengt
sind die Gesichtsknochen, die Nase ist nach hinten gedrückt und
haftet mitten am Gaumen. Den Sieger streckte Pelates aus Pella
nieder: Mit einem Bein, das er aus dem Ahorntisch zerrte, stieß 255
er ihm die Kinnlade auf die Brust hinab; und während der Geg-
ner schwarzes Blut mit Zähnen vermischt ausspuckt, schickt er
ihn durch einen weiteren Hieb zu den Schatten des Tartarus.

Dicht daneben stand Gryneus, blickte den rauchenden Altar
mit finsterer Miene an, fragte: ›Warum verwenden wir den
nicht?‹ und hob den mächtigen Altar samt dem Feuer hoch, warf 260
ihn mitten in die Lapithenschar und begrub darunter zwei Hel-
den, Broteas und Orius. Die Mutter des Orius war Mycale, die,

wie man mit Sicherheit wußte, oft die Hörner des widerstrebenden Mondes zur Erde herabgezogen hatte. ›Das sollst du mir büßen – wenn ich nur eine Waffe zur Hand hätte!‹ Exadius hat es gesagt und verwendet als Waffe ein Hirschgeweih, das hoch auf einer Pinie als Weihegabe hing. Gryneus wird von zwei Enden in die Augen gestochen, die Augäpfel werden herausgebohrt; ein Teil davon hängt am Geweih, ein Teil rinnt in den Bart und bleibt dort haften, mit Blut verklebt.

Sieh, da reißt Rhoetus mitten vom Altar einen großen Feuerbrand aus Pflaumenholz und schlägt ihn dem Charaxes rechts gegen die Schläfe, die rotes Haar bedeckt. Vom verzehrenden Feuer erfaßt wie ein dürres Saatfeld, brannte das Haar, und in der Wunde gab das angesengte Blut ein schreckliches Zischen von sich, wie glühendes Eisen, das der Schmied mit gekrümmter Zange aus dem Feuer herausgeholt hat und in den Wassertrog taucht – es zischt und pfeift im Wasser, das sich erwärmt. Der Verwundete schüttelt sich das fressende Feuer aus dem struppigen Haar, reißt die Schwelle aus dem Erdboden, hebt sie hoch und nimmt sie auf die Schultern, eine Fracht für einen Wagen. Das schwere Gewicht verhindert, daß dieser Quader bis zu einem Feind fliegt. Ja, der massige Stein erdrückte sogar einen Kampfgenossen, Cometes, der in der Nähe stand. Da kann Rhoetus seine Freude nicht verhehlen: ›*So* möge auch, das wünsche ich mir, die übrige Schar der Deinen ihre Tapferkeit beweisen.‹ Und er geht aufs neue mit dem halbverbrannten Holzscheit auf die Wunde los. Drei-, viermal hat er mit wuchtigem Stoß die Fugen des Schädels gelockert, und die Knochen saßen im hervorquellenden Gehirn.

Der Sieger wendet sich dem Euagrus, Corythus und Dryas zu. Kaum ist Corythus gefallen, dem der erste Flaum auf den Wangen sprießt, spricht Euagrus: ›Was hast du dir für Ruhm erworben, indem du einen Knaben erschlugst?‹ Mehr zu sagen, erlaubt ihm Rhoetus nicht: Schon hat er dem Redenden den roten Feuerbrand in den geöffneten Mund und durch den Rachen in die Brust gestoßen. Auch dich, grausamer Dryas, verfolgt er und schwingt dir das Feuer ums Haupt. Doch kam es bei dir nicht zu dem gleichen Ende: Während er über sein beständiges Glück in der Schlacht frohlockt, triffst du ihn zwischen Nacken und Schulter mit einem angebrannten Pfahl. Da stöhnte Rhoetus auf, zog mit Mühe den Pfahl aus den Knochen und floh, vom eigenen Blute triefend. Es flohen auch Orneus, Lycabas und Medon, der am rechten Schulterblatt verletzt war, und mit Pisenor Thaumas,

Mermeros auch, der eben noch alle im Wettlauf besiegt hatte und jetzt durch eine Verwundung im Gehen behindert war, weiter Pholus, Melaneus und Abas, der Eberjäger, und der Seher Astylus, der den Seinen vergeblich vom Krieg abgeraten hatte. Er sprach auch zu Nessus, der sich vor einer Verwundung fürchtete: ›Fliehe nicht! Du wirst für Hercules' Bogen aufgespart.‹ Aber Eurynomus, Lycidas, Areos und Imbreus entrannen dem Tode nicht; sie alle traf die Hand des Dryas von vorn; auch du, Crenaeus, trugst vorn eine Wunde davon, obwohl du fliehend dem Feind den Rücken gekehrt hattest: Während du zurückblickst, trifft dich das wuchtige Eisen mitten zwischen die Augen, wo die Nase in den untersten Teil der Stirn übergeht.

Inmitten von so viel Lärm lag Aphidas, bis in die letzte Ader betäubt, in endlosem Schlummer, ohne aufzuwachen, und hielt in der schlaffen Hand ein Henkelgefäß mit dem gemischten Trank; so lag er auf dem zottigen Fell einer Bärin vom Ossa ausgestreckt. Daß er nicht mitkämpft, hilft ihm nichts: Ihn sieht Phorbas von fern, steckt die Finger in den Wurfriemen und sagt: ›Mit Styxwasser wirst du deinen Wein trinken.‹ Sprach's und schleuderte unverzüglich den Wurfspieß auf den jungen Mann, und der mit Eisen beschlagene Eschenschaft traf ihn, wie er gerade zurückgelehnt dalag, in den Hals. Der Tod blieb ihm unbewußt, aus der sprudelnden Kehle floß das schwarze Blut auf das Lager und sogar in das Trinkgefäß.

Ich habe gesehen, wie Petraeus versuchte, eine früchtetragende Eiche aus dem Boden zu ziehen. Während er sie umarmte, rüttelte und den gelockerten Stamm hin- und herschwenkte, traf ihn die Lanze des Pirithous zwischen die Rippen und heftete die ringende Brust an das harte Holz. Man sagte, Lycus sei von der tapferen Hand des Pirithous gefallen und ebenso Chromis; aber beide brachten dem Sieger weniger Ruhm als Dictys und Helops: Helops wurde mit dem Wurfspieß getroffen, der die Schläfen durchschlug und vom rechten Ohr bis zum linken drang; Dictys fiel von einem gefährlichen Grat, auf den er angstvoll vor dem nachstürmenden Ixionsohn geflüchtet war, in den Abgrund, zerbrach durch sein Körpergewicht eine riesige Esche und überzog den Stumpf mit seinen Eingeweiden. Als Rächer ist Aphareus zur Stelle, bricht einen Felsen aus dem Berg und versucht ihn zu schleudern; während er ausholt, überwältigt ihn der Sohn des Aegeus mit einem Eichenstamm, zerschmettert ihm die gewaltigen Ellenbogenknochen, hat keine Zeit oder keine Lust mehr, den Kampfunfähigen zu töten, und springt dem langen

Bianor auf den Rücken, der niemand außer sich selbst zu tragen gewohnt ist. Dann preßte er ihm das Knie gegen die Rippen, packte ihn mit der Linken am Haarschopf und zerschmetterte ihm das drohende Gesicht und die harten Schläfen mit dem knorrigen Kernholz. Mit demselben Prügel streckt er Nedymnus und den Speerwerfer Lycopes nieder, den Hippasus, dem ein wallender Bart die Brust schützte, Rhipheus, der die Wipfel der Wälder überragte, und Thereus, der im haemonischen Gebirge Bären zu fangen pflegte und sie, obwohl sie sich sträubten, lebend nach Hause brachte.

Die Erfolge des Theseus im Kampf ertrug Demoleon nicht länger: Er versucht mit großer Anstrengung, eine bejahrte Pinie aus dem dichten Gestrüpp zu reißen. Weil er das nicht vermochte, knickte er sie ab und warf sie auf den Feind. Theseus aber wich dem herannahenden Geschoß weit aus. Pallas hatte ihn gewarnt; er wünschte selbst, man solle dies glauben. Doch fiel der Baum nicht umsonst; denn er hieb dem langen Crantor die Brust und die linke Schulter von der Kehle ab. Er war der Waffenträger deines Vaters gewesen, Achilles; ihn hatte der im Krieg besiegte Doloperfürst Amyntor dem Aeaciden als zuverlässiges Unterpfand für den Frieden gegeben.

Als Peleus diesen von der gräßlichen Wunde zerrissen sah, sprach er: ›Empfange wenigstens ein Totenopfer, liebster der Jünglinge, Crantor!‹ Und er warf mit starkem Arm und mit der Kraft des Zornes die eschene Lanze; sie durchbrach den Brustkorb und blieb zitternd in den Rippen stecken. Jener zieht mit der Hand den Schaft ohne Spitze heraus – auch der gehorcht ihm kaum. Die Lunge hielt die Spitze fest. Doch gerade der Schmerz verstärkte seine Wut: Schmerzverzerrt bäumt er sich gegen seinen Feind auf und tritt ihn mit den Pferdehufen. Der aber fängt die klirrenden Hufschläge mit Schild und Helm auf, deckt seine Schultern, hält die Waffe vor sich hin und durchbohrt mit einem Stoß durch den Bug die Pferde- und die Menschenbrust. Doch zuvor hatte er Phlegraeus und Hyles aus der Ferne getötet, den Iphinous und Clanis aber im Nahkampf. Hinzu kommt Dorylas, der sich die Schläfen mit einem Wolfsfell bedeckt hatte und der als grausame Waffe gekrümmte Rinderhörner trug, die von viel Blut gerötet waren.

Zu ihm sprach ich – denn der Zorn gab mir Kraft –: ›Schau, wie weit deine Hörner meinem Eisen unterlegen sind.‹ Und ich schleuderte den Wurfspieß; da er ihm nicht ausweichen konnte, hielt er sich die Hand vor die bedrohte Stirn; angenagelt wurde die Hand an der Stirn. Da ertönt Geschrei; ihm, der hilflos und von der schmerzenden Wunde überwältigt ist, stößt Peleus, der näher bei ihm stand, das Schwert mitten in den Leib. Dorylas sprang wild auf, schleifte auf dem Boden sein Gedärm nach, trat darauf, zerriß es, verfing sich mit den Beinen darin und stürzte mit leerem Bauch nieder.

Dich, Cyllarus, rettete im Kampf deine Schönheit nicht, sofern wir jenen Doppelwesen Schönheit zubilligen. Der Bart begann ihm erst zu sprießen, seine Farbe war golden, golden hing ihm das Haar von den Schultern bis zur Mitte des Bugs herab. Aus dem Gesicht sprach Anmut, gepaart mit Stärke; Nacken, Schultern, Arme und Brust glichen aufs Haar Kunstwerken, die man lobt, ebenso alles, was an ihm menschenähnlich war. Aber auch die Pferdegestalt darunter ist makellos und nicht schlechter als die menschliche Erscheinung: Gib ihm noch Hals und Kopf eines Pferdes, und er wird Castors würdig sein; so lädt der Rücken zum Sitzen ein, so kraftvoll wölbt sich die hohe Brust! Am ganzen Leibe ist er schwärzer als schwarzes Pech; doch der Schwanz und die Unterschenkel sind weiß. Viele Mädchen aus seinem Volke begehrten ihn, doch allein Hylonome riß ihn hin; kein schöneres Centaurenweibchen hat je im tiefen Walde gewohnt. Sie allein hält den Cyllarus gefesselt: durch Koseworte, durch Liebe und Liebeserklärungen. Auch schmückt sie sich, soweit dies bei solchen Gliedern möglich ist: Sie achtet darauf, daß die Mähne glatt gekämmt ist, daß sie sich bald mit Rosmarin, bald mit Veilchen oder Rosen bekränzt, bald schneeweiße Lilien trägt, daß sie zweimal am Tage in Quellen, die von der Höhe des pagasaeischen Waldes niederrinnen, das Gesicht wäscht, zweimal den Leib im Flusse badet und auf der Schulter oder an der linken Seite nur Felle trägt, die ihr stehen und von erlesenen Tieren stammen. Gleich stark ist beider Liebe. Zusammen durchstreifen sie die Berge, zusammen betreten sie die Höhlen. Auch damals waren sie gemeinsam in den Lapithenpalast gekommen und kämpften gemeinsam den grausamen Kampf. Man weiß nicht, wer ihn warf – ein Speer kam von links geflogen und traf dich, Cyllarus, dort, wo sich unten die Brust an den Hals anschließt. Von einer kleinen Wunde verletzt, erkaltete das Herz und mit ihm der ganze Körper, nachdem die Waffe herausgezogen war. Sofort fängt Hylonome die sterbenden Glieder auf, wärmt die Wunde mit der Hand, legt Mund an Mund und versucht, den fliehenden Lebensodem aufzuhalten. Sobald sie sah, daß er tot war, sprach sie Worte, die wegen des Lärms nicht an

mein Ohr drangen, stürzte sich in die Waffe, die ihn durchbohrt
hatte, und umarmte sterbend ihren Gemahl.
430 Vor Augen steht mir auch der Mann, der sechs Löwenfelle mit
Knoten untereinander verschnürt hatte, Phaeocomes, und der so
seinen Menschenleib und seinen Pferdekörper geschützt hatte;
er warf einen Stamm, den kaum zwei Joch Ochsen hätten bewe-
433 gen können, und zerschmetterte dem Oleniden Tectaphus oben
den Scheitel. Während er den Gefallenen zu entwaffnen ver-
440 suchte, habe ich – dein Vater kann es bezeugen – dem Plünderer
das Schwert tief in die Weichen gestoßen. Auch den Chthonius
und den Teleboas hat mein Schwert erlegt; der eine hatte eine
Astgabel als Waffe getragen, der andere einen Wurfspieß. Mit
dem Wurfspieß hat er mich verwundet: Du siehst noch die Spu-
445 ren, die alte Narbe davon ist immer noch zu sehen. Damals hätte
man mich zur Eroberung Troias schicken sollen, damals hätte ich
die Waffen des großen Hector durch die meinen wenn nicht
überwinden, so doch aufhalten können. Aber damals war Hector
noch nicht geboren, oder er war ein Knabe, und jetzt läßt mich
meine Jugendkraft im Stich. Was soll ich dir von Periphas be-
450 richten, der den doppelgestaltigen Pyraethus besiegte, was von
Ampyx, der dem vierfüßigen Echeclus den Schaft aus Kornelkir-
schenholz ohne Spitze mitten ins Gesicht stieß? Mit einem He-
bebaum, mit dem er ihm die Brust rammte, streckte Macareus
den Erigdupus aus Pelethronium nieder. Ich kann mich auch
noch erinnern, wie ein Jagdspieß, von der Hand des Nessus ge-
455 worfen, dem Cymelus in die Scham drang. Und glaube du nur
nicht, Mopsus, der Sohn des Ampyx, habe nur von der Zukunft
gesungen! Von einem Speerwurf des Mopsus fiel der Centaur
Hodites und versuchte vergebens zu sprechen, weil ihm die
Zunge am Unterkiefer und der Unterkiefer an der Kehle festge-
nagelt war.

Caeneus (II)

Fünfen hatte Caeneus den Tod gegeben: Styphelus, Bromus,
460 Antimachus, Elymus und dem mit einem Beil bewaffneten Py-
racmus. An die Verwundungen kann ich mich nicht mehr erin-
nern, Zahl und Namen habe ich mir gemerkt. Da springt, ge-
schmückt mit den Waffen, die er seinem erschlagenen Gegner
Halesus aus Emathia abgenommen hat, Latreus hervor, riesen-
groß an Leib und Gliedern; damals stand er zwischen den Man-
465 nesjahren und dem Greisenalter, aber seine Kraft war jugendlich;

die Schläfen waren leicht ergraut. Mit Schild, Schwert und macedonischem Langspeer sah er gut aus, wandte das Gesicht abwechselnd beiden Gruppen entgegen, schüttelte die Waffen, ritt eine saubere Kreisbahn, und stolzgeschwellt stieß er einen Schwall von Worten aus, die im Leeren verhallten: ›Soll ich auch noch dich, Caenis, ertragen? Du wirst nämlich für mich stets ein Weib bleiben, für mich stets Caenis heißen. Dient dir nicht zur Warnung, was du ursprünglich warst? Erinnerst du dich, durch welche Tat du dir den Lohn verdient, um welchen Preis du dir die trügerische männliche Erscheinung erkauft hast? Halte dir vor Augen, als was du geboren bist und was du dir antun ließest! Geh, nimm den Spinnrocken samt dem Wollkörbchen zur Hand und dreh mit dem Daumen den Faden! Den Krieg überlaß Männern!‹ Dem Prahlenden riß Caeneus mit einem Speerwurf die Seite auf, die im Laufe gestreckt war, an der Nahtstelle zwischen Mann und Roß. Rasend vor Schmerz stößt dieser dem jungen Mann aus Phyllus den macedonischen Langspeer ins ungeschützte Gesicht. Doch die Lanze springt zurück wie Hagel vom Dachfirst, oder wie wenn jemand eine bauchige Pauke mit einem Steinchen schlägt. Aus der Nähe greift er ihn an und müht sich, ihm das Schwert in die undurchdringliche Seite zu stoßen. Doch da ist kein Weg für das Schwert. ›Dennoch wirst du mir nicht entrinnen; dich wird die Schneide des Schwertes abschlachten, da ja die Spitze stumpf ist.‹ Sprach's, holt mit dem Schwert seitlich aus, macht den rechten Arm lang und führt den Hieb um die Weichen. Der Schlag erzeugt auf dem Körper den Klang getroffenen Marmors, und in Stücke sprang die Klinge, die auf die harte Haut geprallt war. Nachdem er dem Staunenden lange genug seine unverwundbaren Glieder dargeboten hatte, sprach Caeneus: ›Wohlan, jetzt will ich mit meinem Eisen deinen Leib erproben.‹ Und bis ans Heft stieß er ihm das todbringende Schwert in den Bug, lenkte die Hand im verborgenen in die Eingeweide, drehte sie hin und her und schlug Wunden in der Wunde. Siehe, da stürzen mit wüstem Geschrei die wilden Centauren herzu, und alle schleudern und schwingen ihre Waffen gegen den einen Mann. Die Geschosse prallen ab und fallen zu Boden; unverletzt von jeglichem Hieb und unbefleckt von Blut bleibt Caeneus, der Sproß des Elatus. Erschüttert hatte alle das unerhörte Wunder. ›Pfui, welch abgrundtiefe Schande!‹ ruft Monychus. ›Wir sind ein ganzes Volk und lassen uns von einem einzigen besiegen, und der ist kaum ein Mann! Nein! Er ist ein Mann; wir aber sind mit unseren schwachen Leistungen das, was er einst war! Was nützen uns die Riesenleiber, was die zweifache Kraft, was, daß unsere Doppelnatur in uns die zwei tapfersten Wesen der Welt verbunden hat? Ich glaube nicht, daß wir von einer Göttin, und auch nicht, daß wir von Ixion stammen, der so bedeutend war, daß er sich auf die erhabene Iuno Hoffnungen machen konnte; werden wir doch von einem Feind besiegt, der nur ein halber Mann ist. Wälzt Felsen, Baumstämme, ganze Berge auf ihn und treibt ihm den langlebigen Odem aus, indem ihr Wälder auf ihn werft! Holz soll ihm die Kehle zudrücken, und Gewicht ersetze die Wunde!‹ Sprach's, ergriff den nächstbesten Baumstamm, den die rasende Gewalt des Südwinds niedergeworfen hatte, und schleuderte ihn auf den starken Feind. Er gab nur das Beispiel – in kurzer Zeit war der Othrys von Bäumen entblößt, und Pelion hatte keinen Schatten mehr. Von einem mächtigen Hügel überschüttet, fühlt sich Caeneus unter dem Gewicht der Bäume beengt und trägt das aufgestapelte Holz auf seinen harten Schultern. Doch nachdem die Last ihm über Gesicht und Haupt gewachsen ist und er zum Atmen keine Luft mehr bekommt, verlassen ihn manchmal die Kräfte; bald versucht er vergebens, sich zu den Lüften zu erheben und die auf ihn geworfenen Bäume von sich abzuwälzen, bald bewegt er sie, als werde der hohe Ida, den wir hier vor uns sehen, von einem Erdbeben erschüttert. Wie er starb, weiß man nicht. Die einen behaupteten, sein Leib sei von der Masse der Bäume ins Schattenreich des Tartarus hinabgestoßen worden, aber der Sohn des Ampycus bestritt es und sah mitten aus dem Stapel einen Vogel sich mit rostfarbenen Federn in die klaren Lüfte schwingen, den ich damals zum ersten und zum letzten Mal erblickt habe. Kaum hatte Mopsus diesen Vogel gewahrt, der auf sanften Fittichen sein Lager mit lautem Geschrei umflog, und ihn mit den Augen des Leibes und denen des Geistes verfolgt, sprach er: ›O sei gegrüßt, du Stolz des Lapithenstammes, einst ein gewaltiger Held, jetzt ein einzigartiger Vogel, Caeneus!‹ Man glaubte daran, weil Mopsus dafür einstand. Der Schmerz steigerte unsere Wut; wir waren empört darüber, daß ein einzelner von so vielen Feinden überwältigt worden war, und wir ließen nicht eher ab, unserem Schmerz mit dem Schwert Luft zu machen, bis ein Teil der Centauren getötet, der andere im nächtlichen Dunkel geflüchtet war.«

Periclymenus

Als der Pylier von diesem Kampf der Lapithen und der Halbmenschen, der Centauren, berichtete, konnte Tlepolemus seinen Schmerz darüber nicht für sich behalten, daß der Alcide übergangen worden war, und sprach: »Es ist verwunderlich, daß du, Greis, den Ruhm des Hercules der Vergessenheit anheimgegeben hast. Mein Vater jedenfalls erzählte mir oft, daß er die Wolkensöhne bezwungen hat.« Darauf entgegnete der Pylier traurig: »Was zwingst du mich, des Unglücks zu gedenken, die jahrelang vernarbten Wunden meiner Trauer wieder aufzureißen und zu bekennen, daß ich gegen deinen Vater Haß empfinde und mich von ihm gekränkt weiß? Er hat zwar auch Taten vollbracht, die unglaublich scheinen, und die Welt ist voll seiner Verdienste – ich wollte lieber, ich könnte dies bestreiten; aber wir loben ja auch nicht Deïphobus, Polydamas, ja nicht einmal Hector, denn wer wollte schon einen Feind loben? Dein Vater hat einst Messenes Mauern geschleift, die Städte Elis und Pylos, die es nicht verdienten, zerstört und gegen mein Haus mit Feuer und Schwert gewütet. Um von anderen zu schweigen, die er getötet hat: Wir waren zwölf Söhne des Neleus, eine prächtige Jungmannschaft – alle zwölf fielen von Hercules' starker Hand, außer mir. Daß andere besiegt werden konnten, muß man hinnehmen, erstaunlich aber ist der Tod des Periclymenus, dem Neptun, der Vater des Neleus, die Fähigkeit verliehen hatte, jede gewünschte Gestalt anzunehmen und wieder abzulegen. Nachdem er vergeblich alle erdenklichen Verwandlungen erprobt hat, wird er schließlich zu dem Vogel, der in den krummen Krallen den Blitz trägt und dem Götterkönig der liebste ist. Als Adler hatte er seine Kräfte gebraucht und mit den Flügeln, dem gebogenen Schnabel und den hakigen Fängen dem Helden das Gesicht zerfleischt. Da zielt der Tirynther mit nur allzu treffsicherem Bogen auf ihn, der hoch zwischen den Wolken flatternd schwebt, und trifft ihn da, wo der Flügel an der Seite angewachsen ist. Die Wunde war nicht tief. Doch die zerrissenen Sehnen versagen, kraftlos wollen sie sich nicht mehr zum Fluge bewegen. Da die schlaffen Schwingen keine Luft mehr fassen konnten, fiel er zur Erde, und der Pfeil wurde dort, wo er leicht am Flügel haftete, vom Gewicht des getroffenen Leibes nach innen gedrückt, die Spitze drang durch die Seite und kam links an der Kehle wieder zum Vorschein. Meinst du immer noch, ich sei den Taten deines Hercules preisende Worte schuldig, du herrlicher Lenker der rhodischen Flotte?

Aber nur durch Verschweigen seiner Heldentaten räche ich meine Brüder und gehe keinen Schritt weiter. Meine Freundschaft mit dir bleibt unangetastet.«

Nachdem Neleus' Sohn dies mit gewinnender Stimme gesagt hatte, wandten sie sich von der Erzählung des Alten wieder der Gabe des Bacchus zu; dann erhoben sie sich von den Polstern, und der Rest der Nacht gehörte dem Schlaf.

Achills Tod

Der Gott aber, der mit seinem Dreizack die Meereswogen bändigt, trauert in seinem Vaterherzen über die Verwandlung seines Sohnes in einen Schwan, haßt den grausamen Achilles und läßt seinen Zorn, der nicht vergessen kann, mehr als billig wüten. Schon hat sich der Krieg zweimal fünf Jahre hingezogen, da redet er Smintheus, den Gott im wallenden Haar, folgendermaßen an: »Von den Söhnen des Bruders bist du mir bei weitem der liebste; zusammen mit mir hast du – vergebens! – Troias Mauern erbaut! Mußt du nicht seufzen, wenn du diese Burg ansiehst, die demnächst fallen soll? Schmerzt es dich nicht, daß so viele tausend Verteidiger unserer Mauern gefallen sind? Steigt etwa nicht – um nicht alle aufzuzählen! – Hector, der rings um sein Pergamon geschleift wurde, als Schatten vor dir auf? Indessen ist der trotzige Mörder, blutrünstiger als der Krieg selbst, noch am Leben, der Verwüster unseres Werkes: Achilles. Mag er sich mir nur anvertrauen; dann werde ich ihn spüren lassen, was ich mit dem Dreizack ausrichten kann! Da es aber nicht gestattet ist, dem Feind im Nahkampf gegenüberzutreten, vernichte du den Ahnungslosen mit einem Pfeil aus dem Hinterhalt.«

Der Gott von Delos stimmte zu und befriedigte nicht nur den Zorn des Oheims, sondern auch seinen eigenen. In Nebel gehüllt, gelangt er ins Heer der Troianer und sieht mitten im männermordenden Kampf Paris spärliche Pfeile auf unbekannte Achiver schießen. Er gibt sich als Gott zu erkennen und spricht: »Was verschwendest du Pfeile an Plebeierblut? Hast du noch ein Herz für die Deinen, so wende dich gegen den Aeacusenkel und räche deine erschlagenen Brüder!« Sprach's, wies ihm den Peliden, der mit dem Eisen Troerleiber niederstreckte, wandte den Bogen gegen ihn und lenkte mit todbringender Hand den Pfeil sicher ins Ziel. Das war es, worüber sich der greise Priamus nach Hectors Tod noch freuen konnte. Achilles, du Sieger über so große Helden, besiegt bist du vom furchtsamen Entführer einer griechischen Ehefrau! Und mußtest du schon von Weiberhand fallen, hättest du dich lieber von der Axt der Amazone vom Thermodon niederstrecken lassen.

Schon war der Schrecken der Phryger, der Stolz und Hort aller Pelasger, der Enkel des Aeacus, das Haupt, unbesiegbar im Kampf, ein Raub der Flammen geworden. Derselbe Gott hatte ihn gewappnet, derselbe ihn verbrannt. Schon ist er Asche; und von dem so großen Achilles ist kaum genug übrig, um damit eine kleine Urne zu füllen. Doch es lebt sein Ruhm, der den ganzen Erdkreis erfüllen soll: Dieser Maßstab entspricht einem solchen Helden; im Ruhm bleibt der Pelide sich gleich und hat den wesenlosen Tartarus nicht zu spüren bekommen.

Doch sogar der Schild erregt noch Streit, so daß man erkennen kann, wem er gehört hat: Um Waffen geht ein Waffengang! Der Sohn des Tydeus wagt nicht, sie für sich zu fordern; nicht wagt es Aiax, der Sohn des Oïleus, nicht der jüngere und nicht der ältere – und kriegstüchtigere – Atride, nicht die andern; nur Telamons Sohn und der Sohn des Laërtes trauten es sich zu, nach diesem hohen Ruhm zu streben. Der Nachkomme des Tantalus wälzte die Last und die Anfeindungen von sich ab, hieß die Griechenfürsten mitten im Lager Platz nehmen und übertrug allen das Schiedsrichteramt.

Dreizehntes Buch

Inhalt des dreizehnten Buches

Die Fürsten haben Platz genommen, und das Volk steht rings im Kreise; da erhebt sich vor ihnen der Herr des Schildes aus sieben Stierhäuten, Aiax. Überwältigt vom Zorn, wie er war, blickte er mit finsterer Miene zur Küste von Sigëum und zu der Flotte, die dort lag, streckte die Hände aus und sprach:

»Wir verfechten unsere Rechtssache, beim Iuppiter, angesichts der Schiffe – und Ulixes wagt es, sich mit mir zu vergleichen! Und doch hat er nicht gezögert, Hectors Flammen zu weichen, denen ich standgehalten, die ich von dieser Flotte verjagt habe. Also ist es weniger gefährlich, mit erfundenen Worten zu streiten als mit der Hand zu kämpfen. Aber mir liegt das Reden ebenso fern wie ihm das Handeln, und so stark, wie ich im grimmigen Krieg und in der Feldschlacht bin, so stark ist er im Sprechen. Doch glaube ich nicht, daß ich euch meine Taten zu berichten brauche, Pelasger; denn ihr habt sie gesehen. Laßt Ulixes die seinen erzählen, bei denen er keine Zeugen hat und deren einzige Mitwisserin die Nacht ist. Ich gebe zu, daß ich einen hohen Lohn erstrebe, doch der Nebenbuhler mindert die Ehre. Einen Aiax berechtigt es nicht zu Stolz, das erhalten zu haben, was ein Ulixes für sich erhofft hat, mag es auch noch so gewaltig sein. Er hat schon jetzt seinen Preis in diesem Wettstreit bekommen: Wird man doch nach seiner Niederlage von ihm sagen, er habe sich mit mir messen dürfen.

Und könnte man meine Leistung anzweifeln, gäbe mir dennoch meine vornehme Herkunft den Vorrang. Ich bin der Sohn Telamons, der Troias Mauern unter dem tapferen Hercules einnahm und die Küste von Colchis mit dem Kiel aus Pagasae erreichte. Telamons Vater ist Aeacus, der dort den Toten Recht spricht, wo der schwere Felsblock den Aeolussohn Sisyphus bedrängt. Den Aeacus erkennt der allerhöchste Iuppiter als seinen Sohn an: Also ist Aiax der Dritte nach Iuppiter. Doch diese Ahnenreihe täte hier nichts zur Sache, ihr Achiver, wenn ich sie nicht mit dem großen Achilles gemeinsam hätte. Er war mein Bruder; ich bitte um das brüderliche Erbe. Was schiebst du, Sohn des Sisyphus, im Stehlen und Betrügen ganz der Vater, zwischen uns Aeacusenkel den Namen eines fremden Stammes? Soll man mir deshalb die Waffen verweigern, weil ich vor ihm, und ohne daß jemand mich erst anzeigen mußte, zu den Waffen eilte? Soll der als der Bessere erscheinen, der als letzter zu den Waffen griff und sich durch gespielten Wahnsinn dem Kriegsdienst entzog, bis endlich, schlauer als er – ach, sich selbst zum Schaden! –, der Sohn des Nauplius die Erfindungen seines feigen Herzens entlarvte und ihn zu den Waffen schleppte, die er gemieden hatte? Soll er jetzt die besten Waffen bekommen, weil er gar keine wollte? Ich aber soll ungeehrt und der Habe meines Vetters beraubt sein, weil ich mich als erster der Gefahr aussetzte? Und wäre doch jener Wahnsinn entweder echt gewesen oder hätte er Glauben gefunden! Wäre dieser Mann doch nie als unser Kampfgenosse zur phrygischen Festung gekommen, dieser Anstifter zu Verbrechen! Dann wärest du, Sohn des Poeas, auf Lemnos nicht ausgesetzt – für uns ein lebender Vorwurf –, der du jetzt, wie man sagt, in Wald und Höhlen verborgen, die Felsen durch dein Seufzen rührst und dem Laërtessohn fluchst und ihm wünschest, was er verdient hat und was, wenn es Götter gibt, kein leerer Wunsch bleiben soll. Und jetzt ist der Mann, der mit uns Waffenbrüderschaft geschworen hat, einer der Feldherrn, der Erbe der Pfeile des Hercules, von Krankheit und Hunger gebrochen. Er hüllt sich in Federn, nährt sich von Vögeln und schießt auf sie die Pfeile, die das Schicksal für Troias Untergang bestimmt hat. Immerhin ist er noch am Leben, weil er Ulixes nicht begleitet hat; gern wollte auch der unglückliche Palamedes verlassen worden sein: Dann weilte er noch unter den Lebenden, oder er wäre gewiß in Ehren gestorben. Doch allzu gut erinnerte sich Ulixes an die peinliche Entlarvung seines Wahnsinns. Darum dachte er sich aus, Palamedes übe Verrat an der Sache der Danaer; und den erfundenen Vorwurf bewies er, indem er Gold zeigte, das er selbst vorher vergraben hatte. Also hat er den Achivern durch Verbannung oder durch Mord Kräfte entzogen. So kämpft Ulixes, so muß man ihn fürchten.

Mag er auch in der Beredsamkeit den getreuen Nestor übertreffen – mich wird er doch nicht so weit bringen, es für kein Verbrechen zu halten, daß er Nestor im Stich ließ. Als dieser den Ulixes um Hilfe anflehte, weil die Verwundung seines Pferdes ihn aufhielt und das Alter ihn müde machte, wurde er von dem Kampfgenossen verraten. Daß ich diese Anschuldigung nicht erfinde, weiß Tydeus' Sohn sehr wohl, der ihn oft beim Namen rief, rügte und dem ängstlichen Freund seine Flucht zum Vorwurf machte. Die Himmlischen sehen das Irdische mit gerechten Augen an: Siehe, da braucht er selbst Hilfe, der sie verweigert hat! Wie er den andern im Stich ließ, hätte ich ihn im Stich lassen sollen. Er hatte sich ja selbst sein Urteil gesprochen. Jetzt ruft er die Gefährten; ich bin zur Stelle und sehe ihn zittern, bleich vor Furcht und voll Todesangst. Da hielt ich meinen Riesenschild vor ihn, deckte den Darniederliegenden und rettete – das ist kein Ruhmestitel – eine feige Seele. Beharrst du auf dem Wettkampf, laß uns an jene Stelle zurückkehren! Laß den Feind wieder da sein, deine Wunde und die gewohnte Ängstlichkeit, verstecke dich hinter meinem Schild und streite mit mir in seinem Schutz! Doch nachdem ich ihn gerettet hatte, ist derselbe Mann, dem seine Wunde soeben noch nicht einmal zum Stehen Kraft ließ, geflohen, und keine Wunde hielt ihn dabei auf. Hector ist da und führt Götter mit in die Schlacht, und überall, wo er dahinstürmt, hast nicht nur du Angst, Ulixes, sondern auch mutige Männer. So viel Schrecken verbreitet er. Während er über den Erfolg seines blutigen Mordens frohlockte, habe ich ihn aus der Ferne mit dem Riesengewicht eines Feldsteins rücklings niedergestreckt. Als er zum Zweikampf herausforderte, habe ich ihm als einziger standgehalten. Ihr habt gewünscht, daß mich das Los treffe, Achiver, und eure Bitten gingen in Erfüllung. Fragt ihr nach dem Ausgang jenes Kampfes? Ich bin von Hector nicht besiegt worden. Doch siehe, da tragen die Troer Schwert, Feuer und Iuppiters Macht gegen die Danaerflotte – wo bleibt jetzt der beredte Ulixes? Habe nicht ich die tausend Schiffe mit meiner Brust geschützt, eure Hoffnung auf Heimkehr? Gebt mir für so viele Schiffe die Waffen! Darf ich aber die Wahrheit sagen, so gewinnen diese dabei größere Ehre als ich; unser Ruhm gehört zusammen, und die Waffen wünschen Aiax, nicht Aiax wünscht die Waffen.

Mag der Ithaker damit nur seinen Rhesus vergleichen, seinen unkriegerischen Dolon, die Gefangennahme des Priamussohnes Helenus und den Raub des Palladiums! Nichts davon geschah bei Tage, nichts davon ohne Diomedes. Wenn ihr nun schon einmal diese Waffen für so geringe Verdienste gebt, dann teilt sie, und der größere Teil davon falle Diomedes zu! Was nützen sie überhaupt dem Ithaker, der heimlich, der stets ohne Waffen wirkt und den unvorsichtigen Feind durch Betrug täuscht? Schon der Glanz des Helms, der hell von Gold erstrahlt, wird den Hinterhalt verraten und den Versteckten preisgeben. Doch wird der Scheitel des Ulixes, trägt er Achills Helm, solch ein drückendes Gewicht nicht aushalten; die pelische Lanze muß den unkriegerischen Armen eine zu schwere Last sein, und der Schild, geschmückt mit dem Bild der weiten Welt, wird nicht zu der feigen und zum Stehlen geschaffenen Linken passen. Was erstrebst du, Verwegener, ein Geschenk, das dich nur schwächen wird? Erkennt aber ein Fehlurteil des Achivervolkes dir die Waffen zu, wird der Feind einen Grund haben, dich zu plündern, nicht dich zu fürchten. Und die Flucht, das einzige, worin du, Allerängstlichster, alle besiegst, wird dir zu langsam vonstatten gehen, wenn du eine so gewaltige Rüstung schleppen mußt. Es kommt hinzu, daß dieser dein Schild, der so selten eine Schlacht mitgemacht hat, noch wie neu ist; meiner, der von vielen Stößen tausend klaffende Risse hat, braucht einen unversehrten Nachfolger. Schließlich – wozu noch Worte? – laßt die Tat als Probe gelten! Werft die Waffen des tapferen Helden mitten unter die Feinde; heißt uns sie von dort holen und schmückt den damit, der sie zurückbringt!«

Zu Ende war Telamons Sohn, und auf seine letzten Worte murmelt das Volk beifällig, bis Laërtes' Sohn, der Held, vortrat, die Augen kurze Zeit zu Boden senkte, dann zu den Fürsten aufblickte und den Mund zur erwarteten Rede öffnete – und Anmut adelt seine beredten Worte:

»Wäre es nach meinen Wünschen und den euren, ihr Pelasger, gegangen, so gäbe es keinen Zweifel über den Erben in diesem großen Wettstreit: Du, Achilles, bekämest deine Waffen und wir dich. Da nun aber ein widriges Schicksal ihn euch und mir genommen hat« – zugleich wischte er sich mit der Hand die Augen, als tränten sie –, »wer sonst ist geeigneter, der Nachfolger des großen Achilles zu sein, als der Mann, durch dessen Einsatz der große Achilles den Danaern in den Kampf nachfolgte? Meinem Gegner möge nur ja nicht nützen, daß er dumm aussieht – was er auch ist –, und mir möge meine Begabung nicht schaden, die euch, ihr Achiver, stets nützlich war! Und diese meine Beredsamkeit, wenn es sie gibt, die jetzt für ihren Eigentümer, oft aber für euch gesprochen hat, möge nicht angefeindet werden, und keiner möge seine Vorzüge verleugnen. Herkunft nämlich und Vorfahren und alles, was wir nicht selbst getan haben, das nenne ich kaum unser eigen; doch, weil Aiax berichtet hat, er sei Iuppiters Urenkel, so wißt: Auch mein Stammvater ist Iuppiter, und ebenso viele Stufen trennen mich von ihm. Denn mein Vater ist Laërtes, Arcesius der seine, Iuppiter der des Arcesius, und kein Verurteilter oder Verbannter ist unter ihnen; auch habe ich von meiner Mutter her den Cyllener als weiteren Adelstitel. Beide Eltern sind von göttlichem Geblüt. Aber nicht deswegen, weil ich mütterlicherseits vornehmer bin, und auch nicht, weil mein Vater sich nicht mit dem Blut des Bruders befleckt hat, wünsche ich die hier ausgesetzten Waffen. Nein, wägt den Fall nach Verdienst ab, sofern nur der Umstand, daß Telamon und Peleus Brüder waren, nicht Aiax als Verdienst angerechnet wird, sofern man nur bei dieser Rüstung nicht nach dem Grad der Blutsverwandtschaft, sondern nach dem Rang der Leistung fragt. Oder wenn man schon die nächsten Verwandten, den ersten Erben sucht: Achilles hat einen Vater, Peleus, und er hat einen Sohn, Pyrrhus. An wievielter Stelle kommt hier Aiax? Laßt diese Waffen nach Phthia oder nach Scyrus bringen! Und Teucer ist nicht weniger als Aiax ein Vetter Achills: Verlangt er etwa die Waffen? Bekäme er sie etwa, wenn er sie verlangte? Weil also der Wettstreit allein um Taten gehen kann, so hört: Ich habe mehr geleistet, als ich ohne weiteres in Worte fassen kann; ich will mich aber an die zeitliche Reihenfolge halten.

Achills Mutter, die Nereïde, ahnt seinen Tod voraus; so verkleidet sie ihren Sohn. Alle – darunter auch Aiax – hatte die trügerische Kleidung getäuscht. Unter Waren für Frauen mischte ich Waffen, die ein Männerherz begeistern konnten; und noch hatte der Held die Mädchenkleider nicht abgeworfen, als er schon Schild und Speer in den Händen hielt und ich zu ihm sprach: ›Sohn der Göttin, auf dich wartet Pergamon, um zu fallen. Was zögerst du, das gewaltige Troia zu zerstören?‹ Und ich legte meine Hand auf ihn und schickte den Tapfern zu tapferen Taten. Also ist, was er getan hat, mein. Ich habe Telephus mit der Lanze besiegt, solange er kämpfte, und geheilt, als er besiegt war und flehte. Daß Theben fiel, ist mein Werk; glaubt, daß ich Lesbos einnahm, Tenedos, Chryse und Cilla, Städte Apollons, und Scyrus. Glaubt, daß allein durch meine Hand die Mauern von Lyrnesus erschüttert wurden und stürzten. Und um von anderen zu schweigen: Ich hab' euch den gegeben, der den großen Hector vernichten konnte; durch mich ist also der berühmte Hector gefallen! Für jene Waffen, durch die Achilles gefunden wurde, bitte ich jetzt um diese: Dem Lebenden gab ich sie, vom Toten fordere ich sie zurück.

Als von *eines* Mannes Kränkung alle Danaer betroffen waren und tausend Schiffe das euboeische Aulis füllten, regte sich trotz langen Wartens für die Flotte kein Lüftchen – oder es blies nur widriger Wind. Da gebietet ein unbarmherziger Orakelspruch Agamemnon, seine unschuldige Tochter der grausamen Diana zu opfern. Der Vater weigert sich, zürnt sogar den Göttern, und Vaterliebe wohnt auch im königlichen Herzen. Ich bin's, der den sanften Sinn des Vaters durch Worte auf das Gemeinwohl lenkte; jetzt kann ich es ja bekennen, und der Atride möge mein Bekenntnis verzeihen: Ich habe damals einen schwierigen Fall vor einem voreingenommenen Richter durchgekämpft. Ihn bewegen denn doch das Wohl des Volkes, der Bruder und seine Würde als Oberbefehlshaber, die Ehre mit Blut zu erkaufen. Man schickt mich auch zur Mutter; sie mußte man nicht ermahnen, sondern listig täuschen. Wäre Telamons Sohn dorthin gegangen, unsere Segel wären bis heute ohne günstigen Wind. Man schickt mich auch als kühnen Sprecher in Ilions Burg; gesehen und betreten habe ich das Rathaus des hohen Troia. Es war noch voller Helden; doch unerschrocken habe ich die Sache vertreten, die mir das gesamte Griechenland aufgetragen hat: Ich klage Paris an, fordere die Beute und Helena zurück und rühre Priamus und Antenor, der ihm nahesteht. Doch Paris, seine Brüder und die Genossen seines Raubzugs hielten kaum ihre verruchten Hände zurück – Menelaus, du weißt es, und das war der erste Tag des gefährlichen Abenteuers, das ich mit dir zusammen bestand. Es würde zu weit führen, von all dem Nützlichen zu berichten, das ich mit Rat und Tat während des langen Krieges vollbracht habe. Nach den ersten Feindseligkeiten blieben die Gegner lange innerhalb ihrer Stadtmauern, und es gab keine Gelegenheit zu einer offenen Feldschlacht; im zehnten Jahr kam es endlich zum Gefecht. Was tust du so lange, der du nichts als Kämpfe kennst? Wozu warst du nütze? Fragst du aber nach meinen Taten: Ich stelle den Feinden nach, umgebe die Gräben mit einem Wall, beschwichtige die Bundesgenossen, daß sie den Überdruß an dem langen Krieg sanftmütig ertragen, ich erkläre, wie wir zu Nahrung und Waffen kommen, und lasse mich schicken, wohin es nötig ist.

Siehe, auf Iuppiters Weisung gebietet der König, getäuscht durch ein Traumbild, die Sorge um den begonnenen Krieg fahren zu lassen. Er kann sich für seinen Spruch auf göttliche Autorität berufen. Das dürfte Aiax eigentlich nicht zulassen, er müßte Troias Zerstörung fordern und kämpfen; denn das kann er. Warum hält er die Fortstrebenden nicht auf? Warum greift er nicht zu den Waffen? Gebe er doch der schwankenden Menge ein Beispiel, dem sie folgen kann! Das wäre nicht zu viel verlangt von einem, der stets große Worte macht. Nein! Er flieht sogar selbst. Ich hab' es gesehen und mich des Anblicks geschämt, als du dem Feind den Rücken kehrtest und ehrlos die Segel zur Abfahrt rüstetest. Da rief ich auf der Stelle: ›Was tut ihr? Welcher Wahnsinn stachelt euch auf, Kameraden, Troia, das schon in unsrer Hand ist, aufzugeben? Was bringt ihr im zehnten Jahr nach Hause außer Schimpf und Schande?‹ Mit solchen und anderen Worten, die mir der Schmerz eingab, führte ich die Fliehenden von der Flotte zurück, die zur Abfahrt bereit war. Da ruft der Atride die verängstigten Gefährten zusammen; und auch jetzt sagt der Telamonier kein Sterbenswörtchen; er wagt es nicht. Dabei hatte sich Thersites sogar erlaubt, die Könige hart anzufahren – und ich war's, der den Dreisten bestrafte. Da erhebe ich mich, stachle die ängstlichen Mitbürger gegen den Feind auf und rufe mit meiner Stimme ihre totgeglaubte Mannhaftigkeit wieder ins Leben. Seitdem sind alle Heldentaten, die man Aiax zuschreiben könnte, mein Werk; habe doch ich den Flüchtigen ergriffen und zurückgeschleppt.

Endlich: Wer von den Danaern lobt oder umwirbt dich? Gemeinsam mit mir aber unternimmt Tydeus' Sohn seine Taten, mich erkennt er an und vertraut stets auf Ulixes als Kampfgenossen. Es will etwas heißen, aus so viel tausend Griechen als einziger von Diomedes erwählt zu werden, denn nicht das Los bestimmte mich für jenen Gang. Wenn ich aber, die gefährliche Nacht und den gefährlichen Feind mißachtend, den Phryger Dolon, der dasselbe gewagt hat wie wir, töte, so erst, nachdem ich ihn gezwungen habe, alles preiszugeben, was das verräterische Troia im Schilde führt, und es mir genau gemerkt habe. Alles hatte ich erkundet, es gab nichts mehr auszuforschen, und ich konnte schon umkehren und hatte mir die versprochene Anerkennung verdient. Doch gab ich mich damit nicht zufrieden; ich griff die Zelte des Rhesus an und tötete ihn und sein Gefolge in seinem eigenen Lager. So ziehe ich als Sieger ein, dem alles nach Wunsch ging, auf dem erbeuteten Wagen – wie im frohen Triumph. Versagt mir die Waffen des Mannes, dessen Pferde der Feind sich zum Lohn für seinen nächtlichen Gang ausbedungen hatte! Dann ist selbst Aiax großzügiger als ihr.

Was soll ich davon berichten, welche Verwüstungen mein Schwert in den Scharen des Lykers Sarpedon anrichtete? In blutigem Kampf streckte ich den Iphitiden Coeranus nieder und Alastor, Chromius, Alcander, Halius, Noëmon, Prytanis; dem Tode übergab ich Chersidamas, Thoon, Charops und Ennomus, den ein grausames Schicksal jagte, und weitere Helden, die, weniger berühmt, vor Troias Mauern von meiner Hand gefallen sind. Auch ich habe Wunden, Mitbürger, wo es sich gehört und wo sie ehrenvoll sind. Ihr braucht nicht bloßen Worten zu glauben: Seht selbst!« Und er schlug sein Gewand mit der Hand auseinander und sprach: »Diese Brust hat stets um eurer Sache willen gelitten. Aber der Telamonier hat in so vielen Jahren keinen Blutstropfen für seine Gefährten geopfert, und sein Leib ist ohne Wunde.

Doch was tut es zur Sache, wenn er vorbringt, er habe für die Pelasgerflotte gegen die Troianer und gegen Iuppiter gekämpft? Ich gebe zu: Er tat's. Denn es ist nicht meine Art, Leistungen böswillig herabzusetzen. Aber möge er doch nicht Gemeinsames für sich allein beanspruchen und auch euch ein wenig Ehre gönnen. Zurückgejagt hat Actors Sohn, geschützt durch Achills Erscheinung, die Troianer von den Schiffen, die sonst samt ihrem Verteidiger verbrannt wären. Er glaubt auch, er allein habe es gewagt, sich Hector zum Zweikampf zu stellen. Dabei vergißt er den König, die Fürsten und mich; er war einer von neun, die sich anboten, und nur dank dem Los wurde er vorgezogen. Doch wie ging euer Kampf aus, mein Tapferster? Hector zieht ohne eine einzige Verwundung ab.

Weh mir, mit welch tiefem Schmerz muß ich mich an jene Zeit erinnern, als Achilles, die Mauer der Griechen, fiel! Doch Tränen, Trauer und Furcht ließen mich nicht zögern, seinen Leichnam vom Boden aufzuheben: Auf diesen Schultern, ja, auf diesen Schultern habe ich Achills Leib und auch seine Waffen getragen; und ich kämpfe darum, sie auch jetzt wieder tragen zu dürfen. Ich habe Kraft genug, um diesem Gewicht gewachsen zu sein, und gewiß habe ich Herz und Geist genug, um die Ehre, die ihr mir erweist, zu empfinden. Hat sich etwa deswegen die Mutter, die wasserblaue, für ihren Sohn so ehrgeizig eingesetzt, damit das Himmelsgeschenk, ein so herrliches Kunstwerk, ein ungebildeter und geistloser Soldat anlege? Er kennt ja nicht die Darstellungen auf dem Schild: den Ozean, die Länder, die Gestirne mit dem hohen Himmel, die Pleiaden, die Hyaden und die Bärin, die nicht ins Meer tauchen darf, die verschiedenen Städte und das schimmernde Schwert des Orion. Er verlangt, Waffen zu bekommen, die er nicht begreift.

Was soll man dazu sagen, daß er mir vorwirft, ich sei vor der Pflicht des unbarmherzigen Krieges davongelaufen, hätte mich zu spät dem schon begonnenen Werk angeschlossen? Merkt er nicht, daß er damit auch den hochgemuten Achilles schmäht? Wenn du Verstellung als Verbrechen bezeichnest, gut, so haben wir beide uns verstellt. Liegt aber der Fehler in der Verspätung, so war ich früher dabei als er. Mich hielt die treue Gattin, Achilles die treue Mutter zurück; die erste Zeit weihten wir ihnen, die übrige euch. Ich fürchte einen Vorwurf nicht – wenn ich ihn schon nicht entkräften kann –, der mich mit einem so großen Helden gemeinsam trifft: Immerhin ist Achilles durch Ulixes' Scharfsinn entlarvt worden, Ulixes aber nicht durch den des Aiax. Und damit wir uns nicht wundern, daß seine törichte Zunge mich mit Schmähungen überschüttet: Er wirft auch euch schändliche Dinge vor. Gesetzt, es wäre für mich ein Makel, den Palamedes fälschlich angeklagt zu haben – ist es dann etwa für euch ein Ehrentitel, daß ihr ihn verurteilt habt? Doch konnte weder der Sohn des Nauplius ein so schweres und so offenkundiges Verbrechen verteidigen, noch habt ihr in seinem Fall nur Verdächtigungen gehört; nein, ihr habt alles gesehen, und die Belohnung bewies den Vorwurf. Auch hab' ich es nicht verdient, angeklagt zu werden, weil der Sohn des Poeas auf Vulcans Insel Lemnos weilt – wohlan, verteidigt ihr eure Tat! Ihr habt ja zugestimmt. Und ich will auch nicht bestreiten, daß ich ihm geraten habe, sich den Mühen des Krieges und der Reise zu entziehen und zu versuchen, die peinigenden Schmerzen durch Ruhe zu lindern. Er hat gehorcht – und lebt! Dieser Rat war nicht nur redlich, sondern auch heilsam – obwohl Redlichkeit allein schon genug ist. Da nun die Seher für die Zerstörung Troias seine Anwesenheit fordern – gebt nur ja diesen Auftrag nicht mir: Es ist besser, wenn der Telamonier geht und mit seiner Beredsamkeit den vor Krankheit und Wut Rasenden beschwichtigt oder ihn durch irgendeinen listigen Kunstgriff hierherführt. Eher wird der Simoïs rückwärts fließen, der Ida ohne Laub dastehen und Achaia den Troianern Hilfe versprechen, als daß die Schlauheit des dummen Aiax den Danaern nützt, wenn mein Verstand in eurem Dienst nachlässig wird. Magst du auch den Gefährten, dem König und mir feind sein, harter Philoctetes, magst du auch mein Haupt verwünschen und unablässig verfluchen, magst du darauf brennen, daß ein Zufall mich dir in deinem Schmerz in die Hände spielt, so daß du mein Blut vergießen kannst: Dennoch werde ich mich an dich heranwagen, dich mit mir zurückzubringen trachten und mich ebenso mit Fortunas Hilfe deiner Pfeile bemächtigen, wie ich den troianischen Seher gefangennahm, wie ich die Göttersprüche und Troias Schicksal aufdeckte, wie ich das Bildnis der phrygischen Minerva, das im Allerheiligsten stand, aus der Mitte der Feinde raubte. Und ein Aiax vergleicht sich mit mir? Verwehrten doch die Göttersprüche Troias Eroberung ohne das Palladium. Wo bleibt da der tapfere Aiax? Wo sind die gewaltigen Worte des großen Mannes? Warum hast du hier Angst? Warum wagt Ulixes an den Wachen vorbeizugehen, sich der Nacht anzuvertrauen und zwischen grausamen Schwertern hindurch nicht nur Troias Mauern, sondern auch die oberste Burg zu betreten, aus ihrem eigenen Tempel die Göttin zu rauben und die Geraubte mitten durch die Feinde hierherzubringen? Hätte ich dies nicht getan, hätte Telamons Sohn vergeblich seine sieben Stierhäute getragen. In jener Nacht habe ich den Sieg über Troia errungen, damals habe ich Pergamon besiegt, als ich erreichte, daß es besiegt werden konnte.

Laß ab, uns mit Blick und Gemurmel auf meinen Tydiden hinzuweisen! Er hat am Ruhm den Anteil, der ihm gebührt. Auch du warst nicht allein, als du die Flotte der Bundesgenossen mit dem Schild schirmtest. Du hattest eine ganze Schar Gefährten, ich nur einen; wüßte dieser nicht, daß ein Kämpfer einem Weisen unterlegen ist und daß einer unbezähmten rechten Hand kein Preis gebührt, bewürbe er sich auch selbst; es bewürbe sich auch der andere, beherrschtere Aiax, der trotzige Eurypylus und der Sohn des berühmten Andraemon, auch Idomeneus und sein Landsmann Meriones; es bewürbe sich der Bruder des älteren Atriden: Sind sie doch tapfere Krieger und dir in der Schlacht nicht unterlegen; meiner Weisheit sind sie gewichen. Du hast eine Rechte, die für den Krieg taugt, aber eine Wesensart, die der Lenkung durch mich bedarf. Du hast Kraft ohne Verstand; ich sorge für die Zukunft. Du kannst kämpfen; die rechte Zeit für den Kampf wählt der Atride mit mir zusammen. Du bist nur mit dem Körper nützlich, ich mit dem Geist, und so hoch der Steuermann über dem Ruderer steht und der Feldherr über dem Soldaten, so weit bin ich dir überlegen. In uns ist der Verstand stärker als die Hand, die ganze Kraft liegt in ihm.

Ihr aber, ihr Edlen, gebt mir, eurem Wächter, die Belohnung für meine Fürsorge durch so viele Jahre voll Unruhe um euretwillen, gebt mir diesen Ruhmestitel zum Ausgleich für meine Verdienste! Schon ist meine Arbeit der Vollendung nahe: Ich habe den Schicksalsspruch, der im Wege stand, beseitigt, und indem ich die Eroberung des hohen Pergamon ermöglichte, habe ich es erobert. Bei unserer gemeinsamen Hoffnung, beim künftigen Fall von Troias Mauern und bei den Göttern, die ich kürzlich dem Feind genommen habe, bitte ich euch, bei allem, was etwa noch zu tun übrigbleibt und klug ins Werk gesetzt werden muß: Gilt es noch etwas mit Mut von unzugänglicher Stelle zu holen und glaubt ihr, daß zu Troias Verhängnis noch etwas fehlt, dann denkt an mich! Oder gebt ihr die Waffen nicht mir, so gebt sie dieser hier!« Und er wies auf das schicksalhafte Bild der Minerva.

Rühren ließ sich die Schar der Edlen. Die Macht des Wortes war durch den Erfolg bewiesen, und die Waffen des Tapferen trug der Beredte davon. Der Held aber, der allein Hector getrotzt, der Feuer, Schwert und Iuppiters Blitz so oft standgehalten hat, kann einzig dem Zorn nicht standhalten; den Unbesiegten hat der Schmerz besiegt! Er reißt sein Schwert an sich und spricht: »Dies ist gewiß mein; fordert Ulixes etwa auch diese Klinge für sich? Diese Waffe muß ich gegen mich gebrauchen; oft wurde sie vom Blut der Phryger feucht, jetzt soll das Blut ihres Herrn sie netzen, damit keiner Aiax überwinden kann außer Aiax.« Sprach's, und in die Brust, die damals zum ersten Mal verwundet wurde, stieß er, so weit der Stahl reichte, das tödliche Schwert. Die Hände vermochten nicht, die Waffe, die in der Wunde stak, herauszuziehen; der starke Blutstrom trieb sie hervor. Vom Blut gerötet, ließ die Erde aus dem grünen Rasen eine Purpurblume emporsprießen, wie sie schon einmal entstanden war, als Hyacinthus, der Sohn des Oebalus, verwundet wurde. Mitten auf den Blättern stehen Schriftzeichen, die dem Knaben und dem Mann gemeinsam sind: Hier bezeichnen sie den Namen, dort die Klage.

Hecuba und ihre Kinder

Der Sieger aber, Ulixes, segelt nach Hypsipyles Vaterland, dem Reich des berühmten Thoas – dem Land, das durch den uralten Mord an den Ehemännern verrufen ist –, um die Pfeile, das Geschenk des Tirynthers, zurückzuholen. Nachdem er diese in Begleitung ihres Eigentümers zu den Griechen zurückgebracht hat und endlich, wenn auch spät, der grausame Krieg beendet ist, fallen Troia und Priamus. Aber Priamus' Gattin, die Unglückliche, verlor nach allem andern auch noch die Menschengestalt und erschreckte fremde Lüfte durch neuartiges Gebell, dort, wo der längliche Hellespont sich zur Meerenge schließt.

Ilion brannte, das Feuer hatte sich noch nicht gelegt, und Iuppiters Altar hatte das wenige Blut des alten Priamus aufgesogen; die Priesterin des Phoebus wurde an den Haaren fortgeschleppt und streckte ihre Hände, die nichts ausrichten konnten, zum Äther. Die dardanischen Frauen, die, solange sie es noch dürfen, die Bilder der heimischen Götter umklammern und sich an die brennenden Tempel halten, werden von den siegreichen Griechen als neiderregende Beute fortgeschleppt; Astyanax wird von dem Turm gestürzt, von dem aus ihm oft die Mutter den Vater zeigte, wie er für den Sohn kämpfte und das Reich seiner Ahnen beschützte. Schon mahnt der Nordwind zur Abreise; von günstigem Lufthauch bewegt, flattern und knattern die Segel, und der Schiffsmann rät dringend, den Wind zu nutzen. »Troia, leb wohl! Wir werden dir entrissen.« So rufen die Troianerinnen, küssen die Erde und verlassen die rauchenden Häuser ihrer Vaterstadt. Als letzte bestieg Hecuba ihr Schiff – ein bejammernswerter Anblick! Man fand sie inmitten der Gräber ihrer Söhne. Während sie sich an den Grabhügeln festklammerte und die Gebeine küßte, zerrten Ithakerhände sie fort – dennoch packte sie die Asche eines Sohnes: Hectors Asche nahm sie und trug sie am Busen mit sich fort. An Hectors Grabhügel ließ sie graues Haar von ihrem Scheitel als ein armseliges Totenopfer, Haar und Tränen, zurück.

Phrygien gegenüber und dem Ort, wo einst Troia lag, ist ein Land, das Bistoner bewohnen. Dort war die reiche Königsburg des Polymestor, dem der Vater dich, Polydorus, heimlich zur Pflege anvertraute und so von dem phrygischen Kriegsschauplatz entfernte; ein weiser Entschluß, hätte nicht Priamus als Beute für ein mögliches Verbrechen große Reichtümer hinzugefügt, eine Verlockung für ein habgieriges Herz. Sobald das Glück der Phryger im Staube liegt, nimmt der treulose Thrakerkönig das Schwert. Er stieß es seinem Pflegesohn in die Kehle. Als ließe sich mit der Leiche auch das Verbrechen beseitigen, warf er den Toten vom Felsen ins Meer. Am thrakischen Ufer hatte der Atride seine Flotte vor Anker gehen lassen, bis das Meer sich beruhigen würde und der Wind freundlicher wäre; hier taucht plötzlich aus dem weithin aufgesprungenen Erdboden Achilles auf, so groß, wie er zu Lebzeiten war. Er sah drohend aus, und sein Gesicht hatte wieder den Ausdruck wie damals, als er Agamemnon mit rechtlosem Stahl unbeherrscht angriff. Und er sprach: »Ohne meiner zu gedenken geht ihr fort, Achiver, und begraben mit mir ist euer Dank für meine Tapferkeit. Nicht also! Damit mein Grab nicht ohne Ehrung bleibe, soll Polyxena geopfert werden und Achills Totengeist versöhnen.« Sprach's, und die Gefährten gehorchten dem hartherzigen Schatten. Der Mutter aus den Armen gerissen, fast das einzige Kind, dessen Zärtlichkeit ihr noch geblieben war, tapfer, unglücklich und heldenhafter als jede Frau, wird das Mädchen zum Grabhügel geführt und fällt als Opfer an der gnadenlosen Brandstätte. Sie blieb sich ihrer Würde bewußt, als sie vor dem grausamen Altar stand und begriff, daß ihr der wilde Opferritus galt. Sie sah, wie Neoptolemus dastand, das Messer hielt und ihr durchbohrend ins Gesicht starrte. »Nimm endlich das edle Blut«, sprach sie. »Ich halte dich nicht auf; stoße mir die Waffe in die Kehle oder in die Brust!« Und sie entblößte zugleich Hals und Brust. »Da ich Polyxena bin, hätte ich ja doch niemandes Sklavin sein wollen. Durch ein solches Opfer werdet ihr keine einzige Gottheit versöhnen. Ich wollte nur, mein Tod könnte der Mutter verborgen bleiben; die Mutter macht mir Kummer und dämpft die Freudigkeit, mit der ich in den Tod gehe; freilich sollte sie nicht darüber seufzen, daß ich sterbe, sondern daß sie weiterleben muß. Haltet nur ihr euch fern, damit ich nicht als Unfreie zu den Schatten der Styx gehe, so wahr meine Bitte gerecht ist, und berührt die Jungfrau nicht mit Männerhänden! Wer es auch sein mag, den ihr durch meine Ermordung versöhnen wollt, ihm wird das Blut einer Freien willkommener sein. Wenn aber die letzten Worte aus meinem Munde jemanden rühren – euch bittet die Tochter des Königs Priamus, nicht die Gefangene –: Gebt meiner Mutter meinen Leichnam zurück, ohne daß sie ihn kaufen muß, und laßt sie das traurige Recht auf Bestattung nicht mit Gold bezahlen, sondern mit Tränen. Damals, als sie es konnte, zahlte sie auch mit Gold.«

Sprach's, aber das Volk kann die Tränen – die sie zurückhielt – nicht zurückhalten; sogar der Priester weinte und stieß ihr nur widerstrebend das Eisen in die Brust, die sie ihm darbot. Während ihr die Knie versagten und sie zur Erde sank, blieb ihr Antlitz unerschrocken bis zum letzten Augenblick. Auch noch als sie stürzte, achtete sie darauf, ihre Blöße zu bedecken und Zucht und Anstand zu wahren. Troianerinnen fangen sie auf und rufen der Reihe nach die Namen der gefallenen Söhne des Priamus, den Blutzoll eines einzigen Hauses; sie seufzen um dich, Jungfrau, und um dich, Hecuba! Eben noch hießest du Gattin des Königs, Mutter von Königen, Inbegriff von Asiens Herrlichkeit, jetzt aber bist du sogar als Beute ein schlechter Losanteil! Eigentlich hätte der siegreiche Ulixes sie gar nicht gewollt; er nahm sie nur, weil sie immerhin Hectors Mutter war. So fand Hector nur mit Mühe für seine Mutter einen Sklavenhalter. Sie umarmt den Leib, den die so tapfere Seele verlassen hat; Tränen, wie Hecuba sie schon so oft um das Vaterland, ihre Söhne und ihren Gemahl geweint hat, weint sie nun auch um Polyxena; Tränen läßt sie auf die Wunde fließen, drückt auf das Mündchen den Mund, schlägt sich an die schwergeprüfte Brust, die Schläge gewohnt ist, und schleift ihr graues Haar im geronnenen Blut. Dabei sprach sie zwar mehr als dies, aber auch dies, indem sie sich die Brust zerfleischte: »Tochter, letzter Schmerz deiner Mutter – denn was bleibt noch? –, Tochter, da liegst du, und ich sehe deine Wunde – sie ist auch die meine; damit keiner der Meinen eines unblutigen Todes sterbe, trägst auch du eine Wunde. Weil du eine Frau warst, glaubte ich dich vor dem Stahl sicher: Auch dich als Frau fällte der Stahl. Und derselbe Mann hat deine große Brüderschar, derselbe hat dich vernichtet: er, Troias und meiner Kinder Tod, Achilles. Nachdem er durch Paris' und Phoebus' Pfeil gefallen war, sagte ich: ›Jetzt braucht man wenigstens Achilles nicht mehr zu fürchten.‹ Nein, auch jetzt noch mußte ich ihn fürchten. Selbst die Asche des Bestatteten wütet gegen mein Geschlecht; auch noch aus dem Grabhügel haben wir seine Feindseligkeit zu spüren bekommen: Für ihn, den Enkel des Aeacus, habe ich meine Kinder geboren! Am Boden liegt das mächtige Ilion, und das Sterben des Volkes fand ein bitteres Ende, aber doch wenigstens ein Ende. Nur für mich geht Pergamons Zerstörung weiter, und meine Trauer bekommt immer neue Nahrung. Eben noch die Höchste im Reich, mächtig durch so viele Schwiegersöhne, Söhne, Schwiegertöchter und durch meinen Gemahl, werde ich jetzt als Verbannte fortgeschleppt, hilflos, von den Gräbern der Meinen gerissen, ein Angebinde für Penelope; während ich die mir zugeteilte Wolle spinne, wird sie mich den Ithakerfrauen zeigen und sagen: ›Das ist die berühmte Mutter Hectors, das ist die Gattin des Priamus.‹ Und nach so vielen, die ich verlor, dientest jetzt du, einziger Trost der trauernden Mutter, dem Grab des Feindes als Sühnopfer! Ein Totenopfer für den Feind hab' ich geboren. Wozu lebe ich noch, ich Eiserne? Was harre ich noch aus? Wofür sparst du mich, jahrelanges Alter, noch auf? Wozu sonst, grausame Götter, als um mich immer neue Bestattungen sehen zu lassen, schiebt ihr den Tod der zählebigen Alten hinaus? Wer würde glauben, daß man nach Troias Zerstörung Priamus glücklich preisen kann? Glücklich ist er, weil er tot ist: Er muß dich, meine Tochter, nicht ermordet sehen. Zugleich schied er vom Thron und aus dem Leben. Wird man dir, Königstochter, eine Totenfeier bereiten, wird dein Leichnam im Grabbau deiner Ahnen bestattet werden? Dies ist unserm Haus nicht vergönnt; als Totengaben der Mutter werden dir Tränen und eine Handvoll fremden Sandes zuteil. Alles habe ich verloren, doch bleibt mir einer, für den ich kurze Zeit noch das Leben ertragen will, das Kind, das der Mutter das liebste ist, jetzt der einzige, weil er der jüngste vom männlichen Stamme ist: Polydorus, den ich an diese

Küste zu dem ismarischen König geschickt habe. Was zögere ich, inzwischen die grausame Wunde mit Wasser zu waschen und das unbarmherzig mit Blut bespritzte Gesicht?«

Sprach's und ging mit greisenhaftem Schritt ans Gestade; das weiße Haar war zerrauft. »Gebt mir, Troianerinnen, eine Urne«, hatte die Unglückliche gesagt, in der Absicht, klares Wasser zu schöpfen. Da erblickt sie den an den Strand gespülten Leichnam des Polydorus und die klaffenden Wunden, die Thrakerwaffen ihm geschlagen hatten. Die Troianerinnen schreien auf, sie aber ist vor Schmerz verstummt; die Stimme und die Tränen, die nach innen stürzen, verschlingt die Gewalt des Schmerzes. Gleich hartem Stein erstarrt sie; bald heftet sie den Blick auf die Erde vor sich, zuweilen hebt sie das finstere Antlitz zum Himmel; bald betrachtet sie das Gesicht, bald die Wunden des vor ihr liegenden Sohnes – ganz besonders die Wunden. Sie rüstet und wappnet sich mit Zorn. Wutentbrannt, als wäre sie noch immer Königin, beschließt sie sich zu rächen, und allein der Gedanke an Sühne beseelt sie. Wie eine Löwin, der man das saugende Junge geraubt, rasend wird und, nachdem sie Fußspuren gefunden hat, dem Feind folgt, den sie nicht sieht, so geht Hecuba, in deren Herzen sich jetzt Zorn zur Trauer gesellt, eingedenk ihres Stolzes, doch ihrer Jahre vergessend, zu Polymestor, dem Planer des grausamen Mordes, und bittet ihn um eine Unterredung; sie wolle ihm nämlich verborgenes Gold, das sie zurückgelassen, zeigen, damit er es ihrem Sohn übergebe. Der Odryser hat ihr geglaubt und kommt, habgierig wie immer, zur geheimen Verabredung. Verschlagen, mit freundlicher Miene sprach er: »Zögere nicht lange, Hecuba, gib deinem Sohn das Geschenk; ich schwöre bei den Himmlischen, daß alles, was du mir gibst und bisher gegeben hast, ihm gehören wird.« Während er spricht und einen Meineid schwört, blickt sie ihn grimmig an; der Zorn, der ihre Brust schwellt, kocht über; sie packt ihn, ruft die Schar der gefangenen Frauen und vergräbt die Finger in den Augen des Wortbrüchigen, reißt die Augäpfel heraus – der Zorn macht Hecuba gefährlich –, sie taucht die Hände hinein, und vom Blut des Schuldigen besudelt, kratzt sie nicht das Auge – denn es gibt keines mehr –, sondern die Augenhöhlen aus. Über das Unglück seines Tyrannen empört, begann das Thrakervolk die Troianerin mit Geschossen und Steinwürfen anzugreifen. Sie aber verfolgt den geworfenen Stein unter rauhem Knurren mit Bissen. Und während ihr Mund Worte formen wollte, bellte sie, statt zu sprechen. Der Ort besteht noch heute und hat seinen Namen von dem Ereignis. Sie aber behielt die Erinnerung an ihr altes Unglück und heulte auch dann noch traurig auf den sithonischen Feldern. Ihr Schicksal hatte Freund und Feind, Troianer und Pelasger, ihr Schicksal hatte alle Götter gerührt, alle ohne Ausnahme, so daß sogar Iuppiters Schwester und Gattin sagte, Hecuba habe dieses Ende nicht verdient.

Memnon

Keine Zeit hat Aurora, obwohl sie die Troianer unterstützt hatte, sich Troias Fall und Hecubas Ungemach zu Herzen gehen zu lassen. Eine näherliegende Sorge und Trauer im eigenen Hause bedrängt die Göttin: Sie hat Memnon verloren. Die rotgolden strahlende Mutter sah ihn auf Phrygiens Schlachtfeldern durch Achills Lanze sterben; da war ihre Gesichtsfarbe, mit welcher sie die Morgenstunde rot färbt, verblichen, und der Äther hielt sich hinter Wolken verborgen. Doch die Mutter ertrug es nicht, die Glieder auf der letzten Feuerstätte liegen zu sehen, ja, sie verschmähte es nicht, sich mit aufgelöstem Haar, wie sie war, dem großen Iuppiter zu Füßen zu werfen und ihre Tränen mit folgenden Worten zu begleiten: »Allen unterlegen, die der goldene Äther trägt – ich habe nämlich auf dem ganzen Erdkreis die wenigsten Tempel –, doch immerhin eine Göttin, bin ich zu dir gekommen, nicht damit du mir Heiligtümer, Opfertage und Altäre gibst, die vom Feuer warm werden. Hältst du dir freilich vor Augen, wie viele Dienste ich dir leiste, obwohl ich nur eine Frau bin, indem ich mit erneutem Licht die Grenzscheide der Nacht behüte, wirst du wohl der Meinung sein, mir dafür eine Belohnung gewähren zu sollen. Aber das ist jetzt nicht Auroras Sorge; und es entspricht auch nicht ihrem augenblicklichen Zustand, die verdienten Ehren zu fordern. Ich komme, weil ich meinen Memnon verloren habe, der vergeblich für seinen Oheim die Heldenwaffen trug und, kaum erblüht, von der Hand des tapferen Achilles gefallen ist – so habt ihr's gewollt! Schenk ihm, bitte, als Trost für seinen Tod eine Ehrung, oberster Lenker der Götter, und lindere das Leid der Mutter.«

Iuppiter hatte zustimmend genickt, als plötzlich Memnons hoher Scheiterhaufen, an dem die Flammen steil emporloderten, zusammenstürzte und schwarze Rauchwolken den Tag verdunkelten, als dünste ein Strom breite Nebelschwaden aus, unter die kein Sonnenstrahl dringen kann. Schwarz fliegt Asche empor, ballt sich zusammen, verdichtet sich zu einem Leib und bekommt eine feste Erscheinung; Farbe und Seele erhält sie vom Feuer; die eigene Leichtigkeit lieh ihr Flügel, und zuerst war sie einem Vogel ähnlich, bald aber ein wirklicher Vogel. Er flatterte mit den Flügeln; zugleich mit ihm flatterten zahllose Schwestern, die auf gleiche Weise entstanden waren. Dreimal umkreisen sie den Scheiterhaufen, und wie aus einem Munde erschallt dreimal ein Klagegeschrei. Beim vierten Flug teilen sie sich in zwei Parteien. Dann führen die zwei Völker aus verschiedenen Richtungen erbittert miteinander Krieg, lassen mit Schnäbeln und krummen Krallen ihre Wut aneinander aus und strengen die eigenen Flügel und die feindliche Brust bis zur Erschöpfung an. So fallen die verwandten Leiber als Totenopfer für die Asche des Bestatteten und erinnern sich, daß sie aus einem tapferen Helden hervorgegangen sind. Den plötzlich entstandenen Vögeln gibt Memnon den Namen; nach ihm heißen sie Memnoniden. Jedesmal, wenn die Sonne zwölf Tierkreiszeichen durchwandert hat, erneuern die Todgeweihten ihren Kampf mit klagender Stimme. Daher schien es andern beweinenswert, daß Hecuba, die Tochter des Dymas, zum bellenden Hund wurde; Aurora aber achtet nur auf ihre eigene Trauer, vergießt noch heute Tränen der Mutterliebe und läßt Tau auf den ganzen Erdkreis fallen.

Aeneas verläßt Troia

Doch erlaubt das Schicksal nicht, daß Troias Hoffnung mit seinen Mauern vernichtet bleibe. Cythereas Sproß, der Heros, trägt das Geheiligte und den Vater, der nicht minder heilig ist, auf den Schultern als ehrwürdige Last. Von so großen Schätzen wählt der Fromme dies als Kostbarstes und seinen Ascanius. Mit flüchtender Flotte fährt er dann von Antandrus ab, verläßt die verbrecherische Schwelle der Thraker und das Land, das vom Blut des Polydorus überfließt, und gelangt bei günstigem Wind und freundlicher Strömung mit seinen Gefährten in Apollons Stadt.

Ihn nahm Anius, der als König den Menschen und als Priester dem Phoebus redlich diente, im Tempel und in seinem Hause auf, zeigte ihm die Stadt, das berühmte Heiligtum und die beiden Baumstämme, an denen sich einst Latona festhielt, während sie gebar. Weihrauch geben sie den Flammen, gießen Wein in den Weihrauch und verbrennen, wie es Brauch ist, Eingeweide geschlachteter Rinder; dann begeben sie sich zum Königspalast, und auf hohen teppichbedeckten Polstern nehmen sie Ceres' Gaben und den Trank des Bacchus zu sich. Da spricht der fromme Anchises: »O auserwählter Priester des Phoebus, täusche ich mich, oder hattest du einen Sohn, als ich zum ersten Mal diese Mauern sah, und vier Töchter, wenn ich mich recht erinnere?«

Die Töchter des Anius

Zu ihm sprach Anius und schüttelte traurig das Haupt, dessen Schläfen eine weiße Binde umspannte: »Du täuschest dich nicht, großer Held! Du hast mich als Vater von fünf Kindern gesehen, und jetzt siehst du mich – so unbeständig ist das Schicksal, das die Menschen hin- und herwirft – fast kinderlos. Denn welche Hilfe habe ich von meinem abwesenden Sohn, der auf der nach ihm benannten Insel Andros wohnt? Dort hat er anstelle seines Vaters den Ort und die Herrschaft inne. Ihm hat der Gott von Delos die Gabe der Weissagung verliehen. Meine Töchter aber hat Liber anders, über Bitten und Verstehen, beschenkt. Denn durch die Berührung ihrer Hände verwandelte sich alles in Brot, reinen Wein und das Öl der grauen Minerva, und sie brachten mir reichen Gewinn. Kaum hat der Verwüster Troias, der Atride, davon erfahren – glaub nur nicht, wir hätten von eurem Sturm nicht auch unser Teil zu spüren bekommen –, reißt er mit Waffengewalt die Widerstrebenden vom Schoß des Vaters und befiehlt ihnen, die Argiverflotte mit ihrer Himmelsgabe zu ernähren. Jede entflieht, wohin sie kann: Zwei Töchter gingen nach Euboea, ebenso viele nach dem brüderlichen Andros. Doch da stellt sich eine Streitmacht ein und droht mit Krieg, falls sie nicht ausgeliefert würden. Die Angst siegte über die brüderliche Liebe; er übergab seine Schwestern der Strafe. Und man kann es vielleicht dem ängstlichen Bruder nachsehen: Da war kein Aeneas, um Andros zu verteidigen, kein Hector, mit dessen Hilfe ihr bis ins zehnte Jahr durchgehalten habt. Schon wollte man die Arme der Gefangenen in Fesseln legen, da riefen sie, die gerade noch freien Hände zum Himmel hebend: ›Vater Bacchus, hilf!‹ Und der Spender ihrer Gabe half ihnen, wenn das helfen heißt: jemanden durch ein Wunder vernichten. Wie sie ihre Gestalt verloren, konnte ich nicht erfahren und kann es auch jetzt nicht sagen. Nur das traurige Ergebnis ist bekannt: Sie bekamen Federn und wurden zu den Vögeln deiner Gemahlin, zu schneeweißen Tauben.«

Der Mischkrug mit der Darstellung der Coronen

Nachdem sie sich das Gastmahl mit solchen und anderen Reden verkürzt hatten, hob man die Tafel auf und begab sich zur Ruhe. Bei Tagesanbruch stehen sie auf und befragen das Orakel des Phoebus; er gebot ihnen, die alte Mutter und die angestammten Küsten aufzusuchen. Der König gibt ihnen das Geleit und beschenkt sie zum Abschied: Anchises erhält ein Szepter, der Enkel einen Mantel und einen Köcher, Aeneas einen Mischkrug, den einst ein Gastfreund von den boeotischen Gestaden dem König geschickt hatte, der Thebaner Therses. Geschickt hatte ihn Therses, hergestellt Alcon aus Hylae; der hatte das Gefäß mit einer langen Geschichte in erhabener Arbeit geschmückt. Da war eine Stadt, und sieben Tore hätte man zeigen können; sie ersetzten den Namen und verrieten, um welchen Ort es sich handelte. Vor der Stadt spielt sich ein Leichenbegängnis ab: Grabhügel, Feuer, Scheiterhaufen und Frauen mit aufgelöstem Haar und offener Brust – ein Bild der Trauer. Man sieht auch Nymphen weinen und um ihre ausgetrockneten Quellen klagen. Ohne Laub steht ein kahler Baum mit starrenden Ästen, und Ziegen nagen an ausgedörrten Steinen. Sieh, mitten in Theben stellt er Orions Töchter dar, die eine, wie sie sich mannhaft die ungeschützte Kehle durchbohrt, die andere, wie sie sich tapfer die Waffe in die Brust stößt: So fallen beide für ihr Volk. In einem prächtigen Leichenzug werden sie durch die Stadt getragen und an volkreicher Stätte verbrannt. Dann sieht man aus der Asche der Mädchen zwei Jünglinge ans Licht treten, damit das Geschlecht nicht untergehe – die Sage nennt sie Coronen. Sie schreiten dem Geleit für die Asche der Mütter voran. So weit glänzten Figuren an dem alten Erz; am oberen Rand war der Mischkrug mit vergoldetem Acanthus geschmückt, der sich rauh anfühlte. Und die Troianer schikken ihrerseits nicht weniger kostbare Geschenke: Sie geben dem Priester ein Weihrauchgefäß, eine Opferschale und eine strahlende Krone aus Gold und Edelstein.

Aeneas fährt nach Sizilien

Hierauf erinnerten sie sich, daß die Teucrer von Teucer stammen, und wohnten deshalb auf Kreta. Sie konnten aber den dortigen Himmel nicht lange ertragen. So haben sie die hundert Städte verlassen und wünschen, Ausoniens Häfen zu erreichen.

Doch da tobt ein Sturm und wirft die Helden hin und her. Auf den Strophaden nimmt sie ein tückischer Hafen auf; dort erschreckt sie die geflügelte Aëllo. Schon waren sie an den Häfen von Dulichium, an Ithaca, Samos und den Häusern von Neritos, dem Reich des listigen Ulixes, vorbeigefahren, da sehen sie Ambracia, um das einst Götter einen Streit ausfochten, und den Stein, der die Gestalt des verwandelten Schiedsrichters hat, Ambracia, jetzt berühmt durch den Apoll von Actium; weiter sehen sie das Land von Dodona mit der weissagenden Eiche und die chaonische Bucht, wo die Söhne des Molosserkönigs dem treuwidrig gelegten Brand auf Flügeln entflohen.

Danach begeben sie sich ins Phaeakenland, das üppig mit Obstbäumen bepflanzt ist. Sie bewohnen Epiros und Buthrotos, wo der phrygische Seher herrscht, das nachgestaltete Troia. Dort werden sie ihrer Zukunft gewiß – alles hatte ihnen der Priamussohn Helenus, sie treulich ermahnend, vorausgesagt. Dann kommen sie nach Sizilien, das drei Spitzen flügelgleich ins Meer hinausstreckt: Dem regnerischen Südwind ist Pachynos zugekehrt, den sanften Zephyrn ist Lilybaeum ausgesetzt, zum nördlichen Bärengestirn, das nicht ins Meer tauchen darf, und zum Nordwind blickt Peloros. Von dieser Seite nahen die Teucrer, und mit Ruderkraft und günstiger Strömung erreicht die Flotte gegen Abend den Strand von Zancle.

Scylla (I)

Scylla macht die rechte Seite unsicher, die linke die ruhelose Charybdis. Diese erfaßt und verschlingt Schiffe und speit sie wieder aus; jene ist am dunklen Unterleib mit wilden Hunden umgeben, hat das Gesicht einer Jungfrau – und wenn nicht alles erlogen ist, was die Dichter uns überliefern, ist sie wirklich einmal eine Jungfrau gewesen. Um sie warben viele Freier; sie wies sie ab und pflegte zu den Nymphen des Meeres zu gehen – denn die Meernymphen hatten sie besonders gern – und ihnen zu erzählen, wie sie die verliebten Männer zum besten hatte. Zu ihr sprach Galatea seufzend und ließ sich dabei von ihr das Haar kämmen:

Galatea

»Die Männer, die um dich werben, Mädchen, sind wenigstens keine Wilden, und du kannst ihnen – was du ja auch tust – ungestraft einen Korb geben. Wie anders erging es mir! Obwohl Nereus mein Vater ist und meine Mutter die wasserblaue Doris, obwohl die große Schar meiner Schwestern mich beschirmt, konnte ich nur durch Leid und Trauer der Liebe des Cyclopen entrinnen.« Und während sie sprach, wurde ihre Stimme von Tränen erstickt. Nachdem das Mädchen diese mit ihrem marmorweißen Daumen abgewischt und die Göttin getröstet hatte, sprach sie: »Erzähle, Liebste, und verhehle mir nicht den Grund deiner Trauer – du kannst dich auf mich verlassen.« Darauf entgegnete die Nereïde der Tochter der Crataeïs:

»Acis, der Sohn des Faunus und einer Nymphe vom Symaethus, war die Freude seines Vaters und seiner Mutter, aber noch mehr die meine. Denn nur mit mir war er in Treue verbunden. Er war schön, und nachdem er zweimal acht Geburtstage gefeiert hatte, begann ihm auf den zarten Wangen kaum merklich Flaum zu sprießen. Ihn liebte ich; mich aber umwarb der Cyclop unaufhörlich. Und wenn du fragst, ob der Haß auf den Cyclopen oder die Liebe zu Acis mächtiger in mir war, kann ich es nicht sagen: Gleich stark war beides. O wie groß ist deine königliche Macht, Mutter Venus! Hat doch der Barbar, vor dem es sogar die Wälder grauste, er, den kein Fremder ungestraft sah, er, der Verächter des hohen Olymp und seiner Götter, erfahren, was Liebe ist! Ergriffen von Begierde nach mir, brennt er lichterloh und vergißt seine Schafe und seine Höhlen. Schon bist du, Polyphem, auf Schönheit bedacht, schon willst du gefallen, schon kämmst du dein borstiges Haar mit einer Harke, schon beliebt es dir, den struppigen Bart mit der Sichel zu stutzen, dein wildes Gesicht im Wasser zu spiegeln und eine freundliche Miene einzustudieren. Die Mordlust, die Wildheit und der maßlose Blutdurst gehen müßig, und Schiffe können gefahrlos kommen und gehen. Inzwischen verschlägt es Telemus zum sizilischen Aetna, den Sohn des Eurymus, Telemus, den kein Vogelflug je getäuscht hatte. Er geht zu dem furchterregenden Polyphem. ›Dein einziges Auge mitten auf der Stirn‹, sprach er, ›wird dir Ulixes rauben.‹ Da lachte Polyphem und sprach: ›O dümmster der Propheten, du täuschest dich! Eine andere hat schon mein Auge geraubt.‹ So verachtet er den Warner, der ihm vergebens die Wahrheit verkündet, und stapft mit seinen Riesenschritten über den Strand, der sich unter seiner Last senkt, oder kehrt müde in seine finstere Höhle zurück.

In die See hinaus ragt keilförmig mit langem Grat ein Hügel; beide Seiten umspült die Welle des Meeres. Hier stieg der wilde Cyclop hinauf und setzte sich in die Mitte. Die wolletragenden Schafe folgten ihm, ohne daß jemand sie führte. Nachdem er die Fichte, die ihm als Stöcklein diente – man hätte sie ohne weiteres als Schiffsmast benutzen können –, vor seine Füße gelegt und die Hirtenflöte genommen hatte, die aus hundert Schilfrohren zusammengefügt war, vernahm das ganze Bergland und vernahmen die Meereswellen das Gepfeife des Hirten. In einem Felsenversteck saß ich auf dem Schoß meines Acis, hörte von fern folgende Rede und merkte mir die Worte, die ich vernommen hatte:

›Weißer als das Blatt des schneeweißen Ligusters, Galatea, blühender als Wiesen, schlanker als eine aufstrebende Erle, glänzender als Glas, spielerischer als ein zartes Zicklein, glatter als beständig vom Meer gescheuerte Muscheln, willkommener als die Sonne im Winter und als der Schatten im Sommer, edler als Obst, ansehnlicher als eine hohe Platane, schimmernder als Eis, süßer als eine reife Traube, weicher als Schwanenflaum und weißer Käse und – würdest du nur nicht vor mir fliehen! – schöner als ein bewässerter Garten! Grausamer aber bist du, dieselbe Galatea, als ungezähmte Jungstiere, härter als eine bejahrte Eiche, trügerischer als die Wellen, zäher als die Ruten der Salweide und die Schößlinge der weißen Stichwurz, unbeweglicher als diese Felsen, gewalttätiger als der Strom, stolzer als ein Pfau, den man gelobt hat, wilder als Feuer, rauher als Burzeldorn, grimmiger als eine Bärin, die Junge hat, tauber als das Meer, bösartiger als eine getretene Schlange und – was ich dir vor allem gern austreiben würde – flüchtiger nicht nur als ein Hirsch, der mit lautem Bellen gejagt wird, sondern sogar als der Wind und die beschwingte Luft. Würdest du mich aber gut kennen, so dürftest du deine Flucht bereuen, würdest selber dein Zögern verurteilen und dich bemühen, mich zu halten! Ich habe eine Höhle; sie ist ein Teil meines Berges und hat eine Wölbung aus gewachsenem Fels. Dort spürt man selbst bei der größten Hitze keine Sonne und auch im Winter keinen Frost; ich habe Früchte, die die Äste schwer zur Erde ziehen; ich habe goldfarbene Trauben an langen Reben, ich hab' auch purpurfarbene: Für dich hebe ich die einen wie die andern auf. Mit eigener Hand wirst du weiche Erdbeeren pflücken, die im Schatten des Waldes gewachsen sind, herbstliche Kornelkirschen und Pflaumen, nicht nur blaue mit schwärzlichem Saft, sondern auch edle, die frischem Wachs gleichen; auch Kastanien werden dir nicht fehlen, wenn ich dein Gemahl bin, noch die Früchte des Hagapfelbaumes: Jeglicher Baum wird dir dienen. Diese Schafe gehören alle mir; viele streifen auch in den Tälern umher, viele birgt der Wald, viele sind in Höhlen eingepfercht; falls du mich fragst, könnte ich dir nicht einmal sagen, wie viele es sind. Nur arme Leute zählen ihr Vieh! Was ihre Vorzüge betrifft, brauchst du mir nichts zu glauben. Du kannst mit eigenen Augen sehen, wie sie mit den Beinen kaum an ihrem prallen Euter vorbeikommen. Es gibt – die jüngere Aufzucht – die Lämmer in warmen Schafställen, es gibt auch, in anderen Ställen, gleichaltrige Böcklein. Stets habe ich schneeweiße Milch. Ein Teil davon wird zum Trinken aufgehoben, einen Teil läßt flüssiges Lab gerinnen. Und dir werden nicht nur leicht erreichbare Vergnügungen und gewöhnliche Geschenke zuteil werden: Damwild, Hasen und ein Bock, ein Taubenpärchen und ein Vogelnest aus dem Baumwipfel. Ich habe zwei Spielgefährten für dich gefunden – sie gleichen einander, so daß man sie kaum unterscheiden kann –, die Jungen einer zottigen Bärin. Ich fand sie hoch oben in den Bergen und sagte: ‚Diese will ich für meine Gebieterin aufheben.' Streck doch nur dein strahlendes Haupt aus dem blauen Meer, komm doch, Galatea, und verachte meine Gaben nicht! Ganz gewiß kenne ich mich und habe mich neulich im Spiegel des klaren Wassers gesehen, und mir gefiel meine Schönheit, als ich sie erblickte. Sieh, wie groß ich bin: Größer als dieser mein Leib ist auch Iuppiter im Himmel nicht – denn ihr pflegt ja zu erzählen, dort oben regiere ein gewisser Iuppiter. Dichtes Haar ragt mir vorn ins finstere Gesicht und beschattet die Schultern wie ein Wald. Und halte es nicht für häßlich, daß mein Leib dicht von aufrechten Borsten starrt: Häßlich ist ein Baum ohne Laub, häßlich ein Pferd, dem keine blonde Mähne den Hals verhüllt; Flaum bedeckt Vögel, Schafe schmückt ihre Wolle, ein Bart und struppige Borsten am Körper stehen Männern! Ein Auge hab' ich, und das mitten auf der Stirn, doch gleicht es einem riesigen Schild. Sieht etwa die große Sonne am Himmel nicht diese ganze Welt? Und doch hat auch die Sonne nur ein einziges Rund. Es kommt hinzu, daß mein Vater euer Meer regiert: Den gebe ich dir als Schwiegervater. Erbarme dich nur und erhöre die Bitten des Flehenden! Denn dir allein unterwerfe ich mich. Während ich Iuppiter, den Himmel und den alles durchdringenden Blitz verachte, verehre ich dich, Nereïde: Dein Zorn ist vernichtender als der Blitz. Und ich würde diese Verachtung geduldiger ertragen, wenn du dich allen entzögest; aber warum stößt du den Cyclopen zurück und liebst dafür Acis, ziehst Acis meinen Umarmungen vor? Doch mag er nur sich selbst gefallen und sogar – o wäre dem nicht so! – auch dir, Galatea: Wenn ich ihn nur erwische – dann wird er spüren, daß ich Kräfte habe, die zu meinem Riesenleib passen. Ich werde ihm die Eingeweide bei lebendigem Leibe herausziehen, die Glieder zerstückeln und sie über die Felder und über deine Wogen hinstreuen – *so* mag er sich mit dir vermischen! Denn Liebesglut verzehrt mich, und durch die Kränkung lodert die Flamme nur heftiger, und mir ist, als trüge ich den Aetna mit all seinen Kräften in meiner Brust – und du, Galatea, läßt dich nicht rühren.‹

Nachdem er vergeblich solche Klagen ausgestoßen hat, erhebt er sich – ich konnte nämlich alles sehen –, und wie ein Stier, der rasend ist, weil man ihm die Kuh genommen hat, kann er nicht stillstehen und irrt durchs Gehölz und die vertrauten Waldschluchten. Da sieht der Wilde plötzlich mich und Acis, die arglos sind und nichts Böses ahnen, und ruft: ›Ich sehe euch! Und dies soll das letzte Mal sein, daß ihr einträchtig in Liebe beisammen seid – dafür will ich sorgen!‹ Und seine Stimme war so laut, wie es sich für einen zornigen Cyclopen gehörte. Vor dem Geschrei erschauerte sogar der Aetna. Ich aber tauche erschrocken in das benachbarte Meer. Der symaethische Held hatte dem Feind den Rücken gekehrt, war geflohen und hatte gerufen: ›Hilf mir, Galatea, ich bitte dich! Helft mir, Eltern, und nehmt mich, den Todgeweihten, in euer Reich auf!‹ Der Cyclop verfolgt ihn, reißt ein Stück vom Berg ab und schleudert es. Obwohl der Felsbrocken Acis nur mit der äußersten Ecke erreichte, erdrückte er ihn doch ganz. Ich aber tat, was das Schicksal als einziges gestattete: Acis bekam wieder seine angestammten Kräfte. Purpurn rann von dem Brocken das Blut, und binnen kurzer Zeit begann die Röte zu verblassen: Es ergibt sich zunächst die Farbe eines vom Regen getrübten Stromes; im Laufe der Zeit reinigt er sich, dann springt der Block von der Berührung auf, frisch sprießt schlankes Schilfrohr aus dem Spalt empor, und im hohlen Felsenrachen entspringt ein plätschernder Quell. O Wunder: Plötzlich tauchte bis zur Leibesmitte ein junger Mann auf, die neugewachsenen Hörner mit Schilfrohr bekränzt. Wäre er nicht größer und im ganzen Gesicht bläulich gewesen, hätte es Acis sein können. Und doch war es auch so noch Acis, nur daß er sich in einen Strom verwandelt hatte, und der Fluß behielt den früheren Namen.«

Scylla (II): Glaucus

Geendet hat Galatea; der Kreis löst sich auf, man geht auseinander, und die Nereiden schwimmen auf den sanften Wellen davon. Scylla kehrt zurück – denn sie wagt nicht, sich der hohen See anzuvertrauen –, und bald streift sie ohne Kleider auf dem feuchten Sand umher, bald kühlt sie, wenn sie ermüdet ist und eine einsame Bucht gefunden hat, die Glieder in dem abgeschirmten Gewässer. Siehe, da kommt übers Meer als neuer Bewohner der hohen See Glaucus, der kurz zuvor in Anthedon bei Euboea eine Verwandlung erlebt hat. Er wird beim Anblick des Mädchens von Liebe ergriffen, steht wie angewurzelt da und sagt alles, von dem er glaubt, es könne die Fliehende aufhalten – sie flieht dennoch und gelangt, von Angst beflügelt, auf den Gipfel eines Berges nahe der Küste. Dicht an der See fällt, mit Bäumen bestanden und auf eine Spitze zulaufend, ein mächtiger Gipfel steil zum Meer ab. Dort blieb sie stehen. Geschützt durch den Ort und ohne zu wissen, ob ihr Verfolger ein Ungeheuer oder ein Gott ist, sieht sie staunend seine Farbe, sein Haar, das Schultern und Rücken bedeckt, und daß sein Unterleib in einem gekrümmten Fischschwanz endet. Er hat ihr Staunen bemerkt, stützt sich auf den Felsen, der ihm am nächsten ist, und spricht: »Kein Ungeheuer und kein wildes Tier bin ich, Mädchen, sondern ein Gott des Wassers, und größere Macht hat auch Proteus im Meer nicht, so wenig wie Triton oder Palaemon, der Sohn des Athamas. Aber früher war ich ein Sterblicher, meine Liebe galt jedoch dem tiefen Meer. Schon damals ging ich dort meinem Beruf nach, denn bald zog ich Netze durchs Wasser, die ihrerseits Fische mit sich zogen, bald saß ich auf einer Klippe und lenkte die Schnur mit der Angelrute. Einen Strand gibt es, der an eine grüne Wiese grenzt; auf der einen Seite umsäumt ihn Wasser, auf der anderen Gras, keine gehörnten Kühe haben es durch ihren Biß verletzt, keine sanften Schafe haben es abgerupft und keine struppigen Ziegen; keine emsige Biene trug von dort davon, was sie aus den Blumen gesammelt hatte, niemand flocht hier festliche Kränze, um sie sich aufs Haupt zu setzen, nie hat hier eine Hand mit der Sichel gemäht. Ich habe mich als erster auf jenen Rasen gesetzt, während ich mein nasses Garn trocknete. Um sie zu mustern, legte ich dort der Reihe nach die gefangenen Fische aus, die entweder der Zufall mir ins Netz getrieben oder eigener Leichtsinn am krummen Angelhaken enden ließ. Es klingt wie ein Märchen – doch was nützt es mir, Märchen zu erzählen? –: Kaum hatte sie das Gras berührt, begann meine Beute sich zu bewegen, sich von einer Seite auf die andere zu drehen und auf dem Festland umherzuschnellen, als wäre es Wasser. Und während ich staunend abwarte, entflieht schon die ganze Schar in ihr feuchtes Element. So verlassen sie ihren neuen Herrn und den Strand. Ich bin erstaunt, rätsle lange hin und her und frage nach der Ursache: Hat ein Gott dies bewirkt oder der Saft des Grases? Und ich sage: ›Welches Kraut hat denn solche Kraft?‹ Schon hat meine Hand Gras abgerupft und mein Zahn das Abgerupfte gekaut. Kaum hatte die Kehle die unbekannten Säfte so recht geschluckt, als ich plötzlich ein Beben in der Brust fühlte; Sehnsucht nach einem anderen Lebensbereich riß mich mit sich fort. Ich konnte nicht lange widerstehen: ›Leb wohl, Erde, auf Nimmerwiedersehen!‹ Ich sprach's und tauchte in die Meerestiefe. Da nehmen mich die Meergötter auf, ehren mich als ihren Mitregenten und bitten Oceanus und Tethys, alles Sterbliche, das ich an mir trage, von mir zu nehmen. Ich werde von ihnen geläutert, muß neunmal einen Spruch wiederholen, der mich vom Frevel reinigt, und dann meine Brust unter hundert Flüsse halten. Und alsbald winden sich von verschiedenen Seiten Ströme heran, und das ganze Meer ergießt sich über mein Haupt. Soweit kann ich dir die denkwürdige Begebenheit erzählen, soweit mich erinnern; mein Bewußtsein hat das Weitere nicht mehr wahrgenommen. Kaum war es zurückgekehrt, war ich mir neu geschenkt, doch am ganzen Leibe ein anderer als zuvor, und auch mein Bewußtsein war nicht mehr dasselbe. Damals sah ich zum ersten Mal diesen grünspanfarbenen Bart und mein Haar, das ich im Meer lang hinter mir herziehe, die mächtigen Schultern, die bläulichen Arme und die Schenkel, die sich am Ende zu einer Fischflosse krümmen. Doch was nützt mir diese Erscheinung, was nützt es mir, daß ich den Meeresgöttern gefiel, was nützt es mir, daß ich ein Gott bin, wenn dich dies alles ungerührt läßt?« Während er solches spricht und noch mehr sagen will, hat Scylla den Gott verlassen; er ist wütend und begibt sich, erbittert über die Zurückweisung, in die Zauberhallen der Titanentochter Circe.

Vierzehntes Buch

Inhalt des vierzehnten Buches

Scylla (III): Glaucus und Circe

Schon hatte der euboeische Bewohner der wogenden Wasser den Aetna hinter sich gelassen, der auf den Rachen des Giganten geschleudert ist, und die Gefilde der Cyclopen, die keine Harke, keinen Pflug kennen und angeschirrten Ochsen nichts verdanken. Hinter sich gelassen hatte er auch Zancle, die gegenüberliegenden Mauern von Regium und die Meerenge, an der so viele Schiffe scheitern; zwischen zwei Strände gedrängt, liegt sie an der Grenzscheide zwischen Italien und Sizilien. Von da schwamm Glaucus mit seinen gewaltigen Armen durch das Tyrrhenische Meer und gelangte zu den kräutertragenden Hügeln und zu den mit mancherlei Tieren bevölkerten Hallen der Sonnentochter Circe. Sobald er sie erblickt hatte und Gruß und Gegengruß ausgetauscht waren, sprach er: »Erbarme dich des Gottes, o Göttin, ich bitte dich! Du allein kannst diese Liebesqualen lindern, sofern ich dir nur würdig scheine. Wie groß die Macht der Zauberkräuter ist, Titanentochter, weiß niemand besser als ich, den sie verwandelt haben. Und um dir den Gegenstand meiner rasenden Leidenschaft nicht zu verschweigen: An Italiens Küste, gegenüber den messenischen Mauern, habe ich Scylla gesehen. Ich schäme mich, von meinen Versprechungen, Bitten, Schmeicheleien und der Zurückweisung all meiner Worte zu berichten – haben aber Zaubersprüche irgendeine Macht, so sprich sie mit deinem heiligen Munde; oder taugen Kräuter besser, ein Herz zu erobern, gebrauche die erprobte Kraft eines wirksamen Krautes! Ich möchte nicht, daß du mich gesund machst und diese Wunden heilst: Mache meiner Liebesglut kein Ende, sondern laß Scylla sie teilen.« Circe aber – hat doch keine ein Herz, das mehr zu solchen Flammen neigt, mag nun der Grund in ihr selbst liegen oder bei der gekränkten Venus, die sich an ihr für den Verrat ihres Vaters rächt – entgegnet ihm solches: »Du tätest besser daran, einer zu folgen, die dich will, die dasselbe wünscht und von gleicher Begierde ergriffen ist. Du wärest es wert, daß man aus freien Stücken um dich wirbt; das könnte gewiß auch geschehen, und wenn du mir Hoffnung machst, so, glaub mir, wird die freiwillige Werbung nicht ausbleiben. Und um dich nicht im Zweifel zu lassen und dir Vertrauen zu deiner Schönheit zu schenken: Sieh, obwohl ich eine Göttin bin, die Tochter des strahlenden Sonnengottes, und mit Sprüchen so viel, so viel auch mit Kräutern ausrichten kann, wünsche ich mir, die Deine zu sein. Verschmähe, die dich verschmäht; derjenigen, die dir nachfolgt, komm entgegen; gib so auf einmal zweien den verdienten Lohn.« So versucht sie ihn; Glaucus aber spricht: »Eher wird auf dem Meer Laub wachsen und auf Berggipfeln Seegras, als daß meine Liebe sich wandelt, solange Scylla wohlbehalten ist.« Die Göttin ist empört, und da sie Glaucus nichts antun konnte – und es als Liebende auch nicht wollte –, zürnt sie dem Mädchen, das ihr vorgezogen worden ist. Beleidigt über die Zurückweisung ihrer Liebe, zerreibt sie sofort Kräuter, die um ihrer entsetzlichen Säfte willen verrufen sind, mengt unter das Zerriebene Hecates Zaubersprüche, zieht ein bläuliches Gewand an und verläßt die Mitte ihres Palastes, schreitet durch die Schar der Tiere, die sie umschmeicheln, und geht nach Regium, das den Felsen von Zancle gegenüberliegt. Auf die hitzig brandenden Wogen setzt sie die Sohlen wie auf festen Grund und läuft trockenen Fußes über die Meeresfläche.

Dort war eine kleine Bucht, die sich zu einem Bogen krümmte: ein willkommener Ruheplatz für Scylla. Dahin zog sie sich vor der brennenden Sonne und dem brandenden Meer zurück, wenn das Tagesgestirn am höchsten stand, am heißesten schien und von der Höhe die kürzesten Schatten warf. Dieses Wasser verhext die Göttin im voraus und verseucht es mit grauenerregenden Giften; hier versprengt sie Säfte, die sie aus schädlichen Wurzeln herausgepreßt hat, und mit ihrer Zauberstimme murmelt sie zu dreimal neun Malen einen dunklen Spruch, ein Gewebe nie gehörter Worte. Scylla kommt. Kaum ist sie bis zur Leibesmitte ins Wasser gestiegen, sieht sie ihren Unterleib von bellenden Ungeheuern entstellt. Erst glaubt sie, diese gehörten nicht zu ihrem Körper, fährt vor ihnen zurück, verjagt sie und fürchtet sich vor den frechen Hundeschnauzen; aber sie zieht die Tiere, vor denen sie flieht, mit sich fort; und als sie ihre Schenkel, ihre Beine, ihre Füße sucht, findet sie anstelle dieser Glieder die Rachen von Höllenhunden vor. So steht sie auf rasenden Kläffern; ihre verstümmelten Weichen und ihr Leib reiten auf dem Rücken wilder Tiere.

Da weinte der liebende Glaucus und floh vor der Gemeinschaft mit Circe, da sie die Kräfte ihrer Kräuter allzu feindselig gebraucht hatte. Scylla blieb an Ort und Stelle und beraubte bei erster Gelegenheit – aus Haß auf Circe – den Ulixes seiner Gefährten; bald darauf stand sie im Begriffe, die Kiele der Teucrer zu versenken – wäre sie nicht vorher in einen Felsen verwandelt worden, der auch heute noch steinern emporragt; auch als Fels wird sie vom Seefahrer gemieden.

Aeneas fährt nach Italien weiter

Sobald die troianischen Schiffe diese Klippe und den Schlund der Charybdis mit den Rudern überwunden haben und schon nahe an Italiens Küste sind, trägt sie ein Sturm an Libyens Gestade zurück. Dort nimmt die Sidonierin Aeneas in ihr Herz und in ihr Haus auf; doch wird sie über die Trennung von ihrem phrygischen Gatten nicht hinwegkommen. Auf einem Scheiterhaufen, den sie unter dem Vorwand einer Opferhandlung aufschichten ließ, stürzte sie sich ins Schwert: So täuscht die Enttäuschte alle! Auf der Flucht aus den neuen Mauern im sandigen Lande gelangt Aeneas wieder zum Sitz des Eryx und zu dem treuen Acestes, bringt ein Opfer dar und ehrt das Grab seines Vaters. Die Schiffe, die Iunos Botin Iris beinahe verbrannt hätte, haben die Anker gelichtet, und Aeneas läßt das Reich des Aeolus – die von heißem Schwefel dampfenden Länder – hinter sich und auch die Felsen der Sirenen, der Töchter des Achelous. Das fichtene Schiff, das den Steuermann verloren hat, fährt an Inarime und Prochyte vorbei sowie an der nach ihren Bewohnern benannten Affeninsel mit ihrem unfruchtbaren Bergrücken.

Die Cercopen

Hatte doch der Vater der Götter einst aus Empörung über die betrügerischen und meineidigen Cercopen und die Taten dieses tückischen Geschlechts die Männer in häßliche Tiere verwandelt, so daß sie zugleich einem Menschen unähnlich und ähnlich scheinen konnten. Ihre Glieder verkürzte er, schlug die Nase vorn platt, durchfurchte das Gesicht mit Altweiberrunzeln, hüllte den ganzen Leib in gelbliche Zotteln und schickte sie in diese Gegend, nicht ohne ihnen vorher den Gebrauch der Rede und der Zunge zu nehmen, die zu gräßlichem Meineid geboren war. Er beließ ihnen nur die Fähigkeit, mit rauhem Kreischen zu klagen.

Aeneas bei der Sibylle

Kaum ist Aeneas an diesen vorbeigefahren und hat die Mauern von Parthenope rechts liegen lassen und links den Grabhügel des Aeoliden, des Meisters auf der Trompete, und die Gegend, die reich an Sumpfschilf ist, so betritt er den Strand von Cumae und die Grotte der langlebigen Sibylle und bittet sie, durch den Avernus zum Totengeist des Vaters gehen zu dürfen. Sie blickte lange zu Boden, hob dann das Gesicht und sprach schließlich, von heiliger Raserei ergriffen und vom Gott beseelt: »Groß ist, was du verlangst; sehr groß bist du, Held, durch deine Taten; deine Rechte ist im Kampf, dein frommer Sinn im Feuer bewährt. Aber fürchte dich nicht, Troianer: Du sollst das Gewünschte erlangen, Elysiums Hallen und den dritten und letzten Bereich der Welt unter meiner Führung schauen und den teuren Schatten deines Vaters. Der Tugend ist kein Weg verschlossen.« Sprach's und zeigte ihm den von Gold glänzenden Zweig im Wald der Iuno vom Avernus und hieß ihn diesen von seinem Stamme brechen.

Aeneas gehorchte und sah die Reichtümer des furchtbaren Orcus, seine Vorfahren und den greisen Schatten des hochgemuten Anchises; er lernte auch die Gesetze kennen, die dort gelten, und die Gefahren, die er in einem neuen Krieg zu bestehen hatte. Während er von dort mit müden Schritten den steilen Pfad hinaufsteigt, versüßt er sich die Mühe, indem er sich mit seiner cumaeischen Führerin unterhält. Und auf dem furchterregenden Weg durch die düstere Dämmerung sprach er: »Bist du nun selbst eine leibhaftige Göttin oder den Göttern besonders lieb, stets wirst du für mich einer Gottheit gleich sein, und ich werde bekennen, daß ich dir verdanke, was ich bin, da du mich die Stätten des Todes besuchen und mich von dort, nachdem ich dem Tod ins Antlitz gesehen, wieder entrinnen ließest. Dafür will ich dir nach meiner Rückkehr zu den Lüften der Oberwelt noch zu deinen Lebzeiten einen Tempel errichten und dich mit Weihrauch ehren.«

Die Seherin blickt ihn an und seufzt tief. »Weder bin ich eine Göttin«, sprach sie, »noch sollst du ein sterbliches Haupt für würdig halten, mit heiligem Weihrauch geehrt zu werden. Und um dich nicht im unklaren zu lassen: Man bot mir ewiges, nie endendes Leben an, falls ich meine Jungfräulichkeit dem Phoebus, der mich liebte, geopfert hätte. Während er sich solches erhofft und mich vorher durch Geschenke bestechen will, spricht er: ›Wähle, cumaeische Jungfrau, was du dir wünschen willst: Dein Wunsch wird erfüllt werden.‹ Ich schöpfte eine Handvoll Staub, streckte sie ihm hin und bat, ich Törin, mir möchten so viele Geburtstage zuteil werden, wie Staubkörner im Staube seien. Ich vergaß dabei zu erbitten, es möchten Jugendjahre sein. Dies und die ewige Jugendfrische wollte er mir freilich bescheren, wenn ich mir seine Liebe gefallen ließe. Ich aber verschmähe das Geschenk des Phoebus und bleibe unvermählt. Doch schon hat mir die glücklichere Zeit des Lebens den Rücken gekehrt, mit zittrigem Schritt kommt das gebrechliche Alter, das ich lange ertragen muß: Siehe, ich habe schon siebenhundert Jahre hinter mir. Um die Zahl der Staubkörner zu erreichen, muß ich noch dreihundert Ernten, dreihundert Weinlesen erleben. Die Zeit wird kommen, da werden mir die langen Jahre meine jetzige Größe nehmen und mich klein machen, die altersschwachen Glieder werden kaum noch Gewicht haben, und man wird mir nicht ansehen, daß ich einst geliebt wurde und einem Gott gefiel; selbst Phoebus wird mich vielleicht nicht wiedererkennen, oder er wird bestreiten, daß er mich geliebt hat; so verwandelt wird man mich finden. Keinem sichtbar, werde ich nur noch an der Stimme erkannt werden; die Stimme wird mir das Schicksal belassen.«

Achaemenides

Während die Sibylle auf dem steilen Weg solches berichtet, steigt der Troianer Aeneas von den stygischen Wohnungen auf zur euboeischen Stadt, vollzieht die Opfer, die dem Brauch entsprechen, unter günstigen Zeichen und begibt sich an den Strand, der noch nicht den Namen seiner Amme trägt. Der langen, mühevollen Abenteuer überdrüssig, hatte hier auch der Ithaker Macareus haltgemacht, ein Gefährte des leidgeprüften Ulixes. Er erkennt Achaemenides, den er einst mitten auf den Felsen des Aetna verlassen hat, und staunt darüber, daß der unverhofft Gefundene noch am Leben ist. »Welcher Zufall oder welcher Gott schirmt dich, Achaemenides? Warum«, so fragt er, »trägt dich als Griechen ein Barbarenschiff? In welches Land fährt euer Kiel?« Auf solche Fragen spricht Achaemenides, schon nicht mehr im abgerissenen Mantel, schon wieder sich selbst gleichsehend und nicht mehr in einem mit Dornen zusammengesteckten Gewand: »Ich will nochmals Polyphem und sein Maul sehen, das von Menschenblut trieft, wenn mir die Heimat und das Schiff des Ithakers lieber ist als dieses Schiff und wenn ich Aeneas weniger verehre als meinen Vater; und mag ich ihm auch alle Dienste leisten, kann ich ihm doch nie genug dafür danken, daß ich noch lebe, atme, den Himmel und das Licht der Sonne sehe. Könnte ich da undankbar und treulos sein? Er hat mir beschert, daß dieses Dasein nicht im Rachen des Cyclopen endete und daß ich, müßte ich schon heute Licht und Leben verlassen, in einem Grabhügel oder doch gewiß nicht in jenem Bauch bestattet werde. Wie war mir damals zumute – sofern mir nicht die Angst jedes Bewußtsein und jeden Mut nahm –, als ich, allein zurückgeblieben, euch auf die hohe See hinausfahren sah? Ich wollte euch etwas zurufen, doch fürchtete ich, mich dem Feind zu verraten; auch eurem Schiff hätte ja das Rufen des Ulixes beinahe geschadet. Ich habe es gesehen, wie der Cyclop einen gewaltigen Felsblock vom Berg riß und mitten in die Wogen schleuderte; ich habe es auch gesehen, wie er mit seinem Gigantenarm nochmals riesige Steine warf, so stark, als schieße ein Geschütz sie ab; ich fürchtete, die Flut oder ein Stein könnte das Schiff versenken, und vergaß dabei, daß ich nicht mehr darin saß. Kaum hatte euch die Flucht dem bitteren Tode entzogen, wandelt er seufzend auf dem ganzen Aetna umher, tastet sich mit der Hand durch die Wälder voran, rennt, da ihm das Auge fehlt, gegen Felsen, streckt die blutbeschmierten Arme zum Meer, verflucht das Achivervolk und spricht: ›Brächte mir ein Zufall Ulixes oder einen seiner Gefährten zurück, damit ich an ihm meinen Zorn auslassen könnte, seine Eingeweide fressen, seine Glieder lebend mit eigener Hand zerfleischen, so daß mir sein Blut in Strömen durch die Kehle rinnt und die zermalmten Gelenke zwischen meinen Zähnen zappeln – wie klein, wie nichtig erschiene mir dann der Verlust des Augenlichtes!‹ Solches sprach der Wilde und noch mehr; mich aber packt das bleiche Entsetzen, wie ich sein Gesicht sehe, das immer noch von Mordblut trieft, die grausamen Hände, die leere Augenhöhle, die Glieder und den Bart, von Menschenblut verklebt. Der Tod stand mir vor Augen, dabei schmerzte mich das Sterben an sich noch am wenigsten. Schon glaubte ich, jetzt würde er mich ergreifen, jetzt meinen Leib in seinem begraben, und vor dem Geiste stand mir unablässig das Bild jenes Augenblicks, als ich sah, wie zwei meiner Gefährten drei-, viermal gegen den Boden geschmettert wurden, während er sich darüber legte und wie ein zottiger Löwe die Eingeweide, das Fleisch, die Knochen samt dem weißen Mark und noch halb lebende Glieder in seinem gierigen Bauch verschwinden ließ. Mich ergriff ein Beben: Ich stand kreidebleich und traurig dabei und sah ihn vor mir, wie er kaute, blutige Speisen aus dem Munde ausspie und durch Wein zusammengeballte Brocken erbrach. Ich stellte mir vor, dieses Schicksal werde mir bereitet, hielt mich viele Tage lang versteckt, zitterte bei jedem Geräusch, fürchtete mich vor dem Tode und wünschte doch sehnlich zu sterben.

Meinen Hunger stillte ich mit Eicheln, Gras und Laub. So war ich einsam, hilflos, hoffnungslos, dem Tode und der Pein überlassen. Da erblickte ich in der Ferne nach langer Zeit dieses Schiff, bat durch Zeichen um Rettung und lief zur Küste – sie ließen sich erweichen: Den Griechen nahm das troianische Schiff auf. Doch erzähle auch du, liebster Gefährte, wie es dir ergangen ist, dem Anführer und der Schar, die sich mit dir der See anvertraut hat.«

Ulixes' Abenteuer

Macareus berichtet, im Tyrrhenischen Meer herrsche Aeolus, Hippotes' Sohn, der die Winde im Kerker festhält. Diese habe der dulichische Feldherr, in einer Rinderhaut eingeschlossen, als denkwürdiges Geschenk erhalten. Neun Tage sei er bei günstigem Wind gefahren und habe schon das ersehnte Land vor sich gesehen. Als sich aber das zehnte Morgenrot erhob, hätten die Gefährten, von Neid und Beutegier übermannt, im Glauben, in dem Lederschlauch sei Gold, die Winde entfesselt; mit diesen sei das Schiff zurückgekehrt durch die Gewässer, durch die es soeben gekommen war, und sei wieder in den Hafen des Herrschers der Aeolusinseln eingelaufen. »Darauf kamen wir in die alte Stadt des Laestrygonen Lamus; in jenem Land herrschte Antiphates. Mit zwei Begleitern wurde ich zu ihm geschickt. Mit knapper Not konnten ich und einer von ihnen uns durch die Flucht retten; der dritte von uns färbte mit seinem Blut das gottlose Maul des Laestrygonen. Während wir fliehen, verfolgt uns Antiphates und hetzt seine ganze Schar auf: Sie rotten sich zusammen, werfen Steine und Baumstämme, ertränken die Mannschaft und versenken Schiffe. Eines von ihnen freilich, mit uns und Ulixes selbst an Bord, entkommt. Über die verlorenen Gefährten trauernd und unter vielen Klagen legen wir an jenem Land an, das du dort in der Ferne siehst – aus der Ferne, glaub mir, muß man die Insel sehen; ich habe sie besucht! – Und du, gerechtester der Troianer, Sohn der Göttin – nachdem nämlich der Krieg zu Ende ist, brauche ich dich nicht mehr ›Feind‹ zu nennen, Aeneas –, ich warne dich, fliehe den Strand der Circe! Wir weigerten uns auch, als das fichtene Schiff am Gestade vertäut war, uns auf den Weg zu machen, denn wir erinnerten uns an Antiphates und an den wilden Cyclopen. Doch wurden wir durchs Los bestimmt, das unbekannte Haus zu betreten; das Los schickte mich, den treuen Polites, Eurylochus, Elpenor, der allzu gern dem Wein zusprach, und noch zweimal neun Gefährten zu Circes Mauern. Kaum waren wir dort angelangt und standen an der Schwelle des Hauses, liefen uns tausend Wölfe, Bären und Löwinnen entgegen und erschreckten uns. Doch keines der Tiere war zu fürchten, keines wollte uns verwunden, ja, sie wedelten sogar freundlich mit dem Schweif! So begleiten sie schmeichelnd unsere Schritte, bis uns Dienerinnen empfangen und durch marmorgedeckte Hallen zu ihrer Gebieterin führen. Sie sitzt in einem schönen Gemach auf einem prunkvollen Thron und trägt ein schimmerndes Kleid, um das sich ein goldgestickter Überwurf schmiegt. Nereïden und Nymphen ziehen keine Wolle mit den Fingern, spinnen keinen folgsamen Faden, sondern sichten Kräuter, ordnen Blumen, die regellos verstreut daliegen, und verschiedenfarbige Pflanzen in Körbchen. Sie selbst überwacht die Arbeit, die jene tun; sie weiß, wozu jedes Blatt nütze ist, wie sie sich im Gemisch vertragen, teilt wägend einer jeden ihr Tagewerk zu und prüft es danach aufmerksam. Sobald sie uns erblickt und man sich gegenseitig Heil gewünscht hatte, heiterte sich ihre Miene auf, und sie gab den Segenswünschen gute Vorbedeutung. Unverzüglich läßt sie geröstete Gerstenkörner mit Honig, starkem Wein und Quark mischen. Heimlich schüttet sie noch Säfte hinein, die unter so viel Süße unbemerkt bleiben müssen. Wir nehmen die Becher, die uns ihre göttliche Hand reicht. Kaum haben wir sie, durstig und mit ausgetrocknetem Munde, leergetrunken, berührt die furchtbare Göttin unsern Scheitel mit dem Zauberstab; da – ich schäme mich zwar, doch ich will es berichten – bekam ich starrende Borsten, konnte nicht mehr sprechen, stieß statt Worten ein rauhes Grunzen aus, legte mich mit dem ganzen Gesicht auf die Erde, fühlte, wie meine Züge sich zu einem zurückgebogenen Rüssel verhärteten und wie der Hals von Muskeln anschwoll; der Körperteil, der eben noch den Becher gehalten hatte, machte jetzt Fußspuren. Mit meinen Leidensgenossen – so groß ist die Macht von Zauberkräutern – werde ich im Schweinestall eingesperrt. Wir sahen, daß nur Eurylochus die Verwandlung in ein Schwein erspart blieb; nur er floh vor dem angebotenen Becher. Hätte er ihn nicht gemieden, gehörte ich auch jetzt noch zum Borstenvieh, Ulixes hätte das große Unheil von ihm nicht erfahren und wäre nicht als Rächer zu Circe gekommen.

Der Friedensbote, der Cyllener, hatte ihm eine weiße Blume gegeben; Moly nennen sie die Götter; schwarz ist die Wurzel, die sie festhält. Dadurch und durch göttliche Ratschläge geschützt, betritt Ulixes Circes Haus. Zum heimtückischen Becher eingeladen, stieß er sie hinweg, während sie versuchte, ihm mit der Zauberrute übers Haar zu streichen, und schreckte die Verängstigte mit gezücktem Schwert. Darauf folgen Treuwort und Handschlag, und in ihr Schlafgemach aufgenommen, fordert er als Mitgift und Unterpfand des Ehebundes die Rückverwandlung seiner Gefährten. Wir werden mit freundlicheren Säften eines unbekannten Krautes besprengt, bekommen mit dem anderen Ende des Zauberstabs einen Schlag aufs Haupt, und ein Spruch wird gesprochen, der dem zuvor gesprochenen Spruch entgegenwirkt. Je länger sie vor sich hinsingt, desto höher erheben wir uns vom Erdboden, die Borsten fallen, an den gespaltenen Hufen verschwindet die Ritze, zurück kommen die Schultern, die Oberarme, die Unterarme. Damit umschlingen wir Ulixes, er weint wie wir, und wir hängen am Halse unseres Anführers. Die ersten Worte, die wir sprachen, waren Worte des Dankes.

Picus

Ein Jahr lang hielten wir uns dort auf. Vieles hab' ich gesehen, da ich so lange dort war, vieles gehört, unter so manchem anderen auch folgende Geschichte, erzählt von einer der vier Dienerinnen, die bei solchen Zauberhandlungen mitwirkten. Während nämlich Circe mit meinem Feldherrn allein war, zeigte mir jenes Mädchen das Standbild eines jungen Mannes aus schneeweißem Marmor, auf dessen Scheitel ein Specht saß. Es stand in einem Tempel und war mit vielen Kränzen geschmückt. Wer dies sei, warum er in einem Tempel verehrt werde und warum er diesen Vogel trage, fragte ich und wollte es gern wissen. Darauf sie: ›Vernimm es, Macareus, und lerne auch hieraus, wie groß die Macht meiner Herrin ist; achte wohl auf meine Worte.

Picus herrschte in ausonischen Landen als König, er war ein Sproß Saturns; Kriegspferde waren seine Leidenschaft. Wie schön er war, siehst du vor dir: Du darfst seine Schönheit selbst anschauen und auf Grund der Nachbildung seine wirkliche Erscheinung loben. Sein Herz war seiner Schönheit ebenbürtig. Er war so jung, daß er die Spiele der Griechen in Olympia noch nicht viermal hätte ansehen können. Die Blicke der Dryaden von Latiums Bergen hatte er auf sich gezogen, Quellnymphen umwarben ihn, Naiaden, die im Albulafluß wohnen, im Wasser des Numicius, des Anio und in dem kurzen Bach Almo, in dem steil herabstürzenden Nar und dem Farfarus, dessen Wellen im Schatten dahinströmen, Nymphen, die in dem Gewässer am Hain der scythischen Diana und in den benachbarten Seen hausen. Doch verschmäht er sie alle und verehrt allein die Nymphe, die einst Venilia auf dem Hügel des Palatium dem ionischen Ianus geboren haben soll. Sobald diese herangereift war und im heiratsfähigen Alter stand, wurde sie dem laurentischen Picus übergeben, den man allen andern vorzog. Sie war von erlesener Schönheit, noch erlesener aber war ihre Gesangskunst; daher nannte man sie Canens. Durch ihr Lied bewegte sie Wälder und Steine, besänftigte wilde Tiere, hielt lange Flüsse auf und bannte umherflatternde Vögel. Während sie mit weiblich zarter Stimme ihre Weisen sang, war Picus hinaus auf die laurentischen Felder gegangen, um Eber zu erlegen, die dort heimisch waren. Er ritt auf dem Rücken eines feurigen Pferdes und trug in der Linken zwei Wurfspieße; seinen purpurnen Mantel hielt rotes Gold zusammen. In dieselben Wälder war auch die Tochter des Sonnengottes gekommen und hatte, um auf fruchtbaren Hügeln frische Kräuter zu sammeln, die nach ihr benannten circaeischen Gefilde verlassen. Sobald sie aus ihrem Versteck im Gebüsch den jungen Mann erblickte, war sie überwältigt; aus der Hand fielen ihr die Kräuter, die sie gesammelt hatte, und es war, als züngle ihr eine Flamme durch Mark und Bein. Sobald ihr das heftige Fieber erlaubte, sich wieder zu fassen, wollte sie bekennen, was sie begehrte. Doch das galoppierende Pferd und das ihn umschwärmende Gefolge machten eine Annäherung unmöglich. ‚So wahr ich mein Wesen kenne, so wahr die Kräuter nicht all ihre Kraft verloren haben und meine Zaubersprüche mich nicht im Stiche lassen', sprach sie, ‚du wirst mir nicht entrinnen, mag auch der Wind dich entführen.' Sprach's und schuf trügerisch das körperlose Scheinbild eines Ebers, ließ ihn vor den Augen des Königs vorbeilaufen und in den dichten Wald entschwinden, wo sich Baum an Baum reiht, das Gehölz undurchdringlich und für ein Pferd kein Weg und kein Steg ist. Sofort verfolgt Picus nichtsahnend das Schattenbild einer Beute, springt eilends vom Rücken des schäumenden Rosses, geht der trügerischen Hoffnung nach und irrt zu Fuß im tiefen Walde umher. Circe aber greift zu Beschwörungsformeln, beschwörende Worte spricht sie, zu unbekannten Göttern fleht sie mit unbekanntem Lied, mit dem sie das Gesicht der schneeweißen Luna zu entstellen und das Haupt ihres Vaters, des Sonnengottes, mit wäßrigem Wolkengewebe zu verhängen pflegt. Auch jetzt überzieht sich der Himmel durch das Zauberlied mit dichtem Gewölk, der Erdboden haucht Nebel aus, auf undurchdringlichen Pfaden schweifen die Begleiter umher, und der König hat keine Leibwache mehr bei sich. Da machte sich Circe Ort und Zeit zunutze und sprach: ‚Bei deinen Augen, welche die meinen gebannt haben, bei dieser Schönheit, Herrlichster, die mich, die Göttin, dir flehend zu Füßen legt, nimm dich meiner Liebesglut an, laß dir den allessehenden Sonnengott als Schwiegervater gefallen und verachte nicht hartherzig die Titanentochter Circe.‘ Sie ist zu Ende; trotzig läßt er sie samt ihren Bitten stehen und spricht: ‚Wer du auch sein magst, ich bin nicht der Deine. Einer andern gehört mein Herz, und es soll ihr mein Leben lang gehören; darum flehe ich. Meinen Ehebund will ich nicht durch Seitensprünge verletzen, solange mir das Schicksal die Ianustochter Canens am Leben erhält.‘ Oft versuchte die Titanentochter ihre Bitten zu wiederholen; doch vergebens. ‚Das sollst du mir büßen‘, sprach sie. ‚Canens soll dich nicht wiederbekommen. Was eine Gekränkte, was eine Liebende, was eine Frau vermag, wirst du erfahren, und zwar durch die Tat. Und diesmal heißt die Liebende, die Gekränkte, die Frau – Circe!‘

Darauf wandte sie sich zweimal gen Sonnenuntergang, zweimal gen Sonnenaufgang; dreimal berührte sie den jungen Mann mit dem Zauberstab, drei Sprüche sprach sie. Er flieht, doch staunt er, daß er schneller läuft als sonst. Da hat er Federn an seinem Leibe entdeckt. Empört darüber, daß er plötzlich als neuer Vogel Latiums Wälder bereichert, pickt er wütend mit hartem Schnabel ins Holz, und zornig verwundet er lange Äste. Die Purpurfarbe seines Mantels haben die Federn bekommen; das Gold, das als Schnalle sein Kleid zusammengehalten hatte, wird zu Flaum; rotes Gold legt sich um seinen Hals; und ihm bleibt nichts außer dem alten Namen.

Inzwischen rufen die Gefährten oft vergeblich über die Felder nach Picus, finden ihn nirgends – dafür aber Circe; denn sie hatte bereits die dichten Schwaden aufgelöst und Wind und Sonne erlaubt, den Nebelschleier zu lüften. Sie bedrängen sie mit Vorwürfen – die zutreffen –, fordern den König von ihr zurück, wenden Gewalt an und machen Miene, sie mit ihren mörderischen Waffen anzugreifen. Sie verspritzt schädliche Säfte und giftigen Schleim, ruft die Nacht und die Götter der Nacht aus Erebus und Chaos herauf und beschwört mit langanhaltendem Heulen Hecate. Plötzlich schoß an Ort und Stelle – o Wunder! – ein Wald auf, es ächzte der Erdboden, die Bäume ringsum verfärbten sich, und das Gras war mit feuchten blutroten Tropfen besprengt. Da ist es, als stießen die Steine ein rauhes Muhen aus, als bellten Hunde, als starre die Erde von schwarzen Schlangen und als flatterten körperlose Seelen umher. Wie vom Donner gerührt steht das Volk, über die Gespenster erschrocken – die staunenden Gesichter der Erschrockenen berührt Circe mit einem zauberkräftigen Stab. Nach der Berührung umhüllen furchterregende Gestalten verschiedener Tiere die jungen Männer: Keiner hat sein Aussehen behalten.

Canens

Der Sonnengott, der im Ozean unterging, hatte den Strand von Tartessus vergoldet, und vergeblich hatte Canens mit Aug und Herz auf ihren Mann gewartet. Diener und Volk laufen in allen Wäldern umher und tragen ihm Lichter entgegen. Und es genügt der Nymphe nicht, zu weinen, sich die Haare zu raufen und sich an die Brust zu schlagen – trotzdem tut sie dies alles. Sie stürzt hinaus ins Freie und irrt rasend auf Latiums Feldern umher. Sechs Nächte und ebenso viele wiederkehrende Sonnen sahen sie ohne Schlaf, ohne Speise über Berg und Tal wandern, wie der Zufall es wollte. Zuletzt erblickte sie der Tiber: Vom Kummer und vom weiten Weg erschöpft, legte sie sich am kühlen Ufer nieder. Dort vergoß sie Tränen und sang Worte, wie sie der Schmerz ihr eingab; sie verströmte sie klagend mit leiser Stimme, wie sonst der sterbende Schwan sein eigenes Totenlied anstimmt. In Trauer verzehrte sie sich, schließlich löste sich ihr zartes Mark auf, und sie entschwand allmählich in die leichten Lüfte. Die Erinnerung an sie hat der Ort festgehalten, den die alten Camenen mit Recht nach dem Namen der Nymphe Canens nannten.‹

Vieles dergleichen habe ich im Laufe eines langen Jahres erzählen hören und selbst gesehen. Durch langes Sitzen faul und durch mangelnde Übung träge geworden, bekommen wir den Befehl, wieder in See zu stechen, wieder die Segel zu setzen. Von gar unsicheren Wegen, von einer langen, langen Reise und von Gefahren, die uns auf dem wilden Meer bevorstehen, hatte die Titanentochter gesprochen. Ich bekam Angst – das gebe ich zu –, kam an diesen Strand und blieb hier.«

Aeneas kommt nach Latium

Macareus war zu Ende. Die Amme des Aeneas wurde in einer Urne bestattet, und ihr marmornes Grab trug eine kurze Inschrift: »Hier hat mich, Caieta, mein Zögling, dessen frommer Sinn bekannt ist, nachdem er mich dem Feuer der Griechen entrissen hat, mit dem Feuer verbrannt, das er mir schuldig war.«

Man löst das Tau, das am grasbewachsenen Damm festgebunden war, kehrt dem hinterhältigen Haus der verrufenen Göttin den Rücken und fährt zu dem Hain, dorthin, wo der von Schatten umnebelte Tiber sich mit seinem gelben Sande weit ins Meer ergießt. Aeneas gewinnt das Heim und die Tochter des Faunussohnes Latinus – freilich nicht ohne Krieg: Man kämpft mit dem trotzigen Volk, und Turnus wütet, um die versprochene Gattin zu bekommen. Ganz Tyrrhenien liegt mit Latium im Streit, und lange ringt man, eifrig die Waffen führend, um den schwierigen Sieg. Beide Seiten verstärken ihre Kraft durch auswärtige Truppen; viele stehen den Rutulern, viele den Troianern bei. Aeneas war nicht vergebens zu Euanders Mauern, Venulus aber umsonst zur Stadt des flüchtigen Diomedes gekommen. Dieser hatte unter der Herrschaft des Iapygers Daunus eine mächtige Stadt gegründet und besaß ein Gebiet, das er als Mitgift erhalten hatte. Venulus richtet den Auftrag des Turnus aus und bittet um Waffenhilfe.

Die Gefährten des Diomedes

Doch der aetolische Held entschuldigt sich damit, daß seine Streitmacht zu gering sei: Weder wolle er die Völker seines Schwiegervaters einer Schlacht aussetzen, noch habe er waffenfähige Männer seines eigenen Stammes: »Und damit ihr nicht glaubt, dies sei erfunden: Obwohl die Erinnerung bittere Trauer in mir wachruft, will ich mich überwinden und erzählen. Das hohe Ilion war verbrannt, das von Griechen gelegte Feuer hatte Pergamon verzehrt, und der Heros aus Naryx hatte der jungfräulichen Göttin die jungfräuliche Priesterin geraubt und so die Strafe, die er allein verdiente, auf alle herabbeschworen. Daher wird unsere Flotte zerstreut, die Winde reißen uns fort über die See, die uns feind ist, und wir Danaer erleben Blitz, Nacht, Regen, das Toben von Himmel und Meer und, damit unser Untergang besiegelt sei, das Kap Caphereus. Um dich nicht aufzuhalten, indem ich der Reihe nach von unseren traurigen Schicksalen berichte: Griechenland hätte damals selbst dem Priamus Tränen des Mitleids entlocken können. Mich freilich rettete die waffentragende Minerva, die für mich sorgt, und entriß mich den Fluten; doch da werde ich wiederum aus den Heimatgefilden vertrieben – unsere liebe Frau Venus straft mich dafür, daß ich sie einst verwundet habe, und kann es nicht vergessen. So viel Mühsal habe ich auf hoher See erduldet, so viel im Kampf auf dem Festland, daß ich oft diejenigen glücklich pries, die der Sturm und das gefährliche Kap Caphereus alle zusammen im Meer ertränkte, und daß ich mir wünschte, ich wäre einer von ihnen gewesen. Meine Gefährten, die im Krieg und zur See das Schlimmste erleben mußten, verlieren schließlich den Mut und bitten, die Irrfahrten mögen ein Ende finden. Acmon, ein Hitzkopf, den zudem das Unglück verbittert hatte, sprach: ›Was bleibt noch übrig, das zu ertragen eure Geduld sich weigern könnte, ihr Männer? Gibt es noch etwas, das Cytherea uns antun könnte – setze ruhig voraus, daß sie es will? Denn solange man noch Schlimmeres befürchtet, bleibt Raum, etwas zu erflehen. Hat man aber das schlimmste Los gezogen, so ist die Furcht besiegt; der Gipfel des Unglücks kennt keine Sorge mehr. Mag sie mich nur selbst hören und – was sie ohnehin tut – alle Untergebenen des Diomedes hassen! Doch wir alle verachten ihren Haß; und diese hohe Überlegenheit kommt uns teuer zu stehen.‹ Mit solchen Worten stachelt Acmon von Pleuron die mir ohnehin schon zürnende Venus auf und läßt dadurch ihren Zorn wieder aufflammen. Seine Worte gefallen nur wenigen; die meisten von uns Freunden schelten Acmon. Während er entgegnen will, sind seine Stimme und zugleich der Weg der Stimme dünn geworden; die Haare werden zu Flaum, mit Flaum bedecken sich der neue Hals, die Brust und der Rücken. Größere Federn bekommen die Arme, die Ellbogen biegen sich zu leichten Flügeln, ein großer Teil des Fußes umfaßt die Zehen, der Mund wird zum starrenden Schnabel aus Horn und bekommt eine Spitze. Ihn staunen Lycus und Idas an, ihn Rhexenor, Nycteus und Abas; und während sie noch staunen, bekommen sie die gleiche Gestalt. Die Mehrzahl meiner Mannschaft fliegt empor und umschwebt die Ruder mit flatternden Flügeln. Fragst du, wie diese plötzlich entstandenen Vögel aussehen? Zwar nicht wie Schwäne, doch ihnen ganz ähnlich. Nur mit Mühe habe ich mich mit dem kleinsten Teil der Meinen hier in dieser wasserarmen Gegend als Schwiegersohn des Iapygers Daunus niederlassen können.«

Der wilde Ölbaum

Soweit der Sohn des Oeneus; Venulus verläßt das calydonische Reich, die Bucht von Peucetia und die messapischen Gefilde. Dort sieht er eine Höhle; dichter Wald umwölkt sie, und kleine Tropfen rieseln darin zu Boden; jetzt wohnt der bocksfüßige Pan hier, einst aber waren es Nymphen. Sie vertrieb ein apulischer Hirt aus jener Gegend; er erschreckte sie, so daß sie in plötzlichem Entsetzen flohen; dann aber, als sie wieder zur Besinnung kamen und den Verfolger zu verachten begannen, tanzten sie den Reigen und bewegten die Füße im Takt. Der Hirt mißbilligt den Tanz und äfft ihn mit bäurischen Sprüngen nach. Zu seinen unflätigen Reden fügte er derbe Beschimpfungen und verstummte erst, als der Baum seine Kehle bedeckte. Ja, er ist ein Baum, und an dem Saft kann man seine Wesensart erkennen; die Eigenschaft seiner Zunge zeigen jetzt die bitteren Beeren des wilden Ölbaums: Die Herbheit seiner Worte ist dorthin gewandert.

Die Schiffe des Aeneas

Nachdem die Gesandten von hier mit der Nachricht heimgekehrt sind, daß die Aetoler ihnen die Waffenhilfe verweigert haben, müssen die Rutuler den Krieg ohne diese Streitkräfte führen, und beide Seiten verlieren viel Blut. Siehe, da legt Turnus gefräßige Feuerfackeln an den Fichtenbau der Schiffe, und sie müssen, nachdem das Wasser sie verschont hat, das Feuer fürchten. Schon verbrannte der Feuergott Pech, Wachs, und was sonst der Flamme Nahrung gibt, und züngelte am hohen Mast zu den Segeln empor – die gebogenen Schiffe waren in Feuer und Rauch gehüllt –, als die heilige Göttermutter sich entsann, daß diese Fichten am Gipfel des Ida gefällt worden waren. Da erfüllt sie die Luft mit dem Gerassel geschlagener Erzbecken und mit dem Raunen der Blasinstrumente aus Buchsbaumholz. Durch die leichten Lüfte fuhr sie auf ihrem gezähmten Löwengespann dahin. »Vergebens schleuderst du die Brandfackel mit tempelschänderischer Hand, Turnus!« sprach sie. »Entreißen werde ich sie dir und nicht zulassen, daß fressendes Feuer die Bäume verbrenne, die zu meinem Hain gehören.« Während die Göttin sprach, donnerte es, und nach dem Donnerschlag stürzten mit hüpfenden Hagelkörnern schwere Regengüsse herab. Und die Söhne des Astraeus, die Winde, prallen plötzlich zusammen, versetzen die Luft und das angeschwollene Meer in Aufruhr und ziehen in den Bruderkampf. Die Kraft eines von ihnen verwendete die gnadenvolle Göttermutter und zerriß die Haltetaue aus Werg am phrygischen Heck. Dann jagt sie die Schiffe vorwärts und versenkt sie mitten im Meer. Das Kernholz wird weich, Holz wird in Körper umgewandelt, die gebogenen Achtersteven nehmen die Gestalt von Köpfen an, die Ruder gehen in Zehen und schwimmende Beine über, die Seite bleibt, was sie war, der Kiel, ganz unten in der Mitte der Schiffe, verwandelt sich in das Rückgrat, die linnenen Segel werden zu weichem Haar, die Segelstangen zu Armen; die Farbe ist blau wie zuvor. Mit den Wellen, die sie bisher gefürchtet hatten, spielen sie jetzt mädchenhafte Spiele – als Naiaden des Meeres. Obwohl sie auf rauhen Bergen geboren sind, bevölkern sie nun die weichen Wellen, ohne sich um den eigenen Ursprung zu kümmern. Doch haben sie nicht vergessen, wie viele Gefahren sie auf dem wilden Meer ausgestanden haben; darum haben sie oft unter sturmgepeitschte Kiele helfend die Hand gehalten, außer wenn einer Achiver trug; denn in Erinnerung an Phrygiens Niederlage hassen sie noch die Pelasger. So sahen sie mit frohen Gesichtern das Floß des Ithakers in Trümmer gehen und das Schiff des Alcinous hart werden und Stein das Holz überwuchern.

Ardea

Nach der Verwandlung der Flotte in lebende Meernymphen hätte man hoffen können, der Rutuler werde vielleicht, durch das Wunder erschreckt, vom Kriege ablassen. Doch er beharrt; und beide Parteien haben ihre Götter, und – was Göttern gleichwertig ist – sie haben Mut. Und sie kämpfen nicht mehr um das Königreich, das die Mitgift ist, nicht mehr um das Szepter des Schwiegervaters, ja nicht einmal mehr um dich, Jungfrau Lavinia, sondern um den Sieg und führen Krieg, weil sie sich schämen aufzuhören. Endlich sieht Venus die Waffen ihres Sohnes siegen, und Turnus fällt; es fällt auch Ardea, das als mächtig galt, solange Turnus lebte. Nachdem diesen das Barbarenschwert hingerafft hat, die Dächer offenstehen und die Asche noch warm ist, fliegt mitten aus dem Schutt ein damals zum ersten Mal erschienener Vogel empor und wirbelt mit seinem Flügelschlag die Asche auf. Die Stimme, die Magerkeit, die bleiche Farbe und alles, was zu einer eroberten Stadt paßt, ist dem Vogel geblieben, auch der

Name der Stadt, und Ardea, der Reiher, schlägt sich in Trauer um sich selbst an die Brust.

Apotheose des Aeneas

Schon hatte die Tapferkeit des Aeneas alle Götter und sogar Iuno gezwungen, von ihrem alten Zorn zu lassen, als die Macht für den heranwachsenden Iulus fest gegründet und der Heros, der Sohn der Cytherea, für den Himmel reif war. Venus hatte bei den Himmlischen die Runde gemacht, schließlich ihren Vater umhalst und gesagt: »Lieber Vater, du bist nie hartherzig zu mir gewesen, sei nun besonders milde, das wünsche ich mir, und gib meinem Aeneas, der dich aus meinem Stamm zum Großvater gemacht hat, göttlichen Rang, mag dieser auch noch so bescheiden ausfallen, mein Bester, wenn du ihm nur überhaupt einen gibst. Es ist genug, daß er *einmal* das freudlose Reich gesehen und durch den Strom der Styx gegangen ist.« Die Götter stimmten zu, und nicht einmal die Züge der Himmelskönigin blieben unbewegt, sondern sie nickte zustimmend mit versöhnter Miene. Darauf sprach der Vater: »Ihr seid der himmlischen Gabe würdig: du, die mich bittet, und er, für den du bittest. Empfange, Tochter, was du wünschest.«

Er hatte gesprochen. Sie freut sich und dankt ihrem Vater, fährt auf einem Taubengespann durch die leichten Lüfte und begibt sich zur laurentischen Küste, wo, im Schilf versteckt, der Numicius sich mit den Wellen seines Stromes zum Meer hinschlängelt. Ihm befiehlt sie, von Aeneas alles abzuspülen, was dem Tode verfallen ist, und es in stillem Lauf ins Meer zu tragen. Der gehörnte Stromgott erfüllt Venus' Auftrag und wäscht alles ab, was an Aeneas sterblich gewesen war. Er besprengte ihn mit seinem Wasser, und der beste Teil hielt stand. Den geläuterten Leib salbte die Mutter mit göttlichem Balsam, berührte seinen Mund mit einer Mischung von Ambrosia und süßem Nektar und machte ihn zum Gott. Indiges nennt ihn die Schar des Quirinus; in Tempeln und an Altären hat sie ihm Heimatrecht gegeben.

Die Latinerkönige

Darauf stand Alba und das Reich der Latiner unter der Herrschaft des Ascanius, der zwei Namen trug. Sein Nachfolger ist Silvius; dessen Sohn Latinus führte das alte Szepter und auch wieder den alten Namen. Auf Latinus folgt der berühmte Alba; sein Erbe ist Epytus. Nach diesem kamen Capetus und Capys – doch Capys war vorher. Von ihnen übernahm Tiberinus die Herrschaft, er ertrank in den Wogen des tuscischen Stromes und gab ihm den Namen; von ihm stammen Remulus und der trotzige Acrota. Remulus, der Ältere, fiel, weil er den Blitz nachäffte, einem Blitzschlag zum Opfer. Acrota, der gemäßigter ist als sein Bruder, übergibt das Szepter dem tapferen Aventinus; dieser ist unter demselben Hügel bestattet, auf dem er regiert hat, und hat dem Berg seinen Namen verliehen.

Vertumnus und Pomona (I)

Und schon hatte Proca die Regierung über das palatinische Volk inne; unter diesem König lebte Pomona. Keine der latinischen Hamadryaden verstand sich besser auf den Gartenbau, keine zweite kümmerte sich eifriger um die Früchte der Bäume; daher hat sie ihren Namen. Sie liebt nicht Wälder oder Flüsse, das Land liebt sie und Äste, die üppig Obst tragen. Ihre rechte Hand trägt keinen schweren Jagdspieß, sondern ein krummes Gartenmesser, mit dem sie bald den Wildwuchs zurückschneidet und überall die sich ausbreitenden Zweige zurechtstutzt, bald die Rinde spaltet, Holz einpfropft und einem fremden Pfropfreis Säfte zu trinken gibt. Sie läßt die Pflanzen auch nicht Durst leiden und bewässert die gekrümmten Fasern der saugenden Wurzel mit dahinrinnendem Wasser. Dies ist ihre ganze Liebe, dies ihr Tun und Trachten; nach Männerliebe sehnt sie sich nicht. Doch aus Angst vor der Gewalttätigkeit der Landbewohner verschließt sie ihre Obstgärten von innen, gestattet Männern keinen Zutritt und flieht vor ihnen. Was taten nicht die Satyrn, die tanzfreudige Jungmannschaft, die Pane, den Fichtenkranz im Gehörn, Silen, der stets jugendlicher ist als seine Jahre, und der Gott, der die Diebe entweder mit seiner Sichel oder mit seinem Glied erschreckt – was taten sie nicht, um sie zu erobern? Sie alle übertraf aber Vertumnus an Liebe – und war doch nicht erfolgreicher. O wie oft trug er im Aufzug eines wackeren Schnitters Ähren in einem Korb und war das Ebenbild eines wirklichen Schnitters! Oft hatte er die Schläfen mit frischem Heu umwunden und schien gemähtes Gras gewendet zu haben; oft trug er in der schwieligen Hand einen Stachel, so daß man hätte schwören mögen, er habe soeben die müden Pflugstiere ausgeschirrt. Gab man ihm ein Gartenmesser, war er ein Laub- oder Rebenschneider. Hatte er eine Leiter über den Kopf genommen, hätte man meinen können, er wolle Obst pflücken. Ein Soldat war er mit einem Schwert, ein Fischer mit einer Angelrute in der Hand. Kurz: In vielerlei Gestalt verschaffte er sich immer wieder Zugang, um sich am Anblick von Pomonas Schönheit zu erfreuen. Einmal spielte er auch, mit einer gestickten Mitra um das Haupt, auf einen Stock gestützt und mit ergrauten Schläfen, eine alte Frau, betrat die gepflegten Gärten und bewunderte das Obst. »Du bist noch reizender!« sprach das Mütterchen, gab der Gepriesenen einige Küsse, wie sie eine wirkliche Alte nie gegeben hätte, setzte sich gebückt auf die Scholle und blickte hinauf zu den Ästen, die sich unter der herbstlichen Last bogen. Gegenüber stand eine Ulme, an der glänzende Trauben prangten. Die Greisin lobte die Ulme und die Rebe, die sich um sie rankte, und sprach dann: »Stünde aber der Stamm als Hagestolz ohne die Rebe da, hätte er nichts als Laub zu bieten; auch diese Weinranke, die sich bräutlich an ihre Ulme schmiegt, läge am Boden, wäre sie nicht mit der Ulme verbunden. Du aber läßt dich nicht von dem Beispiel bewegen, das dir dieser Baum gibt, fliehst vor dem gemeinsamen Lager und denkst nicht daran, dich einem Manne zu verbinden. O wolltest du doch! Selbst Helena wäre nicht von mehr Freiern umworben worden, auch nicht Hippodamia, die den Lapithenkampf erregte, auch nicht Penelope, die Gattin des Ulixes, der gegen Ängstliche tapfer war. Auch so noch, obwohl du vor ihrem Werben fliehst und sie ablehnst, begehren dich tausend Männer, Halbgötter, Götter und alle göttlichen Mächte auf den Albanerbergen. Bist du aber vernünftig und willst dich gut vermählen und auf mich alte Frau hören – liebe ich dich doch mehr als sie alle, ja, mehr, als du glaubst –, dann verschmähe gewöhnliche Heiratsanträge und erwähle dir den Vertumnus zum Ehegemahl. Für ihn kann auch ich dir voll einstehen; ich kenne ihn nämlich so gut wie er selbst. Er irrt nicht schweifend auf der weiten Welt umher, sondern bewohnt dieses große Gebiet hier. Und er liebt nicht, wie die meisten Freier, jede, die er gerade erblickt hat: Du wirst seine erste und letzte Liebesflamme sein, und nur dir weiht er alle seine Lebensjahre. Außerdem ist er jung, hat die natürliche

Gabe der Anmut, wird sich geschickt in alle Gestalten verwandeln; magst du auch alles Erdenkliche befehlen, er wird zu allem werden, was man befiehlt. Ja, ihr habt auch die gleiche Vorliebe! Das Obst, das du pflegst, begehrt er als erster und hält deine Gaben froh in der Hand! Aber er wünscht sich jetzt keine Früchte mehr, die von Bäumen gepflückt sind, keine im Garten wachsenden Kräuter mit milden Säften, überhaupt nichts – außer dir. Hab Mitleid mit ihm in seiner Liebesglut und glaube, er selbst sei gegenwärtig und flehe dich aus meinem Munde an, seine Bitte zu erfüllen! Fürchte auch die rächenden Götter, fürchte Venus Idalia, die harte Herzen haßt, fürchte die rhamnusische Nemesis in ihrem Zorn, der nicht vergessen kann! Und um dich das Fürchten zu lehren – mein hohes Alter hat mir nämlich einen großen Wissensschatz beschert –, will ich dir eine auf ganz Cypern wohlbekannte Geschichte erzählen, die dich nachgiebiger und sanfter stimmen mag.

Iphis und Anaxarete

Iphis hatte Anaxarete gesehen – sie stammte von Teucer, aus altem fürstlichen Geblüt, er aber aus dem einfachen Volke. Gesehen hatte er sie, und bis ins Mark hatte ihn die Liebesglut durchdrungen. Lange rang er mit sich; doch als er die rasende Leidenschaft nicht durch Vernunft bezwingen konnte, kam er flehend an ihre Schwelle. Bald bekannte er der Amme sein Liebesleid und bat sie beim Glück ihres Pflegekindes, sich nicht hart gegen ihn zu zeigen, bald schmeichelte er einer jeden der vielen Mägde und bat mit besorgter Stimme um Gunst und Gefälligkeit, oft ließ er auch seine Worte durch zärtlich werbende Schreibtäfelchen übermitteln, zuweilen hängte er Kränze, die vom Tau seiner Tränen feucht waren, an die Türpfosten, bettete seine zarte Hüfte auf der harten Schwelle und schmähte den strengen Riegel. Aber wilder als das Meer, das beim Untergang des Böckleins aufbraust, härter als Eisen, das in Noricum in der Esse geschmolzen wird, und als Stein, der noch als lebender Fels in seinem Grund verwurzelt ist – so verschmäht und verspottet sie ihn, fügt zu grausamen Taten hochmütige Worte hinzu, die Herzlose, und betrügt den Liebenden sogar um die Hoffnung. Da verlor Iphis die Geduld, konnte die Qualen und den langen Schmerz nicht mehr ertragen und sprach vor der Tür der Geliebten folgende Abschiedsworte: ›Der Sieg ist dein, Anaxarete, und ich werde dir nicht länger zur Last fallen. Feire einen frohen Triumph, stimme den Paean an und bekränze dich mit glänzendem Lorbeer. Ja, du bist Siegerin, und ich sterbe gern. Wohlan, freue dich in deinem Herzen aus Stahl! Gewiß wirst du an mir jetzt wenigstens etwas anerkennen müssen, und wenigstens dies eine, was ich tue, wird dir angenehm sein, und du wirst bekennen, daß dies mein Verdienst ist. Behalte aber im Gedächtnis, daß die Liebe mich nicht früher verließ als das Leben; so muß ich das Licht beider zugleich entbehren. Und zu dir wird nicht Fama kommen, um dir meinen Tod zu verkünden: Ich selbst werde da sein, um dir jeden Zweifel zu nehmen, und leibhaftig zu sehen sein, damit du an dem entseelten Leib deine grausamen Augen weiden kannst. Seht ihr aber, ihr Götter, was Menschen tun, so denkt an mich – nichts weiter vermag meine Zunge zu erbitten –; macht, daß man noch lange von uns erzählt, und legt die Zeit, die ihr meinem Leben genommen habt, meinem Ruhme zu.‹ Sprach's und hob den feuchten Blick und die bleichen Arme zu den Türpfosten empor, die er oft mit Kränzen geschmückt hatte. Während er ganz oben an der Tür die Schlinge festband, sprach er: ›Ist dies das Blumengewinde, das dir gefällt, Grausame, Gottlose?‹ Und er steckte den Kopf in die Schlinge – auch jetzt noch der Geliebten zugewandt – und hing als unselige Last mit zugeschnürter Kehle da. Die Füße schlugen an die Tür; sie gab einen bebenden und ächzenden Ton von sich, öffnete sich ein wenig und verriet, was geschehen war. Die Diener schreien auf, heben ihn vergebens empor und bringen ihn zur Schwelle seiner Mutter – sein Vater war nämlich gestorben. An die Brust, in die Arme nimmt sie die erkalteten Glieder ihres Sohnes. Sie sprach, was unglückliche Mütter sprechen, tat, was unglückliche Mütter tun, führte weinend den Leichenzug an, der sich mitten durch die Stadt bewegte, und trug die fahlen Glieder auf der Bahre zur Verbrennung. Zufällig lag Anaxaretes Haus nahe an dem Weg, den der Zug der Weinenden nahm; die Trauernden schlugen sich an die Brust, und dieses Geräusch drang an das Ohr der harten Anaxarete. Schon wartete über ihr ein rächender Gott. Immerhin sprach sie bewegt: ›Laßt uns den bejammernswerten Leichenzug ansehen.‹ Sie stieg hinauf ins Obergeschoß, das große Fenster besaß. Kaum hatte sie Iphis auf der Bahre daliegen sehen, erstarrte ihr Blick, und das warme Blut entfloh aus dem Leibe, den Blässe überzog; sie versuchte einen Schritt zurückzutreten, doch haftete ihr Fuß am Boden; sie versuchte das Gesicht abzuwenden, doch vermochte sie auch dies nicht. Stein erobert allmählich alle Glieder: Schon lange war er in ihrem harten Herzen. Und damit du dies nicht für Erfindung hältst, so wisse: Bis heute ist in Salamis das Standbild des Mädchens erhalten, und es gibt dort einen Tempel, der seinen Namen von der Ausschau haltenden Venus hat. Denk an diese beiden, meine Nymphe, lege die unnachgiebige Sprödigkeit ab und verbinde dich dem Manne, der dich liebt! Dafür möge dir kein Frühjahrsfrost das Obst im Keim zerstören und kein heftiger Wind die Apfelblüte fortwehen!«

Vertumnus und Pomona (II)

Nachdem der verwandlungsfähige Gott dies umsonst gesagt hatte, nahm er wieder seine Jünglingsgestalt an – fort ist die Altweibertracht! – und offenbarte sich ihr wie die hell leuchtende Erscheinung der Sonne, die alle Wolken besiegt hat und ohne Schleier erstrahlt. Und er will Gewalt anwenden, doch es bedarf keiner Gewalt. Von der Gestalt des Gottes ist die Nymphe hingerissen, und gleiche Liebe hat ihr Herz verwundet.

Apotheose des Romulus und der Hersilia

Als nächste herrschten im reichen Ausonien die Kriegsknechte des ungerechten Amulius; mit Hilfe seiner Enkel gewinnt der greise Numitor die verlorene Königswürde wieder, am Palilienfest werden die Mauern der Stadt gegründet, Tatius und die Sabinerväter führen Krieg, und nachdem Tarpeia den Feinden den Weg zum Capitol geöffnet hat, verliert sie ihre strafwürdige Seele unter einem Berg von Waffen.

Darauf verstummen die in Cures Geborenen wie verstohlen schleichende Wölfe, überfallen die vom Schlaf Überwältigten und greifen die Tore an, die der Sohn der Ilia mit einem festen Riegel verschlossen hatte. Eines von ihnen öffnete Saturnia eigenhändig und machte kein Geräusch, als sie es in den Angeln drehte. Nur Venus merkte, daß die Sperren zu Boden gefallen waren, und wollte sie wieder schließen – doch Götter dürfen nie Amtshandlungen von Göttern rückgängig machen. Nahe bei Ianus wohnten ausonische Naiaden an einem Ort, den eine kühle Quelle betaute: Diese bittet sie um Hilfe, und die Nymphen ließen sich von der Göttin, die eine gerechte Bitte tat, nicht lange anflehen und lockten aus allen Wasseradern ihrer Quelle eine mächtige Strömung hervor; doch immer noch war das Tor des Ianus offen, man konnte es durchschreiten, und die Wellen hatten den Weg nicht versperrt. Da legen sie unten in den reichlich sprudelnden Quell fahlen Schwefel und entzünden die hohlen Adern mit rauchendem Erdpech. Durch diese und andere Kräfte drang die Hitze bis zum tiefsten Grund der Quelle, und ihr, Wasser, die ihr eben noch mit Alpeneis wetteifern konntet, steht jetzt dem Feuer selbst an Hitze nicht nach! Von den glutheißen Spritzern dampfen die beiden Türpfosten, und das den strengen Sabinern vergeblich versprochene Tor war durch eine neue Quelle versperrt, bis der Soldat des Mars sich wappnen konnte. Romulus kehrt von sich aus die Waffen gegen die Feinde, römischer Boden bedeckt sich mit sabinischen und eigenen Gefallenen, und das unheilige Schwert mischt das Blut des Schwiegersohnes mit dem des Schwiegervaters. Doch zu guter Letzt beschließt man, den Krieg friedlich zu beenden, nicht bis zum äußersten zu kämpfen und Tatius zum Mitregenten zu bestellen.

Gestorben war Tatius, und du, Romulus, gabst beiden Völkern gleiches Recht, als Mars den Helm ablegte und folgendermaßen zum Vater der Götter und Menschen sprach: »Vater, da die römische Macht fest gegründet ist und nicht von *einem* Manne abhängt, der ihr vorsteht, ist die Zeit gekommen, Romulus zu belohnen – denn das ist mir und deinem würdigen Enkel versprochen –, ihn von der Erde zu entrücken und in den Himmel aufzunehmen. Du hast mir einst vor den versammelten Göttern gesagt – ich trage es im Gedächtnis und habe deine väterlichen Worte treu im Herzen bewahrt –: ›Einer wird sein, den du in die Bläue des Himmels erheben wirst.‹ Du hast's gesagt. Erfüllt sei, was dein Wort verhieß.« Der Allmächtige nickte zustimmend, verhüllte den Himmel mit dichten Wolken und erschreckte den Erdkreis mit Blitz und Donner. Gradivus verstand dies als Zeichen, den versprochenen Raubzug ins Werk zu setzen. Er stützte sich auf die Lanze und bestieg unerschrocken das Pferdegespann mit der blutbespritzten Deichsel, ließ die Schläge der Geißel klatschen, fuhr steil abwärts durch die Luft, trat auf den Gipfel des bewaldeten Palatium-Hügels und entführte den Sohn der Ilia, während dieser seinen römischen Bürgern – nicht nach Königsart – zu ihrem vollen Recht verhalf. Der sterbliche Leib verflüchtigte sich in der dünnen Luft, wie ein Stück Blei, mit der breiten Schleuder geworfen, mitten am Himmel zu schmelzen pflegt. Statt dessen bekommt er ein herrliches Aussehen, ist des erhabenen Götterlagers würdiger und gleicht dem

Quirinus, der den Königsmantel trägt.

Die Gattin beweinte ihn, als wäre er verloren; da befahl Iuno, die Königliche, der Iris, auf ihrem Regenbogenpfad zu Hersilia hinabzusteigen und der Verlassenen folgende Botschaft von ihr zu überbringen: »Hohe Frau, schönste Zierde des Latiner- und des Sabinerstamms, wahrhaft würdig, bisher eines so großen Mannes und jetzt des Quirinus Gattin zu sein, hemme deine Tränen! Willst du deinen Gemahl sehen, so folge mir nach in den Hain, der auf dem Hügel des Quirinus grünt und dem Tempel des römischen Königs Schatten spendet.« Iris gehorcht, gleitet auf ihrem bunten Regenbogen zur Erde und redet Hersilia mit den Worten an, die ihr aufgetragen sind. Diese hebt mit ehrerbietiger Miene kaum den Blick und spricht: »O Göttin – zwar weiß ich nicht, welche, doch fühle ich klar, daß du eine Göttin bist –, führe, o führe mich und laß mich das Angesicht meines Mannes schauen! Erlaubt mir das Schicksal, ihn nur einmal zu sehen, soll das für mich der Himmel sein.« Unverzüglich besteigt sie mit der jungfräulichen Tochter des Thaumas den Romulus-Hügel. Dort fällt ein Stern vom Himmel zur Erde. Von seinem Licht entzündet, entschwebte Hersilia als Kometenschweif mit dem Stern in die Lüfte. Sie nimmt der Gründer der Römerstadt mit den vertrauten Händen auf, ändert ihre Gestalt und ihren alten Namen und nennt sie Hora. Jetzt ist sie als Göttin mit Quirinus verbunden.

Fünfzehntes Buch

Inhalt des fünfzehnten Buches

Inzwischen geht man mit sich zu Rate, wer eine so schwere Last zu tragen und solch einem großen König nachzufolgen vermöchte. Zur Herrschaft bestimmt Fama, die Vorbotin der Wirklichkeit, den berühmten Numa. Dieser Mann begnügt sich nicht damit, die Bräuche des Sabinervolkes zu kennen; sein umfassender Geist trachtet nach Höherem und forscht nach dem Wesen der Dinge. Die Hingabe an dieses Streben trieb ihn, seine Heimat Cures zu verlassen und bis zur Stadt von Hercules' Gastfreund vorzudringen. Als er dort nach dem Gründer der griechischen Mauern an Italiens Küste fragte, berichtete ihm ein älterer Einheimischer, der in der alten Zeit wohl Bescheid wußte:

»Reich an Rindern, die er in Iberien erbeutet hatte, soll Iuppiters Sohn vom Ozean her in glücklicher Fahrt den Strand von Lacinium erreicht haben. Und während das Vieh im zarten Grase umherschweifte, so heißt es, kehrte er selbst im Hause und unter dem gastfreundlichen Dach des großen Croton ein, rastete dort und ruhte sich von der langen Mühsal aus. Und als er nun Abschied nahm, soll er gesagt haben: ›Zur Zeit unserer Enkel wird hier eine Stadt stehen.‹ Das Versprochene ging in Erfüllung. Es gab nämlich einen gewissen Myscelos, den Sohn des Griechen Alemon, den gottgefälligsten Mann seiner Zeit. Während der Schlaf schwer auf ihm lastet, neigt sich der Keulenträger über ihn und spricht: ›Geh zu den steinigen Fluten des fernen Aesar. Wohlan, verlaß den Sitz deiner Väter!‹ Und er droht ihm viel Furchtbares an, falls er nicht gehorche. Darauf entschwindet der Schlaf und mit ihm der Gott. Alemons Sohn steht auf. Still für sich wiederholt er das soeben Geschaute, und lange ringt er um einen Entschluß. Die Gottheit befiehlt zu gehen; doch die Gesetze verbieten es. Und auf die Absicht, die Heimat zu wechseln, steht als Strafe der Tod. Die helle Sonne hatte ihr strahlendes Haupt im Ozean verborgen, und erhoben hatte ihr sternenumkränztes Haupt die undurchdringliche Nacht, da war es ihm, als komme derselbe Gott, gebe ihm dieselbe Weisung und drohe ihm, falls er nicht gehorche, noch mehr und noch Schlimmeres an. Er erschrak zu Tode und rüstete sich alsbald, sein Vaterhaus an einen neuen Ort zu verpflanzen; da geht ein Murren durch die Stadt, und man führt ihn vor den Richter, weil er die Gesetze nicht achte. Kaum ist der erste Teil des Prozesses zu Ende und das Vergehen auch ohne Zeugen klar erwiesen, hebt der Angeklagte im Trauergewand Gesicht und Hände zu den Himmlischen und spricht: ›Du, dem zwölf Arbeiten den Weg zum Himmel geöffnet haben, ich bitte dich, komm mir zu Hilfe! Denn du hast mich zu meinem Vergehen angestiftet.‹

Es war alter Brauch, die Angeklagten mit schwarzen Steinchen zu verurteilen, mit weißen freizusprechen. Auch jetzt wurde so der traurige Spruch gefällt. Schwarz sind alle Steine, die unerbittlich in die Urne fallen. Doch kaum ist diese umgestürzt und hat die Steinchen hervorrollen lassen, damit man sie zähle, hat sich die Farbe aller von Schwarz in Weiß verwandelt; durch Hercules' göttlichen Willen strahlend hell geworden, sprach ihr Urteil Alemons Sohn frei. Er dankt Amphitryons Sohn, dem väterlichen Hercules, und fährt mit günstigen Winden über das ionische Meer, vorbei an Lacedaemons Pflanzstadt Tarent, vorbei an Sybaris und an Neretum, der Stadt der Sallentiner, vorbei an der Bucht von Thurii, an Nemese und den Gefilden des Iapyx. Und nachdem er mühselig durch die Gebiete geirrt ist, die dem Meer zugewandt sind, findet er die Mündung des Aesar, die ihm das Schicksal gewiesen hat, und nicht fern davon den Grabhügel, unter dem Crotons heilige Gebeine beerdigt waren. Dort, im befohlenen Lande, errichtete er Mauern und übertrug den Namen des Bestatteten auf die Stadt.«

Solches wußte man nach zuverlässigen Berichten über die Ursprünge des Ortes und der auf italischem Boden gegründeten Stadt.

Pythagoras

Hier lebte der Mann, der aus Samos stammte; doch war er zugleich von der Insel und vor ihren Machthabern geflüchtet und aus Tyrannenhaß freiwillig in die Verbannung gegangen. Mochte er auch weit vom Himmel entfernt sein, so suchte er doch im Geiste die Götter auf; und was die Natur den menschlichen Blikken versagt hat, das trank er mit den Augen des Herzens. Und als er alles mit seiner Seele und mit wachsamer Sorgfalt durchschaut hatte, gab er es den Menschen weiter, damit sie es lernten. Den Scharen schweigender Zuhörer, die über seine Worte staunten, erklärte er die Uranfänge des Alls, die Ursachen der Dinge und was Natur sei, was Gott, woher der Schnee komme, was der Ursprung des Blitzes sei, ob Iuppiter oder die Winde den Donner bewirken, wenn sie eine Wolke zerschmettern, was Erdbeben verursache, nach welchem Gesetz die Gestirne wandeln – und alles, was verborgen ist. Auch hat er als erster Klage dagegen erhoben, daß man Tiere als Speise auftischt; als erster hat er seinen Mund – der zwar weise war, aber keinen Glauben fand – geöffnet, um solche Worte zu sprechen:

»Hütet euch, ihr Sterblichen, euern Leib mit mörderischen Speisen zu entweihen! Gibt es doch Feldfrucht, gibt es doch Obst, das mit seinem Gewicht die Äste herabzieht, und an den Reben schwellende Trauben; gibt es doch süße Kräuter und solche, die erst im Feuer weich und mild werden können; und man raubt euch ja weder die flüssige Milch noch den Honig, der nach Thymianblüte duftet. Verschwenderisch schenkt die Erde ihren Reichtum, friedliche Nahrungsmittel, und bietet euch Speise ohne Mord und Blut. Mit Fleisch stillen Tiere den Hunger, und auch sie nicht alle. Denn Pferde, Schafe und Rinder leben von Gras. Diejenigen aber, deren Wesen ungezähmt und wild ist, armenische Tigerinnen, zornmütige Löwen und Bären samt den Wölfen, freuen sich an blutigem Fraß. Weh! Welch schwerer Frevel ist es, Leib in Leib zu bestatten, mit gierig hinabgeschlungenem Fleisch sein Fleisch zu mästen und als Lebewesen von eines anderen Lebewesens Tod zu leben! Freut es dich etwa, mitten unter den reichen Schätzen, welche die Erde, die beste der Mütter, hervorbringt, nur jämmerlich verwundete Tiere mit grausamem Zahn zu kauen und den Brauch der Cyclopen zu erneuern? Und wirst du etwa nur, wenn du einen andern vernichtest, den Hunger deines freßgierigen, deines entarteten Bauches zu stillen vermögen?

Doch jene alte Zeit, die wir die goldene nennen, war mit Baumfrüchten und erdentsprossenen Kräutern glücklich und besudelte den Mund nicht mit Blut. Damals flatterten die Vögel ohne Sorge auf ihren Schwingen durch die Luft, unerschrocken hoppelte der Hase mitten über die Fluren, und die eigene Vertrauensseligkeit hatte den Fisch nicht am Angelhaken baumeln lassen; alles war ohne Falsch, ohne Angst vor Arglist und voller Frieden. Als ein unnützer Erfinder, wer es auch war, die Löwen um ihre Speisen beneidete und Fleisch als Nahrung in den gierigen Schlund hinabschlang, bahnte er dem Frevel den Weg. Zuerst mag das blutbespritzte Eisen vom Mord an wilden Tieren warm geworden sein. Und das wäre genug gewesen! Daß wir Lebewesen erschlagen haben, die uns nach dem Leben trachten, dürfen wir ohne Verletzung der heiligen Ordnung bekennen. Man hätte sie zwar töten, aber nicht verspeisen sollen.

Dann schritt das Unheil weiter fort, und zuerst soll das Schwein den Tod als Opfertier verdient haben, weil es mit seinem gebogenen Rüssel die Saaten aufgewühlt und so die Hoffnung des Jahres zunichte gemacht hatte. Der Geißbock soll, da er Reben benagt hatte, an den Altären des rächenden Bacchus geschlachtet worden sein. Diese beiden brachte eigene Schuld zu Fall; doch was habt ihr, Schafe, verschuldet, sanftes Kleinvieh, geboren, um die Menschen vor Kälte zu schützen? Nektar tragt ihr im vollen Euter; eure Wolle bietet ihr uns als weiche Kleidung, und lebend nützt ihr uns mehr als tot. Was haben die Rinder verschuldet, ein Tier ohne Arglist und Tücke, unschädlich, einfältig, geboren, um Mühen zu ertragen? Undankbar ist schließlich und der Gabe des Getreides unwürdig, wer es fertiggebracht hat, seinen Feldarbeiter zu schlachten, kaum daß er ihm die Last des krummen Pfluges abgenommen hat, und das Beil in den von Mühsal wundgescheuerten Nacken zu schlagen, mit dessen Hilfe er so oft das harte Feld frisch umgepflügt und so viele Ernten eingebracht hatte. Und nicht genug damit, daß solcher Frevel begangen wird: Sogar die Götter haben die Menschen als Aushängeschild für ihr Verbrechen benützt und glauben, die himmlische Gottheit freue sich am blutigen Tod des Mühsal erduldenden Stieres. Makellos und vorzüglich gewachsen – denn es ist gefährlich zu gefallen! – wird das Opfertier, mit Binden und Gold geschmückt, vor dem Altar aufgestellt, hört ahnungslos den Betenden, sieht, wie ihm Getreide, für das es selbst gearbeitet hat, auf die Stirn zwischen die Hörner gelegt wird, und dann färbt es, getroffen, mit seinem Blute die Messer, die es vorher vielleicht im klaren Wasser gesehen hat. Sofort reißt man aus der noch lebenden Brust die Fasern, betrachtet sie und forscht nach den Absichten der Götter. Und davon – woher hat der Mensch solch gewaltigen Hunger nach verbotener Speise? – wagt ihr euch zu ernähren, ihr Sterblichen? Ich bitte euch, tut das nicht, beachtet meine Ermahnungen! Gebt ihr eurem Gaumen die Glieder ermordeter Rinder zu kosten, so seid euch bewußt und fühlt, daß ihr eure Feldarbeiter verzehrt!

Und da ein Gott mir die Lippen bewegt, will ich dem Gott, der mir die Lippen bewegt, folgen, wie es sich gebührt, und mein eigenes Delphi, den eigentlichen Himmel und das Orakel der erhabenen Weisheit aufschließen. Von Großem will ich singen, das frühere Geister nicht aufgespürt haben und das lange verborgen war. Freude macht es, die hohe Sternenbahn zu durchmessen, Freude, die Erde und ihren trägen Sitz zu verlassen, auf der Wolke zu reiten, sich auf Atlas' hohe Schultern zu stellen, von fern auf die allenthalben umherirrenden vernunftlosen Menschen hinabzuschauen, die Ängstlichen, die den Tod fürchten, also zu ermahnen und die Kette des Schicksals zu entrollen:

O du Geschlecht im Schreckensbann der Angst vor dem eisigen Tode! Was scheut ihr die Styx, was die Finsternis? Alles leere Namen, Stoff für Dichter und Gefahren einer unwirklichen Welt! Leiber, ob sie nun der Scheiterhaufen durch die Flamme oder die Zeit durch Zersetzung zerstört hat, können kein Übel erleiden – so sollt ihr denken! –; denn frei vom Tod sind die Seelen. Nachdem sie den früheren Sitz verlassen haben, leben sie fort und wohnen immer wieder in neuen Behausungen, die sie aufnehmen. Ich selbst – ich kann mich nämlich erinnern! – war zur Zeit des Troianischen Krieges der Sohn des Panthus, Euphorbus, den vorzeiten die schwere Lanze des jüngeren Atriden von vorn in die Brust traf. Ich habe den Schild, den einst meine Linke trug, kürzlich in Abas' Stadt Argos im Iunotempel wiedererkannt.

Alles wandelt sich, nichts geht unter; es schweift der Geist und gelangt von dort hierher, von hier wieder dorthin, zieht ein in Glieder aller Art, geht aus tierischen in Menschenleiber über, aus uns wieder in Tiere und vergeht nie. Wie das nachgiebige Wachs neue Formen annimmt, nicht bleibt, wie es gewesen ist, und nicht die gleiche Gestalt bewahrt, aber dennoch dasselbe ist, so ist die Seele stets dieselbe nach meiner Lehre, doch wandert sie in verschiedene Gestalten. Deshalb verkündige ich euch, damit die Gier des Bauches nicht über die fromme Scheu triumphiert: Laßt ab, verwandte Seelen durch unheiligen Mord zu vertreiben! Und es nähre sich nicht Blut von Blute.

Und da ich nun schon auf hoher See dahinfahre und die vollen Segel dem Wind ausgesetzt habe: Es gibt im ganzen Weltkreis nichts Beständiges. Alles ist im Fluß, und jedes Bild wird gestaltet, während es vorübergeht. Ja, auch die Zeiten gleiten in ständiger Bewegung dahin, nicht anders als ein Strom. Denn stillstehen kann weder der Fluß noch die flüchtige Stunde, sondern wie die Woge von der Woge getrieben wird und im Herankommen zugleich gedrängt wird und die Vorgängerin verdrängt, so fliehen die Zeiten und folgen zugleich. Stets sind sie neu; denn was vorher gewesen ist, das ist vorüber; es wird, was nicht war, und jeder Augenblick entsteht neu.

Du siehst auch, wie die Nächte, wenn sie vergangen sind, zum Licht hinstreben und wie die strahlende Sonne das Erbe der finsteren Nacht antritt; und der Himmel hat nicht dieselbe Farbe, wenn alles gelöst in mitternächtiger Ruhe daliegt und wenn der helle Morgenstern auf weißem Roß erscheint, und wieder eine andere, wenn – Vorbotin des Lichtes – die Morgenröte den Weltkreis färbt, den sie dem Phoebus übergeben soll. Ja, selbst der Schild des Gottes ist rot, wenn er sich morgens aus der Erdentiefe erhebt, und rot, wenn er in der Erdentiefe versinkt; strahlend weiß ist er am Höhepunkt, da dort die bessere Natur des Äthers ist, die weit von der Berührung der Erde entfloh. Und die Gestalt der nächtlichen Diana kann weder gleich noch dieselbe sein: Wenn sie zunimmt, ist sie heute kleiner als morgen, wenn sie abnimmt, größer.

Und siehst du nicht, wie das Jahr sich wandelt und nacheinander in vier Gestalten erscheint, ein Abbild unseres Lebens? Denn zart wie ein Säugling und ganz ähnlich dem Knabenalter ist es im jungen Frühling. Da ist das Kraut frisch, schwillt an, doch ohne Härte, ist weich und erfreut die Landleute durch Hoffnung. Alles blüht dann; die üppig mit Blumen übersäte Wiese spielt in tausend Farben, und in den Blättern ist noch keinerlei männliche Festigkeit. Gekräftigt geht das Jahr nach dem Frühling in den Sommer über und wird zum starken jungen Mann; denn kein Lebensalter ist kräftiger, keines fruchtbarer und keines glutvoller. Die Nachfolge tritt der Herbst an, nachdem das jugendliche Feuer vorüber ist; er ist reif und mild, steht gemäßigt in der Mitte zwischen dem Jüngling und dem Greis, und seine Schläfen sind leicht ergraut. Darauf kommt der greisenhafte Winter, eisig mit zitterndem Schritt, teils seiner Haare beraubt, und die er noch hat, sind weiß.

Auch unser eigener Leib wandelt sich ständig ohne Rast, und was wir gewesen oder noch sind, morgen sind wir's nicht mehr. Es gab eine Zeit, da wir – nur als hoffnungsvoller Same und erster verheißungsvoller Anfang eines Menschen – im Mutterleib wohnten. Dann rührte die Natur mit ihren kunstreichen Händen daran, wollte nicht länger den Körper vom Leibe der hochschwangeren Mutter beengen lassen und entließ ihn aus der Behausung an die Luft, ins Freie. Ans Licht getreten, lag das Kindlein kraftlos und sprachlos da; bald bewegte es seine Glieder vierfüßig, nach Art der Tiere; erst allmählich, zitternd und mit noch unsicherer Kniekehle, hat es sich aufgerichtet und half seinen Sehnen mit irgendeiner Stütze auf. Dann ist der Knabe stark und schnell geworden. Er durchmißt die Spanne der Jugend, und nachdem auch die Jahre der mittleren Zeit ihren Dienst getan haben, gleitet er den abschüssigen Weg des hinfälligen Greisenalters dahin. Dieses untergräbt und zerstört die Kraft der früheren Lebenszeit, und es weint der gealterte Milon, sieht er jene Arme, die einst in der Fülle praller Muskeln denen des Hercules glichen, kraftlos und schwach herabhängen. Es weint auch Helena, hat sie im Spiegel die Runzeln der Greisin erblickt, und fragt sich, warum sie wohl zweimal geraubt wurde. Zeit, die alle Dinge verzehrt, und du, neidisches Alter, alles zerstört ihr, benagt es mit eurem Zahn und laßt es allmählich in langsamem Tode hinsterben!

Keine Dauer hat auch das, was wir Elemente nennen. Und welche Wandlungen sie durchmachen, das will ich euch – gebt nur acht – lehren. Vier Grundstoffe enthält die ewige Welt. Zwei von ihnen sind schwer und werden vom eigenen Gewicht in die Tiefe gezogen: Erde und Wasser. Und ebenso viele sind schwerelos und streben zur Höhe, weil nichts sie hinabdrückt: die Luft und, reiner als Luft, das Feuer. Obwohl diese räumlich getrennt sind, entsteht dennoch alles aus ihnen, und alles fällt in sie zurück. Aufgelöst, verdünnt sich Erde zu flüssigen Wassern; verflüchtigt, geht Feuchtigkeit in Luft und Dampf über, und nimmt man ihr das Gewicht, so sprüht die Luft, aufs feinste zerstäubt, hoch empor und wird zu Feuer. Darauf geht es in umgekehrter Reihenfolge wieder rückwärts: Feuer verdichtet sich nämlich zu Luft, diese wiederum zu Wasser, und Wasser ballt sich zu Erde zusammen.

Kein Ding behält seine eigene Erscheinung, und die ewig schöpferische Natur läßt eine neue Gestalt aus der andern hervorgehen, und – glaubt mir! – in der ganzen Welt geht nichts zugrunde, sondern es wandelt sich und erneuert sein Gesicht. ›Geboren werden‹ heißt ›beginnen, etwas anderes zu sein als vorher‹, und ›sterben‹ heißt ›aufhören, dasselbe zu sein‹. Und während vielleicht das eine hierhin, das andere dorthin übertragen wird, bleibt doch insgesamt alles bestehen. Nichts, so möchte ich glauben, dauert lange in derselben Gestalt fort: So seid ihr, Zeitalter, vom goldenen zum eisernen gelangt. So hat sich viele Male das Gesicht der Erde gewandelt. Ich habe selbst gesehen, wie ehemals festes Land zu Meer und Meer wieder zu Festland geworden war. Fern von der See lagen Meermuscheln, und auf Bergesgipfeln fand man einen alten Anker. Was ebenes Feld gewesen war, hat herabströmendes Wasser zum Tal gemacht; durch Fluten ist ein Berg zur Ebene geworden; Boden, der sumpfig war, ist dürr und voll trockenen Sandes; und was nahe am Verdursten war, ist feucht von Sumpf und Morast. Hier hat die Natur Quellen neu entspringen lassen, dort verschlossen. Und durch Beben in der Tiefe der Erde treten Flüsse ans Licht oder verschwinden im Dunkel.

So tritt der Lycus, hat ihn ein Erdspalt aufgesogen, an entfernter Stelle wieder hervor und wird aus einem anderen Schlund neu geboren; so wird der gewaltige Erasinus bald verschluckt, bald erscheint er wieder in den Gefilden von Argolis, nachdem er ein Stück weit im verborgenen dahingeflossen ist. Und man sagt von dem mysischen Caïcus, er habe, seiner früheren Quelle und seines Ufers überdrüssig, einen anderen Weg gewählt. Auch Amenanus, der sizilischen Sand vor sich herwälzt, fließt bald, bald ist er trocken, und seine Quellen sind verschlossen. Früher war der Anigrus trinkbar, doch jetzt führt er Wasser, das man nicht einmal berühren möchte, seitdem – sofern man den Dichtern nicht jede Glaubwürdigkeit absprechen muß – dort die Centauren ihre Wunden wuschen, die ihnen der Bogen des keulentragenden Hercules geschlagen hatte. War nicht der Hypanis, der in Scythiens Bergen entspringt, ursprünglich süß und ist jetzt durch bittere Salze verdorben? Von Fluten umspült waren Antissa und Pharos und das phoenicische Tyros – von ihnen ist heute keines mehr eine Insel; Leucas war Festland, als es die ursprünglichen Siedler bewohnten – jetzt umspült es das Meer. Auch Zancle soll mit Italien verbunden gewesen sein, so lange, bis die See den Grenzstreifen wegriß, Wellen dazwischendrängte und das Land zurückschob. Suchst du Helice und Buris, achaeische Städte, so wirst du sie unter Wasser finden, und noch heute zeigen uns Seefahrer die verfallenen Siedlungen mit ihren versunkenen Mauern. Nahe bei Pittheus' Stadt Troezen ist ein Hügel, hoch, doch ohne Bäume. Einst war's ein völlig ebenes Feld, jetzt ist es eine Anhöhe. Man schaudert beim bloßen Erzählen: Eingesperrt in lichtlose Höhlen, begehren die Winde in ihrer wilden Gewalt irgendwohin auszuatmen und ringen vergeblich darum, sich unter freiem Himmel zu tummeln; dabei hat der ganze Kerker keine einzige Ritze und ist für ihr Wehen undurchdringlich. Daher hat ihre Kraft den Boden gedehnt und aufgebläht, so wie sonst der Atem des Mundes eine Blase aufbläst oder einen Schlauch aus dem Fell eines gehörnten Bockes. Jene Schwellung blieb dort bestehen. Sie gleicht einem hohen Hügel und ist in langen Jahren hart geworden.

Obwohl mir sehr vieles einfällt, was ich gehört oder selbst in Erfahrung gebracht habe, will ich nur noch weniges hinzufügen. Gibt und empfängt nicht auch das Wasser neue Gestalten? Am Mittag ist deine Welle, gehörnter Ammon, eisig, bei Sonnenauf- und -untergang wird sie warm, und von den Athamanen heißt es, sie brächten Holz durch Wasser zum Brennen, wenn der

Mond am kleinsten ist. Bei den Ciconen gibt es einen Strom; trinkt man von ihm, versteinert er die Eingeweide; was mit ihm in Berührung kommt, überzieht er mit Marmor. Ganz in unserer Nähe geben Crathis und Sybaris dem Haar die Farbe von Bernstein und Gold. Und was noch wunderbarer ist: Es gibt Flüssigkeiten, die Macht haben, nicht nur den Leib, sondern auch die Seele zu verändern. Wer hat nicht von Salmacis mit ihrem entmannenden Wasser gehört und von den aethiopischen Seen? Hat einer davon getrunken, so wird er entweder rasend, oder es befällt ihn ein wundersam tiefer Schlaf. Wer seinen Durst an der clitorischen Quelle gelöscht hat, flieht vor Wein und freut sich enthaltsam an reinem Wasser, sei es, weil darin eine dem Wein entgegengesetzte Kraft wohnt oder weil nach Auskunft der Einheimischen der Sohn des Amythaon die Proetiden durch Zaubersprüche und Kräuter vom bacchischen Wahnsinn befreite und die Mittel, mit denen er ihren Geist geheilt hatte, in jenes Gewässer warf; so blieb der Abscheu vor Wein in den Wogen. Eine ganz andere Wirkung als diese hat ein lyncestischer Strom: Jeder, der mit unmäßiger Kehle davon geschlürft hat, wankt nicht anders, als hätte er reinen Wein getrunken. Es gibt einen Ort in Arcadien – Pheneos haben ihn die Alten genannt –, dessen Wasser wegen seiner unterschiedlichen Wirkung verrufen ist. Bei Nacht sollst du es fürchten! Nachts ist es schädlich; bei Tag kann man es ohne Gefahr trinken. So bekommen Seen und Flüsse jeweils wieder andere Kräfte – und es gab eine Zeit, da Ortygia auf den Wogen schwamm; jetzt ist es fest verankert. Die Argo fürchtete die Symplegaden, die vom Zusammenprall hochgeschleuderte Wellen bespritzen. Sie stehen jetzt unbeweglich fest und trotzen den Winden. Und auch der Aetna, dessen schwefliger Schlund glüht, wird nicht immer feurig sein; denn er ist es auch nicht immer gewesen. Mag nun die Erde ein Tier sein, leben und an vielen Stellen Öffnungen haben, die Feuer speien – so kann sie die Atemwege verändern und, sooft sie sich bewegt, Gänge verschließen und dafür andere öffnen. Oder die flüchtigen Winde, tief unten in Höhlen gefangengehalten, schlagen Stein gegen Stein und dazu noch einen Stoff, der Keime des Feuers enthält; dieser geht unter den Schlägen in Flammen auf, doch die Grotten werden kalt zurückbleiben, wenn sich die Winde gelegt haben. Oder die Kräfte des Erdpechs reißen die Feuersbrunst an sich, oder es entzündet sich gelber Schwefel mit wenig Rauch; aber sobald die Erde der Flamme keinen Stoff und keine fette Nahrung mehr gibt, da ihre Kräfte durch die lange Zeit erschöpft sind und dem gefräßigen Element die artgemäße Speise ausgeht, wird dieses den Hunger nicht ertragen, und das Feuer verläßt die verlassenen Räume. Im hyperboreïschen Pallene soll es Männer geben, die sich stets mit leichten Flaumfedern umhüllen, wenn sie neunmal in den tritonischen Sumpf getaucht sind; ich glaube nicht daran. Auch die Scythenfrauen sollen die gleichen Künste ausüben, wobei sie sich vorher mit Zaubersäften besprengen.

Aber wenn man schon zu bereits Erwiesenem noch weitere Bestätigungen hinzufügen soll: Siehst du nicht, daß Leiber, die durch die Zeit und durch auflösende Wärme verfaulen, sich in kleine Tiere verwandeln? Geh hin, schlachte erlesene Stiere und schütte in einer Grube Erde über sie. Aus dem faulenden Eingeweide – man kennt dies aus Erfahrung – entstehen überall blumenbenaschende Bienen, die wie ihre Väter, die Stiere, das Land lieben, gerne arbeiten und sich für die Zukunft abmühen. Ein vergrabenes Kriegspferd ist der Ursprung der Hornisse. Nimmst du dem Strandkrebs die krummen Scheren und legst den Rest unter die Erde, so wird aus dem bestatteten Teil ein Skorpion hervorgehen und dich mit seinem gebogenen Schwanz bedrohen. Die ländlichen Raupen, die Blätter mit grauen Fäden zu umspinnen pflegen, verwandeln sich – Bauern haben es beobachtet – in einen Schmetterling, wie man ihn auf Gräbern darstellt. Der Schlamm enthält Keime, die grüne Frösche erzeugen, und er erzeugt sie ohne Füße. Bald gibt er ihnen zum Schwimmen geeignete Schenkel; um ihnen weite Sprünge zu ermöglichen, sind die Hinterbeine länger als die vorderen Gliedmaßen. Und was die Bärin soeben bei der Geburt ans Licht gebracht hat, ist kein Junges, sondern gerade noch lebensfähiges Fleisch; durch Zurechtlecken bildet die Mutter die Glieder aus und verleiht ihm eine Gestalt, wie sie selbst sie schon hat. Siehst du nicht, wie in sechseckigen Waben die Brut der Honigbienen als Leib ohne Glieder entsteht und erst spät Füße und Flügel bekommt? Wer hielte es für möglich, daß Iunos Vogel, der im Schweif die Sterne trägt, Iuppiters Waffenträger, die Tauben der Cytherea und überhaupt alle Vogelarten mitten aus dem Ei entstehen, wenn man es nicht aus Erfahrung wüßte? Manche glauben, wenn ein Rückgrat in verschlossenem Grabe zerfallen ist, verwandle sich menschliches Mark in eine Schlange.

Doch all die genannten Wesen leiten den Ursprung ihres Geschlechts aus anderem her; einzigartig aber ist der Vogel, der sich selbst neu gebiert und wieder zeugt. Die Assyrer nennen ihn Phoenix. Er lebt weder von Feldfrucht noch von Kräutern, sondern von Weihrauchtränen und vom Saft des Amomum. Hat dieser die fünf Jahrhunderte seines Lebens vollendet, baut er sich in den Ästen der Steineiche oder im Wipfel der schwankenden Palme mit den Fängen und seinem unbefleckten Schnabel ein Nest. Hat er dort aus Cassia, Ähren der milden Narde, Stücken von Zimt und gelblicher Myrrhe eine Streu bereitet, läßt er sich darauf nieder und beschließt sein Leben inmitten von Wohlgerüchen. Hierauf soll aus dem väterlichen Leib ein kleiner Phoenix wiedergeboren werden, dem beschieden ist, ebenso viele Jahre zu leben. Hat ihm dann das rechte Alter Kraft verliehen und ist er fähig, die Last zu tragen, so nimmt er das schwere Nest von den Ästen des hohen Baumes und trägt treulich seine Wiege und das Grab seines Vaters fort, gelangt durch die leichten Lüfte in Hyperions Stadt und legt das Nest vor den heiligen Pforten am Tempel Hyperions nieder.

Liegt aber schon in diesen Dingen etwas Neues, Wunderbares, so wollen wir uns erst recht wundern, daß die Hyäne ihre Rolle wechselt und daß dieselbe, die eben noch als Weibchen ein Männchen auf dem Rücken trug, nun umgekehrt selbst ein Männchen ist. Auch gleicht sich jenes Tier, das sich von Wind und Luft ernährt, sofort der Farbe an, die es berührt hat. Das besiegte Indien gab dem mit Trauben bekränzten Bacchus die Luchse; alles, was ihre Blase ausgeschieden hat, soll sich in Steine verwandeln und bei Berührung mit der Luft erstarren. So wird auch die Koralle hart, sobald sie der Luft ausgesetzt ist: Unter dem Wasser war sie eine weiche Pflanze.

Der Tag wird zu Ende gehen und Phoebus die keuchenden Rosse ins tiefe Meer tauchen lassen, ehe ich alles in Worte fassen kann, was eine neue Gestalt bekommen hat. So sehen wir auch, wie die Zeiten sich wandeln, Völker an Kraft zunehmen, andere verfallen; so war Troia einst reich an Habe und Helden und konnte zehn Jahre hindurch so hohen Blutzoll entrichten, jetzt aber liegt es am Boden, zeigt nur die alten Trümmer und anstelle der Schätze die Gräber der Ahnen. Ruhmreich war Sparta, stark das große Mycene und auch Cecrops' Burg und die Burg des Amphion. Ein wertloses Stück Land ist Sparta, gestürzt ist das hohe Mycene; was ist Oedipus' Theben mehr als ein Name? Was bleibt von Pandions Athen außer dem Namen? Auch ist jetzt die Rede vom Aufstieg des dardanischen Rom, das dicht an den Fluten des im Appennin entsprungenen Tibers unter der Last einer gewaltigen Aufgabe den Grund zu einem Weltreich legt. Dieses Rom verändert im Wachsen die Gestalt und wird einst das Haupt des unermeßlichen Erdkreises sein. So, heißt es, sagen die Seher und die schicksalverkündenden Orakel; soweit ich mich erinnern kann, hatte Priamus' Sohn Helenus, als die troianische Macht wankte, zu Aeneas gesagt, der weinte und an der Rettung zweifelte: ›Sohn der Göttin, wenn du die Vorahnungen meines Geistes zur Genüge kennst, so weißt du: Nicht ganz wird Troia fallen, da du am Leben bist. Feuer und Schwert werden dir weichen. Du wirst gehen, Pergamon dem Untergang entreißen und es forttragen, so lange, bis Troia und dir ein Land in der Fremde zuteil wird, das dich freundlicher aufnimmt als die Heimat. Auch schaue ich eine Stadt – die Phrygerenkel sind sie dem Schicksal schuldig – so groß, wie es sonst keine gibt noch geben wird und wie man auch in früheren Jahren keine gesehen hat. Diese Stadt werden durch lange Menschenalter hindurch manch andere große Männer zur Macht führen, doch der Held vom Geblüt des Iulus wird sie zur Herrin der Welt machen. Hat er dann die Erde beglückt, so werden die Sitze im Äther sich seiner erfreuen, und der Tod wird ihm das Tor zum Himmel sein.‹ Dies sang Helenus dem Penatenträger Aeneas, und mein Geist erinnert sich daran. Ich freue mich, daß die verwandten Mauern wachsen und daß der Sieg der Pelasger den Phrygern zum Segen geworden ist.

Doch damit ich nicht zu weit abschweife und meine Rosse nicht vergessen, zum Ziel zu eilen: Der Himmel und alles, was darunter ist, wandelt seine Gestalt, und ebenso die Erde und was auf ihr ist. Da wir ebenfalls, als Teil der Welt, nicht nur Körper, sondern auch geflügelte Seelen sind, in tierische Behausungen eingehen und in Leiber von Weidevieh eingeschlossen werden können, so wollen wir Körper, in denen Seelen von Eltern, Brüdern, uns sonst irgendwie Nahestehenden oder jedenfalls von Menschen wohnen können, sicher und in Frieden leben lassen und unsere Eingeweide nicht mit thyestischen Mahlzeiten anfüllen! Welch schlimme Gewohnheit erwirbt der Mensch, wie rücksichtslos erzieht er sich dazu, Menschenblut zu vergießen, wenn er einem Kalb mit dem Eisen die Kehle ritzt und mit ungerührtem Ohr sein Brüllen hört oder wenn er ein Zicklein, das wimmert wie ein Kind, erwürgen oder einen Vogel verzehren kann, dem er selbst Futter gegeben hat! Wie wenig fehlt hier noch zum Verbrechen im vollen Sinne! Was wird der nächste Schritt sein? Laßt das Rind pflügen oder an Altersschwäche sterben, das Schaf Schutzwaffen gegen den schaudererregenden Nordwind liefern, die satten Ziegen ihr Euter den Melkerhänden darbieten!

Doch fort mit Netzen, Fallen, Schlingen und listigen Künsten! Täuscht den Vogel nicht mit der Leimrute, betrügt die Hirsche nicht mit Federn, die sie fürchten, und verbergt nicht in trügerischen Ködern die Angelhaken. Vernichtet, was schädlich ist, aber beschränkt euch darauf, es zu vernichten; der Mund bleibe frei von solcher Speise und nehme unblutige Nahrung auf!«

Hippolytus

Durch solche und andere Reden im Herzen belehrt, soll Numa zurück in seine Heimat gewandert sein; er ergriff die Zügel der Herrschaft im Latinervolk, das ihn von sich aus darum gebeten hatte. Glücklich vermählt mit einer Nymphe und angeleitet von den Camenen, lehrte er sein Volk die Opferbräuche und führte den Stamm, der grausamen Krieg gewohnt war, zu friedlichem Wirken. Als er in hohem Alter von Thron und Leben schied, beweinten die Frauen, das Volk und die Väter von Latium den toten Numa; seine Gattin hat nämlich die Stadt verlassen, hält sich in den dichten Wäldern des Tales von Aricia verborgen und stört die Gottesdienste der oresteïschen Diana durch ihr Seufzen und Klagen. Ach, wie oft ermahnten sie die Nymphen des Waldes und des Sees, dies nicht zu tun, und sagten ihr tröstende Worte! Wie oft sprach auch der Heros aus Theseus' Stamm zu ihr, wenn sie weinte:

»Mäßige dich! Denn du bist nicht die einzige, deren Los beklagenswert ist. Betrachte ähnliches Unglück, das anderen widerfahren ist, und du wirst das deine leichter tragen. O hätte ich doch kein Schicksal, das dich in deiner Trauer trösten kann! Aber auch das meine vermag es.

Vielleicht ist euch zu Ohren gekommen, daß ein Hippolytus durch die Leichtgläubigkeit seines Vaters und die Tücke einer verworfenen Stiefmutter dem Tod anheimfiel. Du wirst dich wundern, und kaum werde ich dich überzeugen können, und doch bin ich dieser Mann. Vergeblich führte mich einst Pasiphaës Tochter in Versuchung, das väterliche Lager zu schänden; dann gab sie vor, ich hätte gewollt, was in Wirklichkeit ihr Wille gewesen war, und kehrte die Anklage um – ob aus Furcht, ich könnte sie anzeigen, oder vielmehr, weil die Zurückweisung sie kränkte? So erreichte sie meine Verurteilung. Der Vater verstößt mich Unschuldigen aus der Stadt, und beim Abschied verwünscht er mein Haupt mit feindseligem Fluch. Als Flüchtling lenkte ich meinen Wagen auf Pittheus' Stadt Troezen zu und eilte schon über den Strand des corinthischen Meerbusens hin, da erhob sich plötzlich die See, und ich sah, wie sich ein gewaltiger Wogenschwall gleich einem Berg emporwölbte und wuchs. Dumpfes Brüllen ließ er vernehmen und teilte sich ganz oben an der Spitze. Die Wogen öffnen sich und speien einen gehörnten Stier aus, der bis zur Brust in die sanften Lüfte hinausragt und aus den Nüstern und dem weitgeöffneten Maul einen Teil des Meeres hervorschnaubt. Die Herzen meiner Gefährten sind verzagt. Doch meine Seele blieb unerschrocken, da ich nur an meine Verbannung denken konnte. Plötzlich wenden die wilden Rosse den Hals zum Meer und richten in starrem Entsetzen die Ohren auf. Die Furcht vor dem Ungeheuer verwirrt sie so sehr, daß sie den Wagen von den Felsen hinabstürzen. Ich ringe vergebens darum, das mit weißem Schaum beschmierte Zaumzeug zurückzuziehen, lehne mich nach hinten und spanne die geschmeidigen Zügel. Und die Wut der Pferde hätte meine Kraft nicht überwältigt, wäre nicht das Rad, das sich rastlos um die feste Achse dreht, gegen einen Baumstumpf gerast und zerbrochen und nach allen Seiten verstreut worden. Mich schleudert es aus dem Wagen, und da hättest du sehen können: Zügel umspannen Gelenke, schleifen lebendes Eingeweide fort, Sehnen sind an dem Baumstumpf hängengeblieben, Glieder werden teils fortgerissen, teils festgehalten und bleiben zurück, Knochen brechen mit dumpfem Geräusch, ich hauche die erschöpfte Seele aus. Am ganzen Körper ist kein Teil, den man hätte wiedererkennen können. Alles war eine einzige Wunde. Vermagst du oder wagst du es überhaupt noch, Nymphe, dein Unglück dem meinen zu vergleichen? Gesehen habe ich auch das lichtlose Reich, den zerfleischten Leib in Phlegethons Fluten gebadet, und ohne ein starkes Heilmittel des Apollosohnes wäre mir das Leben nicht wiedergeschenkt worden: Ich erlangte es durch wirksame Kräuter und durch Paeans Kunst, Pluto zum Trotz. Dann warf Cynthia dichtes Gewölk über mich, damit der Neid, den diese Gabe erregt, durch meinen Anblick nicht wachse. Und damit ich sicher sei und mich ungestraft sehen lassen könne, gab sie mir höheres Alter und machte mein Antlitz unkenntlich. Lange zauderte sie, ob sie mir Kreta oder Delos als Wohnung übergeben solle. Dann ließ sie den Gedanken an Delos und Kreta fallen und versetzte mich hierher. Zugleich läßt sie mich den Namen ablegen, der an Rosse gemahnen könnte. ›Der du Hippolytus gewesen bist‹, sprach sie, ›sollst jetzt Virbius sein!‹ Seitdem bewohne ich diesen Hain; als einer der kleineren Götter lebe ich im verborgenen unter dem Schutz meiner Gebieterin und werde zu ihrem Volke gerechnet.«

Tages – Die Lanze des Romulus – Cipus

Doch kann fremdes Unglück Egerias Trauer nicht lindern. Ganz unten am Fuße des Berges liegt sie und zerfließt in Tränen, bis Phoebus' Schwester, gerührt von der Anhänglichkeit der Trauernden, aus ihrem Körper einen kühlen Quell schuf und die Glieder in ewig strömende Wellen auflöste. Den Nymphen ging das unerhörte Ereignis nahe, und auch der Sohn der Amazone war nicht minder erstaunt als der tyrrhenische Ackersmann, da er mitten auf seinem Feld die schicksalsträchtige Scholle erblickte, die sich zunächst von selbst in Bewegung setzte, ohne daß jemand an sie rührte, bald aber die Gestalt eines Menschen annahm, das Erdhafte ablegte und den neuentstandenen Mund auftat, um künftiges Geschick zu verkünden. Die Einheimischen nannten ihn Tages; er lehrte zuerst das Etruskervolk, Ereignisse der Zukunft aufzudecken. Hippolytus staunte auch wie einst Romulus, der sah, daß seine Lanze, die im palatinischen Hügel stak, sich plötzlich belaubte: Auf einer neuen Wurzel stand sie, nicht auf der Eisenspitze, die sich in den Boden gebohrt hatte; kein Wurfgeschoß mehr, sondern ein Baum mit biegsamem Schaft, spendete sie den Verwunderten unerwarteten Schatten. Hippolytus war auch bestürzt wie Cipus, der in der Welle des Flusses die eigenen Hörner sah – er sah sie tatsächlich –, und da er dem Spiegelbild nicht traute, führte er oft die Finger an die Stirn und betastete, was er sah. Da strafte er seine Augen nicht mehr Lügen, blieb stehen – er kam nämlich gerade als Sieger vom geschlagenen Feind – und hob die Augen – mit ihnen die Hörner – zum Himmel. »Was auch, ihr Götter«, sprach er, »durch dieses Ungeheuerliche angekündigt werden mag – ist es freudig, so bringe es dem Vaterland und dem Volke des Quirinus Freude, ist es aber bedrohlich, so gelte es mir!« Und er baut aus grünen Rasenstücken einen mit Kräutern bewachsenen Altar, verbrennt darauf Räucherwerk als Versöhnungsopfer, schenkt Wein in Schalen, schlachtet zweijährige Schafe, befragt die zuckenden Eingeweide, was sie ihm verkünden. Sobald ein Eingeweideschauer tyrrhenischen Stammes diese erblickte, sah er darin zwar große Staatsbewegungen, aber nichts Deutliches. Doch als er das scharfe Auge von den Fasern des Tieres zu den Hörnern des Cipus erhob, sprach er: »König, Heil dir! Denn dir, dir, Cipus, und deinen Hörnern wird dieser Ort und Latiums Burg gehorchen. Mache dich nur rasch auf und eile, die offenen Tore zu betreten. So gebietet es das Schicksal. Denn bist du einmal in die Stadt aufgenommen, wirst du König sein und ohne Gefahr das Szepter auf immer gewinnen.« Er aber trat einen Schritt zurück. Finster wandte er das Antlitz von Roms Mauern ab. »Weit, weit fort«, sprach er, »mögen die Götter solche Vorzeichen jagen! Viel gerechter wird es sein, wenn ich mein Leben als Verbannter friste, als daß mich das Capitol als König sieht.« Sprach's und ruft alsbald das Volk und den würdigen Senat zusammen; vorher verhüllt er jedoch seine Hörner mit dem Friedenslorbeer, stellt sich auf die Erhöhung, die tapfere Krieger aufgeschüttet haben, und betet nach uraltem Brauch zu den Göttern. »Einer«, spricht er, »ist hier – wenn ihr den nicht aus der Stadt vertreibt, wird er König sein. Wer es ist, will ich durch ein Zeichen, nicht durch den Namen kundtun: Er trägt Hörner auf der Stirn; der Augur verkündet, wenn dieser Mann Rom betrete, werde er euch Sklavenrechte bescheren. Er hätte freilich durch die offenen Tore einbrechen können, aber ich stellte mich ihm entgegen, obwohl mir keiner näher steht als er. Haltet den Mann von der Stadt fern, Quiriten! Oder, wenn er es verdient, fesselt ihn mit schweren Ketten! Oder aber macht eurer Furcht ein Ende und tötet den Tyrannen, den euch das Verhängnis gab!« Wie in einem Wald hochgekämmter Pinien, wenn der trotzige Ostwind hineinpfeift, ein Rauschen entsteht oder wie die Fluten des Meeres brausen, wenn man sie aus der Ferne hört, so murmelt das Volk; doch aus den verworrenen Worten der raunenden Menge hört man eine Stimme heraus: »Wer ist's?« Und sie betrachten ihre Stirnen und suchen die angekündigten Hörner. Abermals spricht Cipus zu ihnen: »Der Mann, den ihr verlangt: Hier ist er.« Und er nahm, obwohl ihn das Volk daran hindern wollte, den Kranz vom Haupte und entblößte die Schläfen, die das Hörnerpaar zierte. Alle schlugen die Augen nieder, seufzten auf und sahen jenes durch Verdienste hochgeehrte Haupt – wer hätte es gedacht? – ungern, litten's nicht länger, daß es den Ehrenschmuck entbehre, und setzten ihm den festlichen Kranz wieder auf. Da es dir nun verboten ist, Cipus, den Mauerring zu betreten, haben dir die Vornehmen so viel Land als Ehrengabe verliehen, wie du mit dem Pflug, den du in die Erde drücktest und mit Rindern bespanntest, vom Aufgang der Sonne bis zu ihrem Untergang umschreiben konntest. Und als Abbild der wunderbaren Erscheinung stellen sie an dem erzbeschlagenen Tor die Hörner dar, damit ihnen lange Dauer beschieden sei.

Aesculap in Rom

Offenbart nun, ihr Musen, die ihr den Dichtern tätig zur Seite steht – denn ihr wißt es, und euch entgeht die ferne Vergangenheit nicht –, woher es kam, daß der Sohn der Coronis auf der rings umflossenen Insel im tiefen Tiber die Heiligtümer der Romulusstadt um ein weiteres vermehrte.

Einst hatte eine entsetzliche Pest Latiums Luft vergiftet, und bleich und blutleer waren die Leiber, von Krankheit gezeichnet. Sobald man, der vielen Bestattungen müde, erkennt, daß menschliches Bemühen und ärztliche Kunst nichts ausrichten können, sucht man Hilfe bei den Himmlischen und wendet sich nach Delphi, das in der Mitte des Erdkreises liegt, an das Orakel des Phoebus. Man bittet ihn, er möge mit heilbringendem Spruch dem Unheil steuern und das Unglück einer so großen Stadt beenden. Da erzitterten zugleich die Stätte, der Lorbeer und des Gottes eigener Köcher; der Dreifuß ließ aus der Tiefe des Allerheiligsten folgenden Spruch vernehmen und erregte die erschrockenen Herzen: »Was du hier suchst, hättest du, Römer, an einem näheren Ort suchen sollen; such es auch jetzt näher bei dir! Nicht Apollo braucht ihr, um eurer Trauer abzuhelfen, sondern Apollons Sohn. Geht mit guten Vogelzeichen und holt meinen Nachkommen.« Nachdem der umsichtige Senat den Auftrag des Gottes vernommen hat, läßt er auskundschaften, welche Stadt der Sohn des Phoebus bewohne, und schickt Leute aus, mit dem Wind zur Küste von Epidaurus zu segeln. Als das geschweifte Schiff dort angelegt hatte, traten die Abgesandten vor die versammelten griechischen Stadtväter und baten sie, ihnen den Gott zu geben, damit er durch seine Gegenwart dem Sterben des ausonischen Stammes ein Ende setze; so sei die Weisung eindeutiger Orakelsprüche. Die Stimmung schwankt, die Meinungen sind geteilt: Die einen glauben, man dürfe Hilfe nicht verweigern, viele aber raten, den Gott für sich zu behalten, das eigene Heil nicht aus der Hand zu lassen und die Gottheit nicht weiterzugeben. Während sie noch unschlüssig sind, hat die Dämmerung den späten Tag vertrieben. Schon hatte der Schatten den Erdkreis mit Dunkel überzogen, als du, Römer, im Schlafe den hilfreichen Gott an dein Lager treten sahst; so wie er sonst im Tempel ist, einen ländlichen Stab in der Linken haltend, strich er das Haar des langen Bartes mit der Rechten und sprach aus gütigem Herzen solche Worte: »Fürchte dich nicht! Ich werde kommen und mein Götterbild verlassen. Schau dir nur diese Schlange genau an, die in Windungen den Stab umschlingt, und merke sie dir recht, damit du sie erkennen kannst, wenn du sie siehst! In sie will ich mich verwandeln. Doch größer werde ich sein und so groß erscheinen, wie es sich für die Leiber der Himmlischen geziemt!« Alsbald verschwand der Gott zugleich mit der Stimme und mit Stimme und Gott auch der Schlaf. Und als der Schlaf entflohen war, kam das liebe, lebenspendende Licht.

Das Morgenrot des nächsten Tages hatte den Sternenschimmer vertrieben: Voller Zweifel, was sie tun sollen, kommen die Edlen am reich verzierten Tempel des Gottes zusammen, den man von ihnen verlangt, und bitten, er selbst möge ihnen durch himmlische Zeichen anzeigen, an welcher Stätte er weilen wolle. Kaum waren sie recht zu Ende, da stieß der Gott, goldglänzend, mit hohem Kamm bewehrt und in Schlangengestalt, als Vorankündigung ein Zischen aus; durch sein Nahen bewegte er das Götterbild, den Altar, die Pforten, den Marmorboden und den goldenen Giebel, richtete sich mitten im Tempel steil in Brusthöhe auf und blickte mit feuersprühenden Augen umher. Die Menge ist erschrocken und verzagt. Den Gott erkannte der Priester, auf dessen geweihtem Haupt eine Binde das Haar zusammenhielt. »Da ist der Gott, es ist der Gott! Seid mit Herz und Mund ehrerbietig, alle, die ihr zugegen seid!« sprach er. »Mögest du, o Herrlichster, uns zu Nutz und Frommen erschienen sein und den Völkern Heil bringen, die deine Heiligtümer verehren.« Alle Anwesenden huldigen der sichtbar erschienenen Gottheit; alle wiederholen die Worte des Priesters, und die Aeneaden erweisen ihm mit Herz und Lippen fromme Ehrerbietung. Ihnen nickte der Gott Erfüllung und Gewährung zu, indem er den Kamm bewegte und wiederholt zischte und züngelte. Dann gleitet er die schimmernden Stufen hinab, wendet das Angesicht zurück, blickt abschiednehmend zum altehrwürdigen Altar und grüßt das vertraute Haus und den Tempel, den er bewohnt hat. Von dort kriecht er riesengroß über den blumenübersäten Boden, krümmt sich in Windungen und eilt mitten durch die Stadt zum Hafen, den in weitem Bogen eine Mole schützt. Hier hielt er inne; und es war, als entlasse er mit freundlicher Miene sein Gefolge und die Schar, die ihm das Ehrengeleit gab. Darauf legte er sich im ausonischen Schiff zur Ruhe; dieses spürte die Last der Gottheit: Der Kiel wurde vom Gewicht des Gottes tief ins Wasser gedrückt. Die Aeneaden freuen sich, schlachten an der Küste einen Stier und lösen die gedrehten Haltetaue des mit Kränzen geschmückten Schiffes. Kaum hat es die leichte Brise in Bewegung gesetzt, da richtet sich der Gott hoch auf; den Nacken auf das geschwungene Heck gestützt, schaut er auf die blauen Wasser hinab. Sanfte Westwinde tragen ihn übers ionische Meer; beim sechsten Morgenrot hat er Italien erreicht. Er fährt vorüber am Vorgebirge Lacinium, das der Tempel der Göttin berühmt gemacht hat, und vorbei an den Gestaden von Scylaceum. Er läßt Iapygien im Rücken und flieht, nach links rudernd, die amphrysischen Felsen und das auf der rechten Seite abschüssige Celennium, er berührt Romethium, Caulon und Narycia und überwindet die Meerenge, den Engpaß des sizilischen Pelorus, die Hallen des Königs, des Hippotaden, die Bergwerke von Temese, nimmt Kurs auf Leucosia und auf die Rosengärten des warmen Paestum. Dann streift er Capreae, das Vorgebirge der Minerva und die Hügel, die surrentinische Reben adeln, Hercules' Stadt und Stabiae, das zur Erholung geschaffene Parthenope und danach den Tempel der cumaeischen Sibylle. Hierauf erreicht man die warmen Quellen, das mastixtragende Liternum, den Volturnus, der viel Sand in seinem Strudel führt, und Sinuessa, reich an schneeweißen Tauben, das ungesunde Minturnae, Caieta, wo Aeneas seine Amme bestattete, die Hallen des Antiphates, das von Sumpf umlagerte Trachas, das circaeische Land und Antium mit seinem festen Gestade. Kaum haben die Seefahrer ihren segeltragenden Kiel hierher gelenkt – denn die See war schon unfreundlich geworden –, da entrollt der Gott seine Ringe; in vielen Windungen und mächtigen Bögen dahingleitend, zieht er im Tempel seines Vaters ein, der an den gelben Strand grenzt. Sobald sich das Meer beruhigt hat, verläßt der Epidaurer den Altar seines Vaters; nachdem er bei der verwandten Gottheit zu Gast gewesen, zieht er Furchen im Sand des Strandes und schleift knirschend sein Schuppenkleid darüber hin. Am Steuerruder des Schiffes kriecht er empor; schon hat er sein Haupt hoch auf das Heck gelegt, bis er endlich in Castrum, dem heiligen Ort Laviniums und an der Tibermündung angelangt ist.

Hierher stürzt ihm alles Volk entgegen: die Schar der Mütter und Väter und die Jungfrauen, die dein Feuer, troianische Vesta, hüten, und sie begrüßen den Gott mit freudigen Rufen. Überall, wo das schnelle Schiff stromaufwärts vorbeigezogen wird, knistert Weihrauch von reihenweise auf beiden Ufern errichteten Altären und schwängert die Luft mit Rauch, und vom geschlachteten Opfertier ward das gezückte Messer warm. Schon war das Schiff in die römische Stadt, das Haupt der Welt, eingefahren; da richtet sich die Schlange auf, lehnt den Hals ganz oben an den Mastbaum, dreht den Kopf und sieht sich nach einem passenden Wohnsitz um. Es spaltet sich der Fluß in zwei Teile und umfließt ein Eiland – man nennt es die Insel –, und nach beiden Seiten breitet er gleich weit die Arme aus. In der Mitte ist Land. Hierher begab sich vom latinischen Fichtenschiff die Schlange aus Phoebus' Stamm, nahm wieder himmlische Gestalt an, setzte der Trauer ein Ende und kam als Heilbringer für die Stadt.

Caesar und Augustus

Aesculap trat freilich als Fremder zu unseren Heiligtümern hinzu; Caesar aber ist in seiner eigenen Stadt ein Gott. Obwohl er im Feld und auf dem Forum vortrefflich war, haben ihn nicht nur Kriege, die mit Triumphen endeten, Friedenswerke in der Heimat und ein frühzeitiger Tatenruhm in ein neues Gestirn, einen Kometen, verwandelt, sondern vor allem sein Sohn. Denn von Caesars Taten ist keine größer als die, der Vater eines solchen Mannes zu sein. Ist es etwa mehr, das Seevolk der Britanner bezähmt zu haben und mit siegreichen Schiffen auf dem siebenarmigen Strom des papyrusbewachsenen Nils gefahren zu sein, die rückfälligen Numider, den cinyphischen Iuba und Pontus, das stolz auf den Namen Mithridates ist, alle zum Volk des Quirinus hinzugefügt, viele Triumphe verdient, nur einige wenige gefeiert zu haben? Ist dies alles mehr, als der Vater eines so großen Mannes zu sein? Dadurch, daß ihr ihn zum Lenker der Welt machtet, habt ihr, Himmlische, dem Menschengeschlecht eine überschwengliche Gnade erwiesen.

Damit dieser also nicht aus sterblichem Samen stamme, mußte jener zum Gott gemacht werden. Sobald die goldene Mutter des Aeneas dies eingesehen hatte und auch, daß dem Hohenpriester ein trauriger Tod bereitet werden sollte und Verschwörerwaffen auf ihn lauerten, erbleichte sie und sprach zu jedem Gott, dem sie gerade begegnete: »Sieh, mit wie großer Gewalt mir ein Hinterhalt gelegt wird und mit wieviel Heimtücke man das Haupt angreift, das mir als einziges vom Stamme des dardanischen Iulus bleibt! Soll denn immer nur ich von berechtigten Sorgen umhergetrieben werden? Bald verwundet mich der calydonische Speer des Tydiden, bald betrüben mich die Mauern des glücklos verteidigten Troia; dann muß ich mitansehen, wie mein Sohn auf langen Irrfahrten umhergejagt, auf dem Meer hin- und hergeworfen wird, das Reich der stillen Schatten betritt und gegen Turnus Krieg führt – vielmehr, um die Wahrheit zu sagen, gegen Iuno! Doch was erinnere ich mich jetzt an die alten Heimsuchungen meines Geschlechts? Die gegenwärtige Angst erlaubt mir nicht, früherer Ängste zu gedenken: Seht ihr, wie die verruchten Schwerter gewetzt werden – gegen mich? Haltet sie fern, ich bitte euch, verhütet die Untat und löscht nicht die Flamme der Vesta mit dem Blut des ermordeten Priesters!«

Solche Reden verbreitet die besorgte Venus umsonst im ganzen Himmel und versucht die Götter zu rühren. Obwohl diese die eisernen Beschlüsse der drei alten Schwestern nicht durchbrechen können, geben sie doch eindeutige Zeichen künftiger Trauer. Man sagt, klirrende Waffen zwischen schwarzen Wolken, drohend schmetternde Trompeten und Hörner, die am Himmel erklangen, hätten das Unheil angekündigt. Selbst das Anlitz der Sonne war verfinstert und spendete der besorgten Erde fahles Licht. Oft sah man dicht an den Gestirnen Fackeln brennen, oft fielen mit dem Regen blutige Tropfen herab; dunkel war der Morgenstern und sein Antlitz mit schwarzem Rost gesprenkelt; besprengt mit Blut war der Wagen des Mondes. An tausend Orten gab der stygische Uhu düstere Vorzeichen, an tausend Orten tränte das Elfenbein, und in heiligen Hainen soll man Gesang und drohende Worte gehört haben. Kein Opfertier gibt günstige Zeichen, die Muskelfasern warnen vor großen Unruhen, und in den Eingeweiden findet sich der Hauptlappen der Leber durchschnitten. Wie es heißt, heulten Hunde nachts auf dem Forum und rings um Häuser und heilige Tempel; Schatten der Toten irrten umher, Erdbeben erschütterten die Stadt.

Dennoch konnten die Warnungen der Götter den Mordanschlag und das kommende Unheil nicht abwenden. Gezückte Schwerter trägt man zum Tempel; denn für die Untat und den gräßlichen Mord wird in der ganzen Stadt kein anderer Ort bestimmt als die Kurie. Da aber schlug Cytherea sich mit beiden Händen an die Brust. Sie schickt sich an, den Aeneassproß in der Wolke zu verbergen, durch die einst Paris dem feindseligen Atriden entrissen wurde und Aeneas dem Schwert des Diomedes entronnen war. Zu ihr spricht der Vater also: »Willst du, Tochter, allein das unüberwindliche Schicksal abändern? Du magst selbst das Haus der drei Schwestern betreten; dort wirst du in riesiger Größe aus Erz und gediegenem Eisen das Archiv der Weltgeschichte sehen, das weder das Beben des Himmels noch des Blitzes Wut fürchtet noch sonst eine Zerstörung, sicher und ewig, wie es ist. Dort wirst du, in dauerhaften Stahl eingeritzt, das Schicksal deines Geschlechtes finden. Ich habe es selbst gelesen und es mir ins Herz geprägt. Berichten will ich es dir, damit du nicht länger der Zukunft unkundig seist. Er, dem all dein Sorgen und Mühen gilt, Cytherea, hat seine Zeit erfüllt und die Jahre vollendet, die er der Erde schuldig war. Daß er nun als Gott zum Kreis der Himmlischen hinzutrete und in Tempeln verehrt werde, werdet ihr bewirken, du und sein eigener Sohn, der als Erbe seines Namens allein die ihm auferlegte Last tragen und uns im Krieg auf seiner Seite haben wird, der heldenhafte Rächer des ermordeten Vaters! Unter seinem Oberbefehl werden die Mauern des belagerten Mutina besiegt werden und um Frieden bitten, Pharsalia wird seine Macht zu spüren bekommen, und nochmals wird Philippi in Emathia vom Blute feucht werden; der Name des großen Pompeius wird in Siziliens Wellen überwunden werden, und die ägyptische Gattin des römischen Feldherrn wird sich ohne Erfolg der Hochzeitsfackel anvertrauen, stürzen und vergeblich gedroht haben, unser Capitol werde ihrem Canopus dienen. Was soll ich dir die Barbarenwelt und die Völker an beiden Ozeanen aufzählen? Alle bewohnbaren Gebiete der Erde werden ihm gehören; auch das Meer wird ihm dienen. Nachdem er der Erde den Frieden geschenkt hat, wird er seinen Geist dem Recht zuwenden, das für die Bürger gilt, Gesetze als deren gerechtester Anwalt vorschlagen und durch sein eigenes Beispiel den Sitten ein Richtmaß geben. In die Zukunft und die Zeit der Enkel vorausblickend, wird er den von der keuschen Gattin geborenen Nachkommen seinen Namen und seine Sorgen mittragen lassen und erst, wenn er als älterer Mann die Jahre des Vaters übertroffen hat, die himmlischen Hallen und die ihm verwandten Sterne erreichen. Du aber entreiße inzwischen diese Seele dem ermordeten Leib und mache sie zum strahlenden Licht, damit der Gott Iulius stets unser Capitol und das Forum von seiner hohen Halle aus sehe.«

Kaum hatte er dies gesprochen, als mitten ins Haus des Senats die huldreiche Venus trat – ohne daß jemand sie sehen konnte – und ihres Caesars Seele noch frisch den Gliedern entriß, ihr nicht erlaubte, sich in Luft aufzulösen, und sie zum Sternenhimmel trug. Und während sie diese forttrug, spürte sie, wie die Seele in Licht erstrahlte und zu Feuer wurde, und entließ sie aus ihrer Umarmung: Sie fliegt hoch über den Mond hinaus, zieht in breiter Bahn einen flammenden Haarschweif hinter sich her, funkelt als Stern, gesteht beim Anblick der trefflichen Taten des Sohnes, daß sie größer als die eigenen sind, und freut sich, von ihm übertroffen zu werden.

Obschon dieser verbietet, seine Leistungen über die seines Vaters zu stellen, bevorzugt ihn dennoch die freie Fama, die keinen Befehlen hörig ist, auch gegen seinen Willen und widerstrebt ihm nur in diesem einzigen Punkt. So steht der große Atreus den Ruhmestiteln Agamemnons nach, so hat Theseus seinen Vater Aegeus übertroffen, so Achilles seinen Vater Peleus, schließlich, um Beispiele, die sich an Würde mit ihnen messen können, zu gebrauchen: So ist auch Saturn geringer als Iuppiter. Iuppiter beherrscht die Höhe des Äthers und die drei Weltbereiche, die Erde ist Augustus untertan; Vater und Lenker sind beide.

Götter, ich flehe euch an, Weggenossen des Aeneas, vor denen Schwert und Feuer weichen mußten, und ihr, einheimische Götter, und du, Vater der Stadt, Quirinus, und du, Gradivus, Vater des unbesiegten Quirinus, und Vesta, geheiligt inmitten der caesarischen Penaten, und zusammen mit der caesarischen Vesta auch du, Hausgott Phoebus, und, der du hoch thronst auf den tarpeïschen Höhen, Iuppiter, und all ihr andern, die anzurufen einem Dichter gebührt und frommt! Spät erscheine der Tag und lange nach meiner Lebenszeit, an dem das erhabene Haupt des Augustus die von ihm beherrschte Welt verläßt, in den Himmel aufgenommen wird und den Betern aus der Ferne gnädig ist.

Nachwort des Dichters

Nun habe ich ein Werk vollendet, das nicht Iuppiters Zorn, nicht Feuer, nicht Eisen, nicht das nagende Alter wird vernichten können. Wann er will, mag jener Tag, der nur über meinen Leib Gewalt hat, meines Lebens ungewisse Frist beenden. Doch mit meinem besseren Teil werde ich fortdauern und mich hoch über die Sterne emporschwingen; mein Name wird unzerstörbar sein, und so weit sich die römische Macht über den unterworfenen Erdkreis erstreckt, werde ich vom Mund des Volkes gelesen werden und, sofern an den Vorahnungen der Dichter auch nur etwas Wahres ist, durch alle Jahrhunderte im Ruhm fortleben.

NACHWORT

Ovids Leben

Die meisten Angaben über Ovids Leben verdanken wir seiner Autobiographie (*Tristia* IV 10), die in ihrer Art die erste poetische Selbstdarstellung der europäischen Literatur ist[1]. Hierin äußert sich ein besonderer Sinn fürs Individuelle, der bei antiken Menschen nicht immer anzutreffen war. Es ist eine mündliche Äußerung Ovids (bei Seneca, *Controversiae* II 2, 10) überliefert, die eine fast modern anmutende Freude am Charakteristischen bekundet: Ein Gesicht sei schöner, wenn es einen kleinen Schönheitsfehler oder Schönheitsfleck habe.

P. Ovidius Naso ist am 20. März 43 v. Chr. zu Sulmo (heute Sulmona) im Paelignerland geboren. Als Ritter gehört er dem alten italischen Landadel an. Er rühmt die mit frischen Wasserquellen gesegnete Natur seiner Heimat[2] und ist sogar stolz darauf, daß hier im Bundesgenossenkrieg das Zentrum des Widerstandes gegen Rom war (*Amores* III 15, 7–10). Trotzdem wird die Metropole am Tiber bald zur eigentlichen Stätte seines Lebens und Wirkens. Er studiert bei den angesehensten Lehrern der Rhetorik – eine Schulung, die in seinem Werk tiefe Spuren hinterlassen hat. Der ehrgeizige Vater eröffnet ihm den Weg zur Senatorenlaufbahn. Der Dichter macht freilich keinen Gebrauch davon, sondern beschränkt sich darauf, einem Dreimännerkollegium anzugehören, dessen Funktion er nicht näher bezeichnet. Man wird sich ihn lieber als Münzmeister *(triumvir monetalis)* denn als Strafbeamten *(triumvir capitalis)*, der für die Auspeitschung von Gefangenen zuständig war, vorstellen wollen. Seine guten juristischen Kenntnisse (die ihn mit anderen großen Dichtern wie Goethe oder Heine verbinden) kann er auch als Mitglied des Centumviralgerichtshofs und als Einzelrichter in Zivilsachen verwerten (*Tristia* II 93–96). Nach dem frühen Tode von Ovids Bruder, einem begabten Redner, muß der Vater die Hoffnung endgültig begraben, seine Familie im Senat vertreten zu sehen. Der Dichter begründet seine Abkehr

1 Vgl. G. Misch: Geschichte der Autobiographie. Band 1: Das Altertum. Leipzig und Berlin 1907; 3., stark vermehrte Auflage Frankfurt am Main 1949/50 (in zwei Hälften). Wichtige Vorstufen bei W. Suerbaum: Untersuchungen zur Selbstdarstellung älterer römischer Dichter. Livius Andronicus, Naevius, Ennius. Hildesheim 1968 (Spudasmata. Band 19). Siehe auch A. Sizoo: Autobiographie. In: Reallexikon für Antike und Christentum. Band 1 (1950), Spalte 1050–1055.

2 *Amores* II 1, 1 und 16, 1ff., III 15, 7ff.; *Tristia* IV 10, 3; *Fasti* IV 81.

von der Politik mit schwacher Gesundheit und der Unfähigkeit zu angestrengter Arbeit. An einer anderen Stelle deutet er freilich an, daß er zwar schmächtig war, aber Kraft und Schwung besaß (*Amores* II 10, 24). So ist es zumindest erlaubt, nach anderen möglichen Gründen für seinen Verzicht auf eine politische Karriere Ausschau zu halten. Ovids Generation hat die Bürgerkriege kaum mehr bewußt erlebt: Als Octavius, der spätere Augustus, im Jahre 31 v. Chr. bei Actium siegte und damit eine Ära des inneren Friedens einleitete, war der künftige Dichter zwölf Jahre alt. Anders als für Vergil und Horaz ist für ihn der Friede kein Himmelsgeschenk nach langer Zeit der Not, sondern der Zustand, in dem er die Welt vorfindet. Um sein Geburtsjahr zu bezeichnen, nennt Ovid nicht, wie sonst üblich, die Namen der Konsuln; er begnügt sich mit der Angabe, daß beide Konsuln starben. Dieses symbolträchtige Geschehen fällt zugleich in das Todesjahr Ciceros und das der römischen Republik überhaupt. Durch den Prinzipat ist zwar der Glanz der altrömischen Religion wiederhergestellt worden, aber die Ämterlaufbahn hat viel von ihrer Anziehungskraft eingebüßt. Einst Inbegriff der Daseinserfüllung für jeden freien Römer, erlaubten die Ämter jetzt bestenfalls die Entfaltung von Beamten- und schlimmstenfalls von Sklaventugenden. So entspringt das politische Desinteresse der zweiten Augusteergeneration nicht irgendeiner besonderen Verdorbenheit der damaligen Jugend. Als sich nun bei Ovid frühzeitig das dichterische Talent zu Wort meldete, fiel ihm die Entscheidung nicht schwer. Er berichtet, daß sein Vater ihm dringend von dem brotlosen Dichterberuf abriet und ihm zuredete, sich in der nützlichen rhetorischen Prosa zu üben. Der Knabe gehorchte, doch, o Wunder, was er zu schreiben versuchte, wurde von selbst zum Vers. Es ist unbegreiflich, daß man lange Zeit unter Mißachtung des Zusammenhangs Ovid hier die Aussage unterstellte, er sei ein Schnelldichter, den das Schreiben keine Mühe koste. Dabei liegt die richtige Deutung der Stelle (*Tristia* IV 10, 25 f.) auf der Hand: Den Ansprüchen einer verständnislosen Umwelt zum Trotz und sogar entgegen den braven Vorsätzen des jungen Mannes manifestiert sich das dichterische Ingenium mit unwiderstehlicher Gewalt[3].

Im Dichterkreis um M. Valerius Messalla Corvinus findet der junge Poet den Umgang und die geistigen Anregungen, die er zu seiner Entfaltung benötigt. Anders als die Freunde des Maecenas steht dieser Zirkel dem Princeps mit einer gewissen Distanz gegenüber. Der bedeutendste Dichter, der hier verkehrte, war der Elegiker Albius Ti-

[3] W. Stroh: Ein mißbrauchtes Distichon Ovids. In: Ovid. Herausgegeben von M. von Albrecht und E. Zinn. (Wege der Forschung, Band 92.) Darmstadt 1968. Seite 567–580.

bullus; dessen frühen Tod beklagt Ovid (*Amores* III 9). Diesem Klassiker der Liebeselegie, mit dem er persönlich allerdings kaum in Berührung gekommen ist, verdankt Ovid zahlreiche Themen – darunter die Liebesdidaktik –, aber auch die makellose Eleganz des Versbaus. Ovid beginnt als Elegiker, und er bleibt es in gewissem Sinne sein Leben lang. Dies hängt mit dem Daseinsgefühl seiner Generation zusammen. Tritt doch in der lateinischen Liebeselegie anstelle altrömischer Gesellschaftsbezogenheit das Private in den Mittelpunkt. Der Liebe wird alles andere untergeordnet. Ovids Freund Sextus Propertius stellt uns in seinem ersten Buch diese Daseinsform in schärfster Ausprägung vor Augen. Die im Ansatz so unkonventionelle Liebeselegie hat seit ihrem Vorläufer Catull und ihrem Begründer Cornelius Gallus freilich ihrerseits ein ganzes Arsenal von Konventionen entwickelt, die den jungen Ovid zu rhetorischer Ausgestaltung und witziger Parodie reizen.

Eigene Gedichte trägt er öffentlich vor, als er noch kaum ein- oder zweimal rasiert ist (*Tristia* VV 10, 57f.). Seine »Liebeselegien« *(Amores)* erscheinen nacheinander in fünf Büchern; wir besitzen nur die vom Dichter selbst auf drei Bücher reduzierte zweite Auflage. Hier gibt uns Ovid einen umfassenden Überblick über alle denkbaren (und einige undenkbare) Situationen und Probleme der Liebe. Obwohl die subjektive Form noch gewahrt ist, erkennen wir bereits den Drang zur Systematik, der sich in den erotischen Lehrdichtungen voll entfalten wird. Zwei Bücher der »Liebeskunst«[4] *(Ars amatoria)* sind an die Herren der Schöpfung, das dritte an die Damenwelt gerichtet; das Werkchen über Schönheitspflege bildet eine Ergänzung, die »Heilmittel gegen die Liebe« *(Remedia amoris)* eine Umkehrung (aber keinen Widerruf). Anders als die römischen Elegiker vor ihm schildert Ovid die Liebe nicht nur aus der Perspektive des Mannes, sondern auch aus derjenigen der Frau, und zwar ebenfalls in recht umfassender Weise: Die von ihm neu geschaffene Gattung des Heroidenbriefs, die bis in die Neuzeit stark nachgewirkt hat[5], gleicht einer Enzyklopädie der weiblichen Seele in Form von Briefen mythischer Frauen an ihre treulosen Männer. Später fügt er noch eine Reihe von Briefpaaren hinzu.

Ovids erste Schaffensperiode legt auch den Grund zur Entstehung der »Metamorphosen«. Man findet schon hier das umfassende Interesse für die erotische Thematik, den überwiegend psychologischen Zugang zu ihrer Behandlung, die Darstellung des Seelischen in rheto-

[4] Siehe jetzt: Ovid: Die Liebeskunst. Übertragung von M. von Albrecht. München 1979.
[5] H. Dörrie: Der heroische Brief. Bestandsaufnahme, Geschichte, Kritik einer humanistisch-barocken Literaturgattung. Berlin 1968.

rischen Formen und das Streben nach »enzyklopädischer« Vollständigkeit. Auch die Kunst des Erzählens ist bereits in den »Liebeselegien« hoch entwickelt und bewährt sich schon hier – und noch mehr in der »Liebeskunst« – auch in der Behandlung mythischer Stoffe. Die Freude am Mythos trennt Ovid übrigens von Tibull und verbindet ihn mit Properz.

Ein verlorenes Werk aus Ovids erster Schaffenszeit ist die Tragödie »Medea«, von der wir uns aus seinem gleichnamigen Heroicenbrief und dem Trauerspiel Senecas nur eine recht unvollkommene Vorstellung machen können. Zweifellos hat Ovid hier das gelernt, was ihm in den »Metamorphosen« auf Schritt und Tritt gelingt: eine Handlung auf ihre wesentlichen Elemente zu reduzieren und von innen heraus dramatisch zu entwickeln.

Ovids zweite Schaffensperiode beginnt in den ersten Jahren nach Christi Geburt. In ihr entstehen die »Metamorphosen«, mit denen wir uns noch eingehender beschäftigen werden, die ersten sechs Bücher der »Fasten«, einer elegischen Darstellung des römischen Festkalenders, und die bereits erwähnten Doppelbriefe. Im Jahre 8 n. Chr. wird der Dichter plötzlich durch kaiserliches Edikt ohne Gerichtsverhandlung nach Tomi (dem heutigen Constanța) ans Schwarze Meer verbannt. Er darf zwar sein Vermögen behalten, aber nicht mehr nach Rom zurückkehren. Über die Ursachen der Verbannung ist viel gerätselt worden[6]. Die Unsittlichkeit der »Liebeskunst« war derjenige der beiden Gründe, der in der Öffentlichkeit genannt werden durfte. Das doch recht harmlose Büchlein war zwar den Ehegesetzen des Augustus nicht gerade förderlich. Aber daß es eine ernste moralische Gefahr für das lebensfrohe Rom darstellte, wird der Sittenrichter auf dem Thron kaum selbst geglaubt haben, zumal das Werk damals bereits acht Jahre unangefochten in Umlauf gewesen war. Was den zweiten Grund betrifft, deutet Ovid mehrfach an, daß er etwas Verbotenes mitangesehen hat. Die Forschung läßt uns die Wahl zwischen einer sittlichen Verfehlung einer Dame des Kaiserhauses und einer politischen Intrige, wahrscheinlich im Zusammenhang mit Agrippa Postumus, dem direkten Nachkommen des Augustus. Im letzteren Falle würde sich auch erklären, wieso Augustus' Nachfolger Tiberius, der nur sein Stiefsohn war, so hartnäckig an dem Verbannungsurteil festhielt. Der verspätete Vorwurf der Unsittlichkeit paßt sehr gut zu der Erfahrungstatsache, daß moralische Anschuldigungen im allgemeinen erst dann in der Öffentlichkeit erhoben werden, wenn ein triftiger politischer Grund vorliegt.

[6] J. C. Thibault: The mystery of Ovid's exile. Berkeley und Los Angeles 1964.

Im Exil kehrt der Dichter zur Elegie zurück. Er verwendet sie jetzt als Mittel, um seine Rückberufung oder seine Versetzung an einen erträglicheren Ort zu erreichen. In den »Klageliedern« (*Tristia,* fünf Bücher) bleiben die Adressaten ungenannt, in den »Briefen vom Pontus« (*Epistulae ex Ponto,* vier Bücher) ist diese Vorsichtsmaßregel aufgegeben. Die eben genannten Werke erschöpfen sich nicht in Zweckpublizistik; der Dichter führt die Elegie – seit ihren Anfängen eine Gattung, die reflektieren und überzeugen will – auf ihren Ursprung zurück; nebenbei entdeckt er die Poesie der Sehnsucht nach Rom, den Zauber des nördlichen Winters und die Liebenswürdigkeit der Barbaren, ja sogar die Schönheit ihrer Sprache. Im getischen Idiom schreibt er ein Lobgedicht auf Augustus und Tiberius, das seine Zuhörer zu der erstaunten Frage veranlaßt, wieso der Kaiser einen Mann, der ihn so rühme, nicht begnadige (*Epistulae ex Ponto* IV 13, 37f.). Ovid stirbt im Jahre 17 n. Chr. im Exil.

Inhalt und Aufbau der »Metamorphosen«

Die »Metamorphosen«, Ovids umfangreichstes Werk, sind eine erzählende Dichtung in fünfzehn Büchern. Sie behandeln über zweihundertfünfzig Sagen, die großenteils eine Verwandlung enthalten. Die Gliederung ist im Prinzip chronologisch (»von der Entstehung der Welt bis in meine Zeit«, I 4f.). Die Geschichten sind mehr oder weniger eng miteinander verbunden. Die einzelnen Bücher bilden nicht immer in sich geschlossene Einheiten; vielmehr kann nach Art eines Fortsetzungsromans am Ende eines Buches der Stoff des folgenden schon eingeführt werden[7]. Der Zusammenhang des Ganzen sei etwas genauer betrachtet, schon um dem verbreiteten Fehlurteil entgegenzutreten, es handle sich um einen lockeren Novellenkranz, aus dem sich einzelne Stücke beliebig herauslösen lassen. Die folgende Übersicht lehnt sich vielfach an W. Ludwigs[8] Aufgliederung der »Metamorphosen« in zwölf »Großteile« an, die sich wesentlich von Ovids Bucheinteilung unterscheiden, doch wird versucht, auch Hinweise auf Buchstrukturen und Übergänge zu geben, um zu weiteren Forschungen anzuregen.

Das Werk ist umrahmt von einem persönlichen Prolog (I 1–4) und

[7] Vorbereitende Funktion haben in diesem Sinne die Schlüsse folgender Bücher: I, II, III, VI, XI, XII, XIV.

[8] W. Ludwig: Struktur und Einheit der Metamorphosen Ovids. Berlin 1965. Siehe daneben auch: H.-B. Guthmüller: Beobachtungen zum Aufbau der Metamorphosen Ovids. Dissertation Marburg 1964.

einem Epilog (XV 871–879). Weitere Gemeinsamkeiten zwischen dem ersten und dem letzten Buch sind das deutliche Hervortreten einer naturwissenschaftlichen Weltsicht (im Unterschied zur mythischen, die das Werk sonst beherrscht) und Hinweise auf Rom und Augustus.

Das erste Buch behandelt zunächst die Urgeschichte der Menschheit von der Schöpfung über die vier Weltalter und die Sintflut bis zur Neuentstehung der Menschen und der sonstigen Lebewesen (erster »Großteil«: I 5–451). Dieser Teil gipfelt in Apollons Sieg über den aus der Erde entstandenen Python. Für Ovids Leser lag es wohl nahe, bei Apollo an seinen siegreichen Schützling Augustus zu denken, den Ovid in der Iuppiter-Rede ausdrücklich nennt (I 204).

Die zweite Hälfte des ersten Buches füllen Liebesabenteuer der Götter mit Nymphen oder sterblichen Frauen. Dieses Thema setzt sich im zweiten Buch fort, aber erst nach einer umfangreichen Einlage, der Phaëthon-Geschichte (I 750 – II 400). Bereits hier zeigt sich, daß die Gliederung die Buchgrenzen sprengt: Der zweiten Hälfte des ersten entspricht die zweite Hälfte des zweiten Buches. Die Verklammerung wird überdies dadurch unterstrichen, daß die Phaëthon-Geschichte schon am Ende des ersten Buches beginnt.

Auch der erste Block (»Urzeit«: I 5–451) steht nicht unverbunden neben dem zweiten: Die Gestalt Apollons bildet den Übergang: Erst tritt er als Sieger über Python auf, dann als Liebhaber der Daphne. Die Verknüpfung ist auch nicht nur äußerlich, weil Daphne ja zum Siegeslorbeer wird.

Andererseits sehen wir, daß die Buchstruktur keineswegs gleichgültig ist: Jeweils in der ersten Hälfte des ersten und des zweiten Buches steht eine Weltkatastrophe. Dort ist das Wasser, hier das Feuer das zerstörende Element. Auch sonst konzentriert Ovid gerne am Anfang der Bücher längere Erzählungen[9].

Mit dem dritten Buch befinden wir uns inmitten des Geschehens um Cadmus, zu dem die Europa-Geschichte am Ende des zweiten den passenden Auftakt bildet. So ist der (zweite) »Großteil« über die Amouren der Götter (I 452 – II 835 bzw. II 875) nach beiden Richtungen fest in seiner Umgebung verankert. Die Gestalt des Cadmus umschließt einen dritten umfangreichen Komplex (II 836 bzw. III 1 – IV 606). Am Anfang des dritten Buches tötet Cadmus den Drachen des Mars, gegen Ende des vierten wird er zur Strafe hierfür selbst in eine Schlange verwandelt. In diesen Rahmen fügen sich die Schicksale sei-

9 So im Eingang des fünften, des neunten, des zwölften, des dreizehnten und des fünfzehnten Buches.

ner Nachkommen und Landsleute ein: an zweiter Stelle Actaeon und Semele, an vorletzter Athamas und Ino, in der Mitte Pentheus. Zwischen diese Pfeiler schieben sich Liebesgeschichten als kontrastierende Einlagen: die Geschichte von Narcissus (an dritter Stelle) und die Erzählungen der Minyastöchter (an drittletzter Stelle). Eine wichtige Göttergestalt in diesem ganzen Teil ist Bacchus, der ein Enkel des Cadmus ist.

Der nächste Hauptteil handelt von Perseus (IV 607 – V 249). Er umfaßt rund zweihundert Verse des vierten und rund zweihundertfünfzig des fünften Buches. Als Klammer zum vorhergehenden Teil dient die Parallelisierung des Perseus mit Bacchus. Ovid unterstreicht hier ausdrücklich den Wechsel der Schlüsselfigur.

Den Übergang in der Mitte des fünften Buches bildet die Gestalt Minervas, die Perseus bisher begleitet haben soll (vgl. auch V 461), sich jetzt aber den Musen zuwendet. Hier hat sich Ovid keine besondere Mühe gegeben, die Bruchstelle zu verdecken. Die zweite Hälfte des fünften Buches zeichnet sich durch besonders komplizierte Einschachtelungstechnik aus. Den Rahmen bildet das Gespräch zwischen Pallas und den Musen, die von der Bestrafung ihrer Verächter, des Pyreneus und der Pïeriden, berichten. Eingelegt ist das Lied, das die Muse Urania beim Wettkampf mit den Pïeriden singt; es handelt vom Raub der Proserpina. In diesen Gesang wiederum ist Arethusas Bericht über ihre Flucht vor Alphëus eingebettet. Der vorliegende, besonders fein konstruierte Komplex verbindet das Thema Dichtung mit dem der Kulturstiftung und der Aitiologie Siziliens. So bereitet das fünfte Buch das dreizehnte und vierzehnte vor, wo Sizilien eine Station auf dem Wege von Griechenland nach Rom bildet. Minervas Person dient auch dazu, das Folgende anzuknüpfen. Am Anfang des sechsten Buches werden uns auf drei verschiedenen sozialen Stufen bestrafte Verächter weiblicher Gottheiten vor Augen gestellt: die Handwerkerin Arachne, die Königin Niobe und die lykischen Bauern. Daran schließt sich Marsyas, der Apollo unterliegt. Mit dem fünften Buch bestehen in der ersten und der letzten dieser Sagen durch die Themen »Kunst« und »Bestrafung überheblicher Künstler« enge Verbindungen. Doch ist die Verknüpfung der Geschichten – in betontem Gegensatz zur Einschachtelungstechnik des fünften Buches – locker gehalten: Die Brücke von einer Sage zur anderen schlägt das Publikum, das jeweils hörend, erzählend, beurteilend oder reagierend eingeführt wird. Will man mit Ludwig die Verse V 250 – VI 420 als fünften »Großteil« zusammenfassen, muß man die betonte Verschiedenartigkeit der Verknüpfung berücksichtigen. Auch paßt das Rahmenthema »Götterzorn« nicht zu den eingelegten Geschichten.

Der Mythos von der Bestrafung der Künstlerin Arachne steht prononciert am Anfang des sechsten Buches, also des zweiten Werkdrittels. Es kann kein Zufall sein, daß der Untergang eines Künstlers (Orpheus) auch das letzte Werkdrittel (Buch XI–XV) eröffnet. Ovid zitiert die »Metamorphosen« als »dreimal fünf« Buchrollen (*Tristia* I 1, 117 und III 14 [15], 19). So bildet die Gliederung in Bücher einen sinnvollen Kontrapunkt zur »Großteilstruktur«.

Während wir bisher vielfach feststellten, daß die erste Hälfte der Bücher eine längere zusammenhängende Erzählung umfaßt, ist im sechsten Buch das Umgekehrte der Fall: Gegen Ende bilden die zweihundertfünfzig Verse über Tereus, Procne und Philomela ein gewichtiges Schlußstück, auf welches als heiterer Kehraus der Raub der Orithyia folgt. Derartige kurze reizvolle Erzählungen treten auch in anderen Büchern als Coda auf[10].

Der erste Teil des siebten Buches wird durch die Gestalt Medeas zusammengehalten; ihre Heirat mit Aegeus und ihr Versuch, Theseus zu ermorden, ergeben einen organischen Übergang zu Sagen, die im Zusammenhang mit Athen und Kreta stehen (Athen spielte schon im sechsten Buch eine Rolle). Theseus, Minos, Aeacus, Cephalus, wiederum Minos und nochmals Theseus bilden eine in sich geschlossene Gruppe. Weiterhin erlaubt es die Gestalt des Theseus, die calydonische Jagd und die Erzählungen im Heim des Achelous anzuschließen.

Der Anfang des neunten Buches (1–97) ist ein Verbindungsstück: Achelous und das Thema »mehrfache Verwandlungen« gehören zum vorhergehenden Teil, Hercules bereits zum folgenden.

Hier überlappen sich zwei »Großteile« am Anfang eines Buches[11]. An einer früheren Stelle haben wir gesehen, daß eine ähnliche Übergangspartie am Ende eines Buches stand: Europa (II 833–875) gehört als Geliebte eines Gottes zum zweiten »Großteil« der »Metamorphosen«, als Schwester des Cadmus zum dritten.

Der Kampf zwischen Hercules und Achelous vereint zentrale Gestalten der aufeinanderfolgenden Sinneinheiten. Als wichtige Figur ist auch Theseus während der Erzählung immer noch anwesend zu denken. Insgesamt ist der sechste »Großteil« (VI 421 – IX 97), der hier im Eingang des neunten Buches zu Ende geht, auf Athen[12], die Aeoliden, Minos und Aeacus bezogen. Er ist schwer zu überblicken und

[10] Vgl. das erste, das zweite und das elfte Buch.

[11] Übergreifen des Themas eines Buches auf den Anfang des folgenden beobachten wir im Eingang des achten, des neunten und des elften Buches.

[12] Vgl. z. B. die Tereus-Geschichte (VI 412 ff.); das Stichwort Athen wird sogar stark hervorgehoben: VI 421. Die Wahl der Übergangstechnik ist keineswegs zufällig und äußerlich.

besonders umfangreich, was neben der Kürze des folgenden »Großteils« besonders auffällt.

Wie im siebten Buch Medea zunächst im Mittelpunkt steht, so in der ersten Hälfte des neunten Hercules (Ludwigs siebter »Großteil« IX 1–446). Auf den Kampf mit Achelous folgt die Begegnung mit Nessus, die bereits die Voraussetzung für Hercules' Tod schafft. An die Geschichte von seiner Apotheose ist in reizvoller Umkehrung der Chronologie der Bericht von seiner Geburt angeknüpft, den Ovid der Mutter des Helden in den Mund legt. Die folgende Geschichte von Dryope betrifft Ioles Schwester, bleibt also im Umkreis des Hercules. Gleiches gilt von der Verjüngung des Iolaus. Mit dem Hinweis auf andere Verjüngungsgeschichten endet der kurze auf Hercules bezügliche Teil, zu dessen Merkmalen übrigens auch Götterversammlungen gehören. Das Stilmittel der Götterversammlung erscheint außerdem im ersten und im letzten Buch; angedeutet ist es auch im zweiten. Man kann also sagen, daß der Hercules-Teil in dieser Beziehung einen Mittelpfeiler zwischen dem Anfang und dem Ende des Werkes bildet. Auch das Motiv »Apotheose« tritt in Buch I, IX, XIV und XV auf. Erwähnt sei auch das Nachklingen (IX 437ff.) des Minos-Motivs, das im siebten und achten Buch eine verbindende Rolle spielte.

Mit Byblis und Iphis stellt die zweite Hälfte des neunten Buches zwei kontrastierende Beispiele unnatürlicher Liebe nebeneinander: ein negatives und ein positives (in dem letzteren verbindet sich die Liebe mit Frömmigkeit, so daß die Gottheit ein Wunder geschehen läßt). Thematisch verwandt ist der folgende Orpheus-Teil (X 1 – XI 84). Hier setzt sich das Thema »unnatürliche Liebe« fort: Knabenliebe (Orpheus, Cyparissus, Ganymedes, Hyacinthus), Prostitution (Propoetiden), Liebe zu einer Statue (Pygmalion), Inzest mit dem Vater (Myrrha). Ebenso kehrt das Thema »Frömmigkeit« wieder: Für Pygmalion tut Venus ein Wunder, wie Isis für Iphis. Andererseits verhindern Hippomenes und Atalanta durch mangelnde Dankbarkeit und Frömmigkeit ihr eigenes Glück. Adonis stirbt, weil er Venus nicht gehorcht und auf seine eigene Tapferkeit vertraut. Wie Adonis seiner Mannhaftigkeit, so fällt Orpheus seiner eigenen Liebe zum Opfer; seine unglückliche Hochzeit kontrastiert mit der glücklichen von Iphis und Ianthe; Orpheus' gewaltsamer Tod ist durch den des Adonis vorbereitet. Der Orpheus-Teil ist von zwei miteinander korrespondierenden Stücken umrahmt – ähnlich wie der Cadmus-Teil.

Am Anfang des elften Buches liegt, vergleichbar dem Beginn des neunten, eine Überschneidung vor: Bacchus erscheint zweimal als strafende Gottheit. Er verwandelt seine Anhängerinnen zur Strafe für ihren Mord an Orpheus; Bacchus ist es auch, der Midas die Liebe zum

Gold austreibt. Midas steht ebenfalls im Mittelpunkt der folgenden Erzählung; seine Eselsohren bekommt er nicht mehr von Bacchus, sondern von Apollo. Der Orpheus-Teil ist also umgeben von thematisch verwandten Erzählungen, in deren Mittelpunkt Apollo (an erster und letzter Stelle) und eine Erlösungsgottheit stehen (Isis an zweiter und Bacchus an zweitletzter Stelle). Strukturell kann man die Midas-Geschichten als Nachspiel des Orpheus-Teils betrachten, ähnlich wie die Erzählungen von Byblis und Iphis dazu den Auftakt bildeten. Das Thema »Hochzeit und Liebe« wird vorbereitet, das Thema »Dichtung« schwingt nach. So kann man mit Ludwig die Partie IX 447 – XI 193 als achten »Großteil« betrachten, obwohl innerhalb dieses Textes der Orpheus-Teil sich durch besondere Geschlossenheit auszeichnet und im Falle der Cadmus-Partie eine ähnliche Rahmung als Kriterium für die Abgrenzung eines »Großteils« diente.

Der im strengen Sinne mythische Teil der »Metamorphosen« endet XI 193. Als neues wichtiges Stichwort tritt nun der Name Troia auf (XI 199). Wir befinden uns jetzt noch eine Generation vor dem Troianischen Krieg (Laomedon, Hercules, Peleus und Thetis). Ludwig läßt seinen neunten »Großteil« von XI 194 bis 795 reichen. Der Aufbau ist folgender: Troia – Peleus – Ceÿx – Peleus – Ceÿx – Troia.

Die Schicksale von Achills Vater Peleus werden ausführlich behandelt. Sie führen ihn zu Ceÿx; die Erzählung von dessen Untergang füllt die zweite Hälfte des elften Buches.

Im elften Buch steht stärker als im zehnten die Liebe zwischen Eheleuten im Vordergrund. Dabei ist nicht nur der Aspekt des Nachwuchses berücksichtigt, sondern auch die tiefe emotionale Verbundenheit der Ehepartner. Das Thema »Ehe« war schon in der Iphis- und in der Orpheus-Geschichte angeklungen (von Philemon und Baucis zu schweigen). Der Schluß des elften Buches handelt von einem Sohn des Priamus, bildet also den Auftakt zum Krieg um Troia (zehnter »Großteil«: Achilles und Troia XII 1 – XIII 622). Auf Achilles war schon XI 256 hingewiesen worden. Sein Tod am Ende des zwölften Buches halbiert den Troia-Teil. Wir sehen die Griechen in Aulis und erleben Achills Sieg über Cygnus mit. Als Erzählungen des greisen Nestor werden dann Ereignisse aus einer früheren Generation eingeblendet: die Schlacht zwischen Centauren und Lapithen, umrahmt von den Schicksalen des Caeneus, und die Verwandlung von Nestors Bruder Periclymenus. Dabei klingt noch einmal die Erinnerung an Hercules an. Am Ende des zwölften Buches erzählt Ovid den Tod Achills in eigenem Namen. Dieses Ereignis bildet den Auftakt und den bedeutungsvollen Hintergrund für das folgende Buch: Der Streit um seine Waffen und auch Polyxenas Opferung sind Aspekte seines »Nachlebens«.

Das dreizehnte Buch hat einen umfangreichen ersten Teil (1–398), wie wir es auch in Buch I, II, V, VII und IX (vgl. auch Buch IV) beobachten konnten. Hier bildet der Streit zwischen Aiax und Ulixes die gewichtige erste Hälfte. Mit Hecuba und dem Rückblick auf Memnon (576–622) bleibt der Dichter noch im troianischen Bereich.

Dann erscheint als neue Leitfigur Aeneas (XIII 625). An seinen Schicksalen wird sich der Gang der Handlung bis zu seiner Apotheose orientieren (XIV 603). Ludwig läßt den elften »Großteil« (der XIII 623 beginnt) schon XIV 440 enden. Doch erkennt auch er den Einschnitt hinter XIV 608. Man muß auch hier mit Überschneidungen rechnen.

Am Anfang des Aeneas-Teiles steht als Rahmenerzählung eine weitere Erinnerung an die Zeit des Troianischen Krieges: die Verwandlung der Töchter des Anius. Sie werden zu Tauben, den Vögeln der Venus (XIII 673 f.). So ist Aeneas als »Held der Venus« eingeführt und der auf ihn bezügliche Teil des Werkes durch eine Taubenverwandlung eröffnet. Als Beschreibung eines Kunstwerks schließt sich die Geschichte von Orions Töchtern an, die sich für die Gemeinschaft aufopfern. Die Ankunft des Aeneas in Sizilien gibt Gelegenheit, Scyllas Schicksal zu erzählen, in dessen Darstellung Galateas Bericht vom Cyclopen eingeschoben ist – ebenfalls eine sizilische Sage. Die Geschichte von Glaucus und Scylla überbrückt die Fuge zwischen Buch XIII und XIV (ähnlich beobachteten wir die Anknüpfung neuer Themen auch sonst am Ende von Büchern; siehe Fußnote 7). Am Ende des dreizehnten Buches erfahren wir, daß Glaucus sich von Sizilien nach Italien begibt: Der Schauplatz wechselt. Das vierzehnte Buch spielt bereits zum großen Teil in Italien. Die Hauptgestalt Circe wird gleich am Anfang des Buches eingeführt (Vers 10). Aeneas verläßt ihr Machtgebiet erst in Vers 446 f. Zunächst wendet sich der Blick nochmals nach Sizilien zurück (Verwandlung Scyllas). Dann begleiten wir Aeneas auf der Fahrt nach Italien und sehen ihn bei der Sibylle. Im Gespräch zwischen Macareus und Achaemenides wird nochmals an Sizilien erinnert, aber auch ausführlich von Circe erzählt, die nicht nur die Gefährten des Ulixes, sondern auch Picus verwandelt hat.

Ein neuer Abschnitt reicht vom Krieg mit Turnus bis zur Apotheose des Aeneas. Hier werden verschiedene Verwandlungen berichtet: diejenige der Gefährten des Diomedes, des apulischen Hirten, der Schiffe des Aeneas und natürlich die Vergöttlichung dieses Helden. Überall spielt Venus eine wichtige Rolle (auch in dieser Beziehung möchte ich keinen allzu scharfen Einschnitt nach Vers 440 setzen!): Die Gefährten des Diomedes haben Venus gelästert (Vers 483) und werden von ihr dafür bestraft; sie ist es natürlich auch, die den

Sieg ihres Sohnes (Vers 572) und seine Apotheose begleitet (Verse 585, 602). Man beachte, daß Ovid sogar versucht, die Circe-Handlung mit Venus in Verbindung zu bringen (XIV 27). Auch in die Cyclopengeschichte ist eine pathetische Apostrophe an Venus eingefügt (XIII 758f.). So steht der gesamte Aeneas-Abschnitt im Zeichen der Venus. Sie ist eine rächende Gottheit, die sich gut an früheres Unrecht erinnert (XIV 477f.; vgl. die schon erwähnte Bemerkung XIV 27). In dieser Rolle kennen wir sie schon aus dem zehnten (Bestrafung von Hippomenes und Atalanta, Vers 560ff.) und dem vierten Buch (Bestrafung des Sonnengottes für seinen Verrat, Vers 190ff.). Als beleidigter und strafender Liebesgott tritt sonst eher Amor auf, so schon im ersten Buch, wo er sich an Apollo rächt. Das Bewußtsein der eigenen Macht unterscheidet die ovidische Venus (zumindest graduell) von der vergilischen (vgl. V 366ff.) und reiht sie in die Schar der ovidischen Göttinnen ein, denen eine königliche Haltung eigen ist. Durch die Gestalt und Funktion der Venus gliedert sich der Aeneas-Teil organisch in das Ganze der »Metamorphosen« ein. Gerade hier zeigt sich, daß keine mechanische Übernahme aus Vergil vorliegt, sondern daß der Stoff auch innerlich assimiliert ist.

Mit Vers 609 des vierzehnten Buches beginnt die Reihe der Albanerkönige. Hier wird an passender Stelle die italische Geschichte von Pomona und Vertumnus eingefügt. In sie ist die cyprische Sage von Iphis und Anaxarete eingelegt, wieder ein Beispiel für die Rache der Venus (Vers 694). Anaxaretes Statue steht im Tempel der »Ausschauhaltenden Venus« (760f.). Venus ist es auch, die rettend in den Krieg zwischen Römern und Sabinern eingreift (783–789). Bei der Apotheose des Romulus und der Hersilia am Ende des Buches stehen freilich Mars und Iuno Pate. Sonst ist das Schicksal des Romulus dem des Aeneas parallel gestaltet; als Verwandlung eines Stifterpaares findet es in der Erzählung von Cadmus und Harmonia eine Entsprechung: eine weitere Analogie zum vierten Buch!

Das fünfzehnte Buch beginnt mit Numa, der als Weiser und Schüler des Pythagoras eingeführt wird. Diesen König brachte man sonst mit Augustus in Verbindung. So gehören Anfang und Ende des letzten Buches zusammen. Numa kommt nach Unteritalien – hier wird vom Stadtgründer Myscelos erzählt – und hört den Vortrag des Pythagoras. Diese längste Rede der »Metamorphosen« reicht bis Vers 478. Buch XV zählt zu den Büchern, an deren Anfang ein längerer in sich geschlossener Komplex steht. Man erinnert sich besonders an das erste Buch, in dessen erster Hälfte Weltentstehung, Sintflut und Urzeugung behandelt wurden (1–451). Es kommt hinzu, daß die Thematik hier wie dort naturwissenschaftlich akzentuiert ist.

Numa wird von seiner Gattin Egeria betrauert; Hippolytus, der in den italischen Gott Virbius verwandelt ist, versucht vergeblich, sie zu trösten, indem er ihr sein Schicksal erzählt. Mit der locker durch einen Vergleich angefügten Verherrlichung des selbstlosen Republikaners Cipus endet der vorletzte Abschnitt des Werkes (Vers 621).

Der Schlußteil beginnt mit einer Götteranrufung. Ovid redet erst hier in eigenem Namen die Musen an. (Am Anfang des Werkes appellierte er an die für die Verwandlungen zuständigen Götter, ließ sich also ähnlich wie in der »Liebeskunst« mehr von der Gewalt des Themas als von den Dichtergottheiten inspirieren.) Orpheus hatte sich im zehnten Buch an die Muse gewandt, aber er ist zugleich ihr Sohn, die Anrufung hat also ganz spezifische Gründe. Ovid sagt deutlich, warum er jetzt die Musen um Beistand bittet. Sie stehen »den Dichtern tätig zur Seite« (XV 622). In diesem Schlußteil ist er *vates* (Dichter und Prophet), wie es der Thematik entspricht: Es geht um römischen Staatskult. Aesculap wird feierlich unter die Götter Roms aufgenommen, ebenso Caesar. Auch hier spielt Venus eine wichtige Rolle. Mit einer Parallelisierung von Iuppiter und Augustus, die ihrerseits auf das erste Buch zurückgreift, und einem persönlichen Epilog, der dem Prooemium des ersten Buches entspricht, endet das Werk. Das letzte Buch schließt den Kreis, es weist formale Entsprechungen zum ersten Buch auf (Prooemium – Epilog; Geschlossenheit der ersten Buchhälfte), aber auch inhaltliche (Naturwissenschaft, Politik, dichterische Inspiration). Dabei sind die Äußerungen im letzten Buch schärfer formuliert, ausdrücklicher und anspruchsvoller als im ersten, und so ergibt sich eine Steigerung. Auch in bezug auf das Gesamtwerk wird eine Zusammenfassung und Überbietung versucht. Die Pythagoras-Rede hebt die ganze Betrachtung auf eine andere Ebene: Die bisher vorgeführten mythischen Verwandlungen geben sich als Teilbereich eines umfassenderen Prinzips zu erkennen. Im Epilog wird der Ewigkeitsanspruch des Dichters in der Weise einer Metamorphose formuliert, so daß auch in dieser Beziehung dem Gesamtwerk eine neue Bedeutung abgewonnen ist.

In Ludwigs Analyse sind die Teile 2, 5 und 8 thematisch orientiert; dagegen dominieren in 3/4 und 6/7 genealogische Zusammenhänge und hervorragende Heroengestalten.

Themen der Teile 2, 5 und 8 sind Liebe, Götterzorn und Kunst. In Teil 2 tritt die Liebe stärker hervor, in Teil 5 der Zorn, in Teil 8 geht es um Abwege und Irrwege des Liebesgefühls. An drei entscheidenden Stellen tritt Amor auf: Im zweiten Teil siegt er über Apollo, im fünften erobert er die Unterwelt, im achten besiegt er Venus.

Im achten und im fünften Teil ist die Dichtung ein wichtiges

Thema. In der Geschichte von Arachne sind alle Motive versammelt, die für den zweiten, achten und fünften »Großteil« charakteristisch sind.

Der mythische Teil der »Metamorphosen« endet nach Ludwig XI 193. Mit XI 194 beginnt die historische Zeit. Ihre Teile sind nicht chiastisch, sondern parallel aufeinander bezogen.

Die Strukturanalyse von Otis[13] unterscheidet vier Sektionen.

Die erste Sektion entspricht Ludwigs zwei ersten »Großteilen« mit dem kleinen Unterschied, daß Europa noch zum vorhergehenden gerechnet wird. Es ist deutlich, daß diese Geschichte als Übergang dient.

Die zweite Sektion (Buch III – VI 400) enthält als episches Zentralstück die Perseus-Geschichte, umrahmt von den Liebeserzählungen der Minyaden und denjenigen der Musen (daß es bei den Musen um Rache und Kunst geht, wird verschwiegen). Den äußeren Ring bilden Racheerzählungen (von Actaeon bis Pentheus und von Arachne bis Marsyas).

Die dritte Sektion reicht von VI 401 bis zum Ende des elften Buches. Zwischen fünf Liebeserzählungen (Tereus, Scylla, Byblis, Myrrha und Ceÿx) stehen in der Mitte Theodizeen (Philemon und Baucis, Erysichthon), umrahmt von zwei epischen Stücken (Meleager, Hercules). Nach der ersten Liebesgeschichte erscheinen Wunder von Tod und Auferstehung in erotischem Rahmen (Medea), nach der Byblis-Geschichte Wunder der Bestrafung und Belohnung (in erotischer Umrahmung).

Die Analyse des Mittelteils der »Metamorphosen« befriedigt auch bei Otis am wenigsten.

Die vierte Sektion (Buch XII–XV) zeigt Aeneas zwischen Troia und Rom. Die zentrale Aeneas-Handlung wird zweimal durch Liebesgeschichten unterbrochen; in den Troia-Passus ist ein rhetorisches Stück eingelegt, in den Abschnitt über Rom ein philosophisches.

Ludwig und Otis berücksichtigen die Buchgrenzen relativ wenig. Ein Fortschritt bei der Analyse der »Metamorphosen« wird von Einzelinterpretationen zu erwarten sein, die Ludwigs und Otis' Entwürfe im Detail am Text verifizieren. Insbesondere die Analyse der Bücher VI–IX bedürfte einer gründlichen Überprüfung. Es würde sich lohnen, erneut den Hinweisen nachzugehen, die der Dichter selbst durch den Aufbau seiner Bücher und die Gestaltung der Übergänge gibt. Schon jetzt haben sich jedoch viele Feststellungen Ludwigs als zutreffend und förderlich erwiesen.

[13] B. Otis: Ovid as an epic poet. 2. Auflage. Cambridge 1971. Seite 84f.

Gattung, Quellen, Vorbilder der »Metamorphosen«

Ovids »Metamorphosen« sind im epischen Versmaß geschrieben, gehören also – nach der etwas schematischen Auffassung der Antike – zur Gattung des Epos. Dementsprechend finden wir Abschnitte, die sich stark an Homer, Apollonios Rhodios und Vergil anlehnen. Die Einleitung weist in dieselbe Richtung: Ovid will ein »fortlaufendes Gedicht« schreiben, wie es Kallimachos, ein Wortführer der hellenistischen Poesie, abgelehnt hatte. Aus alledem glaubte Richard Heinze[14] tiefgehende Unterschiede zu Ovids elegischen Dichtungen erschließen zu können: Erzähle Ovid dort subjektiv, gefühlsbetont, asymmetrisch, so achte er in den »Metamorphosen« umgekehrt auf Objektivität, symmetrischen Aufbau und Wahrung der Würde der Götter.

Nun kann sich jeder Leser leicht davon überzeugen, daß sich in den »Metamorphosen« auf Schritt und Tritt Züge finden, die den soeben genannten Bestimmungen widersprechen. Von Ovids Vergangenheit her liegt es nahe, den Einfluß der Elegie auch auf die »Metamorphosen« recht hoch einzuschätzen. Schon die deutliche Vorliebe für erotische Themen und psychologische Durchdringung legt dies nahe. Außerdem darf man die hellenistisch-römische Kleinepik ebenso wenig übersehen wie das Lehrgedicht, das Idyll, das Epigramm und viele andere Gattungen. Es scheint Ovid also Freude gemacht zu haben, die literarischen Gattungen nicht etwa scharf voneinander zu scheiden, sondern sich wechselseitig bereichern zu lassen.

Auch prosaische Vorbilder bestimmen die literarische Struktur des Werkes: Die Abfolge einer »naturwissenschaftlichen« Kosmogonie, einer »mythischen« und einer »historischen« Epoche erinnert an den Aufbau hellenistischer Universalgeschichten. Die brillanten Reden und Monologe lassen erkennen, daß der Dichter durch die Schule der Rhetorik gegangen ist.

Neben den Vorbildern müssen auch Quellen im engeren Sinne genannt werden. Diese sind nur zum Teil mit den poetischen Vorlagen identisch (Homer, Kallimachos, Vergil).

Sammlungen von Verwandlungssagen gab es bereits in der griechischen Literatur. Der delphischen Priesterin Boio (oder einem Boios) schrieb man eine »Ornithogonie« zu; Ovids älterer Freund Aemilius

[14] R. Heinze: Ovids elegische Erzählung. Leipzig 1919. (Berichte über die Verhandlungen der Sächsischen Akademie der Wissenschaften zu Leipzig, Phil.-hist. Klasse, Band 71, 1919, Heft 7.) Jetzt in: R. Heinze: Vom Geist des Römertums. Herausgegeben von E. Burck. 3. Auflage. Darmstadt 1960. Seite 308–403.

Macer hatte dieses Werk lateinisch nachgedichtet, das ausschließlich von der Verwandlung von Menschen in Vögel handelte. Ebenfalls aus hellenistischer Zeit stammen die *Heteroiumena* (»Verwandlungen«) Nikanders von Kolophon, von denen wir Auszüge des Antoninos Liberalis besitzen. Parthenios von Nikaia, Verfasser von »Metamorphosen«, lebte in Rom und stand dem von Ovid verehrten Cornelius Gallus nahe. Was wir sonst von ähnlichen Werken wissen, beschränkt sich auf bloße Namen. Soweit erhaltene Auszüge einen Vergleich gestatten, sehen wir, daß sich Ovid nicht sklavisch an die Vorlagen hält. Für viele Sagen hat er griechische und römische Tragödien benutzt. Bei verlorenen Stücken ist man hier freilich vielfach auf Vermutungen angewiesen. Für den Aufbau und die Reihenfolge der Erzählungen muß man unbedingt mit dem Einfluß mythographischer Tradition rechnen. Dennoch ist es nicht möglich, aus dem uns vorliegenden Kunstwerk ein verlorenes mythographisches Handbuch zu rekonstruieren. Daß Ovid aber derartige Werke benutzt hat, wird man nicht bezweifeln.

Wo wir Ovid mit seinen Vorlagen vergleichen können, zeigt er sich künstlerisch sehr selbständig. Er hat die Kreuzung der Gattungen bewußt erstrebt und – ähnlich wie im Falle der »Heroiden« – ein neues Werk *sui generis* geschaffen.

Literarische Technik in den »Metamorphosen«

Ovids Erzählkunst findet in der römischen Literatur wohl nur bei Apuleius ihresgleichen. Sie reiht ihn unter die großen Erzähler der Weltliteratur ein. Wir können sie hier nicht erschöpfend charakterisieren; nur einige Grundzüge seien genannt. Oft besteht zwischen der Exposition und dem Schluß einer Geschichte ein starker Kontrast hinsichtlich des Erzähltempos. Eine Landschaftsschilderung kann uns den Ort der Handlung aus der Vogelschau vor Augen stellen; allmählich verengt sich die Perspektive, um sich schließlich auf den Helden zu konzentrieren. Aus einer Darstellung seiner Gewohnheiten ergibt sich dann der Übergang zum einmaligen Geschehen. Hier kann der Dichter den einzelnen Handlungen verschiedenes Gewicht verleihen, indem er z. B. das historische Perfekt für bestimmte Augenblicke aufspart. Vor dem entscheidenden Ereignis ist die Spannung besonders groß. Ovid steigert sie durch retardierende Momente: Gleichnisse können uns die Situation plastisch vor Augen stellen, Monologe lassen uns einen Blick in das Innere der Gestalten tun. Ist dann die Entscheidung gefallen, so geht die Handlung überraschend schnell zu Ende.

Ovid rechnet mit dem Spannungsabfall im Bewußtsein des Lesers und baut seine Erzählungen dementsprechend auf.

Die Nachzeichnung der äußeren Ereignisse ist von großer visueller Suggestivkraft und Schärfe, wie wir sie sonst bei lateinischen Autoren relativ selten antreffen. Ebenso intensiv ist die psychologische Durchdringung. Daneben sind vor allem die deutenden Hinweise wichtig, die dem Leser zum richtigen Verständnis der Zusammenhänge verhelfen sollen. Oft wird das Grundthema (Liebe, Götterzorn) schon bei der Überleitung oder in der Einführung ausdrücklich genannt.

Das Stichwort kann in entscheidenden Phasen der Handlung erneut auftreten (etwa: »Die Liebe gab ihr die Kraft, dies zu tun«). Gleichnisse können den dominierenden Affekt schon in einem sehr frühen Stadium der Geschichte hervorheben. Mit demselben Mittel kann auch die innere Anteilnahme des Lesers rechtzeitig auf die Hauptfigur gelenkt werden. Attribute deuten auf das unglückliche Ende voraus und stellen auf diese Weise das Geschehen vor einen dunklen Hintergrund (z. B.: »Er gab dem Sohn einen Kuß, den er nie wiederholen sollte«, oder kürzer: »der Ahnungslose«, »die Unselige«). Derartige Elemente haben nicht nur einen emotionalen, sondern auch einen rationalen Aspekt, helfen sie doch dem Leser, die große Linie des Geschehens zu erfassen. Gleiches gilt von der häufig zu beobachtenden »tragischen Ironie«. Hier liegt nicht etwa nur ein barockes Spiel mit doppeldeutigen Worten vor, vielmehr geht es um den Kontrast zwischen der Unwissenheit des Handelnden und dem Schicksal, das ihn erwartet.

Überhaupt sind für die ovidische Erzählung die Mittel der Distanzierung mindestens ebenso wichtig wie die der Einfühlung. Das Ende der Geschichten gleicht in dieser Beziehung manchmal einem schmerzlichen Erwachen. Frostige Pointen über den beleuchtungstechnischen Nutzen des Weltbrandes (II 332f.) oder der Vergleich des blutenden Pyramus mit einem geplatzten Leitungsrohr (IV 121–124) sind derartige unüberhörbare – und dennoch oft unverstandene – Denkanstöße. Eine besondere Schwierigkeit für viele Leser bildet die betonte Nüchternheit mancher Einleitungen. Ein gutes Beispiel ist der Beginn der Orpheus-Geschichte (X 1ff.), dem die Übersetzer und Nachdichter hartnäckig durch sentimentale Zusätze aufzuhelfen versuchen. Sie bemerken nicht, daß für Ovid die Aufgabe darin bestand, der Exposition (wie auch dem Schluß) im Vergleich zur Haupterzählung eine zurückhaltendere Tonlage zu geben[15].

[15] M. von Albrecht: Vondels niederländischer Ovid – ein poetisches Testament. In: Lampas 12, 1979, Seite 154–172.

Im Gegensatz zu derartigen rationalen Elementen steht Ovids Kunst, allmähliche Übergänge zu gestalten. Sie zeigt sich im kleinen in der Darstellung des Verwandlungsvorganges, im großen in der Verknüpfung der Erzählungen. Die Schilderung der Metamorphose stellt dem Leser etwas Irrationales, Natur- und Vernunftwidriges so überzeugend vor Augen, daß er es vor sich zu sehen glaubt. Hier scheint Ovid das Statische zu überwinden, das vielen antiken Kunstformen eigen ist, und Möglichkeiten vorwegzunehmen, die erst der moderne Film visuell zu realisieren vermag. Im Unterschied zum Film freilich macht er den Leser nicht zum passiven Zuschauer, sondern regt ihn an, die entsprechenden Vorstellungen selbst zu entwickeln.

Bewußt aufgebaute Kombinationen von Zügen, die in der Natur nicht in dieser Weise verbunden sind, enthalten auch die für Ovid besonders bezeichnenden allegorischen Ortsschilderungen: so die Wohnung des Neides (II 760ff.) oder die Burg der Fama (XII 39ff.). Hier wird das Wesen der jeweiligen Gestalt nicht nur in ihrer äußeren Erscheinung, sondern auch in ihrer Umwelt gespiegelt. Solche Stellen beweisen, daß rhetorische Schulung nicht im Widerspruch zur Poesie steht, sondern der dichterischen Erfindungskraft wichtige Anregungen und systematische Entfaltungsmöglichkeiten bietet.

Gedankliches in den »Metamorphosen«

Ovid ist kein Philosoph, sondern ein Dichter. Wer freilich, wie er, in aufgeklärter Zeit eine umfassende Dichtung über den Kosmos schreibt, kann sich nicht in die heile Welt eines längst veralteten Mythos zurückziehen, für den sich das All auf ein dreigeschossiges Schema – Himmel, Erde (mit dem Meer) und Unterwelt – reduziert. Ovid weiß zwar, daß dieses naive Weltbild seine tiefe psychologische Berechtigung hat und daher als poetische Chiffre durchaus brauchbar bleibt, um so mehr, als es dem Augenschein entspricht. Andererseits ist ihm wie jedem Gebildeten seiner Zeit bekannt, daß für die Wissenschaft die Erde eine Kugel ist und daß auf ihr und im Kosmos physikalische Gesetze gelten. Es wäre ihm durchaus möglich gewesen, sich auf eines der beiden Weltbilder festzulegen. Dann wäre entweder eine Nachahmung Homers oder des Lukrez das Ergebnis gewesen. Doch ebenso wenig wie im Bereich der literarischen Gattungen gibt es in dem der Weltbilder für ihn ein Entweder-Oder. Für den antiken Menschen heißt »Weltbild« im allgemeinen so viel wie »Theologie«. Der römische Antiquar Varro[16] unterschied nicht weniger als drei

[16] Bei Augustinus, »Gottesstaat« VI 5.

Arten der Theologie: diejenige der Dichter (d. h. die mythische), diejenige der Philosophen (d. h. die naturwissenschaftliche) und diejenige der Bürgerschaft (d. h. die Staatsreligion). Varro weiß selbst, daß wissenschaftliche Richtigkeit nur der zweiten, der naturwissenschaftlichen, zukommt. Die uns folgerichtig erscheinende Frage, warum man dann die beiden anderen nicht abschaffe, hat am Ende der Antike der Kirchenvater Augustinus gestellt. Zu Ovids Zeit hätten wohl nur sehr wenige so viel Konsequenz aufgebracht. Man sträubte sich dagegen, sich allzu weit vom Augenschein zu entfernen. Zwar glaubte man nicht buchstäblich an den Mythos, doch war er zu einer geprägten Bildersprache der Dichter geworden, zu einem Schatz typischer Situationen und Schicksalsverläufe, die auch unabhängig von Religion und Philosophie Aussagen über den Menschen und seine Welt ermöglichten. Die Staatsreligion schließlich wurde nicht einmal von Epikur bekämpft, obwohl er grundsätzlich der Meinung war, die Götter kümmerten sich nicht um die Welt. Der Staat, der das Handeln seiner Bürger bestimmte, hatte eben wiederum seine Eigengesetzlichkeit, die man respektierte – unabhängig von privaten religiösen und philosophischen Überzeugungen.

Ovid stellt das Mythische, das spezifisch poetisch ist, in einen physikalischen und historisch-politischen Rahmen. Die letztgenannten Aspekte sind besonders im ersten und im letzten Buch spürbar.

Doch hat er noch mehr getan, um sein mythologisches Gedicht aus dem Ghetto einer poetischen Sonderwelt herauszuführen und in der Realität des physikalischen und historischen Kosmos zu verankern.

Bei genauerem Zusehen stellen wir nämlich fest, daß auch der mythische Teil auf Schritt und Tritt mit der Wirklichkeit von Natur und Geschichte verbunden ist. Ich denke dabei an die zahllosen Anspielungen auf römische Lebensverhältnisse, die Ovids Lesern den Mythos ähnlich nahe rückten, wie biblische Geschichten auf Bildern der Renaissance und des Barocks ganz unbefangen in zeitgenössischer Umgebung spielen. Vor allem aber muß daran erinnert werden, daß alle Verwandlungen Steine, Pflanzen, Tiere, Menschen entstehen lassen, also zum Aufbau der Natur beitragen. Für Ovid prägt nicht nur die Umwelt den Menschen, sondern auch der Mensch prägt die Umwelt, ein Gesichtspunkt, für den wir heute wieder neues Verständnis entwickeln.

Der erwähnte Gedanke Varros ist wohl stoischen Ursprungs; Stoiker war auch Poseidonios, dessen Lehre von der Substanz H. Dörrie[17]

[17] H. Dörrie: Wandlung und Dauer. Ovids Metamorphosen und Poseidonios' Lehre von der Substanz. In: Der altsprachliche Unterricht 4, 2, 1959, Seite 95–116.

in Ovids Auffassung von der Verwandlung wiederfindet. Der Gedanke, daß einseitiges menschliches Verhalten sich in Tierformen verfestigt (eine Art umgekehrter Darwinismus), findet sich in Platons »Timaios« angedeutet. Die »pythagoreischen« Lehren des fünfzehnten Buches wurden Ovid vermutlich von Sotion vermittelt, der die römische Damenwelt für vegetarische Ideale zu begeistern verstand. Ovid beansprucht keine Originalität als Philosoph, aber sein fünfzehntes Buch über die Metamorphose als Weltprinzip ist der Versuch, die Erzählungen des mythischen Teils in einen größeren Zusammenhang einzugliedern. Daß die Fabelwelt nicht absolut gesetzt werden kann, war für einen gebildeten Römer seiner Zeit ohnehin klar.

Die Aussage der »Metamorphosen« ist keine philosophisch-dogmatische, sondern eine lebensphilosophische.

Hermann Fränkel[18] hat erwogen, in den Verwandlungsmythen auch eine sexuelle oder doch erotische Komponente zu sehen. Dies ist gewiß bei vielen dieser Sagen nicht von der Hand zu weisen, insbesondere bei der von Fränkel interpretierten Salmacis-Erzählung. Fragt man nach dem inneren Zusammenhang von Eros und Metamorphose, so erkennt man, daß hier in unserer Welt des Werdens und Vergehens Eros und Thanatos, Zeugungs- und Todestrieb eine Polarität bilden. Der Oberbegriff dieser Polarität (der sie einschließt und in gewissem Sinne »aufhebt«) ist aber die Wandlung, die Metamorphose (»Alles wandelt sich, nichts geht unter«, XV 165). Auch in diesem Sinne sind die »Metamorphosen« ein »Weltgedicht«, sie handeln von der sichtbaren Welt, deren Kennzeichen das Leben, die Veränderung ist. Ovids Metamorphosengedanke hat die deutschen Dichter von Goethe bis Rilke wesentlich angeregt[19].

Auch die Deutung der Mythen stellt das Erotische zweifellos oft in den Vordergrund. Wir sehen dies etwa in der Orpheus-Geschichte. Die Liebe triumphiert in Ovids Darstellung noch viel mehr als die Kunst. Schon die »Liebeselegien« und die »Liebeskunst« waren eine »Enzyklopädie der Liebe« zu nennen. In den »Metamorphosen« hat man einerseits eine ganze Reihe elegischer Themen wiedergefunden[20], andererseits wird hier der Themenkreis noch weiter gespannt: Wäh-

[18] H. Fränkel: Ovid. Ein Dichter zwischen zwei Welten. Darmstadt 1970. Seite 80–120.

[19] C. Heselhaus: Metamorphosen-Dichtungen und Metamorphosen-Anschauungen. In: Euphorion 47, 1953, Seite 121–148; E. Zinn: Rainer Maria Rilke und die Antike. In: Antike und Abendland 3, 1948, Seite 201–250; M. von Albrecht: Metamorphose in Raum und Zeit. Vergleichende Untersuchungen zu Ovid und Rodin. In: Teilnahme und Spiegelung. Festschrift H. Rüdiger. Berlin und New York 1975. Seite 55–86.

[20] Z. B. H. Tränkle: Elegisches in Ovids Metamorphosen. In: Hermes 91, 1963, Seite 459–476.

rend Ovids »Liebeselegien« und »Liebeskunst« sich betont auf die »normale« Liebe zwischen den Geschlechtern beschränkten, werden nun auch verschiedene Sonderformen und Verirrungen in die Darstellung einbezogen: Knabenliebe, Blutschande, Liebe zwischen Mädchen. Andererseits ist aber die Betrachtungsweise gegenüber der »Liebeskunst« verändert. Zwar bleibt das psychologische Interesse dominierend, aber die Liebe wird jetzt mehr in schicksalhaftem Zusammenhang gesehen: als tragisches Geschick, das zum Tode führt, oder noch darüber hinaus als Bindung für das ganze Leben.

Fortwirken und Bedeutung der »Metamorphosen«

Ovids »Metamorphosen« las man im Mittelalter unter anderem aus naturwissenschaftlichem Interesse[21] – ein Gesichtspunkt, der vielleicht neu hervorgehoben zu werden verdient. In der Neuzeit war das Werk vor allem eine Fundgrube von Stoffen für Poesie und bildende Kunst. Es genügt, an unsterbliche Themen wie Pygmalion[22], Philemon und Baucis[23], Pyramus und Thisbe[24] zu erinnern; die Liste ließe sich endlos fortsetzen. Unübersehbar groß ist die Ausstrahlung der »Metamorphosen« auf die bildende Kunst bis in die Gegenwart: auf Rodins »Ovidische Metamorphose«, Henningers »Mythen um Orpheus«[25], Hermann Finsterlins »Verwandlungen des Zeus«[26], Mac Zimmermanns »Daphne und Apoll«[27], Salvador Dalis »Narcissus«. Auch die Musik steht nicht zurück: Benjamin Brittens Oboenstücke (1951) tragen ovidische Titel[28].

[21] S. Viarre: La survie d'Ovide dans la littérature scientifique des XIIe et XIIIe siècles. Poitiers 1966.

[22] A. Dinter: Der Pygmalion-Stoff in der europäischen Literatur. Rezeptionsgeschichte einer Ovid-Fabel. (Studien zum Fortwirken der Antike. Unter Mitwirkung von W. Marg herausgegeben von M. von Albrecht und H. Rüdiger. Band 11.) Heidelberg 1979.

[23] M. Beller: Philemon und Baucis in der europäischen Literatur. Stoffgeschichte und Analyse. (Studien zum Fortwirken der Antike. Band 3.) Heidelberg 1967.

[24] F. Schmitt-von Mühlenfels: Pyramus und Thisbe. Rezeptionstypen eines Ovidischen Stoffes in Literatur, Kunst und Musik. (Studien zum Fortwirken der Antike. Band 6.) Heidelberg 1972.

[25] Ovid: Metamorphosen. Buch X: Mythen um Orpheus. Illustriert von M. Henninger, übersetzt von E. Zinn, mit einer Einleitung von K. Kerényi. Heidenheim 1969.

[26] H. Finsterlin: Verwandlungen des Zeus. Erotische Miniaturen. Stuttgart 1970.

[27] Mac Zimmermann: Ölbilder, Zeichnungen, Graphik. Katalog zur Ausstellung im Kulturhaus Wiesloch vom 24. 2. bis zum 16. 3. 1980.

[28] B. Britten: Six metamorphoses after Ovid (1951), op. 49, for oboe solo. London 1952 (Boosey & Hawkes). – Zur Vertonung von Ovid-Texten siehe J. Draheim: Vertonungen antiker

Für das Bild, das man sich von der antiken Religion machte, war lange Zeit Ovids Gestaltung des Mythos bestimmend, die Loslösung der Mythen von ihrer kultischen Verankerung, ihre psychologische Durchdringung und die Akzentuierung ihrer menschlichen Aspekte. Orpheus ist in erster Linie Liebender, dann Künstler und erst an letzter Stelle Theologe. Diese Perspektive war es, die das Überleben des griechischen Mythos in einer Umwelt ermöglichte, die nicht mehr an die griechische Religion glaubte. Ovid hat den Mythos auch für spätere Epochen leicht assimilierbar und übertragbar gemacht. So konnte auch in christlicher Zeit und in der modernen Welt ein fester Bilderschatz und so etwas wie eine Weltsprache der Dichtung und der Kunst fortleben. Die Beschränkung auf das rein Menschliche mag in mancher Beziehung als Verkürzung erscheinen; die Neuentdeckung griechischer Religiosität seit E. Rohde und F. Nietzsche hat zweifellos das von Ovid geprägte Bild des antiken Mythos bereichert und vertieft. Vergleicht man die ovidische Ausgestaltung mancher Mythen mit ihrer zu erschließenden Urform, sieht man freilich, daß der Dichter das Theologische zwar zurückdrängt, aber den ursprünglichen Sinn der Mythen nicht eigentlich verfälscht. Ein Extremfall sei als Beispiel herangezogen: Die Weberin Arachne[29] wird von Minerva für ihren Hochmut bestraft. Ovid macht aus der erbaulichen Geschichte menschlicher Hybris und göttlicher Rache eine feine psychologische Studie der Eifersucht zweier Künstlerinnen verschiedener sozialer Herkunft. Der Leser fühlt mit Arachne und findet Minerva unsympathisch; trotzdem erscheint Arachnes Spinnenverwandlung innerlich begründet: Man erkennt, daß es letzten Endes das einseitige Verhalten des Menschen selbst ist, das ihn ins Unglück stürzt. So ist die Motivation von der theologischen auf die anthropologische Ebene verlagert; aber an der Tatsache, daß der Mensch für die Folgen seiner Taten einzustehen hat, ändert sich nichts. Wenn Ezra Pound die Schriften des Konfuzius und Ovids »Metamorphosen« für die einzigen sicheren Führer auf dem Gebiet der Religion hält[30], so mag dies vor allem daran liegen, daß wir in dem Werk des Römers nie die Stimme des theologischen Dogmatikers, sondern stets eine menschliche Stimme hören.

Ebenso wenig liegt Ovid die Rolle des politischen Ideologen. Seine

Texte vom Barock bis zur Gegenwart. Mit einer Bibliographie der Vertonungen für den Zeitraum von 1700 bis 1978. Dissertation Heidelberg 1978. (Heuremata 7.) Amsterdam 1980. Seite 211–214 und 260f.

[29] M. von Albrecht: Ovids Arachne-Erzählung. In: Mitteilungen für Lehrer der Alten Sprachen (Baden-Württemberg) 10, 1, 1979, Seite 4–12.

[30] Brief an Harriet Monroe, 16. 7. 1922. In: W. Stroh: Ovid im Urteil der Nachwelt. Eine Testimoniensammlung. (Libelli 234.) Darmstadt 1969. Seite 130.

Generation hat weder die schweren Erfahrungen noch die augusteische Glaubensstärke der vergilischen. In den »Metamorphosen« spielt das Politische eine verschwindend geringe Rolle. Die Huldigungen an Augustus sind für unseren Geschmack überschwenglich, sie gelten aber nicht dem Menschen, sondern dem Repräsentanten des römischen Weltreiches, das als historischer Kosmos neben dem physikalischen und poetischen in einem römischen »Weltgedicht« nicht fehlen darf. So läßt sich Ovid nicht zu einem Widerstandskämpfer umstilisieren; bei allen persönlichen Vorbehalten gegen Augustus – die man sogar aus dem Epilog herauszuhören meint – sind für ihn das römische Weltreich und sein Herrscher etwas ebenso Selbstverständliches wie der physikalische Kosmos, dessen Regent Iuppiter ja auch trotz aller menschlichen Schwächen in seiner Stellung unangefochten ist.

Wenn Dichter und Künstler auch heute gern zu mythischen Stoffen greifen, so deswegen, weil der Mythos in geradezu idealer Weise Geschlossenheit und Offenheit miteinander verbindet. Die Grundzüge der Handlung liegen fest, die Einzelheiten der psychologischen Begründung und der Ausdeutung bleiben dem Dichter überlassen. Auch erleichtert die Wahl bekannter Mythen dem Publikum das Verständnis und erlaubt, Theaterzettel und Exposition knapper zu halten. Gerade neue Aussagen lassen sich bei der Behandlung alter Stoffe in Auseinandersetzung mit führenden Bearbeitern besonders scharf pointieren. Daher hielt die Antike den Mythos für die spezifische Domäne der Poesie. Ovid hat seine Stoffe als Dichter und nur als Dichter behandelt. Er war der Poet des *ingenium*, und er wußte darum. Am häufigsten von allen antiken Dichtern spricht er von der poetischen Inspiration. So klingt der erste Satz der »Metamorphosen« zugleich ganz leicht (»ich habe Lust«) und doch bedeutungsschwer (»mich treibt der Geist«). In der »Liebeskunst« (III 547–550) will er den Damen durch die Aussage imponieren, in den Dichtern wohne ein Gott. Aber auch in den ernst gemeinten »Fasten« findet sich eine Stelle (VI 253f.), an der die äußere Erscheinung der Gottheit (nach antiker Auffassung das Normale) durch die innere Erleuchtung des Betenden ersetzt wird. Es ist bezeichnend, daß in Zeiten der Säkularisation das religiöse Vokabular gerne auf den Geniebegriff übertragen wird. So wurde auch im 19. Jahrhundert vielfach der Künstler zur religiösen Ersatzfigur, zum Gott und Erlöser[31]. Auch in dieser Beziehung ist Ovids Dichterreligiosität symptomatisch und zukunftweisend. Gerade die größten Dichter der Neuzeit fühlten sich denn auch schon in früher Jugend

[31] Vgl. meinen Aufsatz zu Ovid und Rodin (Fußnote 19).

stark zu ihm hingezogen. Genannt seien Puschkin[32] und Goethe. Dieser hat in Straßburg gegenüber Herder Ovids Dichtertum und die Welt der »Metamorphosen«, die Herder am Maßstab des Natürlichen und des Nationalen maß und daher ablehnte, glänzend gerechtfertigt, indem er sagte, »was ein vorzügliches Individuum hervorbringe, sei doch auch Natur, und unter allen Völkern, frühern und spätern, sei doch immer nur der Dichter Dichter gewesen«[33].

Zur vorliegenden Übersetzung

Der Übersetzung liegt die Ausgabe von W. S. Anderson (Leipzig 1977) zugrunde. Die nicht seltenen Abweichungen sind in den Anmerkungen verzeichnet.

Soweit mir bekannt, ist dies der erste Versuch einer vollständigen Wiedergabe der »Metamorphosen« in deutscher Prosa. Eine vortreffliche Prosaübersetzung gibt es allerdings vom zehnten Buch, und zwar aus der Feder von E. Zinn[34]; leider ist sie weitgehend unbekannt geblieben. Das Abgehen von der bisherigen Praxis der Versübersetzung bedarf vielleicht einer Begründung.

Vergleicht man eine beliebige metrische Übertragung mit dem Original, so beobachtet man oft, was schon W. Schadewaldt[35] hervorgehoben hat, daß der Übersetzer früher mit dem Gedanken fertig ist als mit dem Vers. Die traditionelle Methode des Dolmetschens ist daher vielfach eine Kunst des Streckens und kommt nicht ohne Flickwörter und schmückende Zusätze aus. Sie verwandelt die schlanke ovidische Muse in eine etwas behäbige und betuliche Matrone. Die verbreitete Meinung, Ovid sei geschwätzig und wortreich, mag daher zum Teil durch derartige Übersetzungen hervorgerufen sein. Es gehört zu den Vorzügen einer Prosaübersetzung, nur dort ausführlich sein zu müssen, wo es der Sinn unbedingt erfordert. Vielleicht kann Prosa der unnachahmlichen Knappheit des lateinischen Stils wenigstens ein Stück näherkommen, als es der deutsche Hexameter mit seiner Atmosphäre von »Idyllik« und »epischer Breite« gestattet.

32 M. von Albrecht: Der verbannte Ovid und die Einsamkeit des Dichters im frühen XIX. Jahrhundert. Zum Selbstverständnis Franz Grillparzers und Aleksandr Puškins In: Arcadia 6, 1971, Seite 16–43.

33 Goethes Werke. Herausgegeben im Auftrage der Großherzogin Sophie von Sachsen. Abteilung 1, Band 27: Dichtung und Wahrheit. Zweiter Teil, Buch 10. Weimar 1889. Seite 319f.

34 Bei Henninger (Fußnote 25).

35 Homer: Die Odyssee. Übersetzt in deutsche Prosa von W. Schadewaldt. Hamburg 1958. Seite 321–326.

Zudem kann der akzentuierende deutsche Hexameter nur sehr bedingt als Äquivalent des quantitierenden lateinischen Versmaßes gelten. Wenn er nicht mit dichterischer Meisterschaft gestaltet wird, schläfert dieser Vers den Leser durch Monotonie ein. Auch ist unsere lässige Handhabung der Zäsuren in der ersten Vershälfte und das Klappern der Daktylen in der zweiten der denkbar schlechteste Ersatz für die kunstvoll gespannte Wortarchitektur, die den klassischen lateinischen Vers – übrigens auch von dem bequemeren Gang homerischer Hexameter – unterscheidet. Wichtiger als der Versuch, dem Leser die (ohnehin problematische) Illusion zu vermitteln, er höre ein antikes Metrum, scheint es, folgende Grundtatsache zu beachten: Bei einem Werk, das Sagen und Geschichten enthält, ist für den heutigen Leser die Prosaform die geläufige, da in den neuzeitlichen Literaturen längst der Roman die Nachfolge des Epos angetreten hat. Auch andere Literaturgattungen lösen sich zunehmend von Reim und Metrum, so daß eine Versübersetzung vielen Lesern als Anachronismus erscheinen könnte. Hinzu kommt die Eigenart der »Metamorphosen«: Einerseits stehen sie dem antiken Roman nahe, andererseits macht sich in ihnen der Einfluß der Rhetorik bemerkbar; so haben sie eine doppelte Beziehung zur Prosa.

Einen weiteren Grund, neue Pfade zu begehen, liefert folgende Überlegung: Homers »Odyssee« ist durch die Übersetzertat von Johann Heinrich Voß zu einem Bestandteil der deutschen Literatur geworden. An Versuchen, auch die große römische Dichtung in seiner Nachfolge zu übertragen, hat es nicht gefehlt. Doch sind sie beim deutschen Leserpublikum nicht auf gleiche Gegenliebe gestoßen. Dies ist gewiß nicht nur Schuld der Übersetzer, sondern hängt auch mit dem deutschen Philhellenismus zusammen; immerhin sollte man die Frage nicht scheuen, ob der von Voß gewiesene Weg der allein seligmachende ist, zumal sich schon recht früh kritische Stimmen erhoben haben. Hören wir die Klagen eines Gelehrten, dem das »Übersetzerrotwelsch« schon vor hundertfünfzig Jahren schwer verständlich und veraltet vorkam[36]:

»A. W. Schlegels[37] Urteil über die Voßschen Übersetzungen (in den Studien und Kritiken) ist bekannt. Alles, was er an dem Voßschen Homer gerügt hat – und nun lese man erst den Aristophanes von Voß! –, ist noch bis auf den heutigen Tag (man sehe zum Beispiel H. Mül-

[36] Aristophanes' Werke. Übersetzt von L. Seeger (1845–48). Neue Auflage. Stuttgart und Berlin 1910. Band 1. Seite 27f.

[37] A. W. von Schlegel: Rezension über: Homers Werke von Johann Heinrich Voß. Altona 1793. Erstmals erschienen in der Jenaischen allgemeinen Litteraturzeitung 1796. Jetzt in:

lers Übersetzung des Aristophanes an) nicht zu den Ohren, noch weniger in das Bewußtsein der Übersetzer gedrungen. Drei- und vierfach zusammengesetzte Beiwörter und Partizipien, unzählige Zeitwörter mit der Vorsilbe *ent*, zum Beispiel entzittern, oft noch mit *hinweg* verbunden; mit *um*, zum Beispiel von Mühlsteinen umprallt, die Troer umschlug schwerlastender Kummer; gewaltsame Verkürzungen wie: gestrengt für angestrengt; absolute Genitive wie: die herrliche, langes Gewandes; die Schreibung des e, wo der Usus es längst gestrichen: gefüllete; das aktive Partizip in den härtesten, unverständlichsten Verknüpfungen, unerlaubte Inversionen, falsche Stellung der Negation, trennbare und untrennbare Partikeln am Verb willkürlich verbunden oder abseits gestellt: ganz den Tag hinflog ich, und: stets nachtobte des Kriegs Wut: – all das – und das Sündenregister ließe sich noch ins Unendliche vermehren – ist Observanz geworden unter den philologischen Übersetzern, keiner denkt mehr bei solch unnatürlichen Wörtern, Wendungen und Konstruktionen daran, daß er der Sprache mit grober Faust ins Gesicht schlägt. Unsere Sprache ist biegsam, nun ja, biegt sie, aber brecht ihr nicht das Genick.«

Ohne die klassischen Leistungen von J. H. Voß herabsetzen zu wollen, muß man doch feststellen, daß auf dem von ihm beschrittenen Wege eine weitere Entwicklung kaum mehr möglich scheint. Die innere Einheitlichkeit seines Stils hat kaum einer seiner Nachfolger mehr erreicht. Je moderner die Versübersetzungen der »Metamorphosen«, um so störender wird der Kontrast zwischen dem traditionsbedingt archaischen Vokabular und dem neuzeitlichen Sprachgefühl, das der Übersetzer doch nicht verleugnen kann und darf. Auch das feine Gehör, das zum Bau deutscher Hexameter unerläßlich ist und das Voß in hohem Maße besaß, hat heute Seltenheitswert. Ein Kenner wie Walther Kraus[38] hat gerade bei der Besprechung der beiden besten neueren Versübersetzungen der »Metamorphosen« auf den prosaischen Charakter ihrer Hexameter hingewiesen. So ist es vielleicht nur konsequent, auf die Versform ganz zu verzichten.

Ein Vorteil der Prosaform ist es zweifellos, eine sinngetreue Wiedergabe nicht durch die Fesseln der Form zu erschweren. Vor allem

A. W. von Schlegels sämmtliche Werke. Herausgegeben von E. Böcking. Band 10 (= Vermischte und kritische Schriften, Band 4). Nachdruck der Ausgabe Leipzig 1846. Hildesheim und New York 1971. Seite 115ff. – In einer Anmerkung zum zweiten Abdruck des Aufsatzes 1801 revidiert Schlegel die Kritik etwas, im Nachwort zum dritten Abdruck 1827 kehrt er zu seinen ursprünglichen Ansichten zurück.

[38] W. Kraus: Forschungsbericht über Ovid, Metamorphosen. In: Anzeiger für die Altertumswissenschaft 16, 1963, Spalte 1–14.

in einem Punkt dürfte die vorliegende Übersetzung genauer sein als alle bisherigen: Sie beachtet die künstlerische Verwendung der Erzähltempora und spiegelt so die Feinstruktur der ovidischen Erzählung wider. Ovid erzielt durch abwechselnden Gebrauch des historischen Perfekts und des historischen Präsens Reliefwirkungen. Oft wird eine Haupttätigkeit im Perfekt berichtet, die Einzelausführung oder die Folgen im Präsens. So hat der Dichter gewissermaßen zwei Möglichkeiten, seine »Kamera« einzustellen. Dies läßt sich im Deutschen durch den von den bisherigen Übersetzern gescheuten Wechsel von Vergangenheit und Gegenwart nachahmen, eine Möglichkeit, die sich selbstverständlich weitgehend auf Hauptsätze beschränkt, da die Tempora in den Nebensätzen oft durch die Regeln der Grammatik festgelegt sind, was eine buchstäbliche Wiedergabe kaum sinnvoll erscheinen läßt. Nicht nachbilden läßt sich im Deutschen auch die aspekt- und strukturbedingte Abwechslung von Imperfekt und Perfekt, die im Lateinischen eine Scheidung von »Hintergrund« und »Vordergrund« ermöglicht.

Eine weitere Chance einer Prosaübersetzung dürfte es sein, die ursprüngliche Abfolge der Vorstellungen zu bewahren. Hier treten jedoch Schwierigkeiten auf, die teils in der Eigenart der deutschen Sprache, teils im Wesen des Prosastils liegen. Auch sie seien nicht verschwiegen. Einmal ist der lateinische Satzbau vom deutschen sehr verschieden. Dies gilt sogar von der poetischen Syntax, die darin der unseren ähnelt, daß sie lieber bei- als unterordnet. Trotz aller Parataxe sind die uns aus Caesar ach so wohlbekannten Temporalsätze mit »nachdem« oder »sobald« auch in lateinischer Poesie alles andere als dünn gesät. Die Zahl der Nebensätze vermehrt sich im Deutschen noch ganz erheblich durch die Notwendigkeit, lateinische Partizipialkonstruktionen aufzulösen. Die eigentliche Schwierigkeit bei der Wiedergabe lateinischer – und vor allem ovidischer – Sätze liegt darin, daß im Original sehr oft nebensächliche Bestimmungen den wichtigeren vorausgeschickt werden, so daß sich die Vorstellungen erst am Ende zu einer Einheit zusammenfügen. Dieses psychologisch und poetisch äußerst reizvolle Vorgehen läßt sich nicht immer übertragen, da wir meistens die Beziehung der Teile zum Ganzen nicht so lange in der Schwebe lassen können. Ein bezeichnendes Beispiel sind Relativsätze, die ihrem Beziehungswort voranstehen, eine bei Ovid sehr beliebte Reihenfolge, die unsere Sprache nicht kennt. Überhaupt unterliegt die deutsche Wortfolge erheblich strengeren – und vor allem ganz anderen – Gesetzen als die lateinische. Folgt im Deutschen auf einen vorausgeschickten Nebensatz ein Hauptverbum, muß es am Anfang des Hauptsatzes stehen. Die meisten lateinischen Perioden beginnen mit Nebensätzen; ihr Hauptverbum steht aber erst ganz am Ende des Hauptsatzes. Sie lassen sich also im Deutschen nicht genau nachbilden. Auch im einzelnen ist es leider oft nicht möglich, die lateinische Wortfolge beizubehalten, ohne dem Leser ganz erheblich das Verständnis zu erschweren.

Zum andern – und hier liegen die spezifischen Probleme einer Prosaübersetzung – ist in ungebundener Rede die Wortfolge strenger geregelt als in Versen. Was in Poesie als Schönheit empfunden wird – so die expressive Anfangsstellung des Verbs: »auf steigt der Strahl« –, kann in Prosa manieriert oder befremdlich wirken. Versucht man aber, zugleich die Gedankenfolge des Originals und die Gesetze des Prosastils zu beachten, so wird der deutsche Text matt und weitschweifig, und der energische Lakonismus des Lateinischen geht verloren. Deshalb muß man trotz der prosaischen Form nicht selten zum poetischen Ausdruck greifen. So habe ich im Vertrauen auf die Findigkeit des Lesers Metaphern und Enallagen, so oft es ging, stehen lassen und *et* getrost mit »und« übersetzt, auch wo ein Gegensatz vorlag.

Überhaupt wird das Übersetzen durch den Verzicht auf das Metrum nur scheinbar erleichtert. Metrische Entschuldigungsgründe für altertümliche, geschraubte und undeutsche Ausdrücke fallen weg. Aber auch in bezug auf an sich durchaus sprachgemäße Kühnheiten ist der Kreis der poetischen Freiheit enger gezogen. Auch fehlt es für deutsche Prosaübersetzungen an einem Gattungsstil, an einer Tradition, an die man – sei es bejahend oder rebellierend – anknüpfen könnte. W. Schadewaldts Prinzip des »dokumentarischen Übersetzens« hat für die Aneignung griechischer Texte in Deutschland Maßstäbe gesetzt, obwohl sein Charisma schwer nachzuahmen ist. Auf das Übersetzen aus dem Lateinischen läßt sich seine Methode nicht restlos übertragen, weil das Lateinische dem Deutschen viel ferner steht als das Griechische. Eine wörtliche Übersetzung aus dem Griechischen kann naiv und ursprünglich, eine solche aus dem Lateinischen barbarisch und stillos klingen. Nun aber gehören Urbanität und Stil nicht nur akzidentell, sondern wesenhaft zur römischen Dichtung.

So ist der Übersetzer darauf angewiesen, einen eigenen Stil zu finden, der dem Wortlaut des Originals so treu wie möglich bleibt, aber auch spüren läßt, daß Ovid für großstädtische Leser schreibt. Zwischen der Scylla steifen Archaisierens und der Charybdis moderner Travestie bleibt der Stil des Originaltextes der alleinige Leitstern, nach dem man sich richtet, ohne ihn je zu erreichen. So zwingt gerade die Prosaform den Übersetzer, mit seiner Muttersprache noch rücksichtsvoller und pfleglicher umzugehen, als dies bei einer Versübertragung notwendig wäre.

Antike Literatur war zum lauten Lesen, zum Vorlesen bestimmt, Ovid schon zu Lebzeiten der meistgelesene lateinische Autor. Hauptziel einer Übertragung wird es daher sein, sich nicht störend zwischen den Dichter und seine Leser zu stellen. Die »Metamorphosen« verdienen einen großen Leserkreis. Mögen sie ihn erreichen! Meinen ersten Lesern, die mir bei der Herstellung und Korrektur des Manuskripts tatkräftig zur Seite standen, sei an dieser Stelle herzlich gedankt: S. Grebe, W. Kißel, S. Mratschek, M. Sarnau, F. M. Scherer, D. Schunck.

Michael von Albrecht

ZEITTAFEL ZU OVID

44 v. Chr.	Ermordung Caesars.
43	Ermordung Ciceros.
43	20. März: Ovid in Sulmo im Paelignerlande geboren.
etwa 42–37	Vergils »Hirtengedichte«.
etwa 39–29	Vergils »Gedicht vom Landbau«.
etwa 29–19	Vergils »Aeneis«.
26	Selbstmord des Elegikers Cornelius Gallus (nach Verbannung und Vermögensentzug durch Augustus).
19	Tod Vergils.
19 oder bald danach	Tod des Elegikers Tibull.
8	Tod des Horaz und des Maecenas.
zwischen 20 und 1	Ovids »Liebesgedichte« (zwei Auflagen), »Schönheitspflege«, »Medea«, »Heroidenbriefe« (zum größeren Teil).
Um Christi Geburt	»Liebeskunst«, danach »Heilmittel gegen die Liebe«.
bis 8 n. Chr.	Doppelbriefe der »Heroiden«, »Metamorphosen«, »Festkalender« (Buch I–VI, erste Fassung).
8	Ovid wird nach Tomi am Schwarzen Meer verbannt.
Seit 8	»Klagegedichte«, »Briefe vom Schwarzen Meer«, »Ibis« (ein Schmähgedicht). Überarbeitung des »Festkalenders«.
14	Tod des Augustus. Auch sein Nachfolger Tiberius hebt die Verbannung Ovids nicht auf.
17	Tod Ovids.

ANMERKUNGEN[1]

Buch I

Vers

12 *Tellus:* Hier ist die Erde als Kugel vorgestellt, die sich im Gleichgewicht hält.

36 *ergießen: diffundi* statt *diffudit* wie bei Anderson, dessen lateinische Ausgabe (Leipzig 1977) meiner Übersetzung zugrunde liegt. So im folgenden jeweils ohne besonderen Hinweis.

53 *leichter: pondus aquae levius* statt *pondere aquae levior.*

184 *Schlangenfüßler:* Gemeint sind die Giganten; Ovid verwechselt sie hier mit den Hekatoncheiren, hundertarmigen Ungeheuern.

189 *der Erde: terra* statt *terras.*

190 *muß: temptanda* statt *temptata.*

201 *Caesarenblut:* Die modernen Erklärer denken hier weniger an Caesars Tod als an ein Attentat auf Augustus.

207f. *folgendes:* Ich halte diese beiden Verse für unecht.

241 *Erinys:* Rachegöttin, hier: Wahnsinn.

258 *Bedrängnis: obsessa* statt *operosa.*

262 *in den aeolischen Höhlen:* Die aeolische Insel (nach manchen eine der Liparischen Inseln nördlich von Sizilien) galt als Sitz des Herrschers über die Winde, Aeolus.

336 *schneckenförmig:* Ich setze kein Komma nach *tortilis.*

352 *Brüder:* Deucalion war der Sohn des Prometheus, Pyrrha die Tochter des Epimetheus.

363 *meines Vaters Künste:* Deucalions Vater Prometheus schuf die Menschen (vgl. Vers 82f.).

370 *das gewohnte Flußbett bahnten:* etwas anders Haupt-Ehwald und Bömer: »die Furten kreuzen«, was aber Bömer selbst als »ein wenig gequält« empfindet.

373 *Göttin:* Themis.

390 *Epimetheus:* Die Namen der Väter sind hier mit Bedacht gesetzt: »Vorausdenker« (Prometheus), »Hinterherdenker« (Epimetheus).

392 *Frevel:* Die Klammern im lateinischen Text sind zu streichen.

395 *Titanentochter:* Pyrrha als Enkelin des Titanen Iapetus.

433 *Zeugung:* Die Urzeugung galt als wissenschaftliche Theorie.

[1] Zur Erklärung der Eigennamen siehe das »Verzeichnis der Eigennamen«.

440 *Berg:* der Parnaß.
441 *der bogentragende Gott:* Apollo.
447 *die pythischen:* Diese Spiele fanden regelmäßig in einer dem Apollo heiligen Ebene zwischen Delphi und Cirrha statt.
448 *mit der Hand:* im Boxen, Ringen, Diskus- und Speerwurf.
453 *des Liebesgottes:* Cupido oder Amor.
492 *Ähren:* Man ließ die Stoppeln sehr hoch stehen; das Abbrennen diente der Düngung.
512 *Wohlgefallen:* Statt »ich liebe dich« sagte man in Rom: »Du gefällst mir.«
515f. *delphische* usw.: Aufzählung berühmter Kultorte des Apollo.
544–547 Text nach Lafaye, nicht nach Anderson.
560 *Feldherrn:* Der römische Feldherr trug beim Triumph einen Lorbeerkranz auf dem Haupt und einen Lorbeerzweig in der Hand.
563 *Eichenkranz:* die *corona civica,* Auszeichnung für die Rettung römischer Bürger.
608 *getäuscht:* Entweder ich habe Unrecht, oder mir geschieht hier ein Unrecht.
669 *Sohn:* der Götterbote Mercur.
712 *in der Hand hielt:* Die Stelle bietet ungewöhnliche Schwierigkeiten. Ich folge hier der Erklärung von Lee.
722 *ihres Vogels:* Der Pfau ist Iuno heilig.
726 *Nebenfrau aus Argolis:* Io.
726 *verborgenen:* entweder kausativ (»blindmachend«) oder (besser) passiv (»unsichtbar«).
747 *als Göttin verehrt:* Io wird zur ägyptischen Göttin Isis.

Buch II

2 *Pyropus:* eine Mischung aus Gold und Kupfer.
46 *Sumpf:* die Styx.
68 Kein Komma nach *etiam.*
109 *Chrysolithe:* Topase; der griechische Name (»Goldstein«) stellt die Beziehung zu dem Metall her, das der Sonne zugeordnet ist.
120 *Ambrosia:* Götterspeise.
129 *die fünf Zonen:* Vgl. I 45f.
130 *schräg:* die Schiefe der Ekliptik.
139 *Altar:* Sternbild am Südhimmel.
171 *sieben Dreschochsen:* das Sternbild der Großen Bärin (Callisto).
173 *Schlange:* Sternbild.

184 *Merops:* »der Sterbliche«, redender Name; vgl. I 763.
201 *Berührung: summum... tergum* statt *summo... tergo.*
208 *ihres Bruders:* des Sonnengottes Phoebus.
243 *Penëus:* Vgl. I 569 ff.
255 *nicht wieder entdeckt ist:* Anspielung auf die lange Zeit unbekannten Quellen des Nil.
258 *abendländischen:* hesperisch, Bezeichnung für Italien und weiter westlich gelegene Länder.
269 *Töchter:* die Nereïden.
340 *Sonnentöchter:* die Heliaden.
409 *einem arcadischen Mädchen:* Callisto als Arcaderin.
454 *Jägerin:* Diana; *venatrix* (Heinsius) statt *venatu.*
ihres Bruders: Vgl. II 208.
485 *doch: tamen* (Heinsius) statt *manet.*
495 *Vater:* Callisto ist die Tochter des Königs Lycaon; vgl. I 196–239.
528 *die sieben Dreschochsen:* Siehe zu Vers 171.
531 *zustimmend:* Der Große Bär geht nicht unter.
533 *Argus:* Siehe I 722 f.
544 f. *Vogel des Phoebus:* der Rabe.
546 *Kläger:* eigentlich: Denunziant.
573 *außen:* Vgl. II 576 f.
601 *Plectrum:* Werkzeug zum Zupfen des Saiteninstruments.
606 *Wunde: vulnere* statt *corpore.*
633 *Halbmensch:* Chiron.
646 *die Flamme des Großvaters:* Iuppiters Blitz.
649 *Vater:* Chiron.
674 *nach rechts:* wie es sich für ein gutes Pferd gehört.
675 *Namen:* Hippe (von griechisch ἵππος »Pferd«).
706 *Anzeiger heißt:* Welcher Stein gemeint ist, wissen wir nicht. Falls Ovid hier mit dem Wort *index* spielt, könnten Steine von der Gestalt eines Zeigefingers gemeint sein.
708 *der stabtragende Gott:* Mercur trägt den *caduceus,* einen von zwei Schlangen umwundenen Heroldsstab.
711 *Jungfrauen:* Die Kanephoren trugen am Panathenaeenfest Opfergerste, Messer, Binden usw. zur Akropolis. Die Teilnahme war eine besondere Ehre.
727 *balearische Schleuder:* Die Einwohner der Balearen taten sich besonders in dieser Waffengattung hervor.
749 *das Geheimnis der blonden Minerva:* Vgl. II 560 f.
752 *die kriegerische Göttin:* Minerva.
755 *Ägide:* Schutzschild der Minerva mit dem Medusenhaupt in der Mitte und Schlangen am Rande.

756 *das ohne Mutter entstandene Kind:* Erichthonius; vgl. II 553 ff.
757 *des Gottes von Lemnos:* Vulcan.
771 *schwerfällig: pigre* statt *pigra.*
794 *die Burg der Tritonia:* Athen; Minerva (Tritonia) war die Schutzgöttin Athens.
839 *Mutter:* Maia, eine der Pleiaden.
links von dir: Die Pleiaden gehen über Phönizien etwa zehn Grad südlich vom Zenit durch den Meridian. Wenn Iuppiter nach Süden blickt, liegt Phönizien links.
871 *primis* statt *primo.*

Buch III

2 *Kreta:* Iuppiter soll auf dem Berg Dikte auf Kreta geboren sein.
3 *Vater:* Agenor.
13 *nach dem Rinde:* »boeotisch« von griechisch βοῦς »Rind«. Gemeint ist die Gründung Thebens.
14 *castalisch:* Ovid meint hier die Orakelhöhle in Delphi.
49 *Pesthauch:* Ich vermute *adflata* statt *adflatu.* Zu erwägen ist die Textfassung der 1543 in Basel bei Herwagen erschienenen Ausgabe *funesta hos.* Es käme dann eine vierte Gruppe hinzu, die durch den spritzenden Geifer getötet wird.
111–114 *auf den Rand setzen:* Umgekehrt wie im heutigen Theater wurde der Vorhang aufwärts zugezogen, so daß die auf ihm abgebildeten Figuren aus dem Boden aufzutauchen schienen.
136 *Menschen: hominis* statt *homini est.*
138 *Enkel:* Actaeon.
163 *Göttin der Wälder:* Diana.
171 f. *Nephele* usw.: Übersetzung der Namen: Wolke, Kristall, Tautropfen, Sprühregen, Schale.
183 *vorn: adversi* finde ich in den Kommentaren nicht erklärt; gemeint ist wohl, daß die Sonne den Wolken »gegenüber«, d. h. tief am Himmel steht.
208 *kretisch:* Gnosus (Cnossos) ist eine Stadt auf Kreta.
216 *Haltefest:* Die Etymologie des Namens Ladon ist umstritten. Es ist ein Drachenname, der sich vielleicht auf die Wachsamkeit bezieht.
217 *Raßlerin:* vielleicht auch »die mit den Zähnen knirscht«.
234 *losgezogen: exierant* statt *exierat.*
258 *Nebenfrau aus Tyros:* Europa; vgl. II 836–875.
269 *was selbst mir kaum gelang:* Iuno hat von Iuppiter nur folgende

Kinder: Hebe (die Jugendkraft), den hinkenden Schmiedegott Vulcan und den Kriegsgott Mars.

271 *machen: fallat* fasse ich hier unpersönlich auf.

299 *Nicken: nutuque* statt *vultuque.*

531 *ihr Schlangengeborenen:* Siehe Vers 104ff.

542 *Thyrsusstäbe:* Stäbe, die mit Efeu und Weinlaub umschlungen waren. Sie wurden von den Verehrerinnen des Bacchus getragen.

543 *woher ihr stammt:* Siehe Vers 531 und 104ff.

559 *Acrisius:* Daß er sich Bacchus widersetzt habe, ist sonst nicht überliefert.

564 *der Großvater* (des Pentheus): Cadmus.

594 *der olenischen Ziege:* In der Nähe der Stadt Olenos (in Achaia) säugte die Ziege Amalthea den jungen Iuppiter; sie wurde später als Capella an den Himmel versetzt.

595 *Bärin:* das Sternbild des Großen Bären, die an den Himmel versetzte Callisto (auch Bezeichnung für die Himmelsrichtung Norden).

642 *gepackt: tenet* statt *timet.*

712 *Thyrsus:* Siehe zu Vers 542.

Buch IV

12 *den Feuererzeugten:* Iuppiter nahte Bacchus' Mutter Semele als Herr des Blitzes.
zweimal Entstandenen, allein von zwei Müttern Geborenen: Vgl. III 310ff.

13 *mit langem Haar:* Zur Bedeutung der Haarpracht siehe III 421.

22 *Pentheus:* Er widersetzt sich dem Bacchuskult; siehe III 528–731.

23 *ins Meer springen:* Siehe III 670ff.

26 *der trunkene Alte:* Silen.

30 *Schalmeien:* Aulos, ein oboenartiges Rohrblattinstrument, oft falsch mit »Flöte« übersetzt.

32 *Minyas:* von Ovid nach Theben versetzt; eigentlich König von Orchomenos.

47 *Tochter:* Semiramis.

49 *Naiade:* Sie lebte auf der Insel Nosala und verwandelte alle Fremden in Fische. Von einer Fischverwandlung der Naiade selbst berichtet nur Ovid.

236 *bekannt: diffatamque* statt *diffatumque.*

277 *Nymphe:* Nomia.

311 *Buchsbaumholz:* Cytorus ist der Name einer Stadt und eines Berges in Paphlagonien, die für Buchsbaumholz bekannt sind. Hierzu das Adjektiv *Cytoriacus.*

333 *Erz:* Bei Mondfinsternissen versuchte man, die bösen Geister durch Lärm zu vertreiben.

388 *Geschlecht: incesto* statt *incerto.*

415 *Abend:* lateinisch *vesper*; davon *vespertilio* »Fledermaus«.

418 *Schwestern:* Autonoë verliert ihren Sohn Actaeon (III 138ff.), Agaue (III 725) tötet ihren Sohn Pentheus, Semele (III 253ff.) wird von Iuppiter durch den Blitz getötet.

423 *die maeonischen Schiffer:* Siehe III 582–691.

424 *zerfleischen zu lassen:* Pentheus (III 710f.).

452 *Töchter der Nacht:* die Furien (Erinyen), Rachegeister.

531 *Enkelin:* Venus ist als Mutter der Harmonia die Großmutter der Ino, Neptun als Bruder Iuppiters der Oheim der Venus.

538 *Namen:* Aphrodite. Man brachte den Namen mit ἀφρός (»Schaum«) in Verbindung.

605 *ihr Enkel:* Bacchus.

613 *Enkel:* Perseus.

615 *dss berühmte schlangenhaarige Haupt:* das Haupt der Meduse oder Gorgo; siehe Vers 794ff.

623 *Himmel: aethere* statt *aequore.*

660 *wuchs: auctus* statt *altus.*

670 *Mutter:* Cassiope; sie hielt sich (oder ihre Tochter Andromeda) für schöner als die Nereïden. Zur Strafe schickte Neptun eine Überschwemmung und das Meerungeheuer. Das Orakel des Ammon versprach Rettung, falls Andromeda dem Ungeheuer vorgeworfen würde.

754 *streitbare Jungfrau:* Minerva.

767 Nach diesem Vers nimmt man eine Lücke an.

769 *darüber: quae* statt *qui.*

770 *Cepheus: Cepheus* statt *Perseus.*

786 *Bruder:* Chrysaor.

799 *Ägide:* Siehe zu II 755.

Buch V

11 *Gold:* Iuppiter nahte Danaë, der Mutter des Perseus, als goldener Regen.

46 *Bruder:* Perseus ist als Sohn Iuppiters ein Halbbruder der Minerva.

Ägide: Siehe zu II 755.

114 *Plectrum:* Siehe zu II 601.

176 *mit dem cyllenischen Sichelschwert:* Perseus trägt das Sichelschwert Mercurs, der vom Gebirge Cyllene in Nordarcadien stammt.

236 *Vaterstadt:* Argos.

237 *seines Großvaters, der es nicht verdiente:* Acrisius hatte seine Tochter Danaë, die Mutter des Perseus, grausam behandelt und verdiente daher nicht, daß sein Enkel sich für ihn einsetzte.

239 *Stammburg des Acrisius:* Argos.

250 *Bruder:* Siehe zu Vers 46.

257 *Flügelpferdes:* des Pegasus, aus dessen Hufschlag die Hippokrene entstanden ist.

268 *Töchter der Erinnerung:* die neun Musen als Töchter der Mnemosyne.

278 *zum parnassischen Tempel:* Nach Bömer zur Stelle ist der Apollotempel in Delphi gemeint.

280 *Töchter der Erinnerung:* Siehe zu Vers 268.

312 *Medusenquell:* Siehe Vers 256ff.

331 *Ibis:* Vogelart, in Ägypten verehrt.

333 *wir aonischen Schwestern:* die Musen.

356 *der König der stummen Schatten:* Dis (Pluto).

359 *Tyrann:* Pluto, der Gott der Unterwelt.

364 *geflügelten Sohn:* Amor.

368 *das letzte Los:* Bei der Verlosung der Welt bekam Iuppiter den Himmel und die Erde, Neptun das Meer, Pluto die Unterwelt.

387 *hört: audit* statt *edit.*

398 *zerrissen:* Trauergebärde.

405 *heiligen: sacros* statt *altos.*

408 *Mauern:* Syracus, auf der Insel Ortygia gegründet, besitzt im Westen einen großen, im Norden einen kleinen Hafen.

461 *Sternen:* lateinisch *stellio* »Sterneidechse«.

487 *Geliebte des Alphëus:* Arethusa; siehe Vers 572–641.

529 *das Los so entschied:* Siehe zu Vers 368.

564 *Schwester:* Ceres ist als Tochter Saturns die Schwester Iuppiters.

576 *Strom aus Elis:* der Alphëus.

598 *Ufers: propioris... ripae* statt *propiori... fontis.*

639 *Göttin von Delos:* Diana.

642 *Göttin der Fruchtbarkeit:* Ceres.

662 *die älteste:* Calliope.

669 *die Emathiden:* die Mädchen aus Emathia; gemeint sind hier die Töchter des Piërus.

670 *sprechen: loqui et* statt *oculis.*

Buch VI

6 *sie stehe... nicht nach:* Die Formulierung ist im Lateinischen doppeldeutig (auch: »wolle nicht nachstehen«).

15 *Rebenhänge: vineta* statt *dumeta.*

29 *mit den Jahren... Erfahrung:* andere mögliche Übersetzung: Späte Jahre bringen reichen Zins.

70 *Felsen des Mars:* Areopag.

71 *Streit:* Athene (Minerva) und Poseidon (Neptun) wetteifern darum, wer der größere Wohltäter Athens und Attikas sei. Das Land soll nach dem Sieger benannt werden.

79 *Ägide:* Siehe zu II 755.

82 *Siegesgöttin: Victoria* statt *victoria.*

90 *der pygmaeischen Mutter:* Gerana oder Oinoë verachtete die Götter und ließ sich bei den Pygmaeen als Göttin verehren. Iuno verwandelte sie in den Kranich und stiftete Feindschaft zwischen diesem Vogel und den Pygmaeen.

104 *Europa:* Siehe zu II 833–875.

112 *Amphitryon:* Iuppiter nahte Alcmene in Gestalt ihres Mannes, des Königs Amphitryon, und zeugte mit ihr den Hercules.

116 *Enipeus:* In der Gestalt des Enipeus soll Neptun nach Ovids (irriger) Meinung mit Iphimedeia, der Gemahlin des Aloeus, die thessalischen Riesen Otos und Ephialtes gezeugt haben.

118 *Mutter des Getreides:* Demeter.

119 *schlangenhaarige Mutter:* die Meduse; vgl. IV 785ff.

122 *Phoebus:* Aus Liebe diente Apollo dem Admet als Hirte.

123 *des Habichts:* unbekannte Sage.
eines Löwen: unbekannte Sage.

126 *Chiron:* Vgl. II 630.

152 *ihres Gemahls:* Amphion; er hatte durch sein Leierspiel die Steine bewogen, eine Stadtmauer für Theben zu bilden.

174 *Pleiaden:* Dione, die Tochter des Atlas (also die Schwester der Pleiaden), ist Niobes Mutter.

241 *Palaestra:* Ringschule.

294 Der Vers ist unecht; er wird daher in der Übersetzung ausgelassen.

319 *nicht berühmt:* nicht »unbekannt« (siehe V 320), sondern sozial in einem niederen Milieu spielend.

336 *Stiefmutter:* Iuno.

384 *Tritonias Rohrflöte:* Sie hatte sich beim Flötenspiel im Spiegel des Wassers beobachtet und wegen der Grimassen voll Unmut das Instrument weggeworfen; Marsyas hob es auf und forderte

Apollo zu einem musikalischen Wettstreit auf, bei dem er unterlag.

415 *Calydon:* Hier wird auf die calydonische Jagd angespielt; vgl. VIII 270ff.

538 *solche: non haec* statt *hostis.*

587 *drei:* praktisch alle zwei Jahre; das Anfangs- und das Endjahr wurde mitgerechnet.

662 *Schwestern:* die Furien, Rachegöttinnen.

721 *auf dem ersten Schiff:* der Argo.

Buch VII

3 *Jünglinge:* Siehe VI 712–721.

7 *König:* Aeetes.

8 *Bedingung: lexque datur Minyis* statt *visque datur numeris.*

55 *der größte Gott:* Amor.

63 *Felsen:* die Symplegaden am Eingang zum Schwarzen Meer.

73 *Liebesgott:* Siehe zu I 453.

94 *der dreigestaltigen Göttin:* Hecate, Göttin der Zauberei.

96 *Vater:* der Sonnengott.

115f. *Feuerhauch: ignes... anhelatos* statt *illos... anhelantes.*

144, 146, 145 *dem Beginnen:* Diese Reihenfolge der Verse zeigt, daß Medea moralische Bedenken überwunden hätte, sich also nur aus taktischer Klugheit zurückhielt.

152 *des Vergessens:* Lethe.

162 *fällt: cadit* statt *facit.*

177 *dreigestaltige Göttin:* Siehe zu Vers 94.

186 *heranschleicht: serpens* statt *serpit.*

186a Diesen Vers streiche ich.

207 *das temesaeische Erz:* Lärminstrumente, um dem Mond bei der Mondfinsternis zu »helfen« (vgl. IV 333); das Erz kam aus den Erzgruben bei Temese in Bruttium.

209 *Großvaters:* des Sonnengottes.

223 *bestimmten: certis* statt *Cretes* (bestimmte Gegenden, in denen sie Kräuter findet).

224 *Ossa* usw.: berühmte Berge.

233 *Glaucus:* Siehe XIII 898 – XIV 69.

241 *Jugendkraft:* lateinisch Iuventa, griechisch Hebe.

249 *König der Schatten:* Dis, Pluto.
seine geraubte Gemahlin: Proserpina.

268 *Rauhreif:* Man glaubte, daß vom Mond ein Tau oder Schaum falle, dessen sich Zauberer bedienten.

324 *der Sonnengott:* Phoebus.
iberische Flut: der westliche Ozean.
356 *der deucalionischen Flut:* Vgl. I 260ff.
358 *Schlange:* wahrscheinlich die Schlange auf Lesbos, die versteinert wurde, als sie das Haupt des Orpheus bedrohte.
360 *Liber:* Die Sage, auf die Ovid hier anspielt, ist unbekannt.
361 *Vater des Corythus:* Paris, in Phrygien begraben.
363 *Hörner trugen:* Nach Ps.-Lactantius Placidus wurden die Frauen von Cos mit Hörnern versehen, weil sie sich für schöner hielten als Venus. Leider besitzen wir keine ältere Nachricht.
385 *König:* unbekannte Sage.
390 *Sohn:* Bömer macht darauf aufmerksam, daß bei Ovid *natam* überliefert ist; immerhin stand aber in der guten Handschrift M ursprünglich *natum.*
394 *Jungvermählte:* Crëusa, die Tochter des Königs Creon von Corinth. Iason heiratet Crëusa, worauf Medea ihre eigenen Söhne ermordet und Crëusa durch einen vergifteten goldenen Stirnreif verbrennen läßt.
395 *beide Meere:* Corinth liegt auf der Landenge zwischen dem Corinthischen und dem Saronischen Meerbusen.
398 *titanischen:* vom Sonnengott erhalten.
399 *Burg der Pallas:* Athen.
408 *des Höllenhundes:* des Cerberus, des Sohnes der Echidna.
410 *Held von Tiryns:* Hercules, der in Tiryns auf der Peloponnes erzogen wurde.
419 *Steinkraut: aconitum* von griechisch ἀκονη »Fels«.
434 *Marathon:* Hier erlegte Theseus den kretischen Stier.
435 *Cromyon:* Hier erschlug Theseus ein Wildschwein, das die Gegend verwüstete.
465 *Insel:* Vielleicht ist Naxos gemeint.
498 *Olivenzweig:* Siehe VI 70ff., besonders 101f.
509 Nach diesem Vers hat Riese eine Lücke vermutet.
510 *feindlichen: hosti* statt *hostis.*
524 *Nebenbuhlerin:* Aegina.
544 *Krankheit: morbo* statt *longo.*
687 *verschweigt schamhaft: sed quae narrare pudori est* statt *et cetera: nota pudori.*
688 *um welchen Preis:* Als junger Jäger verkleidet, verspricht Procris Cephalus Hund und Speer, falls er ihr seine Liebe schenke, und gibt sich ihm dann zu erkennen.
741 *Sieger: male victor: »adest, mala* statt *male fictor: »adest, male.*

746 *Werk der Diana:* Jagd.
751 *zu rächen:* Siehe zu VII 688.
765 *das wilde Tier:* der teumessische Fuchs (benannt nach dem Gebirge Teumessos bei Theben).
777 *geschleudert: excussae* statt *exutae.*
786 *Bisse: morsus* statt *motus.*
791 *zuzuschnappen: captare* statt *latrare.*
813 *Aura:* griechisch und lateinisch »Luft«.

Buch VIII

32 *Visier:* Visiere gibt es seit hellenistischer Zeit; wen der Anachronismus stört, kann es mit »Helm« übersetzen.
49 *Allerschönster: rerum* statt *regum.*
50 *der Gott:* Iuppiter, der Europa liebte.
87 Diesen Vers halte ich für unecht.
118 *einziges Land:* Ich interpungiere vor *terrarum*, nicht danach.
131 *wirklich: vere* statt *vero.*
132 *Ehebrecherin:* Pasiphaë.
156 *Ungeheuer:* der Minotaurus.
182 *dem »Knienden«:* Sternbild.
230 *Namen:* Das Icarische Meer zwischen Chios und Cos.
235 *Land:* die Insel Dearia westlich von Samos.
249 *Kreis beschrieb:* Erfindung des Zirkels.
255 *Name: perdix* »Rebhuhn«.
263 *Theseus' Ruhmestat:* die Tötung des Minotaurus; siehe Vers 171.
266 *edlen Gefäßen: acerris* statt *acervis.*
275 *Öl:* Siehe VI 101 f.
278 *übergangenen: praeteritae* statt *praeteritas.*
302 *Iason:* Siehe VII 1 ff.
305 *Caeneus:* Über seinen Tod siehe XII 507 ff.
315 *Penelopes Schwiegervater:* Laërtes.
317 *das Mädchen von Tegea:* Atalante aus Tegea in Arcadien.
324 *der calydonische Held:* Meleager.
359 *mit weit ausholendem Schwung: vasto* statt *certo.*
372 *Zwillingsbrüder:* die Tyndariden Castor und Pollux (vgl. VIII 301).
437 *der Marsgeborene:* Meleager als Thebaner, weil diese aus den Zähnen der Schlange des Mars entstanden waren (siehe III 99–130).
544 *Schwiegertochter der edlen Alcmene:* Deïanira; siehe IX 9.

595 *das zweite Weltreich:* Siehe zu V 368.
622 *Gegend:* Phrygien.
647 *Philemon: ille* statt *illa.*
655a und 656a Diese Verse lasse ich aus.
701 f. Jeweils die zweite Hälfte von Vers 701 und 702 sind auszutauschen.

Buch IX

1 *der Held aus Neptuns Stamm:* Theseus.
58 *Brust: pectore* statt *corpore.*
66 *der tirynthische Held:* Siehe zu VII 410.
69 *der lernaeischen Natter:* der von Hercules bezwungenen vielköpfigen Schlange von Lerna.
71 *hundert: centum* statt *comitum.*
88 *Göttin der Fülle:* Bona Copia.
101 *demselben Mädchen:* Deïanira.
112 *der aonische Held:* Hercules, weil er in Theben, der Stadt in Boeotien (= Aonien), geboren ist.
115 *die Flüsse:* erst Achelous, dann Euenus.
130 *der lernaeischen Schlange:* Siehe zu Vers 69.
135 *Stiefmutter:* Iuno.
149 *deine Schwester:* Deïanira spielt hier auf die Rachetat ihres Bruders Meleager an (siehe VIII 438 ff.).
158 *der lernaeischen Natter:* Siehe zu Vers 69.
183 ff. *Busiris:* Im folgenden wird auf Taten des Hercules angespielt.
184 *des iberischen Hirten:* des Riesen Geryoneus mit drei Leibern, der von Hercules besiegt wurde.
186 *des gewaltigen Stieres:* Er war von Neptun aus dem Meer heraufgeschickt worden.
187 *Elis:* Dort befand sich der von Hercules ausgemistete Stall des Augias.
den stymphalischen Wassern: Von dort verscheuchte Hercules gefährliche Vögel.
188 *im parthenischen Walde:* Dort, zwischen Arcadien und Argolis, fing Hercules eine der Diana heilige Hirschkuh.
189 *aus thermodontischem Gold:* In Cappadocien – dort fließt der Thermodon – wohnten die Amazonen; Hercules raubte ihrer Königin Hippolyte das Wehrgehenk.
190 *der schlaflose Drache:* Ein Drache hütete die goldenen Äpfel der Hesperiden (siehe zu Vers 198).

191 *die Centauren:* Hercules besiegte sie in Arcadien bei dem Centauren Pholus.

192 *der Verwüster Arcadiens:* der erymanthische Eber.

192 *Hydra:* Dieser vielköpfigen Schlange wuchsen für jeden abgeschlagenen Kopf zwei neue nach; Hercules besiegte sie, indem er die Wunden ausbrannte.

194ff. Es sind die fleischfressenden Pferde des Thrakerkönigs Diomedes und der nemeïsche Löwe gemeint.

198 *Himmel:* Das Himmelsgewölbe trug Hercules als Stellvertreter des Atlas, während dieser für ihn aus dem Garten der Hesperiden die goldenen Äpfel holte.

232 *Troias:* Vgl. XIII 50ff. und 313ff.

259 *die Königin:* Iuno.

268 *der tirynthische Held:* Siehe zu VII 410.

294 *Gottheiten der Entbindung: Nixasque* statt *Nixosque*. Zu den schwierigen religionsgeschichtlichen Fragen siehe Bömer zur Stelle.

304 *die cadmeïschen Mütter:* die Thebanerinnen, nach Cadmus, dem Gründer von Theben; siehe III 1–130.

320 *Behendigkeit:* Galanthis wird zum Wiesel.

325 *Schwiegertochter:* Iole.

341 *Lotosbaum:* nicht die gleichnamige Wasserpflanze.

367 *dir: habebas* statt *habebat.*

381 *Göttinnen: dearum* statt *deorum.*

401 *ihres Mannes:* Hercules.

405 *die Brüder:* Eteocles und Polynices, Söhne des Oedipus, die sich im Kampf um die Herrschaft über Theben wechselseitig den Tod gaben.

407 *Seher:* Amphiaraus. Er wurde mit Wagen und Rossen von der Erde verschlungen und erhielt die Unsterblichkeit.

408 *Sohn:* Alcmaeon rächte den Tod des Amphiaraus durch die Tötung seiner Mutter Eriphyle. Von Wahnsinn geschlagen, floh Alcmaeon aus der Heimat; die Sühnung des Mordes vollzog Phegeus in Psophis. Dessen Tochter wurde Alcmaeons Frau und erhielt von ihm das goldene Halsband der Eriphyle. Später mußte er wieder fliehen und heiratete die Tochter des Flußgottes Achelous, Callirhoë. Diese verlangte das Halsband der Eriphyle; Alcmaeon betrog Phegeus darum und wurde zur Strafe von dessen Söhnen ermordet. Callirhoë bat daraufhin Iuppiter, ihre Söhne frühzeitig erwachsen werden zu lassen, um Rache üben zu können.

416 *Stieftochter und Schwiegertochter:* Hebe als Tochter Iunos und Gemahlin des Iuppitersohnes Hercules.

422 *ihr Mann:* Tithonus.
545 *standhaft:* Ich fasse *dura* mit Siebelis-Polle als Nominativ Singular auf, weil *plus* sich schlecht mit einem Neutrum Plural verbinden läßt.
627 *kundgetan: reserata* statt *temerata.*
641 *Thyrsus:* Siehe zu III 542.
646 *Xanthus:* Hier scheint ein Fluß in Lycien gemeint zu sein.
687 *Inachus' Tochter:* die Göttin Isis; vgl. I 747.
692 *zum Schweigen mahnt:* Harpocrates-Horus, ägyptischer Gott, Sohn der Isis, als Kind dargestellt, das den Finger auf den Mund legt.
693 *Klappern:* Sistren, ägyptisches Kultinstrument.
694 *die fremde Schlange:* wohl die Uraeusschlange.
736 *Tochter des Sonnengottes:* Pasiphaë.
777 *das begleitende Erz: comitantiaque aera* statt *comitesque facesque.*
778, 784 *Sistren:* Siehe zu Vers 693.
796 *hochzeitlichen: socios* statt *socius.*

Buch X

2 *Hymenaeus:* Vgl. IX 796.
15 *König:* Pluto; er hatte Persephone/Proserpina geraubt (siehe V 395; vgl. unten Vers 28).
22 *des medusischen Höllenhundes:* Cerberus, Sohn der Echidna, der Tochter Chrysaors, von der die Meduse abstammt; vielleicht wird hier deshalb an die Meduse erinnert, weil später von einer Versteinerung beim Anblick des Cerberus die Rede ist (65 ff.).
28 *Raub:* Siehe zu Vers 15.
32 *verfallen: debemur* statt *debentur;* doch ist es schwierig, die erste Person im Deutschen wiederzugeben.
37 *zu leihen:* genauer: Orpheus bittet nicht um eine Schenkung, sondern um den Nießbrauch *(usus fructus).*
65 ff. *der Mann; Olenos; Lethaea:* unbekannte Sagen. Wesentlich ist die Tatsache, daß es sich um Verwandlungen in Stein handelt. Die erste Anspielung (Sprichwort) schlägt durch Cerberus die Brücke zur Orpheus-Rede (Vers 21 f.), die zweite Sage handelt von der Versteinerung eines Paares, nimmt also das Motiv »gemeinsamer Tod« (Vers 39) wieder auf.
73 *der Fährmann:* Charon, der die Toten über den Strom ins Jenseits bringt.

74 *Ceres:* Orpheus fastet.
90 *die chaonische Eiche:* Im chaonischen (epirotischen) Dodona befand sich Iuppiters Eichenwald mit einem berühmten Orakel.
91 *der Pappelhain der Heliaden:* Die Töchter des Helios wurden in Pappeln verwandelt; siehe II 340.
92 *der jungfräuliche Lorbeer:* Siehe besonders I 486f.
98 *die zweifarbige Myrte:* mit grünen und schwarzen Beeren, nach Bömer zwei verschiedene Arten der Myrte.
104 *Göttermutter:* Cybele.
107 *Gott:* (Phoebus) Apollo.
114 *Kapsel:* Römischen Kindern hängte man eine solche Kapsel *(bulla)* um den Hals, um bösen Zauber abzuwehren.
127 *Strandkrebs:* Trotz des Zusatzes (»Strand-«) ist das Sternbild gemeint, in das die Sonne am Anfang des Sommers eintritt.
148 *Mutter:* Calliope ist die Mutter, Apollo der Vater des Orpheus.
150 *Plectrum:* Siehe zu II 601; hier: Anspielung auf den Gattungsunterschied zwischen hoher Epik und hellenistischer Kleinepik.
157 *Vogel:* der Adler.
160 *den Knaben von Ilion:* Ganymed.
167 *mein Vater:* Apollo.
183 *der Spartaner:* Hyacinthus; bei Ovid *Taenarides* nach Taenarum, Vorgebirge und Stadt in Laconien.
184 *zurückprallen: pondere* statt *in aere.*
203 *Gesetz des Schicksals:* Es hat die Götter zur Unsterblichkeit bestimmt.
207 *der tapferste Held:* Aiax; siehe XIII 394-398.
224 *des »gastlichen Iuppiter«:* ein Beiname Iuppiters (lateinisch *Hospes*).
225 *von frevelhaftem Mord befleckt: lugubris sceleris* statt +*inlugubris sceleris*+.
263 *Sonnentöchter:* Siehe zu II 340; vgl. II 364–366.
290 *Held von Paphos:* Pygmalion als Einwohner von Cypern.
307 *Amomum:* orientalische Gewürzstaude.
308 *Kostwurz:* indische Gewürzpflanze.
314 *drei Schwestern:* Siehe zu VI 662.
325 *wahllos: dilectu* statt *delicto.*
349 *Schwestern:* Siehe zu VI 662.
520 *Sohn seiner Schwester und seines Großvaters:* Adonis, Sohn der Myrrha und ihres Vaters Cinyras.
553 *staunen: mirabere* statt *mirabile.*
557 *Boden:* Ich interpungiere: *et requievit humo.*
584 *Eifersucht: invidiaque* statt *individiamque.*

686 *Echion:* Vgl. III 126.
686 *Göttermutter:* Siehe zu Vers 104.
696 *Mutter mit der Mauerkrone:* Cybele.
712 *Cinyras' Sohn:* Adonis; siehe Vers 503ff.
729 *einer Frau:* Die Nymphe Mintha wurde von Persephone aus Eifersucht in die Minze verwandelt.
733 *Schlamm: caeno* statt *caelo.*
739 *die Winde:* Nach ihnen ist die Anemone (griechisch ἄνεμος »Wind«) benannt.

Buch XI

2 *der thracische Sänger:* Orpheus.
7 *Thyrsusstab:* Siehe zu III 542.
16 *berecyntische Pfeife:* Kultinstrument bei der Verehrung der Cybele.
28 *Thyrsusstäbe:* Siehe zu III 542.
71 *ziehen ließen: quisque secutus* statt *quaeque secuta.*
93 *die Weihen:* die Mysterien (Orgien) des Bacchus.
106 *der berecyntische Held:* Midas als Sohn der Cybele; ihr ist der Berg Berecyntus in Phrygien heilig.
120 *Röstkornbrot:* Brot, das aus den erst gedörrten, dann zerstampften Getreidekörnern bereitet war.
135 *Vertrag: pacti* statt *facti.*
159 *gewölbten:* Das hier verwendete Beiwort konnte freilich auch frei von aktueller Bedeutung sein: die (inwendig) hohlen Schläfen.
168 *Plectrum:* Siehe zu II 601.
181 *Tiara:* haubenartige orientalische Kopfbedeckung, die unter dem Kinn zusammengebunden wurde.
198 *Donnerer:* Iuppiter.
202 *Vater der brausenden Meerestiefen:* Neptun.
238 *gefesselt: vincta* statt *victa.*
271 *des Morgensterns:* Lucifer (»Lichtbringer«), Vater des Ceÿx.
273 *Bruder:* Daedalion.
295 *Söhne: creatis* statt *creatus.*
320 *Vielen:* Ich interpungiere nicht nach *multis,* sondern vor *multis* und nach *obfuit.*
328 *umarmte: miser amplexans* statt *miser (o pietas!).*
des Vaters: patriumque statt *patrioque.*
351 *der trachinische König:* Ceÿx.

361 *Tempels: templi* statt *ponti.*
365 *Getöse: et strepitu* statt *strepitu.*
366 *Schleim: mucisque paludibus* statt *ulvisque palustribus.*
383 *der oetaeische König:* Ceÿx, als König von Trachis in Thessalien, das durch das Oetagebirge von Mittelgriechenland getrennt ist.
393 *Leuchtfeuer: focus* statt *locus.*
393 *Zeichen: nota* statt *loca.*
445 *den sternentsprossenen Gatten:* Ceÿx als Sohn des Morgensterns (Lucifer).
464 *gebogenen: recurva* statt *relicta.*
504 *Acheron:* hier: Unterwelt.
543 *alles: quodcumque* statt *quod cuique.*
558 *Luft: aëra* statt *aëre.*
561 *Schwiegervater:* Aeolus, der Herr der Winde.
Vater: Lucifer.
570 *der Morgenstern:* Siehe zu Vers 271.
627 *Trachis:* Hercules hielt sich dort in seinen letzten Lebensjahren öfters auf.
644f. *diese: hi... solent* statt *hic... solet;* gemeint sind die drei namentlich genannten Traumgötter.
651f. *haemonische Stadt:* Trachis in Thessalien.
745 *sieben freundliche Tage:* daher der Ausdruck »halcyonische Tage«, Tage der Ruhe.
748 *Enkeln:* die junge Brut der Aeolustochter Alcyone.
757 *Laomedon: -que* statt *-ve.*
795 *Namen: mergus* »der Taucher«, ein Wasservogel.

Buch XII

5 *der geraubten Gattin:* Helena.
Krieg: der Troianische Krieg.
7 *Pelasger:* hier: Griechen.
23 *zurückbleibt: superat* statt *servat.*
28 *dar jungfräulichen Göttin:* Diana.
43 *gebaut: fecit* statt *legit.*
73 *mit dem Wagen voran: curru instabat Achilles* statt *currus stabat Achillis.*
74 *Pelion:* Achills Lanze stammt von hier.
86 *Göttin:* Thetis.
93 *von einer Nereïde geboren:* wie Achilles, der Sohn von Nereus' Tochter Thetis.

93 *des Gottes:* Neptuns.

118 *Scheitel: vertice* statt *pectore.*

144 *Gott des Meeres:* Neptun.
den weißen Vogel: den Schwan.

194 *deiner Mutter:* Achills Mutter Thetis.

209 *Mann aus Atrax:* Caeneus heißt *Atracides* als Bewohner der Stadt Atrax in Thessalien oder als Nachkomme ihres Gründers Atrax.

211 *Wolkensöhne:* die Centauren, halb Pferd, halb Mensch.

264 *Mondes:* Mondfinsternisse führte man auf das Wirken von Hexen zurück; vgl. auch IV 333 und VII 207.

309 *Hercules' Bogen:* Siehe IX 126ff.

362 *Kehle: iugulo* statt *iaculo.*

434–438 Diese Verse gelten allgemein als unecht und bleiben daher unübersetzt.

440 *dein Vater:* Achills Vater Peleus.

470 *Caenis:* Latreus redet den Caeneus mit seinem »Mädchennamen« an; siehe XII 189ff.

541 *mein Vater:* Hercules.
Wolkensöhne: Siehe zu Vers 211.

544 *deinen Vater:* Hercules.

560 *dem Vogel:* dem Adler.

580 *der Gott:* Neptun.

581 *Schwan:* Die gute Handschrift M nennt den Schwan hier den »phaëthontischen« Vogel, in Erinnerung an Phaëthons Freund Cygnus (II 367–380).

585 *im wallenden Haar:* Apollo als Jüngling im Vollbesitz der Kraft.

611 *Amazone vom Thermodon:* die Amazonenkönigin Penthesilea; Achilles hatte sie besiegt und getötet.

614 *derselbe Gott:* Vulcan.
verbrannt: cremarat statt *cremabat.*

Buch XIII

24 *Kiel aus Pagasae:* Zur Argonautenfahrt siehe VII 1ff.

26 *Sisyphus:* Dieser Held galt als illegitimer Vater des Ulixes.

39 *Sohn des Nauplius:* Palamedes.

44 *zur phrygischen Festung:* Troia.

99 *Raub des Palladiums:* Troia konnte nur erobert werden, wenn man das Palladium, das Bild der Minerva (Pallas), aus der Stadt raubte (was Ulixes von Helenus erfuhr).

107 *Ulixes:* Ovid sagt »der dulichische Scheitel«, nach Dulichium, einer Insel bei Ithaca.
134 *der Mann:* Uixes selbst.
145 *Verbannter:* Telamon, der Vater des Aiax, und Peleus töten ihren Halbbruder Phocus und flüchten aus der Heimat.
149 *Blut des Bruders:* Siehe zu Vers 145.
156 *Phthia:* Heimat Achills und seines Vaters.
Scyrus: Geburtsort von Achills Sohn Pyrrhus oder Neoptolemus.
173 *Theben:* Vgl. XII 110.
182 *euboeisch:* Aulis liegt in Boeotien, gegenüber von Euboea.
199 *das gesamte:* die Gemeinschaft der vor Troia kämpfenden Griechen.
217 *der König:* Agamemnon.
244 *dasselbe: eadem* statt *etiam.*
273 *durch: sub* statt *sed.*
288 *die wasserblaue:* Thetis, die Göttin des blauen Meeres.
293 *Bärin:* Siehe zu III 595.
294 *die verschiedenen Städte:* Vielleicht ist aber *diversosque orbes* statt *diversasque urbes* zu lesen.
332 Diesen Vers halte ich für unecht.
335 *den troianischen Seher:* Helenus.
337 *das Bildnis der phrygischen Minerva:* das Palladium; siehe zu Vers 99.
347 *sieben Stierhäute:* Aus ihnen bestand der Schild des Aiax; siehe Vers 2.
356 *der beherrschtere Aiax:* der Sohn des Oïleus aus Locri.
359 *der Bruder:* Menelaus.
385 *standhalten: sustinet* statt *sustulit.*
392 *Stahl: ferrum* statt *ferro.*
396 *Hyacinthus:* Vgl. X 210–219.
399 *Hypsipyles Vaterland:* Lemnos.
400 *Mord an den Ehemännern:* ein Racheakt der Frauen auf Lemnos.
401 *zurückzuholen:* Ulixes hat den Auftrag, Philoctet auf Lemnos aufzusuchen und ihn und die Pfeile, die dieser von Hercules geerbt hatte, vor Troia zu bringen (siehe IX 232).
410 *Priesterin des Phoebus:* Cassandra.
432 *der Vater:* Priamus.
490 *Wunde: vulnera* statt *vulnere.*
530 *dem ismarischen König:* Polymestor, König von Thracien (mit dem Berg Ismarus).
534 *eine Urne:* ein Wassergefäß; durch das Folgende erhält der Ausspruch einen Hauch tragischer Ironie (Aschenurne).

570 *Namen:* Kynos Sema, »Grab der Hündin«.
596 *Oheim:* Priamus.
602 *breite: latas* statt *natas.*
631 *Apollons Stadt:* Hauptstadt der Insel Delos.
635 *Baumstämme:* Siehe VI 335.
639 *Ceres' Gaben:* Getreide; hier: Brot, Speisen.
653 *grauen:* wohl nach dem Laub der Oliven.
674 *deiner Gemahlin:* Venus.
678 *alte Mutter:* Gemeint ist Italien; nach einer römischen Sage ist Dardanus, der Ahnherr des troianischen Königshauses, aus Italien nach Phrygien ausgewandert.
686 *welchen Ort:* das siebentorige Theben.
692 *Orions Töchter:* Sie ließen sich in Theben, um eine Pest abzuwenden, freiwillig opfern.
693 *durchbohrt: vulnus* statt *pectus.*
694 *Brust: pectora* statt *vulnera.*
698 *Coronen: Coronos* statt *Coronas.*
701 *Acanthus:* Bärenklau, eine Pflanze, deren große, gezackte Blätter häufig als Schmuck auf Bildwerken, Säulenkapitellen usw. angebracht wurden.
707 *Iuppiter:* Gemeint ist das Klima; doch ist vielleicht auch daran gedacht, daß Kreta die Heimat Iuppiters ist.
711 *Samos:* hier nicht die bekannte Insel an der ionischen Küste, sondern eine Insel vor der Westküste Griechenlands (gewöhnlich: Same).
714 *Ambracia:* Um diese Stadt (in Epiros) stritten einst Apollo, Diana und Hercules. Der zum Schiedsrichter erwählte Cragaleus sprach sie dem Hercules zu und wurde dafür von Apollo in Stein verwandelt. Augustus erweiterte am ambracischen Meerbusen den Tempel zur Feier des Seesieges von Actium.
717 *Molosserkönig:* Die drei Söhne des Königs Munichus wurden von Räubern überfallen und flohen in ein hohes Gebäude. Als dieses in Brand gesteckt wurde, flogen sie als Vögel davon.
720 *der phrygische Seher:* Helenus; er hatte dort ein Städtchen nach Troias Vorbild gebaut.
724 *Sizilien:* Die folgenden Bezeichnungen der Vorgebirge erklärt Ovid im Text.
726 *Bärengestirn:* Siehe zu III 595.
800 *Stichwurz: Bryonia alba L.,* zum Korbflechten verwendet, auch Zaunrübe oder Gichtrübe genannt.
803 *Burzeldorn: Tribulus terrestris L.,* ein dorniges Unkraut.
879 *der symaethische Held:* Acis als Sohn der Symaethis, der Tochter des Flußgottes Symaethus.

881 *euer Reich:* die Fluten.
928 *emsige: collectos sedula* statt *collecto semine.*

Buch XIV

1 *des Giganten:* Typhoeus; siehe III 303 und V 321ff.
4 *der euboeische Bewohner:* Glaucus; siehe das Ende des vorigen Buches.
10 *Tieren:* Circe verwandelte Menschen in Tiere, z. B. die Gefährten des Ulixes.
14 *Titanentochter:* Circe, nach ihrem Vater, dem Sonnengott Titan.
27 *Verrat ihres Vaters:* des Sonnengottes; vgl. IV 169ff.
79 *phrygischen Gatten:* Aeneas, nach seiner Heimat Phrygien. Nur Dido betrachtete diesen Bund als Ehe.
82 *neuen Mauern:* Carthago, Didos Stadt.
88 *Steuermann:* Palinurus; vom Schlaf übermannt, fiel er ins Meer.
90 *Affeninsel:* Pithecusae, Insel im tyrrhenischen Meer.
91 *Vater der Götter:* Iuppiter.
92 *Cercopen:* Sie sagten Iuppiter Hilfe zu, lachten ihn aber nach Vorausempfang des Lohnes aus.
103 *Gegend:* Ich setze vor *loca* kein Komma.
103 *Sumpfschilf: ulvis* statt *undis.*
111 *den letzten Bereich:* die Unterwelt, nach Himmel und Meer der dritte und letzte Daseinsbereich.
112 *deines Vaters:* Anchises, Vater des Aeneas.
155 *zur euboeischen Stadt:* Cumae als euboeische Kolonie.
157 *Amme:* Caieta.
160 *er: qui* statt *e.*
198 *und: et* statt *est* (Druckfehler bei Anderson).
226 *der dulichische Feldherr:* Ulixes als Herr von Dulichium, einer kleinen Insel bei Ithaca.
272 *Vorbedeutung:* vielleicht: »gab den Wünschen (›Heil‹) ihre gute Vorbedeutung« *(omina);* zur Konstruktion vgl. *reddere vires amori,* »der Liebe neue Kraft verleihen«, IX 154. Ovid spielt auch sonst gern mit der Bedeutung der Grußworte.
278 *berührt:* im Lateinischen noch Nebensatz.
288 *gehörte ich: manerem* statt *maneret.*
325 *so jung:* Die Olympischen Spiele fanden alle vier Jahre *(quinto quoque anno)* statt; natürlich nicht in mythischer Zeit. Ovid setzt die Olympiade gleich dem römischen *lustrum* (fünf Jahre).
331 *der scythischen Diana:* Orest entführte das Bild der Diana aus

Tauris und brachte es nach Aricia, wo die Göttin nach fremdem Ritus verehrt wurde.

346 *Tochter des Sonnengottes:* Circe.

371 *König: regi* statt *regis.*

385 Der Vers ist in seiner Echtheit verdächtig.

396 *Namen:* Picus, »Specht«.

434 *Camenen: Camenae* statt *coloni.*

449 *Tochter:* Lavinia, zunächst Verlobte des Rutulerkönigs Turnus (siehe XIV 451).

456 *Euanders Mauern:* das spätere Rom; Aeneas bat dort um Waffenhilfe.

459 *Mitgift:* Diomedes war Schwiegersohn des Daunus.

461 *der aetolische Held:* Diomedes als Sohn des aetolischen Königs Tydeus. In diesem Vers ist nach *petiit* nur schwach zu interpungieren.

468 *Heros aus Naryx:* Aiax; er erlitt auf der Rückfahrt Schiffbruch, weil er Cassandra vom Bild der Athene hinweggerissen hatte, so daß dieses umstürzte.

477 *verwundet:* Venus wurde von Diomedes verwundet, als sie Aeneas aus der Schlacht retten wollte.

489 *erflehen: votum* statt *voto.*

508 *plötzlich: subitarum* statt *dubiarum.*

508 *Vögel:* Schon die antiken Autoren wußten nicht, um welche Vögel es sich handelt.

512 *calydonisch:* weil Diomedes' Vater Oeneus in Calydon herrschte.

533 *Feuergott:* Mulciber ist ein Beiname des Vulcanus.

536 *Göttermutter:* Siehe zu X 104.

552 *war: prius* statt *sinus.*

563 *des Ithakers:* Ulixes.

565 *das Schiff des Alcinous:* Es brachte Ulixes nach Hause und wurde auf der Rückfahrt versteinert.

580 *Reiher:* lateinisch *ardea.*

584 *Heros:* Aeneas, der Sohn der Venus.

592 *Himmelskönigin:* Siehe zu IX 260.

607 *Schar des Quirinus:* die Römer.

609 *zwei Namen:* Ascanius und Iulus.

615 *des tuscischen Stromes:* Tiber.

626 *ihren Namen:* Pomona, von *poma* »Obst«.

640 *der Gott:* Priapus.

646 *gewendet zu haben: versasse* statt *versare.*

654 *Mitra:* eine Art Stirnbinde oder Turban.

671 *Ängstliche: timidis* statt *timidi aut.*
688 *begehrt: avet* statt *habet.*
705 *Mägde: blanditus cuique ministris* statt *alicui blanditus amicis.*
711 *des Böckleins:* zwei Sterne im Zeichen des Fuhrmanns; ihr Untergang (Mitte Dezember) bezeichnet die Zeit der Winterstürme.
720 *Paean:* hier: Siegesgesang.
739 *ächzenden: gementem* statt *timentem.*
773 *Enkel:* Romulus und Remus; *nepotum* statt *nepotis.*
774 *Palilienfest:* 21. April; Jahrestag der Gründung der Stadt Rom.
804 *Mitregenten: accedere* statt *excedere.*
809 *nicht: nec* statt *et.*
810 *Enkel:* Iuppiter ist Vater des Mars und somit Großvater des Romulus.
816 *Himmel: aethera* statt *aëra.*
828 *Königsmantel:* Die *trabea* diente in verschiedener Ausführung als Ehrengewand, insbesondere bei Göttern, Königen, Beamten und Rittern.
836 *Hügel des Quirinus:* der Quirinal in Rom.
851 *Hora:* Das kurze O beweist, daß nicht an das griechische *hōra* (»Stunde«) zu denken ist.

Buch XV

2 *König:* Romulus.
8 *Hercules' Gastfreund:* Croton.
12 *Rindern:* Die Rinder des dreileibigen Riesen Geryones raubte Hercules in Spanien.
12 *Iuppiters Sohn:* Hercules.
19 *des Griechen:* Alemon stammte aus Achaia; daher übersetzt man *Argolicus* hier (wie öfter) mit »griechisch«.
22 *Keulenträger:* Hercules.
37 *der erste Teil des Prozesses:* die Untersuchung, *cognitio.*
50ff. *vorbei an ...:* Ovid nennt hier Orte und Vorgebirge am Tarentinischen Golf. Die willkürliche Reihenfolge deutet vielleicht die Irrfahrten an.
60 *der Mann:* Pythagoras, griechischer Philosoph (6. Jahrhundert v. Chr.). Die Begegnung mit Numa (angeblich 8. Jahrhundert) ist chronologisch unmöglich.
104 *Löwen: leonum* statt *deorum.*
137 *davon: et illis* statt *in illis.* Der ganze folgende Vers ist als Parenthese zu interpungieren.

144 *Delphi:* hier Metapher; Orakelstätte Apollons. Pythagoras galt als der hyperboreïsche Apollo.
192 *der Schild:* die Sonnenscheibe.
196 *der nächtlichen Diana:* des Mondes.
233 *zweimal geraubt:* zuerst von Theseus, dann von Paris.
271 *Tiefe der Erde: aut imis commota* statt *antiquis tam multa.*
283 *Centauren:* Nach den sonstigen Nachrichten handelt es sich nur um *einen* Centauren.
287 *Pharos:* Insel mit dem berühmten Leuchtturm bei Alexandrien, später mit dem Festland vereinigt.
288 *Tyros:* Stadt in Phönizien, auf einer Insel nahe an der Küste.
310 *warm:* Die Temperaturschwankungen der Quelle werden durch neuere Reiseberichte einigermaßen bestätigt.
311 *bei den Athamanen:* Es handelt sich um Iuppiters Quelle in Dodona, die angeblich erloschene Fackeln wieder aufflammen ließ.
319 *Salmacis:* Siehe IV 302–388.
329 *lyncestischer Strom:* Fluß im Gebiet der Lyncester im südwestlichen Makedonien.
333 *Wasser:* der Wasserfall des Styxbaches, dessen Wasser als todbringend galt.
356 *hyperboreïschen:* jenseits des Boreas, im äußersten Norden.
361 *hinzufügen soll:* andere Übersetzungen: »Aber wenn Glauben doch erprobten Dingen zu schenken« (Rösch), »Aber, wenn man noch Belege aus dem Bereich erwiesener Dinge hinzufügen soll« (nach Siebelis-Polle).
381 *schon:* Ich konjiziere *quam iam* statt *quantam.*
385 *Iunos Vogel:* der Pfau.
386 *Waffenträger:* der Adler.
394 *Weihrauchtränen:* das Harz der Weihrauchstaude.
Amomum: Siehe zu X 307.
396 *oder: tremulaeve* statt *tremulaeque.*
398 *Cassia:* eine Gewürzstaude, Mutterzimmet.
398 *Narde:* eine wohlriechende Pflanze aus Indien; sie heißt »mild«, weil aus ihr Öl hergestellt wird.
406 *Hyperions Stadt:* Heliopolis in Unterägypten, die Stadt des Sonnengottes Ra.
411 *jenes Tier:* das Chamäleon.
413 *Luchse:* Luchse begleiten den Bacchus oder ziehen seinen Wagen.
427 *Cecrops' Burg:* Athen, genauer die Akropolis, deren mythischer Gründer Cecrops ist.
Burg des Amphion: Theben.

439 *Göttin:* Venus.
444 *Phrygerenkel:* die Römer als Nachfahren der Troianer.
447 *der Held vom Geblüt des Iulus:* Augustus.
450 *Penatenträger:* Aeneas rettete die Penaten (Hausgötter) aus dem brennenden Troia und brachte sie nach Italien.
458 *Leiber: corpora* statt *pectora.*
475 *Federn:* An Stricken, mit denen man das Gelände umspannte, befestigte man Federn, die durch ihre Bewegung das Wild zurückscheuchten.
482 *Nymphe:* Egeria.
486 *die Väter:* Senatoren.
492 *Heros:* Hippolytus, der Sohn des Theseus und Enkel des Königs Aegeus von Athen.
502 *gab sie vor: finxit voluisse* statt *voluisse infelix.*
546 *Gebieterin:* Diana.
552 *Sohn der Amazone:* Hippolytus als Sohn des Theseus und der Amazone Hippolyte.
635 *Dreifuß:* Gemeint ist die Pythia, die Priesterin von Delphi; sie saß bei Erteilung der Orakel auf einem kesselförmigen Dreifuß.
702 *Göttin:* Iuno.
709 *das Vorgebirge Minervens:* Kap Campanella.
711 *Hercules' Stadt:* Herculaneum.
Stabiae: Geographisch hat Ovid hier die Reihenfolge von Herculaneum und Stabiae vertauscht.
712 *Tempel der cumaeischen Sibylle:* Vgl. XIV 104.
713 *mastixtragende:* Mastixbäume liefern eine bestimmte Harzart.
715 *Tauben: columbis* statt *colubris.*
717 *die Hallen des Antiphates:* Formiae; siehe XIV 249 und 253.
722 *seines Vaters:* Apollo.
758 *Mannes:* des Augustus.
762 *Mutter:* Venus.
763 *Hohenpriester:* Caesar war *pontifex maximus* und hatte so auch die Oberaufsicht über die Vestalinnen (vgl. Vers 778).
769–774 Die Verse rekapitulieren kurz den Inhalt von Vergils »Aeneis«.
771 *mein Sohn:* Aeneas.
778 *Priesters:* Siehe zu Vers 763.
781 *Schwestern:* Parzen, Schicksalsgöttinnen.
792 *Elfenbein:* Die Götterbilder schwitzen.
808 *Schwestern:* Siehe zu Vers 781.
825 *des Großen:* Pompeius trug den Beinamen *Magnus.*
in Siziliens Wellen: Sextus, der Sohn des Pompeius, wurde bei Sizilien von Agrippa, dem Feldherrn des Augustus, besiegt.

826 *Gattin:* Cleopatra.
829 *an beiden Ozeanen:* am westlichen und am östlichen Ozean; der Ozean umflutete nach damaliger Meinung die Erde ringsum.
830 *bewohnbaren:* Hier liegt der Gedanke der »Oikumene« (»bewohnte Welt«) vor.
836 *Nachkomme:* Tiberius.
838 *des Vaters: patrios superaverit* statt *similes aequaverit.*
842 *Halle:* Himmel; der Ausdruck paßt aber auch auf den Caesartempel.
861 *Weggenossen:* Penaten (Hausgötter); vgl. zu Vers 450.
865 *der caesarischen Vesta:* Augustus hatte der Vesta neben seinem Palast auf dem Palatin eine Kapelle geweiht.
Hausgott Phoebus: Ebenso wie Vesta nahm Augustus auch Apollo (Phoebus), dem er auf dem Palatin einen Tempel hatte errichten lassen, unter seine Hausgötter auf.
866 *den tarpeischen Höhen:* dem Capitol; Tarpeia zeigte den Sabinern den Eingang zum Capitol.

VERZEICHNIS DER EIGENNAMEN[1]

Abaris: Gefolgsmann des Phineus, von Perseus erschlagen.

Abas: 1. König von Argos, Vater des Acrisius, Urgroßvater des Perseus (IV 673; V 138, 236). – 2. Gefolgsmann des Phineus (V 126). – 3. Centaur (XII 306). – 4. Gefolgsmann des Diomedes (XIV 505).

Acarnanen: Bewohner der Landschaft Acarnanien in Mittelgriechenland.

Acastus: König von Iolcos in Thessalien, Sohn des Pelias, Teilnehmer der Calydonischen Jagd.

Acestes: Troianer, König von Segesta auf Sizilien.

achaeisch: Adjektiv zu Achaia: griechisch (die Achaeer wohnen ursprünglich in Thessalien).

Achaemenides: auf Sizilien zurückgebliebener Gefährte des Ulixes; Aeneas nahm ihn mit.

achaemenisch: persisch, nach Achaemenes, dem Ahnherrn des persischen Königsgeschlechts.

Achaia: Landschaft auf der Peloponnes, bezeichnet meist Griechenland.

Achelous: größter Fluß Griechenlands, fließt zwischen Aetolien und Acarnanien ins Ionische Meer; Vater der Sirenen.

Acheron: Fluß in der Unterwelt, bezeichnet auch die Unterwelt (XI 504); er zeugt mit Orphne den Ascalaphus.

Achill(es): Sohn des Peleus und der Thetis, tapferster Held der Griechen vor Troia.

Achiver: Griechen.

Acis: Sohn des Faunus und der Nymphe Symaethis, Geliebter der Galatea, von Polyphem zerschmettert, in einen Flußgott verwandelt.

Acmon: Gefolgsmann des Diomedes.

Acoetes: lydischer Schiffer.

Aconteus: Aethiope, Kampfgefährte des Perseus.

Acrisius: König von Argos, Urenkel des Belussohnes Danaus, Sohn des Abas, Vater der Danaë und Großvater des Perseus; sein Bruder ist Agenor, der Vater des Cadmus und Urgroßvater des Bacchus.

Acrota: König von Alba, einer der Nachfolger des Aeneas.

Actaeerin: Orithyia, nach einem alten Namen für Attika, Acte.

actaeisch: athenisch (vgl. »Actaeerin«).

[1] Die Schreibung der Eigennamen richtet sich nach dem Text der Ausgabe von Anderson. Weggelassen sind die (in unserem Text übersetzten) Namen von Actaeons Hunden und von Sols Pferden sowie einige allgemein bekannte geographische Bezeichnungen.

Actaeon: Sohn des Aristeus und der Autonoë, Enkel des Cadmus, von Diana in einen Hirsch verwandelt.

Actium: Vorgebirge an der Westküste Griechenlands.

Actor: 1. Vater des Eurytus und des Cteatus, zweier berühmter Wagenkämpfer, die an der Calydonischen Jagd teilnahmen (VIII 308). – 2. Vater des Erytus, eines Gefolgsmannes des Phineus (V 79). – 3. Vater des Patroclus, eines Freundes des Achilles (XIII 273).

Adonis: Sohn des Cinyras und seiner Tochter Myrrha, Geliebter der Venus.

Aeacide: Achilles (XII 96) als Enkel bzw. Peleus (XII 365) als Sohn des Aeacus.

Aeacus: König der Insel Aegina, Sohn Iuppiters und der Aegina, Vater des Peleus (XII 227), des Phocus und des Telamon, Großvater des Achilles (XII 82).

aeaeisch: Adjektiv zu Aeaea, der Insel der Circe.

Aeas: Fluß in Epiros.

Aeëtes: König von Colchis, Sohn des Sonnengottes, Vater der Medea.

Aegaeisches Meer: nach Aegeus benanntes Meer zwischen Griechenland und Kleinasien.

Aegaeon: riesiger Meeresgott.

Aegeus: König von Athen, Sohn des Pandion, Vater des Theseus.

Aegina: 1. Nymphe, Tochter des Asopus, Mutter des Aeacus, Großmutter des Telamon und des Peleus. – 2. Insel im Saronischen Meerbusen, nach der Nymphe benannt.

Aëllo: eine Harpyie, geflügeltes Wesen mit Mädchenantlitz; erschreckt die Aeneaden durch eine dunkle Prophezeiung.

Aeneaden: die Römer als Abkömmlinge des Aeneas.

Aeneas: Sohn des Anchises und der Venus, Vater des Ascanius oder Iulus; er gründet nach seiner Flucht aus dem besiegten Troia in Italien ein neues Reich und gilt als Stammvater des iulischen Geschlechts, dem auch Caesar (XV 804) angehört.

Aeolide: 1. Misenus, Trompeter des Aeneas, von diesem am Kap Misenum bestattet. – 2. Cephalus als Enkel des Aeolus.

aeolisch: 1. Adjektiv zu Aeolus, dem Beherrscher der Winde. – 2. Adjektiv zu der kleinasiatischen Landschaft Aeolien (VII 357).

Aeolus: 1. Sohn des Hippotes, Beherrscher der Winde, Vater der Alcyone (XI 444, 573). – 2. Vater einer gewissen Canace oder Arne (VI 116), des Athamas (IV 512) und des Sisyphus, Großvater des Cephalus (VII 672).

Aesacus: Sohn des Priamus und der Alexirhoë.

Aesar: Fluß bei Croton.

Aeson: König von Iolcos, Vater des Iason, von seinem Bruder Pelias vertrieben.

Aethalion: lydischer Schiffer.

Aethion: aethiopischer Seher, von Perseus getötet.

aethiopisch: Adjektiv zu dem südlich von Ägypten liegenden Land Aethiopien.

Aethiopenland: Aethiopien.

Aetna: Vulkan auf Sizilien.

Aetoler: Diomedes und seine Gefährten.

aetolischer Held: Diomedes als Enkel des aetolischen Königs Oeneus.

Agamemnon: König von Mycenae, Sohn des Atreus, Nachkomme des Tantalus, Vater der Iphigenie, oberster Führer der Griechen vor Troia.

Aganippe: Quelle am Helicon in Boeotien, den Musen geweiht.

Agaue: Tochter des Cadmus und der Harmonia, Frau des Echion, Mutter des Pentheus.

Agenor: König von Phönizien, Vater des Cadmus und der Europa, Großvater Actaeons und Urgroßvater des Bacchus; Perseus ist ein Nachkomme seines Bruders Belus und wird daher als Agenoride bezeichnet (IV 772).

Aglauros: Tochter des Cecrops, Schwester der Pandrosos und der Herse.

Agyrtes: Aethiope, von Perseus getötet.

Aiax: 1. Sohn des Telamon, Enkel des Aeacus, nach Achilles der stärkste Grieche vor Troia. – 2. Sohn des Oïleus aus Locri, verzichtet auf die Waffen des Achilles; er und andere erleiden auf der Rückfahrt von Troia Schiffbruch, weil er Cassandra vom Bild der Athene hinweggerissen hatte, so daß dieses umstürzte (XII 622).

Alastor: Lyker im Gefolge Sarpedons.

Alba: 1. die Stadt Alba Longa in der Nähe Roms. – 2. König von Alba, einer der Nachfolger des Aeneas.

Albanerberge: Gebirge um die Stadt Alba Longa in Latium.

Albula: der Tiber.

Alcander: Lyker, Gefolgsmann Sarpedons.

Alcathoë: Megara, eine von Alcathous, dem Sohn des Pelops und Vorgänger des Nisus, gegründete Stadt.

Alcidamas: Bewohner der Insel Cos; der Leichnam seiner Tochter wird beim Leichenbegängnis in eine Taube verwandelt.

Alcide: Hercules nach Alcaeus, dem Vater seines Pflegevaters Amphitryon.

Alcimedon: lydischer Seemann.

Alcinous: König der Phaeaken.

Alcithoë: eine der drei Töchter des Minyas.

Alcmene: Gemahlin des Amphitryon, von Iuppiter Mutter des Hercules, Schwiegermutter der Deïanira.

Alcon: Erzgießer aus Hylae in Boeotien.
Alcyone: Tochter des Aeolus, Gemahlin des Ceÿx.
Alemon: Vater des Myscelos; er stammte aus Achaia.
Alexirhoë: Nymphe, Tochter des Granicus, von Priamus Mutter des Aesacus.
Almo: Bach, der unterhalb von Rom in den Tiber mündet.
Aloïden: Otos und Ephialtes, die Söhne Neptuns und der Iphimedeia, der Gemahlin des Aloeus.
Alphenor: Sohn der Niobe.
Alphëus: Hauptstrom der Peloponnes; seine Geliebte ist Arethusa.
Althaea: Tochter des Thestius, Gemahlin des Oeneus, Mutter des Meleager.
Amathus: durch Kupferbergwerke berühmte Stadt an der Südküste von Cypern, der Venus heilig.
Amazone: Angehörige eines Stammes kriegerischer Frauen am Flusse Thermodon in Kleinasien. Eine Amazone namens Antiope (oder Hippolyte) war von Theseus Mutter des Hippolytus.
Ambracia: Stadt in Epiros, um welche einst Apollo, Diana und Hercules stritten; der zum Schiedsrichter erwählte Cragaleus sprach sie dem Hercules zu und wurde dafür von Apollo in Stein verwandelt. Augustus erbaute am ambracischen Meerbusen Apollo einen Tempel zur Feier des Seesieges bei Actium.
Amenanus: auf dem Aetna entspringender Fluß in Sizilien.
Ammon: 1. Gottheit in Widdergestalt, die in der Oase Siwa in der libyschen Wüste verehrt wurde, von den Römern mit Iuppiter gleichgesetzt. – 2. Berühmter Faustkämpfer, Bruder des Broteas.
Amor: griechisch Eros, der Liebesgott, Sohn der Venus (auch: Cupido).
Amphimedon: Libyer, von Perseus erschlagen.
Amphion: Sohn Iuppiters und der Antiope, König von Theben, Gemahl der Niobe.
Amphissos: Sohn der Dryope und des Apollo.
Amphitrite: Meergottheit, Tochter des Nereus.
Amphitryon: Sohn des Alceus, König von Tiryns, Gemahl der Alcmene, Pflegevater des Hercules.
amphrysische Felsen: Felsen an einem unbekannten Ort in Unteritalien.
Amphrysos: Küstenfluß in Thessalien.
Ampycide: Mopsus als Sohn des Ampycus.
Ampycus: Priester der Ceres, von Phineus getötet.
Ampyx: 1. Gefolgsmann des Phineus (V 184). – 2. Lapithe, tötet Echeclus (XII 450).

Amulius: Sohn des Proca; er nimmt seinem Bruder Numitor die Herrschaft über Alba.
Amyclae: alte Stadt in Laconien, Heimat der Söhne Hippocoons, zweier Teilnehmer der Calydonischen Jagd.
Amyclas: Gründer von Amyclae, Vater des Hyacinthus.
Amycus: Centaur, Sohn des Ophion.
Amymone: Tochter des Danaus, Geliebte Neptuns, der für sie aus einem Felsen bei Argos eine dreifache Quelle hervorsprudeln ließ.
Amyntor: König der Doloper, Vater des Phoenix.
Amythaon: Vater des argivischen Sehers und Arztes Melampus.
Anaphe: vulkanische Insel im kretischen Meer.
Anapis (sonst: *Anapus*): Fluß bei Syracus auf Sizilien, Gemahl der Cyane.
Anaxarete: vornehme Kreterin.
Ancaeus: Arcader, Teilnehmer der Calydonischen Jagd.
Anchises: Geliebter der Venus, Vater des Aeneas.
Andraemon: 1. Gemahl der Dryope (IX 333, 363). – 2. Vater des Thoas, des Anführers der Aetoler vor Troia (XIII 357).
Androgeos: Sohn des Minos und der Pasiphaë, von den Athenern aus Neid über seine Siege in Kampfspielen erschlagen.
Andromeda: Tochter des Cepheus und der Cassiope.
Andros: nördlichste der Cycladeninseln im Aegaeischen Meer.
Anigros: schwefelhaltiger Fluß in Elis.
Anio: Fluß in Latium, mündet in den Tiber.
Anius: König und Priester des Apollo auf Delos.
Antaeus: riesenhafter Sohn der Erde, der durch Berührung mit ihr stets neue Kraft bekam, von Hercules in der Luft erdrückt.
Antandrus: Hafenplatz in Troas, von dem aus Aeneas seine Fahrt antrat.
Antenor: weiser alter Troianer, Verwandter des Priamus.
Anthedon: Seestadt in Boeotien, gegenüber von Euboea.
Antigone: Tochter des troianischen Königs Laomedon; stolz auf ihr langes Haar, verglich sie sich mit Iuno, die ihr Haar in Schlangen verwandelte. Mitleidige Götter machten sie zur Störchin, die den Schlangen feind ist. Ovid weicht von dieser Sagenfassung etwas ab.
Antimachus: Centaur, von Caeneus erschlagen.
Antiphates: König der Laestrygonen im Süden Latiums bei Formiae.
Antissa: Hafenstadt auf Lesbos, der Sage nach durch ein Erdbeben mit Lesbos vereinigt.
Antium: Stadt in Latium auf einer felsigen Landspitze.
Anubis: ägyptischer Gott mit Hundekopf.
Aoniden: die Musen als Bewohnerinnen des aonischen Berges Helicon.

Aonien: an Phocis angrenzender Teil Boeotiens, auch: Boeotien, Heimat der Musen, der »aonischen Schwestern«.
Aonier: Bewohner von Boeotien; Hippomenes (X 589).
aonisch: Adjektiv zu Aonien.
Aphareus: 1. Centaur (XII 341). – 2. messenischer König, Vater von Idas und Lynceus, die an der Calydonischen Jagd teilnahmen (VIII 304).
Aphidas: Centaur.
Apidanus: Fluß in Thessalien, Nebenfluß des Penëus.
Apis: göttlicher Stier in Ägypten, der eine ganz bestimmte Zeichnung und Färbung haben mußte, Symbol des Osiris.
apollinischer Sänger: Orpheus, als Sohn des Apollo.
Apollo: Gott der Musik und der Weissagung, Sohn Iuppiters und der Latona, Zwillingsbruder Dianas, Vater des Aesculap (XV 533, 639) und des Orpheus (XI 8), Großvater des Caunus und der Byblis (IX 455), Herr des Orakels von Delphi, Gott von Claros und Delos.
Appennin: Hauptgebirge Italiens.
apulisch: Adjektiv zu der süditalischen Landschaft Apulien.
Arachne: Lyderin von niederer Abkunft, Tochter eines Idmon, Weberin.
Arcader: Hunde des Actaeon von arcadischer Rasse.
Arcadien: Landschaft in der Mitte der Peloponnes, von Lycaon beherrscht.
arcadischer Tyrann: Lycaon als Herrscher in Arcadien.
Arcas: 1. Sohn Iuppiters und der Callisto. – 2. Ancaeus, der Teilnehmer an der Calydonischen Jagd, als Arcader (VIII 391).
Arcesius: Sohn Iuppiters, Vater des Laërtes, Großvater des Ulixes.
Ardea: Hauptstadt der Rutuler in Latium, von Aeneas zerstört; ihre Asche wird in einen Vogel verwandelt.
Areos: Centaur.
Arestor: Vater des Argus.
Arethusa: Quelle auf der Insel Ortygia bei Syracus, ursprünglich bei Pisa in Elis beheimatet; von Diana in ein Gewässer verwandelt, flüchtet sie vor dem Flußgott Alphëus in unterirdischem Lauf nach Ortygia.
Argiver: Griechen.
Argiverin: Alcmene.
Argo: das Schiff des Iason und der Argonauten.
Argolis: Landschaft auf der Peloponnes.
Argos: Hauptstadt der Landschaft Argolis auf der Peloponnes.
Argus: Sohn des Arestor, hundertäugig.
Ariadne: Tochter des Minos, hilft Theseus, aus dem Labyrinth zu

entkommen; von Theseus entführt und auf Naxos verlassen, von Bacchus getröstet und geliebt.

Aricia: Stadt in der Nähe von Alba Longa mit Hain und Tempel der Diana, deren Kult Orest und Iphigenie aus Tauris hierher verpflanzt hatten.

armenisch: Adjektiv zu der nördlich von Mesopotamien gelegenen Landschaft Armenien.

Arne: Verrät ihre Heimat für Gold, wird in eine Dohle verwandelt; die Sage ist sonst unbekannt.

Ascalaphus: Sohn des Acheron und der Orphne, verrät Proserpina, von dieser in einen Uhu verwandelt.

Ascanius: Sohn des Aeneas und der Crëusa, Gründer von Alba Longa, nach seinem Beinamen Iulus Stammvater des iulischen Geschlechts.

Asopus: boeotischer Flußgott, Vater der Aegina, Großvater des Aeacus.

Assaracus: Sohn des Tros, Bruder des Ilus und Ganymedes, Ahn des Aesacus.

Assyrer: Bewohner des nördlichen Mesopotamien.

Asteriё: Tochter des Titanen Coeus und der Phoebe.

Astraea: Tochter Iuppiters und der Themis, die Gerechtigkeit, als Sternbild die Jungfrau.

Astraeus: Titan; die Winde sind seine Söhne.

Astreus: Gefolgsmann des Phineus.

Astyages: Gefolgsmann des Phineus.

Astyanax: Sohn Hectors und der Andromache.

Astylos: Centaur, Seher.

Astypalaea: Sporadeninsel.

Atalanta: 1. Tochter des Schoeneus, wird Gemahlin des Hippomenes. – 2. Teilnehmerin der Calydonischen Jagd, von Meleager geliebt.

Athamanen: Bewohner der Landschaft Athamania in Epiros.

Athamas: Gemahl der Ino, der Tochter des Cadmus, Sohn des Aeolus, Bruder des Sisyphus, Vater des Palaemon-Melicertes (XIII 919) und des Learchus.

Athis: Inder, Freund des Lycabas.

Athos: Vorgebirge auf der Halbinsel Chalcidice.

Atlas: Riese, Sohn des Iapetus und der Clymene, Bruder des Prometheus, Vater der Maia, Großvater des Mercur, Urgroßvater des Hermaphroditus.

Atrax: 1. Stadt in Thessalien. – 2. Gründer der gleichnamigen Stadt.

Atreus: Sohn des Pelops, Bruder des Thyestes, Vater des Agamemnon und Menelaus, König von Mycenae.

Atride: Agamemnon und sein jüngerer Bruder Menelaus (XV 162, 805) als Söhne des Atreus.

Attis: phrygischer Hirt, zum Priester der Göttermutter Cybele geweiht; verletzt sein Gelübde und wird in eine Fichte verwandelt.
Augustus: »der Erhabene«, Ehrentitel Octavians seit 27 v. Chr.
Aulis: Hafenstadt in Boeotien, gegenüber Euboea.
Aura: griechisch und lateinisch »Luft«; von Procris für die Geliebte des Cephalus gehalten.
Aurora: Göttin der Morgenröte, Tochter des Hyperion oder des Titanen Pallas, Gemahlin des Tithonus.
Ausonien: Italien, nach dem alten Volksstamm der Ausonier in Unteritalien.
ausonisch: Adjektiv zu Ausonien.
Autolycus: Sohn Mercurs und der Chione, Gemahl der Mestra, Großvater des Ulixes, berühmter Betrüger.
Autonoë: Tochter des Cadmus, Schwester der Ino und der Agaue, Mutter des Actaeon.
Aventinus: König von Alba, einer der Nachfolger des Aeneas.
Avernus: Kratersee bei Cumae in Campanien, dessen Dünste für Vögel tödlich waren; er galt als Eingang zur Unterwelt und wurde auch zu den Gewässern der Unterwelt gerechnet.
babylonisch: Adjektiv zu der Stadt Babylon am Euphrat.
Bacchantinnen: Dienerinnen des Bacchus, von schwärmerischem Wahnsinn ergriffen.
bacchantisch: Adjektiv zu Bacchus.
Bacchiaden: corinthisches Herrschergeschlecht, Nachkommen des Heracliden Bacchis.
Bacchus: Gott des Weines und des Rausches, Sohn Iuppiters und der Semele, auch: Wein (VI 488, VII 450, XIII 639).
Bactrer: Einwohner von Bactra, der Hauptstadt der persischen Provinz Bactriane.
balearisch: Adjektiv zu den Balearen, einer Inselgruppe im Westbekken des Mittelmeeres.
Battus: Hirt des Neleus.
Baucis: Gemahlin Philemons.
Beliden: die fünfzig Enkelinnen des Belus, Töchter des Danaus; sie ermorden – bis auf eine – ihre Männer in der Hochzeitsnacht und müssen in der Unterwelt Wasser in ein durchlöchertes Gefäß füllen.
Bellona: Kriegsgöttin der Römer.
Belus: der mythische Gründer und erste König des assyrischen Reiches.
berecyntisch: Adjektiv zu dem Berg Berecyntus in Phrygien, der Cybele, der Mutter des Midas, heilig war.
Beroë: Semeles Amme, in die sich Iuno verwandelt.

Bianor: Centaur, von Theseus erschlagen.
Bisaltes: Vater einer gewissen Theophane, der Geliebten Neptuns.
Bistoner: thracisches Volk an der Mündung des Hebrus.
Boebe: thessalische Stadt am See Boebeïs.
Boeotien: griechisch »Rinderland«, mittelgriechische Landschaft westlich von Attika.
boeotisch: Adjektiv zu Boeotien.
Bootes: Sternbild in der Nähe des Großen Wagens; der Athener Icarius, dessen Tochter Erigone sich aus Betrübnis über den Tod ihres Vaters erhängte. Beide wurden unter die Sterne versetzt, er als Bootes, sie als Jungfrau.
Boreas: der Nordwind.
Britanner: keltische Bewohner Südenglands.
Bromius: griechisch »der Lärmende«, Beiname des Bacchus.
Bromus: Centaur.
Broteas: 1. aethiopischer Faustkämpfer, Bruder des Ammon (V 107). – 2. Lapithe (XII 262).
Bubastis: ägyptische Göttin.
Bubasus: Stadt in Carien.
Buris: Küstenstadt in der Landschaft Achaia, durch Erdbeben untergegangen.
Busiris: ägyptischer König, der alle Fremden opferte und von Hercules erschlagen wurde.
Butes: Sohn des Atheners Pallas, Bruder des Clytus, Begleiter des Cephalus.
Buthrotos: Stadt in Epiros, Corcyra gegenüber.
Byblis: Tochter des Miletus und der Cyaneë.
cadmeïsche Mütter: Thebanerinnen, so bezeichnet nach Cadmus, dem Gründer Thebens.
Cadmus: Sohn des phönizischen Königs Agenor, Bruder der Europa, Gemahl der Harmonia, Vater der Semele (III 287), Ino, Autonoë, Agaue, Großvater des Pentheus und Actaeon (III 138), Gründer von Theben.
Caeneus/Caenis: als Mädchen Caenis dem Lapithen Elatus geboren, von Neptun in einen unverwundbaren Mann Caeneus verwandelt.
Caesar: C. Iulius Caesar, Adoptivvater des Augustus.
caesarisch: Adjektiv zu Augustus oder zu Caesar.
Caïcus: Fluß in Mysien.
Caieta: Amme des Aeneas, bei dem nach ihr benannten Vorgebirge begraben.
Calaïs: Sohn des Boreas und der Orithyia, Bruder des Zetes.
Calaurea: Insel im Saronischen Meerbusen, der Latona geweiht, von Neptun gegen Delos eingetauscht.

Calliope: Muse des epischen Gesanges, von Apollo Mutter des Orpheus.

Callirhoë: Tochter des Achelous, Gemahlin Alcmaeons, des Sohnes von Amphiaraus.

Calydon: Stadt Aetoliens in Nordwestgriechenland, Residenz des Oeneus, dann seines Sohnes Diomedes.

Calydonierin: Deïanira als Tochter des Oeneus, des Königs von Calydon.

calydonisch: Adjektiv zu Calydon.

calydonischer Strom: Achelous.

calydonischer Held: Meleager.

Calymne: kleine Insel an der Westküste Kleinasiens.

Camenen: weissagende Quellnymphen, mit den Musen identifiziert; sie haben in Rom einen angesehenen Kult in einem Hain an der Porta Capena, in dem sich eine Quelle befand.

Canens: »die Singende«, Tochter des Ianus und der Venilia, Gemahlin des Picus.

Canopus: Stadt in Unterägypten.

Capaneus: argivischer Fürst, wurde beim Ersteigen der Mauern von Theben durch Iuppiters Blitz getötet.

Capetus: König von Alba.

Caphereus: Vorgebirge an der Südküste von Euboea, wo die Griechen bei der Rückkehr von Troia Schiffbruch erlitten.

Capitol: Zitadelle auf dem Haupthügel Roms, dem Capitolinus.

Capreae: die Insel Capri.

Capys: König von Alba.

Carien: Landschaft im Südwesten Kleinasiens.

Carpathus: Insel zwischen Ägypten und Rhodos, Wohnort des Proteus.

Carthaea: Stadt auf der Insel Ceos im Aegaeischen Meer.

Cassiope: Gemahlin des Cepheus, Mutter der Andromeda.

castalisch: Adjektiv zu Castalia, einer Quelle am Parnaß, die Apollo und den Musen heilig war; man gebrauchte ihr Wasser bei den Libationen in Delphi.

Castor: Sohn des Tyndarëus und der Leda; einer der beiden Dioskuren; kundiger Reiter und Wagenlenker.

Castrum: Hafenstadt von Ardea in Latium.

Caulon: Stadt in Bruttium in Unteritalien.

Caunus: Sohn des Kreters Miletus und der Cyaneë, Enkel Apollons und des Maeander, Bruder der Byblis, Gründer der Stadt Caunus in Carien.

Caÿstros: Fluß in Lydien (Maeonien), reich an Schwänen, mündet bei Ephesus ins Meer.

Cebren: Fluß in Troas, Vater der Hesperië.

Cecropide(n): Athener (VII 486); so Aegeus (VII 502); Procne und Philomela als Nachkommen des Cecrops oder als Athenerinnen (VI 667).

cecropisch: Adjektiv zu Cecrops; athenisch.

Cecrops: halb Mensch, halb Schlange, Vater der Pandrosos, Aglauros und Herse, Ahn des Theseus (VIII 551), Gründer Athens.

Celadon: 1. Ägypter, Kampfgenosse des Phineus (V 144). – 2. Lapithe (XII 250).

Celennia: Name eines nicht näher bekannten Ortes an der unteritalischen Küste.

Celmis: ein Kreter, hilft bei Iuppiters Erziehung auf Kreta; er wird in Stahl verwandelt, weil er sagt, Iuppiter sei sterblich. Ursprünglich ist Celmis einer der idaeischen Dactylen.

cenaeisch: Adjektiv zu Cenaeum, einem Vorgebirge auf Euboea; dort stand ein Tempel Iuppiters.

Cenchrëis: Gemahlin des Cinyras, Mutter der Myrrha.

Centauren: Fabelwesen, halb Mensch, halb Pferd, Söhne des Ixion und einer Wolke, die dieser für Iuno hielt; Hercules besiegte die Centauren in Arcadien bei dem Centauren Pholus.

Ceos: eine Cycladeninsel mit der Stadt Carthaea.

Cephener: die von Cepheus regierten Aethiopen.

Cepheus: König von Aethiopien, Sohn des Belus, Bruder des Aegyptus, Danaus und Phineus, Gemahl der Cassiope, Vater der Andromeda.

Cephisus: 1. Bach in und bei Athen. – 2. Fluß in Phocis und Boeotien, Vater des Narcissus.

Cerambus: ein Mann, der auf den Othrys in Thessalien floh und in einen Hirschkäfer verwandelt wurde.

Cerasten: »die Gehörnten«, Ureinwohner Cyperns.

Cerberus: Höllenhund mit drei Köpfen, von Hercules an die Oberwelt geschleppt; Sohn der Echidna.

Cercopen: Bewohner der Insel Ischia; sie sagten Iuppiter Hilfe gegen Saturn zu, lachten ihn aber nach Vorausempfang des Lohnes aus.

Cercyon: Räuber von Eleusis, der alle Fremden zum Ringkampf zwang und die Besiegten tötete, bis Theseus ihn erschlug.

Ceres: griechisch Demeter, Göttin des Ackerbaus, gebar dem Iuppiter die Proserpina; ihre Gaben sind Getreide, Brot und andere Speisen.

Ceÿx: König von Trachis am Oeta, Sohn des Lucifer, Bruder des Daedalion, Gemahl der Alcyone.

Chaonier: Molpeus, der aus der Stadt Chaonia in der syrischen Provinz Commagene stammt.

chaonisch: Adjektiv zu den Chaonen, einer Völkerschaft in Epiros.
Charaxus: Lapithe.
Chariclo: Flußnymphe, gebar dem Chiron die Ocyrhoë.
Charops: Lyker, Gefolgsmann Sarpedons.
Charybdis: Meeresstrudel in der Meerenge von Sizilien.
Chersidamas: Lyker, Gefolgsmann Sarpedons.
Chimaera: ein dreiköpfiges Ungeheuer, zugleich der Name einer Bergschlucht an dem lycischen Berg Cragus.
Chione: Tochter des Daedalion, Geliebte Mercurs und Apollons, Mutter des Autolycus und des Philammon.
Chios: Insel vor der kleinasiatischen Westküste.
Chiron: Centaur, Sohn der Philyra, Vater der Ocyrhoë.
Chromis: 1. Kampfgefährte des Phineus (V 103). – 2. Centaur (XII 333).
Chromius: Lyker, Gefolgsmann Sarpedons.
Chryse: Kultort Apollons in Troas.
Chthonius: Centaur.
Ciconen: thracische Völkerschaft am Hebrus.
ciconisch: Adjektiv zu Ciconen.
cilicisch: Adjektiv zu Cilicien, Landschaft in Kleinasien.
Cilla: Kultort Apollons in Troas.
cimmerisches Land: mythisches Land im äußersten Westen, liegt in ewiger Dunkelheit.
Cimolus: Cycladeninsel im Aegaeischen Meer.
cinyphisch: Adjektiv zu Cinyps: libysch, afrikanisch.
Cinyps: Fluß in Nordafrika.
Cinyras: 1. unbekannte Sage, assyrischer König(?) (VI 98). – 2. König auf Cypern, Sohn der Paphos, Enkel des Pygmalion, Gemahl der Cenchreïs, Vater der Myrrha und des Adonis.
Cipus: römischer Feldherr.
circaeisch: Adjektiv zu Circe.
Circe: Zauberin, Tochter des Sonnengottes und der Perse, Schwester des Aeëtes, wohnte auf der Insel Aeaea an der Westküste Italiens; die Römer verlegten ihren Wohnort nach dem Vorgebirge Circei bei der gleichnamigen Stadt in Latium.
Cithaeron: Waldgebirge an der Nordgrenze von Megaris und Attika gegen Boeotien, dem Bacchus heilig.
Clanis: 1. Genosse des Phineus (V 140, 143). – 2. Centaur (XII 379).
Claros: kleine Stadt in Ionien mit Tempel und Orakel des Apollo.
Cleonae: kleine Stadt in Argolis.
clitorisch: Adjektiv zu Clitor oder Clitorium, einer Stadt im nördlichen Arcadien.

Clymene: Tochter der Tethys, Gemahlin des aethiopischen Königs Merops, gebar dem Sonnengott den Phaëthon und die Heliaden.
Clymenus: Gegner des Perseus.
Clytië: Tochter des Oceanus und der Tethys; der Sonnengott verläßt diese seine Geliebte um der Leucothoë willen.
Clytius: Bruder des Clanis (V 140).
Clytos: Sohn des Atheners Pallas, Bruder des Butes, Begleiter des Cephalus.
Clytus: Genosse des Phineus, von Perseus getötet.
Cnidos: Stadt an der Küste von Carien, Kultort der Venus.
Cnossos: Stadt auf Kreta.
Cocalus: König in Sizilien.
Coeranus: Lyker im Gefolge des Sarpedon.
Coeus: Titan, Vater der Latona.
Colcher: Bewohner von Colchis.
Colcherin: Medea aus Colchis.
Colchis: Land an der Ostküste des Schwarzen Meeres.
colchisch: Adjektiv zu Colchis.
Colophon: ionische Stadt an der Küste Lydiens.
Combe: Mutter der Cureten, von diesen verfolgt, in einen Vogel verwandelt; unbekannte Sage.
Cometes: Lapithe.
Corinth: Stadt am Isthmus im Nordosten der Peloponnes.
corinthisch: Adjektiv zu Corinth.
Coronen: zwei Jünglinge, die aus der Asche der Töchter Orions entstanden.
Coroneus: König von Phocis, Vater der Cornix (der phocaeischen Coronis).
Coronis: Tochter des Thessalers Phlegyas, Geliebte des Apollo, Mutter des Aesculap.
corycische Nymphen: Sie bewohnten die corycische Grotte auf einer Höhe des Parnaß oberhalb von Delphi.
Corythus: 1. Gegner des Perseus aus Marmarica (V 125). – 2. Sohn des Paris (VII 361). – 3. junger Lapithe (XII 290, 292).
Cos: Sporadeninsel südwestlich von Kleinasien.
Cragus: Gebirge im lycischen Kleinasien.
Crantor: Waffenträger des Peleus.
Crataeis: Mutter der Scylla (2).
Crathis: Fluß in Unteritalien bei Thurii.
Crenaeus: Centaur.
Crocale: »Meerkiesel«, die Tochter des Flusses Ismenus.
Crocus: ein Jüngling, Geliebter der Smilax, der in die Safranstaude verwandelt wurde.

Cromyon: Ort in Megaris, an der Grenze von Corinth.
Croton: Gastfreund des Hercules; über seinem Grab erbaute Myscelos auf Befehl des Hercules die gleichnamige Stadt in Lucanien.
Cumae: alte Stadt in Campanien.
cumaeisch: Adjektiv zu Cumae.
Cupido: griechisch Eros, Liebesgott mit Flügeln, Pfeil, Bogen und Fackel, Sohn der Venus (öfter: Amor).
Cures: Hauptstadt der Sabiner in Italien.
Cureten: die ältesten Bewohner Kretas.
curetisches Land: Kreta nach seinen Ureinwohnern, den Cureten.
Cyane: Quelle und Bach bei Syracus, mündet in den Anapus.
Cyaneë: Tochter des Maeander, Mutter des Caunus und der Byblis.
Cybele: Göttermutter, Geliebte des Attis.
Cycladen: Inselgruppe im Aegaeischen Meer rings um Delos.
Cyclopen: wildes Hirtenvolk an der westlichen Südspitze von Sizilien, Söhne Neptuns, Helfer des Schmiedegottes Vulcan; sie haben nur ein Auge mitten auf der Stirn.
cydoneïsch: Adjektiv zu Cydonia, einer Stadt an der Nordküste von Kreta.
Cygnus: griechisch »Schwan«, 1. Sohn des Sthenelus, mit Phaëthon verwandt und befreundet (II 367, 377). – 2. Sohn des Neptun, Bundesgenosse der Troianer, unverwundbar, von Achilles erwürgt. – 3. Sohn Apollons und der Hyrie, einer boeotischen Nymphe (VII 371).
Cyllarus: Centaur, Gatte der Centaurin Hylonome.
Cyllene: hohes Gebirge im Nordosten Arcadiens, Geburtsort Mercurs.
Cyllener: Mercur, nach dem Gebirge Cyllene in seinem Geburtsland Arcadien.
cyllenisch: Adjektiv zu Cyllene.
Cymelus: Lapithe.
Cynthia: Beiname der Jagdgöttin Diana, nach ihrem Geburtsort, dem Berg Cynthus auf Delos, Schutzgöttin des Hippolytus.
Cynthus: Berg auf der Insel Delos, Geburtsort von Apollo und Diana.
Cyparissus: schöner Jüngling auf Ceos, Liebling Apollons.
Cypern: Insel im Mittelmeer.
cyprisch: Adjektiv zu Cypern.
Cythera: Insel südlich der Peloponnes, der Venus heilig.
Cytherea: Venus, aus dem Schaume des Meeres bei Cythera an Land gestiegen, Mutter des Aeneas.
Cythnus: Cycladeninsel im Aegaeischen Meer.
Cytorus: Berg in Paphlagonien, auf dem Buchsbaum wächst, und die gleichnamige Stadt.

Daedalion: Sohn des Lucifer, Bruder des Ceÿx, Vater der Chione.
Daedalus: berühmter Künstler, Vater des Icarus.
Damasichthon: Sohn der Niobe.
Danaë: Tochter des Acrisius, des Königs von Argos. Iuppiter zeugt mit ihr in Gestalt eines goldenen Regens den Perseus.
Danaer: die Griechen, nach Danaus, dem Gründer des Reiches Argos.
Danaus: Sohn des Belus, Zwillingsbruder des Aegyptus, Vater der fünfzig Danaïden; kommt aus Ägypten und wird König von Argos.
Daphne: Tochter des Penëus, von Apollo geliebt.
Daphnis: Hirt vom Idagebirge.
dardanisch: Adjektiv zu Dardanus, dem – angeblich aus Italien eingewanderten – Begründer des troianischen Königsgeschlechts; troianisch.
Daulis: Stadt in Phocis.
Daunus: König von Apulien oder Iapygien in Unteritalien.
Deïanira: Tochter des Oeneus, Schwester des Meleager, Gattin des Hercules.
Deïone: Mutter des Kreters Miletus.
Deïphobus: tapferer Troianer, Sohn des Priamus, des Königs von Troia, Bruder des Polydamas und Hector.
Delos: Cycladeninsel, auf der Apollo und Diana geboren sind.
Delphi: Stadt in Phocis am Parnaß, berühmtes Orakel Apollos.
delphisch: Adjektiv zu Delphi.
Demoleon: Centaur.
Deo: Ceres, Mutter der Persephone.
Dercetis: syrische Göttin (Astarte), in einen Fisch verwandelt, Mutter der Semiramis.
Deucalion: Sohn des Prometheus, Vetter und Gemahl der Pyrrha, überlebt mit ihr die Sintflut.
deucalionisch: Adjektiv zu Deucalion.
Dia: älterer Name für Naxos, Insel im Aegaeischen Meer, dem Bacchus heilig.
Diana: griechisch Artemis, Göttin der Jagd, Tochter Iuppiters und der Latona, Zwillingsschwester des Phoebus/Apollo, auf Delos geboren, auch als Mondgöttin gedeutet.
dictaeisch: Adjektiv zum Berg Dicte auf Kreta, = kretisch.
Dictynna: Beiname der Diana als Jagdgöttin.
Dictys: 1. lydischer Seemann (III 615). – 2. Centaur (XII 334, 337).
Didyme: griechisch »Zwillinge«, zwei kleine Inseln im Aegaeischen Meer, neben Syros.
Dindyma: Name verschiedener Berge in Kleinasien, die der Cybele heilig sind.

Diomedes: Sohn des Tydeus, des Königs von Argos, Enkel des Königs Oeneus von Calydon in Aetolien, griechischer Held aus dem Troianischen Krieg, hat sich in Unteritalien (Argos Hippium) angesiedelt.
Dirce: Quelle nordwestlich von Theben in Boeotien.
Dis: »der Reiche«, griechisch Pluto, der Gott der Unterwelt, Sohn Saturns, Bruder Iuppiters und Neptuns.
Dodona: Ort in Epiros mit heiliger Eiche Iuppiters, aus deren Rauschen geweissagt wurde.
Dolon: Troianer, von Ulixes und Diomedes bei Nacht gefangengenommen und getötet.
Doloper: Volk im südwestlichen Thessalien.
Doris: Tochter des Oceanus und der Tethys, Gattin des Nereus, Mutter der Nereïden, so auch der Galatea.
Dorylas: . reicher Libyer, kämpft mit Perseus gegen Phineus (V 129). – 2. Centaur mit Wolfsfell und Stierhörnern (XII 380).
Dryaden: Waldnymphen.
Dryas: Sohn des Mars, Bruder des Tereus.
Dryope: Tochter des Eurytus, Schwester der Iole, gebar dem Apollo den Amphissos; sie ist Gattin des Andraemon.
dulichisch: Adjektiv zu Dulichium.
Dulichium: Insel im ionischen Meer bei Ithaca.
Dymas: phrygischer Fürst, Vater der Hecuba.
Echeclus: Centaur.
Echemmon: Nabataeer, von Perseus bekämpft.
Echidna: Ungeheuer, halb Jungfrau, halb Schlange, gebar dem Typhaon den Cerberus und die lernaeische Hydra.
Echinaden: kleine Inseln an der Westküste Griechenlands vor der Mündung des Achelous.
Echion: 1. aus der Saat der Drachenzähne hervorgegangen, hilft Cadmus Theben erbauen (III 126, 513, 526, 701, X 686), Vater des Pentheus. – 2. Sohn des Mercur, Argonaut, Teilnehmer der Calydonischen Jagd (VIII 311, 345).
Echo: Nymphe.
edonisch: thracisch.
Eëtion: König von Theben in Mysien, Vater der Andromache.
Egeria: italische Nymphe, Gattin des Numa.
Elatus: Lapithenkönig, Vater der Caenis/Caeneus.
Eleleus: Beiname des Bacchus nach dem Festruf »Eleleu!«.
Eleusis: der berühmte Mysterienort bei Athen mit seinem Demeter-(Ceres-)Kult.
Elis: Stadt und Landschaft im Westen der Peloponnes, Heimat des

Alphëus und der Arethusa, Schauplatz der Olympischen Spiele, Sitz des Augias, dessen Stall Hercules ausmistet.

Elpenor: Gefährte des Ulixes.

Elymus: Centaur.

Elysium: Ort der Seligen.

Emathia: Landschaft in Makedonien, auch: Makedonien.

Emathiden: die Töchter des Piërus aus Emathia (Makedonien).

Emathion: greiser Aethiope.

emathisch: Adjektiv zu Emathia.

Enaesimus: Sohn des Hippocoon aus Amyclae, vom Calydonischen Eber getötet.

Enipeus: thessalischer Fluß.

Ennomus: Lyker im Gefolge des Sarpedon.

Epaphus: Sohn Iuppiters und der Io, als Sarapis verehrt.

Ephyre: Corinth.

Epidaurer: Aesculap; in der Stadt Epidaurus stand ein Tempel des Aesculap.

Epidaurus: Stadt in Argolis auf der Peloponnes.

Epimetheus: griechisch »der Nachdenker«, Bruder des Prometheus, Vater der Pyrrha.

Epiros: westliche Landschaft in Nordgriechenland, Heimat besonders großer Stiere.

Epopeus: lydischer Seemann.

Epytus: König von Alba.

Erasinus: Fluß in Argolis.

Erebus: griechisch »die Finsternis«, das Totenreich.

Erechtheus: mythischer König von Athen, Sohn des Pandion, Bruder der Procne und der Philomela, Vater der Procris und der Orithyia.

erechthëisch: Adjektiv zu Erechtheus.

Erichthonius: Sohn des Vulcanus; er entstand, als Vulcanus der Minerva nachstellte und sein Same auf die Erde fiel.

Eridanus: der Po.

Erigdupus: Centaur.

Erigone: Tochter des Atheners Icarius oder Icarus.

Erinys: Rachegöttin.

erymanthisch: Adjektiv zu Erymanthus.

Erymanthus: Berg und Fluß in Arcadien.

Erysichthon: Sohn des thessalischen Königs Triopas, Vater der Mestra.

Erytus: Sohn eines Actor.

Eryx: 1. Berg und Kultort der Venus an der Nordwestspitze Siziliens (II 221, V 363). – 2. Sohn der Venus und des Argonauten Butes, Erbauer der gleichnamigen Stadt im westlichen Sizilien (XIV 83). – 3. Kampfgefährte des Phineus (V 196).

Etrusker: Bewohner der mittelitalischen Landschaft Etrurien, heute Toscana.

Euagrus: Lapithe.

Euander: Kommt vor dem Troianischen Krieg aus Arcadien, gründet am Fuße des palatinischen Hügels eine Stadt und verbündet sich mit Aeneas gegen die Latiner und Rutuler.

Euboea: Insel im Aegaeischen Meer bei Boeotien.

euboeisch: Adjektiv zu Euboea.

Euenus: Fluß bei Calydon in Aetolien.

Euhan: Beiname des Bacchus nach dem Festruf »euan«.

Euippe: Gattin des Pïerus, Mutter der Pïeriden.

Eumelus: Thebaner, wurde von seinem Sohn beim Opfern gestört und erschlug diesen, den Apollo in einen Vogel verwandelte.

Eumeniden: griechisch »die Wohlgesinnten«, euphemistische Bezeichnung für die Erinyen (Rachegöttinnen).

Eumolpus: thracischer Sänger, Sohn des Musaeus, Schüler des Orpheus, stiftete zu Eleusis in Attika die eleusinischen Mysterien.

Euphorbus: von Menelaus getöteter Troianer, Sohn des Panthoos.

Euphrat: Strom in Mesopotamien.

Europa: Tochter des phönizischen Königs Agenor, Schwester des Cadmus, gebar dem Iuppiter den Minos.

Eurotas: spartanischer Fluß.

Eurydice: Gattin des Orpheus.

Eurylochus: Gefährte des Ulixes.

Eurymus: Vater des Telemus.

Eurynome: Gattin des Perserkönigs Orchamus, Mutter der Leucothoë.

Eurynomus: Centaur.

Eurypylus: 1. König der Insel Cos (VII 363). – 2. Sohn des Euaemon in Thessalien; Heerführer vor Troia (XIII 357).

Eurystheus: König von Argos; Sohn des Sthenelus, Enkel des Perseus; durch das Eingreifen Iunos etwas früher geboren als Hercules, so daß dieser ihm sein Leben lang untertan war.

Eurytide: Hippasus als Sohn des Eurytus.

Eurytus: 1. König von Oechalia auf Euboea, Vater der Iole (IX 395) und Dryope. – 2. Centaur, raubt Hippodame (IX 356).

Exadius: Lapithe.

Fama: Göttin des Gerüchtes.

Farfar(us): Nebenfluß des Tiber, vom Sabinerlande herkommend.

Faune: Siehe »Faunus«.

Faunus: altitalischer Gott, vielfach mit dem griechischen Wald- und Herdengott Pan gleichgesetzt; ursprünglich alter König von Latium, Sohn des Picus, Enkel des Saturnus, Vater des Acis, Gemahl der Symaethis.
Fortuna: das Glück oder Göttin des Glücks.
Furien: griechisch Eumeniden; Rachegeister.
Galanthis: Dienerin der Alcmene.
Galatea: Meernymphe, Tochter des Nereus und der Doris, Geliebte des Acis.
Ganymed(es): schöner Jüngling aus Troia, Sohn des Tros, Bruder des Ilus und Assaracus.
Gargaphië: Tal auf der boeotischen Seite des Cithaeron, der Diana heilig.
Giganten: Söhne der Erde, hundertarmige Riesen mit Schlangenfüßen; unter ihnen: Typhoeus (XIV 1).
Glaucus: Fischer aus Anthedon in Boeotien, wird in einen Meergott verwandelt.
gnosisch: kretisch, nach der Stadt Gnossos.
Gorge: Tochter des Oeneus, Schwester des Meleager und der Deïanira.
Gorgo: die Meduse, eine der drei Gorgonen, der Töchter des Phorcys (Phorcus).
Gortyn: Stadt auf Kreta.
Gradivus: Beiname des Mars.
Granicus: Fluß in Mysien in Kleinasien.
Grazien: Göttinnen der Anmut.
Gryneus: Centaur.
Gyaros: Cycladeninsel im Aegaeischen Meer.
Haemonien: die griechische Landschaft Thessalien, nach Haemon, dem Vater des Thessalus.
Haemonier: Thessalier; Iason (VII 132), Acastus (XI 409), Achilles (XII 81).
haemonisch: thessalisch.
Haemus: 1. Gebirge in Thracien, der Balkan. – 2. Bruder der Rhodope, nannte sich Iuppiter (VI 87).
Halcyoneus: Bactrer, von Perseus erschlagen.
Halesus: Makedone.
Halius: Lyker im Gefolge des Sarpedon.
Hamadryaden: Baumnymphen.
Hebe: lateinisch Iuventa, Göttin der ewigen Jugend.
Hebrus: Fluß in Thracien.
Hecate: Göttin der Zauberei, Tochter der Oceanide Perse, Schwester der Circe.

Hector: Sohn des Priamus und der Hecuba, Bruder des Deïphobus und Polydamas, Halbbruder des Aesacus, tapferster Troianer.

Hecuba: Tochter des Dymas, Gattin des Priamus, Mutter des Hector, des Polydorus und der Polyxena.

Helena: Tochter Iuppiters und der Leda, Gattin des Menelaus, durch Paris entführt; dadurch Veranlassung zum Troianischen Krieg.

Helenus: Sohn des Priamus, Prophet; Ulixes nahm ihn gefangen und erfuhr von ihm, daß Troia ohne Philoctet nicht erobert werden konnte.

Heliaden: Töchter des Sonnengottes Helios und der Clymene, Schwestern Phaëthons, in Pappeln verwandelt.

Helice: 1. Küstenstadt in Achaia, durch Erdbeben untergegangen (XV 293). – 2. der Große Bär (VIII 207).

Helicon: Gebirge in Boeotien, Berg der Musen, der Poesie.

Helix: Kampfgenosse des Phineus.

Helle: Tochter des Athamas und der Nephele; flieht mit ihrem Bruder Phrixus auf einem goldenen Widder vor ihrer Stiefmutter Ino und fällt in den später nach ihr benannten Hellespont.

Hellespont: die heutigen Dardanellen, zum Namen siehe »Helle«.

Helops: Centaur.

Henna: hochgelegene Stadt im Zentrum Siziliens, Kultort der Ceres und der Proserpina.

Hercules: Sohn Iuppiters und der Alcmene, der Gattin Amphitryons, Gemahl der Deïanira, Vater des Hyllus und des Tlepolemus, erfüllt unter anderem zwölf Aufträge im Dienst seines Verwandten Eurystheus.

Hermaphroditus: Sohn des Mercur (Hermes) und der Venus (Aphrodite).

Herse: Tochter des Cecrops, Schwester der Pandrosos und Aglauros.

Hersilia: Gemahlin des Romulus.

Hesione: Tochter des Troerkönigs Laomedon, Schwester des Priamus, Gattin des Telamon.

Hesperiden: Töchter des Atlas, Nymphen auf einer Insel jenseits des Atlas; in ihrem Garten wuchs ein Baum mit goldenen Äpfeln, die ein schlafloser Drache bewachte.

Hesperië: Tochter des Flußgottes Cebren, von Aesacus geliebt.

Hesperien: »Abendland«, Bezeichnung für Italien und weiter westlich gelegene Gebiete.

hesperisch: Adjektiv zu Hesperien.

Hippalmus: Teilnehmer der Calydonischen Jagd.

Hippasus: 1. Teilnehmer der Calydonischen Jagd, Sohn des Eurytus (VIII 313). – 2. langbärtiger Centaur (XII 352).

Hippocoon: König von Amyclae, dessen zwei Söhne an der Calydonischen Jagd teilnahmen.
Hippodamas: Vater der Perimele, einer Geliebten des Achelous.
Hippodamia: Braut des Pirithous; um sie kämpfen die Lapithen und Centauren.
Hippolytus: Sohn des Theseus und der Amazonenkönigin Antiope (oder Hippolyte).
Hippomenes: Boeoter, Sohn des Megareus, Gemahl der Atalanta (1).
Hippotade: Aeolus als Sohn des Hippotes.
Hippotes: Vater des Aeolus.
Hippothous: Teilnehmer der Calydonischen Jagd.
Hodites: 1. vornehmer Aethiope, fällt für Perseus (V 972). – 2. Centaur (XII 457).
Hora: Name der vergöttlichten Hersilia, der Gattin des Romulus.
Horen: Töchter Iuppiters und der Themis, Göttinnen der Stunden und Jahreszeiten.
Hyacinthus: laconischer Jüngling, Sohn des Oebalus oder Amyclas, von Apollo geliebt.
Hyaden: griechisch »die Regnenden«, das »Regengestirn«, Sterne im Sternbild des Stieres.
Hyale: griechisch »Kristall«, Nymphe, Dienerin Dianas.
Hyanter: alter boeotischer Stamm; Boeoter.
hyantisch: boeotisch.
Hylae: kleine boeotische Stadt.
Hyles: Centaur.
Hyleus: Teilnehmer der Calydonischen Jagd.
Hyllus: Sohn des Hercules und der Deïanira, Gemahl der Iole.
Hylonome: schöne Centaurin, Gattin des Cyllarus.
Hymen(aeus): Hochzeitsgott.
Hymettus: Berg in Attika, berühmt durch seinen Honig.
Hypaepa: Dorf in Lydien am Tmolusgebirge, Heimat der Arachne.
Hypanis: Fluß in Scythien, mündet in das Schwarze Meer.
hyperboreïsch: im äußersten Norden (jenseits des Boreas).
Hyperion: 1. ein Titane, Vater des Sonnengottes (IV 192, 241). – 2. der Sonnengott, benannt nach seinem Vater (griechisch »der Hochwandelnde«).
Hypseus: Gefährte des Phineus.
Hypsipyle: Tochter des Königs Thoas auf Lemnos.
Hyriё: Nymphe, Geliebte des Apollo, Mutter des Cygnus, wird in einen See verwandelt.
Iacchus: Beiname des Bacchus, Jubelruf bei seinen Riten.
Ialysos: Stadt auf Rhodos.

Ianthe: Tochter des Telestes, Verlobte von Iphis.
Ianus: altitalischer Gott (Ovid nimmt für ihn ionische Herkunft an), Gott des Anfangs, Vater der Canens.
Iapetus: Titan, Vater des Prometheus (I 82) und des Atlas.
Iapyger: Bewohner des Landes Iapygien.
Iapygien: Landschaft am tarentinischen Meerbusen.
Iapyx: Sohn des Daedalus und einer Kreterin, in Italien eingewandert.
Iasion: Sohn Iuppiters und der Atlastochter Electra, Bruder des Dardanus, Geliebter der Ceres.
Iason: Sohn des Königs Aeson von Iolcos, wird von seinem Oheim Pelias, der Aeson abgesetzt hat, nach Colchis geschickt, um das goldene Vlies zu holen; Führer des Argonautenzuges.
Iberien: Spanien.
iberisch: Adjektiv zu Iberien.
Icarus: 1. Sohn des Daedalus. – 2. Athener (auch Icarius genannt), Vater der Erigone (X 450), Stifter des Weinbaus; siehe auch »Bootes«.
Icelos: griechisch »gleich«, Name des Traumgottes Phobetor.
Ida: 1. Berg bei Troia, der Cybele heilig. – 2. Berg auf Kreta (IV 277, 289, 293).
Idalia: Venus, nach dem Vorgebirge Idalium auf Cypern.
Idas: 1. Sohn des Aphareus (VIII 305). – 2. einer der Cephenen (V 90). – 3. Sohn des Diomedes (XIV 504).
Idmon: Tuchfärber aus Colophon, Vater der Arachne.
Idomeneus: Enkel des Minos, Anführer der Kreter.
Ilia: Rhea Silvia, Mutter des Romulus.
Ilion: Troia als Stadt des Ilus.
Ilioneus: Sohn der Niobe.
Ilithyia: lateinisch Lucina, Göttin der Geburt.
Illyrien: Gebirgslandschaft an der Ostküste der Adria, nördlich von Epiros.
Ilus: Sohn des Tros, Erbauer von Ilion-Troia.
Imbreus: Centaur.
Inachus: Fluß in Argolis, fließt von der arcadischen Grenze zum argolischen Meerbusen, gilt auch als alter König von Argos, Vater der Io-Isis, Großvater des Epaphus.
Inarime: Insel gegenüber Neapel, heute Ischia.
Indiges: Name des Aeneas als Gott.
Ino: Tochter des Cadmus, Schwester der Semele, der Agaue und der Autonoë, Tante des Pentheus, Gattin des Athamas, Mutter des Learchus und Melicertes (Palaemon).
Io: Tochter des Inachus, Geliebte Iuppiters, als Isis vergöttlicht.
Iolaus: Sohn des Iphicles, eines Halbbruders des Hercules, von Hebe verjüngt.

Iolcos: Stadt des Aeson und des Pelias in Thessalien an der Bucht von Pagasae; hier stach die Argo in See.

Iole: Tochter des Königs Eurytus von Oechalia auf Euboea.

ionisch: Adjektiv zu Ionien (in der ionischen Wanderung besiedelte Küstengebiete Westkleinasiens zwischen Phocaea und Iasos).

Iphigenie: Tochter Agamemnons, wird in Aulis zur Besänftigung der Diana geopfert; Diana ersetzt sie durch eine Hirschkuh und gibt den Griechen günstigen Fahrtwind nach Troia.

Iphinous: Centaur.

Iphis: 1. Tochter des Ligdus und der Telethusa auf Kreta. – 2. ein Einwohner von Cypern (XIV 699, 717, 753).

Iphitide: der Lyker Coeranus als Sohn eines Iphitus.

Iris: Tochter des Thaumas und der Oceanustochter Electra, Göttin des Regenbogens, Botin der Himmelskönigin.

Isis: ägyptische Göttin; siehe auch »Io«.

ismarisch: thracisch; von Ismarus, Berg und Stadt in Thracien.

Ismenus: 1. Sohn der Niobe (VI 224). – 2. Fluß in Boeotien bei Theben, Vater der Crocale.

Issa: Tochter des Macareus, gab der Stadt auf Lesbos den Namen.

Isthmus: die Landenge bei Corinth.

Ithaca: kleine Insel westlich von Griechenland, von Ulixes beherrscht.

Ithaker: 1. Ulixes als König von Ithaca. – 2. Einwohner von Ithaca.

Itys: Sohn des Tereus und der Procne.

Iuba: König von Numidien, von Caesar bei Thapsus besiegt (46 v. Chr.); er beging Selbstmord wie Cato.

Iulius: Caesar als Angehöriger des iulischen Geschlechtes.

Iulus: Sohn des Aeneas; sein zweiter Name: Ascanius; Stammvater des iulischen Geschlechtes und somit auch des Iulius Caesar und seines Adoptivsohnes Augustus.

Iuno: griechisch Hera, Tochter des Saturnus und der Rhea, Schwester und Gemahlin Iuppiters, Mutter des Vulcanus/Hephaistos, des Mars/Ares und der Iuventa/Hebe; Hauptgegnerin des Aeneas, Himmelskönigin, Schützerin der Ehe.

Iuppiter: griechisch Zeus; Sohn des Saturnus und der Rhea, Bruder und Gemahl der Iuno, Bruder des Neptunus und des Pluto, Himmelsgott, auf Kreta oder in Arcadien geboren, entthront mit seinen Brüdern seinen Vater Saturnus, erhält durchs Los die Herrschaft über Himmel und Erde; Vater des Mercur, der Minerva, des Bacchus, des Perseus, des Hercules, des Epaphus, des Amphion und des Zethos, des Minos, des Aeacus, Großvater der Niobe, des Peleus, der Chione, Urgroßvater des Aiax, des Ulixes, Stief- und Schwiegervater der Hebe.

Ixion: Lapithenkönig in Thessalien, Vater des Pirithous; als er mit den Göttern zu Tische saß, versuchte er die Keuschheit der Iuno, Iuppiter unterschob ihm jedoch eine Wolkengestalt, mit der er die Centauren zeugte; zur Strafe wurde er in der Unterwelt auf ein Rad geflochten, das sich ewig drehte.

Kreta: Insel im Mittelmeer.

Kreterin: Telethusa, die Mutter der Iphis.

kretisch: Adjektiv zu Kreta.

Lacedaemon: Sparta, nach seinem Gründer benannt.

Lacinium: Vorgebirge in Unteritalien bei Croton, schließt den Golf von Tarent nach Südwesten ab; dort lag ein berühmter Tempel der Iuno.

Ladon: Fluß in Arcadien, Nebenfluß des Alphëus.

Laelaps: griechisch »Sturmwind«; Hund, von Diana der Procris, von dieser dem Cephalus geschenkt, bei der Verfolgung eines Tieres mit diesem in Stein verwandelt.

Laërtes: Sohn des Arcesius, Vater des Ulixes, Teilnehmer der Calydonischen Jagd.

Laestrygone: Lamus als König der Laestrygonen, eines Volkes von menschenfressenden Riesen, nach Ovid bei Formiae im südlichen Latium.

Laïus: Vater des Oedipus, welch letzterer das Rätsel der Sphinx löste und Theben von ihr befreite.

Lampetides: Sänger des Cepheus.

Lampetië: eine der Heliaden.

Lamus: König der Laestrygonen, Sohn Neptuns.

Laomedon: König von Troia, Vater des Priamus und der Antigone, die in einen Storch verwandelt wurde.

Lapithe(n): Bergvolk in Thessalien; Celadon (XII 250).

Larissa: Stadt im südlichen Teil von Thessalien, am Penëus.

Latiner: Einwohner von Latium.

latinisch: Adjektiv zu Latium.

Latinus: 1. Sohn des Faunus, Vater der Lavinia, König von Latium (XIV 449). – 2. König von Alba (XIV 611 f.).

Latium: mittelitalische Landschaft.

Latona: griechisch Leto, Tochter des Titanen Coeus, gebar dem Iuppiter auf Delos die Zwillinge Apollo und Diana.

Latreus: größter Centaur.

laurentisch: Adjektiv zur Stadt Laurentum in Latium.

Lavinia: Tochter des Latinus, Verlobte des Turnus und dann des Aeneas; dieser gewinnt sie im Kriege gegen Turnus.

Lavinium: Stadt in Latium, von Aeneas gegründet und nach seiner Gemahlin Lavinia benannt.

Learchus: Sohn des Athamas und der Ino.
Lebinthus: eine Sporadeninsel im Aegaeischen Meer.
Leda: Tochter des aetolischen Königs Thestius, Schwester der Althaea, Gemahlin des Spartanerkönigs Tyndarëus, Mutter der Clytaemnestra und (durch Iuppiter) der Dioskuren Castor und Pollux und der Helena; Iuppiter nahte ihr als Schwan.
lelegeïsch: Adjektiv zum Stamm der Leleger.
Leleger: ein pelasgischer Volksstamm, der u. a. in der Gegend von Megara und in Carien (IX 645) gewohnt haben soll.
Lelex: Gefährte des Theseus.
Lemnier: Vulcan als Gott von Lemnos.
Lemnos: Insel südlich von Thracien, Kultort Vulcans.
Lenaeus: Beiname des Bacchus.
Lerna: See und Stadt bei Argos auf der Peloponnes, Behausung der Tochter Echidnas, der Hydra; dieser Schlange wuchsen für jeden abgeschlagenen Kopf zwei neue nach; Hercules besiegte sie mit Feuerbränden und tauchte seine Pfeile in ihr giftiges Blut.
lernaeisch: Adjektiv zu Lerna.
Lesbos: Insel im Aegaeischen Meer vor Ionien.
Lethaea: Da sie sich ihrer Schönheit rühmte, mit Olenus im Idagebirge in Stein verwandelt.
Leto: Siehe »Latona«.
Leucas: Insel im Ionischen Meer bei Acarnanien.
Leucippus: Messener, Teilnehmer der Calydonischen Jagd.
Leuconoë: zweite der Minyastöchter.
Leucosia: Insel im Tyrrhenischen Meer bei Unteritalien.
Leucothea: Name der Ino als Meergöttin.
Leucothoë: Tochter des Orchamus und der Eurynome, Geliebte des Sonnengottes.
Liber: römisches Äquivalent für Bacchus, ursprünglich altitalischer Gott.
Libys: lydischer Seemann, von Bacchus in einen Delphin verwandelt.
Lichas: Diener des Hercules und der Deïanira.
Ligdus: Kreter, Gemahl der Telethusa, Vater von Iphis (1).
Ligurer: alter Volksstamm in Nordwestitalien; Cygnus, der Freund Phaëthons, herrschte dort.
Lilybaeum: Vorgebirge im Westen Siziliens (Capo di Boco).
Limnaea: Tochter des Ganges, Mutter des von Perseus getöteten Athis.
Limyra: Stadt im Südwesten Lyciens am Flusse Limyrus.
Liriope: Wassernymphe, gebar dem Cephisus den Narcissus.
Liternum: Stadt in Campanien.

Lotis: Nymphe, auf der Flucht vor Priapus in den Lotosbaum verwandelt.

Lucifer: der Morgenstern.

Lucina: griechisch Ilithyia; Beiname der Iuno als römische Geburtsgöttin.

Luna: die Mondgöttin, mit Diana gleichgesetzt.

Lyaeus: Beiname des Bacchus.

Lycabas: 1. der frechste der lydischen Seeleute (III 624, 673). – 2. Assyrer, Freund des Athis (V 60). – 3. Centaur (XII 302).

lycaeisch: Adjektiv zu Lycaeus.

Lycaeus: hohes Gebirge in Arcadien, dem Iuppiter und dem Pan heilig.

Lycaon: König in Arcadien, Vater der Callisto.

Lycetus: Sohn des Sperchion, Gefährte des Phineus.

Lycëum: Gymnasium (Sportgelände) vor der Stadt Athen mit schönen Gartenanlagen; Aristoteles lehrte später dort.

Lycidas: Centaur.

Lycien: Landschaft im Süden Kleinasiens.

lycisch: Adjektiv zu Lycien.

Lycopes: Centaur.

Lycormas: 1. Fluß in Aetolien mit gelblichem Wasser (II 245). – 2. Aethiope; kämpft für Perseus (V 119).

Lyctus: Stadt auf Kreta.

Lycurgus: König der thracischen Edoner, untersagt den Bacchuskult; in der Absicht, die Weinstöcke zu vernichten, trifft er sich dabei selbst mit dem Beil.

Lycus: 1. Centaur (XII 332). – 2. Gefährte des Diomedes (XIV 504). – 3. Fluß in Phrygien (XV 273).

Lydien: Landschaft im westlichen Kleinasien.

lydisch: Adjektiv zu Lydien.

Lyker: Bewohner des kleinasiatischen Lycien.

lyncestisch: Adjektiv zu den Lyncesten, einem Stamm im Westen Makedoniens.

Lynceus: 1. Sohn des messenischen Königs Aphareus, Bruder des Idas, Teilnehmer der Calydonischen Jagd (VIII 304). – 2. Sohn des Aegyptus, Gemahl der Danaustochter Hypermnestra, Vorfahr des Perseus (IV 767).

Lyncide: Perseus als Nachkomme des Lynceus (2); Acrisius, der Großvater des Perseus, war ein Urenkel des Lynceus.

Lyncus: scythischer König.

lyrceïsch: nach dem Berg Lyrcëum zwischen Arcadien und Argolis mit der Quelle des Inachus und von der Stadt Lyrcea.

Lyrnesus: Stadt in Mysien, wo Achilles die Briseïs erbeutete.

Macareus: 1. Einwohner von Lesbos, Vater der Issa (VI 124). – 2. Lapithe (XII 452). – 3. Gefährte des Ulixes (XIV 159, 441).

Maeander: Fluß in Kleinasien, Vater der Cyaneë, Großvater der Byblis und des Caunus.

Maenaden: die von bacchantischem Taumel ergriffenen Frauen.

Maenalus: ein Gebirge in Arcadien.

Maeonerin: Arachne als Lyderin.

Maeonien: Lydien.

maeonisch: Adjektiv zu Maeonien; lydisch.

Maera: in einen Hund verwandelte Frau.

Magnesier: Bewohner der Landschaft Magnesia in Thessalien.

Maia: Tochter des Atlas und der Pleïone, gebar dem Iuppiter den Mercur, mit ihren Schwestern als Siebengestirn an den Himmel versetzt.

makedonisch: Adjektiv zu Makedonien, einer Gegend nördlich von Griechenland.

Manto: Tochter des Tiresias, Seherin.

Marathon: Ort in Attika, wo Theseus den von Hercules aus Kreta nach Tiryns gebrachten Stier erlegte.

mareotisch: Adjektiv zu Marea, einem See und einer Stadt in Unterägypten.

Marmarica: Landschaft an der afrikanischen Nordküste.

Mars: griechisch Ares; Kriegsgott, Sohn Iuppiters und Iunos, Vater der Harmonia und Schwiegervater des Cadmus, nach einer Überlieferung Vater Meleagers.

Marsyas: Fluß in Phrygien.

Medea: Tochter des Königs von Colchis, Aeëtes, des Sohnes des Sonnengottes, Zauberin, hilft Iason, das goldene Vlies zu gewinnen, wird seine Frau, später Gemahlin des Aegeus.

Medon: 1. lydischer Seemann (III 671). – 2. Centaur (XII 303).

Meduse: bekannteste der drei Gorgonen, Tochter des Phorcys, von Perseus enthauptet.

medusisch: Adjektiv zu Meduse.

Megareus: König von Onchestus in Boeotien, Enkel Neptuns, Vater des Hippomenes.

Melaneus: 1. Aethiope, fällt im Kampf gegen Phineus für Perseus (V 128). – 2. Centaur (XII 306).

Melantho: Tochter Deucalions, von Neptun in Gestalt eines Delphins verführt.

Melanthus: lydischer Seemann.

Melas: Fluß in Thracien.

Meleager: Sohn des Königs von Calydon Oeneus und der Althaea, Bruder der Deïanira, Teilnehmer der Calydonischen Jagd.

Melicertes: Sohn des Athamas und der Ino, in den Meergott Palaemon verwandelt.

Memnon: König von Aethiopien, Sohn des Tithonus (des Bruders des Priamus) und der Aurora.

Mendes: ägyptische Stadt an einer Nilmündung.

Menelaus: Sohn des Atreus, jüngerer Bruder des Agamemnon, König von Sparta, Gemahl der Helena.

Menephron: Bewohner des Gebirges Cyllene, wollte mit seiner Mutter Inzest begehen.

Menoetes: Lyker, fällt von Achilles' Hand.

Mercur: griechisch Hermes; Sohn Iuppiters und der Atlastochter Maia, trägt als Götterbote einen Flügelhelm, Flügelschuhe und den Botenstab, seine Waffe ist das Sichelschwert; Vater des Hermaphroditus und des Autolycus.

Meriones: Wagenlenker des Königs Idomeneus von Kreta.

Mermeros: schnellfüßiger Centaur.

Merops: »der Sterbliche«, König von Aethiopien, Gemahl der Clymene, Phaëthons Stiefvater.

messapisch: Adjektiv zu Messapia, einer Landschaft im Südosten Italiens.

messenisch: Adjektiv zu Messene.

Messene: Hauptstadt der Landschaft Messenien am Fluß Pamisos in der Peloponnes.

Methymna: Stadt auf Lesbos.

Metion: Vater des Phorbas, eines Gefährten des Phineus.

Midas: König von Phrygien.

Miletus: Kreter, Sohn Apollons und der Areia, Erbauer der Stadt Milet, Vater des Caunus und der Byblis.

Milon: Athlet aus Croton.

Mimas: Vorgebirge in Ionien, gegenüber von Chios.

Minerva: griechisch Pallas Athene; Tochter Iuppiters, Göttin der Künste und der Wissenschaften, Schutzgöttin von Athen und Attika.

Minos: König von Kreta, Sohn Iuppiters und der Europa, Gemahl der Pasiphaë, Vater des Androgeos und der Ariadne.

Minturnae: Stadt in Latium an der sumpfigen Mündung des Liris.

Minyas: eigentlich König von Orchomenos, von Ovid nach Theben versetzt, Vater dreier Töchter, darunter Alcithoë und Leuconoë.

Minyer: die Argonauten, nach einem Volksstamm in Thessalien, dem Ausgangspunkt der Reise.

Mithridates: Name von sechs Königen von Pontus; der letzte wurde von Pompeius besiegt und gab sich im Jahr 63 v. Chr. den Tod.
Mnemosyne: »die Erinnerung«; gebar dem Iuppiter die Musen.
Molosser: Völkerschaft in Epiros, beherrscht von König Munichus; dessen drei Söhne wurden von Räubern überfallen und flüchteten in ein hohes Gebäude. Als dieses in Brand gesteckt wurde, flogen sie als Vögel davon.
Molpeus: Gefährte des Phineus.
Monychus: Centaur.
mopsopisch: attisch, nach einem alten König Mopsopus.
Mopsus: Sohn des Ampycus, Seher, Teilnehmer der Calydonischen Jagd.
Morpheus: Traumgott, Sohn des Somnus, stellt Menschen dar.
Mulciber: Beiname Vulcans.
Munichia: Halbinsel und Hafenstadt in Attika. Das zugehörige Adjektiv dient als Umschreibung für athenisch.
Musen: Töchter Iuppiters und der Mnemosyne, Göttinnen der »musischen« Künste; eine Muse als Mutter des Orpheus (X 148).
Mutina: Stadt in der Poebene (Modena); hier siegte der spätere Augustus über Antonius.
Mycale: 1. Vorgebirge in Ionien, gegenüber der Insel Samos. – 2. Mutter des Lapithen Orius, Zauberin, die durch Lieder den Mond herabziehen konnte.
Mycenae: Stadt in Argolis; das dortige Herrschergeschlecht stammte von Pelops ab.
Mycenerin: Iphigenie.
Myconos: Cycladeninsel, von Minos gegen Athen gewonnen.
mygdonisch: lydisch, weil die Mygdonen aus Thracien nach Phrygien und Lydien eingewandert waren.
Myrmidonen: nach griechisch μύρμηξ »Ameise«, Bewohner von Aegina, Untertanen des Aeacus, aus Ameisen entstanden.
Myrrha: Tochter des Cinyras und der Cenchrëis, gebiert ihrem Vater, in einen Baum verwandelt, den Adonis.
Myscelos: Sohn des Griechen Alemon, Gründer der Stadt Croton.
mysisch: Adjektiv zu Mysien, einer Landschaft in Kleinasien.
Nabataeer: ein arabisches Volk.
Naiaden: Quell-, Fluß- und Seenymphen.
Nar: Nebenfluß des Tiber.
Narcissus: Sohn des Cephisus und der Nymphe Liriope, in eine Narzisse verwandelt.
Narycia: die von den Locrern (aus Naryx in Mittelgriechenland) in Unteritalien gegründete Kolonie Locri Epizephyrii.

Naryx: Stadt der ozolischen Locrer in Mittelgriechenland.
Nasamoner: Völkerschaft an der Großen Syrte, südwestlich der Cyrenaica.
Nauplius: Vater des Palamedes von Euboea.
Naxos: Cycladeninsel.
Nedymnus: Centaur.
Neleus: König von Pylos, Vater Nestors, des Periclymenus und anderer Söhne.
nemëisch: Adjektiv zu Nemea, einer Stadt in Argolis; der nemëische Löwe wurde von Hercules erwürgt.
Nemese: Stadt in Bruttium in Unteritalien.
Neoptolemus: Sohn des Achilles und der Deïdamia, der Tochter des Königs Lycomedes auf Scyros.
Nephele: griechisch »Wolke«, 1. Nymphe, Dienerin der Diana (III 171). – 2. Mutter der Helle (XI 195).
Neptun: griechisch Poseidon; Sohn des Saturnus, Bruder Iuppiters und Plutos, Vater des Cygnus, Großvater des Megareus (X 606), Ahnherr des Theseus (IX 1), des Hippomenes und des Neleusstammes; durch das Los Beherrscher des Meeres und der Gewässer.
Nereïden: Töchter des Nereus und der Doris, Wassergottheiten; Ovid nennt besonders Thetis (XI 259, XII 93), Psamathe (XI 380), Galatea (XIII 749, 858).
Neretum: Stadt in Calabrien im Gebiet der Sallentiner.
Nereus: ein Meergott, Sohn des Pontus und der Gaia, Gemahl der Doris, Vater der Nereïden, Großvater des Phocus.
Neritos: Insel bei Ithaca, eigentlich Berg auf Ithaca.
Nessus: Centaur.
Nestor: König von Pylos in Argolis, Sohn des Neleus, Bruder des Periclymenus, Teilnehmer der Calydonischen Jagd, ältester und weisester Grieche vor Troia.
Nileus: Genosse des Phineus, behauptet, er stamme vom Nil ab.
Nil: ägyptischer Strom mit sieben Mündungsarmen.
Ninus: alter assyrischer König, Gemahl der Semiramis.
Niobe: Tochter des lydischen Königs Tantalus, Gemahlin des Königs Amphion von Theben, dem sie sieben Söhne und sieben Töchter gebar.
Nisus: König von Megara, Vater der Scylla.
Noemo: Lyker im Gefolge Sarpedons.
Nonacrierin: Atalanta als Arcaderin, nach Nonacris.
Nonacris: Berg und Stadt im nördlichen Arcadien.
Noricum: römische Provinz südlich der Donau, östlich vom Inn, durch Eisenerzvorkommen berühmt.

Numa: zweiter der sagenhaften römischen Könige, gebürtiger Sabiner, Gemahl der Nymphe Egeria.
Numicius: Küstenfluß in Latium, mündet bei Ardea ins Meer.
Numider: die Berber in Nordafrika; einen ihrer Aufstände hat Caesar niedergeschlagen.
Numitor: König von Alba, Großvater von Romulus und Remus, Bruder des Amulius, der ihn entthront.
Nyctelius: Beiname des Bacchus nach seinen nächtlichen Feiern.
Nycteus: Vater der Antiope, der Mutter von Amphion und Zethos, Gefährte des Diomedes.
Nyctimene: griechisch »die Nachteule«; Einwohnerin von Lesbos, die mit ihrem Vater Inzest begangen hatte.
Nymphen: Halbgöttinnen aus Wald, Baum, Quelle, Fluß, See und Gebirge; manchmal auch Sterbliche vornehmer Herkunft.
Nysa: Berg in Indien oder Thracien.
Nyseus: Bacchus, der auf dem Berg Nysa aufgezogen worden sein soll.
Oceanus: älteste Meergottheit, Bruder und Gemahl der Tethys.
Ocyrhoë: Tochter des Chiron und der Nymphe Chariclo.
Odryser: thracische Völkerschaft; König Tereus (VI 490); Polymestor (XIII 554).
odrysisch: Adjektiv zu Odryser.
Oeagrus: König von Thracien, Vater des Orpheus.
Oebalus: Vater des Hyacinthus.
Oechalia: Stadt auf Euboea, von Hercules zerstört.
Oechalierinnen: Einwohnerinnen von Oechalia.
Oeclide: der Seher Amphiaraus als Sohn des Oïcles, von seiner Gattin Eriphyle um ein Halsband verraten.
Oedipus: König von Theben.
Oeneus: König von Calydon, Sohn des Parthaon, Gemahl der Althaea, Vater des Meleager und der Deïanira, Großvater des Diomedes.
Oenopia: Aegina.
Oeta: Gebirge in Thessalien.
oetaeisch: Adjektiv zu Oeta.
Oïleus: König der Locrer, Vater des jüngeren Aiax.
Olenide: der Lapithe Tectaphon als Sohn eines Olenos.
olenisch: Adjektiv zu Olenos, einer Stadt in Achaia.
Olenos: Gemahl der Lethaea, mit dieser in einen Stein im Idagebirge verwandelt.
Oliaros: Cycladeninsel im Aegaeischen Meer.
Olymp: Berg in Thessalien, Göttersitz.

Olympus: berühmter Flötenspieler, Schüler des Marsyas.
Onchestus: Stadt in Boeotien; in ihr regierte Megareus, der Vater des Hippomenes.
Onetor: Hirt des Peleus.
Opheltes: einer der lydischen Seeleute.
Ophierin: Combe als Angehörige des aetolischen Stammes der Ophier.
Ophion: Vater des Centauren Amycus.
Ophiusa: Cypern.
Ops: Schwester und Gemahlin Saturns, altitalische Göttin, identifiziert mit der griechischen Rhea.
Orchamus: Perserkönig, Nachkomme des Belus, Gemahl der Eurynome, Vater der Leucothoë.
Orchomenos: Stadt in Arcadien.
Orcus: griechisch Hades; römischer Gott der Unterwelt.
Oreade: Bergnymphe.
oresteïsch: Adjektiv zu Orestes, dem Bruder der Iphigenie, der das in Tauris geraubte Bild der Diana nach Aricia gebracht haben soll.
Orion: 1. bekanntes Sternbild. – 2. Vater zweier Töchter, die sich in Theben bei einer Seuche für die Stadt opfern.
Orius: Lapithe, Sohn der Zauberin Mycale.
Orithyia: Tochter des Erechtheus, Schwester der Procris, gebar dem Boreas den Zetes und den Calaïs.
Ornëus: Centaur.
Orontes: Fluß in Syrien.
Orpheus: Sohn Apollos (oder des thracischen Königs Oeagrus) und der Muse Calliope, berühmter Sänger.
Orphne: Nymphe der Unterwelt, gebar dem Acheron den Ascalaphus.
Ortygia: 1. alter Name der Insel Delos (XV 337). – 2. Beiname der Göttin Diana nach einer alten Bezeichnung ihrer Geburtsinsel Delos (I 694). – 3. Insel bei Sizilien, auf der sich der Stadtkern von Syracus befindet (V 499, 640).
ortygisch: Adjektiv zu Ortygia.
Osiris: ägyptischer Gott, Gemahl der Isis, von Typhon zerstückelt, von Isis gesucht und zusammengesetzt.
Ossa: Berg in der thessalischen Landschaft Magnesia, dem Olymp gegenüber.
Othrys: waldreiches Gebirge in der thessalischen Landschaft Phthiotis, Wohnsitz der Lapithen.
Pachynus: südwestliches Vorgebirge Siziliens (Capo di Passaro).
Pactolus: ein goldhaltiger Fluß in Lydien.

Padus: der Po.
Paean (Paeon): Beiname Apollos als Heilgott (ursprünglich Name eines alten Gottes), auch Bezeichnung für ein Siegeslied.
Paeoner: Einwohner von Paeonien.
Paeonien: Landschaft im Norden Makedoniens.
Paestum: Stadt in Lucanien in Süditalien; dort wuchsen zweimal blühende Rosen.
Paetalus: Gefährte des Perseus.
Pagasae: thessalische Hafenstadt.
pagasaeisch: Adjektiv zu Pagasae.
Palaemon: Name des in einen Meergott verwandelten Melicertes.
Palamedes: Sohn des Nauplius, klügster Grieche vor Troia; er entlarvte den gespielten Wahnsinn des Ulixes, der aus Rachsucht im Lager vor Troia heimlich Geld im Zelt des Palamedes vergrub und ihn zum Tode verurteilen ließ.
palatinisch: Adjektiv zu Palatium.
Palatium: einer der Hügel Roms mit der Wohnung des Augustus und dem palatinischen Apollotempel.
Palicen: alte sizilische Gottheiten dampfender Quellen (bei der Stadt Palice auf Sizilien).
Palilien: Fest der altitalischen Hirtengöttin Pales (21. April, Gründungstag der Stadt Rom).
palladisch: Adjektiv zu Pallas (Athene).
Pallas: 1. Beiname der Minerva-Athene. – 2. Sohn des Pandion, Bruder des Aegeus, Vater der beiden Begleiter des Cephalus, Clytus und Butes (VII 500, 665, 666). – 3. Titan, Vater der Aurora.
Pallene: westliche Landzunge der makedonischen Halbinsel Chalcidice.
Pan: arcadischer Wald- und Hirtengott mit Hörnern und Bocksfüßen, mit dem italischen Faunus gleichgesetzt.
panchaeisch: Adjektiv zu Panchaia.
Panchaia: sagenhafte Insel im Erythraeischen Meer bei Arabien.
Pandion: König von Athen, Sohn des Erichthonius, Vater der Procne und Philomela.
Pandrosos: Tochter des Cecrops, Schwester der Aglauros und der Herse.
Panope: Stadt in Phocis am Cephisus.
Panopeus: Teilnehmer der Calydonischen Jagd.
Panthus (Panthoos): Vater des Euphorbus.
Paphos: 1. Tochter (nach früherer Auffassung: Sohn) des Pygmalion (X 297), Mutter des Cinyras. – 2. Stadt auf Cypern mit altem Venustempel; Pygmalion stammt von hier (X 290, 530).

Paraetonium: ägyptische Grenzfeste gegen Libyen.
Paris: Sohn des Priamus und der Hecuba, Vater des Corythus.
parisch: Adjektiv zu Paros, einer Cycladeninsel.
Parnaß: hoher, zweigipfliger Berg in Mittelgriechenland, Apollo und den Musen heilig; an seinem Fuße lag Delphi und entsprang die castalische Quelle.
parnassisch: Adjektiv zu Parnaß.
Paros: Cycladeninsel mit berühmten Marmorbrüchen.
Parrhasierin: Callisto als Bewohnerin der Landschaft oder Stadt Parrhasia im südlichen Arcadien.
parrhasisch: arcadisch.
Parthaon: König von Calydon, Sohn Agenors, Vater des Oeneus, Großvater der Deïanira.
parthenisch: Adjektiv zu Parthenium, einem Gebirge zwischen Arcadien und Argolis; Hercules fing hier eine der Diana heilige Hirschkuh.
Parthenope: Neapel, nach der gleichnamigen Sirene, die dort begraben sein soll.
Parzen: drei Schwestern, Schicksalsgöttinnen; sie spinnen und durchschneiden den Lebensfaden.
Pasiphaë: Tochter des Sonnengottes, Schwester der Circe, Gemahlin des Minos, Mutter des Androgeos, der Ariadne und der Phaedra; ein Stier, den Pasiphaë durch das hölzerne Bild einer Kuh täuscht, zeugt mit ihr den Minotaurus, der halb Mensch und halb Stier ist.
Patara: Stadt an der südlichen Landspitze Lyciens mit einem bekannten Apolloorakel.
Patrae: Hafenstadt in Achaia auf der nördlichen Peloponnes.
Pegasus: Flügelroß, entspringt mit seinem Bruder Chrysaor aus dem Blut der von Perseus enthaupteten Meduse und erzeugt mit seinem Huf die Quelle Hippocrene am Helicon.
Pelagon: Teilnehmer der Calydonischen Jagd.
Pelasger: älteste Bewohner Griechenlands, daher auch: Griechen.
pelasgisch: Adjektiv zu Pelasger.
Pelates: 1. Libyer, kämpft für Perseus (V 124). – 2. Lapithe aus Pella (XII 255).
Pelethronium: Waldtal am Pelion in Thessalien.
Peleus: König in Phthia in Thessalien, Sohn des Aeacus und der Endeïs, Bruder Telamons, Halbbruder des Phocus, Gemahl der Nereïde Thetis, Vater des Achilles, Teilnehmer der Calydonischen Jagd.
Pelias: König von Iolcos, entthront seinen Bruder Aeson, sendet Iason nach dem goldenen Vlies.

Pelide: Achilles als Sohn des Peleus.

Pelion: Berg in Thessalien, südlich vom Ossa; Achilles' Lanze stammt von hier.

pelisch: Adjektiv zu Pelion.

Pella: makedonische Residenzstadt.

pelopeïsch: Adjektiv zu Pelops.

Pelops: Sohn des Tantalus, Bruder der Niobe, Vater des Thyestes und des Atreus, von seinem Vater den Göttern als Mahlzeit vorgesetzt.

Pelorus: Nordostspitze Siziliens (Faro di Messina).

Penaten: Hausgötter, übertragen: Haus.

Penelope: Gemahlin des Ulixes (also Schwiegertochter des Laërtes).

Penëus: Hauptfluß Thessaliens, fließt vom Pindus durch das berühmte Tempetal in den Thermaischen Meerbusen, Vater der Daphne.

Pentheus: König von Theben, Enkel des Cadmus, Sohn des Echion und der Agaue, bekämpft den Bacchuskult.

Peparethos: Cycladeninsel im Aegaeischen Meer, bekannt durch den Anbau von Wein und Oliven.

Pergamon: Burg von Troia.

Pergus: See auf Sizilien, in der Nähe von Henna; dort raubte Pluto Proserpina.

Periclymenus: Sohn des Neleus, Bruder des Nestor, besitzt von Neptun die Gabe, sich zu verwandeln.

Perimele: Tochter des Hippodamas, Geliebte des Achelous, in eine Insel verwandelt.

Periphas: 1. attischer König der Urzeit, in einen Adler verwandelt (VII 400). – 2. Lapithe, Besieger des Centauren Pyraethus (XII 449).

Perrhaeber: Einwohner der thessalischen Landschaft Perrhaebia.

Perse: Geliebte des Sonnengottes, Mutter der Hecate (VII 74), der Circe und des Aeëtes (des Vaters der Medea).

Persephone: lateinisch Proserpina, Tochter der Ceres; Zeus zeugte mit ihr nach einer mystischen Sage den Dionysos Zagreus.

Perseus: Sohn der Danaë, der Tochter des Königs Acrisius von Argos, und Iuppiters.

Petraeus: Centaur.

Peucetia: Landschaft am Golf von Tarent.

Phaeaken: Bewohner der Insel Corcyra, die als besonders fruchtbar gilt.

Phaedimus: Sohn der Niobe.

Phaeocomes: Centaur.

Phaestus: Stadt auf Kreta.

Phaëthon: Sohn des Sonnengottes und der Clymene, der Gemahlin des aethiopischen Königs Merops.
Phaëthusa: die älteste Schwester des Phaëthon.
Phantasos: Traumgott, Sohn des Somnus.
Pharos: Insel bei Alexandria mit einem berühmten Leuchtturm.
Pharsalia: das Gebiet um Pharsalus, den Ort von Caesars Sieg über Pompeius (9. 8. 48 v. Chr.).
Phasis: Grenzfluß zwischen Kleinasien und Colchis, der Heimat Medeas.
Phegeus: König von Psophis, ließ seinen Schwiegersohn Alcmaeon durch seine Söhne ermorden.
Phegia: Stadt in Arcadien, später Psophis genannt.
Phene: Gemahlin des Periphas, in einen adlerartigen Vogel verwandelt.
Pheneos: Stadt in Arcadien, nahe beim Fall des Styxbaches, dessen Wasser als todbringend galt.
Pheres: aus Phera in Thessalien, Vater des Admet, der an der Calydonischen Jagd teilnahm.
Phiale: griechisch »Schale«, Nymphe, Dienerin Dianas.
Philammon: Sohn Apollos und der Chione, berühmter Sänger.
Philemon: Gemahl der Baucis.
Philippi: Ort in Makedonien; hier siegten 42 v. Chr. Antonius und der spätere Augustus über die Caesarmörder Brutus und Cassius.
Philoctet: Sohn des Poeas, Gefährte des Hercules und Erbe seiner Pfeile, von den Griechen wegen seiner eiternden Wunde auf Lemnos ausgesetzt und später, da seine Pfeile zur Eroberung Troias notwendig sind, zurückgeholt.
Philomela: Tochter Pandions, Schwester der Procne.
Philyra: Tochter des Oceanus, wohnt auf dem Pelion. Sie gebar dem Saturn den Chiron.
Phineus: 1. Bruder des Cepheus, Oheim und Verlobter der Andromeda. – 2. König von Salmydessos in Thracien; er ist blind, die Harpyien hindern ihn am Essen (VII 3).
Phlegethon: Feuerstrom in der Unterwelt.
phlegraeisch: Adjektiv zu Phlegra, griechisch »Brandstätte«, Schauplatz der Gigantenschlacht, an der Südspitze der Chalcidice gelegen; der Name wird später auf die Gegend um den Vesuv übertragen.
Phlegraeus: Centaur.
Phlegyas: Gefährte des Phineus.
Phlegyer: räuberischer Stamm in Boeotien oder Phocis, der zum Volk der Minyer von Orchomenos gehört.

Phobetor: Traumgott.

Phocaea: Seestadt in Ionien, berühmt durch den Fang von Purpurschnecken.

Phocis: nordgriechische Landschaft zwischen Boeotien und der Gebirgskette des Oeta (mit der gleichnamigen Stadt).

phocisch: Adjektiv zu Phocis.

Phocus: Sohn des Aeacus und der Meernymphe Psamathe, von seinen Halbbrüdern Peleus und Telamon ermordet.

Phoebe: Mondgöttin, anderer Name der Diana, der Schwester des Phoebus; bei Hesiod eine Titanin.

Phoebus: griechisch »der Strahlende«, Beiname von: 1. Apollo, Vater des Aesculap, der sich in eine Schlange verwandelt, Großvater der Byblis. – 2. Sol (griechisch Helios, der Sonnengott), auf Rhodos besonders verehrt.

Phönizien: Küstengebiet am östlichen Mittelmeer.

Phoenix: 1. Sohn des Amyntor, Erzieher des Achilles (VIII 307). – 2. der Vogel (XV 393, 407).

Pholus: Centaur.

Phorbas: 1. Genosse des Phineus (V 74, 78). – 2. Anführer der Phlegyer, eines räuberischen Volksstammes in Boeotien, der den Tempel von Delphi beraubte und die dorthin Reisenden gefährdete (XI 414). – 3. Lapithe (XII 322).

Phorcys: Meergott, Vater der Graien, alter Frauen, die gemeinsam nur ein Auge und einen Zahn besaßen und den Zugang zu den Gorgonen, ihren Schwestern, bewachten.

Phoronis: Io, Schwester (oder Tochter) des Phoroneus, eines mythischen Königs von Argos; die verwandtschaftliche Beziehung zu Io, der Tochter des Inachus, wird verschieden erklärt.

Phrixus: Sohn des Athamas und der Nephele, flieht, nachdem der Vater die Mutter verstoßen hat, mit seiner Schwester Helle auf einem goldenen Widder nach Colchis und opfert dort den Widder dem Sonnengott; das Fell bleibt bei dem Colcherkönig Aeëtes.

Phryger: Troianer; ihre Nachfahren sind die Römer.

Phrygien: Landschaft im mittleren westlichen Kleinasien, Heimat der Niobe und des Marsyas, gelegentlich dem Gebiet um Troia gleichgesetzt.

phrygisch: Adjektiv zu Phrygien.

Phthia: Heimat des Achilles und seines Vaters im südöstlichen Thessalien.

Phyleus: Sohn des Augeias, Bruder Actors aus Elis, Teilnehmer der Calydonischen Jagd.

Phyllius: Freund des Cygnus, tötet aus Liebe zu diesem und auf seinen Befehl einen Löwen, fängt zwei Geier und schleppt einen Stier zum Altar des Zeus; bei der letzten Aufgabe hilft ihm Hercules und verwandelt seine Liebe in Verachtung; bei dem Versuch, sich zu töten, wird er von Apollo in einen Schwan verwandelt.

Phyllus: thessalische Stadt, Heimat des Caeneus.

Picus: lateinisch »Specht«, König von Laurentum, Sohn Saturns, Gemahl der Canens.

Piërus: König in Makedonien, Gemahl der Euippe, Vater der Pïeriden.

Pindus: Gebirgszug in Nordgriechenland zwischen Thessalien und Epirus.

Piraeus: Hafen von Athen.

Pirene: Musenquelle in der Burg von Corinth (Ephyre).

Pirithous: König der Lapithen, Sohn des Ixion, Gemahl der Hippodame, Freund des Theseus, Teilnehmer der Calydonischen Jagd.

Pisa: Stadt in Elis auf der Peloponnes; Heimat der Arethusa.

Pisenor: Centaur.

Pitane: Hafenstadt in der kleinasiatischen Landschaft Aeolis.

Pittheus: Sohn des Pelops, König von Troezen in Argolis.

Pleïaden: Töchter des Atlas und der Pleïone, als Siebengestirn an den Himmel versetzt; eine von ihnen ist Maia, die Mutter Mercurs; Dione, die Mutter der Niobe, ist als Tochter des Atlas ihre Schwester.

Pleïone: Tochter des Oceanus und der Tethys, Gemahlin des Atlas, Mutter der Pleïaden, Großmutter Mercurs.

Pleuron: Stadt in Aetolien.

Plexippus: Sohn des Thestius, von Meleager getötet.

Pluto: lateinisch Dis, Beherrscher der Unterwelt.

Poeas: Vater des Philoctet.

Polites: Gefährte des Ulixes.

Polydamas: Sohn des Priamus, des Königs von Troia, Bruder des Deïphobus und Hector.

Polydectes: König von Seriphus, Erzieher des Perseus.

Polydegmon: Gefährte des Phineus aus dem Geschlecht der Semiramis.

Polydorus: Sohn des Priamus und der Hecuba, wird von ihnen zu Polymestor geschickt, der ihn nach dem Untergang Troias ermordet.

Polymestor: König in Thracien, Schwiegersohn des Priamus, tötet Polydorus; Hecuba raubt dem Polymestor das Augenlicht.

Polypemon: Vater des Chiron, der seine Tochter Alcyone ins Meer stürzte, wo sie in einen Eisvogel verwandelt wurde. Diese Alcyone ist nicht mit der Gemahlin des Ceÿx identisch.

Polyphem: Cyclop auf Sizilien, Sohn Neptuns, von Ulixes geblendet.
Polyxena: Tochter des Priamus und der Hecuba.
Pomona: altitalische Gottheit der Baumfrüchte, von Ovid als Nymphe bezeichnet.
Pontus: Landschaft an der Nordküste Kleinasiens, östlich des Halys; das Reich erlebte seine Blüte unter Mithridates I. und wurde unter Pharnaces von Caesar im Jahre 47 v. Chr. besiegt.
Priamus: letzter König von Troia, Sohn Laomedons, Gemahl der Hecuba, Vater des Hector, des Polydorus, des Aesacus und vieler anderer Söhne, der Cassandra und der Polyxena.
Priapus: italischer Gott der Baumfrüchte, Gärten und Weinberge, mit großem Zeugungsglied dargestellt.
Proca: König von Alba.
Prochyte: Insel im Tyrrhenischen Meer, heute Procida.
Procne: Tochter des attischen Königs Pandion, Schwester der Philomela, Gemahlin des Tereus, Mutter des Itys.
Procris: Tochter des Erechtheus und Schwester der Orithyia, Gemahlin des Cephalus, von diesem auf der Jagd für ein Wild gehalten und getötet.
Procrustes: Beiname des Räubers Polypemon, der Reisende auf das bekannte Procrustesbett legte; waren sie zu kurz, renkte er ihnen die Glieder aus, waren sie zu lang, hieb er ihnen die vorstehenden Gliedmaßen ab. Nach anderen hatte Procrustes zwei Betten, ein langes und ein kurzes. Theseus hat ihn besiegt.
Proetiden: die Töchter des argivischen Königs Proetus, von Iuno oder Bacchus mit Wahnsinn geschlagen, von Melampus geheilt.
Proetus: Bruder des Acrisius, vertreibt diesen, wird von Perseus versteinert.
Prometheus: griechisch »der Vorausdenker«, Titan, der die Menschen geschaffen hat, Vater Deucalions.
Propoetiden: Töchter eines Propoetus, Mädchen auf Cypern, in Stein verwandelt, weil sie die Gottheit der Venus leugneten.
Proreus: lydischer Seemann.
Proserpina: griechisch Persephone, Tochter Iuppiters und der Ceres, Göttin der Unterwelt, Gemahlin Plutos.
Protesilaus: Fällt als erster der Griechen bei der Landung vor Troia.
Proteus: wandlungsfähiger Meergreis mit der Gabe der Weissagung.
Prothoënor: Kämpft auf seiten des Perseus.
Prytanis: Lyker im Gefolge des Sarpedon.
Psamathe: Meernymphe, gebar dem Aeacus den Phocus.
Psecas: griechisch »Sprühregen«, Nymphe, Dienerin Dianas.
Psophis: arcadische Stadt am Erymanthus.

pygmaeisch: Adjektiv zu den Pygmaeen, einem Zwergenvolk, das mit den Kranichen im Streit lag.

Pygmalion: Bildhauer auf Cypern, verliebt sich in eine von ihm geschaffene Statue aus Elfenbein.

Pylier: Nestor als König von Pylos.

pylisch: Adjektiv zu Pylos.

Pylos: Name zweier Städte auf der Peloponnes: 1. Pylos in Messenien (Sitz des Neleus), 2. Pylos im Süden von Elis (Nestors Wohnort).

Pyracmus: Centaur.

Pyraethus: Centaur.

Pyramus: Babylonier, liebt Thisbe.

Pyreneus: Tyrann in der Stadt Daulis und Herrscher über Phocis.

Pyrrha: Tochter des Epimetheus, Base und Gemahlin Deucalions.

Pyrrhus: Sohn des Achilles und der Deïdamia (= Neoptolemus).

pythisch: Adjektiv zu Python.

Python: Drache am Parnaß, nach der Sintflut aus der Erde entstanden und von Apollo mit Pfeilen besiegt.

Quirinus: alter römischer oder sabinischer Gott, später Name des vergöttlichten Romulus; nach ihm ist der Quirinal in Rom benannt.

Quiriten: Bezeichnung für die römischen Bürger.

Ranis (oder *Rhanis*): griechisch »Tautropfen«, Nymphe, Dienerin Dianas.

Regium: heute Reggio an der Südspitze Italiens.

Remulus: König von Alba, ahmt den Blitz nach, wird vom Blitz erschlagen.

Rhadamanthus: Sohn Iuppiters und der Europa, Bruder des Minos, Totenrichter.

Rhamnusia: Nemesis, Göttin der Vergeltung, nach ihrem Kultort Rhamnus in Attika.

rhamnusisch: Adjektiv zu Rhamnus.

Rhesus: Thrakerkönig, Bundesgenosse der Troianer, von Ulixes und Diomedes bei Nacht ermordet und seiner Rosse beraubt.

Rhexenor: Gefährte des Diomedes.

rhodisch: Adjektiv zu Rhodos.

Rhodope: Gebirge in Thracien, Teil des Haemus; die Schwester des Haemus hatte sich Hera genannt und wurde in das Rhodope-Gebirge verwandelt.

Rhodos: 1. Nymphe der Insel Rhodos, Tochter Neptuns, Geliebte des Sonnengottes (IV 204). – 2. Große Insel, südwestlich von Kleinasien, Kultort des Sonnengottes (VII 365).

rhoeteïsch: Adjektiv zu dem Vorgebirge Rhoetëum an der troischen Küste.

Rhoetus: 1. Gefährte des Phineus (V 38). – 2. Centaur.
Ripheus: Centaur.
Romethium: Ort in Unteritalien, über den nichts Näheres bekannt ist.
Romulus: Sohn des Mars und der Vestalin Rhea Silvia, der Tochter Numitors, Zwillingsbruder des Remus, Gründer Roms, zum Gott Quirinus erhoben.
Rutuler: Völkerschaft in Latium, von Turnus beherrscht, Feinde des Aeneas.
Saba: Landschaft in Arabien.
Sabiner: altitalischer Stamm, Grenznachbarn der Römer, beherrscht von Titus Tatius; sie kämpften gegen Rom, weil die Römer ihre Töchter geraubt hatten.
sabinisch: Adjektiv zu den Sabinern.
Salamis: Stadt auf Cypern mit Heiligtum der Venus Prospiciens.
Sallentiner: Volksstamm an der Küste Calabriens.
Salmacis: Nymphe, mit Hermaphroditus zu einem Zwitter vereint.
Samos: 1. Insel im Icarischen Meer nahe der Küste Ioniens mit Hera-(Iuno-)Kult, Heimat des Pythagoras. – 2. Gewöhnlich Same (Kephallenia), Insel im Ionischen Meer an der griechischen Westküste (XIII 711).
Sardes: Hauptstadt Lydiens in der Nähe des Flusses Pactolus.
Sarpedon: lycischer Fürst, Bundesgenosse der Troianer.
Saturn: griechisch Kronos, altitalischer Gott, Bruder und Gemahl der Ops, Vater Iuppiters, Neptuns und Plutos, der Iuno und des Picus, von der Nymphe Philyra Vater des Chiron, Gott des Goldenen Zeitalters.
Saturnia: Iuno als Tochter Saturns (Kronos).
Saturnius: Iuppiter als Sohn Saturns.
Satyrn: Gefährten des Bacchus mit Hörnern und Bocksfüßen.
Schoeneus: boeotischer König, Vater der Atalanta.
Sciron: Räuber an der Südküste von Megaris, der die Reisenden ins Meer stürzte und einer Schildkröte zum Fraße vorwarf; von Theseus getötet; seine Gebeine wurden in Klippen verwandelt.
Scylacëum: griechische Kolonie an der Ostküste Bruttiums.
Scylla: 1. Tochter des Königs Nisus von Megara, von Minos verschmäht, in den Vogel Ciris verwandelt (VIII 91, 104). – 2. Tochter der Crataeis, verschmäht die Liebe des Meergottes Glaucus, von Circe in ein Ungeheuer verwandelt, schließlich zur Klippe versteinert.
Scyrus: 1. Insel bei Euboea, Sitz des Lycomedes, des Vaters der Deïdamia, der Gemahlin des Achilles und Mutter des Neoptolemus (=

Pyrrhus). – 2. Stadt in Phrygien, von Achilles erobert (XIII 175).

Scythen: Bewohner der Landschaft Scythien.

Scythien: Land der Scythen, etwa Südrußland und seine westlichen Nachbargebiete.

scythisch: Adjektiv zu Scythien.

Semele: Tochter des Cadmus und der Harmonia, Geliebte Iuppiters, Mutter des Bacchus.

Semiramis: berühmte Königin von Babylon, Gemahlin ihres Vorgängers Ninus.

Seriphos: kleine Cycladeninsel im Aegaeischen Meer.

Sibylle: Seherin; wünscht sich von Apollo ein langes Leben.

Sidon: bedeutendste Stadt Phöniziens, Heimat des Cadmus, des Gründers von Theben.

Sidonierin: Dido, nach ihrer Heimat, aus der sie nach Afrika auswanderte.

Sidonis: die Gegend um Sidon, Phönizien.

sidonisch: Adjektiv zur Stadt Sidon.

sigeïsch: Adjektiv zu Sigeum.

Sigeum: Hafenstadt und Vorgebirge in Troas.

Silen: Pflegevater des Bacchus, ältester Satyr.

Silvanus: altitalischer Wald- und Feldgott; Ovid verwendet auch den Plural.

Silvius: König von Alba.

Simoïs: Fluß bei Troia.

Sinis: Räuber, band auf der corinthischen Landenge die Reisenden an zwei herabhängende Fichten und ließ sie durch die hochschnellenden Bäume zerreißen; von Theseus auf dieselbe Weise getötet.

Sinuessa: Stadt im nördlichen Campanien.

Sipylus: 1. Gebirge in Lydien, Heimat der Niobe (VI 149). – 2. Sohn der Niobe (VI 231).

Sirenen: Töchter des Flußgottes Achelous und der Muse Melpomene, wohnen auf einer Mittelmeerinsel.

Sisyphus: Sohn des Aeolus, des Herrschers von Ephyra, König von Corinth, als Schlaukopf berüchtigt, muß dafür in der Unterwelt einen Stein den Berg hinaufwälzen, der kurz vor dem Gipfel jeweils wieder zurückrollt. Sisyphus galt als Vater des Ulixes.

Sithon: ein bald als Mann, bald als Frau erscheinender Mensch.

Sithonerin: Arne (?) als Thrakerin.

sithonisch: thracisch, nach dem sagenhaften König Sithon, einem Sohn Neptuns und der Ossa; die Sithoner sind ein Volk im thracischen Chersonnes.

Smilax: Geliebte des Crocus, in eine Stechwinde verwandelt.

Smintheus: Beiname des Apollo, besonders in der mysischen Stadt Chryse und in Rhodos.

Sol: griechisch Helios, Sonnengott, Vater Phaëthons.

Spartaner: Melampus, ein Hund Actaeons, von spartanischer Rasse.

Sparta: Hauptstadt von Laconien.

Sperchëus: Fluß im phthiotischen Thessalien, entspringt auf dem Pindus und mündet in den Malischen Meerbusen.

Sperchion: Vater des Lycetus, eines Gefährten des Phineus.

Stabiae: Stadt am Vesuv.

Sthenelus: 1. Ligurerkönig, Vater des Cygnus (II 367). – 2. Sohn des Perseus und der Andromeda, Vater des Eurystheus (IX 273).

Strophaden: zwei Inseln im Ionischen Meer, Aufenthaltsort der Harpyien.

Strymon: Grenzfluß zwischen Thracien und Makedonien.

stygisch: Adjektiv zu Styx.

stymphalisch: Adjektiv zu Stymphalus, einem See in Arcadien; Hercules verscheuchte von hier gefährliche Vögel.

Styphelus: Centaur.

Styx: Unterweltsfluß, bei dem die Götter schwören.

surrentinisch: Adjektiv zu Surrentum, dem heutigen Sorrent, in Campanien.

Sybaris: 1. Stadt in Lucanien in Süditalien am gleichnamigen Fluß (XV 51). – 2. Fluß in Unteritalien bei Thurii.

Syene: Assuan in Oberägypten, Heimat des Phorbas, eines Gefährten des Phineus.

symaethisch: Adjektiv zu Symaethus.

Symaethus: Fluß im östlichen Sizilien; seine Nymphe gebar dem Faunus den Acis.

Symplegaden: zwei aneinanderprallende Felsen am Eingang des Schwarzen Meeres.

Syrinx: arcadische Nymphe, von Pan verfolgt, in Schilfrohr verwandelt; aus diesem stellt Pan die Hirtenflöte (Syrinx) her.

Syrten: Buchten und durch Meeresstrudel gefährliche Sandbänke an der Nordküste Afrikas.

taenarisch: Adjektiv zu Taenarum, Vorgebirge und Stadt an der Südspitze Laconiens mit einer Höhle, die man für einen Eingang zum Hades hielt.

Tages: aus einer Erdscholle entstanden, lehrte die Etrusker die Eingeweideschau.

Tagus: goldführender Fluß in Spanien und Portugal.

tamasenisch: Adjektiv zu Tamasus, einer Stadt im Innern von Cypern mit reichen Kupfervorkommen.

Tanaïs: der Don.

Tantalus: 1. König von Phrygien, Sohn Iuppiters, Vater des Pelops und der Niobe, Urgroßvater des Agamemnon (XII 626); er wurde zur Tafel der Götter zugelassen, verriet aber ihre Geheimnisse und setzte ihnen seinen Sohn Pelops als Speise vor, um ihre Allwissenheit zu prüfen; zur Strafe muß er in der Unterwelt ewigen Hunger und Durst leiden. – 2. Sohn der Niobe, nach dem Großvater benannt (VI 240).

Tarent: Kolonie der Spartaner in Süditalien.

Tarpeia: Tochter des Tarpeius, des Befehlshabers des Capitols; sie zeigt den Sabinern den Eingang zum Capitol und erbittet sich zum Lohn dasjenige, was die Feinde an der linken Hand tragen; sie meint deren Schmuck, die Feinde aber begraben sie unter ihren Schilden.

tarpeisch: Adjektiv zu Tarpeius; vom tarpeischen Felsen auf dem Capitol wurden Verbrecher hinabgestürzt.

Tartarus: Unterwelt, Orcus, Totenreich.

Tartessus: Stadt in Südspanien.

Tatius: Titus Tatius, Sabinerkönig, Gegner des Romulus nach dem Raub der Sabinerinnen; regiert später gemeinsam mit ihm.

Taurus: Gebirge im südlichen Kleinasien.

Taÿgete: eine der Pleïaden, der Töchter des Atlas und der Pleïone, die als Siebengestirn an den Himmel versetzt werden.

Tectaphus: Lapithe, Sohn des Olenus.

Tegea: Stadt in Arcadien, Heimat der Atalanta, die an der Calydonischen Jagd teilnahm.

Telamon: Sohn des Aeacus und der Endeïs, Bruder des Peleus, Halbbruder des Phocus, Vater des großen Aiax, Teilnehmer der Calydonischen Jagd, Argonaut.

Telamonier: Aiax als Sohn Telamons.

Telchinen: mythisches Geschlecht auf Rhodos, Erfinder der Metallarbeit; Iuppiter läßt sie im Meer, dem Reich seines Bruders Neptun, umkommen.

Teleboas: Centaur.

Telemus: Sohn des Eurymus, Seher.

Telephus: Sohn des Hercules und der Auge, König in Mysien, bei der Landung der Griechen von Achilles' Lanze verwundet und nach einem Orakel durch den abgeschabten Rost derselben Lanze geheilt.

Telestes: Kreter, Vater der Ianthe, der Braut von Iphis.

Telethusa: Gemahlin des Kreters Ligdus, Mutter der Iphis, gibt diese als Sohn aus. Isis verwandelt Iphis in einen jungen Mann.

Tellus: die Göttin der Erde.

temesaeisch: Adjektiv zu Temese.
Temese: Stadt in Bruttium mit Erzgruben.
Tempe: waldreiche Schlucht, durch die der Penëus zwischen Olymp und Ossa fließt.
Tenedos: Insel im Aegaeischen Meer bei Troia mit Apollo-Kult.
Tenos: Cycladeninsel im Aegaeischen Meer.
Tereus: Thrakerkönig, Gemahl der Procne, Liebhaber der Philomela.
Tethys: alte Meeresgöttin, Schwester und Gemahlin des Oceanus, Mutter der Clymene, Großmutter des Phaëthon, Pflegemutter der Iuno.
Teucer: 1. Sohn des Telamon und der Hesione, Halbbruder des Aiax, Stammvater der Anaxarete auf Cypern. – 2. Sohn des Scamander aus Kreta, Schwiegervater des Dardanus, erster König in Troas (XIII 705).
Teucrer: die Troianer als Nachkommen des Teucer (2).
Teuthras: Name eines mythischen Königs von Mysien.
Thaumas: 1. Centaur (XII 203). – 2. Sohn des Meergottes Pontos und der Erdgöttin Gaia, Vater der Iris.
Theben: 1. Hauptstadt von Boeotien, von Cadmus gegründet. – 2. Stadt in Mysien, Sitz des Eëtion, des Vaters von Andromache (XII 110, XIII 173).
Thebanerinnen: Frauen von Theben (2).
Themis: Tochter des Uranos und der Gaia, Göttin der Gerechtigkeit und der Weissagung; Vorgängerin Apollos beim delphischen Orakel am Parnaß.
Thereus: Centaur.
Thermodon: Fluß im kleinasiatischen Pontus, an dem die Amazonen wohnen.
thermodontisch: Adjektiv zum Fluß Thermodon.
Therses: Thebaner, Gastfreund des Anius.
Thersites: besonders häßlicher und gehässiger Grieche.
Thescelus: Gefährte des Phineus, von Perseus versteinert.
Theseus: Hauptheld der Athener, Sohn des Aegeus, wächst bei seiner Mutter Aethra auf und wird als erwachsener Mann nach Athen geschickt (nach anderer Überlieferung ist Theseus der Sohn Neptuns). Er ist der Gemahl der Phaedra, der Vater des Hippolytus, nimmt an der Calydonischen Jagd teil und erschlägt den Minotaurus.
Thespiae: Stadt in Boeotien am Helicon, Kultort der Musen.
Thessaler: Einwohner von Thessalien.
Thessalien: Landschaft im Nordosten Griechenlands.
thessalisch: Adjektiv zu Thessalien.

Thestiaden: Plexippus und Toxeus, die Oheime Meleagers, als Söhne des Thestius.

Thestius: König von Pleuron in Aetolien, Vater des Plexippus, des Toxeus und der Althaea.

Thestor: Vater des Calchas, des Sehers der Griechen vor Troia.

Thetis: Meernymphe, Tochter des Nereus und der Doris, Gemahlin des Peleus, Mutter des Achilles.

Thisbe: 1. Küstenstadt in Boeotien, deren Umgebung reich an wilden Tauben war (XI 300). – 2. Schöne Babylonierin, Geliebte des Pyramus.

Thoactes: Kampfgefährte des Phineus.

Thoas: König auf Lemnos, Vater der Hypsipyle, die ihn rettet, als die Lemnierinnen ihre Männer ermorden.

Thoon: Lyker, Gefolgsmann des Sarpedon.

Thracien: Land nördlich von Makedonien.

thracisch: Adjektiv zu Thracien.

Thraker: Bewohner Thraciens, besonders Tereus (VI 661), Diomedes (IX 194), Orpheus (XI 2), König Polymestor (XI 436).

Thurii: Stadt am Meerbusen von Tarent.

thyestisch: Adjektiv zu Thyestes, dem Sohn des Pelops. Er aß vom Fleisch seiner beiden Söhne, das sein Bruder Atreus ihm aus Rache vorgesetzt hatte.

Thyner: am Bosporus wohnendes, später mit den Bithynern, einem kleinasiatischen Stamm, verschmolzenes Volk, dessen Stammvater Thynos ist.

Thyoneus: Beiname des Bacchus, dessen Mutter Semele auch unter dem Namen Thyone verehrt wurde.

Tiberinus: König von Alba, einer der Nachfolger des Aeneas, soll in dem Fluß Albula ertrunken sein und ihm den Namen Tiber gegeben haben.

Tiresias: berühmter Seher in Theben, Vater der Seherin Manto, erlebt eine Geschlechtsverwandlung; nach einem Streit zwischen Iuppiter und Iuno, den er für Iuppiter entscheidet, raubt ihm Iuno das Augenlicht. Iuppiter verleiht ihm dafür die Sehergabe.

Tiryns: Stadt auf der Peloponnes; dort wuchs Hercules heran.

Tiryntherin: Alcmene als Tochter des Königs Electryon von Tiryns.

Tirynther: Hercules als Pflegesohn des Königs Amphitryon von Tiryns.

tirynthisch: Adjektiv zu Tiryns.

Tisiphone: eine der drei Furien (Erinyen, Rachegeister).

Titanen: Söhne des Himmels und der Erde. Im Singular: 1. der Sonnengott (Helios/Sol) als Sohn des Titanen Hyperion, Vater der Circe; 2. Iapetus, Großvater der Pyrrha (I 395).

Titania: Diana, mit der Mondgöttin Selene-Luna, der Tochter des Titanen Hyperion, gleichgesetzt.

Titanide: Latona als Tochter des Titanen Coeus.

titanisch: Adjektiv zu Titan (1).

Tityos: ein Gigant; er hatte sich an Latona versündigt, dafür nagten in der Unterwelt zwei Geier an seiner Leber, die immer wieder nachwuchs.

Tlepolemus: Sohn des Hercules, Führer der rhodischen Flotte vor Troia.

Tmolus: Berg im kleinasiatischen Lydien, als Berggott personifiziert.

Toxeus: Sohn des Thestius.

Trachas: Stadt in Latium unweit der Pontinischen Sümpfe, das spätere Terracina.

Trachinier: Bewohner der Gegend um Trachis.

trachinisch: Adjekiv zu Trachis.

Trachis: Stadt am Oeta in Thessalien, von Ceÿx beherrscht, Aufenthaltsort des Hercules in seinen letzten Lebensjahren.

Trinacris: »die Dreispitzige«, Sizilien.

Triopas: thessalischer König, Vater des Erysichthon, Großvater der Mestra.

Triptolemus: Sohn des Königs Celëus von Eleusis, bringt den Menschen im Auftrag der Ceres den Ackerbau.

Triton: Meergott mit Muschelhorn, Sohn Neptuns.

Tritonia: Beiname der Minerva (Pallas-Athene), die an verschieden lokalisierten Gewässern mit Namen Triton oder Tritonis geboren sein soll.

Tritonis: Beiname der Minerva.

Trivia: Beiname der Diana (eigentlich der Zaubergöttin Hecate, die an Dreiwegen verehrt wurde).

Troer(innen): Siehe »Troianer(innen)«.

Troezen: Stadt an der Ostküste von Argolis, von Pittheus, dem Sohn des Pelops und Großvater des Theseus, beherrscht; Lelex hält sich dort auf.

Troia: Hauptstadt der kleinasiatischen Landschaft Troas.

Troianer(innen): Bewohner von Troia, besonders Hecuba (XIII 566), Aeneas und Aesacus (XI 773).

troianisch: Adjektiv zu Troia.

Turnus: König der Rutuler, Verlobter der Lavinia, daher Gegner des Aeneas.

tuscisch: etrurisch, Adjektiv zu der nördlich von Rom gelegenen Landschaft Etruria, in der die Etrusker, Tuscer oder Tyrrhener wohnten. Sie kamen nach Herodot aus Kleinasien nach Italien und gaben dem Tyrrhenischen Meer seinen Namen; daher ist »tyrrhenisch« und »lydisch« gleichbedeutend mit etruskisch.

Tydeus: Vater des Diomedes.

Tydide: Diomedes, Sohn des Tydeus; er verwundete Venus in der Schlacht.

Tyndariden: Castor und Pollux als Pflegesöhne des Tyndareus, die Dioskuren (Söhne des Iuppiter und der Leda, Brüder der Helena).

Typhoeus: Gigant (Sohn der Erde und des Tartarus), von Iuppiter besiegt; sein Hauch kommt aus dem Aetna.

tyrisch: Adjektiv zu Tyros.

Tyros: Stadt in Phönizien auf einer später mit dem Festland verbundenen Insel, mit berühmten Purpurfärbereien, Urheimat der Thebaner.

Tyrrhener: Bewohner der Landschaft Etrurien, der heutigen Toscana.

Tyrrhenien: Etrurien, die heutige Toscana.

tyrrhenisch: etruskisch, lydisch.

Ulixes: griechisch Odysseus, König von Ithaca und den umliegenden Inseln Dulichium, Same, Neritus, Sohn des Laërtes (nach verleumderischer Überlieferung: des Sisyphus), Gemahl der Penelope.

Uranië (Urania): eine der Musen.

Venilia: Nymphe, gebar dem Ianus die Canens.

Venulus: Abgesandter des Rutulerkönigs Turnus an Diomedes.

Venus: griechisch Aphrodite, Göttin der Schönheit und der Liebe, Tochter Iuppiters und der Titanin Dione oder aus Meerschaum geboren, Gemahlin Vulcans, Mutter des Cupido-Amor, gebar dem Anchises den Aeneas, dem Mars die Harmonia, dem Mercur den Hermaphroditus.

Vertumnus: altitalischer Gott des Gedeihens, von wechselnder Gestalt.

Vesta: griechisch Hestia, Göttin des Herdfeuers; ihre jungfräulichen Priesterinnen waren die Vestalinnen, die ihr heiliges Feuer nie erlöschen ließen. Caesar und Augustus waren als *pontifices maximi* mit dem staatlichen Vestakult besonders verbunden.

Virbius: Name des wiederbelebten und in einen Gott verwandelten Hippolytus.

Volturnus: Fluß in Campanien.

Vulcan(us): griechisch Hephaistos, Gott des Feuers und der Schmiedekunst, Sohn Iuppiters und der Iuno, Gemahl der Venus, Vater des Erichthonius und des Periphetes (VII 437).

Xanthus: der Fluß Scamander bei Troia, vom Feuergott Hephaistos angezündet (»Ilias« XXI 342 ff.). IX 646 ist wohl ein gleichnamiger Fluß in Lycien gemeint.

Zancle: älterer Name für Messina.

Zephyr: der Westwind, in den Ländern des Sonnenuntergangs zu Hause.

Zetes: Sohn des Boreas und der Orithyia, Bruder des Calaïs, Argonaut, erlöst zusammen mit seinem Bruder den Phineus (2) von den Harpyien.

BIBLIOGRAPHISCHE HINWEISE

Forschungsberichte zu den »Metamorphosen«

W. Kraus: Ovid, Metamorphosen. In: Anzeiger für die Altertumswissenschaft 16, 1963, Spalte 1–14

R. J. Gariépy: Recent Scholarship on Ovid (1958–1968). In: Classical World 64, 1970, Seite 37–56; jetzt in: The Classical World Bibliography of Roman Drama and Poetry and Ancient Fiction, with a New Introduction by W. Donlan. New York und London 1978. Seite 171 bis 192 (besonders Seite 187–189)

M. von Albrecht: Ovid, Metamorphosen. In: Anzeiger für die Altertumswissenschaft 25, 1972, Spalte 267–290; Nachtrag: ebenda 26, 1973, Spalte 132–133

M. von Albrecht: Bibliographie seit 1914. In: Metamorphosen-Ausgabe von M. Haupt, R. Ehwald und M. von Albrecht (siehe unten). Erster Band. Seite 457–493

A. G. Elliot: Ovid's Metamorphoses: a Bibliography 1968–1978. In: Classical World 73, 1979–1980, Seite 385–412

H. Hofmann: Ovids »Metamorphosen« in der Forschung der letzten dreißig Jahre (1950–1979). In: Aufstieg und Niedergang der römischen Welt II 31, 4. Berlin und New York 1981

B. W. Boyd: Ovid's Metamorphoses. Recent Work and New Directions. In: New England Classical Newsletter 16, 1988, Seite 12–16

Ausgabe der »Metamorphosen«

P. Ovidii Nasonis Metamorphoses. Edidit W. S. Anderson. Leipzig 1977 (zitierter Text)

Kommentare zu den »Metamorphosen«

F. Bömer: P. Ovidius Naso, Metamorphosen. 7 Bände. Heidelberg 1969–1986

P. Ovidius Naso, Metamorphosen. Band 1: Buch I–VII. Erklärt von M. Haupt. 10. Auflage. Unveränderter Neudruck der 9. Auflage von R. Ehwald, korrigiert und bibliographisch ergänzt von M. von Albrecht. Zürich und Dublin 1966. – Band 2: Buch VIII–XV. Im Anschluß an M. Haupts Bearbeitung der Bücher I–VII erklärt von O. Korn. 5. Auflage: Unveränderte Neuausgabe der 4. Auflage von R. Ehwald, korrigiert und bibliographisch ergänzt von M. von Albrecht. Zürich und Dublin 1966

P. Ovidii Nasonis Metamorphoses. Auswahl für die Schulen. Mit erläuternden Anmerkungen und einem mythologisch-geographischen Register versehen von J. Siebelis. Heft 1: Buch I–IX. 10. Auflage. Heft 2: Buch X–XV. 9. Auflage, besorgt von F. Polle. Leipzig 1878

Ch. Tsitsiou: Kommentar und Interpretation zum 8. Buch der Metamorphosen Ovids. Dissertation Heidelberg 1998

Konkordanz zu den »Metamorphosen«

A Concordance of Ovid. By R. J. Deferrari, M. I. Barry, M. R. P. McGuire. Washington 1939

Deutsche Übersetzungen der »Metamorphosen«

Publius Ovidius Naso: Metamorphosen. In der Übertragung von Johann Heinrich Voß mit den Radierungen von Pablo Picasso und einem Nachwort von Bernhard Kytzler. Frankfurt am Main 1990

Publius Ovidius Naso: Metamorphosen: Das Buch der Mythen und Verwandlungen. Nach der ersten deutschen Prosaübersetzung durch August von Rode neu übersetzt und herausgegeben von Gerhard Fink. Zürich 1989

Publius Ovidius Naso: Metamorphosen. In deutsche Hexameter übertragen und mit dem Text herausgegeben von Erich Rösch. (Tusculum-Bücherei.) 11. Auflage. München 1988

Publius Ovidius Naso: Metamorphosen. Epos in fünfzehn Büchern. Herausgegeben und übersetzt von Hermann Breitenbach. (Die Bibliothek der Alten Welt. Römische Reihe.) 2. Auflage. Zürich und Stuttgart 1964. – Nachdruck (ohne den lateinischen Text; mit einer Einleitung von L. P. Wilkinson, 1969): Stuttgart 1980 (Reclams Universal-Bibliothek 356)

Literatur zu Ovid im ganzen

F. Ahl: Metaformations. Soundplay and Wordplay in Ovid and Other Classical Poets. Ithaca und London 1985

M. von Albrecht und E. Zinn (Herausgeber): Ovid. (Wege der Forschung 92.) Darmstadt 1968

M. von Albrecht: Ovidlektüre heute. In: H.-J. Glücklich (Herausgeber): Lateinische Literatur, heute wirkend. Band 1. Göttingen 1987. Seite 23–50

M. von Albrecht: Ovid und die Musik. In: Scripta classica Israelica 15, 1996 (Studies in memory of A. Wasserstein 1), Seite 174–184

M. von Albrecht: Goethes Rezeption der Antike. Dargestellt an seiner Beziehung zu Ovid. In: G. Schnitzler und G. Schramm (Herausgeber): Ein unteilbares Ganzes. Goethe: Kunst und Wissenschaft. Freiburg im Breisgau 1997. Seite 39–62

J. Barsby: Ovid. (Greece and Rome. New Surveys in the Classics 12.) Oxford 1978

J. W. Binns (Herausgeber): Ovid (Sammelband). London und Boston 1973

M. A. Cervellera und D. Liuzzi (Herausgeber): L'astronomia a Roma nell'età augustea. Lecce 1989

R. Chevallier (Herausgeber): Colloque: Présence d'Ovide. Paris 1982

S. D'Elia: Ovidio. Napoli 1959

S. Döpp: Virgilischer Einfluß im Werk Ovids. Dissertation München 1968

C. Fantazzi: Roman Ovid. In: Filologia e forme letterarie. Studi offerti a F. Della Corte. Band 3. Urbino 1987. Seite 173–187

D. Fishwick: Ovid and Divus Augustus. In: Classical Philology 86, 1991, Seite 36–41

H. Fränkel: Ovid, a Poet between Two Worlds. (Sather Classical Lectures 18.) Berkeley und Los Angeles 1945. Ins Deutsche übersetzt von K. Nicolai. Darmstadt 1970

J.-M. Frécaut: L'esprit et l'humour chez Ovide. Grenoble 1972

J.-M. Frécaut und D. Porte (Herausgeber): Journées ovidiennes de Parménie. Actes du colloque sur Ovide. Bruxelles 1985

K. Galinsky: Was Ovid a Silver Latin Poet? In: Illinois Classical Studies 14, 1989, Seite 69–88

M. Giebel: Ovid. Reinbek bei Hamburg 1992

N. Holzberg: Ovid. Dichter und Werk. München 1997

R. Jakobi: Der Einfluß Ovids auf den Tragiker Seneca. (Untersuchungen zur antiken Literatur und Geschichte 28.) Berlin 1988

C. Korten: Ovid, Augustus und der Kult der Vestalinnen. Eine religionspolitische These zur Verbannung Ovids. Frankfurt am Main 1992

W. Kraus: P. Ovidius Naso. In: Paulys Real-Encyclopädie XVIII 2, 1942, Spalte 1910–1986. Überarbeitete Fassung in: Ovid. Herausgegeben von M. von Albrecht und E. Zinn. (Wege der Forschung 92.) Darmstadt 1968. Seite 67–166

S. Mack: Ovid. New Haven, Connecticut 1988

C. Martindale (Herausgeber): Ovid Renewed. Ovidian Influences on Literature and Art from the Middle Ages to the Twentieth Century. Cambridge 1988

E. Mattiocco (Herausgeber): Dalla villa di Ovidio al santuario di Ercole. Sulmona 1989

M. Myerowitz: Ovid's Games of Love. Detroit, Michigan 1985

A. V. Podossinow: Ovids Dichtung als Quelle für die Geschichte des Schwarzmeergebietes. Konstanz 1987

W. Schubert: Die Mythologie in den nichtmythologischen Dichtungen Ovids. (Studien zur Klassischen Philologie 66.) Frankfurt am Main 1992

S. Stabryła: Owidiusz. Wrocław und Warszawa 1989

W. Stroh: Ovid im Urteil der Nachwelt. Eine Testimoniensammlung. (Libelli 234.) Darmstadt 1969

R. Syme: History in Ovid. Oxford 1978

S. Viarre: Ovide. Essai de lecture poétique. Paris 1976

N. V. Vulikh: Ovidij. Moskau 1996

L. P. Wilkinson: Ovid Recalled. Cambridge 1955. Neudruck 1974

L. P. Wilkinson: Ovid Surveyed. Cambridge 1962

H. Wissmüller: Ovid. Einführung in seine Dichtung. Neustadt an der Aisch 1987

Literatur zu den »Metamorphosen«

M. von Albrecht: Die Parenthese in Ovids Metamorphosen und ihre dichterische Funktion. (Spudasmata 7.) Hildesheim 1964

M. von Albrecht: Römische Poesie. Texte und Interpretationen. Heidelberg 1977. Seite 63–79

M. von Albrecht: Ovids »Metamorphosen«. In: Das römische Epos. Herausgegeben von E. Burck. Darmstadt 1979. Seite 120–153

M. von Albrecht: Le figlie di Anio (Ov. met. 13, 623–674). In: Atti del convegno internazionale »Letterature classiche e narratologia«. Selva di Fasano und Brindisi 1980. Seite 105–115

M. von Albrecht: Dichter und Leser – am Beispiel Ovids. In: Gymnasium 88, 1981, Seite 163–178

M. von Albrecht und R. Clade: Ovid, Metamorphosen. Interpretationen und Unterrichtsvorschläge. (Consilia. Lehrerkommentare. Herausgegeben von H.-J. Glücklich. Heft 5.) Göttingen 1981. Dazu: Ovid: Metamorphosen. Textauswahl. Mit Erläuterungen und metrischem Anhang. Arbeitsaufträge, Begleittexte und Stilistik. Von M. von Albrecht und R. Clade. (Exempla. Lateinische Texte. Herausgegeben von H.-J. Glücklich. Heft 5.) Göttingen 1981

M. von Albrecht: Ovids Arachne-Erzählung. In: Actes du VIIe congrès de la FIEC. 1. 1983. Seite 457–464

M. von Albrecht: Les dieux et la religion dans les Métamorphoses d'Ovide. In: Hommages à H. Le Bonniec. Res sacrae. (Collection Latomus 201.) Bruxelles 1988. Seite 1–9

M. von Albrecht: Rom: Spiegel Europas. Texte und Themen. (Sammlung Weltliteratur 2, 3.) Heidelberg 1988

M. von Albrecht: De Ovidio poeta memoriae et de Metamorphoseon ovidianarum memoria. In: G. Papponetti (Herausgeber): Ovidio, poeta della memoria. Atti del Convegno Internazionale di Studi Sulmona (1989). Rom 1991. Seite 181–189

M. von Albrecht: Orfeo en Virgilio y Ovidio. In: Myrtia 10, 1995, Seite 17–33

B. T. Anderson: The Grotesque in Ovid's Metamorphoses. Dissertation Iowa City, Iowa 1986

W. S. Anderson: The Artist's Limits in Ovid. Orpheus, Pygmalion, and Daedalus. In: Syllecta Classica 1, 1989, Seite 1–11

H. Anton: Der Raub der Proserpina. Literarische Traditionen eines erotischen Sinnbildes und mythischen Symbols. Heidelberg 1967

A. Aurnhammer: Zum Hermaphroditen in der Sinnbildkunst der Alchemisten. In: Ch. Meinel (Herausgeber): Die Alchemie in der europäischen Kultur- und Wissenschaftsgeschichte. (Wolfenbütteler Forschungen 32.) Wiesbaden 1986. Seite 179–200

L. Barkan: The Gods Made Flesh. Metamorphosis and the Pursuit of Paganism. New Haven, Connecticut, und London 1986

A. Bartenbach: Motiv- und Erzählkunst in Ovids Metamorphosen. Das Verhältnis von Rahmen- und Binnenerzählung im 5., 10. und 15. Buch von Ovids Metamorphosen. (Studien zur klassischen Philologie 52.) Frankfurt am Main 1990

M. Beller: Philemon und Baucis in der europäischen Literatur. Stoffgeschichte und Analyse. Heidelberg 1967

F. Bömer: Über das zeitliche Verhältnis zwischen den Fasten und den Metamorphosen Ovids. In: Gymnasium 95, 1988, Seite 207–221

F. E. Brenk: *Tumulo solacia* or *foedera lecti*. The Myth of Cephalus and Procris in Ovid's *Metamorphoses*. In: The Augustan Age 2, 1982/3, Seite 9–21

S. Cairns: The *Palice of Honour* of Gavin Douglas, Ovid, and Raffaello Regio's Commentary on Ovid's *Metamorphoses.* In: Res Publica Litterarum 7, 1984, Seite 17–38

W. M. Calder: New Light on Ovid's Story of Philemon and Baucis. In: A. Dundes (Herausgeber): The Flood Myth. Berkeley 1988. Seite 101 bis 111

H. Cancik: Die Jungfrauenquelle. Ein religionswissenschaftlicher Versuch zu Ovid, met. 3, 138–255. In: Der altsprachliche Unterricht 25, 6, 1982, Seite 52–75

H. E. Charles: The Design and Arrangement of the Episodes in Ovid's Metamorphoses. Dissertation Chicago, Illinois 1986

J. J. Clauss: The Episode of the Lycian Farmers in Ovid's Metamorphoses. In: Harvard Studies in Classical Philology 92, 1989, Seite 297–314

M. M. Colavito: Pythagorean Philosophy in Ovid's Metamorphoses. Dissertation New York 1988

A. Crabbe: Structure and Content in Ovid's *Metamorphoses.* In: Aufstieg und Niedergang der römischen Welt II 31,4. Berlin und New York 1981. Seite 2274–2327

G. Davis: The Death of Procris. »Amor« and the Hunt in Ovid's Metamorphoses. Rom 1983

G. Devallet: Apothéoses romaines. Romulus à corps perdu. In: A.-F. Laurens (Herausgeber): Entre hommes et dieux. Le convive, le héros, le prophète. (Annales littéraires de l'Université de Besançon 391.) Paris 1989. Seite 107–123

A. Dinter: Der Pygmalion-Stoff in der europäischen Literatur. Rezeptionsgeschichte einer Ovid-Fabel. Heidelberg 1979

M. Dippel: Die Darstellung des trojanischen Krieges in Ovids Metamorphosen (XII 1 – XIII 622). (Europäische Hochschulschriften 15, 46.) Frankfurt am Main 1990

S. Döpp: Vergilrezeption in der ovidischen »Aeneis«. In: Rheinisches Museum 134, 1991, Seite 327–346

H. Dörrie: Wandlung und Dauer. Ovids »Metamorphosen« und Poseidonios' Lehre der Substanz. In: Der altsprachliche Unterricht 4, 2, 1959, Seite 95–116

O. S. Due: Changing Forms. Studies in the Metamorphoses of Ovid. Kopenhagen 1974

T. Eggers: Die Darstellung von Naturgottheiten bei Ovid und früheren Dichtern. Paderborn 1984

K. H. Eller: Ovid und der Mythos von der Verwandlung. Zum mythologischen und poetischen Verständnis des Metamorphosengedichtes. Frankfurt am Main 1982

J. D. Ellsworth: Ovid's Odyssey: Met. 13, 623 – 14, 608. In: Mnemosyne 41, 1988, Seite 333–340
J. D. Ellsworth: The Episode of the Sibyl in Ovid's Metamorphoses. In: East Meets West. Hommage to Edgar C. Knowlton Jr. Honolulu 1988. Seite 47–55
P. Esposito: La narrazione inverosimile. Aspetti dell'epica ovidiana. Napoli 1994
J. Fabre: La narration illustrée: Etude de quelques digressions dans l'Enéide ovidienne. In: Revue des Etudes Latines 64, 1986, Seite 172 bis 184
J. Fabre: L'être et les figures. Une réflexion sur le récit dans le récit chez Ovide (Mét. XIV, 622–771). In: LALIES 6, 1984 (1988), Seite 167–173
J. Fabre: La chasse amoureuse: A propos de l'épisode de Céphale et Procris (Mét. VII, 690–862). In: Revue des Etudes Latines 66, 1988, Seite 122–138
J. Fabre-Serris: Mythe et poésie dans les *Métamorphoses* d'Ovide. Fonctions et significations de la mythologie dans la Rome augustéenne. Paris 1995
H. M. Fracchia: The Mourning Niobe Motif in South Italian Art. In: Echos du Monde classique 31, 1987, Seite 199–208
J. M. Frécaut: La part du grotesque dans quelques épisodes des Métamorphoses d'Ovide. In: Hommages à Henri Le Bonniec. Res sacrae. (Collection Latomus 201.) Bruxelles 1988. Seite 198–219
H. Gärtner: Der »Drachenkampf« des Cadmus. Zu Ovid, Met. 3, 50–98. In: Anregung 35, 1989, Seite 299–313
P. Galand: Les »fleurs« de l'ecphrasis: autour du rapt de Proserpine (Ovide, Claudien, Politien). In: Latomus 46, 1987, Seite 87–122
G. K. Galinsky: Ovid's Metamorphoses. An Introduction to the Basic Aspects. Berkeley und Los Angeles 1975
K. Galinsky: Some Aspects of Ovid's Golden Age. In: Grazer Beiträge 10, 1981 (1983), Seite 193–205
I. Gallo und L. Nicastri (Herausgeber): Aetates Ovidianae. Lettori di Ovidio dall'Antichità al Rinascimento. Napoli 1995
K. Gieseking: Die Rahmenerzählung in Ovid's Metamorphosen. Dissertation Tübingen 1965
W. Ginsberg: Ovid's Metamorphoses and the Politics of Interpretation. In: The Classical Journal 84, 1988–1989, Seite 222–231
E. M. Glenn: The Metamorphoses. Ovid's Roman Games. Lanham 1986
R. Gordesiani: Zu den Prinzipien der kompositionellen Organisation in Ovids Metamorphosen. In: Klio 67, 1985, 1, Seite 198–204
F. Graf: Ovide, les Métamorphoses et la véracité du mythe. In: C. Calame

(Herausgeber): Métamorphoses du mythe en Grèce antique. (Religions en perspectives 4.) Genève 1988. Seite 57–70

R. Granobs: Studien zur Darstellung römischer Geschichte in Ovids *Metamorphosen.* (Studien zur Klassischen Philologie 108.) Frankfurt am Main 1997

P. Grau: Ikarus heute. Anmerkungen zu »Dädalus und Ikarus« von Dario Fo. In: P. Krafft und H. J. Tschiedel (Herausgeber): Concentus hexachordus. (Eichstätter Beiträge 13.) Regensburg 1984. Seite 13–31

H.-B. Guthmüller: Beobachtungen zum Aufbau der Metamorphosen Ovids. Dissertation Marburg 1964

B. Guthmüller: Studien zur antiken Mythologie in der italienischen Renaissance. Weinheim 1986 (besonders Seite 37ff. und 101ff.)

H. Haege: Terminologie und Typologie des Verwandlungsvorgangs in den Metamorphosen Ovids. (Göppinger akademische Beiträge 99.) Göppingen 1976

J. B. Hall: An Eleventh-Century Ms. of Ovid's Metamorphoses: British Library King's 26. In: Rivista di Filologia 111, 1983, Seite 295–308

P. Hardie: Lucretius and the Delusions of Narcissus. In: Materiali e discussioni per l'analisi dei testi classici 20–21, 1988, Seite 71–89

K. Heinrich: Götter und Halbgötter der Renaissance. Eine Betrachtung am Beispiel der Galatea. In: R. Faber und R. Schlesier (Herausgeber): Die Restauration der Götter. Antike Religion und Neo-Paganismus. Würzburg 1986. Seite 153–182

R. Heinze: Ovids elegische Erzählung. Leipzig 1919. (Berichte über die Verhandlungen der Sächsischen Akademie der Wissenschaften zu Leipzig, Phil.-hist. Klasse, Band 71, 1919, Heft 7.) Jetzt in: R. Heinze: Vom Geist des Römertums. Herausgegeben von E. Burck. 3. Auflage. Darmstadt 1960. Seite 308–403

S. Hinds: The Metamorphosis of Persephone. Ovids and the Self-conscious Muse. Cambridge 1987

H. Hofmann: Ovid's *Metamorphoses: carmen perpetuum, carmen deductum.* In: Papers of the Liverpool Latin Seminar 5, 1985, Seite 223–241

M. Hofmann und James Lasdun (Herausgeber): After Ovid. New Metamorphoses. New York 1994

P. Hohnen: Ovid als Anfangslektüre? In: Der altsprachliche Unterricht 25, 1982, Seite 36–52

N. Holzberg: Ovids »Babyloniaka« (Met. 4, 55–166). In: Wiener Studien 101, 1988, Seite 265–277

H. Hommel: Antike Bußformulare. Eine religionsgeschichtliche Interpretation der ovidischen Midas-Erzählung. In: H. Hommel: Sebasmata 1. Tübingen 1983. Seite 351–307

P. James: Crises of Identity in Ovid's Metamorphoses. In: Bulletin of the Institute of Classical Studies 33, 1986, Seite 17–25

M. Janan: The Book of Good Love? Design versus Desire in Metamorphoses 10. In: Ramus 17, 1988, Seite 110–137

E. Jünger: Zahlen und Götter. Philemon und Baucis. Stuttgart 1974

A. M. Keith: The Play of Fictions. Studies in Ovid, Metamorphoses 2, 531–835. Dissertation Ann Arbor, Michigan 1988

H. Kiesel und G. Wöhrle (Herausgeber): »Keinem bleibt seine Gestalt«. Ovids Metamorphosen und Christoph Ransmayrs Letzte Welt. Essays zu einem interdisziplinären Kolloquium. (Fußnoten zur neueren deutschen Literatur 20.) Bamberg 1990

J. T. Kirby: Humor and the Unity of Ovid's Metamorphoses: A Narratological Assessment. In: C. Deroux (Herausgeber): Studies in Latin Literature and Roman History 5. (Collection Latomus 206.) Bruxelles 1989. Seite 233–251

P. E. Knox: Ovid's *Metamorphoses* and the Traditions of Augustan Poetry. Cambridge 1986

P. E. Knox: Phaethon in Ovid and Nonnus. In: The Classical Quarterly 38, 1988, Seite 536–551

P. E. Knox: Pyramus and Thisbe in Cyprus. In: Harvard Studies in Classical Philology 92, 1989, Seite 315–328

K. Kubusch: *Aurea Saecula:* Mythos und Geschichte. Untersuchung eines Motivs in der antiken Literatur bis Ovid. (Studien zur klassischen Philologie 28.) Frankfurt am Main, Bern und New York 1986

G. Lafaye: Les Métamorphoses d'Ovide et leurs modèles grecs. Paris 1904. Nachdruck Hildesheim und New York 1971. (Mit einem Vorwort von M. von Albrecht. Seite V–XXXI)

D. Lateiner: Mythic and Non-Mythic Artists in Ovid's *Metamorphoses.* In: Ramus 13, 1984, Seite 1–30

M. Lausberg: Ovid: Metamorphosen. In: H. V. Geppert (Herausgeber): Große Werke der Literatur. Eine Ringvorlesung an der Universität Augsburg (1988/1989). Augsburg 1990. Seite 39–53

H. Le Bonniec: Une interprétation chrétienne de la mythologie gréco-latine. L'exploitation apologétique d'Ovide par Lactance. In: La mythologie: clef de lecture du monde classique. Hommage à R. Chevallier. (Coll. Caesarodunum 21 bis.) Tours 1986. Seite 75–87

J. Loehr: Ovids Mehrfacherklärungen in der Tradition aitiologischen Dichtens. (Beiträge zur Altertumskunde 74.) Stuttgart und Leipzig 1996

W. Ludwig: Struktur und Einheit der Metamorphosen Ovids. Berlin 1965

S. Lundström: Ovids Metamorphosen und die Politik des Kaisers. (Acta Universitatis Upsaliensis. Studia latina Upsaliensia 12.) Stockholm 1980

G. Maggiulli: Orfeo fra Virgilio e Ovidio. In: G. Papponetti (Herausgeber): Ovidio, poeta della memoria. Atti del Convegno Internazionale di Studi Sulmona (1989). Rom 1991. Seite 259–274

I. Marahrens: Angefochtene Verse und Versgruppen in den Metamorphosen. Beiträge zu Ovids Sprache und Kompositionskunst. Dissertation Heidelberg 1971

M. Moog-Grünewald: Metamorphosen der Metamorphosen. Rezeptionsarten der ovidischen Verwandlungsgeschichten in Italien und Frankreich im XVI. und XVII. Jahrhundert. (Studien zum Fortwirken der Antike 10.) Heidelberg 1979

D. Müller: Ovid, Iuppiter und Augustus. Gedanken zur Götterversammlung im ersten Buch der Metamorphosen. In: Philologus 131, 1987, Seite 270–288

K. S. Myers: The Lizard and the Owl: An Etymological Pair in Ovid, Metamorphoses Book 5. In: American Journal of Philology 113, 1992, Seite 63–68

B. R. Nagle: Erotic Pursuit and Narrative Seduction in Ovid's Metamorphoses. In: Ramus 17, 1988, Seite 32–51

B. R. Nagle: A Trio of Love Triangles in Ovid's Metamorphoses. In: Arethusa 21, 1988, Seite 75–98

B. R. Nagle: Two Miniature carmina perpetua in the Metamorphoses: Calliope and Orpheus. In: Grazer Beiträge 15, 1988, Seite 99–125

B. R. Nagle: Ovid's Metamorphoses, a Narratological Catalogue. In: Syllecta Classica 1, 1989, Seite 97–138

J.-P. Néraudau: Ovide ou les dissidences du poète. Métamorphoses, livre XV. Paris 1989

A. Neschke: Erzählte und erlebte Götter. Zum Funktionswandel des griechischen Mythos in Ovids Metamorphosen. In: R. Faber und R. Schlesier (Herausgeber): Die Restauration der Götter. Antike Religion und Neo-Paganismus. Würzburg 1986. Seite 133–152

C. Neumeister: Orpheus und Eurydike. Eine Virgil-Parodie Ovids. In: Würzburger Jahrbücher 12, 1986, Seite 169–181

A. Novara: Sur des noms propres devenus des noms communs à la suite de métamorphoses. Remarques à partir du chant X des Métamorphoses d'Ovide. In: S. Gély (Herausgeber): Sens et pouvoirs de la nomination dans les cultures hellénique et romaine. Actes du Colloque de Montpellier, 23–24 mai 1987. Montpellier 1988. Seite 125–141

A. Novara: Les mérites du père et du fils dans le panégyrique d'Auguste à la fin des Métamorphoses d'Ovide (XV, 745–870). In: Vita Latina 1989, Nr. 114, Seite 2–14

S. O'Bryhim: Ovid's Version of Callisto's Punishment. In: Hermes 118, 1990, Seite 75–80

B. Otis: Ovid as an Epic Poet. 2. Auflage. Cambridge 1971

K. A. Perry: Another Reality. Metamorphosis and the Imagination in the Poetry of Ovid, Petrarch, and Ronsard. (American University Studies 17, 10.) New York 1990

H. Petersmann: Lucina Nixusque pares. Die Geburtsgottheiten in Ovids Met. IX 294. Variationen eines mythologischen Motivs. In: Rheinisches Museum 133, 1990, Seite 157–175

A. Primmer: Ovids Metamorphosen in neuer Sicht. In: Wiener Humanistische Blätter 25, 1983, Seite 15–39

R. Rieks: Zum Aufbau von Ovids Metamorphosen. In: Würzburger Jahrbücher 6b, 1980, Seite 85–103

E. Römisch: Metamorphosen Ovids im Unterricht. Mit einem Beitrag von Horst Meusel zur Wortschatzarbeit bei der Ovidlektüre. (Heidelberger Texte. Didaktische Reihe. Heft 9.) Heidelberg 1976

G. Rosati: Narciso e Pigmalione. Illusione e spettacolo nelle Metamorfosi di Ovidio. Con un saggio di A. La Penna. Florenz 1983

H. Ruppert-Tribian: Narcissus und Echo. Passau 1989 (mit Abbildungen)

A. F. Sabot: Le rôle des dieux dans l'histoire de Céyx (Ovide, Métamorphoses XI, 268 sqq.). In: Hommage à Henri Le Bonniec. Res sacrae. (Collection Latomus 201.) Bruxelles 1988. Seite 395–404

D. Schawaller: Semantische Wortspiele in Ovids Metamorphosen und Heroides. In: Grazer Beiträge 14, 1987, Seite 199–214

E. A. Schmidt: Ovids Kunst der Themenführung in den »Metamorphosen«. In: M. von Albrecht und W. Schubert (Herausgeber): Musik und Dichtung. Neue Forschungsbeiträge, Viktor Pöschl zum 80. Geburtstag gewidmet. (Quellen und Studien zur Musikgeschichte von der Antike bis in die Gegenwart 23.) Frankfurt am Main 1990. Seite 195 bis 208

F. Schmitt-von Mühlenfels: Pyramus und Thisbe. Rezeptionstypen eines ovidischen Stoffes in Literatur, Kunst und Musik. Heidelberg 1972

U. Schmitzer: Zeitgeschichte in Ovids Metamorphosen. Mythologische Dichtung unter politischem Anspruch. (Beiträge zur Altertumskunde 4.) Stuttgart 1990

W. Schubert: Achaemenides und Macareus. (Ovids Kunst des Erzählens in Met. 14, 151–440.) In: Journal of Ancient Civilizations 4, 1989. Seite 115–125

W. Schubert: Medeas Flucht aus Iolcos (Ovid, Met. 7, 350–393). In: Würzburger Jahrbücher für die Altertumswissenschaft 15, 1989, Seite 175–181

C. P. Segal: Landscape in Ovid's *Metamorphoses.* A Study in the Transformation of a Literary Symbol. (Hermes-Einzelschriften 23.) Wiesbaden 1969

H. Skulsky: Metamorphosis – The Mind in Exile. Cambridge, Massachusetts, und London 1981 (besonders Seite 24–61)

J. B. Solodow: The World of Ovid's Metamorphoses. Chapel Hill, North Carolina 1988

E. Sonderegger: Die Flügel des Dädalus: Zur Rezeption einer schwierigen Ovidstelle. In: Gymnasium 93, 1986. Seite 520–533

J. Soubiran: Autour de Numa (Ovide, Métamorphoses XV). In: Vita Latina 1989, Nr. 113, Seite 11–17

L. Spahlinger: Ars latet arte sua. Die Poetologie der Metamorphosen Ovids. (Beiträge zur Altertumskunde 83.) Stuttgart und Leipzig 1996

W. Speyer: Spuren der Genesis in Ovids Metamorphosen? In: Kontinuität und Wandel (Festschrift F. Munari). Hildesheim 1986. Seite 117 bis 133

H. Stadler: Beobachtungen zu Ovids Erzählung von Ceyx und Alcyone (met. 11, 410–748): In: Philologus 129, 1985, Seite 201–212

M. Steinkühler: Macht und Ohnmacht der Götter im Spiegel ihrer Reden. (Wissenschaftliche Beiträge aus europäischen Hochschulen 5, 3.) Ammersbek bei Hamburg 1989

G. E. Tissol: Narrative Style in Ovid's Metamorphoses and the Influence of Callimachus. Dissertation Berkeley, Kalifornien 1988

Ch. Tomlinson: Poetry and Metamorphosis. Cambridge 1982

H. P. Uebach: Zwei mittelalterliche Pyramus- und Thisbe-Dichtungen: Untersuchungen und kritische Ausgabe. Bern und Frankfurt am Main 1975

S. Viarre: Doublets mythologiques chez Ovide: de l'Art d'aimer aux Métamorphoses. In: Hommages à Henri Le Bonniec. Res sacrae. (Collection Latomus 201.) Bruxelles 1988. Seite 441–448

N. V. Vulikh: The Problems of the Structure of Ovid's Metamorphoses. Mythological Part. In: Vestnik Leningradskogo Universiteta 1973, Nr. 14, Seite 93–102 (russisch mit englischer Zusammenfassung)

Wilhelm Meisters Lehrjahre. Roman. Nachwort, Zeittafel zu Goethe, Erläuterungen und bibliographische Hinweise: Professor Dr. Hannelore Schlaffer, Universität Freiburg im Breisgau. (7578)

Karl Philipp Moritz (1756 – 1793)

Anton Reiser. Ein psychologischer Roman. Nachwort, Zeittafel zu Moritz, Erläuterungen und bibliographische Hinweise: Professor Dr. Joachim Bark, Universität Stuttgart. (7652)

Friedrich Schiller (1759 – 1805)

Don Carlos, Infant von Spanien. Ein dramatisches Gedicht. Nachwort, Zeittafel zu Schiller, Erläuterungen und bibliographische Hinweise: Dr. Bernd Steinbrink, Oldenburg. (7541)

Kabale und Liebe. Ein bürgerliches Trauerspiel. Nachwort, Zeittafel zu Schiller, Erläuterungen und bibliographische Hinweise: Professor Dr. Rolf-Peter Janz, Freie Universität Berlin. (7618)

Die Räuber. Ein Schauspiel. Nachwort, Zeittafel zu Schiller, Erläuterungen und bibliographische Hinweise: Dr. Hiltrud Häntzschel, München. (7609)

Wallenstein. Ein dramatisches Gedicht. Nachwort, Zeittafel zu Schiller, Erläuterungen und bibliographische Hinweise: Professor Dr. Hannelore Schlaffer, Universität Freiburg im Breisgau. (7564)

Friedrich Schlegel (1772 – 1829)

Lucinde. Ein Roman. Mit Friedrich Schleiermachers »Vertrauten Briefen zu Friedrich Schlegels ›Lucinde‹«. Nachwort, Zeittafel zu Schlegel, Erläuterungen und bibliographische Hinweise: Dr. Ursula Naumann, Universität Erlangen-Nürnberg. (7632)

GOLDMANN KLASSIKER MIT ERLÄUTERUNGEN
Deutschsprachige Autoren

Clemens Brentano (1778 – 1842)

Geschichte vom braven Kasperl und dem schönen Annerl. Nachwort, Zeittafel zu Brentano, Erläuterungen und bibliographische Hinweise: Professor Dr. Gerhard Schaub, Universität Trier. (7611)

Sämtliche Erzählungen. Inhalt: Die Chronika des fahrenden Schülers (Urfassung) – Die Schachtel mit der Friedenspuppe – Der arme Raimondin – Die drei Nüsse – Die mehreren Wehmüller und ungarischen Nationalgesichter – Geschichte vom braven Kasperl und dem schönen Annerl – Aus der Chronika eines fahrenden Schülers. Nachwort, Zeittafel zu Brentano, Erläuterungen und bibliographische Hinweise: Professor Dr. Gerhard Schaub, Universität Trier. (7625)

Adelbert von Chamisso (1781 – 1838)

Peter Schlemihls wundersame Geschichte. Nachwort, Zeittafel zu Chamisso, Erläuterungen und bibliographische Hinweise: Dr. Karla Müller, München. (7639)

Arthur Schopenhauer (1788 – 1860)

Aphorismen zur Lebensweisheit. Nachwort: Dr. Arthur Hübscher, früherer Präsident der Schopenhauer-Gesellschaft, Frankfurt am Main. Zeittafel zu Schopenhauer, Erläuterungen und bibliographische Hinweise: Hans Lankes, München. (7519)

Joseph von Eichendorff (1788 – 1857)

Aus dem Leben eines Taugenichts. Erzählung. Nachwort, Zeittafel zu Eichendorff, Erläuterungen und bibliographische Hinweise: Dr. Ludger Grenzmann, Universität Göttingen. (7653)

Annette von Droste-Hülshoff (1797 – 1848)

Die Judenbuche. Ein Sittengemälde aus dem gebirgichten Westfalen. Nachwort, Zeittafel zu Annette von Droste-Hülshoff, Erläuterungen und bibliographische Hinweise: Professor Dr. Winfried Freund, Universität Paderborn. (7628)

Jeremias Gotthelf (1797 – 1854)

Die schwarze Spinne. Erzählung. Nachwort, Zeittafel zu Gotthelf, Erläuterungen und bibliographische Hinweise: Privatdozent Dr. Werner Hahl, Universität München. (7648)

Heinrich Heine (1797 – 1856)

Atta Troll. Ein Sommernachtstraum – Deutschland. Ein Wintermärchen. Nachwort, Zeittafel zu Heine, Erläuterungen und bibliographische Hinweise: Professor Dr. Joachim Bark, Universität Stuttgart. (7583)

Buch der Lieder. Nachwort, Zeittafel zu Heine, Erläuterungen und bibliographische Hinweise: Dr. Josef Schnell, Rielasingen. (7581)

Reisebilder. Mit den »Briefen aus Berlin« und dem Bericht »Über Polen«. Inhalt: Briefe aus Berlin – Über Polen – Die Harzreise – Die Nordsee – Ideen. Das Buch Le Grand – Italien (Reise von München nach Genua – Die Bäder von Lucca – Die Stadt Lucca) – Englische Fragmente. Nachwort, Zeittafel zu Heine, Erläuterungen und bibliographische Hinweise: Dr. Ursula Roth, Heinrich-Heine-Institut Düsseldorf. (7593)

Romanzero. Nachwort, Zeittafel zu Heine, Erläuterungen und bibliographische Hinweise: Professor Dr. Joachim Bark, Universität Stuttgart. (7655)

GOLDMANN KLASSIKER MIT ERLÄUTERUNGEN
Deutschsprachige Autoren

Wilhelm Hauff (1802 – 1827)

Sämtliche Märchen. Inhalt: Die Karawane (Die Geschichte von Kalif Storch – Die Geschichte von dem Gespensterschiff – Die Geschichte von der abgehauenen Hand – Die Errettung Fatmes – Die Geschichte von dem kleinen Muck – Das Märchen vom falschen Prinzen) – Der Scheik von Alessandria und seine Sklaven (Der Zwerg Nase – Abner, der Jude, der nichts gesehen hat – Der Affe als Mensch – Die Geschichte Almansors) – Das Wirtshaus im Spessart (Die Sage vom Hirschgulden – Das kalte Herz I – Saids Schicksale – Die Höhle von Steenfoll – Das kalte Herz II). Nachwort, Zeittafel zu Hauff, Erläuterungen und bibliographische Hinweise: Professor Dr. Hanne Castein, Universität London. (7666)

Eduard Mörike (1804 – 1875)

Sämtliche Novellen und Märchen. Inhalt: Lucie Gelmeroth – Der Schatz – Der Bauer und sein Sohn – Die Hand der Jezerte – Das Stuttgarter Hutzelmännlein – Mozart auf der Reise nach Prag. Nachwort, Zeittafel zu Mörike, Erläuterungen und bibliographische Hinweise: Professor Dr. Hannelore Schlaffer, Universität Freiburg im Breisgau. (7602)

Adalbert Stifter (1805 – 1868)

Bunte Steine. Erzählungen. Inhalt: Granit – Kalkstein – Bergkristall – Turmalin – Katzensilber – Bergmilch. Nachwort, Zeittafel zu Stifter, Erläuterungen und bibliographische Hinweise: Professor Dr. Hannelore Schlaffer, Universität Freiburg im Breisgau. (7547)

Der Nachsommer. Eine Erzählung. Nachwort, Zeittafel zu Stifter, Erläuterungen und bibliographische Hinweise: Professor Dr. Joachim Bark, Universität Stuttgart. (7544)

GOLDMANN KLASSIKER MIT ERLÄUTERUNGEN
Deutschsprachige Autoren

Georg Büchner (1813 – 1837)

Gesammelte Werke. Inhalt: Der Hessische Landbote – Dantons Tod – Lenz – Leonce und Lena – Woyzeck – Jugendschriften – Über Schädelnerven – Briefe. Herausgabe, Nachwort, Zeittafel zu Büchner, Erläuterungen und bibliographische Hinweise: Professor Dr. Gerhard P. Knapp, Staatsuniversität von Utah, Salt Lake City. (7510)

Theodor Storm (1817 – 1888)

Der Schimmelreiter. Novelle. Nachwort, Zeittafel zu Storm, Erläuterungen und bibliographische Hinweise: Professor Dr. Hartmut Vinçon, Fachhochschule Darmstadt. (7675)

Gottfried Keller (1819 – 1890)

Der grüne Heinrich. Roman. Erste Fassung mit dem Text der zweiten Fassung vom Abschluß der Jugendgeschichte an. Nachwort, Vergleich der Fassungen, Zeittafel zu Keller und bibliographische Hinweise: Professor Dr. Gert Sautermeister, Universität Bremen. Erläuterungen: Manfred Heigenmoser und Norbert Richter, Universität Bremen. (7549)

Die Leute von Seldwyla. Erzählungen. Inhalt: Pankraz, der Schmoller – Romeo und Julia auf dem Dorfe – Frau Regel Amrain und ihr Jüngster – Die drei gerechten Kammacher – Spiegel, das Kätzchen – Kleider machen Leute – Der Schmied seines Glückes – Die mißbrauchten Liebesbriefe – Dietegen – Das verlorne Lachen. Nachwort und bibliographische Hinweise: Professor Dr. Gert Sautermeister, Universität Bremen. Zeittafel zu Keller und Erläuterungen: Hans Lankes, München. (7577)

Züricher Novellen. Inhalt: Hadlaub – Der Narr auf Manegg – Der Landvogt von Greifensee – Das Fähnlein der sieben Aufrechten – Ursula. Nachwort, Zeittafel zu Keller und bibliographische Hinweise: Professor Dr. Gert Sautermeister, Universität Bremen. Erläuterungen: Dr. Wolfgang Schömel, Universität Bremen. (7614)

Theodor Fontane (1819 – 1898)

L'Adultera. Roman. Nachwort, Zeittafel zu Fontane, Erläuterungen und bibliographische Hinweise: Dr. Dirk Mende, Universität Stuttgart. (7657)

Effi Briest. Roman. Nachwort, Zeittafel zu Fontane, Erläuterungen und bibliographische Hinweise: Dr. Dirk Mende, Universität Stuttgart. (7575)

Frau Jenny Treibel. Roman. Nachwort, Zeittafel zu Fontane, Erläuterungen und bibliographische Hinweise: Dr. Dirk Mende, Universität Stuttgart. (7522)

Grete Minde. Erzählung. Nachwort, Zeittafel zu Fontane, Erläuterungen und bibliographische Hinweise: Dr. Dirk Mende, Universität Stuttgart. (7656)

Irrungen, Wirrungen. Roman. Nachwort, Zeittafel zu Fontane, Erläuterungen und bibliographische Hinweise: Dr. Dirk Mende, Universität Stuttgart. (7521)

Der Stechlin. Roman. Nachwort, Zeittafel zu Fontane, Erläuterungen und bibliographische Hinweise: Dr. Dirk Mende, Universität Stuttgart. (7525)